U0925266

國家社會科學基金重大項目
“中國古代雜傳敘録、整理與研究”（20&ZD267）資助

漢魏六朝雜傳研究

（修訂版）

熊明 著

中華書局

圖書在版編目(CIP)數據

漢魏六朝雜傳研究/熊明著.—修訂版.—北京:中華書局,2022.10
ISBN 978-7-101-15893-9

Ⅰ.漢… Ⅱ.熊… Ⅲ.①傳奇小説-小説研究-中國-漢代②傳奇小説-小説研究-中國-魏晋南北朝時代 Ⅳ.I207.41

中國版本圖書館 CIP 數據核字(2022)第 171966 號

書　　名	漢魏六朝雜傳研究(修訂版)
著　　者	熊　明
責任編輯	吴愛蘭
責任印製	管　斌
出版發行	中華書局
	(北京市豐臺區太平橋西里 38 號　100073)
	http://www.zhbc.com.cn
	E-mail:zhbc@zhbc.com.cn
印　　刷	三河市中晟雅豪印務有限公司
版　　次	2022 年 10 月第 1 版
	2022 年 10 月第 1 次印刷
規　　格	開本/920×1250 毫米　1/32
	印張 25⅛　插頁 2　字數 502 千字
國際書號	ISBN 978-7-101-15893-9
定　　價	138.00 元

序

李劍國

我在研究唐前古小説和唐傳奇的過程中，一直關注雜傳這一文體，因爲它和雜史一樣，與小説存在着天然的密切聯係，雜傳常遊移於史傳與小説之間，成爲史學史與小説史上一道特别景觀。雜傳的這一特殊品格是可以解釋的，因爲文言小説——或曰古體小説——本來就是從史書分化演進而成的。所以與其説雜史雜傳與小説有着天然的密切聯係，不如倒過來説更爲準確，更能顯示歷史演化的邏輯關係。明人陳言曾説："正史之流而爲雜史也，雜史之流而爲類書、爲小説、爲家傳也。"(《潁水遺編·説史中》）只不過在小説蔚爲大觀之後，從小説反顧雜史雜傳，乃又發現它與小説的血緣關係而已。

雜傳一詞，就現有文獻來看最早出現於《漢書·藝文志》，《六藝略》孝經類著録《雜傳》四篇，原是書名。後來進入圖書分類學，成爲史部的一類。劉宋祕書丞王儉編纂私人書目《七志》，其《經典志》中有雜傳一類（《隋書·經籍志序》），嗣后梁阮孝緒作《七録》，《記傳録》十二部中也有雜傳一部（《廣弘明集》卷三《古今書最》）。《隋書·經籍志》《舊唐書·經籍志》

皆因之。《新唐書·藝文志》改稱雜傳記,《崇文總目》稱作傳記，劉知幾《史通·雜述》篇則稱作別傳，其實並無多大差別。但竊以爲雜傳一詞最爲精當，一個“雜”字道出此種文體的體制和内容特徵——龐雜不典，真虚雜糅，有别於正史的傳記。

正史的傳記體制始創於太史公的《史記》列傳，但在《史記》之前已有雜傳，我們至少可以舉出戰國的《穆天子傳》和秦漢間的《燕丹子》，都是因人記事，見其終始。《隋志》雜傳類序敘述雜傳産生和興盛的具體過程稱：

> 古之史官,必廣其所記,非獨人君之舉……是以窮居側陋之士,言行必達,皆有史傳。自史官曠絶,其道廢壞。漢初始有丹書之約,白馬之盟。武帝從董仲舒之言,始舉賢良文學。天下計書,先上太史,善惡之事,靡不畢集。司馬遷、班固,撰而成之,股肱輔弼之臣,扶義俶儻之士,皆有記録。而操行高潔,不涉於世者,《史記》獨傳夷齊,《漢書》但述楊王孫之儔,其餘皆略而不説。又漢時阮倉作《列仙圖》,劉向典校經籍,始作《列仙》、《列士》、《列女》之傳,皆因其志尚,率爾而作,不在正史。後漢光武,始詔南陽,撰作風俗,故沛、三輔有耆舊節士之序,魯、廬江有名德先賢之贊。郡國之書,由是而作。魏文帝又作《列異》,以序鬼物奇怪之事,嵇康作《高士傳》,以敘聖賢之風。因其事類,相繼而作者甚衆,名目轉廣,而又雜以虚誕怪妄之説。推其本源,蓋亦史官之末事也。載筆之士,删採其要焉。魯、沛、三輔,序贊並亡,後之作者,亦多零失。今取其見存,部而類之,謂之雜傳。

劉知幾《史通·内篇·雜述》亦云：

> 賢士貞女，類聚區分，雖百行殊途，而同歸於善，則有取其所好，各爲之録。若劉向《列女》，梁鴻《逸民》，趙採《忠臣》，徐廣《孝子》，此之謂别傳者也。

雜傳的撰述風氣始於西漢末劉向，大盛於六朝。《隋志》著録雜傳二百一十七部，除去結末《宣驗記》以下三十六部“序鬼物奇怪之事”的志怪小説集，尚有一百七十一部，數量極衆。少數是單篇傳記，如《東方朔傳》《清虚真人王君内傳》等，主要是“類聚區分”的類傳，有先賢、耆舊、烈士、高士、逸民、孝子、忠臣、良吏、名士、文士、童子、列女、美婦人、高僧、列仙等名目，還有不少記述家族人物事蹟的家傳。再翻開《太平御覽經史圖書綱目》，光單篇人物别傳就多達一百一十種，還有類傳五十多種。所謂“作者甚衆，名目轉廣”，誠不虚也。

雜傳盛行的同時還有雜史，劉知幾《史通·雜述》篇説的“史氏流别，殊途並騖”，主要是雜史雜傳的發達。《隋志》雜史類序描述雜史的發展，指出雜史從“體制不經”到“迂怪妄誕，真虚莫測”的變化過程。雜傳亦然，“體制不經”和“真虚莫測”也同樣是雜傳的兩個基本特點。本來歷史書寫講究“傳信”，如劉勰所説“貴信史也”（《文心雕龍·史傳》）。實際情況遠不是這樣，他批評説：“然俗皆愛奇，莫顧實理，傳聞而欲偉其事，録遠而欲詳其跡，於是棄同即異，穿鑿傍説，舊史所無，我書則傳，此譌濫之本源，而述遠之巨蠹也。”一般作者並非史官，没有條件掌握國家圖書檔案，而文人們又深受《左》《國》《史》《漢》的影響，撰史似乎成爲他們的天性，這樣也就只能從野史傳聞中獲取歷史材料。再説即以《史》《漢》正史而論，也含有一些傳説成分，並非是百分之百的“信史”。我曾多次做過一個演講，題目是《傳説與歷史：傳説的歷史化與歷史的傳説化——以西施爲中心》，强調所謂歷史本來就是由信史和傳説構成的。個中原因，就是歷史的書寫者們中間有太多的不遵循史學“傳信”原則而又熱衷於操觚的人——也就是孟子、班固説的“好事者”（《孟子·萬章》《漢書·東方朔傳》）。

雜史雜傳的“譌濫”，反映着歷史的虚化，虚化意味着史書品格的部分喪失，於小説來説，則是小説元素的增長乃至於小説作品的産生。雜史雜傳的這種非驢非馬亦驢亦馬的特殊情況，使目録學家普遍感到分類的困難。元初馬端臨《文獻通考》卷一九五《經籍考》雜史類引鄭樵語曰：“古今編書，所不能分者五：一曰傳記，二曰雜家，三曰小説，四曰雜史，五曰故事。凡此五類書，足相紊亂。”馬端臨自己也指出：“蓋有實故事而以爲雜史者，實雜史而以爲小説者。”又引《宋兩朝藝文志》云：“傳記之作……而通之於小説。”明焦竑《國史經籍志》也説雜史“體制不醇，根據疏淺，甚有收摭鄙細，而通於小説者”（卷三雜史類序），“雜史、傳記皆野史之流……若小説家與此二者易溷，而實不同”（傳記類序按語）。後來《四庫全書總目》小説家類二跋語亦稱：“紀録雜事之書，小説與雜史最易相淆。”凡此都强調了小説和雜傳雜史界限的模糊性。

戰國《穆天子傳》曾被胡應麟看作是“小説濫觴”（《少室

山房筆叢》卷三四《三墳補逸下》)。《四庫全書總目》把它歸入小説，章學誠也認爲《穆天子傳》“小説之屬也”(《文史通義》卷六《和州志列傳總論》)。《燕丹子》則被胡應麟稱作“古今小説雜傳之祖”(《少室山房筆叢》卷三二《四部正譌下》)，譚獻也説它是“小説家之初祖”(《復堂日記》卷五)。這説明雜傳誕生之初就先天地具備了明顯的小説品格。

自然並不是所有雜傳都可視爲小説之屬。從歷史内容虛實程度的角度，從敘事方法的角度，即“史筆”和文學敘事的差異程度，來考察魏晉南北朝大量的雜傳作品，不難看出，雜傳呈現出三種形態：一是基本上屬於史書體系的雜傳；一是小説品格和史書品格兼而有之的中間狀態，前者較强者或可稱之爲準雜傳小説；一是雜傳體的小説作品。——以我的分類方法而言，其中以單篇體制即所謂“散傳”出現者如《趙飛燕外傳》《漢武内傳》《神女傳》等，屬於雜傳小説，以類傳體制出現者如《列仙傳》《神仙傳》等，則爲雜傳體志怪小説。自然這三種狀態的區劃無法進行定量分析，靠的是感覺——在閲讀經驗中形成的感覺。當我們懷着不同的閲讀期待——史傳的或小説的不同期待，去閲讀和感受具體雜傳作品時，經驗大抵會告訴我們它有着什麽樣的屬性。

“非史策之正”(《隋志》雜史類序)的雜史雜傳，多爲採擷傳聞的“傳疑”之作，於史學來説或許是“巨蠹”，但即便是已被視爲小説的作品，由於作者們往往懷着“拾遺補闕”的目的，其史料價值仍是不可低估的，作者們的取材比史官更爲廣泛，涉及社會的各個方面和各個階層。再者，人們並不滿足於瞭解人物事件的歷史真相，也需要瞭解諸如信仰、習俗、人的心靈世界等等文化層面和情感層面的東西，而這些即便在虛化的歷史書寫中也常常具有真實性。而雜傳虛化和文學化爲小説和準小説，實在是小説的幸運，歷史虛化現象越嚴重，小説受益就越多。魏晉南北朝小説之所以繁榮，即與人物和史實的廣泛傳説化和虛幻化分不開。從小説史角度考察漢魏六朝雜傳，還會發現，衆多單篇雜傳小説與唐傳奇有着淵源關係。胡應麟説“《飛燕》，傳奇之首也”（《少室山房筆叢》卷二九《九流緒論下》），倘若把《飛燕》理解爲單篇雜傳的代表的話，他的説法可以成立，漢魏六朝雜傳小説及準雜傳小説，正是唐傳奇尤其是單篇傳奇文的一個重要源頭（除此還有志怪小説的源頭）。《太平廣記》“雜傳記”中收入十四篇單篇唐傳奇，以“雜傳記”稱呼傳奇文，再清楚不過地表明雜傳和傳奇的血肉關係了。

漢魏六朝雜傳是我長期思考的一個問題，在自己的論著中也常常從小説視野審視雜傳。雜傳數量巨大，總想作一全面清理，但抽不出手來無法實現。在我的研究生涯中，常把一些題目交給學生去做，漢魏六朝雜傳研究這個題目正是如此，是由學生熊明博士完成的。

熊明 1998 年考入南開跟我讀博士學位，碩士讀的是中國史學史，轉行文學。常説文史不分家，這或許正可成爲他的一個優勝之處。在商談博士論文選題時，我建議他做漢魏六朝雜傳，他完全同意，如他在論文《敘論》開頭所説：“此一選題，最初導源於對唐人傳奇淵源的思考。”可見他也有同樣想法。他很勤奮，如期拿出四十多萬字的論文，名曰《雜傳與小説：漢魏六朝雜傳研究》，答辯會上受到充分肯定，2004年由瀋陽遼海出版社出版。爲了進一步擴展和深化研究，熊明就這一題目於2007年申請到國家社科基金項目，經三年努力完成結項，成果包括《漢魏六朝雜傳輯校》和《漢魏六朝雜傳研究》兩大部分。本來當初在撰寫博士論文過程中，已經開始了對漢魏六朝雜傳的蒐集梳理，以之作爲研究的文獻基礎，這個路子是非常正確和有成效的。幾年過去，最終完成了《輯校》的補充修正工作，包括三百餘種雜傳，以此爲依據，《漢魏六朝雜傳研究》也作了許多重要修改。此二書將由中華書局同時出版，這一事情本身就是對熊明博士這項研究成果的高度肯定，無須多説。

對照《漢魏六朝雜傳研究》的新稿和舊版，基本框架雖一仍舊貫，但材料引用、内容論述、標題設置及行文書寫都有許多變化，修改之處比比皆是。最重要的修改大致有兩個方面，一個是由於有《輯校》的基礎，對雜傳作品的考證和論述也更爲準確完善，作品引文也多有調整。例如對謝承《會稽先賢傳》的討論，文中介紹魯迅輯本，輯入八人事蹟。舊版稱魯迅輯本有遺漏，《太平廣記》卷一一引《會稽先賢傳》孔愉事，《白孔六帖》卷一三引《會稽傳》孔愉事，當亦是謝承《會稽先賢傳》佚文。新稿删去這一段，而易作："不過，魯迅也有誤輯，《太平御覽》卷七〇九《服用部一一·薦席》引'董昆'事，影宋本作《會稽先賢贊》，四庫本作《會稽先賢傳》，當據影宋本定其爲《會稽先賢像贊》之文，而魯迅誤輯入《會稽先賢傳》。今檢諸書徵引，得七人事蹟，即：嚴遵、沈勳、茅開、陳業、淳于長通、闞澤、賀氏。"董昆條則經考證辨析，歸入賀氏《會稽先賢像贊》中。再一个方面就是補充了許多新的内容。如《敘論》三《興盛與散佚：漢魏六朝雜傳的文本生態》及四《關注的缺失：漢魏六朝雜傳的研究現狀》都是新增的章節。又如舊版第三章第四節《兩晉類傳》中《習鑿齒〈襄陽耆舊記〉》一節重新改寫爲《顯揚郡望：習鑿齒與〈襄陽耆舊記〉》，置於本章第二節。此節詳盡考證了習鑿齒的家世、生卒年、生平行跡、著述，對其爲“顯揚郡望”而作的《襄陽耆舊記》——兩晋雜傳中“郡國之書”的代表性作品，也作出深入細緻的分析論證。重要的補充修改還很多，此不贅述。

熊明在《敘論》中説明自己的研究方法，首爲文獻學的方法。我一向認爲，文獻的運用是古代文學研究的第一要義，任何研究都必須以文獻資料爲根柢，捨此莫辦。熊明的這部著作很充實很厚重，全得力於他强烈的文獻意識和相當紮實的文獻功底。三百多部散佚的雜傳作品一部部去弄，與雜傳直接間接相涉的古今文獻資料一點點去看，不偷懶不走捷徑，孜孜矻矻，鍥而不捨，這對於年輕學人來講實屬難能可貴。自然，文獻學不是唯一的方法，熊明還提到比較研究、微觀考論與宏觀解析相結合、史學觀照與文學觀照相結合的方法，這些都是很必要的觀照點和着力點。文學研究畢竟不是堆砌材料，文學現象在弄清事實的基礎上最終需要作出切合歷史語境的闡釋和評價，因此理論的概括、觀點的表述是必不可少的，只不過我以爲理論應當是樸素的、實在的，理論不是玩概念游戲，觀點應當從材料中産生。熊明此作正是這樣。如他對雜傳概念的界定和範圍的廓清，以及雜傳分類和類别的文體説明，如他對雜傳從萌芽到形成到興盛的历史過程的清晰梳理，如他對雜傳作品既考察它的史學特徵，揭示它的史學價值和意義，同時也考察和强調它的文學内蘊特别是小説品格，探尋它對唐人傳奇的孕育作用，凡此都顯示着他的理論思維能力和樸實無華的真知灼見。

熊明這項研究本是因對唐人傳奇淵源的思考而展開，仍屬於小説史研究範疇。因此他在論述中處處不忘這個基本前提，非常注意在小説 / 傳奇視野下觀照雜傳。在結末的《餘論》中，他概括出傳奇的宗祖譜系圖式：正統史傳—漢魏六朝雜傳—唐人傳奇，進而又修正爲：正統史傳—泛雜傳（漢魏六朝雜傳、漢魏六朝志怪）—唐人傳奇，認爲“這樣當更近於歷史的真實與實際”。他描畫的這個雜傳—傳奇模式，簡潔明快地概括出傳奇的淵源和演進邏輯。結論雖非首創，但他第一個用大量的雜傳文本證明了它，仍還是創造性的傑出工作。

2002 年，熊明的論文由遼海出版社出版前向我索序，作爲導師義不容辭。那時我正在美國伊利諾伊大學做合作研究，倉促間只作一短文塞責。如今十年過去了，又給《漢魏六朝雜傳研究》作序，除歎佩熊明“十年磨一劍”的執著和辛勞外，更爲他的新成績深感欣慰。這次序言寫得長了一些，以補曩昔未能盡言之缺憾。

2012 年 7 月 15 日寫畢於釣雪齋

目　録

中編　漢魏六朝雜傳概論

下編　漢魏六朝雜傳品格檢視

敘 論

一、緣起：唐人傳奇之淵源

我對漢魏六朝雜傳的關注，最初導源於對唐人傳奇淵源的思考。

唐人傳奇，無疑是中國古典小説發展史上的一座里程碑，它標志着中國古代成熟小説藝術的出現。對此，前人已有充分的認識，並有精闢的論斷：明代的胡應麟説："凡變異之談，盛於六朝，然多是傳録舛訛，未必盡幻設語，至唐人乃作意好奇，假小説以寄筆端。"① 魯迅先生多次論及唐人傳奇，於此更爲詳備，他在《中國小説史略》第八篇《唐之傳奇文》（上）中説："小説亦如詩，至唐代而一變，雖尚不離於搜奇記逸，然敘述宛轉，文辭華豔，與六朝之粗陳梗概者較，演進之跡甚明，而尤顯者乃在是時則始有意爲小説。"在第十篇《唐之傳奇集及〈雜俎〉》中談及牛僧孺《玄怪録》時又説："其文雖與他傳奇無甚異，而時時示人以出於造作，不求見信……"② 在《中國小説的歷

① 胡應麟《少室山房筆叢》卷三六己部《二酉綴遺中》，中華書局 1958 年，第 486 頁。

② 魯迅《中國小説史略》第八篇《唐之傳奇文》（上）、第十篇《唐之傳奇集及〈雜俎〉》，東方出版社 1996 年，第 51 頁、第 67 頁。

史的變遷》第三講《唐之傳奇文》中説："小説到了唐時，卻起了一個大變遷，我前次説過：六朝時之志怪與志人底文章，都很簡短，而且當作記事實；及到唐時，則爲有意識的作小説，這在小説史上可算是一大進步。而且，文章很長，並能寫得曲折，和前之簡古的文體，大不相同了，這在文體上也算是一大進步。"① 在《六朝小説和唐代傳奇文有怎樣的區别》中説："唐代傳奇文可就大兩樣了：神仙人鬼妖物，都可以隨便驅使；文筆是精細、曲折的，至於被崇尚簡古者所詬病；所敘的事，也大抵具有首尾和波瀾，不止一點斷片的談柄；而且作者往往故意顯示着這事蹟的虛構，以見他想像的才能了。"② 魯迅先生從作者的創作意識及在與魏晉南北朝雛形小説的比較中鮮明生動地揭示了唐人傳奇的特質如虛構、情節的曲折、文辭的華美精細等，説明了唐人傳奇作爲成熟小説的藝術特徵。汪辟疆在《唐人小説在文學上之地位》一文則從唐人傳奇"以人物爲中心""用藝術的描寫"兩方面進行了論證③，王慶菽在《小説至唐始達成立時期之原因》（載 1947 年 10 月 6 日《中央日報·文史周刊》第 62 期）一文中也對此進行了深入的闡述。當代學者如程毅中（見《唐代小説史話》，文化藝術出版社 1990 年）、張稔穰（見《古代小説藝術教程》，山東教育出版社 1991 年）、吳志達

① 魯迅《中國小説的歷史的變遷》第三講《唐之傳奇文》，見《魯迅全集》第九卷，人民文學出版社 2005 年，第 323 頁。

② 魯迅《且介亭雜文二集·六朝小説和唐代傳奇文有怎樣的區别》，見《魯迅全集》第六卷，人民文學出版社 2005 年，第 335 頁。

③ 汪辟疆《唐人小説在文學上之地位》，見程千帆編《汪辟疆文集》，上海古籍出版社 1988 年，第 603 頁。

（見《中國文言小説史》，齊魯書社1994年）、石昌渝（見《中國小説源流論》，三聯書店1994年）、董乃斌（見《中國古典小説的文體獨立》，中國社會科學出版社1994年）、侯忠義（見《隋唐五代小説史》，浙江古籍出版社1997年）、李劍國〔見《唐五代志怪傳奇敘録》（增訂本），中華書局2017年〕、李悔吾（見《中國小説史漫稿》，湖北教育出版社1998年）、日本學者汪丙堂（見内田道夫編《中國小説世界》，上海古籍出版社1992年）等也都有論述，所以，在學術界，這是具有普遍性的共識。

作爲成熟小説藝術形式的唐人傳奇，它在形象塑造及敘事建構等方面都取得了很高的藝術成就，正如《唐人小説·序》所言唐人傳奇把“鳥花猿子”也寫得“紛紛蕩漾”，把“小小情事”也寫得“悽惋欲絶”①。讀唐人傳奇，如彭翥所言：“今夫陟岱華之雄奇，摩天捫宿，而煙岑丹壑，寸步玲瓏，未可封我屐齒也。泝河海之浩瀚，浴日排空，而别渚芳洲，尺波澄澮，未可臨流而返也。讀唐人小説者，亦猶是已。”②可以説，唐人傳奇無論是在題材、主題、内容，還是在體制、語言等方面，都表現出獨特的藝術個性，也正因爲如此，它才被後世稱爲“傳奇文”。顯然，傳奇文不能憑空産生。

對於唐人傳奇之淵源，中國古典小説研究的奠基者魯迅先

---

① 桃源居士《唐人小説·序》，上海文藝出版社1992年影上海掃葉山房石印本，第1頁。

② 彭翥《唐人説薈·序》，見丁錫根編《中國歷代小説序跋集》，人民文學出版社1996年，第1795頁。

生說："傳奇者流，源蓋出於志怪。"[①]也就是說，魯迅先生認爲唐人傳奇主要是在漢魏六朝志怪小說的基礎上進化而成的。先生的論斷清晰而明瞭，此結論便也爲學術界所廣泛認同。

魯迅先生的這一論斷無疑是經典性的，只是，這一結論雖出於高度精煉的概括，但卻給人以過於簡略之感，而且，基於此種認識，有許多問題無法解決，比如，傳奇文體，它與志怪有何聯繫？除此而外，還有其他諸多方面存在的疑點也無法解釋。

但是，這卻是人們梳理事物源流慣常的方法——簡化——摒棄雜蕪，簡化歷史，讓事物的源流清晰起來。這種做法是必要的，因爲，當人們站在時間的這端回望過去的時候，呈現在人們面前的歷史總是雜亂無章地堆放着，且常有"斷裂"地帶[②]，即非連續性現象的存在，爲了合乎"邏輯"地描述事物的歷史，人們總要在雜亂無章的遺物或痕跡中，拈出顯而易見的東西，並把它們串連起來，以此來獲得對事物源流的最初認識。

二、漢魏六朝雜傳：唐人傳奇的重要源頭

隨着研究的深入，人們發現，唐人傳奇的源頭並不僅僅是漢魏六朝的志怪小說，史傳是唐人傳奇的另一重要源頭。如張稔穰說："唐代傳奇小說正是在師承史傳文學的基礎上，才有了

① 魯迅《中國小說史略》第八篇《唐之傳奇文》（上），東方出版社 1996 年，第 52 頁。

② ［法］福柯《知識考古學·引言》，三聯書店 1998 年，第 2 頁。

完備的體制、華贍的文采。”[①] 李宗爲説：“傳奇體的形成受到史傳體極大影響是毫不奇怪的……”[②] 吴志達説：“唐傳奇的重要特質之一，是帶有傳記性。構成這一特質的原因，是受史傳文學傳統的影響，這在作品的結構和人物描寫方面，尤爲明顯。”[③] 然而，諸如這樣的認識雖然看到了史傳與傳奇之間傳承關係的存在，卻還相當模糊。

唐人傳奇淵源於史傳，有許多顯著的表徵，比如傳奇作品的名稱曰“傳”，就顯然源自史傳。不過，史傳之稱，一般是指正史列傳[④]，顯而易見，正史列傳與唐人傳奇的關係是比較疏遠的，除了外在形式略有相似之處外，餘皆不類，而且，正史特别講究“實録”“信史”，要求史事的確鑿無疑，“蓋文疑則闕，貴信史也”[⑤]，即如果有疑問，應“疑則傳疑”或“著其明，疑者

① 張稔穰《中國古代小説藝術教程》中編第六章《史傳文學與古代小説》二《史傳影響的主要表現》，山東教育出版社 1991 年，第 285 頁。

② 李宗爲《唐人傳奇》第二章《唐傳奇發展初期》二《傳奇的産生及其漸趨成熟》，中華書局 1985 年，第 27 頁。

③ 吴志達《中國文言小説史》第二編《隋唐五代》第二章《唐人小説發展概貌》一《唐人小説的特質與“傳奇”名稱的由來》，齊魯書社 1994 年，第 230 頁。

④ 也有的“史傳”是泛指的，如《中國古典散文基礎文庫》之《史傳卷》（付念齊、馬赫編譯，廣西師範大學出版社，1999）、《中國分體文學史》之《史傳文學》（郭丹著，廣西師範大學出版社 1999 年）中的“史傳”就是泛指，它即包括正史列傳，也包括正史以外的雜傳。但這種泛指，其主要方面也是指正史列傳。

⑤ 劉勰撰，范文瀾注《文心雕龍注》卷四《史傳》第十六，人民文學出版社 1998 年，第 287 頁。

闕之”[①]，而唐人傳奇，人所共知，講究“幻設”、虛構。所以，要説正史列傳是唐人傳奇的直系宗祖，則不免牽强，從正史列傳到唐人傳奇，或者説，在正史列傳到唐人傳奇之間，必有另一種過渡性的介質。

在追本溯源的譜系清理中，人們逐漸意識到漢魏六朝時期的雜史雜傳，特别是雜傳，才是唐人傳奇的直系宗祖。比如，程千帆説：“而西漢之末，雜傳漸興……其體實上承史公列傳之法，下啟唐人小説之風，乃傳記之重要發展也。”[②]程毅中説：“唐代小説主要從史部的雜傳演化而來。”又説：“唐代傳奇，從題材上説源出於志怪，而從體裁上説則源出於傳記。”[③]石昌渝説：“志怪小説的一支演進爲傳奇小説，傳奇小説則並非僅僅來源於志怪小説，它的另一個重要來源是雜史雜傳。”[④]王恒展説：“史傳文學一變而爲雜史别傳，再變爲史傳小説。”而史傳小説是“傳奇小説的先驅”[⑤]。

① 司馬遷撰，裴駰集解，司馬貞索隱，張守節正義《史記》卷一三《三代世表》、卷一八《高祖功臣侯者年表》，中華書局1965年，第487頁、第878頁。

② 程千帆《閑堂文藪》第二輯《漢魏六朝文學散論》之二《史傳文學與傳記之發展》，齊魯書社1984年，第162頁。

③ 程毅中《唐代小説史》第一章《序論》、第二章《唐代傳奇的興起》，人民文學出版社2003年，第13頁、第20頁。

④ 石昌渝《中國小説源流論》第四章《傳奇小説》第一節《傳奇小説的興起》，三聯書店1994年，第143頁。

⑤ 王恒展《中國小説發展史概論》第四章《筆記小説的成熟和史傳小説的發展時期——魏晉南北朝》第三節《史傳小説——傳奇小説的先驅》，山東教育出版社1996年，第189頁。

不僅有這麼多學者逐漸認識到雜史雜傳是唐人傳奇的宗祖，而且有的還在對雜傳個案的具體分析中指出了雜傳與傳奇血緣聯繫的綫索，如程毅中先生分析了《趙飛燕外傳》《智瓊傳》《杜蘭香别傳》，並指出雜傳主要是在體制方面影響了唐人傳奇。

需要特别説明的是李劍國先生對雜傳與唐人傳奇關係的論述，李劍國先生在《唐五代志怪傳奇敘録》以及其他多種著述中多次論及雜傳與唐人傳奇之間的血緣聯繫，並且指出雜傳與唐人傳奇的這種聯繫主要體現在文體方面。比如，先生在《唐五代志怪傳奇敘録》中明確肯定雜傳是傳奇的重要源頭，他説："六朝志怪並不是唐傳奇的唯一源頭，雖然它非常重要，另一個重要源頭是先唐的單篇雜傳小説，先唐單篇雜傳小説是史傳的直接支派……"不僅如此，先生對先唐的雜傳還進行了具體的分析，指出這些雜傳小説"同唐人傳奇文是很接近的"，並將它們定義爲"雜傳小説"和"準雜傳小説"，認爲這些"雜傳小説"和"準雜傳小説""無疑是唐傳奇——尤其是單篇傳奇文——得以興起的一個真正前提"①。指出了兩者之間在文體上的聯繫。除此而外，先生又多次對這一觀點進行了闡釋和論述，在《隋唐五代文學史》中説："傳奇還有一個重要源頭，就

① 李劍國《唐稗思考録》，見《唐五代志怪傳奇敘録》（增訂本），中華書局 2017 年，第 23 頁、第 24 頁。案：關於雜傳源頭論，李劍國先生在早期《唐五代志怪傳奇敘録》版本中表述略有不同，其云："六朝志怪並不是唐傳奇的唯一源頭，雖然它非常重要，另一個重要源頭是先唐的歷史傳記小説，先唐歷史傳記小説是史傳的直接支派……"見《唐五代志怪傳奇敘録》，南開大學出版社 1998 年，第 18 頁、第 19 頁。

是先唐的雜傳小説和準雜傳小説。”[1]在《怎樣讀唐傳奇》中説：“但還不能忽視另一個重要源頭，就是先唐的雜傳和小説化了的雜傳小説，諸如《燕丹子》《飛燕外傳》之類的影響，這些作品都屬單篇傳記形式，都以人物描寫爲主，内容都有一定的虚構性，在形態上更接近唐傳奇，對唐傳奇中的寫實性傳奇有直接影響，只不過它們的歷史味道比較濃厚，還不是有意識的‘作意好奇’。”[2]在《文言小説的理論研究與基礎研究》中説：“傳奇是在六朝志怪小説和雜傳小説基礎上於唐初開始形成的新體小説，是‘粗陳梗概’的古小説的文章化，‘著文章之美，傳要妙之情’（沈既濟《任氏傳》）是其最本質的審美特徵。”[3]而在《〈神女傳〉、〈杜蘭香傳〉、〈曹著傳〉考論》一文中，不僅具體分析了《神女傳》《杜蘭香傳》《曹著傳》三種雜傳的“小説式描寫”，而且，還在此基礎上對雜傳進行了分類，即將雜傳分爲雜傳小説、亞雜傳小説和雜傳三種，並説這三種雜傳類型“反映著史傳在虚化和文學化過程——或者説在向小説靠近和轉化的過程——中所出現的三種狀態”[4]。在《中國小説通史》唐宋元卷中，先生再次强調：“六朝志怪並不是唐傳奇的唯一源頭，雖

---

① 羅宗强、郝世峰、項楚、李劍國《隋唐五代文學史》上卷，高等教育出版社 1990 年，第 362 頁。

② 李劍國《怎樣讀唐傳奇》，《古典文學知識》1993 年第 3 期。

③ 李劍國《文言小説的理論研究與基礎研究》，《文學遺産》1998 年第 2 期。又見《古稗斗筲録》，南開大學出版社 2004 年，第 11 頁。

④ 李劍國《〈神女傳〉、〈杜蘭香傳〉、〈曹著傳〉考論》，《明清小説研究》1998 年第 4 期。

然它非常重要,另一個重要源頭是先唐的雜傳小説。”① 李劍國先生的這些論述是精彩和充滿卓識的，其中的重要一點，就是明確地揭示了傳奇文體與雜傳文體之間一脈相承的内在關係，而這一點，正是本書展開研究的知識基礎和邏輯起點。

漢魏六朝雜傳是唐人傳奇的重要源頭，是唐人傳奇的直接宗祖，他們之間的這種源流關係又突出地體現在文體方面。我們知道，自西漢末以來以及整個漢魏六朝時期，雜史雜傳的創作十分繁榮，出現了大量的雜史雜傳，僅就雜傳而言，據清人姚振宗《隋書經籍志考證》統計，漢隋之際的雜傳共有四百七十種之多。又據清人章宗源《隋書經籍志考證》，散見於《三國志》裴松之注、《後漢書》李賢注、《世説新語》劉孝標注、《水經注》、《文選》李善注中的注引和《北堂書鈔》《藝文類聚》《太平御覽》等類書徵引中的散傳或别傳也有一百八十四種之多。他們的統計還有遺漏，實際數量比這還要多。爲了梳理出更加符合歷史真實的唐人傳奇的宗祖譜系，有必要對漢魏六朝雜傳進行一次系統而全面的清理和考察，獲得對漢魏六朝雜傳的全面、清晰且符合其歷史本來面貌的認識，並在此基礎上，通過具體和準確的比堪與分析，揭示出漢魏六朝雜傳與唐人傳奇之間的傳承關係，特别是在文體方面的傳承關係。

---

① 李劍國、陳洪主編《中國小説通史》唐宋元卷，高等教育出版社 2007 年，第 411 頁。

三、興盛與散佚：漢魏六朝雜傳的文本生態

雜傳，在史志書目編目著録中隸屬於史部，是與正史、編年、雜史等并列的史部子類。自《隋書·經籍志》在史部中獨立雜傳一類開始，後世史志書目遂相因襲，唯其名或略有變化。《舊唐書·經籍志》沿襲此稱，《新唐書·藝文志》改稱“雜傳記”，《崇文總目》《宋史·藝文志》又改稱“傳記”，此後史志書目多從此稱，但也有例外，如明代藏書家祁承㸁《澹生堂藏書目》就不稱“傳記”而稱“記傳”。

歷代重要的史志書目如《隋書·經籍志》《舊唐書·經籍志》《新唐書·藝文志》《宋史·藝文志》都没有對雜傳作較爲明確的界定，元代的馬端臨始對其作了界説：“雜史、雜傳，皆野史之流出於正史之外者。蓋雜史，紀志編年之屬也，所記一代或一時之事；雜傳者，列傳之屬，所記者一人之事。”① 即通過對比雜史與雜傳，主要就二者在體裁上的不同作出界定。明代的焦竑也曾略加解説：“雜史、傳記皆野史之流，然二者體裁自異，雜史，紀志編年之屬也，紀一代若一時之事；傳記，列傳之屬也，紀一人之事。”② 焦竑的界定與馬端臨相近，也是將其在與雜史的比較中從體裁上加以界定。析而言之，他們對雜傳的界定實際上包含三個方面：一是正史之外的野史；二是列

① 馬端臨《文獻通考·經籍考》雜史各門總雜傳類序後按語，華東師範大學出版社 1985 年，第 538 頁。

② 焦竑《國史經籍志》卷三傳記類後注，《續修四庫全書》第 916 册，上海古籍出版社 2002 年，第 347 頁上。

傳之屬，即傳體；三是記一人之事。據此，本書將雜傳界定爲：正史以外的、與列傳相類的人物傳記。由於雜傳作品是《隋書·經籍志》首録，《隋書·經籍志》將它們稱爲“雜傳”，且本書確定的時間段爲漢魏六朝時期，故在本書論述中，我們沿襲《隋書·經籍志》的“雜傳”之稱，以雜傳名之。

《隋書·經籍志》史部雜傳序云：“又漢時，阮倉作《列仙圖》，劉向典校經籍，始作《列仙》、《列士》、《列女》之傳，皆因其志尚，率爾而作，不在正史。”這樣，《隋書·經籍志》雜傳序在邈遠的歷史回眺之後，把雜傳的“始”作落實在劉向的《列仙》《列士》《列女》諸傳上，這一説法是基本符合雜傳産生的歷史實際的。司馬遷作《史記》，創立紀傳體，紀傳體包括本紀、世家、表、志、列傳。這五種體裁，或五個部分，在司馬遷的《史記》中是不可分割的：“紀以包舉大端，傳以委屈細事，表以譜列年爵，志以總括遺漏，逮於天文、地理、國典、朝章，顯隱必該，洪纖靡失。”① 到西漢中後期，劉向將紀傳體史書中的傳記體運用最爲完備的部分——列傳——取出，離紀傳體而獨行，即單獨運用傳記體傳寫人物，作《列仙》《列士》《列女》諸傳，這些人物傳，已“不在正史”，標志着雜傳與正史的正式分立，成爲正史列傳以外的另一種人物傳記文體，雜傳文體也隨之形成了。

劉向以來的兩漢時期和整個魏晉南北朝時期，雜傳創作異

① 劉知幾撰，浦起龍釋《史通通釋》卷二《二體》第二，上海古籍出版社1978年，第28頁。

常興盛和繁榮。《隋書·經籍志》雜傳類序在説明爲何要立雜傳一門時，其理由之一就是“相繼而作者甚衆”。劉勰也説：“及魏代三雄，記傳互出……至於晉代之書，繁乎著作……”① 敏感的目録學家注意到了雜傳創作的這一繁榮的局面，並將其體現出來，雜傳因此而成類。《隋書·經籍志》史部雜傳類中共著録有雜傳“二百一十七部，一千二百八十六卷，通計亡書，合二百一十九部，一千五百三卷”。《隋書·經籍志》雜傳類所著録的雜傳，基本上都是漢魏六朝時期的作品。由此可見漢魏六朝時期雜傳創作的繁盛局面。這已是相當大的一個數，而清人姚振宗在其《隋書經籍志考證》一書中統計，漢隋之際的雜傳共有四百七十種，這是《隋書·經籍志》所著録的雜傳數量的一倍多。

其實，姚氏在《隋書經籍志考證》中的統計還有遺漏，漢魏六朝時期出現的雜傳還遠不止這些。這從諸家藝文志補中可窺見大略。兩漢雜傳，侯康《補後漢書藝文志》史部雜傳類録有四十種，姚振宗《後漢藝文志》史部雜傳記類録有五十八種，曾樸《補後漢書藝文志并考》史部雜傳類録有四十七種，顧櫰三《補後漢書藝文志》録有後漢散傳和部分類傳四十四種。三國雜傳，侯康《補三國藝文志》史部雜傳類著録有雜傳五十二種，姚振宗《三國藝文志》史部雜傳記類著録有五十四種。兩晉雜傳，丁國鈞《補晉書藝文志》卷二史録雜傳類補録

① 劉勰撰，范文瀾注《文心雕龍注》卷四《史傳》第十六，人民文學出版社 1998 年，第 285 頁。

有二百三十六種，文廷式《補晉書藝文志》卷二—卷三史部雜傳類補録有二百二十四種，秦榮光《補晉書藝文志》卷二史部傳記類補録有三百四十五種，吴士鑑《補晉書藝文志》卷二史録雜傳類中補録有二百四十三種，黄逢元《補晉書藝文志》卷二史録雜傳類補録有九十一種。南北朝雜傳，徐崇《補南北史藝文志》史部雜傳類卷一《南史》著録有四十六種雜傳，除去其中的志怪十種，實際共三十六種；卷二《北史》著録有十九種，除去志怪三種，實際共十六種，合《南史》《北史》雜傳共五十四種。另外，聶崇岐《補宋書藝文志》史部補録劉宋一代雜傳二十二種（其中包括志怪七種），陳述《補南齊書藝文志》卷二史部補録蕭齊一代雜傳八種，張鵬一《隋書經籍志補》卷二史部補録雜傳十一種（基本爲南北朝時期雜傳）。這些補録雖或有重復，但漢魏六朝雜傳的數量無疑是巨大的。

遺憾的是，由於種種原因，漢魏六朝時期産生的這些雜傳，除少數較爲完整地保存至今外，絶大多數都已散佚，今天，我們只能在各種古籍舊典的徵引中看到它們的斷章殘句。也正因爲如此，長期以來鮮有人注意這些雜傳。

直到清末，章宗源和姚振宗在整理《隋書·經籍志》時，才一併對這些雜傳作了粗略的考察。章宗源著《隋書經籍志考證》一書，其中的雜傳類部分，根據歷代書志著録情況，簡略考索了漢魏六朝雜傳中散傳的歷代著録和佚文見存情況，其後又有姚振宗著《隋書經籍志考證》一書，書中雜傳部分，在章宗源考訂的基礎上，作了許多補訂，取得了一些新的進展。但章、姚二人的考訂仍然比較粗疏，其所依據，多爲歷代書志，所取資料比較狹窄，且有許多遺漏和訛誤。但章、姚二人研究的開路之功還是不可抹殺的，他們的研究爲我們今天的全面的考輯與研究工作提供了不少有益的借鑒。

四、關注的缺失：漢魏六朝雜傳的研究現狀

自章、姚二人對漢魏六朝雜傳的初步梳理之後直到20世紀末，還沒有人對漢魏六朝雜傳做全面的考輯與研究，只是在一些傳記文學史著作中有很少的篇幅論及。如韓兆琦的《中國傳記文學史》、陳蘭村主編的《中國傳記文學發展史》、郭丹著《史傳文學》等，在敘及魏晉南北朝傳記文學時僅有一節篇幅對其加以概述。即使如李祥年的《漢魏六朝傳記文學史稿》這種斷代的傳記文學史，以漢魏六朝的傳記文學爲研究對象，也是以正史傳記如《史記》《漢書》等中的列傳爲主要研究對象，對漢魏六朝雜傳也只是概略論述①。也有少數學者對漢魏六朝時期的雜傳進行了零星的概略解析。如李祥年的《論魏晉南北朝的時代環境及社會思潮對雜傳內容的影響》以及田延峰的《漢魏六朝時期人物別傳綜論》②。

1998年秋，我遊學南開園，跟隨李劍國先生治中國小説

① 分別見：韓兆琦《中國傳記文學史》，河北教育出版社1992年；陳蘭村《中國傳記文學發展史》，語文出版社1999年；郭丹《史傳文學》，廣西師範大學出版社1999年；李祥年《漢魏六朝傳記文學史稿》，復旦大學出版社1995年。

② 李祥年《論魏晉南北朝的時代環境及社會思潮對雜傳內容的影響》，《浙江師範大學學報》1986年第2期；田延峰《漢魏六朝時期人物別傳綜論》，《寶雞文理學院學報》1995年第2期。

史，開始關注漢魏六朝雜傳，並從此與漢魏六朝雜傳研究結緣。時光荏苒，屈指之間，已十餘年矣。在這期間，我以《雜傳與小説：漢魏六朝雜傳研究》爲題，完成了我的博士學位論文，在考察漢魏六朝雜傳的基礎上，梳理漢魏六朝雜傳與唐人小説之間的淵源流變關係。其後陸續在各類學術期刊發表整理、考訂與研究漢魏六朝雜傳的學術論文。這些論文大致分爲兩類，一是對漢魏六朝雜傳進行個案考察與研究的論文，如《皇甫謐考》（載《文獻》2001 年第 4 期）、《略論皇甫謐雜傳的小説品格》（載《錦州師範學院學報》2002 年第 2 期）、《〈曹瞞傳〉考論：兼論六朝雜傳的小説化傾向》（載《古籍研究》2002 年第 1 期）、《文士群像的速寫：〈文士傳〉考論》（載《古籍研究》2002 年第 4 期）、《〈東方朔傳〉考論》（載《鞍山師範學院學報》2003 年第 2 期）、《劉向〈列士傳〉輯校》（載《文獻》2003 年第 2 期）、《劉向雜傳創作考論》（載《錦州師範學院學報》2003 年第 3 期）、《生命理念的投射：嵇康與〈聖賢高士傳贊〉》（載《古籍整理研究學刊》2004 年第 6 期；中國人民大學複印報刊資料《中國古代、近代文學研究》2005 年第 4 期全文轉載）、《論〈晏子春秋〉的傳記文學品格》（載《社會科學論壇》2006 年第 1 期）、《習鑿齒及其雜傳創作考論》（載《瀋陽師範大學學報》2008 年第 6 期）、《〈名士傳〉、〈竹林七賢論〉考論》（載《淮陰師範學院學報》2009 年第 6 期；《高等學校文科學術文摘》2009 年第 6 期轉載）等。二是對漢魏六朝進行整體宏觀分析與研究的論文，如《論六朝雜傳對史傳敘事傳統的突破與超越》（載《遼寧大學學報》2000 年第 6 期）、《六朝雜傳與傳奇體制》（載《武漢大學學報》2001 年第 5 期；中國人民大學複印報刊資料《中國古代、近代文學研究》2002 年第 2 期全文轉載）、《六朝雜傳概論》（載《遼寧大學學報》2002 年第 1 期）、《論漢魏六朝雜傳人物傳寫的小説化傾向》（載《瀋陽師範大學學報》2003 年第 2 期）、《略論雜傳之淵源及其流變》（載《遼寧大學學報》2003 年第 4 期）、《論六朝雜傳敘事建構的小説化傾向》（載《古籍研究》2003 年第 2 期）、《從漢魏六朝雜傳到唐人傳奇》（載《社會科學輯刊》2005 年第 5 期）、《虛構與漢魏六朝雜傳的小説化》（載《遼寧大學學報》2006 年第 4 期）、《略論唐人小説之史才、詩筆與議論》（載《瀋陽師範大學學報》2007 年第 6 期）、《漢魏六朝雜傳興盛的人文觀照及其品格檢視》（載《遼寧大學學報》2009 年第 3 期）等。

這些研究成果，在本書的撰寫中，都將以不同的形式加以吸收和利用。尤其是在我的博士論文《雜傳與小説：漢魏六朝雜傳研究》中所貫穿的對漢魏六朝雜傳與唐人傳奇關係的梳理與確認，依然將作爲本書考察漢魏六朝雜傳最基本角度與綫索。亦即將漢魏六朝雜傳置於中國古代小説史的背景之中，探尋其小説史意義，是本書對漢魏六朝雜傳進行梳理和研究的邏輯起點和方向。

令人欣慰的是，新世紀以來，已有越來越多的學者開始關注漢魏六朝雜傳，並嘗試從不同角度對其進行探討和研究。如張新科的《三國志所引雜傳述略》一文考察了《三國志》裴注所引雜傳，認爲：從形式上看，這些雜傳與史傳不同，它們脱離史書獨立存在，思想自由，篇幅短小，靈活多樣，標志着魏晉時期古典傳記文學進入了一個新的發展階段；從藝術淵源看，它們繼承了以《史記》爲代表的史傳傳統，但又有發展，往往以細節和人物的言行刻畫傳主形象，心理刻畫較爲細膩，且具有傳奇色彩和感情色彩。它們既補充了《三國志》的不足，又使歷史人物個性化，因而有較高的史學、文學價值。劉湘蘭的《兩晉史官制度與雜傳的興盛》一文認爲兩晉"著作郎始到職，必撰名臣傳一人"的史官制度，爲寒微士人憑藉文史著述之才進入仕途打開了一個門徑，激發了寒士們對人物别傳的創作熱情，由此導致了兩晉雜傳的大量湧現。仇鹿鳴的《略談魏晉的雜傳》一文則主要通過分析郡書、家傳、别傳三種類型的雜傳，探討了雜傳與當時的社會風氣，尤其是士族文化之間的關係。朱静的《魏晉别傳繁興原因探析》一文認爲，别傳之所以在魏晉時期創作如此繁盛，史官文化傳統、九品中正的選官制度等是其主要的原因。楊子龍的《淺析魏晉南北朝時期雜傳之别傳》一文從别傳的内容題材出發，探討别傳這一體式能在魏晉時期興盛的原因，並提出别傳對於研究魏晉文學歷史的一些作用。陳慶的《小議漢魏六朝人物别傳》對"别傳"概念進行了辨析，探討了漢魏六朝時期的人物别傳，並提出了該時期"别傳類傳記"的史學範疇。另外，趙華的《略論别傳與史傳之異同》一文對别傳與史傳作了界定，王焕然的《試論漢末的名士别傳》則主要討論了漢末的名士别傳，陳東林的《劉向〈列女傳〉的體例創新與編撰特色》與李亮的《魯迅與會稽郡故書雜集》則是在其他問題的討論中涉及了漢魏六朝雜傳①。

在這些分散的討論之外，也有碩士學位論文、博士學位論文對漢魏六朝雜傳進行了較爲深入的討論。如2004年南京師範大學朱静的碩士學位論文《魏晉别傳研究》與2003年臺灣高雄師範大學李興寧的博士學位論文《魏晉時期别傳研究》，專門討論魏晉時期的别傳。2005年南京大學劉湘蘭的博士學位論文《六朝史傳、雜傳與小説敘事比較研究》則從敘事學的角度探討了史傳、雜傳與小説敘事之間的區别與聯繫②。

這些討論，有的頗有新見，如劉湘蘭在《兩晉史官制度與雜傳的興盛》中提出的兩晉"著作郎始到職，必撰名臣傳一人"的史官制度對雜傳創作的促進作用，值得參考。當然，也有的

① 張新科《三國志所引雜傳述略》，載《陝西師範大學學報》2003年第5期；劉湘蘭《兩晉史官制度與雜傳的興盛》，載《史學史研究》2005年第2期，中國人民大學複印報刊資料《魏晉南北朝隋唐史》2005年第5期全文轉載；仇鹿鳴《略談魏晉的雜傳》，載《史學史研究》2006年第1期；朱静《魏晉别傳繁興原因探析》，載《鹽城師範學院學報》2006年第2期；楊子龍《淺談魏晉南北朝時期雜傳之别傳》，載《四川教育學院學報》2009年第3期；陳慶《小議漢魏六朝人物别傳》，載《四川理工學院學報》2008年第2期；趙華《略論别傳與史傳之異同》，載《黑河學刊》2003年第6期；王焕然《試論漢末的名士别傳》，載《瀋陽師範大學學報》2004年第2期；陳東林《劉向〈列女傳〉的體例創新與編撰特色》，載《明清小説研究》2006年第2期；李亮《魯迅與會稽郡故書雜集》，載《魯迅研究月刊》2006年第1期。

② 朱静《魏晉别傳研究》，2004年南京師範大學碩士學位論文；李興寧《魏晉時期别傳研究》，2003年高雄師範大學博士學位論文（已出版，收入潘美月、杜潔祥主編《古典文獻研究輯刊五編》中，花木蘭文化出版社2006年）；劉湘蘭《六朝史傳、雜傳與小説敘事比較研究》，2005年南京大學博士學位論文（已出版，更名爲《中古敘事文學研究》，北京大學出版社2011年）。

論述還不够成熟，如陳慶《小議漢魏六朝人物别傳》中提出的“别傳類傳記”的論述，趙華《略論别傳與史傳之異同》一文中對别傳與史傳的界定等，都還有進一步深化的必要。總體而言，到目前爲止對漢魏六朝雜傳的研究都還是零星和分散的，研究重心也主要集中於魏晉時期，以别傳爲主。

五、文本考訂與小説史觀照：漢魏六朝雜傳研究的目標與方法

如上文所言，由於漢魏六朝時期的雜傳多已散佚，如今，我們只能在諸如《三國志》《文選》等古籍舊注和《藝文類聚》《太平御覽》等類書摘引中看到漢魏六朝雜傳的斷章殘句。故對漢魏六朝雜傳的研究，必須以對漢魏六朝雜傳準確的輯佚校勘爲基礎。本書對漢魏六朝雜傳的討論，將以本人所輯《漢魏六朝雜傳集》爲基礎。

本書對漢魏六朝雜傳的研究，實際上包含三個層面：一是對漢魏六朝雜傳的存佚、著録、作者等進行詳細考索，力求釐清每一種雜傳的基本情況；二是對漢魏六朝雜傳進行細緻的文本研究，對每一種雜傳的人物傳寫、敘事建構、風格取向等各方面進行系統解析；三是在對每一種雜傳微觀研究的基礎上，對整個漢魏六朝時期的雜傳創作進行宏觀審視，分析總結漢魏六朝雜傳的人文品格，並對其歷史地位與價值，特别是其中國古代小説史意義作出判斷。

本書首先要探尋漢魏六朝雜傳概念及其淵源。從正名入手，本書首先明晰了傳、列傳、雜傳的概念，雜傳的類别和流

變，重點梳理了雜傳從萌芽到形成到興盛的历史過程。雜傳的出現，《史記》具有重要的意義，它的列傳之體爲雜傳的興起提供了體例範式，隨後，劉向的《列女傳》《列士傳》諸傳將司馬遷《史記》中的列傳之體從正史中析出，化爲單行之體，確立了雜傳的基本體制模式和創作規範，標志着雜傳文體的形成。所以前人推究雜傳之源，常提到劉向諸傳的開路之功，如《隋書·經籍志》雜傳序之論。但從《隋書·經籍志》雜傳序的論述來看，它主要是指如《列士傳》《高士傳》之類的以叢集形式出現的類傳，就此而言，是有道理的，而雜傳中還有大量的以單篇形式出現的散傳，推其本源，則應追溯到《穆天子傳》。在先秦兩漢，如《穆天子傳》一類的傳記性作品還有《晏子春秋》《燕丹子》等，這些傳記性作品，不僅影響了漢魏六朝雜傳中散傳一類的體制模式的形成，而且在行文運事等諸多方面也爲漢魏六朝雜傳提供了有益的經驗，比如傳聞虚誕之事的入傳等等。

其次，本書擬對漢魏六朝雜傳的文本進行細緻深入的考訂與研究。在先秦以來《穆天子傳》等傳記性作品以及劉向所作《列女》等傳的示範作用下，大約在西漢末至東漢時期，雜傳逐漸興起，並湧現出了如《東方朔傳》《趙飛燕外傳》《李陵别傳》《鍾離意别傳》《三輔决録》等一大批雜傳，這預示着雜傳創作黄金時代的即將到來。漢魏六朝時期的雜傳數量巨大，本書將其按時代順序劃分爲四個板塊來加以討論，即兩漢時期、三國時期、兩晉時期和南北朝時期。當然，這種劃分只是爲了研究的方便，是就其創作狀況而言，並不代表雜傳發展的階段，因爲，漢魏六朝雜傳實際上是無法分出發展階段的。在此部分，本書將對漢魏六朝時期的重要雜傳作品進行一次全面、細緻深入的考訂、分析與研究，不僅涉及它們的作者、文本存佚、創作背景、内容等方面，更重要的是發現與確認它們獨特的文體特徵，將它們置於史傳與小説建立的坐標中，研究它們在文體等方面與史傳及小説的區别與聯繫，揭示它們的小説品格之所在，這是本書的重點之一。

在對漢魏六朝雜傳進行全面深入的文本考訂與解讀的基礎上，本書擬進一步對漢魏六朝雜傳加以宏觀審視，分析總結漢魏六朝雜傳的人文特性與品格。包括漢魏六朝雜傳興起與興盛的時代背景、漢魏六朝雜傳的趣尚與價值等，並對漢魏六朝雜傳的小説品格加以重點闡釋，並由此梳理出漢魏六朝雜傳與唐人傳奇之間的源流關係，特别是文體上的傳承關係，揭示這一研究的小説史意義。由於漢魏六朝雜傳多是“方聞之士”① 或“幽人處士”② 的“率爾而作”③，已與史傳有了很大的不同：在爲傳態度上，由於雜傳創作的非官方個人性質，雜傳作者在思想上便没有了限定和束縛，因而不論是在思想藴含還是行文風格等方面，都表現出了異於正統史傳的特質。特别是在對待史事的態度上，不再追求“信實”，常以傳聞虚誕之事入傳，即所謂“雜

①《宋三朝藝文志》傳記類序，見馬端臨《文獻通考·經籍考》雜史各門總雜傳類序引，華東師範大學出版社 1985 年，第 537 頁。

② 焦竑《國史經籍志》卷三傳記類序，《續修四庫全書》第 916 册，上海古籍出版社 2002 年，第 346 頁下。

③ 魏徵等《隋書·經籍志》雜傳類序，中華書局 1973 年，第 982 頁。

以虛誕怪妄之説”①,或“鬼神怪妄之説往往不廢”②。由此,造成了漢魏六朝雜傳的普遍小説化傾向，具體表現在如下幾個方面：在人物傳寫方面，由正統史傳對人物的歷史化定位和對政治資鑒及道德勸誡意義的重視轉向對人物性格的關注和表現，人物傳寫傾向生活化、個性化；在敘事建構方面，擺脱了正統史傳僅僅對史事的陳述，敘事建構表現出一定的形象性、故事性和情節性，並注重虛構中的真實感；在風格取向方面，從正統史傳的莊重儒雅走向輕松幽默的多樣性，主流風格傾向諧謔化、藻飾化，同時有濃重的自我色彩。這種小説化傾向的普遍存在，才使漢魏六朝雜傳成爲唐人傳奇的直接宗祖，可以説，漢魏六朝雜傳的小説化傾向，實質是向唐人傳奇的趨近或轉化，唐人傳奇正是在此基礎上孕育、發展起來。也就是説，唐人傳奇的興起，是漢魏六朝雜傳小説化的必然結果，傳奇文體對雜傳文體的繼承，就是這一必然結果的突出體現，甚至可以説，傳奇文體是唐人傳奇淵源於漢魏六朝雜傳最爲顯著的標志。

在追尋上述目標的同時，本書還將兼及與漢魏六朝雜傳相關聯的漢魏六朝文化的某些方面。

本書的研究横跨史學和文學兩大領域，涉及雜傳和小説（特别是唐人傳奇）及與之相關的許多方面，所以，本書試圖在史學與文學的廣闊領域中，以中國正統史傳和古典小説建立一個立體的坐標，通過跨文史或者説兼文兼史的視角，對漢魏六

① 魏徵等《隋書・經籍志》雜傳類序，中華書局 1973 年，第 982 頁。

② 焦竑《國史經籍志》卷三傳記類序，《續修四庫全書》第 916 册，上海古籍出版社 2002 年，第 346 頁下。

朝雜傳進行研究。既考察它的史學特徵，揭示它的史學價值和意義，也考察它的文學内蘊特別是小説品格，探尋它對唐人傳奇的孕育作用，特別是它對傳奇文體形成的誘發和啟導，揭示它與唐人傳奇之間的源流關係，從而闡明它對中國古典小説發展的貢獻，確立它在中國古代小説史上的應有地位。

本書對漢魏六朝雜傳的研究，採取了以下的方法：

一、文獻學的方法。在漢魏六朝時期的雜傳多已散佚的情況下，本書對漢魏六朝雜傳的研究，採用了文獻學的方法，漢魏六朝多已散佚，對其文本基本情況的清理整輯，堅持以文獻爲依據，力求在充分的文獻證據下恢復漢魏六朝雜傳的本來面貌。使本書的研究最大限度地趨近於準確和客觀。

二、比較研究的方法。比較是辯明事物異同的一條重要途徑。由於本書研究取向的邊緣性質和尋源探流、品格揭示的終極目標，比較方法的運用是很廣泛的。比如史傳與小説的比較、史傳與雜傳的比較、雜傳與小説及唐人傳奇的比較、各個時期雜傳具體作品的比較等等，本書中的比較，涉及面很廣，其目的就是要揭示漢魏六朝雜傳基本面貌、獨特品格以及向唐人傳奇的演進。

三、微觀考論與宏觀解析相結合。本書的研究，是在具體的雜傳作家、作品的分析基礎上探討漢魏六朝雜傳的整體品格及其與唐人傳奇之間的關係，所以，是微觀考論與宏觀解析的結合。對具體的作家、作品的個案研究是微觀的考論，注重文本的分析；而對漢魏六朝雜傳人文特性與品格的分析以及其與唐人傳奇的關係等的梳理則是宏觀的解析。微觀的考論提供確鑿的文獻基礎，宏觀的解析架構邏輯的理論體系。

四、史學觀照與文學觀照相結合。這是由本書研究對象的跨學科性質決定的。漢魏六朝雜傳是史學之屬，研究它，是不能忽視其史學特徵和價值的，同時，我們又要梳理它的小説化傾向，探尋它與唐人傳奇的文體聯繫，這又屬文學的範疇，所以，對漢魏六朝雜傳的研究，只有史學觀照與文學觀照相結合，才能獲得對漢魏六朝雜傳客觀、全面的認識。

需要説明的是，本書研究的範圍是漢魏六朝雜傳，雖包括整個漢代，但實際上，雜傳真正的出現是在劉向以後，所以，本書所言的漢魏六朝實際是上限起於自劉向開始的西漢末，下限則止於隋亡。兩漢時期大致是指劉向以後的西漢末至東漢末的建安元年（196）。三國時期，則包括建安年間，從建安元年（196）至魏咸熙二年或晉泰始元年（265）。本書之所以把三國時期上限定在建安元年，是因爲自建安元年始，曹操挾漢獻帝遷都於許昌，實際上已開始了一個新的時代，故歷史上多有人把"漢建安"稱爲"魏建安"①，而最爲重要的是，在建安年間叱吒風雲的重要人物多有雜傳，這些人物的活動和影響多主要在建安年間及其以後的三國時期，如諸葛亮、曹操等，撰寫他們的雜傳也必定多出於建安及其稍後的三國時期，如果將它們劃入漢代，有生硬、割裂之嫌，故將三國時期的起點定在建安元年。兩晉時期，從司馬炎代魏始即晉泰始元年（265）至劉裕代

① 班固撰，顔師古注《漢書》，中華書局1962年，第4頁。顔師古《漢書·敘例》云："諸家注釋，雖見名氏，至於爵里，頗或難知。傳無所有，具列如左：……鄧展，南陽人，魏建安中爲奮威將軍，封高樂鄉侯。"

晉止。南北朝時期，則始自劉宋永初元年（420），止於隋大業十四年（618）隋亡。之所以止於隋亡，乃據嚴可均以及逯欽立等人之成例，嚴可均之《全上古三代秦漢三國六朝文》及逯欽立之《先秦漢魏晉南北朝詩》，都以隋代系於南北朝之末，這是有一定道理的，而且就本書研究的實際看，由於最終目的是探尋雜傳與唐人傳奇的關係，隋代的雜傳創作基本可視爲一個連接點，故本書也把隋代系於南北朝。當然，這四個板塊的劃分並不絕對，因爲有一些雜傳作者跨越兩個時期，還有一些雜傳的作者已無法確考，這些雜傳的作年實難明確斷定，故有些雜傳歸入某一板塊，只是粗略地判定或爲了討論方便的權宜之計，在本書中並不斤斤計較某一雜傳歸屬於哪一板塊更合適。

上編　雜傳與雜傳的興起

第一章　列傳與雜傳

孔子與他的弟子子路有一次著名的討論，在這次討論中，孔子提出了他的“正名”之説，他認爲必須正名，因爲“名不正，則言不順；言不順，則事不成；事不成，則禮樂不興；禮樂不興，則刑罰不中；刑罰不中，則民無所措手足。故君子名之必可言也，言之必可行也。君子於其言，無所苟而已矣”①。也就是説，名正言順，則辦事方能成功，禮樂則能興盛，審判合符法度，民衆才會遵循。反之，概念混淆，言語顛倒，人們將不知所措、無所適從。從語言修辭邏輯學的角度看，即是指名稱概念的明確和與實際相符，才能準確而恰如其分地進行表述。所以，在開始討論漢魏六朝雜傳之前，我們要對雜傳及其相關的一些概念，如“傳”“列傳”等的内涵及外延加以明晰和釐定。

第一節　傳　列傳

雜傳是相對於正史列傳而言，故在討論雜傳之前，有必要

①《論語》之《子路》第十三，見何晏集解，邢昺疏《論語注疏》，《十三經注疏》本，中華書局1996年，第50頁。劉寶楠正義《論語正義》，《諸子集成》本，上海書店1986年，第283頁。

對“傳”“列傳”及其相關者略加説明。

一、傳

列傳和雜傳，都與“傳”“傳記”相聯繫，傳，《廣雅·釋言》云：“傳，（敷）傳也。”①《釋名》認爲傳有轉、傳示之義，《釋名·釋書契》云：“傳，轉也，轉移所在，執以爲信也。”《釋名·釋典藝》又曰：“傳，傳也，以傳示後人也。”②劉勰和劉知幾以爲作爲解經之書的傳便是從此演變而來。《文心雕龍·史傳》云：“傳者，轉也，轉授經旨，以授於後，實聖文之羽翮，記籍之冠冕也。”③《史通·六家》云：“《左傳》家者，其先出於左丘明，孔子既著《春秋》，而丘明受經作傳，蓋傳者，轉也，轉受經旨，以授後人，或曰，傳者，傳也，所以傳示來世。”④但章炳麟認爲並非如此，他在《文學總略》中説：

> 世人以經爲常，以傳爲轉，以論爲倫，此皆後儒訓説，未必睹其本真。案經者，編絲綴屬之稱，異於百名以下用版者，

---

① 王念孫疏證《廣雅疏證》卷五下《釋言》，《清疏四種合刊》本，上海古籍出版社 1989 年，第 497 頁。

② 劉熙撰，王先謙撰集《釋名疏證補》卷六《釋書契》第十九、《釋典藝》第二十，《清疏四種合刊》本，上海古籍出版社 1989 年，第 1076 頁、第 1079 頁。

③ 劉勰撰，范文瀾注《文心雕龍注》卷四《史傳》第十六，人民文學出版社 1998 年，第 284 頁。

④ 劉知幾撰，浦起龍釋《史通通釋》卷一《六家》第一，上海古籍出版社 1978 年，第 10—11 頁。

亦猶浮屠書稱修多羅,修多羅者,直譯爲綫,譯義爲經,蓋彼以貝葉成書,故用綫連貫也;此以竹簡成書,亦編絲綴屬也。傳者,專之假借,《論語》:"傳不習乎。"魯作"專不習乎。"《説文》訓專爲六寸簿。簿即手版,古謂之忽。書思對命,以備或忘,故引申爲書籍記事之稱。書籍名簿,亦名爲專。專之得名,以其體短,有異於經。鄭康成《論語序》云:"《春秋》二尺四寸,《孝經》一尺二寸,《論語》八寸。"此則專之簡策,當復短於《論語》,所謂六寸者也。論者,古但作侖,比竹成册,各就次第,是之謂侖。籥亦比竹爲之,故龠字從侖,引伸則樂音有秩亦曰侖。"於論鼓鐘"是也;言説有序亦曰侖,"坐而論道"是也。《論語》爲師弟問答,乃亦略記舊聞,散爲各條,編次成帙,斯曰侖語,是故繩綫連貫謂之經,簿書記事謂之專,比竹成册謂之侖。各從其質以爲之名,亦猶古言方策,漢言尺牘,今言劄記矣。①

傳之本義又與遽同,《爾雅》云:"遽,傳也。"②段玉裁在《説文解字注》也説:"傳,遽也。"又説:"遽,傳也,與此爲互訓,此二篆之本義,周禮:行夫掌邦國傳遽,若今時乘傳騎而使者也。《玉藻·士》曰:'傳遽之臣。'注云:'傳遽以車馬給使

① 章太炎《文學總略》,見劉夢溪主編《中國現代學術經典》之《章太炎卷》,河北教育出版社 1996 年,第 49—50 頁。亦見莫礪鋒編《程千帆選集》第二種《文論十箋》上輯之《文學總略》,遼寧古籍出版社 1996 年,第 382—383 頁。

② 郝懿行疏《爾雅郭注義疏》上二《釋言》,《清疏四種合刊》本,上海古籍出版社 1989 年,第 91 頁。

者也。’《左傳》、《國語》皆曰：‘以傳召伯宗。’注皆云：‘傳，驛也。’漢有置傳、馳傳、乘傳之不同。按傳者如今之驛馬，驛必有舍，故曰傳舍。又文書亦謂之傳，司關注云：‘傳如今移過所文書是也。’引申傳遽之義，則凡輾轉引申之稱皆曰傳，而傳注、流傳皆是也。”

所以，以段氏所見，傳引申爲傳注，在傳注的意義上，逐漸演進爲書籍之稱，進而文體之稱。《春秋公羊傳》定公元年（前509）中“主人習其讀而問其傳”句何休注云：“傳，謂訓詁。”① 傳與訓詁之義相通，不過，又略有區別，馬瑞辰《毛詩傳箋通釋》説：“詁訓第就經文所言者而詮釋之，傳則並經文所未言者而引伸之，此詁訓與傳之别也。”②《尚書序》注疏云：“以注者多言曰傳，傳者，傳通故也。”又説：“傳即注也，以傳述爲義，舊説漢以前稱傳。”③《儀禮·士冠禮》注疏云：“孔子之徒言傳者，取傳述之意。”④ 結合段氏所論和章炳麟所考，則傳，指對經的事實性補充，故以記事爲主。由於傳注多爲對儒家經典的解釋，傳便逐漸成爲解釋儒家經典之作的名稱，《論衡》卷三八《書解》云：“聖人作其經，賢者造其傳，述作者之意，採聖人之

① 何休注，徐彦疏《春秋公羊傳注疏》卷二五《定公元年》，《十三經注疏》本，中華書局1996年，第140頁。

② 馬瑞辰撰，陳金生點校《毛詩傳箋通釋》卷一《雜考各説》之《毛詩詁訓傳名義考》，中華書局1989年，第4—5頁。

③ 孔安國傳，孔穎達疏《尚書正義》卷一《尚書序》注疏，《十三經注疏》本，中華書局1996年，第4頁、第8頁。

④ 鄭玄注，賈公彦疏《儀禮注疏》卷一《士冠禮》第一，《十三經注疏》本，中華書局1996年，第1頁。

志，故經須傳也。”[①] 張華《博物志》就説：“聖人製作曰經，賢者著述曰傳。”[②] 桓譚《新論》説：“傳於經，猶衣之表裹相持而成。”[③] 這種含義在司馬遷《史記》出現以後，仍很普遍，班固之流也經常使用這一含義，如《漢書·藝文志》第十云：“故與左丘明觀其史記……有所褒諱貶損，不可書見，口授弟子……丘明恐弟子各安其意，以失其真，故論本事而作傳，明夫子不以空言説經也。”[④] 在《論衡》一書中，這一意義也很普遍，不過，已有所擴大，不僅指解釋儒家經典之書，也指儒家經典以外的所有書籍，如《書虚》中“傳曰：太山之高巍然，去之百里，不見蟲垂螺，遠也”。又如《變動》中云：“傳曰：燕有寒穀，不生五穀，周衍吹律，寒穀復温。”[⑤] 等等。有時，也專指《左傳》，如上引桓譚《新論》之語中傳即特指《左傳》。而名傳者，則更不拘泥，如《漢書·藝文志》中著録的《高祖傳》《孝文傳》，是策詔之類，也以傳稱。

司馬遷的《史記》是傳由指解經之作轉變爲指以人爲中心

① 王充撰，黄暉校釋《論衡校釋》卷二八《書解篇》，《新編諸子集成》本，中華書局 1990 年，第 1158 頁。

② 張華撰，范寧校證《博物志校證》卷六“文籍考”，中華書局 1980 年，第 72 頁。

③ 桓譚《新論》，見嚴可均《全後漢文》卷一三——五，中華書局 1995 年，第 537—553 頁。

④ 班固撰，顔師古注《漢書·藝文志》之《春秋》家後序，中華書局 1962 年，第 1715 頁。

⑤ 王充撰，黄暉校釋《論衡校釋》卷四《書虚篇》第十六、卷一五《變動篇》第四十三，《新編諸子集成》本，中華書局 1990 年，第 171 頁、第 659 頁。

的敘事之文體的關鍵。不過，就司馬遷的本意言，傳，仍有解經之意的存在，他在《史記·太史公自序》中自言："作七十列傳……以拾遺補蓺，成一家之言，厥協六經異傳，整齊百家雜語，藏之名山，副列京師，俟後世聖人君子。第七十。"司馬貞《索隱》云：異傳"遷言以所傳取協於六經異傳諸家之説耳，謙不敢比經藝也。異傳者，如子夏《易傳》、毛公《詩》及韓嬰《外傳》、伏生《尚書大傳》之流者也"。張守節《正義》也説："太史公撰《史記》，言其協於《六經》異文，整齊諸子百家雜説之語，謙不敢比經藝也。異傳，謂如丘明《春秋外傳國語》、子夏《易傳》、毛公《詩傳》、韓《詩外傳》、伏生《尚書大傳》之流也。"① 朱東潤説："一百三十篇《史記》，只是模仿《春秋》的作品：十二本紀仿十二公，七十列傳仿公羊、穀梁，傳的原意，有注的意思……七十列傳只是七十篇注解，把本紀或其它諸篇的人物，加以應有的注釋。"② 李祥年對此則從司馬遷的思想方面闡釋了這一點③。同時，在司馬遷那裏，傳，除了主要指以人爲中心的敘事之文外，也有把不以人爲中心的敘事文稱傳的，如《大宛列傳》《龜策列傳》。

但毫無疑問，無論司馬遷的初衷如何，他的《史記》以人

---

① 司馬遷撰，裴駰集解，司馬貞索隱，張守節正義《史記》卷一三〇《太史公自序》，中華書局 1982 年，第 3319—3321 頁。

② 朱東潤《張居正大傳·序》，見《張居正大傳》，百花文藝出版社 2000 年，第 15 頁。

③ 李祥年《漢魏六朝傳記文學史稿》第七章《魏晉南北朝新傳記的崛起》（上）二《儒家經學對傳記創作的影響與束縛》，復旦大學出版社 1995 年，第 131 頁。

爲中心來敘事，確立並使傳真正成爲一種文體。對此，後世文體學著述，多有論定，吴訥就説："太史公創《史記》列傳，蓋以載一人之事，而爲體亦多不同……"徐師曾説："自漢司馬遷作《史記》，創爲列傳以紀一人之始終，而後世史家卒莫能易。"① 趙翼也説："古書凡記事立論及解經者，皆謂之傳，非專記一人事蹟也，其專記一人爲一傳者，則自遷始。"② 陳必祥説："傳記作爲一種獨立的散文體裁，是從兩漢時期開始的，偉大的散文家司馬遷，用其畢生精力，寫出了一部'究天人之際，通古今之變，成一家之言'的歷史巨著《史記》，從而開創了我們傳記體散文的先例。"③ 美籍華人汪榮祖也説："傳之義多矣。左氏傳述經旨，賢人之書也，無與一人之終始。紀一人終始，肇自史遷。"④ 以上古今諸家所論，都明確指出了司馬遷的《史記》，改變了傳的本義及轉義，傳始述一人之始終，開創了傳記之體。

也有人認爲傳記體的出現並非始自司馬遷的《史記》，梁任昉《文章緣起》就認爲傳體始於東方朔《非有先生傳》，不過，《非有先生傳》本身卻存在疑點，這篇作品今見於《漢書》卷六五《東方朔傳》和《文選》卷五一，篇名卻是《非有先生論》，考察該文，其文內容實際上也是以議論爲主，與記敘人物

① 吴訥撰，于北山點校《文章辨體序説》，徐師曾撰，羅根澤點校《文體明辨序説》，人民文學出版社 1998 年。

② 趙翼撰，王樹民校證《廿二史劄記校證》（訂補本）卷一"各史例目異同"條，中華書局 2005 年，第 5 頁。

③ 陳必祥《古代散文文體概論》分論（二）《傳記體散文》，河南人民出版社 1986 年，第 58 頁。

④［美］汪榮祖《史傳通説》傳記第八，中華書局 1989 年，第 95 頁。

生平事蹟的“傳”相去甚遠；且其主人公名“非有先生”，明顯是虛構人物，文章主要通過他這個虛構人物發表議論，對其本人可以説根本不加傳述，與司馬相如的《子虛賦》等相類，乃漢賦之慣常手法，所以，《非有先生傳（論）》應屬賦體。由於任昉《文章緣起》在唐修《隋書·經籍志》時就已亡佚[①]，現在看到的《文章緣起》爲唐代張績所輯補，我們已無法知其作《非有先生傳》的依據，而《漢書》最早，當最爲可信。當代學者陳蘭村在其主編的《中國傳記文學發展史》中雖把傳記文學的産生前推至先秦，但卻並未列出一部獨立的傳記作品，而僅在“先秦傳記文學發展的特點和影響”一節中説：“戰國時期已出現了作爲人物傳記的‘傳’這一名稱，但實際上稱‘傳’的作品只有傳記小説《穆天子傳》……”[②]事實是，《穆天子傳》最初也不名“傳”，本書後有詳論。

傳由解經之作的稱謂演變爲以人物爲中心的敘事文的名稱的過程，清代的章學誠之説雖不够全面準確，但還是頗爲條辨，可資參考：

> 傳記之書，其流已久，蓋與六藝先後雜出，古人文無定體，經史亦無分科。《春秋》三家之傳，各記所聞，依經起義，

---

①《隋書·經籍志》集部著録姚察《文章始》之後注云：“梁有《文章始》一卷，任昉撰；《四代文章記》一卷，吴郡功曹張防撰。亡。”

② 陳蘭村主編《中國傳記文學發展史》第一章《〈詩經〉中的傳記文學萌芽》第五節《先秦傳記文學發展的特點和影響》，語文出版社1999年，第41頁。

雖謂之記可也。經《禮》二戴之記，各傳其説，附經而行，雖謂之傳可也。其後支分派别，至於近代，始以録人物者，區爲之傳；敘事蹟者，區爲之記……及於漢初，皆知著述之事，不可自命經綸，蹈於妄作，又自以立説，當稟聖經以爲宗主，遂以所見所聞，各筆於書而爲傳記。若二《禮》諸記，《詩》、《書》、《易》、《春秋》諸傳是也。蓋皆依經起義，其實各自爲書，與後世箋注自不同也。後世專門學衰，集體日盛，敘人述事，各有散篇，亦取傳記爲名，附於古人傳記專家之義爾……①

又説：

傳者，對經之稱，所以轉授訓詁，演繹義蘊，不得已而筆之於書者也。左氏彙萃寶書，詳具《春秋》終始，而司馬氏以人别爲篇，標傳稱列，所由名矣。經旨簡嚴，而傳文華美，於是文人沿流忘源，相率而撰無經之傳，則唐宋文集之中，所以紛紛多傳體也。②

二、列傳

司馬遷《史記》的誕生，就史學意義而言，創立了紀傳史

① 章學誠撰，葉瑛校注《文史通義校注》卷三《傳記》，中華書局 1985 年，第 248 頁。

② 章學誠撰，葉瑛校注《文史通義校注》卷七外篇《永清縣志列傳序例》，中華書局 1985 年，第 760 頁。

體是其貢獻之一，此一史體，包括本紀、世家、列傳、表、書五個部分，關於這五個部分，他在《史記·太史公自序》中説：

> 罔羅天下放失舊聞，王跡所興，原始察終，見盛觀衰，論考之行事，略推三代，録秦漢，上記軒轅，下至於兹，著十二本紀，即科條之矣。並時異世，年差不明，作十表。禮樂損益，律曆改易，兵權山川鬼神，天人之際，承敝通變，作八書。二十八宿環北辰，三十輻共一轂，運行無窮，輔拂股肱之臣配焉，忠信行道，以奉主上，作三十世家。扶義俶儻，不令己失時，立功名於天下，作七十列傳。①

司馬遷在此解釋了這五個部分的寫作目的和内容，由於目的和内容的不同，這五個部分的體例也是不同的，關於本紀，司馬貞《索隱》云："紀者，記也，本其事而紀之，故曰本紀。又紀，理也，絲縷有紀，而帝王書稱紀者，言爲後代綱紀也。"張守節《正義》云："裴松之《史目》云'天子稱本紀，諸侯稱世家'，本者，繫其本系，故曰本紀者，理也，統理衆事，繫之年月，名之曰紀。"由此觀之，本紀有綱目的性質，重在以編年統理全書。表，司馬貞《索隱》云："應劭云'表者，録其事而見之。'按《禮》有表記，而鄭玄云'表，明也'，謂事微而不著，須表明也，故言表也。"是列舉事實。關於書，司馬貞《索

① 司馬遷撰，裴駰集解，司馬貞索隱，張守節正義《史記》卷一三〇《太史公自序》，中華書局1982年，第3319頁。

隱》云:“此之八書，記國家大體。班氏謂之志，志，記也。”記録有關國家的典章制度。關於世家，司馬貞《索隱》云:“系家者，記諸侯本系也，言其下及子孫常有國。故孟子曰‘陳仲子，齊之系家’，又董仲舒曰‘王者封諸侯，非官之也，得以代爲家也’。”關於列傳，司馬貞《索隱》云:“列傳者，謂敘列人臣事蹟，令可傳於後世，故曰列傳。”張守節《正義》云:“其人行跡可序列，故曰列傳。”紀傳五體，劉知幾在《史通》中還分别進行了討源辨流的詳盡分析，此不贅述，這裏，僅就列傳，略加論説。

世家和列傳都屬傳記體，但世家所記人物是“代爲家”者，所以，有世譜録的特點，但它和列傳的主要區别還在於它們所傳人物的地位不同，有等級之别，在體例上是没有區别的，也正因爲如此，後世紀傳體正史才去世家，而僅留列傳，將二者合併。所以，列傳是紀傳體中傳寫人物的主要部分，也是司馬遷傳記體的集中體現。

劉知幾在《史通·列傳》中説，“傳者，列事也”，“列事者，録人臣之行狀”，劉知幾在肯定司馬遷草創之功的同時，批評其紀傳的區分未盡:“尋兹例草創，始自子長，而樸略猶存，區分未盡。”同時，他對列傳的特殊性也有所涉及，他説:“又傳之爲體，大抵相同，而述者多方，有時而異，如二人行事，首尾相隨，則一傳兼書，包括令盡。若陳餘、張耳合體成篇，陳勝、吴廣相參並録是也。亦有事蹟雖寡，名行可崇，寄在他篇，爲其標冠。若商山四皓，事列王陽之首；廬江毛義，名在劉平之上是也。”① 即列傳中的合傳和帶敘之法等。考察《史記》列傳，其形式大致有四種類型，即專傳、合傳、類傳和附傳。專傳是一人爲一傳；合傳是二人以上合併爲傳，這些人均有某種聯繫，或者同時代或者不同時代，如《廉頗藺相如列傳》《屈原賈生列傳》；類傳是把同一類人集中在一起爲傳，往往以類爲標題，如《酷吏列傳》《遊俠列傳》；附傳是附在專傳、合傳或類傳中的人物小傳，一般因事因類而順便相及。這是列傳的特殊性。這種特殊性，源自列傳是紀傳史體的組成部分，它們是一個有機的整體。

列傳，正如顧炎武在《日知録》中所説：“列傳之名始於太史公，蓋史體也。”② 是紀傳史體的有機組成部分，它與紀傳體密不可分。它的貢獻在於形成並確立了傳記文體，亦如程千帆先生説：“至由文學觀點論之，則斯體肇興，始有列傳，變前此以事系年，因事成篇之法，而進以人物爲中心，史事既顯，個人亦張，跗萼相銜，首尾同貫，實爲記事文新啟之異境。”③

後世一般將正史列傳稱爲史傳，史傳之名源自劉勰《文心雕龍·史傳》，不過，劉勰的史傳不單指正史列傳，是指所有的歷史散文。今人一般以史傳稱正史列傳，如陳必祥在《古代散文文體概論》中就説：“這些都是歷史著作中的人物傳記，一般

① 劉知幾撰，浦起龍釋《史通通釋》卷二《列傳》第六，上海古籍出版社 1978 年，第 46 頁、第 47 頁。

② 顧炎武撰，黄汝成集釋，欒保群、吕宗力校點《日知録集釋》卷一九“古人不爲人立傳”條，上海古籍出版社 2010 年，第 1106 頁。

③ 程千帆《閑堂文藪》第二輯《漢魏六朝文學散論》之二《史傳文學與傳記之發展》，齊魯書社 1984 年，第 150 頁。

稱作‘史傳’。”[①] 褚斌傑在《中國古代文體概論》中説：“我國傳記文體，大致可分爲三種，一種是史書上的人物傳記，稱爲‘史傳’。”[②] 陳蘭村在《中國傳記文學發展史》中説：“史傳，主要指紀傳體正史中的人物傳記……我們所説的史傳，則主要指漢代以後出現的以《史記》、《漢書》爲代表的正史傳記……”[③]《中國大百科全書·中國文學卷》、喬象鍾等編《中國古典傳記》、程千帆《史傳文學與傳記之發展》等都將列傳稱爲史傳，故在本書中，亦將正史列傳稱爲史傳，與雜傳相對。

第二節　雜傳

在明確了“傳”和“列傳”的概念之後，在這一節中，擬對“雜傳”的概念略加釐析。

一、雜傳

雜傳之名，首見於《漢書·藝文志》，其《六藝略》中孝經類著録有“《雜傳》四篇”，當然，這裏雜傳的含義顯然與後來的雜傳含義是不同的，指的是解釋《孝經》的雜著。其

① 陳必祥《古代散文文體概論》分論（二）《傳記體散文》，河南人民出版社 1986 年，第 60 頁。

② 褚斌傑《中國古代文體概論》第十一章《古代文章的各種體類》第八節《傳狀文》，北京大學出版社 1997 年，第 432 頁。

③ 陳蘭村主編《中國傳記文學發展史》之《緒論》，語文出版社 1999 年，第 6 頁。

後，梁代的阮孝緒在《七録》中設有“紀傳録”一門，其下有雜傳部，著録正史以外的傳類作品，《隋書·經籍志》總序說：“（王）儉又别撰《七志》：一曰經典志，紀六藝、小學、史記、雜傳……”① 似乎在王儉的《七志》中也有雜傳之名，並設有雜傳一門。但阮孝緒《七録·序》說：“王儉《七志》改六藝爲經典……今所撰《七録》，斟酌王、劉，王以六藝之稱不足標榜經目，改爲經典，今則從之。故序經典録爲内篇第一。劉、王並以衆史合於《春秋》……”② 所以，王儉《七志》中史書是附於《春秋》之下，不可能再有雜傳之目，《隋書·經籍志》總序所言，當爲總結之語，不是《七志》原文和分類。

唐初修《隋書》，其《經籍志》的史部分類中，有“雜傳”一類，用以指正史列傳以外的與列傳相類作品，其後，《舊唐書·經籍志》沿襲此稱，《新唐書·藝文志》改稱“雜傳記”，《崇文總目》《宋史·藝文志》又改稱“傳記”，後之史志書目多從此稱，但也有例外，如明代藏書家祁承㸁《澹生堂藏書目》就不稱“傳記”而稱“記傳”，徐𤊹《徐氏家藏書目》無傳記類，但有“人物類（聖賢）”“人物傳（歷代）”“人物傳（各省）”“名賢傳記”幾類。

傳記是傳的複義詞，傳記一詞，最初見用於漢代，《史記·三代世表》中即已有“傳記”出現：“張夫子問褚先生曰：‘《詩》言契、后稷皆無父而生。今案諸傳記咸言有父，父皆黄

① 魏徵等《隋書·經籍志》總序，中華書局 1973 年，第 906 頁。
② 阮孝緒《七録·序》，見《廣弘明集》卷三引，上海古籍出版社 1991 年，第 112 頁。

帝子也，得無與《詩》謬乎？'"這裏的"傳記"一詞，當指經書以外的所有書籍。在班固《漢書》中也有傳記一詞的運用，如《劉向傳》云："及採傳記行事，著《新序》、《説苑》凡五十篇，奏之。"《劉歆傳》又有云："往者綴學之士，不思廢絶之闕，苟因陋就寡，分文析字，煩言碎辭，學者罷老且不能究其一藝，信口説而背傳記，是末師而非往古。"又有如"頗讀傳記""略涉傳記"等等[①]。其義也當指經書之外的書籍。至南北朝時，傳記之義開始轉化，與傳一樣主要指以人物爲中心的敘事作品，沈約《宋書・裴松之傳》載："上使注陳壽《三國志》，松之鳩集傳記，增廣異聞，既成奏上。"[②]此處的傳記，除了有指史籍的普遍意義外，主要當指《三國志注》中衆多的人物傳，有了與傳同義的趨向，至唐代，"傳記"與"傳"逐漸成爲同義詞，而在作爲類别之稱時，傳記則是傳的屬詞，與正史列傳相對，主要是指正史列傳以外的與列傳相類的作品，即雜傳。

今天，傳記之稱不再僅指正史列傳以外的與列傳相類作品，它包括所有的敘述人物經歷的敘事作品，與英語中的"biography"相對應，法國的達尼埃爾・馬德賴爾是如此定義傳記的："敘述者以書面的口頭的散文形式記敘一位歷史人物的生平（或個人生命的獨特性和個性的延續爲重點）。"[③]1936年版

① 班固撰，顔師古注《漢書》卷三六《楚元王傳》附《劉向傳》《劉歆傳》、卷六五《東方朔傳》、卷九二《遊俠傳》，中華書局1962年，第1958頁、第1970頁、第2853頁、第3711頁。

② 沈約《宋書》卷六四《裴松之傳》，中華書局1974年，第1701頁。

③［法］達尼埃爾・馬德賴爾《傳記》，法國大學出版社1984年。見［法］讓－伊夫・塔迪埃著，史忠義譯《20世紀的文學批評》，百花文藝出版社1998年，第287頁。

《辭海》定義傳記爲:“專指記述個人事蹟之文字。”1979年版《辭海》略有改動，定義爲:“記載人物事蹟的文章。”《中國大百科全書·中國文學卷》“傳記”條定義爲:“記載人物經歷的作品稱傳記。其中文學性較强的作品是傳記文學。”①朱文華對傳記一詞含義的分析較爲全面，他認爲傳記的基本含義有三:“一是指個人經歷；二是指反映或描繪個人經歷的作品或文獻等；三是指對某一事物發展過程的記述，含變遷史之意……其核心詞義是指個人的歷史，作爲文字形態的東西，則是對個人生活經歷作記述的作品。”②

也有人把今之傳記概念運用於古代，專門爲古代的“傳記”下了定義，謝楚發就對古代的“傳記”下定義説:“傳記，指的是真實而全面地記載個人生平事蹟的文章。”在引用了徐師曾對傳記的解釋後又説:“這清楚地説明了兩個問題：一是傳記隨着紀傳體史書的創立而誕生；二是傳記包含兩類，即史傳與史外傳。”③

而我們的研究物件是漢魏六朝時期正史以外的、與列傳相類作品，由於這些作品是《隋書·經籍志》首録，《隋書·經籍志》將它們稱爲“雜傳”，故在本書中，我們沿襲《隋書·經籍志》的“雜傳”之稱，以雜傳名之。

---

①《中國大百科全書·中國文學卷》，中國大百科全書出版社1988年，第1312頁。

②朱文華《傳記通論》之一《傳記釋義》，復旦大學出版社1993年，第3頁。

③謝楚發《散文》第二章《古代記敘文》第四節《傳記》,《中國古代文體叢書》本，人民文學出版社1994年，第38頁。

二、史志書目對雜傳的分類

歷代史志書目史部雜傳一門的分類，或者説雜傳中所包括作品的範圍，多有不同。

《隋書·經籍志》的雜傳類序説："後漢光武，始詔南陽，撰作風俗，故沛、三輔有耆舊節士之序，魯、廬江有名德先賢之贊。郡國之書，由是而作。魏文帝又作《列異》，以序鬼物奇怪之事，嵇康作《高士傳》，以敘聖賢之風。因其事類，相繼而作者甚衆……"① 由此可知，其雜傳所包括的範圍，内容上不僅有郡國耆舊節士、名德先賢及聖賢的事蹟，也包括鬼物奇怪之事。其具體著録，排列是頗有規律的，大致相同或類似的放在一起，雖未明確立類，卻還是粗略可見其類别。大致有先賢耆舊傳（如趙岐《三輔決録》、《海内先賢傳》）、高士傳（如皇甫謐《高士傳》、張顯《逸民傳》）、孝子傳（如王韶之《孝子傳》、蕭廣濟《孝子傳》）、忠臣傳（如梁元帝《忠臣傳》）、家傳（如《李氏家傳》《桓氏家傳》）、列女傳（如高氏《列女傳》、劉歆《列女傳頌》）、僧傳（如釋寶唱《名僧傳》、釋慧皎《高僧傳》）、道傳（如華存《清虚真人王君内傳》、《裴君内傳》）、冥異傳（如劉義慶《宣驗記》、傅亮《應驗記》）、神怪傳（干寶《搜神記》、劉義慶《幽明録》）。

《舊唐書·經籍志》雜傳類後，有一個簡短的説明，實際上是對雜傳的分類："右雜傳一百九十四部，褒先賢耆舊三十九

---

① 魏徵等《隋書·經籍志》雜傳類序，中華書局 1973 年，第 982 頁。

家，孝友十家，忠節三家，列藩三家，良吏二家，高逸十八家，雜傳五家，科録一家，雜傳十一家，文士三家，仙靈二十六家，高僧十家，鬼神二十六家，列女十六家。”大致與《隋書·經籍志》同，不過，增加了科録一家。

《新唐書·藝文志》雜傳類所包括的類别，與《隋書·經籍志》相比，發生了較大的變化，它保留了《舊唐書·經籍志》的科録一類，把《舊唐書·經籍志》中的高僧、仙靈、鬼神三類，也就是《隋書·經籍志》中的僧傳、道傳、冥異、神怪四類剔除，放入子部釋家或神仙家中。另外，《新唐書·藝文志》又將如徐景《玉璽正録》、《國寶傳》這樣的敘物之書也放在了雜傳類中。

其後，《崇文總目》《文獻通考·經籍考》《宋史·藝文志》及其他宋元私家目録學著作，雜傳類所録，大致如《新唐書·藝文志》，時或有所增加。而鄭樵作《通志》，其《藝文略》傳記所録，則又是綜合了《隋書·經籍志》等諸書志，包括耆舊、高隱、孝友、忠烈、名士、交遊、列傳、家傳、列女、科第、名號、冥異、祥異十三類。

明代書目也多從《新唐書·藝文志》《宋史·藝文志》，如焦竑《國史經籍志》對雜傳的分類包括：耆舊、孝友、忠烈、名賢、高隱、家傳、交遊、列女、科第、名號、冥異、祥異諸類。藏書家祁承爜《澹生堂藏書目》史部有記傳一門，他的分類可謂别具一格，分爲裒輯、别録、高賢、垂範、彙傳、别傳、事蹟、行役、風土九類。

及至《四庫全書》，有見於“諸家著録體例相同，其參錯混淆亦如一軌”，便簡化雜傳的分目，共爲五類：“一曰聖賢，如孔孟年譜之類；二曰名人，如《魏鄭公諫録》之類；三曰總録，如《列女傳》之類；四曰雜録，如《驂鸞録》之類；其杜大圭《碑傳琬琰集》、蘇天爵《名臣事略》諸書，雖無傳記之名，亦各核其實，依類編入。至安禄山、黃巢、劉豫諸書，既不能遽削其名，亦未可熏蕕同器，則從叛臣諸傳附載史末之例，自爲一類，謂之别録。”[①] 由於《四庫全書》的巨大影響，《四庫全書》以後，各家目録中對雜傳的分類，多從《四庫全書》，如清高宗敕撰《續文獻通考·經籍考》傳記類即云：“馬端臨《通考》傳記一門最屬繁雜，王圻《續通考》所載漫無别擇，尤爲氾濫，若鄭樵《通志·藝文略》分目十三，又嫌瑣屑，今以《四庫全書》之例……”[②] 不過，也有例外，如大史學家徐乾學的《傳是樓書目》雜傳類分目，不從《四庫全書》，他將雜傳分爲耆舊傳記、孝友、忠烈、名賢、高隱、家傳、列女、科第、名號、冥異、祥異、譜系、家譜、簿録十四類[③]。

三、雜傳的界定

《中國大百科全書·中國文學卷》對雜傳有一個界説：“記

---

① 永瑢等《四庫全書總目》卷五七史部傳記類序，中華書局 1995 年，第 513 頁中。

② 清高宗敕撰《續文獻通考·經籍考》傳記類按語，《十通》本，浙江古籍出版社影 1988 年。

③ 徐乾學《傳是樓書目》卷二，《續修四庫全書》第 920 册，上海古籍出版社 2002 年，第 723—734 頁。

載人物經歷的作品稱傳記。其中文學性較强的作品是傳記文學。傳記文學的基本特徵是：1. 以歷史上或現實生活中的人物爲描寫對象，所寫的主要人物和事件必須符合史實，不允許虛構。2. 所寫的人物生平經歷具有相當的完整性……3. 它必須寫出較鮮明的人物形象，較生動的情節和語言，具有一定的藝術感染力……這種文體在中國有悠久的傳統，古代傳記文學大體上包括兩類，一類是歷史傳記文學，即史傳文學，一類是雜體傳記文學，即雜傳文學……雜體傳記文學包括史傳之外的一切具有傳記性質的作品，如碑誄、傳狀、自傳等……”① 不難看出，這一定義的雜傳包羅甚廣，重在文學性，並强調人物事件的真實性。

而陳蘭村在其主編的《中國傳記文學發展史》之《緒論》中説：“雜傳，主要指單獨成書的類傳。”又在回答“什麼是雜傳”的問題時，先引述了《隋書·經籍志》雜傳類序之後説：“摒棄其中的‘雜以虛誕怪妄之説’，就是我們所要研究的雜傳，即指從正史析出單獨成書的類傳，真人真事是其充要條件。”② 其雜傳的定義雖未强調文學性，同樣要求必須是真人真事。從其定義還可知，他所指的雜傳僅指“單獨成書的類傳”，單篇形式的雜傳還被排除在外，與《中國大百科全書》的定義相比，更

①《中國大百科全書》中國文學卷，中國大百科全書出版社 1988 年，第 1312 頁。

② 陳蘭村主編《中國傳記文學發展史》之《緒論》、第三章《魏晉南北朝史傳文學價值的下降和雜傳的興起》第三節《魏晉南北朝雜傳的興起》，語文出版社 1999 年，第 7 頁、第 136 頁。

加狹窄。

謝楚發有一個史外傳或雜體傳的概念，亦是針對雜傳的，他説："凡不附於史書，以單篇流傳的傳記，一般稱爲雜體傳，亦稱史外傳。"① 這一定義正好與《中國傳記文學發展史》的相對，僅指單篇形式的雜傳，而不包括類傳。

可以看出，今之對雜傳的界定，或狹窄或寬泛，主要是從内容及文本存在形式方面着眼，在内容方面真人真事又是最爲重要和必不可少的條件。

而歷代重要的史志書目如《隋書・經籍志》《舊唐書・經籍志》《新唐書・藝文志》《宋史・藝文志》都没有對雜傳作較爲明確的界定，元代的馬端臨始對其作了界説："雜史、雜傳皆野史之流出於正史之外者。蓋雜史，紀志編年之屬也，所記一代或一時之事；雜傳者，列傳之屬，所記者一人之事。"② 明代的焦竑也曾略加解説："雜史、傳記，皆野史之流，然二者體裁自異，雜史，紀志編年之屬也，紀一代若一時之事；傳記，列傳之屬也，紀一人之事。"③ 馬端臨和焦竑都是將其在與雜史的比較中從體裁上對其作的界定，他們的界定包含三個内容：一是正史之外的野史，二是列傳之屬，即傳體，三是記一人之事。

馬端臨和焦竑的界定主要是從體裁、體制上來説的，應該

---

① 謝楚發《散文》第二章《古代記敘文》第四節《傳記》,《中國古代文體叢書》本，人民文學出版社 1994 年，第 41 頁。

② 馬端臨《文獻通考・經籍考》雜史各門總雜傳類序後按語，華東師範大學出版社 1985 年，第 538 頁。

③ 焦竑《國史經籍志》卷三傳記類後注,《續修四庫全書》第 916 册，上海古籍出版社 2002 年，第 347 頁上。

説，這種從文體的角度進行定義是可取的，它抓住了雜傳與雜史及正史列傳區别的主要方面。但是，這似乎並未形成共識，這從歷代史志書目中雜傳的類别的變動不定可以得到證明，人們對雜傳的看法是有分歧的，其實際所包括，往往與馬端臨和焦竑所定義不符，而普遍要寬泛得多。就《隋書·經籍志》史部雜傳類所著録的雜傳而言，其所包括，不僅有符合我們今天定義的傳記，還有我們今天視爲小説的志怪，即後來《舊唐書·經籍志》所謂的“仙靈”“鬼神”，《通志》所謂的“冥異”“祥異”。而《舊唐書·經籍志》除此而外，又有“科録”一類，在此後的史志書目中，此類又演化出“科第”“名號”等名目，並進而又有“譜系”“家譜”。另外，在雜傳類中，有的“贊”“碑銘”“墓志”等類作品，如劉歆的《列仙傳贊》等，又是韻文形式。

在《敘論》中我們提到，漢魏六朝雜傳有其獨特的人文特性與品格，特别是它顯著的小説化傾向。且本書對漢魏六朝雜傳的研究，目的之一就是要探尋它與唐人傳奇之間——特别是在文體方面的源流關係。所以，我們關注的重點是雜傳的文體特徵，關注的是它在人物傳寫、敘事建構、風格取向等方面的小説化傾向以及在此基礎上向唐人傳奇的轉化。在漢魏六朝雜傳中，有許多雜傳都採録或者自己虚造了很多不真實的材料，這正是其具有小説性内蘊的特徵之一，如果依據今之雜傳概念而摒棄這一部分雜傳，我們的研究將在很大程度上受到影響。但如果依據史志書目中雜傳類著録的實際，很顯然，現在已被視爲志怪小説的“仙靈”“鬼神”或者“冥異”“祥異”，我們仍然把它當作雜傳來研究是不合理的。而“科録”“名號”“譜系”之類，其内容一般來説僅是羅列姓名而已，對於我們的研究來説，它是没有意義的，某些“贊”“碑銘”“墓志”類作品，也與之存在同樣的困境。

顯然，不論是依據今之對雜傳的界定還是依據歷代史志書目中雜傳著録的實際，我們的研究都會遇到難以應對的窘境。伊恩·P·瓦特針對小説興起的歷史研究出現的類似問題曾説:“爲了完成這項考察研究，我們首先需要一個關於小説特徵的行之有效的定義，這個定義既要狹窄得能够將先前諸種敘事文學拒之門外，又要寬泛得適用於通常歸入小説範疇的一切文體。”①這裏，我們也需要一個這樣的雜傳定義。對於如何界定雜傳，竊以爲李劍國先生所提出的對古代文言小説的界定原則也適用於對雜傳的界定，他説:“按照歷史主義的原則和發展的辨證觀念，我們不能完全拋開古人，但又不能完全依從古人；我們不能完全以現代小説觀念作爲衡量尺度，又不能完全以古代的小説概念作爲衡量尺度，筆者以爲應當採取不今不古、亦今亦古、古今結合的原則，所謂古，就是充分考慮小説的歷史發展過程，充分考慮古小説的特殊形態。所謂今，就是必須以科學的態度確立小説之爲小説的最基本的特質。”②對雜傳的界定，也可採取“不今不古、亦今亦古、古今結合的原則”，因此，應抓住雜

①［美］伊恩·P·瓦特著，高原、董紅鈞譯《小説的興起》第一章《現實主義和小説的形式》，三聯書店 1992 年，第 2 頁。

②李劍國《文言小説的理論研究與基礎研究》，《文學遺産》1998 年第 2 期。又見《古稗斗筲録》，南開大學出版社 2004 年，第 8 頁。

傳最基本的文體特徵如列傳之體、敘事性散文、以人爲中心等對其進行定義。考慮到漢魏六朝雜傳採用虛誕之事的普遍性，應放寬今天的雜傳定義中對真人真事的要求，而像“科録”“名號”“譜系”和韻文形式的“贊”等類作品，不符合雜傳最基本的敘事性散文特徵而予以剔除。不過，“贊”類作品中又並不都只是韻文形式，有的作品是傳贊結合在一起的，這就要把完全是韻文形式的“贊”和這類傳贊結合的作品區分開來，像這類傳贊結合的作品，由於其主體部分是傳，所以仍應看作雜傳，如《楚國先賢傳贊》等。而“碑銘”“墓志”等由於現在一般將其視爲應用文①，所以，也應將其排除在外。至於志怪則應依據當今學術界的普遍共識視之爲小説而不是雜傳。

需要説明的是，有一些學者把一些專著中的自序也歸入雜傳中②，雖有一定道理，不過這些自序，雖也述及其生平、籍貫、生世甚至先祖世系，但其主要目的，在於説明著述之目的等，所以，在本書中我們暫時不將這些專著中的自序歸入雜傳類中，

① 碑銘和墓志同類，一般簡稱碑志，《禮記·祭義》云：“牲入麗（系）於碑。”賈氏注云：“宫廟皆有碑，以識日影，以知早晚。”《説文》云：“古宗廟立碑系牲，後人因於上記功。”可見，碑最初是立在宫廟前系牲口、識日影、知早晚的，後來才用於樹碑記功的。碑志文一般有序有銘，劉勰説：“其序則傳，其文則銘。”（見《文心雕龍·誄碑》）但其所謂的“傳”，正如陳必祥所説：“主要敘事，不含傳記文學的意味。”〔見《古代散文文體概論》分論之（十一）《碑志體散文》，第190頁〕其敘事也僅是陳其梗概，只是到了唐宋後，一批古文家的碑志文寫得别具一格而可稱傳記文，如歐陽修等人。

② 如陳必祥在《古代散文文體概論》中〔見分論（二）《傳記體散文》，第69頁〕、陳蘭村在《中國傳記文學發展史》中（見《緒論》，第7頁）、喬象鍾在《中國古典傳記》中（見《前言》，第7頁）等。

而只將單行的敘作包括進來。如自敘《趙至自敘》，他敘《馬均敘》《趙至敘》等。

另外，有的雜傳並未著録在雜傳類中，而是著録在比如雜史或故事等其他類中，造成這樣的情況的原因是多方面的，而其中最重要的，就是雜史、雜傳等不易區分。鄭樵就列舉了不易區分的五類著作，並曾感歎説："古今編書，所不能分者五：一曰傳記，二曰雜家，三曰小説，四曰雜史，五曰故事，凡此五類之書，足相紊亂。"① 其中尤以雜傳、雜史最難區分，這主要是由於二者具有相似的特徵，《宋三朝藝文志》就説："雜史者，正史、編年之外，别爲一家，體制不純，事多異聞，言或過實。"② 雜史的這種特徵與雜傳極爲相似，所以，如《漢末英雄記》《魏末傳》《晉諸公贊》等，在《隋書·經籍志》等中就被著録於史部雜史一門中。但兩者也不是没有區别，如上文言，馬端臨和焦竑就是在對它們的比較中給它們下定義的，馬端臨説："雜史、雜傳，皆野史之流出於正史之外者。蓋雜史，紀志編年之屬也，所記者一代或一時之事；雜傳者，列傳之屬，所記者一人之事。"③ 焦竑説："雜史、傳記皆野史之流，然二者體裁自異，雜史，紀志編年之屬也，紀一代若一時之事；傳記，

① 鄭樵撰，王樹民點校《通志·校讎略》"編次之訛論十五篇"，中華書局1995年，第1817頁。

②《宋三朝藝文志》雜史類序，見馬端臨《文獻通考·經籍考》雜史各門總雜史類序引，華東師範大學出版社1985年，第537頁。

③ 馬端臨《文獻通考·經籍考》雜史各門總雜傳類序後按語，華東師範大學出版社1985年，第538頁。

列傳之屬也，紀一人之事。”[①]即雜史偏重對事實的記録，而雜傳偏重對人物的傳寫。所以，遇到上述情況，本書就將根據實際，把這些誤入他類的雜傳納入雜傳類中進行討論。

四、雜傳的類别和命名

前文已經簡略地介紹過歷代史志書目對雜傳的分類，他們的分類均有不足，歷代正史的分類太過繁複，正如清人《續文獻通考》傳記類按語所言："馬端臨《通考》傳記一門最屬繁雜，王圻《續通考》所載漫無别擇，尤爲氾濫，若鄭樵《通志·藝文略》分目十三，又嫌瑣屑。”[②]《四庫全書總目》的分類雖然簡略，但卻又有標準不統一之嫌。

根據本書對雜傳的界定，本書所指的雜傳，從它們文本的存在形式來看，其實大致可分爲兩類，一爲散傳，一爲類傳[③]。散傳是指正史以外的單篇個人傳記。此類雜傳如《王廙别傳》《王威别傳》《山濤别傳》《諸葛恪别傳》《邴原别傳》《趙至自序》等等。類傳是指正史之外，以類相從的傳記集。此類相當於《四庫全書總目》所稱的“合衆人之事爲一書”的“總録”，如《益部

---

① 焦竑《國史經籍志》卷三傳記類後注，《續修四庫全書》第916册，上海古籍出版社2002年，第347頁上。

② 清高宗敕撰《續文獻通考》卷一六四《經籍考》二十四傳記類按語，《十通》本，浙江古籍出版社1988年。

③ 近來亦有學者撰文以及雜傳的分類，如仇鹿鳴的《略談魏晉的雜傳》（載《史學史研究》2006年第1期），認爲："魏晉時期的雜傳究其種類而言，大體上可以分爲郡書、家傳、别傳、類傳等。”分類標準明顯存在不統一的現象。

耆舊傳》《高士傳》《海内先賢傳》《會稽先賢傳》《名士傳》等等。散傳和類傳的區别在於其文本的存在形式是單篇還是叢集。

雜傳在名稱上多稱“傳”“記”“志”“録”等。

稱“傳”者又有别傳、内傳、外傳、家傳的差别。

别傳：所謂别傳者，是相對於正史列傳或相對於正史列傳與家傳而言，劉知幾云：“賢士貞女，類聚區分，雖百行殊途，而同歸於善。則有取其所好，各爲之録，若劉向《列女》、梁鴻《逸民》（浦起龍云二字恐誤，當云‘高士’）、趙采《忠臣》、徐廣《孝子》。此之謂别傳者也。”①清人王兆芳《文體通釋》云“傳文别於正統以外”，“主於續事正傳，搜遺重録”②。湯球又云：“夫别傳者何？蓋别乎正史而名之也，故無論，凡泛稱某傳者可歸之。即家傳及名公鉅卿爲人所作之傳皆可云别傳。”③程千帆也説：“别傳者，蓋本對史傳而言，及後史無傳而僅有私撰之傳者，亦稱别傳，則别傳又進爲單行傳記之稱矣。”④陳蘭村也説“别傳，指正史和家譜以外的單篇個人傳記”⑤。陳必祥也認爲，别傳

① 劉知幾撰，浦起龍釋《史通通釋》卷一〇《雜述》第三十四，上海古籍出版社1978年，第274頁。

② 轉引自陳蘭村主編《中國傳記文學發展史》第三章《魏晉南北朝史傳文學價值的下降和雜傳的興起》第三節《魏晉南北朝雜傳的興起》，語文出版社1999年，第144頁。

③ 湯球《晉諸公别傳輯本序》，見湯球《晉諸公别傳輯本》，《叢書集成初編》本，中華書局1985年，第494頁。

④ 程千帆《閑堂文藪》第二輯《漢魏六朝文學散論》之二《史傳文學與傳記之發展》，齊魯書社1984年，第162頁。

⑤ 陳蘭村主編《中國傳記文學發展史》“緒論”，語文出版社1999年，第7頁。

指本傳（包括史傳與家傳）之外的傳記，他説："列於家譜的稱家傳，列於史書的稱史傳，這都稱本傳，本傳以外的傳記，或對本傳所記有所不同或補充，便稱做别傳，表示有别於本傳的意思。"① 趙華認爲："'别傳'，是與'本傳'相對而言的，所謂'本傳'，包括列於家譜的'家傳'和列於'正史'的'史傳'，大凡'本傳'以外的傳記，或對'本傳'補充記載的傳記，可通稱爲'别傳'，以别於'本傳'。"② 可見，别傳最初有通稱之意，泛指正史以外的雜傳，後來又用於指單篇雜傳，在作爲名稱時，以别傳爲名的雜傳則主要是單篇散傳，如《桓温别傳》《王廙别傳》《王威别傳》《山濤别傳》《諸葛恪别傳》《邴原别傳》等。

外傳、内傳：外傳、内傳之稱，當最初起於對《國語》和《左傳》的相對稱呼。這從《論衡》及韋昭《國語解敘》可以得到證明，《論衡·案書》云："《國語》，《左氏》之外傳也，左氏傳經，辭語尚略，故復選録《國語》之辭以實。"③ 韋昭《國語解敘》云："左丘明因聖言以據意，托王義以流藻，雅思未盡，故復採録前世穆王以來，下訖魯悼、智伯之誅，邦國成敗，嘉言善語，陰陽律吕，天時人事逆順之數，以爲《國語》……其文不主於經，故號外傳。"又云："切不自料，復爲之解，參之以

---

① 陳必祥《古代散文文體概論》分論（二）《傳記體散文》，河南人民出版社 1986 年，第 69 頁。

② 趙華《略論别傳與史傳之異同》，《黑河學刊》2003 年第 6 期。

③ 王充撰，黄暉校釋《論衡校釋》卷二九《案書》第八十三，《新編諸子集成》本，中華書局 1990 年，第 1165 頁。

《五經》，檢之以《内傳》，以《世本》考其流，以《爾雅》齊其訓，去其要，存事實，凡所發正，三百七事……”[①]由此可知，内傳、外傳之稱，原是《左傳》和《國語》的相對之稱，《左傳》主於經者爲内傳，《國語》不主於經者爲外傳。《釋名·釋典藝》又説：“《國語》，記諸國君臣相與言語謀議之得失也，又曰《外傳》。《春秋》以魯爲内，以諸國爲外，外國所傳之事也。”[②]據《釋名》言，則内傳、外傳之稱，在指稱《左傳》《國語》的基礎上，後來又有了相對而言之意[③]。而以“内傳”“外傳”爲書名者，當以韓嬰的《韓詩内傳》和《韓詩外傳》爲最早。在雜傳中，道士、術士之傳一般名内傳，這恐怕與東漢末以來道教經典自稱“内”典、“内”學有關，如《茅君内傳》《清虚真人王君内傳》《太極左仙公葛君内傳》等，當然這只是

① 韋昭《國語解敘》，見上海師範大學古籍整理研究所點校《國語》，上海古籍出版社1990年，第661—662頁。

② 劉熙撰，王先謙撰集《釋名疏證補》卷六《釋典藝》第二十，《清疏四種合刊》本，上海古籍出版社1989年，第1079頁。

③ 關於“内”“外”之稱，當别而論之，自《國語》以下，歷代稱“内”與“外”者，乃儒、道、釋分别用以區分自家之著述和他派著述，自家著述稱“内”，他派著述稱“外”。最初《六經》與史書相對而稱“内”“外”，至東漢，《七緯》之學稱“内學”，《六經》之學稱“外學”。而東漢以降，道家又以道家之言爲“内”，如《三國志》卷一一《魏書·胡昭傳》裴注引《魏略》云：“（石）德林亦就學，始精《詩》、《書》，後好内事，於衆輩中最玄默……常讀《老子》五千文及諸内書。”裴注所引稱道家之學爲“内”者甚衆。至南北朝，佛教興盛，佛教又以佛書爲“内”，而儒書等爲“外”，如《廣弘明集》卷八釋道安《二教論》即云“釋教爲内，儒教爲外……教惟有二，寧得有三？……老氏之旨……道屬儒宗。”關於“内”“外”之稱的各種情況，錢鍾書《管錐編》第1册《史記會注考證》之五六《滑稽列傳》有詳解，可參看。

一般而論，道士、術士傳也有不以“内傳”爲名的，如《葛仙翁别傳》。“外傳”則運用比較廣泛，與别傳相類，凡人物爲正史所不載，或正史已有記載而别爲作傳者，都可名之曰“外傳”，如《趙飛燕外傳》等。

家傳：陳必祥以爲“列於家譜的稱家傳”，謝楚發認爲“私家的傳記”稱家傳，亦稱家史[1]。稱家史者，源於劉知幾，他説：“高門華胄，奕世載德，才子承家，思顯父母。由是紀其先烈，貽厥後來，若揚雄《家諜》、殷敬《世傳》、《孫氏譜記》、《陸宗系歷》。此之謂家史者也。”[2] 劉知幾的家史之稱，包括譜系在内，範圍較廣，不僅僅指家傳。一般來説，名家傳者，其中人物，往往是同一家族成員，所以，家傳是專門傳寫同一家族人物的雜傳的用名，如《江氏家傳》《范氏家傳》《曹氏家傳》等等。

從總體上説，單篇散傳多稱别傳、内傳、外傳，當然也可以直接名“傳”，如《嵇康傳》《袁友人傳》等。家傳除外，類傳一般直接名“傳”，如《益部耆舊傳》《徐州先賢傳》等。

在雜傳中，除以“傳”爲名外，以“記”爲名者也很多，至於名“傳”與名“記”的區别，《四庫全書總目》總結説：“傳記者，總名也，類而别之，則敘一人之始末者爲傳之屬；敘一

① 分别見：陳必祥《古代散文文體概論》分論（二）《傳記體散文》，河南人民出版社 1986 年，第 69 頁；謝楚發《散文》第二章《古代記敘文》第四節《傳記》，《中國古代文體叢書》本，人民文學出版社 1994 年，第 41 頁。

② 劉知幾撰，浦起龍釋《史通通釋》卷一〇《雜述》第三十四，上海古籍出版社 1978 年，第 274 頁。

事之始終者爲記之屬。”① 即一般來説，名“傳”者，重在寫人，而名“記”者，重在敘事。但又不是絶對的，正如章學誠所説：“傳記之書……其後支分派别，至於近代，始以録人物者區爲之傳；敘事蹟者，區爲之記……然如虞預《妬記》、《襄陽耆舊記》之類，敘人何嘗不稱記，《龜策》、《西域》諸傳，述事何嘗不稱傳！”② 所以，這種區分不是絶對的。《文章緣起》定義“記”云：“記者，所以敘事識物，以備不忘，非專尚議論者也。”③ 其記之義，當與雜傳中名“記”的含義是有區别的，雜傳中的記，主要是在寫人的基礎上，側重敘事，與後來古文中專門敘事之“記”者不同，這是應該注意的。

記：《釋名·釋典藝》云：“記，紀也，紀識之也。”④ 而在王應麟《玉海·藝文》中，“記”與“志”是一併解釋的，他説：“古之史官，必廣其所記，非獨人君之舉，後世因其事類，相繼而作者甚衆，名目轉廣，又雜以虚誕怪妄之説，推其本源，蓋亦史官之末事也。”⑤ 這段話是依據《隋書·經籍志》雜傳序而説的，可見，“記”“志”一理，作爲名稱時，都與“傳”同義。

① 永瑢等《四庫全書總目》卷五八史部傳記類末案語，中華書局 1995 年，第 531 頁上。

② 章學誠撰，葉瑛校注《文史通義校注》卷三《傳記》，中華書局 1985 年，第 248 頁。

③ 任昉撰，陳懋仁注《文章緣起》，《叢書集成初編》本，中華書局 1985 年，第 10 頁。

④ 劉熙撰，王先謙撰集《釋名疏證補》卷六，《釋典藝》第二十，《清疏四種合刊》本，上海古籍出版社 1989 年，第 1079 頁。

⑤ 王應麟《玉海》卷五七《藝文》之《記、志》題注，廣陵書社 2003 年，第 1088 頁。

志、録:《文章緣起》釋云:“志，識也，録，領也。書曰‘書用識哉’，謂録其過惡以識於册，古史《世本》，篇以簡册，領其名數，故曰録也。”① 王應麟《玉海·藝文》云:“録，記也，總也，《周禮》奠其録注謂定其録籍。”② “録”“志”也與“記”等意義相近。

“記”“志”“録”一般作爲類傳的名稱，如《襄陽耆舊記》《會稽典録》《武昌先賢志》等，當然也有個人傳以之爲名稱的，如《毌丘儉記》等。

雜傳還有名“行狀”和“敘”者。行狀，又稱引述、行略，原是敘述死者生平概略的文字，作行狀的目的，是將死者的概況提供給禮官議定謚號和供史官立傳採摭的，或者爲請人寫墓志之類作參考的，與傳相類，一般出自門生故舊之手。最早的行狀是漢代胡幹所作《楊之伯行狀》，後又有稱逸事狀者，徐師曾説:“其逸事狀，則但録其逸者，其所已載不必詳焉，乃狀之變體。”③ “敘”也作“序”,《爾雅》云:“序，緒也。”郝懿行疏云:“《説文》云:‘敘，次第也。《書》:惇敘九族，鄭注：敘，次序也。序即敘字。”④ 任昉《文章緣起》解釋序體説:“序者，

① 任昉撰，陳懋仁注《文章緣起》,《叢書集成初編》本，中華書局 1985 年，第 10 頁。

② 王應麟《玉海》卷五八《藝文》之《録》題注，廣陵書社 2003 年，第 1107 頁。

③ 徐師曾撰，羅根澤點校《文體明辯序説》，人民文學出版社 1988 年，第 148 頁。

④ 郝懿行疏《爾雅郭注義疏》上一《釋詁》上,《清疏四種合刊》本，上海古籍出版社 1989 年，第 9 頁。

所以序作者之意，謂其言次第有序，故曰序也。”[①] 吴納在《文章辨體序説》中言及其起源，他説：“序之體，始於《詩》之大序，首言六義，次言《風》《雅》之變，又次言《二南》王化之自。其言次第有序，故謂之序也。”[②] 敘有自敘和他敘兩種，自敘如《趙至自敘》，他敘如嵇紹的《趙至敘》等。

雜傳也有不以上述所舉爲名的，如皇甫謐的《玄晏春秋》等，所以，以上所舉都是就一般情况而言的。

第三節　雜傳之流變

雜傳顯然是相對於正史列傳而言的，但一個事物一經産生，人們又要多方面追尋它的最初淵源，探尋它的變化遷演。關於雜傳的淵源，歷來衆説紛紜；而關於它的流變，亦須條理。故無論是其淵源還是其流變，都有詳加檢討的必要[③]。

一、雜傳之始

《隋書·經籍志》曾對雜傳的源頭略加尋溯，其雜傳類序云：

① 任昉撰，陳懋仁注《文章緣起》，《叢書集成初編》本，中華書局1985年，第10頁。

② 吴納撰，于北山點校《文章辯體序説》，人民文學出版社1988年，第42頁。

③ 關於雜傳之淵源與流變，拙文《略論雜傳之淵源及其流變》（載《遼寧大學學報》2003年第4期）有略論，可參看。

> 古之史官，必廣其所記，非獨人君之舉。《周官》，外史掌四方之志，則諸侯史記，兼而有之。《春秋傳》曰："虢仲、虢叔，王季之穆，勳在王室，藏於盟府。"臧紇之叛，季孫命太史召掌惡臣而盟之。《周官》，司寇凡大盟約，涖其盟書，登於天府。太史、内史、司會，六官皆受其貳而藏之。是則王者誅賞，具録其事，昭告神明，百官史臣，皆藏其書。故自公卿諸侯，至於群士，善惡之跡，畢集史職，而又閭胥之政，凡聚衆庶，書其敬敏任卹者，族師每月書其孝悌睦婣有學者，黨正歲書其德行道藝者，而入之於鄉大夫。鄉大夫三年大比，考其德行道藝，舉其賢者能者，而獻其書。王再拜受之，登於天府，内史貳之。是以窮居側陋之士，言行必達，皆有史傳。①

此序把雜傳的源頭上溯到《周官》外史所掌"四方之志"和《周官》司寇所掌"盟約"之類及閭胥之鄉大夫所記，其實，不難看出，這些記録，包含的内容是相當廣泛的，各地諸侯的史記、盟書，帝王的誅賞、詔誥，閭巷間所謂記録孝悌睦婣者、有德行道藝者、賢能者之事蹟的書籍，都在其中，内容無疑是相當龐雜的，當然也不可能有統一的體式，但不排除有與後來傳記體相近似者，比如，記録閭巷間孝悌睦婣者、有德行道藝者、賢能者之事蹟的書籍，就極有可能是傳記體的雛形。這樣的追溯或許過於遥遠，讓人無法求證，所以，《隋書·經籍志》

① 魏徵等《隋書·經籍志》雜傳類序，中華書局1973年，第981頁。

的雜傳序又説:“又漢時,阮倉作《列仙圖》,劉向典校經籍,始作《列仙》、《列士》、《列女》之傳,皆因其志尚,率爾而作,不在正史。”這様,《隋書・經籍志》雜傳序在邈遠的歷史回眺之後,把雜傳的“始”作落實在劉向的《列仙》《列士》《列女》諸傳上,這卻與事實相符合。

這裏要説明的是阮倉的《列仙圖》,此書今已不存,劉向《列仙傳・敘》云:“余嘗得秦大夫阮倉撰仙圖,自六代迄今有七百餘人。”[1]劉向明言爲“仙圖”,則《列仙圖》大約既有神仙之圖像,又有文字傳録行事。《神仙傳・序》説:“弟子滕升問曰:‘先生曰神仙可得不死,可學古之得仙者,豈有其人乎?’答曰:‘昔秦大夫阮倉,所記有數百人,劉向所撰,又七十一人。’”[2]《抱朴子・論仙篇》云:“至於撰《列仙傳》,自删秦大夫阮倉書中出之。”[3]可知,《列仙圖》所録人物衆多,有“數百人”,劉向所撰《列仙傳》中先秦列仙,恐怕主要源自此圖。不過,《列仙圖》早已亡佚不存,且影響不大,故《隋書・經籍志》以劉向諸傳爲始。

另外,張舜徽、逯欽立等把《東方朔别傳》定爲西漢作品,

---

① 劉向撰,王照圓校《列仙傳・敘》,《龍谿精舍叢書》本,中國書店1991年,第1頁。劉向此序或又稱《總贊》。

② 葛洪《神仙傳・序》文淵閣《四庫全書》第1059册,臺灣商務印書館1987年,第257頁上。

③ 葛洪撰,王明校釋《抱樸子内篇校釋》卷二《論仙》,《新編諸子集成》本,中華書局1985年,第22頁。

因而認爲其是雜傳之始①，不過，二位先生之論還有疑點，《東方朔别傳》之成書年代尚不能肯定就是在西漢，所以，遵“疑則傳疑”之訓，不能以其作爲雜傳之始。

《四庫全書總目》對雜傳之本源的看法，不同於《隋書·經籍志》，其史部傳記類序説：“紀事始者，稱傳記始黄帝，此道家野言也。就厥本源，則《晏子春秋》是即家傳，《孔子三朝記》其記之權輿乎？”在傳記類著録《晏子春秋》時又案云：“《晏子》一書，由後人摭其軼事爲之，雖無傳記之名，實傳記之祖也。”②不難看出，《四庫全書》以爲《晏子春秋》和《孔子三朝記》是雜傳之濫觴。《清朝文獻通考·經籍考》傳記類之按語襲《四庫全書》的觀點，也認爲雜傳始於《晏子春秋》和《孔子三朝記》③。

程千帆先生不同意《四庫全書》的觀點，他説：“斯其原本馬遷列傳之明證，《四庫提要》乃遠溯姬周，以《晏子春秋》爲傳記祖，非其實也。”④程先生所指乃是傳記體出司馬遷所創，其

① 張舜徽、逯欽立之論，分别見：《史學三書平議》之《史通平議》卷三《採撰》第十五，中華書局 1983 年，第 57 頁；《漢魏六朝文學論集》第一編《漢詩别録》之《辨僞第一·栢梁台詩》，陝西人民出版社 1984 年，第 42—52 頁。他們所言《東方朔别傳》，《隋書·經籍志》等著録作《東方朔傳》。本書後有詳論。

② 永瑢等《四庫全書總目》卷五七史部十三傳記類一類敘、“《晏子春秋》”條，中華書局 1995 年，第 513 頁中、第 514 頁中。

③ 清高宗敕撰《清朝文獻通考》卷二二一《經籍考》一一，《十通》本，浙江古籍出版社 1988 年。

④ 程千帆《閑堂文藪》第二輯《漢魏六朝文學散論》之二《史傳文學與傳記之發展》，齊魯書社 1984 年，第 162 頁。

實,《隋書·經籍志》和《四庫全書總目》關於雜傳"始"於劉向諸傳和《晏子春秋》《孔子三朝記》之説，都有一定道理，但都不全面。雜傳既然是相對於史傳而言，其文體最終形成、真正别正史而獨行可以確定的開始，當是劉向的《列仙》《列士》《列女》諸傳，而且，也只是在劉向之後，雜傳創作也才逐漸興起並走向繁榮，這也是以其爲"始"的一個重要原因。不過，劉向諸傳，卻又只是代表了類傳，雜傳中的另一重要類别是散傳，其肇始可以追溯到先秦、秦漢時期諸如《穆天子傳》《晏子春秋》《燕丹子》一類的記録人物軼事的敘事文，這些敘事文，既是傳記體生成、發展過程中的重要綫索，也是雜傳的遠祖，本書以後還有詳論。

另外，章學誠在《文史通義》中對雜傳的淵源也有論述，不過，他主要是從"傳"的含義演變這一方面來説的，他説："傳記之書，其流已久，蓋與六藝先後雜出。古人文無定體，經史亦無分科。《春秋》三家之傳，各記所聞，依經起義，雖謂之記可也。經《禮》二戴之記，各傳其説，附經而行，雖謂之傳可也。其後支分派别，至於近代，始以録人物者，區爲之傳；敘事蹟者，區爲之記……"①

二、雜傳之流變

前面提到，雜傳之"始"作，當是劉向的《列仙》《列女》

① 章學誠撰，葉瑛校注《文史通義校注》卷三《傳記》，中華書局 1985 年，第 248 頁。

《列士》《孝子》諸傳，其後的東漢一代以及整個魏晉南北朝，是雜傳創作逐漸興起並走向興盛、繁榮的時期，這時的雜傳創作，沿襲劉向諸傳以及先秦、秦漢以來如《穆天子傳》《燕丹子》等的創作道路，産生了如《東方朔傳》《漢武内傳》《鍾離意别傳》《曹瞞傳》《三輔決録》《英雄記》《聖賢高士傳》等一大批雜傳，不僅數量衆多，而且在體裁、内容、形式等諸方面都形成了許多顯著的特點，特别是其小説化傾向，尤其值得注意。從總體上説，漢魏六朝時期的雜傳是亦文亦史的。

至唐代，由於文學和史學的分科、文與史界綫的明晰，雜傳也隨之發生了很大變化，明顯向着兩個方向分化發展，其一更加史學化，其一更加文學化。史學化的雜傳，在文史分離後，即從唐代開始，更加注重史料性，成爲真正的正史之餘。當然，這並不是指史志書目史部傳記類中著録的“雜傳”，史志書目中所謂雜傳仍包括文學化的雜傳。文學化的雜傳的共同特徵是注重謀篇佈局、遣詞造句。它又分成兩支，一支在漢魏六朝雜傳小説化的基礎上，走向幻設爲文，講究“摛詞佈景”和“翻空造微之趣”，寫得“纖若錦機，怪同鬼斧”①，“語淵麗而情淒惋，一唱三歎有遺音”②，演變爲傳奇小説；另一支則雖也講究遣詞用句、佈局謀篇，但又與傳奇不同，較少故事性和情節性，而多所寄託和寓意。它是伴隨着古文革新運動興盛起來的。韓愈、

① 桃源居士《唐人小説·序》，上海文藝出版社 1992 年影上海掃葉山房石印本，第 1 頁。

② 周克達《唐人説薈·序》，見丁錫根編著《中國歷代小説序跋集》，人民文學出版社 1996 年，第 1795 頁。

柳宗元等古文作家，運用傳記體，創作了大量的雜傳作品，這些作品，一般稱爲傳記文，它們常系於作者的文集之中。

章學誠注意到了史學化雜傳和傳記文的分化，他針對《文苑英華》卷七九二至七九六所列“傳”類文説：

> 其中正傳之體，公卿則有兵部尚書梁公李峴，節鉞則有東川節度盧坦（皆李華撰傳），文學如陳子昂（盧藏用撰傳），節操如李紳（沉亞之撰傳），貞烈如楊婦（李翱）、竇女（杜牧），合於史家正傳例者，凡十餘篇……
>
> 宋人編輯《文苑》，類例故有未盡，然非僉人所能知也。即傳體之所采，蓋有排麗如碑志者（庾信《邱乃斆敦崇傳》之類），自述非正體者（《陸文學自傳》之類），立言有寄託者（《王承福傳》之類），借名存諷刺者（《宋清傳》之類），投贈類序引者（《强居士傳》之類），俳諧爲遊戲者（《毛穎傳》之類），亦次於諸正傳中；不如李漢集韓氏文，以《何蕃傳》入雜著，以《毛穎傳》入雜文，義例乃皎然矣。①

章學誠所言“正傳之體”即指史學化了的雜傳，而“排麗如碑志者”等六類，則指文學化雜傳中的傳記文。顯然，他没有注意到傳奇這一支。

唐代以後，史學化的雜傳逐漸淡出人們的注意重點，而文

① 章學誠撰，葉瑛校注《文史通義校注》卷三《傳記》，中華書局 1985 年，第 250 頁。上所引引文加括弧者爲葉瑛注文。

學化的雜傳即傳奇小説和傳記文，則逐漸成爲人們關注的焦點。其中傳記文的創作，從唐至清歷久不衰，很多著名文學家都參與其中，如宋代有歐陽修、王安石、蘇洵、蘇軾、蘇轍、曾鞏等，明代有宋濂、高啟、歸有光、袁宏道、袁中道等，清代有顧炎武、汪琬、邵長衡、龔自珍等。傳記文相對於史學意義上的雜傳，又有了許多新的特點，顧炎武説："梁任昉《文章緣起》言傳始於東方朔作《非有先生傳》，是以寓言而謂之傳。韓文公集中傳三篇:《太學生何蕃》、《圬者王承福》、《毛穎》。柳子厚集中傳六篇:《宋清》、《郭橐駝》、《童區寄》、《梓人》、《李赤》、《蝜蝂》。《何蕃》僅采一事而謂之傳，《王承福》之輩皆微者而謂之傳，《毛穎》、《李赤》、《蝜蝂》則戲耳而謂之傳，蓋比於稗官之屬耳。若《段太尉》，則不曰傳，曰'逸事狀'，子厚之不敢傳段太尉，以不當史任也。自宋以後，乃有爲人立傳者，侵史官之職矣。"① 顧炎武所言"采一事而謂之傳""微者而謂之傳""戲耳而謂之傳"等就是傳記文的新特點。至於顧氏所謂"不當史任"而不能爲傳記，則過於拘泥，章學誠曾反駁説"如通行傳記，盡人可爲，自無論經師與史官矣……"② 傳奇小説則在唐代形成創作高潮，取得了與詩律并"稱絶代之奇"的偉大成就，是中國文言小説發展的里程碑，本書的目的之一，正是要通過對漢魏六朝雜傳的研究，揭示從漢魏六朝雜傳到唐人傳

① 顧炎武撰，黄汝成集釋，欒保群、吕宗力校點《日知録集釋》卷一九"古人不爲人立傳"條，上海古籍出版社 2010 年，第 1106 頁。

② 章學誠撰，葉瑛校注《文史通義校注》卷三《傳記》，中華書局 1985 年，第 249 頁。

奇的這一轉變，故此不贅述。

唐宋以後，碑銘、墓志、行狀等也被納入雜傳一類之中，由於它們也多富於文彩，常入作者文集，史志書目的史部雜傳類時或録之，時或缺之。

由史傳而雜傳、由雜傳而傳奇小説、傳記文的演變過程，章學誠將其原因歸結爲“衰”和“廢”:“吾觀近日之文集，而不能無惑也。史學衰，而傳記多雜出，若東京以降，《先賢》《耆舊》諸傳,《拾遺》《搜神》諸記，皆是也。史學廢，而文集入傳記，若唐、宋以還，韓、柳志銘，歐、曾序述，皆是也……”①章學誠所論，雖未能抓住雜傳發展的真正動因和進行完全正確的分析，不過，他至少看到了這三個演進階段，還是有一定見地的。

---

① 章學誠撰，葉瑛校注《文史通義校注》卷四《黠陋》，中華書局1985年，第429頁。

第二章　雜傳的興起

司馬遷《史記》的出現，是傳記體發展過程中的一座里程碑，它標志着傳記體在經過漫長的孕育、成長之後最終達到成熟。繼司馬遷之作，劉向撰《列仙》《列士》《列女》《孝子》諸傳，這些人物傳，已“不在正史”①，標志着雜傳文體的形成。在這一章中，我們就穿過歷史的煙塵，梳理傳記體的萌生與成長之跡，並在此基礎上討論雜傳文體的形成。

第一節　傳記體之萌生：《尚書》

在《詩經》及先秦諸子散文中，就有了朦朧的傳人意識，而《尚書》中的某些篇章，已隱約可見傳記體的萌芽。

一、《詩經》及諸子散文中的傳人意識

關於人們創作傳記的動機即傳記發生的最初動因，有不同的說法，愛德華·奧尼爾認爲：“人類保存其自身實録的願望僅

① 魏徵等《隋書·經籍志》史部雜傳類序，中華書局 1973 年，第 982 頁。

次於其保存自身的本能，由這一願望而産生了歷史學與傳記文學的姻親藝術。”哈羅德·尼科爾森認爲：“傳記爲滿足紀念的天性而誕生，家庭希望紀念死者，人們寫挽歌、悼詞和用北歐古文字刻成碑文，部落希望紀念自己的英雄，於是，人們寫英雄傳奇和史詩，教堂希望紀念它的創立者，人們又寫了聖者的早期生活傳記。”崔瑞德又認爲，傳記形式的産生，“可能與氏族崇祀之文化有關”①。不論是出於“願望”“天性”還是“尊祖”，總之，人類爲他們認爲值得讓子孫知道的人物立傳的意識，産生很早。在中國，先秦典籍如《詩經》及諸子散文中就已有了朦朧的傳人意識。

《詩經》是我國第一部詩歌總集，分爲《風》《雅》《頌》三部分，共收詩歌三百零五篇，這些詩歌大約出於西周初期（公元前11世紀）到春秋中葉（公元前6世紀）之間。大致而言，《頌》和《雅》産生年代較早，基本上是西周時期作品，《國風》中的作品一般産生較晚，大致出現於春秋前期和中期。

在《詩經·大雅》中，《生民》《公劉》《綿》《皇矣》《大明》等篇章，就體現出朦朧的傳人意識。如《生民》，以后稷爲中心，從敘述后稷的母親姜嫄向神求子，後踐神的腳印而懷孕，生下了后稷開始，然後敘述后稷歷經各種劫難不死，長大成人，成家立業，發明農業，建立周民族基礎的過程。《公劉》以后稷

① ［美］愛德華·奥尼爾《美國現代傳記文學史》，［英］哈羅德·尼科爾森《英國傳記文學的發展》，［英］崔瑞德《中國的傳記寫作》，見陳蘭村《中國傳記文學發展史》第一章《掀起傳記文學的産生與發展》第一節《〈詩經〉中的傳記文學萌芽》引，語文出版社1999年，第2頁。

的曾孫公劉爲中心，敘述公劉率領周族從有邰遷徙到豳，在豳開闢土地，耕種定居的過程。《綿》以古公亶父爲中心，敘述亶父帶領周族從豳遷徙到岐下，與姜女結婚，在岐下築室定居，大修宗廟，委任官吏，建立國家的經過，最後還述及消滅夷人，文王受命。就這些詩篇對人物生平較爲完整的敘述而言，可以説包含有爲人物立傳的潛在意識，正因爲如此，今之許多學者甚至乾脆視這些詩篇爲“傳記體”“人物傳”。白壽彝説：“《生民》是講后稷一生的主要事情……《公劉》是講公劉建立國家的過程。這兩篇是歌頌古代英雄的傳説，是傳記體。”又説：“以前《詩經》的《生民》、《公劉》以及戰國時期史家所纂言行録之類，都是傳記。《史記》的列傳繼承了這種體裁。”① 馮沅君説：“《生民》是一篇很好的后稷傳，他是周族傳説中的始祖；《公劉》是一篇公劉傳，公劉爲后稷的裔孫，此詩敘他遷都事。《綿》是一篇古公亶父傳……他是公劉的裔孫，文王的祖父，故詩中連帶説及文王。《皇矣》是一篇文王傳，也説及太伯、王季。《大明》是一篇武王傳，也説及他的父母與祖父母。”②

在《詩經》里，《小雅》中的《出車》《常武》《採芑》等也是具有人物傳性質的篇章。

不僅《詩經》如此，先秦諸子散文中也已有了朦朧的傳人意識，體現在一些篇章以人物爲綫索組織敘事方面。如《莊子》

① 白壽彝《史記新論》之一《史記寫作的歷史背景》，求實出版社 1981 年，第 15 頁、第 20 頁。

② 陸侃如、馮沅君《中國詩史》第二篇《詩經》第三章《二雅》，山東大學出版社 1996 年，第 40 頁。

中的《庚桑楚》《徐無鬼》《則陽》《盜跖》《漁父》《列禦寇》等篇章，其間人物，常常是作爲敘述事件、闡釋道理、結構全篇的綫索，這些人物雖不是重心所在，但卻在其中充當了行文的邏輯聯繫。如《田子方》中的田子方、《庚桑楚》中的庚桑楚、《徐無鬼》中的徐無鬼等，這實際上表明，在潛意識中，已有了一種以人物爲中心組織敘事、展開議論、闡釋觀點的朦朧意識。又如在《墨子》中有《公輸》《公孟》等篇章，在《荀子》中有《仲尼》等篇章，都與《莊子》中的《庚桑楚》等文類似，這些人物在文中也往往起着綫索、連接和統攝的作用，雖還不能説是重心所在，但這種將人物作爲行文綫索意識的出現和存在，卻是可以視爲一種象徵，即一種原始傳人意識的表現。

二、《尚書》中傳記體的萌生

《尚書》是儒家經典"五經"之一，它又有古文、今文、"晚書"之别。《今文尚書》爲漢伏生所授，以漢代通行文字隸書記録;《古文尚書》相傳爲魯共王壞孔子宅而得，用六國時通行文字大篆寫成;"晚書"爲東晉時梅賾所獻孔安國《古文尚書》中多出者。關於《今文尚書》《古文尚書》及"晚書"的基本情況，歷代多有詳論，今人劉起釪所著《尚書源流及傳本考》① 一書對此更有詳細陳述和解説，可參看。

《尚書》之文，主要有典、謨、訓、誥、誓、命等幾種類型。典即典制，《説文》解釋爲"大册"，是"五帝之書"，是以

① 劉起釪《尚書源流及傳本考》，遼寧大學出版社 1997 年。

敘帝王政績爲主，如《堯典》《舜典》；謨即謀議、謀略，其書《伊訓》云："聖謨洋洋，嘉言孔彰。"以記載治理國家的種種謀議爲主，如《皋陶謨》；訓即訓誡，誥即誥令，主要内容是上對下的告誡、訓導或勸諫，如《盤庚》《康誥》；誓即誓辭，以誓師詞爲主，如《湯誓》《牧誓》；命即册命、命令，記載帝王的分封或旌表賞賜等的各種告令，如《文侯之命》。

在《尚書》中，已有傳記體的萌芽，我們不妨以《堯典》《舜典》爲例略加説明。

《堯典》全文共四段，第一段總寫堯的功德，第二段記敘堯制定曆法節令之事，第三段記敘堯選賢任能之事，第四段記敘堯議定和考察帝位繼承人之事。《堯典》在體制上有一點是值得注意的，其第一段總寫，從介紹堯的姓名開始："曰若稽古帝堯，曰放勳。欽明文思安安，允公克讓，光被四表，格於上下。"這種開始，與後世的傳記體是很相似的，或者説，後世的傳記體從介紹人物姓字、籍貫開始的做法，恐怕就從此而來。如果説《堯典》的傳記體特徵還不甚明顯的話，那麽，《舜典》則體現得更爲明顯些。

《舜典》第一段云：

> 曰若稽古帝舜，曰重華協於帝，濬哲文明，温恭允塞，玄德升聞，乃命以位。①

① 孔安國注，孔穎達疏《尚書正義》，《十三經注疏》本，中華書局 1996 年，第 13—20 頁。並參孫星衍注疏，陳抗、盛冬鈴點校《尚書今古文注疏》，中華書局 1986 年。下同。

結尾一段云：

舜生三十徵，庸三十，在位五十年載，陟方乃死。

《舜典》全篇共三段，第一段從介紹舜的姓名開始，接着説明舜經受了各種各樣的考驗，最後登上帝位。第二段記敘舜即位後祭祀、巡狩、劃分州界、制定刑法、懲處四凶的各種事實，結尾一段對其一生作出總結，全篇終於其"陟方乃死"，即整篇文字從舜即帝位開始，敘述終於舜死陟方。《舜典》的這種體制，與後世傳記體相當接近，故就《堯典》《舜典》的傳人意識和體制特徵言之，《尚書》中此類篇章已有了傳記體的胚芽。

《堯典》《舜典》所記有關堯、舜之事，雖然還没有完備地展現堯、舜的一生，不過，一些重大活動如制定曆法、選賢任能、劃分疆界、制定刑罰等重大活動卻並未被遺漏，而且，在第一段或者結尾一段，還有總結之語，這其實可以認爲是在全面概述的基礎上有重點的選擇記敘，也就是説，堯、舜一生之大略還是基本包容其中了。

《尚書》中的其他篇章，如《太甲》《盤庚》《微子》《君陳》《君牙》等，也存在朦朧的傳人意識，這些篇章中的人物，太甲、盤庚、微子、君陳、君牙雖不是敘述的重心，但這些人物卻是敘述的綫索或組織、連接全篇的支點和紐帶，這也可以看着是一種原始的以人物爲中心組織材料和敘事的意識，這是很有意義的，以人爲中心的敘事是傳記體産生和形成的必不可少的條件之一，傳記體正是在這種以人爲中心組織敘事的意識的逐漸增强中萌芽和成長起來的。

另外，《尚書》中的《金縢》一篇頗爲引人注意，其敘事條理分明，曲折有致，有人甚至視之爲“中國最早的小説”①，視《金縢》爲小説雖不確妥，不過，就其敘事和通過敘事所展現出來的人物形象來看，還是值得研究的。《金縢》記述周武王滅商後的第二年，身染重病，周公作册書向先王祈禱，願以身相代。事後，史官將册書放入金屬絲封緘的匣子里，即金縢中封存起來。武王死後，成王年幼，周公攝政，管叔、蔡叔不平，而造作流言，中傷周公，並發動叛亂。周公奉命平叛。而成王一直懷疑周公，於是周公避去。後來，上天警示，成王又發現金縢之書，幡然悔悟，來迎周公。事件複雜，卻被敘述得十分清晰，並頗具情節性，這表明，《尚書》時代的敘事能力已有了相當的水準。這種敘事能力爲傳記體的産生準備了必不可少的條件。

傳記體出於《尚書》，魏澹始發此論，魏澹云：“然則紀傳之體出自《尚書》，不學《春秋》，明矣。”② 張舜徽説：“自魏澹以來，論者多謂紀傳之體，出於《尚書》，其言亦自有故。若典、謨、誓、誥，無異紀傳之篇；禹貢、洪範，不殊書志之體。特大輅椎輪，不如後來踵事增華之審密耳。然則上溯紀傳編年二體之源，必推本於《書》與《春秋》，明矣。《左傳》、《國語》，

① 葉銘《中國最早的小説》，載 1992 年 1 月 28 日《特區時報》。葉銘在其中説：“我們説《金縢》是小説，不僅在它僞歷史的神話氣質，還在於它具有了小説藝術的一切要素：曲折的情節、精粹的對話以及生動的性格描寫。”

② 魏澹《魏史・史例》，見《隋書》卷五八《魏澹傳》，中華書局 1973 年，第 1419 頁。

實《春秋》之羽翼;《史記》、《漢書》, 乃《尚書》之支流……”①

第二節　傳記體之雛形 :《穆天子傳》

大約在春秋末戰國初出現的《穆天子傳》, 全文以周穆王爲中心, 敘述其遊歷四方的經歷, 在體制上已隱約可見傳記體之雛形。

一、《穆天子傳》的成書年代

《穆天子傳》西晉時出土於汲塚。關於出土之年, 相關史籍所載, 略有差異:

一是太康二年 (281):《晉書 · 束皙傳》言“初, 太康二年, 汲郡人不準盜發魏襄王墓……” 荀勖《穆天子傳 · 序》亦稱“古文《穆天子傳》者, 太康二年, 汲縣民不準盜發古塚所得書也”②。

二是太康元年 (280): 杜預《春秋經傳集解 · 後序》:“太康元年三月, 吴寇始平……會汲郡汲縣有發其内舊塚者, 大得古書, 皆簡編科斗文字。發塚者不以爲意, 往往散亂。科斗書久廢, 推尋不能盡通。始者藏在祕府, 余晚得見之。所記大凡七十五卷……”③ 孔穎達《正義》引述王隱《晉書 · 束皙傳》大

① 張舜徽《史學三書平議》之《史通平議》卷一《二體》第二, 中華書局 1983 年, 第 17 頁。

② 荀勖《穆天子傳 · 序》, 洪頤煊校《穆天子傳》,《叢書集成初編》本, 中華書局 1985 年, 第 1 頁。

③ 左丘明傳, 杜預注, 孔穎達疏《春秋左傳正義》“後序”,《十三經注疏》本, 中華書局 1996 年, 第 485 頁。

意曰："太康元年，汲郡民盜發魏安釐王塚，得竹書漆字科斗之文。科斗文者，周時古文也。其字頭粗尾細，似科斗之蟲，故俗名之焉。大凡七十五卷，《晉書》有其目録。其六十八卷皆有名題，其七卷折簡碎雜，不能名題。有《周易》上下經二卷，《紀年》十二卷，《瑣語》十一卷，《周王遊行》五卷，説周穆王遊行天下之事，今謂之《穆天子傳》。"①《晉書·衛恒傳》載衛恒《四體書勢》："太康元年，汲縣人盜發魏襄王塚，得策書十餘萬言。"② 亦作元年。

三是咸寧五年（279）：《晉書·武帝紀》云：咸寧五年十月，"汲郡人不準掘魏襄王塚，得竹簡小篆古書十餘萬言，藏於祕府"。《史記·周本紀·幽王》張守節正義云："汲塚書，晉咸和五年汲郡汲縣發魏襄王塚，得古書册七十五卷。"咸和乃東晉成帝年號，清洪頤煊以爲"咸和即咸寧之訛"③，亦即張守節也認爲是咸寧五年（279）。王圻《續文獻通考·經籍考》卷一八四之《六書考·書體》亦云："晉武帝咸寧五年，汲郡人不準掘魏襄王塚，得竹簡小篆書古文十餘萬言，藏之祕府。"

那麼，到底哪一種説法正確呢？清人雷學淇在《竹書紀年義證》中説："竹書發於咸寧五年十月，《帝紀》之説，録其實也。就官收以後上於帝京時言，故曰太康元年，《束皙傳》云二

---

①《太平御覽》卷七四九引王隱《晉書》："太康二年，得汲郡塚中古文竹書，勖自撰次注寫，以爲《中經》，别在祕書。以較經傳闕文，多所證明。"作二年，疑訛。

② 房玄齡等《晉書》卷三六《衛恒傳》，中華書局 1974 年，第 1061 頁。

③ 洪頤煊《校正穆天子傳·序》，見洪頤煊校《穆天子傳》，《叢書集成初編》本，中華書局 1985 年，第 1 頁。

年，或命官校理之歲也。”他以爲不準盜墓發現竹簡是在咸寧五年（279）十月，大約第二年（280），朝廷下令將發掘收集到的竹簡運回京城，而祕書監荀勖等人整理繕寫是太康二年（281），從掘墓到荀勖等人校勘《穆天子傳》前後經歷一兩年，各人紀時是以自己所見之時爲準，所以出現了不同。

至於汲塚墓主，則是據出土的《紀年》(後稱《竹書紀年》)考定的，《紀年》是魏國史官編纂的編年史，起自黄帝而至於魏國，紀事止於今王二十年，據荀勖考證，今王當指魏襄王①，則墓主亦當即魏襄王。荀勖的考訂應當是可信的，衛恒《四體書勢》及《晉書·武帝紀》都説是魏襄王塚，唯東晉王隱以爲魏安釐王塚，安釐王遠在襄王之後，故王隱之説頗有疑問。後來的《晉書·束皙傳》則兼存二説，而又徑稱《紀年》“述魏事至安釐王之二十年”，自生淆亂，“安釐王之二十年”實應作魏襄王二十年。是年爲公元前 299 年，襄王卒在前 296 年，則汲塚書皆作於此年以前②。也就是説，《穆天子傳》亦當作於此年以前③。

《晉書·束皙傳》又説：“《穆天子傳》五篇，言周穆王遊行四海，見帝臺、西玉母。《圖詩》一篇，畫贊之屬也。又雜書

① 見前注所引荀勖《穆天子傳·序》，又《史記·魏世家》《集解》引荀勖曰：“和嶠云：‘《紀年》起自黄帝，終於魏之今王。’今王者，魏惠成王子。案《太史公書》惠成王但言惠王，惠王子曰襄王，襄王子曰哀王……《世本》惠王生襄王而無哀王，然則今王者魏襄王也。”

②《史記·魏世家》稱襄王在位十六年卒，子哀王立，哀王二十三年卒，子昭王立，昭王十九年卒，子安釐王立，在位三十四年。若據《史記》，襄王卒於前 319 年，而《紀年》與《世本》無哀王，記載與《史記》不同。

③ 李劍國先生亦持此見，見《中國小説通史》先唐卷，高等教育出版社 2007 年，第 65 頁。

十九篇:《周食田法》,《周書》,《論楚事》，周穆王美人盛姬死事。大凡七十五篇……”① 由此可知《穆天子傳》出土時五篇，據前引王隱《晉書》，其原題《周王遊行》。《周王遊行》和其他竹書皆爲古文小篆，汲塚出土的古書在運回京城後，朝廷組織人力進行了校訂,《穆天子傳》一書，主要校訂者當是荀勖，另外，據宋高似孫《史略》卷二《顔師古漢書注例》:“又案《穆天子傳目録》云：祕書校書郎中傅瓚校。”則傅瓚也參加了校訂工作，與荀勖同校定《穆天子傳》。荀勖等人在校訂時“謹以二尺黄紙寫上，請事平以本簡書及所新寫並付祕書繕寫，藏之中經，副在三閣”。用今文隸書寫於二尺長的黄紙上，并改題《穆天子傳》②。校定後的傳文爲六卷，所增一篇是雜書十九篇中的“周穆王美人盛姬死事”。此事内容與《周王遊行》前後相貫，文字風格也頗爲一致，屬同一書的可能性極大，或因出土時竹簡錯亂，與《周王遊行》分離，所以被列爲雜書，荀勖將它併入《穆天子傳》末卷是高明之舉③。此後郭璞爲《穆天子傳》作注，

① 房玄齡等《晉書》卷五一《束晳傳》，中華書局 1974 年，第 1433 頁。

② 荀勖序稱“古文《穆天子傳》”，則傳名乃其所改，從此遂成定名,《晉書・束晳傳》即依校定名稱著録。王隱《晉書・束晳傳》云:“今謂之《穆天子傳》。”東晉張湛注《列子・周穆王篇》亦引作《穆天子傳》。清姚振宗《漢書藝文志拾補》卷二“《穆天子傳》六卷”條云:“今本《晉書》乃曰《穆天子傳》，唐人所改也。”誤。

③《四庫全書總目》卷一四二子部五十二小説家類三“《穆天子傳》”條:“今盛姬事載《穆天子傳》第六卷，蓋即《束晳傳》所謂雜書之一篇也。尋其文義，應歸此傳。《束晳傳》别出之，非也。”永瑢等《四庫全書總目》卷一四二子部五十二小説家類三“《穆天子傳》”，中華書局 1995 年，第 1205 頁下。然胡應麟據《束晳傳》認定非一書，但又以爲“文實出一人手”。見胡應麟《少室山房筆叢》卷三四戊部《三墳補逸下》，中華書局 1958 年，第 449 頁。

《隋書·經籍志》《舊唐書·經籍志》《新唐書·藝文志》《郡齋讀書志》《直齋書録解題》《宋史·藝文志》等著録皆爲郭璞注本。《郡齋讀書志》云“郭璞注本謂之《周王遊行記》”，不過郭璞《注山海經敘》稱作《穆天子傳》①，而今存郭璞注本亦皆題作《穆天子傳》，看來《周王遊行記》不過是郭璞注本别一版本之異稱，實際是根據王隱《晉書》而改。汲塚書今存者只有《穆天子傳》一種②，但亦非古本。洪頤煊在《校正穆天子傳·序》中説：“晁公武《郡齋讀書志》云書凡六卷，八千五百一十四字，今本僅六千六百二十二字，則今本又非晁氏所見本矣。”

二、實録與虚構並舉:《穆天子傳》的資材構成

《穆天子傳》,《隋書·經籍志》《舊唐書·經籍志》《新唐書·藝文志》《直齋書録解題》《通志·藝文略》著録於史部起居注類,《郡齋讀書志》《玉海·藝文》著録於史部傳類,《文獻通考·經籍考》《宋史·藝文志》著録於史部别史類,《四庫全書》著録於子部小説家類③。

周穆王是昭王子，西周第五代天子，姓姬名滿。他性喜出

① 又:《列子·周穆王》引郭璞注，即作《穆天子傳》，可見東晉郭注本題作《穆天子傳》。

② 今本《竹書紀年》乃後人纂集，非汲塚所出者。清人朱右曾輯録古本，近人王國維加以補正，稱作《古本竹書紀年》，以别僞《竹書紀年》。今人方詩銘、王修齡作有《古本竹書紀年輯證》，上海古籍出版社1981年。

③ 關於《穆天子傳》的研究概況，陳麗平在《〈穆天子傳〉的現代解讀》一文中有略述，見《遼寧大學學報》2000年第6期。

遊,《左傳》昭公十二年記載楚國右尹子革的話説:“昔穆王欲肆其心，周行天下，將皆必有車轍馬跡焉。”荀勖在《穆天子傳·序》中引用此句後又説:“此書所載則其事也。王好巡狩，得盜驪騄耳之乘，造父爲禦，以觀四荒，北絶流沙，西登昆侖，見西王母，與太史公同。”屈原《天問》云:“穆王巧梅（按：當作㙁，貪也），夫何爲周流？環理天下，夫何索求？”《國語·周語上》記穆王不聽祭公謀父規諫，出征犬戎，得四白狼、四白鹿的貢物而歸。《史記·周本紀》亦記此事。《史記·秦本紀》又載:“造父以善禦幸於周繆王，得驥、温驪、驊騮、騄耳之駟，西狩獵，樂而忘歸。”《趙世家》亦云:“造父幸於周繆王。造父取驥之乘匹，與桃林盜驪、驊騮、騄耳，獻之繆王。繆王使造父禦，西巡狩，見西王母，樂之忘歸。”《太平御覽》卷八五引《歸藏》載:“昔穆王天子筮出於西征，不吉，曰:‘龍降於天，而道里修遠；飛而中天，蒼蒼其羽。’”所以,《穆天子傳》的基礎便是這些史實。也正因爲如此，從古至今，有很多人視《穆天子傳》爲實録、信史。

將《穆天子傳》視爲起居注者，自然認爲它是實録、信史，因爲起居注是“録紀人君言行動止之事”①。起居注始於東漢明帝馬皇后的《漢明帝起居注》，此後則爲史官之職。《隋書·經籍志》《舊唐書·經籍志》《新唐書·藝文志》及《直齋書録解題》都把它著録於起居注類,《隋書·經籍志》認爲《穆天子傳》“體制與今起居正同，蓋周時内史所記王命之副也”，所以

① 魏徵等《隋書·經籍志》史部起居注類序，中華書局 1973 年，第 966 頁。

列爲起居注之首。胡應麟《少室山房筆叢》卷一三乙部《史書占畢一》也認爲:“《穆天子》,起居注也。”《少室山房筆叢》卷三二丁部《四部正譌下》又云:“其文典則淳古,宛然三代范型,蓋周穆史官所記……故奇字特多,缺文特甚,近或以爲僞書,殊可笑也。”又説:“《穆天子傳》序所稱:穆王遊行天下,惟七萃之士從焉,非如秦、漢之君,千乘萬騎,空國而出。其見西王母,登昆侖,涉縣圃,皆以極其遊觀之跡,非如秦、漢之君,封泰山、禪梁父,期羨門安期之屬,求仙藥以冀長生也。自始皇、武帝好言神仙,一時術流方士,張大其説,文士又從和之,遂以穆王爲厲階戎首,而不知《穆天子傳》所記山川、草木、鳥獸,皆耳目所有,如《山海經》怪誕之文百無一二。”[①] 清人陳逢衡《穆天子傳注補正序》亦稱它是“古之起居注也,語直而奥,詞約而簡”。而現代許多史學研究者也相信它是西周史官的原始記録,把它視爲信史,如日人小川琢治《〈穆天子傳〉考》説:“此等宫廷之記録,真帶有起居注之性質者。”[②] 常徵《〈穆天子傳〉是僞書嗎?》説:“《穆天子傳》出自西周……乃周穆王史官筆。”[③] 趙儷生《〈穆天子傳〉中一些部落的方位考實》説:“《穆傳》不是‘小説’,是可供依據的有用的史料。”[④] 衛挺生甚

① 胡應麟《少室山房筆叢》卷一三乙部《史書占畢一》、卷三二丁部《四部正譌下》、卷三四戊部《三墳補逸下》,中華書局 1958 年,第 169 頁、第 411 頁、第 450 頁。

② 見江俠庵編譯《先秦經籍考》下册,商務印書館 1931 年,第 145 頁。

③ 常徵《〈穆天子傳〉是僞書嗎?》,《河北大學學報》1980 年第 2 期。

④ 趙儷生《〈穆天子傳〉中一些部落的方位考實》,《中華文史論叢》1979 年第 2 輯,總第 10 輯,上海古籍出版社 1979 年。

至説："此書中之無一事不實，無一物不實，無一地不實。"①

但最初整理古文簡書《穆天子傳》的荀勖卻説它"其言不典"，"頗可觀覽"，認爲它所記主要是傳聞，並不是實録。現代研究者也多有人否認它的歷史真實性。如黎光明《〈穆天子傳〉的研究》説："《穆天子傳》所記載的傳説，並非周穆王實際所有事。"②吕思勉《先秦史》説它是"雜取古書及秦漢以後所知西域地理，妄造穆王遊行之事，支離滅裂，全不可通而世猶有視爲信史者"③。楊善群的言論比較接近實際，他在《〈穆天子傳〉的真僞及其史料價值》中一方面認爲"這部古籍的原本應該是穆王的史官所記，或爲以後的西周史官所整理"，一方面又認爲"並非純粹是當年西周史官的實録,它的許多地方是經過後人的加工和僞造的"④。《穆天子傳》大體上是根據周穆王"欲肆其心，周行天下"的史實，雜採有關傳説敷衍成文的。所以《四庫全書總目》也稱它"多誇言寡實"，"如後世小説野乘之類"，又特加按語云："《穆天子傳》舊皆入起居注類，徒以編年紀月，敘述西遊之事，體近乎起居注耳。實則恍惚無徵，又非《逸周書》之比……今退置於小説家，義求其當，無庸以變古爲嫌也。"⑤章學誠在《文史通義》卷六《和州志列傳總論》中也説：

① 衛挺生《〈穆天子傳〉今考》第2册，中華學術院1970年，第113頁。

② 黎光明《〈穆天子傳〉的研究》,《國立中山大學語言歷史學研究所周刊》第二集第23、24期，1928年。

③ 吕思勉《先秦史》，上海古籍出版社1982年，第145頁。

④ 楊善群《〈穆天子傳〉的真僞及其史料價值》,《中華文史論叢》1995年第2輯，總第54輯，上海古籍出版社1995年。

⑤ 永瑢等《四庫全書總目》卷一四二子部五十二小説家類三"《穆天子傳》"，中華書局1995年，第1205頁下。

“至於正史之外雜記之書……《穆天子傳》、《漢武内傳》，小説之屬也。”[①] 而今之史學家也多有相同看法[②]。

《穆天子傳》雜採傳聞兼之虛構，不僅表現在諸如與西王母相會等大的故事段落上，也體現在全文的每一細小之處，如滲澤之中的白狐玄狢，雷首山中的黑牛白角、黑羊白血，採石山之出五彩石，欒野之出寶玉，珠澤之出珍珠等，就顯系虛構。而如春山，就更是奇異了，它不僅是至高之山，出産各種珍寶，而且它上面生長的孳木，不畏大雪，是飛鳥百獸的棲聚之所，其中又有罕見的赤豹白虎、“食虎豹如麋”的惡獸、“小頭大鼻”的鸁獸等。春山之山如此，而春上之澤卻是“清水出泉，温和無風”的另一番景象！如此之類，比比皆是。

《穆天子傳》不但採摭傳聞、虛構故事，其敘事的詳贍、細緻也頗爲引人注意。如寫穆王與西王母的相會：

> 吉日甲子，天子賓於西王母。乃執白圭玄璧，以見西王母。好獻錦組百純、□組三百純，西王母再拜受之。□乙丑，天子觴西王母於瑶池之上。西王母爲天子謡曰：“白雲在天，山陵自出。道里悠遠，山川間之。將子無死，尚能復來。”天子答之曰：“予歸東土，和治諸夏。萬民平均，吾顧見汝。比

① 章學誠著，葉瑛校注《文史通義校注》卷六《和州志列傳總論》，中華書局 2004 年，第 667—668 頁。

② 如郭沫若認爲：“《穆天子傳》是小説。”（見郭沫若《〈班簋〉的再發現》，《文物》1972 年第 9 期）童書業認爲：“《穆天子傳》之記載則近小説，不甚可信。”（見童書業《春秋左傳研究》，上海人民出版社 1980 年）

及三年，將復而野。"西王母又爲天子吟，曰："徂彼西土，爰居其野。虎豹爲群，於鵲與處。嘉命不遷，我惟帝女。彼何世民，又將去子。吹笙鼓簧，中心翔翔。世民之子，唯天之望。"天子遂驅升於弇山，乃紀名跡於弇山之石，而樹之槐，眉曰"西王母之山"。

西王母乃傳説中的人物，人間帝王與西王母相交往的傳説，恐怕起源很早，在周穆王以前，傳説帝堯就曾與西王母相見，賈誼《新書·修鄭語》云：帝堯"身涉流沙，西見王母"，舜、禹也與西王母有交往，《世本》云："舜時，西王母獻白環及玦。"《荀子·大略》云："禹學於西王國。"而後來的漢武帝也曾與西王母相會（《漢武故事》《漢武内傳》等中有記）。在《穆天子傳》中，附會人間天子與西王母的交往，其目的大約是爲人間帝王尋找一個"門當户對"的女性，來展示人間帝王的既尊嚴儒雅而又不乏風流的情懷。此事顯系虚構，然而《穆天子傳》卻將它敷衍得極爲詳盡，風情摇曳，尤其是其中穆王與王母的相互酬詠，更是一片縟綺。

文中的細緻敘寫還有盛姬之死一段，在追述了盛姬的身世以後，交代了她的染寒疾而喪，然後敘述周穆王爲其舉行的葬禮，從出殯時人員的安排、器物的陳列、四方貢物獻納到每一步儀式的進行，都無一遺漏。胡應麟十分讚賞盛姬之死一段敘寫的詳贍，説"而其文典則淳古，宛然三代范型"①，又説它"文

① 胡應麟《少室山房筆叢》卷三二丁部《四部正譌下》，中華書局1958年，第411頁。

極贍縟，有法可觀，三代前敘事之詳，無若此者，然頗爲小説濫觴矣”[①]。其實，胡應麟對盛姬之死一段的評價也適用於整個《穆天子傳》。

三、傳記體之雛形

《穆天子傳》，歷代史志書目或以爲起居注，或以爲别史，或以爲傳記，或以爲小説，這其實反映了《穆天子傳》體制的複雜性、多樣性，或者説原始性，讓人難以準確界定。《穆天子傳》的體制可以説是“四不象”，不過，它出土時原名《周王遊行》，荀勖等人校訂後，將其更名爲《穆天子傳》，荀勖等人在定名時，必定作過仔細的推敲斟酌，既名之爲“傳”，則恐荀勖等人是注意到了它主要的體制特徵更趨近於傳記，從另一角度説，即《穆天子傳》的體制屬於正在形成中的傳記體雛形，它的傳記體特徵雖還不甚明顯，還相當駁雜不純，但還是已隱約可見，這正是傳記體初現時的真實情況。

綜觀《穆天子傳》，全文六卷，中心人物是周穆王，或詳或略地傳録了周穆王遊行四方的情況，所有的事件都與他相關，所有的敘述都是圍繞他進行的。傳文以周穆王北征開始，然後傳録他以八駿爲駕，以造父爲禦，在柏夭的引導下，在七萃之士的護衛下，率六師而西征、北遊、東征、南還、南征等的全過程。説是出征，不如説是遊賞，文中寫得最多的是有關他登

① 胡應麟《少室山房筆叢》卷三四戊部《三墳補逸下》，中華書局 1958 年，第 456 頁。

山臨水、畋獵釣魚、祭祀賞樂及與所到之國賞接贈答的情況。

在《穆天子傳》中，周穆王的形象還是比較豐滿的。周穆王不但是一個喜歡肆心而行的好樂帝王，也是一個多情之人，這從文中寫他與西王母的交往、對盛姬之喪的哀痛體現出來。同時，他還是一個時時反省自己、不忘自己職責的明君，這一點文中也多次寫及，如卷一寫他在祭祀河伯之後，剛剛踏上征途就提醒自己："予一人不盈於德，而辨於樂，後世亦追數吾過乎？"在黄竹遇雨雪有凍人時，他作詩三章以哀民，對自己淫於遊樂而"不皇萬民"的行爲深深自責。甚至，在與西王母的相會中也没有忘記"和治諸夏"，使"萬民平均"。這些不同側面，共同凸顯了一個較爲鮮明的周穆王形象。

總之，《穆天子傳》反映了傳記體初現時的真實情況，傳記體體制雖然還未脱原始性，但基本已具雛形。正如郭丹在《史傳文學》中説："也體現了史學從言事分記到言事相兼，再到單人傳記作品産生的歷史過程……"①

同時，《穆天子傳》的單篇形式，也是後世雜傳中散傳一類的先導，其選材實録與虚構並舉，既有真實史實，又廣採傳聞、傳説，甚至虚造故事的做法，也對後世雜傳的選材有很大影響，雜傳中真實與虚構並存，特别是"棄同存異，穿鑿傍説"②、"鬼

---

① 郭丹《史傳文學》第四章《小説化的〈穆天子傳〉與〈晏子春秋〉》第一節《穆天子傳》，廣西師範大學出版社 1999 年，第 248 頁。

② 劉勰撰，范文瀾注《文心雕龍注》卷四《史傳》第十六，人民文學出版社 1998 年，第 287 頁。

神怪妄之説往往不廢”① 等等做法，與此是有共性的。

第三節　“傳記之祖”:《晏子春秋》

《晏子春秋》，亦名《晏子》，《四庫全書總目》傳記類《〈晏子春秋〉提要》稱之爲“傳記之祖”，這是很有見地的論斷。全書所記都是春秋末年齊國名相晏嬰的言行、事蹟，並以此來展現其一生的經歷和思想。今本《晏子春秋》共八卷，分爲内外篇，《内篇》六卷，包括《諫》上、下篇，《問》上、下篇和《雜》上、下篇；外篇兩卷，分爲上、下兩篇。各卷長短不一，都是由一個個小故事所構成，全書共計 188 個。

一、歷代著録、作者及成書年代

《晏子春秋》，司馬遷《史記・管晏列傳》中就曾提及，其云：“吾讀《晏子春秋》，詳哉其言之也。既見其著書，欲觀其行事，故次其傳……”《孔叢子》也曾稱引：“魯之《史記》曰《春秋》，經因以爲名焉。又晏子之書亦曰《春秋》。”② 劉向曾校訂此書，其《别録》云：“右《晏子》凡内外八篇，總二百十五章。護左都水使者光禄大夫臣向言：所校中書《晏子》十一

① 焦竑《國史經籍志》卷三傳記類序，《續修四庫全書》第 916 册，上海古籍出版社 2002 年，第 346 頁下。

② 孔鮒《孔叢子》卷中《執節》第十七，文淵閣《四庫全書》第 695 册，臺灣商務印書館 1987 年，第 348 頁中—下。

篇，臣向謹與長社尉参校讎太史書五篇，臣向書一篇，参書十三篇，凡中外書三十篇，爲八百三十八章。除複重二十二篇，六百三十八章，定著八篇，二百一十五章。外書無有三十六章，中書無有七十一章，中外皆有以相定……”《漢書·藝文志》諸子略儒家類著録《晏子》八篇，班固自注云：“名嬰，謚平仲，相齊景公，善與人交。有列傳。”《隋書·經籍志》子部儒家類著録《晏子春秋》七卷，題云“齊大夫晏嬰撰”。《舊唐書·經籍志》子部儒家類著録《晏子春秋》七卷，題晏嬰撰，《新唐書·藝文志》與此同。《崇文總目》子部儒家類著録《晏子春秋》十二卷，題晏嬰撰，又著録《晏子》八篇，注云：“今亡，此書蓋後人採晏嬰行事爲之，以爲晏嬰撰，則非也。”《宋史·藝文志》子部儒家類著録《晏子春秋》十二卷，不題撰人。《郡齋讀書志》子部墨家類著録《晏子春秋》十二卷，不題撰人，《直齋書録解題》子部儒家類著録《晏子春秋》十二卷，題“齊大夫平仲晏嬰撰”。《子略》卷一著録，《遂初堂書目》子部墨家類著録《晏子春秋》《晏子内外篇》二書，《國史經籍志》子部墨家類著録《晏子春秋》十二卷，《玉海·藝文》引《中興書目》“《晏子春秋》十二卷”，《四庫全書總目》史部傳記類著録《晏子春秋》八卷。

從歷代史志書目的著録可以看出，關於《晏子春秋》的卷數、作者、成書年代等，各書著録多有不同，需要明確。

一、卷數。據劉向《别録》，在漢代《晏子春秋》一書就已有多種版本流傳，已如前引，他又説：“其書六篇皆忠諫其君，文章可觀，義理可法，皆合六經之義，又有複重，文辭頗異，不敢遺失，復列以爲一篇，又有頗不合經術，似非晏子言，疑後世辯士所爲者，顧亦不敢失，復以爲一篇，凡八篇。”① 即經劉向校訂後的《晏子春秋》共八篇，《漢書·藝文志》著録亦爲八篇，此當後世八卷本之源。《史記·管晏列傳》張守節《正義》引《七録》② 云：“《晏子春秋》七篇，在儒家。”《隋書·經籍志》及新、舊《唐志》著録也爲七篇。至宋代，在書目著録中，《晏子春秋》多爲十二卷，其中原因，正如《四庫全書總目》所言：“至陳氏、晁氏書目乃皆十二卷，蓋篇帙已多有更改矣。”即是在傳寫中的演變。可見，劉向校訂以後，《晏子春秋》在流傳過程中仍有多種版本，其中主要有八卷本、七卷本和十二卷本。這三種版本，正如姚振宗所言：“隋唐志七卷是《七録》本，宋志十二卷是别本，今傳八卷乃劉向《别録》本。”③《四庫全書》所録以及今天通行之本爲八卷。

二、作者及成書年代。《晏子春秋》的作者，劉向《别録》及《漢書·藝文志》著録《晏子春秋》一書時，均未明言其作者，只是對晏嬰其人略加注解。《隋書·經籍志》著録時題晏嬰撰，司馬貞也認爲是晏嬰所作，其《史記·管晏列傳》司馬貞《索隱》云：“嬰所著書名《晏子春秋》，今其書有七篇。”其後，

---

① 姚振宗輯《七略别録佚文》“《晏子》八篇”，《續修四庫全書》第916册，上海古籍出版社2002年，第564頁上—下。

② 姚振宗《漢書藝文志條理》卷二之上“《晏子》”條按云：“傳贊《正義》引《七略》云《晏子春秋》七篇蓋《七録》之誤，《正義》所引多是《七録》，今本往往誤爲《七略》也。”從而改之。

③ 姚振宗《漢書藝文志條理》卷二之上“《晏子》”條，開明書店《二十五史補編》第2册，中華書局1998年，第57頁上。

《舊唐書·經籍志》《新唐書·藝文志》《崇文總目》《直齋書録解題》也都題爲晏嬰撰。唐柳宗元在考察了書中的内容和思想後，認爲此書不是晏嬰所作，他説："司馬遷讀《晏子春秋》，高之，而莫知其所以爲書。或曰晏子爲之而人接焉，或曰晏子之後爲之，皆非也。吾疑其墨子之徒有齊人者爲之。墨好儉，晏子以儉名於世，故墨子之徒尊著其事以增高爲己術者。且其旨多尚同、兼愛、非樂、節用、非厚葬久喪者，是皆出墨子，又非孔子，好言鬼事，非儒、明鬼又出墨子，其言問棗及古冶子等尤怪誕，又往往言墨子聞其道而稱之，此甚顯白者。"① 此説一出，多有應者，如晁公武、焦竑等人均引其説並由此在他們的書目中將《晏子春秋》由儒家改隸墨家。晁公武説："自向、歆、彪、固皆録之儒家，非是。後宜列之墨家，今從宗元之説。"② 焦竑説："《晏子春秋》舊列儒家，其尚同、兼愛、非樂、節用、非厚葬、久喪、非儒、明鬼，無一不出墨氏，柳宗元以爲墨子之徒尊著其事，以增高爲己術者，得之，今附著於篇。"③ 宋濂説："《晏子》十二卷，出於齊大夫晏嬰，《漢志》八篇，但曰《晏子》，隋、唐志七卷，始號《晏子春秋》，與今書卷數不同，《崇文總目》謂其書已亡，世所傳者蓋後人採嬰行事而成，故柳宗

① 柳宗元《柳河東集》卷四《辯〈晏子春秋〉》，中國書店 1991 年影印世界書局 1935 年本。

② 晁公武撰，孫猛校證《郡齋讀書志校證》卷三上子部墨家類"《晏子春秋》"條按語，上海古籍出版社 1990 年，第 360—361 頁。

③ 焦竑《國史經籍志》卷四下子類墨家"《晏子春秋》"條按語，《續修四庫全書》第 916 册，上海古籍出版社 2002 年，第 439 頁上。

元謂墨氏之徒有齊人者爲之，非嬰所自著，誠哉，是言也。”① 胡應麟也説：“《晏嬰》八篇，《漢志》列儒家。案，嬰謂仲尼之學‘累世不能窮，當年莫能究’，其意趣迥異可知，而偃然儒首，非也。劉、班蓋仍太史之誤，柳儀曹以爲墨家，當矣。”不過，胡應麟卻似乎對此書爲墨之徒所爲有懷疑，他説：“柳以書非嬰自著，墨之徒剿合而成，或有然者。然要爲有所本，景公欲用孔子，嬰驟沮止之，亦墨之徒爲之耶？”②

到了清代，又有人懷疑《晏子春秋》久已亡佚，今所見之《晏子春秋》爲六朝人所作，吴德旋説：“《晏子春秋》非晏嬰所作，柳子之辯審矣，而其説猶有未盡。吾疑是書蓋晚出，非太史公、劉向所見本，太史公、劉向所見之《晏子春秋》，不知何時亡失之，而六朝人好作僞者依放爲之耳……”③ 管同亦有相似之見：“吾謂漢人所言《晏子春秋》不傳久矣，世所有者，後人僞爲者耳……其文淺薄過甚，其諸六朝後人爲之者與？”④

但多數學者並不以爲今本《晏子春秋》是僞書，並認爲《晏子春秋》當成書於戰國之世，而作者已不可考。孫星衍就説：“《晏子》八篇……實是劉向校本，非僞書也……疑其文出於齊之《春秋》，即《墨子・明鬼篇》所引。嬰死，其賓客哀之，集其行事成書……書成在戰國之世，凡稱子書，多非自著，無

① 宋濂《諸子辨》，見《文憲集》卷二七《雜著・諸子辯》，文淵閣《四庫全書》第1224册，台灣商務印書館1987年，第409頁下。

② 胡應麟《少室山房筆叢》卷二七丙部《九流緒論上》，中華書局1958年，第346頁、第352頁。

③ 吴德旋《初月樓文鈔》卷一，清光緒十年刻本。

④ 管同《因寄軒文初集》卷三，清光緒五年刊本。

足怪者。”① 蔣伯潛、董治安、高亨、陳濤等也以爲此書出於戰國之世②。

梁啟超先生以爲《晏子春秋》的成書，“或不在戰國而在漢初也”③。

吴則虞先生又以爲《晏子春秋》成書“大約應當在秦政統一六國後的一段時間之内”，編寫此書的人則可能是“秦博士”“淳于越之類的齊人,在秦國編寫的”④。吴則虞先生認爲作者爲淳于越理由有五點:“一、《晏子春秋》成書在秦統一六國之後，淳于越的入秦又正當其時。二、淳于越本是齊國的高級幕僚，齊亡入秦，又當上秦國的博士，與上面所推測的編寫者的身份相合。三、淳于越是齊人，當然熟悉齊國的歷史，看到過官府資料，聽到過流播民間種種關於晏子的故事傳説。四、淳于越所提出的‘師古長久’，和《晏子春秋》裹‘毋變爾俗’(《雜下》十九)、‘重變古常’(《内雜上》七)的思想，又相互一致。五、《晏子春秋》中的諫議帶有托古諷今的意味，又正是

① 孫星衍《問字堂集》，清光緒十年刻本。

② 分别見蔣伯潛《諸子著述考》、董治安《説晏子春秋》、高亨《晏子春秋的寫作年代》、陳濤《晏子春秋譯注・前言》。蔣伯潛《諸子通考・諸子著述考》，載駢宇騫《晏子春秋校釋》附録引，書目文獻出版社 1988 年；董治安《説晏子春秋》，載《山東大學學報》1959 年第 4 期；高亨《晏子春秋的寫作年代》，載駢宇騫《晏子春秋校釋》附録引，書目文獻出版社 1988 年；陳濤《晏子春秋譯注・前言》，天津古籍出版社 1996 年。

③ 梁啟超《漢書・藝文志諸子略考釋》，見林志均編《飲冰室合集》之專集第 18 册之八四，上海中華書局 1941 年。

④ 吴則虞《晏子春秋集釋・序言》，見《晏子春秋集釋》，《新編諸子集成》本，中華書局 1982 年，第 20 頁、第 21 頁、第 23 頁。

李斯所説‘各以其學議之’的‘議’。”吴則虞認爲關於書成秦國的理由有三點：其一，“從寫作的體裁來看，先秦諸子書中没有像《晏子春秋》這樣，整部書全用短篇故事組成的”；其二，“更從引《詩》來看，《晏子春秋》的引《詩》與《齊詩》並不相同，而恰恰和《毛詩》同一學派”；其三，“再從《晏子春秋》本身來看，也有不少的佐證，可以用來説明《晏子春秋》成書的時間和地點。‘擊缶’就是一例……”吴則虞的《晏子春秋集釋》一書收入《新編諸子集成》中，其説影響較大。

可見，關於《晏子春秋》的作者和成書年代可謂衆説紛紜，那麽，到底哪一種説法與事實相符呢？這裏，值得注意的是一九七二年四月在山東臨沂銀雀山漢墓的考古發現。在這一批出土文物中，有《晏子》一書，竹簡共一百零二枚，分爲十六章，内容散見於今本《晏子春秋》中。這一考古發現，説明《晏子春秋》在漢代已有流傳，則其爲僞書和作於漢代及六朝以後的説法就顯然不正確了。根據銀雀山漢墓的年代（前140—前118）推測，《晏子春秋》一書的成形至遲應在秦統一六國之前，從《晏子春秋》一書中的文字音義形體、其中故事與其他先秦古書的對比等各方面分析，其成於春秋末至戰國時期當較爲近實。由此，其作者也當然不是晏子，至於作者爲誰、跟晏子有何關係則已不可考了。

二、真實與虛誕之間：《晏子春秋》的傳人敘事

《晏子春秋》所記之事，與《穆天子傳》等不同，有較多的

真實性，有許多也見録於其他多種史籍或典籍，如《左傳》中有 19 處記録晏子的言行，其中就有 12 處與《晏子春秋》内容相同。又如《晏子春秋》内篇《雜》上所載“曾子將行，晏子送之而贈以善言”一事，《荀子·大略》亦載；内篇《雜》上所記“崔慶劫齊將軍大夫盟，晏子不與”一事，《左傳》和《吕氏春秋·知分》均有載。又如外篇八所載“仲尼見景公，景公欲封之，晏子以爲不可”一事，也見載於《墨子》和《史記·孔子世家》，今將全文引録於下：

《晏子春秋》云：

> 仲尼之齊，見景公，景公説之，欲封之以爾稽，以告晏子。晏子對曰：“不可。彼浩裾自順，不可以教下；好樂緩於民，不可使親治；立命而建事，不可守職；厚葬破民貧國，久喪道哀費日，不可使子民；行之難者在内，而傳者無其外，故異於服，勉於容，不可以道衆而馴百姓。自大賢之滅，周室之卑也，威儀加多，而民行滋薄；聲樂繁充，而世德滋衰。今孔丘盛聲樂以侈世，飾弦歌鼓舞以聚徒，繁登降之禮，趨翔之節以觀衆。博學不可以儀世，勞思不可以補民。兼壽不能殫其教，當年不能究其禮。積財不能贍其樂，繁飾邪術以營世君，盛爲聲樂以淫愚其民。其道也，不可以示世；其教也，不可以導民。今欲封之，以移齊國之俗，非所以導衆存民也。”公曰：“善。”於是厚其禮而留其封，敬見不問其道，仲尼迺行。①

① 吴則虞《晏子春秋集釋》外篇八《仲尼見景公景公欲封之晏子以爲不可》第一，中華書局 1982 年，第 492 頁。下引同此。

《墨子》云：

孔丘之齊，見景公。景公説，欲封之尼谿，以告晏子。晏子曰："不可。夫儒，浩居而自順者也，不可以教下。好樂而淫人，不可使親治。立命而怠事，不可使守職。宗喪循哀，不可使慈民。機服勉容，不可使導衆。孔子盛容修飾以蠱世，弦歌鼓舞以聚徒，繁登降之禮以示儀，務趨翔之節以觀衆，博學不可使議也。勞思不可以補民，累壽不能盡其學，當年不能行其禮，積財不能贍其樂，繁飾邪術以營世君，盛爲聲樂以淫遇其民，其道也不可以期世，其學不可以導衆。今君封之，以利齊俗，非所以導國先衆。"公曰："善。"於是厚其禮，留其封，敬見不問其道。孔丘乃恚怒於景公與晏子，乃樹鴟夷子皮於田常之門，告南郭惠子以所欲爲，歸於魯。①

《史記·孔子世家》云：

景公問政孔子，孔子曰："君君、臣臣、父父、子子。"景公曰："善哉！信如君不君，臣不臣……"他日又復問政於孔子，孔子曰："政在節財。"景公悦，將欲以尼谿田封孔子。晏嬰進曰："夫儒者滑稽而不可軌法；倨傲自順，不可以爲下；崇喪遂哀，破産厚葬，不可以爲俗；遊説乞貸，不可以爲國。自

① 吴毓江校注，孫啟治點校《墨子》卷九《非儒下》，中華書局1993年，第439—440頁。

大賢之息，周室既衰，禮樂缺有間。今孔子盛容修飾，繁登降之禮，趨詳之節，累世不能殫其學，當年不能究其禮。君欲用之以移齊俗，非所以先細民也。”後景公敬見孔子，不問其禮。異日，景公止孔子曰：“奉子以季氏，吾不能。”以季孟之間待之。齊大夫欲害孔子，孔子聞之。景公曰：“吾老矣，弗能用也。”孔子遂行，反於魯。①

雖然《晏子春秋》所記之事具有較多的真實性，但它又與史書不同，它所記之事多屬逸聞軼事，且往往不加考訂。或自相歧異：如譏笑晏子“三心”之人，内篇《問》下“梁丘據問子事三君不同心晏子對以一心可以百事君第二十九”以爲梁丘據，外篇卷七“高子問子事靈公莊公景公皆敬子晏子對以一心第十九”以爲高子，外篇卷八“仲尼見景公景公曰先生奚不見寡人宰乎第三”以爲孔子。“路寢之葬”事，内篇《諫》下“景公路寢台成逢於何願合葬晏子諫而許第二十”以爲逢於何，内篇《諫》下“景公欲厚葬梁丘據晏子諫第二十二”以爲梁丘據。或與他書所記相違背：如内篇《問》下“景公問何修則夫先王之遊晏子對以省耕實第一”中所記：“景公出遊，問於晏子曰：‘吾欲觀於轉附、朝舞，遵海而南，至於琅琊，寡人何修則夫先王之遊？’”一事，亦見於《孟子》《管子》,《孟子》所記與《晏子春秋》同，是景公問晏子，而《管子》則作“桓公問管子”。

---

① 司馬遷撰，裴駰集解，司馬貞索隱，張守節正義《史記》卷四七《孔子世家》，中華書局1982年，第1911頁。

又如内篇《問》下“魯昭公問魯一國迷何也晏子對以化爲一心第十三”所記:“晏子聘於魯，魯昭公問焉:‘吾聞之，莫三人而迷，今吾以魯一國迷，慮之不免於亂，何也。’……”之事，亦見於《韓非子》，而昭公作“哀公”。又如《諫》上:“景公怒封人之祝不遜晏子諫第十三”所記:“景公遊於麥丘，問其封人曰:‘年幾何矣’……”之事,《韓詩外傳》《新序》亦載，而景公俱作“桓公”。内篇《問》上“景公問治國何患晏子對以社鼠猛狗第九”所記:“景公問於晏子曰:‘治國何患?’晏子對曰:‘患夫社鼠’……”一事，亦見於《韓詩外傳》《説苑》，而俱作“管仲答桓公”。

《晏子春秋》中不但有互相歧異和與他書相違背的情況存在，還有明顯的虚誕之事存在，如外篇卷八“景公謂晏子東海之中有水而赤晏子詳對第十三”所記之事:

> 景公謂晏子曰:“東海之中,有水而赤,其中有棗,華而不實,何也?”晏子對曰:“昔者秦繆公乘龍舟而理天下,以黄布裹蒸棗,至東海而捐其布,破黄布,故水赤;蒸棗,故華而不實。”公曰:“吾詳問子何爲?”對曰:“嬰聞之,詳問者,亦詳對之也。”(第 512 頁)

秦穆公棄黄布而使海水呈紅色，顯然是虚誕之事。又如外篇卷八“景公問天下有極大極細晏子對第十四”中所記鵬、焦冥兩物，也顯然系虚幻之物。當然，與《穆天子傳》等相比，在《晏子春秋》中這種虚誕之事是相當少的，而大量的，是傳聞性質的逸聞軼事。《晏子春秋》以傳聞性質爲主要資材的選材理念和做法，對雜傳的選材與運材有很大影響，如果説雜傳選用資材不棄傳説、虚誕的做法主要是受《穆天子傳》等的影響的話，那麽，雜傳中多以來源於民間的逸聞軼事爲主要資材的做法則是受到了《晏子春秋》的影響。

晏嬰歷仕齊靈公、莊公、景公，且位極卿相，他在齊國乃至當時的諸侯各國中，都可以説是一個極爲重要的政治人物，然而，《晏子春秋》所記所寫，卻不是着眼於他在政治及外交活動中的所經歷的重大政治、外交和軍事事件，而多是寫其在日常生活中的種種瑣碎的行爲表現，這是值得注意的。

如内篇《雜》上“高糾治晏子家不得其俗乃逐之第二十九”是辭退自己管家之事，内篇《雜》下“景公欲更晏子宅晏子辭以近市得求諷公者刑第二十一”是關於景公想爲其换一所房子而晏子拒絶之事，内篇《雜》下“景公以晏子妻老且惡欲内愛女晏子再拜以辭第二十四”是關於對待老妻之事，内篇《雜》下“景公睹晏子之食菲薄而嗟其貧晏子稱有參士之食第二十六”是關於吃飯之事，這些事，都是些日常生活中的小事，不關軍國。

《晏子春秋》中有關晏子外交活動的記述，也都是些晏子出使他國期間所歷之細事，而對於有關治國牧民政策及諸侯會盟等大事卻不見其中。如内篇《雜》上“晏子之魯進食有豚亡二肩不求其人第二十二”是吃飯丢了豬腿之事，内篇《雜》下“楚王饗晏子進橘置削晏子不剖而食第十一”是吃橘子不剖之事：

> 景公使晏子於楚，楚王進橘，置削，晏子不剖而并食之。楚王曰："當去剖。"晏子對曰："臣聞之，賜人主之前者，瓜桃不削，橘柚不剖。今者萬乘無教令，臣故不敢剖；不然，臣非不知也。"（第396頁）

《晏子春秋》這種舍去重大事件而選取日常細事來傳寫人物的方法，是有創見的。它展示出日常細事對塑造人物、刻畫性格的巨大優勢，對雜傳的選擇資材、傳寫人物、刻畫性格有重要影響，雜傳多以日常瑣碎細事傳寫人物的方法，當是由此而來的。

《晏子春秋》的敘事有許多具有情節性。如内篇《雜》上"晏子乞北郭騷米以養母騷殺身以明晏子之賢第二十七"：

> 齊有北郭騷者，結罘罔，捆蒲葦，織履，以養其母，猶不足，踵門見晏子曰："竊説先生之義，願乞所以養母者。"晏子使人分倉粟府金而遺之，辭金受粟。
>
> 有間，晏子見疑於景公，出奔，過北郭騷之門而辭。北郭騷沐浴而見晏子曰："夫子將焉適？"晏子曰："見疑於齊君，將出奔。"北郭騷曰："夫子勉之矣！"
>
> 晏子上車，太息而歎曰："嬰之亡豈不宜哉！亦不知士甚矣！"
>
> 晏子行，北郭子召其友而告之曰："吾説晏子之義，而嘗乞所以養母者焉。吾聞之，養其親者身伉其難。今晏子見疑，吾將以身死白之。"著衣冠，令其友操劍，舉笥而從，造於君庭，求復者曰："晏子，天下之賢者也；今去齊國，齊必侵矣。

方見國之必侵，不若死，請以頭託白晏子也。"因謂其友曰："盛吾頭於笥中，奉以託。"退而自刎。其友因奉託而謂復者曰："此北郭子爲國故死，吾將爲北郭子死。"又退而自刎。景公聞之，大駭，乘馹而自追晏子，及之國郊，請而反之。晏子不得已而反，聞北郭子之以死白己也，太息而歎曰："嬰之亡，豈不宜哉！亦愈不知士甚矣。"（第361頁）

這件事敘述得曲折有致，富於波瀾。故事從介紹北郭騷開始，寫他"結罘罔，捆蒲葦，織履"，是以貧困襯其至孝；寫他見晏子時説的"竊説先生之義"，是以同類相憐寫其高義之德；寫他的"辭金受粟"，是以其行爲表現其不貪和坦蕩胸懷。然後敘述晏子見疑於齊王，出奔外國，經過其家時他的"無情無義的冷漠"表現，與前所述之具有種種美質的北郭騷形成反差，造成其形象的歧異，並使晏子有"嬰之亡，豈不宜哉！亦不知士甚矣"的感歎。故事可謂波瀾頓生，懸念也就此而起。而當晏子離開之後，北郭騷的言語行爲，又使情節轉折直上，疑雲稍撥。北郭騷爲義死於君庭，是整個故事情節的高潮。最後故事以景公自追晏子而還結束。故事雖短，卻懸念迭起，首尾呼應，前以晏子感歎展開主要内容，結尾又以晏子感歎收束全篇，感歎一樣，意義卻不同，構思可謂巧妙獨到。

這個故事中的兩個主要人物晏子和北郭騷都可以説是形象鮮明。外冷内熱、知恩圖報、爲正義慨然赴死的北郭騷是頗有感染力的。在這則故事中，晏子雖不是主要人物，但對他兩次感歎的描寫卻相當傳神，寫出了他内心豐富的情感和知錯能改的精神，同時，就全書而言，北郭騷的形象又是對晏子的襯托，從側面表現出晏子巨大的人格力量。

《晏子春秋》中像這樣具有相當情節性的故事還有很多，如内篇《諫》下“景公養勇士三人無君臣之義晏子諫第二十四”、内篇《雜》上“莊公不用晏子晏子致邑而退後有崔氏之難第二”、内篇《雜》上“崔慶劫齊將軍大夫盟晏子不與第三”、内篇《雜》下“楚王欲辱晏子指盜者齊人晏子對以橘第十”等等。

《晏子春秋》的字裏行間透露出一種輕松、幽默甚至滑稽的韻味，這也是值得注意的。如内篇《諫》下“景公嬖妾死守之三日不斂晏子諫第二十一”：

> 景公之嬖妾嬰子死,公守之,三日不食,膚著於席不去。左右以復,而君無聽焉。
>
> 晏子入,復曰:“有術客與醫俱言:聞嬰子病死,願請治之。”公喜,遽起,曰:“病猶可爲乎?”晏子曰:“客之道也,以爲良醫也,請嘗試之。君請屏,潔沐浴飲食,間病者之宫,彼亦將有鬼神之事焉。”公曰:“諾。”屏而沐浴。晏子令棺人入斂,已斂,而復曰:“醫不能治病,已斂矣,不敢不以聞。”公作色不説,曰:“夫子以醫命寡人,而不使視,將斂而不以聞,吾之爲君,名而已矣。”晏子曰:“君獨不知死者之不可以生邪?……”(第 154 頁)

這個故事中對景公聽説死者可以起死回生之後的情態描寫就十分形象，讀後讓人忍俊不禁。又如内篇《諫》下“景公自矜冠裳遊處之貴晏子諫第十五”：

> 景公爲西曲潢，其深滅軌，高三仞，横木龍蛇，立木鳥獸。公衣黼黻之衣，素繡之裳，一衣而五彩具焉；帶球玉而冠且，被發亂首，南面而立，傲然。晏子見，公曰：“昔仲父之霸何如？”晏子抑首而不對……（第135頁）

再如内篇《諫》下“景公爲巨冠長衣以聽朝晏子諫第十六”：

> 景公爲巨冠長衣以聽朝，疾視矜立，日晏不罷。（第138頁）

這兩則故事中描寫景公或“傲然”或“矜立”的樣子，極富喜劇色彩，充滿輕鬆、幽默的韻味。内篇《雜》下“晏子使楚楚爲小門晏子稱使狗國者入狗門第九”所體現出來的韻味，又略有不同：

> 見楚王，王曰：“齊無人耶？”晏子對曰：“臨淄三百閭，張袂成陰，揮汗成雨，比肩繼踵而在，何爲無人？”王曰：“然則子何爲使乎？”晏子對曰：“齊命使，各有所主，其賢者，使使賢王，不肖者使使不肖王。嬰最不肖，故直使楚矣。”（第389頁）

面對楚王有意的羞辱與刁難之語，晏子不卑不亢的回答充滿睿智，既維護了自己的尊嚴，又反擊了對方，這是一種智慧的幽默。

《晏子春秋》中故事的情節性和其中的輕鬆、幽默甚至滑稽的韻味，使其與正統史著區别開來，無疑增强了它的可讀性，這種敘事特徵和風格，對後來雜傳的敘事建構是有一定的影響的，雜傳敘事中的情節性和風格的平易、輕鬆與之相關。

三、“傳記之祖”

歷代史志書目在著録《晏子春秋》時，或把它歸之於儒家，或把它歸之於墨家，其原因已如前述，主要是從其主要的思想内容而定的。其實，無論是將其歸於儒家還是歸於墨家，都不甚確妥。《四庫全書》將其列入史部傳記類中，則是頗有識鑒之舉，正如《四庫全書簡明目録》所説：“書中皆述嬰遺事，實《魏徵諫録》、《李絳論事集》之流，與著書立説者迥别。列之儒家，於宗旨故非；列之墨家，於體裁亦未允；改隸傳記，庶得其真。”梁啟超對《晏子春秋》的評價雖欠公允，卻也贊同將其改隸傳記。他説：“其書掇撦成篇，雖先秦遺文間藉以保存，然無宗旨，無系統。《漢志》以列儒家固不類，晁焉因數厚之言改隸墨家，尤爲不取，四庫入史部傳記，尚較適耳。”①

《晏子春秋》是通過記述晏嬰的言行軼事來表達他的思想，全書所記的188個小故事都基本與他相關，是以他爲中心選材和組織敘事的，體制是近於後世的傳記的②。故《四庫全書總目》説：“《晏子》一書，由後人摭其軼事爲之，雖無傳記之名，實傳

---

① 梁啟超《漢書藝文志諸子略考釋》，見林志均編《飲冰室合集》之專集第18册之八四，上海中華書局1941年。

② 關於《晏子春秋》的傳記文學品格，拙文《論〈晏子春秋〉的傳記文學品格》（載《社會科學論壇》2006年第1期）有詳論，可參看。

記之祖也。”①

《晏子春秋》基本是一個個有關晏子的或真實或虛誕的短小故事組成的，並以此來展現晏子的行跡，表現晏子的思想，這種結構方法對後世雜傳有着很大影響，有很多雜傳的結構與之如出一轍，只是篇幅比《晏子春秋》短小而已，如《東方朔傳》《鍾離意別傳》《郭林宗別傳》《司馬徽別傳》等，都是以一個個相對獨立的小故事連綴成篇的。同時，《晏子春秋》捨棄重大事件而多録人物軼事的運材方式，也影響了後世雜傳的選材、運材，雜傳傳寫人物多録日常生活中的瑣碎、庸常之事的做法，應與此有關。

另外，需要説明的是，既然《晏子春秋》一書是一部傳記，故關於其思想性的争論也就可以擱置一旁了。歷史上有《晏子春秋》是類屬於儒家還是墨家的争論，這一争論實際上就是對它的思想内蘊認識的差異。除了儒家、墨家的看法外，還有兼儒兼墨和非儒非墨兩種看法。近人張純一主兼儒兼墨説，他説："綜核晏子之行，合儒者十三四，合墨者十六七……其學源於儒墨。"② 吴則虞主非儒非墨説，他説："儒家學説的建立，一般斷自孔子，晏嬰年輩在孔子之前，那時並無所謂儒者之業，可見，列入儒家學派並不一定恰當。墨子尚儉，晏子也尚儉，兩書相同之處只此一端，憑此一端劃入墨家，也不合事實。何況墨子

① 永瑢等《四庫全書總目》卷五七史部十三傳記類一"《晏子春秋》"條提要，中華書局1995年，第514頁中。

② 張純一《晏子春秋校注・序》，見張純一《晏子春秋校注》，《諸子集成》本，上海書店1986年，第1—2頁。

的尚儉和晏子的尚儉，其目的和作用，又並不相同，更不能看做一個思想體系……晏嬰本人的思想並没有形成一種獨立的學派，他的思想也不屬於某一學派，因此也不能替他扣上一頂不合適的帽子。”①其實，既然《晏子春秋》實際上是一部與後世雜傳記相似的著作，而晏子其人又是一位前諸子人物，那麽，這種争論的意義並不大，一定要對它的思想内蘊進行鑒定的做法也未必可取。故本書認爲，《晏子春秋》一書，只在於通過許許多多的逸聞軼事，展示晏子的歷史行蹟，傳達作者眼中、心中的晏子形象而已。

第四節　“小説雜傳之祖”:《燕丹子》

成書於秦漢間的《燕丹子》，敷演戰國末燕國太子丹等謀刺秦王之事，其傳記體制更趨成熟，同時，其選取典型事例甚至虚構故事的做法，也爲後世小説、雜傳創作所沿襲和承繼。

一、成書年代及其他

《燕丹子》，《漢書·藝文志》不見著録，最早見録於《隋書·經籍志》小説類，一卷，不著撰人，注云：“丹，燕王喜太子。”《舊唐書·經籍志》小説家類著録，題燕太子撰，卷數作三卷，《新唐書·藝文志》小説家類著録，作一卷，注“燕太

① 吴則虞《晏子春秋集釋·序言》，見吴則虞《晏子春秋集釋》，《新編諸子集成》本，中華書局 1982 年，第 17—39 頁。

子”。《新唐書·藝文志》所注，與《隋書·經籍志》相類，都是對燕丹子的解釋之詞。唐馬總編《意林》卷二摘録《燕丹子》四節，注云原書三卷，可見，在唐以前，《燕丹子》有一卷本和三卷本兩種版本流傳。

《燕丹子》一書大約佚於明代中葉以後，在宋元史志書目中，《燕丹子》見於以下諸書目著録:《崇文總目》卷五子部小説類著録《燕丹子》三卷。尤袤《遂初堂書目》子部雜家類著録《燕丹子》一書，不言卷數。鄭樵《通志·藝文略》子部小説家類著録《燕丹子》一卷，注云:“丹，燕王喜太子。”元代所修《宋史·藝文志》小説類著録《燕丹子》三卷，馬端臨《文獻通考·經籍考》小説家著録《燕丹子》三卷，注云:“《中興藝文志》: 丹，燕王喜太子。此書載太子丹與荆軻事。”可證宋代此書當仍有流傳，《楓窗小録》即云:“余家所藏《燕丹子》一序甚奇，按其序，亦空無故實，不知誰作，不復録入此卷。”至明代，則僅有陳第《世善堂書目》卷上有目。故孫星衍、余嘉錫推測，《燕丹子》可能亡於明代中葉以後①。

今所見《燕丹子》是編修《四庫全書》的館臣從《永樂大典》輯出，館臣因“多鄙誕不可信，殊無足採”，故而未收入《四庫全書》，只著録於《四庫全書總目》卷一四三小説家類存

① 孫星衍《燕丹子·敘》云:“自明中葉後，遂以亡逸，故吴琯、程榮、胡文焕諸人刊叢書，俱未及此。”（見《燕丹子》，《叢書集成初編》本，中華書局 1985 年，第 2 頁）余嘉錫《四庫提要辨證》卷一九子部小説家存目一“《燕丹子》”條案云:“此書著録於明陳第《世善堂書目》卷上，則當明之中葉，猶未佚也。”（見《四庫提要辨證》，科學出版社 1958 年，第 1159 頁）

目一。原書爲一卷，而實作三篇，館臣著録作三卷。孫星衍從紀昀處得鈔本，亦以三篇爲三卷，先後刻入《岱南閣叢書》《問經堂叢書》《平津館叢書》,《平津館叢書》本有詳細校勘，乃是孫星衍與洪頤煊共校[①]。今又有程毅中對其加以重校[②]。

關於《燕丹子》産生的年代，歷來看法不一，或以爲漢末，或以爲先秦，或以爲南北朝之宋、齊以前，或以爲僞作。明代的胡應麟認爲出於漢末，他説:"《周氏涉筆》謂太史《荆軻傳》本此，宋承旨亦以決秦漢人所作。余讀之，其文彩誠有足觀，而詞氣頗與東京類，蓋漢末文士，因太史《慶卿傳》(案：即《刺客列傳》之《荆軻傳》)增益怪誕爲此書，正如《越絶》等編，掇拾前人遺軼，而托於子胥、子貢云耳。"[③]孫星衍認爲是先秦作品，他説:"其書長於敘事，嫻於詞令，審是先秦古書，亦略與《左氏》、《國語》相似。"[④]李慈銘則以爲出於宋、齊以前，他説:"然文甚古雅，孫氏謂審是先秦古書，誠未必然，要出於宋、齊以前高手所爲，故至《隋志》始著録。"[⑤]周中孚以爲出於戰國末至秦時的六國遊士之手，他説:"審非僞書，當由六國遊

① 孫星衍《燕丹子·敘》。孫校本後收入《百子全書》《子書四十八種》《叢書集成初編》《四部備要》。程毅中點校《燕丹子》(與《西京雜記》合編，中華書局 1985 年)，亦據《平津館叢書》，但以《永樂大典》本覆校，改正了宋校本的一些訛誤。

② 程毅中點校《燕丹子》,《古小説叢刊》本，中華書局 1985 年。

③ 胡應麟《少室山房筆叢》卷三二丁部《四部正譌下》，中華書局 1958 年，第 415 頁。

④ 孫星衍《燕丹子·敘》，見《燕丹子》,《叢書集成初編》本，中華書局 1985 年，第 1 頁。

⑤ 李慈銘《越縵堂讀書記》卷八《文學》，中華書局 2006 年，第 923 頁。

士哀太子之志，綜其事蹟，加之緣飾……”① 余嘉錫以爲出六朝以前，他説：“況此書實出自六朝以前，惡可削而不録乎？”② 魯迅以爲出於漢前，《中國小説史略》第二篇《神話與傳説》稱作“漢前之《燕丹子》”③，《小説史大略》亦云：“而審其文詞，當是漢以前書。”④ 今人羅根澤以爲是蕭齊時人依據《史記》，參之他書，加以附益而作⑤。霍松林則認爲《燕丹子》當出“西漢以前”，“作者很可能是燕太子的門客”⑥。而清代的馬驌甚至認爲出於僞造，他説：“《燕丹子》書僞作也，尤多訛脱。”⑦

還有一種探尋《燕丹子》産生時代的方法值得注意，那就是通過比較《史記·刺客列傳》之《荆軻傳》與《燕丹子》文字的方法，使用這一方法，卻産生了兩種不同的結論。

一種認爲《史記》之文是對《燕丹子》的删削，故《燕丹子》出於《史記》之前。《文獻通考·經籍考》子部小説家引

① 周中孚《鄭堂讀書記》卷六三子部十二之一小説家類一“《燕丹子》條，商務印書館 1959 年，第 1243 頁。

② 余嘉錫《四庫提要辨證》卷一九子部小説家存目一“《燕丹子》”條，科學出版社 1958 年，第 1159 頁。

③ 魯迅《中國小説史略》第二編《神話與傳説》，東方出版社 1996 年，第 11 頁。

④ 魯迅《小説史大略》第三編《漢藝文志所録小説》，見劉運鋒編《魯迅全集補遺》，天津人民出版社 2006 年，第 240 頁。

⑤ 羅根澤《〈燕丹子〉真僞年代之舊説與新考》，載《古史辨》第 6 册，上海古籍出版社 1982 年，第 358—365 頁。

⑥ 霍松林《論〈燕丹子〉成書的時代及在我國小説發展史上的地位》，《文學遺産》1982 年第 4 期。

⑦ 馬驌《繹史》卷一四八引《燕丹子》文注，江蘇廣陵古籍刻印社 1990 年，第 671 頁。

《周氏涉筆》云:“今觀《燕丹子》三篇，與《史記》所載皆相合，似是《史記》事本也。然烏頭白、馬生角、機橋不發,《史記》則以怪誕削之；進金擲鼃、膾千里馬肝、截美人手,《史記》則以過當削之；聽琴姬得隱語,《史記》則以徵所聞削之。”① 明人宋濂《諸子辨》贊同其説，以爲“周氏謂遷削而去之，理或然也”②。孫星衍《燕丹子·敘》云:“《國策》《史記》取此爲文，削其烏白頭、馬生角及乞聽琴聲之事，而增徐夫人匕首、夏無且藥囊，足證此書作在史遷、劉向之前。或以爲後人割裂諸書，雜綴成之，未必然矣。”周中孚《鄭堂讀書記》亦云:“當由六國遊士哀太子之志，綜其事蹟，加以緣飾，故有仰天歎息烏白頭馬生角及秦王乞聽琴聲而死之語。太史公作《燕世家》、《刺客傳》，俱削之不載焉。”③

一種認爲不是《史記·刺客列傳》刪削《燕丹子》之文，而是《燕丹子》增益《史記·刺客列傳》及其他書而成，故《燕丹子》出於《史記》之後。胡應麟就説:“其文彩誠有足觀，而詞氣頗與東京類，蓋漢末文士因太史《慶卿傳》增益怪誕爲此書……周氏謂烏頭白，馬生角，膾千里馬肝，截美人手，皆太史削之，非也，惟首二事出遷贊語，自餘雖應劭、王充嘗言，悉不可信，

① 馬端臨《文獻通考·經籍考》子部小説家“《燕丹子》”條引，華東師範大學出版社 1985 年，第 968 頁。

② 宋濂《諸子辨》，見《文憲集》卷二七《雜著》，文淵閣《四庫全書》第 1224 册，上海古籍出版社 1987 年，第 420 頁下。

③ 孫星衍、周中孚語，分别見：孫星衍《燕丹子·敘》,《燕丹子》,《叢書集成初編》本，中華書局 1985 年，第 1 頁；周中孚《鄭堂讀書記》卷六三子部十二之一小説家類一，商務印書館 1959 年，第 1243 頁。

吾景廉亦似未深考。且書果太史事本,《漢藝文志》乃遺之乎?”小注又云:“《漢志》有《荆軻論》五篇,《燕丹》必據此增損成書者。”① 當代學者羅根澤、馬振方也有類似的看法②。

那麼,《燕丹子》與《史記》等書到底是什麼關係呢? 考《燕丹子》之記事，不同於《史記》，也不盡同於《論衡》之《書虚》《感虚》《語增》諸篇所引“傳書”，許多情事是它自己獨有的，所以,《史記·刺客列傳》之文和《燕丹子》之間並不存在誰删削誰或誰增益誰的關係，正如李劍國先生所言，用《史記》去證《燕丹子》的成書時代是不當的③。

《燕丹子》的成書大約在秦漢間，此點，李劍國先生已有詳

① 胡應麟《少室山房筆叢》卷三二丁部《四部正譌下》，中華書局 1958 年，第 415 頁。

② 羅根澤在舉出了此書“晚出”的兩條内證後，説:“據此，知爲晚出僞作無疑，而因何而僞? 僞於何時? 尚立矣考索。宋裴駰爲《史記集解》，從未徵引，知宋時尚無此書，梁庾仲容《子鈔》載有《燕丹子》三卷。《子鈔》雖亡，然高似孫《子略》目謂馬總《意林》一遵庾目，考《意林》所採與今本同，則梁時已有矣。然則其時代上不過宋，下不過梁，蓋在蕭齊之世……意作者蓋哀燕丹之志，慟荆軻之勇，而技不得售，信史昭載，於是採爲本事，加以緣飾，以回護丹、軻之失，而寓惋惜之意。”(見《〈燕丹子〉真僞年代之舊説與新考》，載《古史辨》第 6 册，上海古籍出版社 1982 年，第 364—365 頁) 馬振方先生在《燕丹子考辨》一文中認爲《燕丹子》與《史記》在文字上“具有無可否認的承襲關係”，且《燕丹子》“成書晚於《史記》”，並認爲《燕丹子》“成書時代的下限不當晚於三國時”(見馬振方《燕丹子考辨》，載《浙江大學學報》2010 年第 1 期)。

③ 李劍國《〈燕丹子〉考論》，載南開大學古籍與文化研究所編《文史論集二集》，天津社會科學院出版社 2001 年，第 29—32 頁。

論[1]。至於《漢書·藝文志》所不載，只能説《漢志》著録古書不全，而且據孫星衍考證，劉向《七略》(即《七略别録》)曾著録此書，他説："然裴駰注《史記》，引劉向《别録》云：'督亢，膏腴之地。'司馬貞《索隱》引劉向云：'丹，燕王熹之太子。'則劉向《七略》有此書，不可以《藝文志》不載而疑其後出。"這就是説劉向校書曾校《燕丹子》，作有《燕丹子敘録》，編入《别録》，其子劉歆所撰《七略》自然也有此書的著録，所以《漢書·藝文志》不録，恐怕只是班固删改《七略》爲《漢書·藝文志》時偶爾遺之。孫星衍的解説無疑是合情合理的。

二、故事性與情節性:《燕丹子》的敘事建構

《燕丹子》的敘事建構頗具故事性，這首先體現在其所記之事中雜有荒誕離奇者。《燕丹子》所記雜有"鄙誕不可信"之事，即傳聞虚造之事，《四庫全書》因此不録，僅附存目。王充《論衡·感虚篇》對"傳書"相關内容之虚造曾加以辯駁："傳書言：荆軻爲燕太子謀刺秦王，白虹貫日……此言精誠感天，天爲變動也。夫言白虹貫日，太白蝕昂，實也。言荆軻之謀，衛先生之畫，感動皇天，故白虹貫日，太白蝕昂者，虚也……"又説："傳書言：燕太子丹朝於秦，不得去，從秦王求歸。秦王執留之，與之誓曰：'使日再中，天雨粟，令烏白頭，

---

① 見李劍國《〈燕丹子〉考論》，載南開大學古籍與文化研究所編《文史論集二集》，天津社會科學院出版社 2001 年，第 27—35 頁。其他學者也有類似看法，如孫晶，見《〈燕丹子〉成書時代及其文體考》，載《古籍整理研究學刊》2001 年第 2 期。

馬生角，厨門木象生肉足，乃得歸。’當此之時，天地祐之，日爲再中，天雨粟，令烏白頭，馬生角，厨門木象生肉足，秦王以爲聖，乃歸之。此言虛也。燕太子丹何人，而能動天？聖人之拘，不能動天，太子丹，賢者也，何能致此！”①《史記·刺客列傳》稱：“太史公曰：世言荆軻，其稱太子丹之命，‘天雨粟，馬生角’是也，太過。又言荆軻傷秦王，皆非也。始公孫季功、董生與夏無且遊，具知其事，爲余道之如是。”比較《史記》與《燕丹子》之文，《史記》不載而《燕丹子》有載的所謂“太過”“非也”之事有三，即所謂的秦王不許燕丹歸國，燕丹“仰天而歎”，以致“烏白頭、馬生角”；燕丹得荆軻後，爲之膾千里馬肝、截美人手；荆軻刺秦王，秦王乞聽琴聲而死三件事。尤其是第一件事，最爲虛誕離奇：

> 燕太子丹質於秦，秦王遇之無禮，不得意，欲求歸。秦王不聽，謬言曰：“令烏白頭，馬生角，乃可許耳。”丹仰天歎，烏即白頭，馬生角。秦王不得已而遣之，爲機發之橋，欲陷丹。丹過之，橋爲不發。夜到關，關門未開。丹爲雞鳴，衆雞皆鳴，遂得逃歸。②

這一段中的四件事，或從他處移植而來，或出於想像虛構。丹爲

---

① 王充撰，黄暉校釋《論衡校釋》卷五《感虛》第十九，中華書局 1990 年，第 233—234 頁、第 235 頁。

② 引文據程毅中點校《燕丹子》（與《西京雜記》合編，中華書局 1985 年），下引同。

雞鳴而開關之事，與孟嘗君逃秦出關，客爲雞鳴之事相似①，顯然是《燕丹子》移植了孟嘗君的這一故事。與此相似，卷下中秦王乞聽琴聲而死之事，也屬仿造，據《左傳》文公元年記載，楚成王太子商臣將被黜，商臣遂率兵圍成王，“王請食熊蹯而死”，杜預注：“熊掌難熟，冀久將有外救。”②則秦王乞聽琴聲而死之事，無疑是《燕丹子》模仿《左傳》此事而虛造出來的。《燕丹子》中的這些或移植或虛造的離奇故事，雖不真實，但卻恰當地寫出了燕丹歸國之舉的迫切和合理，同時也蘊含了作者對太子丹的深厚同情和對秦王驕横暴虐的憎惡，十分典型和具有表現力。

《燕丹子》敘事建構的故事性，當然不僅僅體現在這些離奇荒誕的移植、虛構之事上，更體現在其整個敘事建構中，《燕丹子》往往能把細小之事敘述得情致粲然，生動可觀，如太子丹試探荆軻一段：

> 居五月，太子恐軻悔，見軻曰：“今秦已破趙國，兵臨燕，事已迫急。雖欲足下計，安施之？今欲先遣武陽，何如？”軻怒曰：“何太子所遣，往而不返者，豎子也！軻所以未行者，待吾客耳。”於是軻潛見樊於期曰……

太子丹試探荆軻，他並不正面詢問，而是提出另一個想法，在荆

① 司馬遷撰，裴駰集解，司馬貞索隱，張守節正義《史記》卷七五《孟嘗君列傳》，中華書局 1982 年，第 2355 頁。

② 杜預集釋《春秋左傳集釋》第八《文公上》，上海古籍出版社 1997 年，第 422 頁。

軻勃然而怒的反應中，太子丹顯然獲得了他所需的答案，這裏，《燕丹子》在對太子丹和荆軻一問一答的敘述中，生動地展現出人物的情態、心理，其故事性無疑是十分强烈的。

《燕丹子》的敘事建構也極具情節性，如荆軻刺秦王一段：

> 秦王發圖，圖窮而匕首出。軻左手把秦王袖，右手揕其胸，數之曰："足下負燕日久，貪暴海内，不知厭足。於期無罪而夷其族。軻將海内報仇。今燕王母病，與軻促期，從吾計則生，不從則死。"秦王曰："今人之事，從子計耳！乞聽琴聲而死。"召姬人鼓琴，琴聲曰："羅縠單衣，可掣而絶。八尺屏風，可超而越。鹿盧之劍，可負而拔。"軻不解音。秦王從琴聲負劍拔之，於是奮袖超屏風而走。軻拔匕首擿之，決秦王，刃入銅柱，火出。秦王還斷軻兩手。軻因倚柱而笑，箕踞而罵曰："吾坐輕易，爲豎子所欺。燕國之不報，我事之不立哉！"

秦王發圖，圖窮而匕首出，既而荆軻抓住秦王激憤地數列其罪，此時，是荆軻占上風，當荆軻欲殺秦王之時，秦王乞聽琴聲，是其想出的緩兵之計，荆軻同意後，形勢發生逆轉，在姬人的琴聲中，秦王獲得了逃脱的方法，最後秦王平安脱險而荆軻被害。《史記·刺客列傳》所記此事，是司馬遷尋訪而得，當是歷史的真實，《燕丹子》此記，目的在於在無法改變事情結局的情況下，通過這種情節的突兀變化的設計，突出荆軻行爲的壯烈，也寄託了作者對荆軻及燕丹等人悲劇的深切同情。

《燕丹子》的語言運用也很有特色，頗爲精細縟麗，有很强的文學性，孫星衍稱它“長於敘事，嫺於詞令”，清譚獻也説它“文古而麗密”[①]。如送别荆軻一段：

> 荆軻入秦，不擇日而發，太子與知謀者，皆素衣冠送之於易水之上。荆軻起爲壽，歌曰：“風蕭蕭兮易水寒，壯士一去兮不復還。”高漸離擊筑，宋意和之。爲壯聲則髮怒衝冠，爲哀聲則士皆流涕。二人皆升車，終已不顧也。

三、“古今小説雜傳之祖”

《燕丹子》在史志書目中多入子部小説家類，考《燕丹子》，其主要人物是燕太子丹，全篇圍繞着他的復仇行動展開情節，由於它“事豐奇偉，辭富膏腴”[②]，古今多視其爲小説[③]。值得注意的是，《燕丹子》在體制上與後世傳記體接近，這一點，從它又名《燕丹子傳》《燕太子丹傳》也可得到證明。

《燕丹子》還有稱作《田光傳》的，唐李遠詩集有《讀田光傳》一詩，其云：“秦滅燕丹怨正深，古來豪客盡沾襟。荆卿不了真閒事，辜負田光一片心。”余嘉錫據此在《四庫提要辨

---

① 孫星衍語見《燕丹子·敘》，同前引；譚獻語見《複堂日記》卷五，《半廠叢書初編》本。

② 劉勰撰，范文瀾注《文心雕龍注》卷一《正緯》第四，人民文學出版社1998年，第31頁。

③ 如霍松林即認爲《燕丹子》是藝術上相當成熟的長篇小説，在我國小説史上的地位，應得到公允的評價（見霍松林《論〈燕丹子〉成書的時代及在我國小説發展史上的地位》，載《文學遺産》1982年第4期）。

證》卷一九云："然則此書亦名《田光傳》矣。"又考《琱玉集》卷一二《感應篇》引《燕太子傳》末云："秦王大興兵衆，遂滅燕國，竟煞燕丹子也。"唐李翺《李文公集》卷五《書燕太子丹傳後》有荆軻"欲促檻車，駕秦王以如燕"之事，今本無此句，所謂《燕太子傳》必是《燕丹子》，《燕太子丹傳》與《燕太子傳》極爲相近，也應爲一書，故《燕丹子》又或名《田光傳》《燕太子傳》《燕太子丹傳》。無論《田光傳》還是《燕太子傳》《燕太子丹傳》，是不是其最初之名，或出於後人所加，我們已無法確知，但有一點可以肯定，那就是人們早已注意到了它的體制近於傳記體。從今天我們見到的《燕丹子》來看，它以燕太子丹爲中心人物，圍繞他的復仇行動組織材料，建構敘事，也是與之相符的，故胡應麟稱其爲"當是古今小説雜傳之祖"①。當然，胡應麟稱其爲"古今小説雜傳之祖"，還與《燕丹子》中多録"鄙誕不可信"的想像虚構之事與敘事建構的故事性、情節性有關。《燕丹子》採摭傳聞、虚造故事的做法及其敘事的故事性、情節性對後世雜傳有很大的影響，雜傳中"廣陳虚事，多構僞辭"②而多具小説品格，與之有相類之處。

《燕丹子》全文所述，都是緊緊圍繞燕丹復仇之事而展開，在注意故事性、情節性的基礎上，着重於人物的性格塑造，《燕丹子》中的人物，不論是燕丹、荆軻，還是麹武、田光、樊於

① 胡應麟《少室山房筆叢》卷三二丁部《四部正譌下》，中華書局1958年，第415頁。

② 劉知幾撰，浦起龍釋《史通通釋》卷一八《雜説下》，上海古籍出版社1978年，第516頁。

期、武陽等人物，讀後都給人深刻印象，不僅主要人物燕丹、荊軻有血有肉，形象生動，一些次要人物如田光、樊於期等雖着墨不多，也個性鮮明。就此而言，《燕丹子》已從此前對事類的關注轉向了對人物性格的重視，表明傳記體的發展又向前邁進了一步，對最終形成以人物爲中心、刻畫人物性格爲主要目標的成熟傳記體是很有意義的。

第五節　雜傳文體之形成：劉向及其雜傳

司馬遷《史記》的出現，是傳記體發展過程中的一座里程碑，它標志着傳記體在經過漫長的孕育、成長之後而最終達到成熟。司馬遷之後，劉向作《列仙》《列士》《列女》諸傳，將紀傳體史書中的傳記體運用最爲完備的部分——列傳——取出，離紀傳體而獨行，即單獨運用傳記體傳寫人物，這些人物傳，已"不在正史"[①]，標志着雜傳與正史的正式分立，成爲史之一體，即雜傳文體的最終形成。此節，我們就重點對劉向所作諸傳略加辨析。

一、《史記》與傳記體的成熟

《史記》是一部紀傳體史書，包括本紀、世家、列傳、書、表五個部分，其中，列傳是運用傳記體傳寫人物的部分。

《史記》列傳，不管是一人一傳的單傳、二人一傳的合傳，

① 魏徵等《隋書·經籍志》史部雜傳類序，中華書局 1973 年，第 982 頁。

還是有某種相似性的多人的類傳和附於他人傳記之後的附傳，每一個人物的傳記都相對獨立。我們説司馬遷的《史記》標志着傳記體的成熟，在於司馬遷的列傳在總結傳記文體發展的已有成就的基礎上，形成了完備的傳記體制和一系列寫作規範。

首先，清整了傳記體的篇章結構，形成了嚴謹規範的體制模式。《史記》列傳傳文一般從介紹人物姓名、籍貫、家世世系開始，然後撰述人物生平，刻畫人物性格，敘事大多止於人物生命終止，最後還有評論，總結人物一生之功過、善惡、成敗。經過《史記》列傳對傳記體模式的這一清整規範，傳記文體最終獲得完善的模式而定型。

其次，以傳主爲中心選取資材，在關注資材歷史價值及意義的同時也將表現傳主的性格作爲目標之一。《史記》傳寫人物，可以説是嚴格圍繞人物選取資材，儘量完整展現人物生平經歷，但又並不只是簡單地羅列人物經歷的各種事件，而是選取有代表性的重大或典型事件。在敘述重大或典型事件、揭示其政治、道德意蘊的同時，也通過人物生平所歷的重大或典型事件，凸顯人物形象，展現人物性格。如《孫子吴起列傳》中寫孫武，僅重點記敘了孫武操練宫女一事，其他諸多事件都隱去不寫，但孫武的軍事才幹、執法如山的品格卻清晰可見。又如《廉頗藺相如列傳》中寫藺相如，以完璧歸趙、澠池會和將相和三個典型事件表現藺相如的大智大勇和以國家利益爲重的品格。在以重大或典型事件表現人物的同時，爲了鮮明地凸顯人物的性格，有時，《史記》也以生活細節敘寫人物，通過描寫人物的喜怒哀樂，或者眉目神態、一顰一笑等來生動傳神地表現出人物的性格特徵。如《李斯列傳》中寫李斯見厠鼠、倉鼠時的感歎就是一例：

> （李斯）年少時爲郡小吏，見吏厠中鼠食不潔，近人犬，數驚之。斯入倉，觀倉中鼠食積粟，居大廡之下，不見人犬之憂。於是李斯乃歎曰："人之賢不肖，譬如鼠矣，在所自處耳！"乃從荀卿學帝王之術。

通過見鼠而歎這一細節，把李斯的人生追求和權謀性格傾向生動地展現了出來。在《史記》中，這類細節描寫比比皆是，它們對表現人物性格有着無法替代的作用。針對這些細節在表現人物性格方面的獨特作用，章學誠説："陳平佐漢，志見社肉，李斯亡秦，兆端厠鼠。推微知著，固相士之玄機；搜間傳神，亦文家之妙用也。"①

再次，實録原則。實録是史傳的基本要求，《史記》傳人記事，選擇資材，講求信實，"蓋文疑則闕，貴信史也"②，特别是對於傳聞、傳説之事，則更加審慎地加以甄别、選用。爲了證實傳聞、傳説是否真實，他不僅遍覽群書，還作實地考察，"西至空峒，北過涿鹿，東漸於海，南浮江淮"③，又"適豐沛，問其

① 章學誠撰，葉瑛校注《文史通義校注》卷五《古文十弊》，中華書局1985年，第507頁。

② 劉勰撰，范文瀾注《文心雕龍注》卷四《史傳》第十六，人民文學出版社1998年，第287頁。

③ 司馬遷撰，裴駰集解，司馬貞索隱，張守節正義《史記》卷一《五帝本紀》，中華書局1982年，第46頁。

遺老，觀故蕭、曹、樊噲、滕公之家，及其素，異哉所聞”①。比如，針對有關五帝的傳説，司馬遷曾説:“學者多稱五帝，尚矣。然《尚書》獨載堯以來；而百家言黄帝，其文不雅馴，薦紳先生難言之。孔子所傳《宰予問五帝德》及《帝系姓》，儒者或不傳。余嘗西至空桐，北過涿鹿，東漸於海，南浮江淮矣，至長老皆各往往稱黄帝、堯、舜之處，風教故殊焉，總之不離古文者近是，予觀《春秋》、《國語》，其發明《五帝德》、《帝系姓》章矣，顧弟弗深考，其所表見皆不虛。《書》缺有閒矣，其軼乃時時見於他説。非好學深思，心知其意，固難爲淺見寡聞道也。余并論次，擇其言尤雅者，故著爲本紀書首。”②“擇其言尤雅者”，對於那些“其文不雅馴”者，則不用。

《史記》總結和確立起來的傳記文體的體制模式和寫作規範還體現在對行文簡潔的要求、對風格平實的要求等其他方面，這裏，我們只是對其主要方面作了簡略説明。

二、劉向生平及所著雜傳略考

劉向，在歷史上以校勘群書而享譽後世，沛人，傳附見《漢書·楚元王傳》。字子政，原名更生，四十八歲時，即竟寧元年（前 33）五月，漢元帝病死，成帝即位，閒置不用十餘年的劉向終於再次被啟用，此時始更名“向”。他是漢帝宗

① 司馬遷撰，裴駰集解，司馬貞索隱，張守節正義《史記》卷九五《樊酈滕灌傳》“太史公曰”，中華書局 1982 年，第 2673 頁。

② 司馬遷撰，裴駰集解，司馬貞索隱，張守節正義《史記》卷一《五帝本紀》，中華書局 1982 年，第 46 頁。

室，漢高祖劉邦同父少弟楚元王劉交的四世孫。歷仕宣、元、成、哀四朝，官至光禄大夫、中壘校尉，故後人稱劉光禄、劉中壘。

劉向的生平行事《漢書》本傳記載較詳，只是其生卒年還尚有疑問，故略加考辯。

關於劉向的生卒年，《漢書·劉向傳》没有明確記載，僅云："居列大夫前後三十餘年，年七十二卒，卒後十三歲而王氏代漢。"後世多據此推算劉向的生卒年，雖然大家所憑據都是此條記載，但卻出現了不同的結果，造成劉向生卒年産生不同的説法：

其一爲劉向生於元鳳四年，即公元前77年，卒於建平元年，即公元前6年。葉德輝、吴修、王先謙等持此説。葉德輝説："《漢紀》云'前後四十餘年'，案傳言卒後十三年王氏代漢，則向卒於成帝建平元年，由建平元年上推，向生於昭帝元鳳四年。自既冠擢爲諫大夫至此實四十餘年，當以《漢紀》爲是。"吴修《續疑年録》亦認爲劉向生於元鳳四年，卒於建平元年。王先謙在引述二人之論後説："蓋莽代漢在孺子嬰初始元年十二月，是年上距向卒正十三歲之後。"① 今也有很多著述持此説，如湖南師院中文系編《中國歷代作家小傳》，倉修良、魏得良《中國古代史學史簡編》，祝瑞開《兩漢思想史》，李萬健《中國著名目録學家傳略》，孫欽善《中國文獻學史》，余慶蓉、王晉卿

① 以上葉德輝語、王先謙語、吴修語，均見王先謙《漢書補注》卷三六《楚元王傳》第六，中華書局1983年，第966頁。

《中國目録學思想史》等①。

其二爲劉向生於元鳳二年，即公元前 79 年，卒於綏和元年，即公元前 8 年。錢大昕、錢穆等人持此説。錢大昕説："依此推檢，向當卒於成帝綏和元年。"②錢穆編《劉向父子年譜》定劉向生於"昭帝元鳳二年壬寅（前 79）"，卒於"綏和元年"，並作了考證③。今之不少著述也持此説，如吕慧娟等編《中國歷代著名文學家評傳》續編一，張家璠、閻崇東所著《中國古代文獻學家研究》，歐陽健《中國神怪小説通史》，吴志達《中國文言小説史》等④。

---

① 湖南師院中文系編《中國歷代作家小傳》在《劉向》傳中即説"劉向……生於漢昭帝元鳳四年（公元前七七年），死於漢成帝建平元年（公元前六年）"，湖南人民出版社 1979 年；倉修良、魏得良《中國古代史學史簡編》在第三章第二節《漢代其它史家史著》一節中注云"劉向（約公元前 77 年—前 6 年）"，黑龍江人民出版社 1983 年；祝瑞開《兩漢思想史》在《劉向劉歆的思想》一章中説"劉向……約生於公元前 77 年（漢昭帝元鳳四年），卒於公元前 6 年（漢哀帝建平元年）"，上海古籍出版社 1989 年；李萬健《中國著名目録學家傳略》在《目録學的開創者劉向劉歆父子》一節中也説："劉向……生於漢元鳳四年（公元前 77），卒於漢建平元年（公元前 6）"，書目文獻出版社 1993 年；孫欽善《中國文獻學史》在《劉向　劉歆》一節中注云"劉向（約公元前 77—前 6）"，中華書局 1994 年；余慶蓉、王晉卿《中國目録學思想史》在《劉向的目録工作與敘録思想》一節中也注云"劉向（公元前 77—公元前 6）"，湖南教育出版社 1998 年。

② 王先謙《漢書補注》卷三六《楚元王傳》第六，中華書局 1983 年，第 966 頁。

③ 顧頡剛編著《古史辯》第 5 册，錢穆《劉向父子年譜》，上海古籍出版社 1982 年，第 101—241 頁。

④ 吕慧娟等編《中國歷代著名文學家評傳》續編一，山東教育出版社 1988 年；張家璠、閻崇東《中國古代文獻學家研究》，廣西師範大學出版社 1996 年；歐陽健《中國神怪小説通史》，江蘇教育出版社 1997 年；吴志達《中國文言小説史》，齊魯書社 1994 年。

姚振宗同樣依據《漢書·劉向傳》中的這條材料又推出劉向卒於成帝綏和二年，即公元前7年。他在《七略别録佚文·敘》中説："劉中壘卒年史無明文，惟云卒後十三歲而王氏代漢，以王莽篡位之年計，蓋卒於成帝綏和二年。"在《七略佚文·敘》中又説："劉中壘蓋卒於成帝綏和二年。"[①]

周壽昌同樣還是依據《漢書·劉向傳》的這段文字又推出劉向"其卒當在成帝元延四年"[②]。

所依據的材料一樣，卻有不同的結果，究其原因，乃在於他們對《漢書·劉向傳》中這段話中"卒後十三年而王氏代漢"的理解不同。持劉向生於元鳳四年（前77），卒於建平元年（前6）者，是定孺子嬰居攝三年或初始元年（8）爲王莽代漢之年；持劉向生於元鳳二年（前79），卒於綏和元年（前8）者，是定孺子嬰居攝元年（6）爲王莽代漢之年；姚振宗認爲劉向卒於成帝綏和二年（前7），是定孺子嬰居攝二年（7）爲王莽代漢之年；周壽昌認爲劉向卒年在成帝元延四年（前9），是定平帝元始五年（5）爲王莽代漢之年。

可以看出，解決劉向生卒年的關鍵在於確定"王氏代漢"之年，那麼，到底應該哪一年才是"王氏代漢"之年呢？我們知道，確定劉向生卒年的材料是《漢書·劉向傳》所言"居列

---

① 姚振宗《七略别録佚文·敘》《七略佚文·敘》，見《七略别録佚文》《七略佚文》，《續修四庫全書》第916册，上海古籍出版社2002年，第556頁下、第575頁下。

② 周壽昌《漢書注校補》卷三一，張舜徽主編《二十五史三編》本，岳麓書社1995年，第580頁。

大夫前後三十餘年，年七十二卒，卒後十三歲而王氏代漢”。所以，確定王氏代漢之年，也應當依據《漢書》，而不應舍此而他求，依據其他觀點或材料來確定王氏代漢之年都是不正確的。即首先明確《漢書》是以何年爲王氏代漢之年的，然後據此上溯十三年，確定劉向卒年，再上溯七十二年，確定劉向生年，這樣得出的結論才是正確的。

考《漢書》，班固作有十二本紀，包括高祖、惠帝、高后、文帝、景帝、武帝、昭帝、宣帝、元帝、成帝、哀帝、平帝，即王莽所立孺子嬰不在帝紀之列。顯然，班固《漢書》不以孺子嬰爲漢帝，即《漢書》以西漢止於平帝之終，也就是説孺子嬰的時代不算在其中，由此可知，《漢書》是以孺子嬰居攝元年（6）爲王莽代漢之年。又考《漢書》之《王子侯表》《外戚恩澤侯表》《百官公卿表》等也都述及平帝之世而止，也可證《漢書》是以居攝元年爲王莽代漢之年。又《漢書·王莽傳》載，在居攝元年（6），王莽即稱“假皇帝”，竊取了漢之最高權力，成爲實際上的帝王，班固根據實際而定此年爲王莽代漢之年，是經過深思熟慮的有識之舉。所以，依據《漢書》，“王莽代漢”之年應是居攝元年（6），由此上溯十三年是綏和元年（前8），此即劉向卒年，再上溯七十二年是元鳳二年（前79），此即劉向生年。故錢大昕、錢穆等的推斷是正確的。

此結論與司馬光《資治通鑒》所記劉向生卒年相合，實際上，司馬光定劉向生卒年也是依據《漢書·劉向傳》的這段材料，這從它們的敘述文字幾乎完全相同可以得到證明。另外，《資治通鑒》即在孺子嬰居攝元年（6）前題“王莽”，而不題孺子嬰，也是以居攝元年爲王莽代漢之年。可見司馬光在利用《漢書·劉向傳》時，是對“卒後十三歲而王氏代漢”這句話進行了細緻的分析和思考的。

劉向於成帝時曾總理校勘群書，對古籍的整理和保存作出了巨大貢獻。劉向又是第一個大量創作雜傳的作家，正是因爲他的創作，雜傳文體得以形成，成爲史之一體。而且劉向所作《列女》諸傳，繼承了《史記》總結和確立的傳記體的體制模式，但對其基本規範卻有所突破，或者説違背、抛棄。比如實録原則，劉向就並不遵守，而是承接先秦以來《穆天子傳》《晏子春秋》《燕丹子》等的運材態度和方法，他的雜傳創作對雜傳的發展産生了深遠的影響。

劉向不僅學問淵博，是著名的儒者，還善長文辭，是當時著名的文學家，他勤於著述，一生著述甚富，僅就雜傳而言，他一共創作了三部雜傳，即《列女傳》《列士傳》《孝子傳》①，下面就分别對這三部雜傳略加考釋。

《列女傳》，《漢書·藝文志》諸子略儒家類將其與《新序》等一併著録，《漢書·劉向傳》云："向以爲王教由内及外，自近者始。故採取《詩》、《書》所載賢妃、貞婦、興國顯家可法則，及孽嬖亂亡者，序次爲《列女傳》，凡八篇，以戒天子。"劉向在《别

① 劉向另有《列仙傳》一部，此書現在一般被視爲志怪小説，但在史志書目中，《列仙傳》亦著録於史部雜傳類中，從文體上説，《列仙傳》亦屬傳記體，它當與劉向其他三部雜傳一併對後世雜傳的文體産生影響，由於此節重在闡釋劉向雜傳創作對後世雜傳的影響，故不列於此，但在討論時將兼及此傳。另外，在本書的其他討論中亦將偶及此傳。

録》中也説："臣向與黄門侍郎歆所校《列女傳》，種類相從，爲七篇，以著禍福榮辱之效，是非得失之分，畫之於屏風四堵。"[①]《隋書·經籍志》《舊唐書·經籍志》《新唐書·藝文志》等均有著録。

關於《列女傳》，有幾個問題需要辯明。

一是真僞問題。劉向作此書，歷代以來均未有疑問，唯今人羅根澤以爲非劉向所作，劉向只是整理者，他説："(《説苑》、《列女傳》）然則二書，劉向時已有成書，已有定名，故劉向得讀而校之，其非作始劉向，毫無疑義。"又説："知此等書爲當時所固有，以其次序零亂，故劉向又爲之整理排次。"[②]另外，由於此書大約在宋初已經散佚，後經王回重新編訂，所以，今天又有人認爲它是僞書，鄧瑞全等就將其列入僞書之列[③]。總觀歷代典籍著録和論説，羅氏之言自然是站不住腳的。而定其僞書，恐怕是鄧瑞全等人對僞書的理解過於寬泛所致，簡單地説，僞書是僞造之書，而今所見劉向的《列女傳》，並非出於僞造，只是它散佚了，經過重新輯録、編訂，内容還是劉向所作，竊以爲不應當將其視爲僞書。

二是卷數及傳録人數問題。從前引《漢書·劉向傳》和劉向《别録》看，就已有七卷和八卷之别。《隋書·經籍志》著録爲十五卷，《舊唐書·經籍志》著録爲二卷，《新唐書·藝文志》

① 姚振宗輯《七略别録佚文》"臣向所序《列女傳》八篇"條，《續修四庫全書》第916册，上海古籍出版社2002年，第567頁上。

② 羅根澤《〈新序〉、〈説苑〉、〈列女傳〉不作始於劉向考》，載羅根澤編著《古史辨》第4册，上海古籍出版社1982年，第227—229頁。

③ 鄧瑞全、王冠英《中國僞書綜考》之"《列女傳》"條，黄山書社1998年，第339頁。

與《隋志》同,《崇文總目》著録爲八篇，陳振孫《直齋書録解題》及《宋史・藝文志》著録爲九卷,《郡齋讀書志》著録爲八卷、續傳一卷,《通志・藝文略》著録爲十五卷。據劉向《别録》和《漢書・藝文志》,《列女傳》原爲七篇，即七卷,《漢書・劉向傳》所言八卷，則是加上《頌》，與正傳合爲八篇。至宋時曾鞏等校書，由於屢經傳寫,《列女傳》已非原貌，曾鞏敘録，所見有兩本，一爲十五卷，如曾鞏在序中所言，是“離其七篇爲十四，與頌義凡十五篇”。此即後世十五卷本。一爲八卷本，是嘉佑年間，蘇頌據頌義復加編次校勘所定，此即後世八卷本之一種。后王回根據各篇頌之有無，“予以頌考之，每篇皆十五傳耳，則凡無頌者宜皆非向所奏書”，重新編定《列女傳》爲正傳八卷（其中頌一卷），續傳一卷。後世多襲用此本。《舊唐書・經籍志》所言的二卷，正如姚振宗所説，是“無注本”，即傳文録本。而《直齋書録解題》及《宋史・藝文志》九卷之稱，當是劉向八卷本《列女傳》合《續傳》一卷而成，與《郡齋讀書志》著録的《列女傳》八卷、續傳一卷的説法，只是正傳與續傳的分合之别。總之,《列女傳》存在的卷數的差異，正如周中孚所言，是“當頌義及注分合之故爾”[①]。

劉向《列女傳》共分七門，即母儀、賢明、仁智、貞慎、節義、變通、嬖孽，每門一篇，“篇十五人，爲一百五人”[②]。

① 周中孚《鄭堂讀書記》卷二三史部九傳記類二總録，商務印書館 1959 年，第 469—470 頁。

② 陳振孫撰，徐小蠻、顧美華點校《直齋書録解題》卷七傳記類“《古列女傳》”條解題，上海古籍出版社 2006 年，第 193 頁。

宋時其書輾轉傳寫，在流傳過程中竄入其他《列女傳》[①]之文，多出二十人，後曾鞏等人依據有無頌文，在重新編訂時，認爲“陳嬰母及東漢以來凡十六事，非向書本然”[②]。王回認爲有頌者爲劉向原文，無頌者爲他書竄入之文，王回説：“以頌考之，每篇皆十五傳耳，則凡無頌者宜皆非向所奏書，不特自陳嬰爲母斷也。”[③]這樣，就有二十傳可以肯定不是劉向《列女傳》文，由於“餘二十傳，其文亦奥雅可喜，非魏晉諸史所能作也，故又自周郊婦至東漢梁嫕等，以時次之，别爲一篇”[④]。這便是《續傳》一卷。所以，今本劉向《列女傳》實際上包括劉向所作的一百零四傳（其中卷一缺一傳）和竄入其書、後又析出的二十傳。

曾鞏以爲《續傳》爲班昭所作，其説無證，不可信。晁公武在《郡齋讀書志》中又説“二十傳豈項原所作耶”，懷疑《續傳》就是項原的《列女後傳》。晁氏此種猜測也不可靠，《四庫全書總目》對此有詳細辯駁，孫猛《郡齋讀書志校證》亦舉證駁之[⑤]。

---

① 劉向作《列女傳》後，繼起而爲之者甚衆，《隋書·經籍志》就著録有高氏、項原、皇甫謐、綦毋邃等人的《列女傳》或《列女後傳》，且這些書後來都散佚，故它們的佚文竄亂難辨。

② 曾鞏《古列女傳目録序》，見《叢書集成初編》本《古列女傳》，中華書局 1985 年，第 1 頁。

③ 王回《古列女傳序》，見《叢書集成初編》本《古列女傳》，中華書局 1985 年，第 1—2 頁。

④ 王回《古列女傳序》，見《叢書集成初編》本《古列女傳》，中華書局 1985 年，第 3 頁。

⑤ 見孫猛《郡齋讀書志校證》，上海古籍出版社 1990 年，第 369 頁。

三是關於頌的作者問題。《隋書·經籍志》著録有劉歆《列女傳頌》、曹植《列女傳頌》、繆襲《列女傳贊》①，而據《漢書·藝文志》，劉向《列女傳》八卷本中也有頌一卷，今所存《列女傳》正傳有頌，此頌多以爲是劉向所作。如曾鞏《古列女傳目録序》云："今驗頌義之文，蓋向之自敘。"王回亦持此見②。《四庫全書總目》也説："其頌本向作，曾鞏及回所言不誤。"《隋書·經籍志》、晁公武《郡齋讀書志》以爲《列女傳》中頌文是劉歆所作之頌，誤。《文選·思玄賦》李善注引劉歆《列女傳頌》云："材女修身，廣觀善惡。"今本《列女傳頌》無此文，亦可證此頌非劉歆所作。但須注意的是，劉歆確實作過頌，《顔氏家訓·書證》云："《列女傳》亦向所造，其子歆又作頌。"③《日本國見在書目録》雜傳家亦録有劉歆《列女傳頌》一卷，與《隋書·經籍志》所録相合。只是劉歆所作單行，已亡佚。姚振宗《隋書經籍志考證》也説："案本《志》載劉歆此頌，本自一帙，與其父書各不相涉，宋代相傳曹大家注本，乃以向《列女傳》原有之頌，歸之劉歆，自是舛誤……"④所以，劉向

① 贊與頌相通，梁任昉《文章緣起》云："漢劉歆作《列女傳贊》。"姚振宗《漢書藝文志拾補》卷二"劉歆《列女傳頌》一卷"條云："贊、頌本相通也。"

② 王回《古列女傳序》，見《叢書集成初編》本《古列女傳》，中華書局1985年，第1—2頁。

③ 顔之推《顔氏家訓》卷六《書證篇》第十七，《龍谿精舍叢書》刻抱經堂校本，中國書店1991年，第77頁。

④ 姚振宗《隋書經籍志考證》卷二〇史部雜傳類"《列女傳頌》一卷劉歆撰"條，開明書店《二十五史補編》第4册，中華書局1998年，第327頁下。

《列女傳》有多頌，而今本中的頌文是劉向自作。

另外，劉向《列女傳》今雖有傳本，但還有散佚之文，清孫志祖、王仁俊分别據《御覽》卷一三五採得其佚文一條，即黄帝妃嫫母事，其云："黄帝妃曰嫫母，於四妃之班，居下，貌甚醜，而最賢，心每自退。"孫志祖將其録入他的《讀書脞録》卷四、王仁俊録入他的《經籍佚文》中。

由以上辨析可知，劉向《列女傳》原爲七篇，每篇十五傳，另有頌義圖譜一篇，共爲八篇。王回《古列女傳序》言："而各頌其義，圖其狀，總爲卒篇。傳如太史公記，頌如詩之四言，而圖爲屏風云。"①

《列士傳》二卷，《漢書·藝文志》不見著録，《隋書·經籍志》史部雜傳類著録，《新唐書·藝文志》史部傳記類著録，均爲二卷。《玉海·藝文》亦録。此書雖不見録於《漢書·藝文志》，而《隋書·經籍志》史部雜傳類序亦云："劉向典校經籍，始作《列仙》、《列士》、《列女》之傳。"劉向既作《列仙傳》《列女傳》，作《列士傳》亦當可能。《初學記》卷一一《職官部·尚書令第三》"天臺畫省"引蔡質《漢官典職》云："尚書奏事於明光殿，省中畫古烈士，重行書贊。"《論衡·須頌篇》云："宣帝之時，畫圖漢列士，或不在於畫上者，子孫恥之。"可見，有德有行之士，於漢頗受尊重，劉向爲助教化而作《列女傳》，則又取列士之見於圖畫者以爲之傳，亦在情理之中。《列

① 王回《古列女傳序》，見《叢書集成初編》本《古列女傳》，中華書局1985年，第1頁。

士傳》已佚，其佚文見於諸書徵引，或作《烈士傳》，今僅王仁俊據《琱玉集》卷十二採得一節，録於《玉函山房輯佚書補編》中[①]。今存伯夷、叔齊、徐衍、鮑焦、羊角哀、左伯桃、專諸、慶忌、延陵季子、於陵子仲、赤鼻、魏公子無忌、朱亥、隱陵君、馮煖、荆軻十六人事蹟。另《史記》卷八一《廉頗藺相如列傳》"大王亦宜齋戒五日設九賓於廷"索隱引一條，作《列士傳》，言"九賓"事，僅云："設九牢也。"不知所出何人。

《孝子傳》，史志書目均不言劉向有此書，亦不見著録，而《文苑英華》載許南容、李令琛《對》並言劉向修《孝子圖》。許南容《對》云："京兆耆舊，光武創其篇；陳留神仙，阮蒼述其事；梁雄作逸人之傳（一作記），劉向修孝子之圖。斯並賢者，傳之不朽。"李令琛《對》云："京兆耆舊之篇，創於光武；陳留神仙之傳，起自阮蒼；劉向修孝子之圖，梁鴻首逸人之記。"[②]王應麟《玉海·藝文》也引許南容《對》言劉向有此書。今《日本國見在書目録》雜傳家著録有《孝子傳圖》一卷，但未署撰人，姚振宗《漢書藝文志拾補》卷二認爲："諸家孝子傳不言有圖，此獨有圖，與《列女傳》相似類也。"[③]即認爲爲劉向所作。《法苑珠林》卷四九引郭巨、丁蘭、董永、大舜四事，云出劉向《孝子傳》。《太平御覽》卷四一一人事部引郭巨、董永

① 本人曾輯校劉向《列士傳》，《劉向〈列士傳〉佚文輯校》（載《文獻》2003年第2期），可參看。

② 李昉等：《文苑英華》卷五〇二《策》、許南容《對》、李令琛《對》，中華書局2017年，第2579頁上、第2579頁下。

③ 姚振宗《漢書藝文志拾補》卷二諸子略"劉向《孝子圖傳》"條，《二十五史補編》第2册，中華書局1998年，第33頁。

二人之事，也題出自劉向《孝子傳》。前人既有此説，又有明確題署之佚文，故不敢輕棄，存録於此。今有茆泮林《十種古逸書》本、黄奭《漢學堂叢書》本、王仁俊《玉函山房輯佚書續編》本等輯本，茆泮林據馬驌《繹史》卷一〇注採得舜事一節，又據《太平御覽》卷四一一採得郭巨、董永二人之事，共三節。王仁俊據《法苑珠林》卷四九採得郭巨、丁蘭、董永、大舜四事。而黄奭所輯是鈔録茆本。

除上述三部雜傳外，劉向尚有其他著述，這些著述包括：

集部書一部：

《劉向集》，《隋書·經籍志》載其有集六卷，《舊唐書·經籍志》《新唐書·藝文志》《宋史·藝文志》作五卷。胡應麟《玉海·藝文》引《中興書目》載稱五卷，云："集者云晉八卷，隋本五卷，今所存十八篇。"《直齋書録解題》亦作五卷，並説："前四卷，《封事》並見《漢書》，《九歎》見《楚辭》，末《請雨華山賦》見《古文苑》。"《漢書·藝文志》在"屈原賦"下載"劉向賦"三十三篇，《漢書·劉向傳》又稱其著文《疾讒》《擿要》《救危》《世頌》等八篇。佚，今有明鈔本《劉中壘集》六卷，張溥《漢魏六朝百三家集》中《劉向集》一卷，嚴可均《全漢文》卷三五至三七亦録其佚文。

經部書共六部：

（一）《周易劉氏義》，《漢書·劉向傳》言，向父子始習《易》，後向治《穀梁傳》、歆治《左傳》，並有著述。《周易劉氏義》佚，黄奭《黄氏逸書考》、王仁俊《玉函山房輯佚書續編》各輯存一卷。

（二）《穀梁劉氏義》，《漢書·儒林傳》稱："劉向以故諫大夫通達待詔，受《穀梁》。"未言有撰述，史志也未載其注《穀梁》之書，但在《穀梁疏》《晉書·天文志》中有引劉向的《穀梁》之説。馬國翰《玉函山房輯佚書》、王仁俊《玉函山房輯佚書續編》各輯得一卷。

（三）《五經通義》九卷，《隋書·經籍志》著録有《五經通義》八卷，不題撰人，注云"梁九卷"。兩《唐志》並有著録，九卷，題劉向撰。《漢書·劉向傳》不言其有此書，今所見諸書徵引多不稱撰人，而《舊唐書·經籍志》《新唐書·藝文志》並著録劉向《五經通義》，必有所據，故録於此。《五經通義》佚，朱彝尊《經義考》、王謨《漢魏遺書鈔》、洪頤煊《問經堂叢書》、黄奭《漢學堂叢書》及《黄氏逸書考》、馬國翰《玉函山房輯佚書》、王仁俊《玉函山房輯佚書續編》及《拜經樓雜鈔》各輯存一卷。

（四）《五經要義》五卷，《隋書·經籍志》著録有《五經要義》五卷，注云"梁十七卷，雷氏撰"。《舊唐書·經籍志》《新唐書·藝文志》著録《五經要義》五卷，劉向撰。姚振宗《隋書經籍志考證》以爲《五經要義》有兩書，一爲雷氏所作，一爲劉向所作。兩《唐志》既載，不宜輕言劉向無此書，故列於此。《五經要義》佚，今之輯本，有多種，或題劉向，或不題撰人，所録大致相同，記有朱彝尊《經義考》、洪頤煊《問經堂叢書》、宋翔鳳《浮谿精舍叢書》、王仁俊《玉函山房輯佚書續編》、吴騫《拜經樓雜鈔》各輯存一卷。

（五）《劉向説老子》四篇，《漢書·藝文志》諸子略著録。

劉向在此書《敘録》中説："《老子》，臣向定著二篇八十一篇，上經三十四章，下經四十七章。"姚振宗在輯録此段文字之後又説："宋董思靖《老子集解·敘》:《説老子》，劉向定著二篇云云。下文云葛洪又加損益，從此遂失中壘舊制矣。董蓋及見《老子敘録》,故能言分篇上下及章次數目如此。"①《七略》諸子略著録《臣向説老子》四篇。

（六）《洪範五行傳論》十一卷，《漢書·劉向傳》云："向見《尚書·洪範》，箕子爲武王陳五行陰陽休咎之應，乃集合上古以來歷春秋六國至秦漢符瑞災異之記，推迹行事，連傳禍福，著其占驗，比類相從，各有條目，凡十一篇，號曰《洪範五行傳論》。"《洪範五行傳論》佚，王謨《漢魏遺書鈔》輯存一卷，黄奭《黄氏逸書考》輯存一卷，陳壽祺《左海全集》輯存三卷。

子部書共四部：

（一）《新序》三十卷，《漢書·劉向傳》云："及採傳記行事，著《新序》、《説苑》凡五十篇奏之。"劉向《别録》(《新序·敘録》)②云："《新序》三十卷，河平四年都水使者諫議大夫劉向上言。"又曰："《新序》總一百八十三章，陽朔元年二月癸卯上。"《漢書·藝文志》諸子略儒家類將其與《説苑》等一併著録爲劉向所序六十七篇。《隋書·經籍志》《舊唐書·經籍志》《新唐書·藝文志》子部儒家類著録，俱爲三十卷。至宋時，此

① 姚振宗輯《七略别録佚文》"臣向説《老子》四篇"條，《續修四庫全書》第916册，上海古籍出版社2002年，第568頁上。

② 姚振宗輯《七略别録佚文》"臣向所序《新序》三十篇"條，《續修四庫全書》第916册，上海古籍出版社2002年，第566頁下。

書散佚，曾鞏校訂時，僅餘十卷。此後的各種版本，即主要據此，故均爲十卷。盧文弨又據群書採得佚文凡四十多條，録於《群書拾補》中。

(二)《説苑》二十卷，《漢書·劉向傳》云:“及採傳記行事著《新序》、《説苑》凡五十篇奏之。”劉向《别録》(《説苑·敘録》)云:“護左都水使者光禄大夫臣向言，所校中書《説苑雜事》及臣向書，民間書，誣校讎，其事類衆多，章句相溷，或上下謬亂，難分别次序，除去與《新序》複重者，其餘者，淺薄不中義理，别集以爲《百家》，後（復）令以類相從，一一條别篇目，更以造新事十萬言以上，凡二十篇七百八十四章，號曰《新苑》，皆可觀，臣向昧死謹上。”又曰:“《説苑》鴻嘉四年三月己亥上。”①《漢書·藝文志》諸子略儒家類將其與《新序》等一併著録爲劉向所序六十七篇，注云:“《新序》、《説苑》、《世説》、《列女傳頌圖》也。”《隋書·經籍志》子部儒家類著録《説苑》二十卷，新、舊《唐志》著録，作三十卷，三當爲二之誤。《崇文總目》儒家類著録作五卷，並釋云:“漢劉向撰，向，成帝時典祕書，採傳記百家之言，掇其正辭美義可爲勸戒者，以類相從，爲《説苑》二十篇，今存者五卷。”②

---

① 姚振宗輯《七略别録佚文》“臣向所序《説苑》二十篇”條，《續修四庫全書》第916册，上海古籍出版社2002年，第566頁下。

② 可見，《説苑》至宋時已散佚，僅存五卷。曾鞏校書，從民間得十五篇，合官本五卷，爲二十篇，足原書二十卷之數，其云:“從士大夫間得之者十有五篇，與舊爲二十篇。”不過，這個二十卷又非原貌，陸游《渭南文集》卷二七載李德芻之言云:“館中《説苑》二十卷，而闕《反質》一卷。曾鞏乃分《修文》爲上下，以足二十卷。”（陸游（轉下頁）

（三）《百家》一百三十九卷，劉向《别録》云："其餘者淺薄不中義理，别集以爲《百家》後。"《漢書·藝文志》諸子略小説家類著録有《百家》百三十九卷。劉向編訂《説苑》《新序》，删除"淺薄不中義理"者，别集爲《百家》。《百家》佚，今佚文僅存二則，見於漢應劭《風俗通義》①。

（四）《世説》，《漢書·藝文志》諸子略儒家類將其與《新序》等一併著録爲劉向所序六十七篇，注云："《新序》、《説苑》、《世説》、《列女傳頌圖》也。"又，《新序》《説苑》共五十篇，《列女傳》七篇，則《世説》當爲十篇。此書今佚。

（接上頁）《渭南文集》卷二七《跋〈説苑〉》，見《陸遊集》第5册，中華書局1976年，第2240頁）《郡齋讀書志》子部儒家類著録此書時也説："曾子固校書，自謂得十五篇於士大夫家，與《崇文》舊書五篇，合爲二十篇而敘之，然止是析十九卷，作《修文》上、下篇耳。"李氏所言屬實，曾鞏也在《説苑·序》中説"疑者闕之"。後從高麗得《反質》篇，才算真正恢復原貌。後世各種版本多據此本出，今以趙善詒《説苑疏證》最善。清人盧文弨《説苑拾補》輯得其佚文二十五條，嚴可均《全漢文》據以録入，其中有本書所有，誤爲佚文，並有條文重複，趙善詒加以删併，又輯得佚文十三條，合爲三十四條。編爲佚文一卷，附於其《説苑疏證》後。

① 其一云："輸般見水上蠡，謂之曰'開汝頭，見汝形'。蠡適出頭，般以足畫圖之，蠡引閉其户，終不可開。設之門户，欲使閉藏，當如此固密也。"（《太平御覽》卷一八八引）《藝文類聚》卷七四引此"輸般"作"公輸班"，其上有"謹按"二字。"開汝頭"《太平御覽》卷七五〇引作"開汝匣"；"設之門户"三句，《藝文類聚》引作"般遂施之門户，云'人閉藏如是，固周密矣'。其二云：宋城門失火，因汲取池中水以沃灌之，池中空竭，魚悉露死，喻惡之滋，並中傷重謹也。"（《太平御覽》卷九三五引）按，"重謹"，應據《廣記》卷四六六作"良謹"（文據吴樹平《風俗通義校釋》之《風俗通義佚文》，天津人民出版社1980年，第397頁、第432頁）。

史部書尚有《列仙傳》《别録》二部：

《列仙傳》二卷，《漢書·藝文志》無目，《隋書·經籍志》雜傳類著録《列仙傳贊》二本，一爲三卷，劉向撰，鬷續，孫綽贊。《四庫全書總目》云："鬷續上似脱一字，蓋有續傳一卷，故爲三卷。"鬷乃姓，下當脱其名，其人不詳，續傳已佚。一爲二卷，劉向撰，晉郭元祖贊。郭元祖贊今存，孫綽贊僅存佚文。《舊唐書·經籍志》雜傳類、《新唐書·藝文志》道家類著録《列仙傳贊》二卷，劉向撰。今存郭元祖所贊二卷本[①]。

《别録》，《漢書·藝文志》云："至成帝時，以書頗散亡，使

①《舊唐書·經籍志》雜傳類著録《列仙傳贊》二卷，劉向撰，未言撰贊者，當爲郭贊。《新唐書·藝文志》道家類、《崇文總目》道書類、《郡齋讀書志》傳記類、《直齋書録解題》神仙類均著録劉向《列仙傳》二卷，《中興館閣書目》神仙家類、《宋史·藝文志》道家附神仙類作三卷，當皆附有郭贊。《通志·藝文略》道家類據《隋書·經籍志》著録劉向《列仙傳》二卷、孫綽《列仙傳贊》三卷、郭元祖《列仙傳贊》二卷。本書版本主要有《道藏》《古今逸史》《漢唐三傳》《四庫全書》《祕書廿一種》《指海》《郝氏遺書》《琳琅祕室叢書》《龍谿精舍叢書》《道藏舉要》《道藏精華録》《叢書集成初編》等本，大都爲二卷，《古今逸史》《祕書廿一種》《漢唐三傳》等本无贊，《漢唐三傳》本又不分卷，有明黄魯曾贊，《郝氏遺書》本乃王照圓校正本，《龍谿精舍叢書》《道藏精華録》本同，《琳琅祕室叢書》本乃胡珽校訛本，《叢書集成初編》取此本。又，《雲笈七籤》卷一〇八節録四十八人。《紺珠集》卷六摘録十一條（題劉向），《類説》卷三摘録十七條，其中羼入《神仙傳》等六朝唐五代其他仙傳文字，説明向書已被宋人竄亂增益，涵本《説郛》卷七《諸傳摘玄》自《類説》取二條。又涵本《説郛》卷四三收《列仙傳》七十人，與今本同，但次第有異，僅摘録名號里籍而无事蹟，前有无名氏序，題下注一卷，知據宋元一卷本摘録；宛本《説郛》卷五八、《五朝小説·魏晉小説》《古今説部叢書》等取此本，然脱四人。《舊小説》甲集選録十八人。清末王仁俊《玉函山房輯佚書補編》和《經籍佚文》中各輯有佚文一卷。

謁者陳農求遺書於天下。詔光祿大夫劉向校經傳、諸子、詩賦，步兵校尉任宏校兵書，太史令尹咸校數術，侍醫李柱國校方技。每一書已，向輒條其篇目，撮其指意，録而奏之。”梁阮孝緒《七録序》云：“昔劉向校書，輒爲一録，論其指歸，辨其訛謬，隨竟奏上，皆載在本書。時又別集衆録，謂之《別録》，即今之《別録》是也。”①《隋書·經籍志》《舊唐書·經籍志》《新唐書·藝文志》將此書與劉歆《七略》并録，稱《七略別録》二十卷。《別録》佚，今有洪頤煊《問經堂叢書》、嚴可均《全漢文》卷三八、馬國翰《玉函山房輯佚書》、顧觀光《武陵山人遺稿》、王仁俊《玉函山房輯佚書續編》、姚振宗《快閣師石山房叢書》以及陶濬宣補嚴可均氏《全漢文》的《稷山館輯補書》各種輯本。

三、劉向《列女》諸傳與雜傳文體的形成

劉向作《列女》諸傳，其實是對司馬遷所創立的紀傳體的創造性運用。我們知道，司馬遷的《史記》是紀傳史體，紀傳體包括本紀、世家、表、志、列傳，這五種體裁，或五個部分，在司馬遷的《史記》中是不可分割的：“紀以包舉大端，傳以委屈細事，表以譜列年爵，志以總括遺漏，逮於天文、地理、國典、朝章，顯隱必該，洪纖靡失。”②劉向將其中的傳記體取出單行，使

① 釋道宣編《廣弘明集》卷三，影印《大藏經》本，上海古籍出版社 1991 年。
② 劉知幾撰，浦起龍釋《史通通釋》卷二《二體》第二，上海古籍出版社 1978 年，第 28 頁。

傳記體成爲一種獨立的傳寫人物的文體，他的這種做法是有創造性的[①]，它提醒人們，紀傳體的五種體裁，是可以分而用之的。

正是這種具有創造性的做法，不僅使雜傳文體得以形成，也使劉向成爲第一個大量創作雜傳的作家。劉向所作《列士傳》《列女傳》《孝子傳》以及《列仙傳》，正如《隋書·經籍志》雜傳類序所言，是雜傳之“始作”，其意義首先在於他的創作使雜傳文體得以最終形成，雜傳也由此成爲史之一體，並直接導源了雜傳創作的興起，雜傳創作以此爲起點，開始了其逐漸走向漢魏六朝時期全面發展的過程[②]。而且，劉向諸傳的類傳形式，也奠定了後世類傳的體式，其諸傳之名，也直接爲後世所繼承，“列女”“孝子”，後世就有許多踵武之作。如《列女傳》，就有皇甫謐《列女傳》、繆襲《列女傳》、項原《列女後傳》、綦毋邃《列女傳》以及《列女要録》等，《孝子傳》就有蕭廣濟、王

① 張濤在《劉向〈列女傳〉思想學術價值簡論》（見《徐州師範學院學報》1994 年第 1 期）稱《列女傳》“最早使傳記體脱離‘經’、‘紀’而取得獨立”，陳東林在《劉向〈列女傳〉的體例創新與編撰特色》（見《明清小説研究》2006 年第 2 期）一文中也注意到《列女傳》“創立了獨立單行的人物傳記體例”，張鳳霞、張弘在《論劉向編撰〈列女傳〉的文本體例》（見《東嶽論叢》2009 年第 6 期）也認爲《列女傳》“使傳體史學獲得了獨立發展”，這些討論雖然僅談到劉向所作諸傳的一種——《列女傳》，但也還是看到了劉向諸傳在使傳記體獲得獨立上的首創貢獻。

② 關於劉向諸傳對後世雜傳創作的影響，張濤在《劉向〈列女傳〉思想學術價值簡論》（見《徐州師範學院學報》1994 年第 1 期）、戴紅賢在《劉向書與中國前小説形態》（見《四川師範大學學報》1997 年第 1 期）、張慧禾在《中國女性類傳的發軔之作》（見《浙江師大學報》1998 年第 5 期）、陳東林在《劉向〈列女傳〉的體例創新與編撰特色》（見《明清小説研究》2006 年第 2 期）等中都曾有所涉及，但没有把劉向諸傳作爲一個整體來考察，故不全面。

韶之、周景式、師覺授、宋躬、虞槃佐、鄭緝之、徐廣等諸家《孝子傳》[①]。

同時，劉向所作《列女》諸傳，在爲傳態度、手法等方面頗具特色，對後世的雜傳創作，特别是對雜傳基本創作范式的形成也有着重要影響。

首先，劉向選材、運材的態度和方式對雜傳創作産生了重要影響。劉向作諸傳，其資材大多採自各種典籍所載，正如《四庫全書總目》子部儒家類《新序》條所言："大抵採百家傳記，以類相從，故頗與《春秋内外傳》、《戰國策》、《太史公書》互相出入。"此雖針對《新序》而言，實際上它適用於劉向所作的所有雜著，包括《新序》《説苑》《列仙傳》《列女傳》等等。如《漢書·劉向傳》説《列女傳》就是"採取《詩》、《書》所載"，佚名《列仙傳·敘》[②]稱《列仙傳》也是"輯上古以來及三代秦漢，博採諸家言神仙事者，約載其人，集斯傳焉"的。《四庫全書總目》在指出劉向諸書資材來源的基礎上，還指出其多"與《春秋内外傳》、《戰國策》、《太史公書》互相出入"的事實，這一點也是值得注意的。它點明劉向所作諸傳對史實的真實與否是不甚重視的。

前人對劉向諸傳中存在史實乖誤多有批評，特别是劉知幾，其態度更爲激烈，他在《史通·雜説下》中辟專條加以評論：

---

① 不過，諸家《列女傳》和《孝子傳》今多已散佚，諸家《列女傳》，除皇甫謐之書尚存外，其餘多零失殆盡。諸家《孝子傳》也都存文不多。

② 涵本《説郛》卷四三引。《太平御覽》卷六七二《道部一四·仙經上》亦引。

劉向《列女傳》云:“夏姬再爲夫人,三爲王后。”夫爲夫人則難以驗也,爲王后則斷可知矣。案其時諸國稱王,唯楚而已。如巫臣諫莊將納姬氏,不言曾入楚宫,則其爲后當在周室。蓋周德雖衰,猶稱秉禮。豈可族稱姬氏,而妻厥同姓者乎?且魯娶於吴,謂之孟子。聚麀之誚,起自昭公。未聞其先已有斯事,禮之所載,何其闕如!又以女子一身,而作嬪三代,求諸人事,理必不然。尋夫春秋之後,國稱王者有七。蓋由向誤以夏姬之生,當夫戰國之世,稱三爲王后者,謂歷嬪七國諸王,校以年代,殊爲乖剌。至於他篇,兹例甚衆。故論楚也,則昭王與秦穆同時;言齊也,則晏嬰居宋景之後。今粗舉一二,其流可知。

觀劉向對成帝,稱武、宣行事,世傳失實,事具《風俗通》,其言可謂明鑒者矣。及自造《洪範》、《五行》,及《新序》、《説苑》、《列女》、《神仙》諸傳,而皆廣陳虚事,多構僞辭。非其識不周而才不足,蓋以世人多可欺故也。嗚呼!後生可畏,何代無人,而輒輕忽若斯者哉!夫傳聞失真,書事失實,蓋事有不獲已,人所不能免也。至於故爲異説,以惑後來,則過之尤甚者矣!案蘇秦答燕易王,稱有婦人將殺夫,令妾進其藥酒,妾佯僵而覆之。又甘茂謂蘇代云:貧人女與富人女會績,曰:“無以買燭,而子之光有餘,子可分我餘光,無損子明。”此並戰國之時,遊説之士,寓言設理,以相比興。及向之著書也,乃用蘇氏之説,爲二婦人立傳,定其邦國,加其姓氏,以彼烏有,持爲指實,何其妄哉!又有甚於此者,至如伯奇化鳥,對吉甫以哀鳴;宿瘤隱形,干齊王而作后。此則不附於物理者矣。復有懷嬴失節，目爲貞女；劉安覆族，定以登仙。立言如是，豈顧丘明之有傳，孟堅之有史哉！①

劉知幾把劉向諸傳中存在的史實的乖誤歸咎於劉向的“以世人多可欺故”而有意爲之，言其有意爲之，是正確的，但將其原因歸爲因爲世人的可以欺騙，卻是不恰當的。劉向諸傳中史實乖誤現象的存在，應該從其創作目的方面去尋找。

《漢書·劉向傳》言及劉向作《列女傳》的目的：“向以爲王教由内及外，自近者始，故採取《詩》、《書》所載賢妃、貞婦、興國顯家可法則及孽嬖亂亡者，序次爲《列女傳》，凡八篇，以戒天子。”劉向在《别録》中又説：“臣向與黄門侍郎歆所校《列女傳》，種類相從，爲七篇，以著禍福榮辱之效，是非得失之分，畫之於屏風四堵。”佚名《列仙傳·敘》曾述及劉向撰作《列仙傳》的動機，云：“見上頗修神仙之事，乃知鑄金之術，實有不虚，仙顔久視，真乎不謬。但世人求之不勤者也。遂輯上古以來及三代秦漢，博採諸家言神仙事者，約載其人，集斯傳焉。”這段記敘主要依據《漢書》本傳。宋高似孫針對《新序》《説苑》也曾説：“先秦古書，甫脱燼劫，一入向筆，採擷不遺。至其正綱紀，迪教化，辨邪正，黜異端，以爲漢規監者，盡在此書，玆《説苑》、《新序》之旨也。”②以上諸賢所發之論，

① 劉知幾撰，浦起龍釋《史通通釋》卷一八《雜説下》第九，上海古籍出版社 1978 年，第 516—517 頁。

② 高似孫《子略》卷四“《新序》、《説苑》”，文淵閣《四庫全書》第 674 册，臺灣商務印書館 1987 年，第 521 頁上。

當然也適用於《列女》諸傳，從《漢書·藝文志》將《列女傳》與《新序》《説苑》等一併著録來看，也可知它們之間的一致性。不難看出，劉向諸書都有其明確的現實針對性。瞭解了這一點，我們就不難理解劉向諸傳中存在的史實乖誤，甚至“廣陳虚事，多構僞辭”，“故立異端，喜造奇説”①的原因了。劉向作《列女》諸傳，目的不在於修史，而是在於通過它們來表達或者説闡釋、宣揚某一主題。因此不重視史實的真僞、虚實，只要它們能恰當地表達出需要表達的思想和主旨。所以，劉向選材、運材的出發點就是表達思想的需要，對某一資材，有時從這一角度加以敘寫，有時又從另一角度進行描述，甚至，爲了需要，不惜對資材進行剪裁、綴補、移植、虚構。

如《列女傳》卷四中的《齊杞梁妻傳》，這是一個關於戰爭、家庭的故事，在春秋戰國那樣戰爭頻繁的時代，征人死難之事是最常見不過的了。爲了表現一個征人妻子失去丈夫的悲痛，劉向寫了杞梁妻的哭，並虚造其哭倒城牆之事，杞梁妻“枕其夫之屍於城下而哭”的悲涼，讓人心酸，以致“道路過者莫不爲之揮涕，十日而城爲之崩”。失去親人，哭很普通，但哭倒城牆就不普通了。通過添加這一虚構之事，就把戰爭給普通民衆造成的苦難深刻地揭示了出來，且讓人觸目驚心，其表現效果可以説十分突出和明顯的。人們也並不懷疑其虚假，反而流傳甚廣，並被不斷地改進，《孟姜女》的傳説就從此而來。

① 劉知幾撰，浦起龍釋《史通通釋》卷一八《雜説下》第九，上海古籍出版社 1978 年，第 516 頁、第 529 頁。

劉向選材、運材的態度和方式，突破了《史記》所確立起來的實録原則，或者説直接承繼《穆天子傳》《晏子春秋》《燕丹子》等運材態度和方式，對後世雜傳創作是有很大影響的，雜傳中普遍存在的“鬼神怪妄之説往往不廢”①,“而又雜以虚誕怪妄之説”②,“廣陳虚事,多構僞辭”③,“莫顧實理,傳聞而欲偉其事，録遠而欲詳其跡，於是棄同即異，穿鑿傍説，舊史所無，我書則傳……”④的種種現象，竊以爲就直接導源於此。這種態度和方式雖與撰作史書的“實録”精神相抵觸，但在其中，卻因此形成了小説孕生與發展的適宜環境，中國古代小説正是在此類“史官之末事”⑤的著述中逐漸發育成熟的。

其次，劉向諸傳的人物傳寫也爲雜傳的人物傳寫樹立了典範。劉向傳寫人物，與史傳傳寫人物的面面俱到不同，劉向寫人，常常僅寫其性格中的某一突出方面，而且，在表現這一性格的時候，也只選取或者虚造一二件典型事例。如《列士傳》中的《羊角哀、左伯桃傳》，就以途中左伯桃讓糧與羊角哀，把生的希望讓給朋友之事來刻畫左伯桃，又以羊角哀爲友殺身下地一事來刻畫羊角哀，由此表現出“士”的品質中捨生取義、

① 焦竑《國史經籍志》卷三傳記類序,《續修四庫全書》第 916 册，上海古籍出版社 2002 年，第 346 頁下。

② 魏徵等《隋書・經籍志》雜傳類序，中華書局 1973 年，第 982 頁。

③ 劉知幾撰，浦起龍釋《史通通釋》卷一八《雜説下》第九，上海古籍出版社 1978 年，第 516 頁。

④ 劉勰撰，范文瀾注《文心雕龍注》卷四《史傳》第十六，人民文學出版社 1998 年，第 287 頁。

⑤ 魏徵等《隋書・經籍志》雜傳類序，中華書局 1973 年，第 982 頁。

“殞身不負然諾之信”的品格和精神。又如朱亥條，以朱亥瞋目視虎而虎不敢動之事來表現朱亥的猛士風采，只此一事，朱亥的性格就表現得淋灕盡致了。又如《魏公子無忌傳》，以虛造的無忌不負一鳩之事來表現他的責任心，可謂精當巧妙，對一隻小鳥尚且不負其對己之信任，何況天下來奔之士呢？再如《孝子傳》中的《郭巨傳》：

> 郭巨，河內温人。甚富，父没，分財二千萬爲兩分與兩弟，己獨取母供養，寄住，隣有凶宅無人居者，共推與之，居無禍患。妻産男，慮養之則妨供養，乃令妻抱兒，欲掘地埋之。於土中得金一釜，上有鐵券云："賜孝子郭巨。"巨還宅主，宅主不敢受，遂以聞官，官依券題還巨，遂得兼養兒。①

爲表現郭巨的至孝，劉向虛造出天賜黄金一事，事雖出虛造，卻恰當地把郭巨感天動地的行爲表現了出來。

劉向抓住人物性格中的某一方面，選取甚至虛造典型事例來傳寫人物，在某種意義上，可以使人物形象更加鮮明、突出。他的這一做法，對後來雜傳的人物傳寫有深遠的影響。

再次，劉向諸傳敘事的情節性也對雜傳産生了很大影響。劉向所選取或者虛造的事例，不僅能恰當地表現人物的性格，給讀者展現一個鮮明的形象，而且其敘述大多頗具故事性、情

---

①《太平御覽》卷四一一《人事部五十二·孝感》引一條，作劉向《孝子圖》；《法苑珠林》卷四九《忠孝篇第四十九·業因部》引一條，作劉向《孝子傳》；從《太平御覽》卷四一一引。

節性。一般來説，劉向諸傳中，都是一個個頗具情節性的小故事。如《孝子傳》中的《董永傳》：

> 前漢董永，千乘人。少失母，獨養父。父亡，無以葬，乃從人貸錢一萬，永謂錢主曰："後若無錢還君，當以身作奴。"主甚愍之。永得錢葬父畢，將往爲奴，於路忽逢一婦人，求爲永妻。永曰："今貧若是，身復爲奴，何敢屈夫人之爲妻。"婦人曰："願爲君婦，不耻貧賤。"永遂將婦人至，錢主曰："本言一人，今何有二？"永曰："言一得二，理何乖乎？"主問永妻曰："何能？"妻曰："能織耳。"主曰："爲我織千疋絹，即放爾夫妻。"於是索絲，十日之内，千疋絹足。主驚，遂放夫婦二人而去。行至本相逢處，乃謂永曰："我是天之織女，感君至孝，天使我償之，今君事了，不得久停。"語訖，雲霧四垂，忽飛而去。①

董永除此而外，《法苑珠林》卷六二云"鄭緝之《孝子感通傳》曰永是千乘人"，則鄭緝之《孝子傳》亦有董永事，茆泮林所輯鄭緝之《孝子傳》無，而無著者姓名的雜《孝子傳》中有録。另外，干寶《搜神記》也有董永事，文字大同小異，當出同源，而以劉向《孝子傳》爲最早。此即後世《天仙配》之本事。不過，在流傳過程中，故事在不斷地豐富，也有一些變化，如在這裏，董永和織女的結合是天帝的有意安排，而後來他們的結合則變成了愛

①《太平御覽》卷四一一《人事部五十二・孝感》引一條，作劉向《孝子圖》;《法苑珠林》卷四九《忠孝篇第四十九・業因部》引一條，作劉向《孝子傳》; 從《太平御覽》卷四一一引。

情。這則故事頗具情節性，董永的孝順感動了天帝，於是命織女下凡幫助他償債，這層藴意，作者直到最後才揭示出來，整個故事娓娓道來，十分生動。其間多用對話，人物語言、情態栩栩如生。或許正是因爲其具情節性，後世對它的加工、改造才接連不斷，出現了許多以此爲基礎的文學作品。如唐代有《董永變文》，南宋有《董永遇仙記》（見載於王象之《輿地紀勝》卷八四和《清平山堂話本》），其後，又有南戲《董永遇仙記》、傳奇《織錦記》（一名《天仙記》）、《賣身記》等。

在劉向諸傳中，像這類具有情節性的敘事是相當多的。如《列女傳》中的《魯漆室女傳》《魯秋潔婦傳》《齊宿瘤女傳》《阿穀處女傳》《齊孤逐女傳》等篇，都是頗具情節性的篇章。

劉向諸傳選材運材的方式，以典型性格、典型事件傳寫人物以及敘事的情節性等，使其具有了相當程度的小説性内藴，漢魏六朝雜傳的小説化傾向，與此有密切關係①。

① 劉向諸傳的小説品格，拙文《劉向〈列女〉、〈列士〉、〈孝子〉三傳考論》（載《錦州師範學院學報》2003 年第 3 期）有詳論，可參看。

中編　漢魏六朝雜傳概論

第一章　兩漢雜傳

在劉向所作《列女》諸傳的示範和啟導下，西漢後期至東漢末建安以前[①]，雜傳創作逐漸興盛起來。

兩漢的雜傳，西漢時期尚不多見，《漢書·藝文志》無雜傳類，姚振宗《漢書藝文志拾補》依《漢書·藝文志》之例，亦不設雜傳類，然《漢書藝文志拾補》卷二諸子略中補録先秦及西漢雜傳或類雜傳作品計有十三種，其中儒家類五種，陰陽家類一種，小説家類七種。東漢時期雜傳漸多，侯康《補後漢書藝文志》史部雜傳類補録有四十種，姚振宗《後漢藝文志》史部雜傳記類補録有五十八種，曾樸《補後漢書藝文志并考》史部雜傳類補録有四十七種，顧櫰三《補後漢書藝文志》補録有後漢散傳和部分類傳四十四種，他們的補録都包括馬融、曹大家兩家《列女傳注》和建安年間的八種作品[②]，減去這些作品和

① 本書把建安年間歸於三國時期。

② 姚振宗《漢書藝文志拾補》卷二諸子略、侯康《補後漢書藝文志》、姚振宗《後漢藝文志》、顧櫰三《補後漢書藝文志》、曾樸《補後漢書藝文志并考》卷六記傳志内篇第二之二，開明書店《二十五史補編》第2册，中華書局1998年。諸家補《後漢藝文志》所録中，建安年間的雜傳作品有8部，它們是：趙岐《三輔決録》、《鄭玄别傳》《趙岐别傳》《孔融别傳》《禰衡别傳》《司馬徽别傳》《荀采别傳》《蔡琰别傳》。

誤入者（如將晉仲長穀《山陽先賢傳》誤爲仲長統《山陽先賢傳》)，再加上西漢的《東方朔傳》等幾種作品（不包括劉向的四種作品，因爲劉向作品已於前文作了單獨討論），有漢一代的雜傳作品約有四十餘種。

在這一章中，我們將在重點關注《東方朔傳》《趙飛燕外傳》以及《漢武故事》《洞冥記》和《漢武内傳》的同時，對有漢一代的雜傳作一次較爲全面的清理。

第一節　傳録傳聞:《東方朔傳》

《東方朔傳》是較早出現的一部散傳作品，在《東方朔傳》中，所録多傳聞、附著、移植、增益之事，由此造成了《東方朔傳》敘事建構的虛構性。同時，通過這些傳聞、附著、移植、增益之事所展現出來的東方朔，已經被傳聞化了，與歷史的真實人物有了一定的距離，也具有了明顯的虛構性特徵。《東方朔傳》敘事建構以及人物形象的這種虛構性，無疑使其具有了一定的小說品格。

一、著録及成書年代

《東方朔傳》,《隋書·經籍志》史部雜傳類、《舊唐書·經籍志》史部雜傳類均著録《東方朔傳》八卷,《新唐書·藝文志》史部雜傳記類著録《東方朔傳》五卷（姚振宗《隋書經籍志考證》云八卷，誤)，均無撰人。姚振宗《漢書藝文志拾補》

卷二諸子略小説家補録“《東方朔别傳》八卷”。從《隋志》、兩《唐志》著録的卷數差異可知，此傳在唐宋時就已散佚不全，僅存五卷。今則已全部散佚，其佚文散見於各書徵引，多題《東方朔傳》，或題《東方朔别傳》，或題《東方朔記》[①]，《隋書·經

①《東方朔傳》之佚文，散落各書之中，計有:《世説新語·文學》第61條劉注，《世説新語·排調》第45條劉注，《齊民要術》卷一〇《五穀果蓏菜茹非中國物產者·棗》，《水經注》卷一九《渭水》“又東過槐里縣南又東澇水從南來注之”，《北堂書鈔》卷一二四《武功部十二·戟三十九》“執戟殿旁”、卷一三〇《儀飾部一·髦頭七》“髦頭馳還”、卷一三六《儀飾部七·鏡六十五》“表如月光”、卷一三七《舟部·舟總篇》“常安”、卷一四五《酒食部肉十五·脯十六》“乾肉爲脯”、卷一五〇《天部二·雲七》“覆車”，《初學記》卷一《天部·雲第五》、卷一六《樂部下·鐘第五》“母感子鳴”、卷二五《器用部·鏡第九》“金薄玉榮”、卷二八《果木部·柏第十四》“鵲立鸞棲”、卷三〇《鳥部·鵲第六》“南飛月夜東嚮雨晴”、卷三〇《鳥部·鵲第六》“立必順風”，《白氏六帖事類集》卷四《鏡第二十六》“玉之榮”、卷一八《鍾第二十》“山崩先鳴”、卷二九《鵲第十四》“方朔占”，《事物紀原》卷四《經籍藝文部十七·七言》，《藝文類聚》卷一《天部上·雲》、卷二四《人部八·諷》、卷八六《菓部上·梅》、卷八七《菓部下·棗》、卷九七《蟲豸部·蚊》，《太平御覽》卷八《天部八·雲》、卷五七五《樂部十三·鐘》、卷七三五《方術部十六·巫下》、卷九五四《木部三·栢》、卷九六五《果部二·棗》，《事類賦》卷一九《禽部·鵲賦》“方朔則識其順風”、卷二五《木部·柏賦》“殿後立鵲”，《海録碎事》卷一《天部上·雲門》“黄雲覆車”，《古今合璧事類備要别集》卷九四《蟲豸門·蚊》“覆射知蝱”，《古今事文類聚後集》卷四九《蟲豸部·蚊》“覆射知蝱”，《古今合璧事類備要前集》卷三《天文門·雲》“黄雲覆車”，《古今合璧事類備要外集》卷一三《樂器門·鐘》“自鳴三日”，《樂書》卷一三三《樂論圖·俗部》“鳴鐘”，《雍録》卷三《栢梁臺》各引一條;《太平廣記》卷一七四《俊辯二·東方朔》、《太平御覽》卷三五二《兵部八十三·戟上》各引二條，作《東方朔傳》;《世説新語·規箴》第1條劉注，《文選》卷四一《報任少卿書》“傳曰刑不上大夫此言士節不可不勉勵也”李注，《北堂書鈔》卷四五《刑法部·獄十一》（轉下頁）

籍志》首録《東方朔傳》，故今從《隋書·經籍志》等書志著録所題名，題其名曰《東方朔傳》。另外，《太平廣記》卷六《神仙六·東方朔》又見録有與東方朔有關的八件神異之事，注云“出《洞冥記》及《朔别傳》”①。考其文，《廣記》所録八事，即：東方朔出生及少時誦祕識、三次出遊之事，答武帝問使愛幸者不老言芝草、春生之魚事，靈光殿答武帝問言漢德統事，風聲

（接上頁）“憤氣生蟲”、卷一〇八《樂部·鐘四》“宫前自鳴方朔曰山崩弛”、卷一五〇《天部二·雲七》“冠珥”、卷一五七《地理部一·阪篇九》“平阪”，《藝文類聚》卷七二《食物部·酒》，《編珠》卷一《天地部》“絳雪赤雲”，《唐開元占經》卷九九《山崩》，《太平廣記》卷一七三《俊辯一》“東方朔”，《太平御覽》卷二《天部二·刻漏》、卷三九四《人事部三十五·行》、卷六四三《刑法部九·獄》、卷八二五《資産部五·蠶》、卷八四五《飲食部三·酒下》、卷九〇六《獸部十八·鹿》、卷九二一《羽族部八·鵲》、卷九二三《羽族部十·伯勞》、卷九五〇《蟲豸部七·蜻蛉》、卷九七〇《果部七·梅》、卷九八四《藥部一·藥》，《事類賦》卷一七《飲食部·酒賦》“怪消秦獄”、卷二三《獸部·鹿賦》“諷漢則禦彼匈奴”，《記纂淵海》卷七八《樂部·鐘》、卷九八《獸部·鹿》，《古今事文類聚後集》卷四七《羽蟲類》“伯勞集李”，《古今合璧事類備要别集》卷七五《飛禽門·伯勞》“主人姓名”各引一條，《太平御覽》卷三九一《人事部三十二·笑》引二條作《東方朔别傳》；又，《廣博物志》卷三《天道三》引一條，作《東方朔外傳》；《藝文類聚》卷九〇《鳥部一·鳥》、《長安志》卷一七《縣七·涇陽》“長平坂在縣西南五十里俗名睦城坂”各引一條，作《東方朔記》。又，《路史》卷一四後紀卷五《疏仡紀·黄帝紀上》“東方氏”羅苹注引一條。

①《太平廣記》卷六《神仙六·東方朔》録，注云“出《洞冥記》及《朔别傳》”，《太平廣記》所録，陶珽重輯宛委山堂一百二十卷本《説郛》卷一二〇亦録，所録之事與《廣記》同，唯其中文字略異而已，是鈔録《太平廣記》。但卻徑直題曰“《東方朔傳》，漢郭憲撰”，此題署無據，當出於臆斷。

木之事，言遠國遐鄉及明莖草事，吉雲之地及神馬步景駒事，指星木事，善嘯及朔死、武帝問太王公始知其爲歲星事。前七事《洞冥記》亦載，事同而文略異，當出《洞冥記》。唯末載東方朔善嘯和朔死、武帝問太王公而知東方朔爲歲星之事不見於《洞冥記》，或出《東方朔傳》。《太平廣記》所録，是《太平廣記》編纂者摘鈔《洞冥記》和《東方朔傳》之文拼湊而成，並非是出於原創的另一《東方朔别傳》，這是應該注意的①。

關於《東方朔傳》的成書年代，姚振宗等多以爲是西漢人所作，姚振宗在《隋書經籍志考證》及《漢書藝文志拾補》中案云："《史記·滑稽列傳》附載褚少孫所補六事中有東方朔事，與《漢書》互有同異，似即本此之别傳。少孫自言'臣爲郎時，好讀外家傳語。'案'外家傳語'即别傳之流，然則此别傳豈猶是前漢所傳，爲褚少孫、劉子政、班孟堅所見者歟？"②如果説姚振宗還有些不肯定的話，那麽，逯欽立、朱東潤則肯定其出於西漢。逯欽立説：

① 吴志達在《中國文言小説史》第一編《先秦至南北朝》第二章《漢魏六朝的雜傳體小説》中就認爲《太平廣記》卷六所録東方朔八事是與《洞冥記》及《東方朔傳》無涉的獨立成文的郭憲所撰《東方朔傳》，視之爲漢魏六朝的"傳體小説"，並加以討論。即以爲出於郭憲原創，或是誤信宛委山堂本《説郛》題署。見吴志達《中國文言小説史》，齊魯書社 1994 年，第 57 頁。

② 姚振宗《隋書經籍志考證》卷二〇史部雜傳類"《東方朔傳》八卷"條，開明書店《二十五史補編》第 4 册，中華書局 1998 年，第 317 頁下。《漢書藝文志拾補》卷二《諸子略》第二"《東方朔别傳》八卷"條，開明書店《二十五史補編》第 2 册，中華書局 1998 年，第 50 頁上。

> 竊謂《東方朔别傳》（即《東方朔傳》）本出西漢，即當時所謂"外家傳語"者，班固《漢書》朔《傳》即鈔而録之，而鈔録之跡，猶可窺見，特後人未曾加意，故爲始終之祕耳。《漢書》六十五《東方朔傳》末尾云：世所傳他事皆非也。顔師古注云："謂如《東方朔别傳》及俗用《五行時日》之書，皆非實事也。"欽立按師古此説，固謂《東方朔别傳》行於班書以前。然其以皆非實事斷之，以明曾爲孟堅之所擯棄，此則未達一問，不悟《漢書》朔《傳》固自此《别傳》删取也。①

朱東潤也以爲《東方朔傳》出於西漢，他説："正在《史記》寫定的同時，傳記文學在民間不斷出現，後代看到的《東方朔别傳》殘篇，是一個例子，褚先生在《史記·滑稽列傳》篇後所説的《外家傳語》就指這個。"②

諸位先生定其爲西漢時所作，是合理的，不過，也還有些疑點，如朱東潤先生認爲其産生"在《史記》寫定的同時"，就值得商榷。

東方朔是漢武帝的文學侍臣或者説弄臣，其詼諧滑稽，世所共知，他死後，關於他的軼聞逸事在民間流傳是不奇怪的。這些軼聞逸事在最初恐怕是分散和單個的，並未以《東方朔傳》

---

① 逯欽立著，吴雲整理《漢魏六朝文學論集》第一編《漢詩别録》辨僞第一，陝西人民出版社 1984 年，第 42 頁。其後，逯欽立從四個方面證《漢書·東方朔傳》"鈔襲《别傳》"，並認爲"《東方朔别傳》，元成時際，殆已流傳，而爲當時一膾炙人口之傳記也"。

② 朱東潤《漫談傳記文學》，1961 年 8 月 5 日《文匯報》。

一書流傳。

《史記·滑稽列傳·優旃傳》後褚少孫云:“臣幸得以經術爲郎,而好讀外家傳語……”司馬貞《索隱》云:“東方朔亦多博觀外家之語,則外家非正經,即史傳雜説之書也。”檢《史記·滑稽列傳·東方朔傳》,開篇云:“武帝時,齊人有東方生名朔,以好古傳書,愛經術,多所博觀外家之語。”可見,“外家傳語”也並不一定指别傳之書,凡“外家非正經,史傳雜説”者,均可稱之爲“外家傳語”。則褚少孫所觀有關東方朔事之書不能肯定就是《東方朔傳》。

另外,逯欽立先生認爲班固《漢書·東方朔傳》是删削《東方朔傳》而成,雖也甚爲有理,但是,《東方朔傳》云東方朔是“南陽步廣里人”,而《漢書》卻説他是“平原厭次人”,如果説《東方朔傳》産生較早,出於《史記》同時,無論《東方朔傳》如何“附著”“不實”,其里籍當不會是附著的,且逯欽立先生還列舉了《漢書·東方朔傳》與《東方朔傳》所録相同之事多件,可見,它並不是如顔師古所言“皆非實事”,其所説東方朔之里籍則應當是真實的,而班固不用,此甚難理解。可以解釋的理由是:要麼《東方朔傳》産生較晚,其所説不實,要麼班固未見《東方朔傳》,則班固作《漢書·東方朔傳》不是删削《東方朔傳》而成。

又,劉知幾曾説:“《漢書·東方朔傳》委瑣煩碎,不類諸篇。且不述其亡殁歲時及子孫繼嗣,正與司馬相如、司馬遷、揚雄傳相類,尋其傳體,必曼倩自敘也。但班氏脱略,故世莫之知。"① 劉知幾認爲班固《漢書》中《東方朔傳》之文出東方朔自敘傳，此説今雖無法確考，但值得參考，因爲，它至少説明，唐代的劉知幾是不認爲《漢書·東方朔傳》與雜傳之《東方朔傳》有聯繫。而如前述，《隋書·經籍志》《舊唐書·經籍志》著録《東方朔傳》作"八卷"，《新唐書·藝文志》著録作"五卷"，也就是説，在唐代，《東方朔傳》散佚不多，應基本完整，劉知幾當見到過此書，而他稱《漢書·東方朔傳》出於東方朔自敘而不是《東方朔傳》，這説明劉知幾不認爲《漢書·東方朔傳》與《東方朔傳》存在聯繫。

故本書認爲《東方朔傳》的成書，當在西漢武帝時東方朔卒後至東漢初班固《漢書》撰作之前無疑，它當是彙集流傳於民間的各種有關東方朔的傳説而成。因雜傳之作，興起於劉向《列女》諸傳之後，故而《東方朔傳》極有可能最終成書於劉向諸傳之後至班固撰作《漢書》之前的一段時間。

二、《東方朔傳》與傳聞化的東方朔

正如《漢書·東方朔傳》班固贊云："朔之詼諧、逢占、射覆，其事浮淺，行於衆庶，童兒牧豎莫不眩耀，而後世好事者，因取奇言怪語附著之朔……"《東方朔傳》所録東方朔之事，主要來自民間傳聞，其所載大致是"詼諧、逢占、射覆"三類事，這些事，即使真實，也被描繪得多具奇異、怪誕色彩，如：

① 劉知幾撰，浦起龍釋《史通通釋》卷一六《雜説上》第七，上海古籍出版社 1978 年，第 470 頁。

朔與弟子偕行，渴，令弟子扣道邊家求飲，不知姓名。主人開門，不與。須臾，見伯勞飛集主人門中李樹上，朔謂弟子曰："此主人姓李，名伯勞，爾但呼李伯勞。"果有李伯勞應之，即入取飲。①

又如"怪哉"之事：

武帝時，行幸甘泉，至長陵平坂上，馳道中央有蟲覆地，而赤如生肝狀，頭目口齒鼻耳盡具，先驅旄頭馳還以聞，曰："道不可御。"於是上止車，遣侍中馳往視之，還，盡莫知也。時東方朔從，在後屬車上，召朔使馳往視之，還對曰："怪哉。"上曰："何謂也？"朔對曰："秦始皇時，拘繫無罪，幽殺無辜，衆庶怨恨，無所告訴，仰天而嘆曰：'怪哉！'感動皇天，此憤氣之所存也，故名之曰怪哉，是地必秦之獄處也。"上有詔，使丞相公孫弘案地圖，果秦之獄處也。上曰："善，當何以去之？"朔曰："夫積憂者，得酒而去之。"乃取蟲置酒中，立消靡，上大笑曰："東方生真所謂先生也，何以報先知之聖人哉？"乃賜帛百疋。後屬車上盛酒，爲此也。②

①《太平御覽》卷九二三《羽族部十·伯勞》、《古今事文類聚後集》卷四七《羽蟲類》"伯勞集李"、《古今合璧事類備要别集》卷七五《飛禽門·伯勞》"主人姓名"各引一條，作《東方朔别傳》，從《太平御覽》卷九二三引。

②《北堂書鈔》卷四五《刑法部·獄十一》"憤氣生蟲"、卷一五七《地理部一·阪篇九》"平阪"，《藝文類聚》卷七二《食物部·酒》，《太平御覽》卷八四五《飲食部三·酒下》，《事類賦》卷一七（轉下頁）

如班固言,《東方朔傳》還多録“附著”之事，這些附著之事，敘述詳盡，婉若真實，如關於東方朔諷武帝欲“殺上林鹿者”之事，其云：

> 武帝時,人有煞上林鹿者,武帝下有司收煞之,朔時在旁,東方曰:“是人固當死者三:使陛下以鹿之故煞人,一當死也;使天下聞之,皆以陛下爲重鹿賤人,二當死也;匈奴即有急,推鹿觸之,三當死也。”武帝嘿然,遂赦之。①

此事顯系附著，是模仿《晏子春秋》中晏子諷“景公所愛馬死欲誅圉人”之事和景公欲誅燭鄒之事虚造出來的。《晏子春秋》内篇諫上“景公所愛馬死欲誅圉人晏子諫第二十五”云：

> 景公使圉人養所愛馬,暴死,公怒,令人操刀解養馬者。

（接上頁）《飲食部·酒賦》“怪消秦獄”,《天中記》卷二五《博學》“怪哉”，各引一條，作《東方朔别傳》；又,《太平御覽》卷六四三《刑法部九·獄》引一條，作“東方朔曰”，當脱“别傳”二字，四庫本即引作《東方朔别傳》；陳、俞本、四庫本《北堂書鈔》卷一四八《酒食部·酒六十》“得酒乃解”引一條，作《東方朔别傳》，原此條作“酒以忘愁”，引《幽明録》事;《北堂書鈔》卷一三〇《儀飾部一·髦頭七》“髦頭馳還”條引作《東方朔傳》，四庫本作《東方朔别傳》;《長安志》卷一七《縣七·涇陽》“長平坂在縣西南五十里俗名睦城坂”引一條，作《東方朔記》；從《太平御覽》卷六四三引。

①《藝文類聚》卷二四《人部八·諷》引一條，作《東方朔傳》;《太平御覽》卷九〇六《獸部十八·鹿》、《事類賦》卷二三《獸部·鹿賦》“諷漢則禦彼匈奴”、《記纂淵海》卷九八《獸部·鹿》各引一條，作《東方朔别傳》；從《藝文類聚》卷二四引。

是時晏子侍前,左右……

晏子數之曰:"爾罪有三:公使汝養馬而殺之,當死罪一也;又殺公之所最善馬,當死罪二也;使公以一馬之故而殺人,百姓聞之,必怨吾君,使諸侯聞之,必輕吾國。汝殺公馬,使怨積於百姓,兵弱於鄰國,汝當死罪三也,今以屬獄。"

外篇第七"景公使燭鄒主鳥而亡之,公怒將加誅,晏子諫第十三"云:

> 景公好弋,使燭鄒主鳥而亡之,公怒,詔吏殺之。晏子曰:"燭鄒有罪三,請數之以其罪而殺之。"公曰:"可。"於是,召而數之公前,曰:"燭鄒!汝爲吾君主鳥而亡之,是罪一也;使吾君以鳥之故殺人,是罪二也;使諸侯聞之,以吾君重鳥以輕士,是罪三也。數燭鄒罪已畢,請殺之。"公曰:"勿殺!寡人聞命矣。"①

東方朔諷諭漢武帝之語,與晏子諷諭齊景公之語如出一轍,則定是《東方朔傳》模仿《晏子春秋》無疑,將晏子與齊景公之事改造移植到了東方朔和漢武帝身上。改造移植這件事,當是撰作者注意到了晏子與齊景公之事所體現出來的人物智慧,也適合於東方朔。

---

① 以上兩段《晏子春秋》之文,據吴則虞《晏子春秋集釋》,中華書局1982年,第90頁、第464頁。

不管是《東方朔傳》中所録之事屬於哪一類，都有一個共同和統一的目的，那就是展現一個詼諧幽默、知識淵博、無所不曉、無所不知、言必中的東方朔，一個充滿智慧、善良而又讓人快樂的奇異人物。

《東方朔傳》的體制結構，基本是一個個相對獨立的小故事連綴而成，其連綴的依據或者説内在邏輯聯繫，就是爲了展示一個詼諧幽默和智慧的東方朔。可以看出，其結構方式與《晏子春秋》很相近，這也説明雜傳特别是單篇散傳是與先秦以來的《穆天子傳》《晏子春秋》等一脈相承的。

由於《東方朔傳》所載人物、事類的詼諧幽默，也使《東方朔傳》在整體上呈現出一種輕鬆、詼諧的風格，而具有了娱樂特性。

《東方朔傳》所録，如前所言，多奇異怪誕的傳聞和附著、移植之事，不管是故意還是無意識，通過這些傳聞、附著、增益之事所展現出來的東方朔，已經被傳聞化了，與歷史上的真實人物有了一定的距離，具有了明顯的虚構性特徵。同時，這些傳聞、附著、移植、增益之事，也造成了《東方朔傳》整個敘事建構的虚構性。這種人物形象與敘事建構的虚構性無疑使《東方朔傳》具有了一定的小説品格，這是值得注意的①。漢魏六朝雜傳正是從這種傳録傳聞中走向虚構，走向小説。

① 關於《東方朔傳》的小説品格，拙文《〈東方朔傳〉考論》（載《鞍山師範學院學報》2003 年第 2 期）有詳論，可參看。

第二節　“傳奇之首”:《趙飛燕外傳》

《趙飛燕外傳》以宫廷后妃爲對象，把筆觸伸向神祕的宫闈，描寫後宫生活，敘事細微真切，人物形象鮮明生動，《趙飛燕外傳》的小説品格十分突出，在藝術形式和藝術旨趣上已開唐人傳奇之先鞭，故胡應麟稱其爲“傳奇之首”。本書此節擬對其略加辨析。

一、著録、作者及成書年代

《趙飛燕外傳》，《隋書·經籍志》及《舊唐書·經籍志》《新唐書·藝文志》等無録，宋晁公武《郡齋讀書志》卷九傳記類始著録，云：“《趙飛燕外傳》一卷，右漢伶玄子於撰。茂陵卞理藏之於金藤漆櫃，王莽之亂，劉恭得之，傳於世，晉荀勖校上。”① 此後，陳振孫《直齋書録解題》卷七傳記類、《宋史·藝文志》傳記類、馬端臨《文獻通考·經籍考》卷二五亦著録，唯題名略有不同，《直齋書録解題》《文獻通考·經籍考》作《飛燕外傳》，《宋志》與《讀書志》同，作《趙飛燕外傳》。《趙飛燕外傳》今存，最早載於涵本《説郛》② 卷三二，明人顧元慶又將其刊於《顧氏文房小説》，後又被收入《古今逸史》《漢魏

① 晁公武撰，孫猛校證《郡齋讀書志校證》卷九傳記類“《趙飛燕外傳》”條，上海古籍出版社 1990 年，第 374 頁。

② 涵本《説郛》指涵芬樓一百卷本《説郛》，陶宗儀編；宛本《説郛》指宛委山堂本一百二十卷本《説郛》，陶珽重輯本。下文同，不再説明。

叢書》《廣漢魏叢書》《五朝小説》等明代叢書中。

《趙飛燕外傳》，《郡齋讀書志》等書目著録時題漢伶玄撰，關於伶玄，《郡齋讀書志》稱其爲漢人，涵本《説郛》注云："字子于，潞水人，江東都尉。"《直齋書録解題》則稱其爲"河東都尉"，按兩漢於郡置都尉，西漢無江東郡，有河東郡，《直齋書録解題》所云"漢河東都尉"當較爲確妥，"江"乃"河"的訛字。

陳振孫對伶玄其人就已有懷疑，他說："《飛燕外傳》一卷，稱漢河東都尉伶玄子於撰。自言與揚雄同時，而史無所見。或云僞書也。然通德擁髻等事，文士多用之；而禍水滅火一語，司馬公載之《通鑒》矣。"① 陳氏所疑是有道理的。涵本《説郛》篇末有伶玄自序，言及其生平經歷和作《趙飛燕外傳》的緣起、經過，其中也多可疑之處。如他自稱"由司空小吏歷三署，刺守州郡，爲淮南相"。淮南相的地位是不低的②，但其人絶不見《漢書》等載籍，這是疑點之一。不過，這一點其末所附一段話曾加以解釋："子於爲河東都尉，班躅爲決曹，得幸太守，多所取受。子於召躅，數其罪，捽辱之。躅從兄子彪續司馬《史記》，絀子於，無所收録。"但這一解釋還是站不住腳的，因爲在《漢書·敘傳》中班固自述世系時，並未言及班躅③。伶玄在自序中所言身份，與其末所附桓譚之語有矛盾之處，桓譚

① 陳振孫撰，徐小蠻、顧美華點校《直齋書録解題》卷七傳記類"《飛燕外傳》"條解題，上海古籍出版社 2006 年，第 195 頁。

② 西漢郡太守、諸王國國相均秩二千石，郡都尉秩比二千石，都是地方高級官員。見《漢書·百官公卿表上》。

③ 班固高祖回，回生況，況生三子伯、斿、穉。穉子彪，即班固父。班彪於班躅爲從兄子，則躅應爲班況兄弟之子。然《敘傳》僅言回生況。

云："王莽時，茂陵卞理者不仕，以夏侯《尚書》授時。更始二年，赤眉過茂陵，卞理棄圖書隱山，劉恭入其廬，獲金藤漆匱，發之乃得玄書。建武二年，賈子翊以書示予曰：卞理之琴師玄云。"這是把伶姓解釋爲優伶之伶，這與伶玄"歷三署，刺守州郡，爲淮南相"的自序不一致，這是疑點之二。另外，從《外傳》的記敘看，文中人物淖夫人和昭儀有"禍水滅火"及"漢家火德"的話①，而事實是漢代秦後以"五德終始"學説確定漢德，或火或水或土，終西漢之世一直未能確定，直到東漢光武帝才確定爲火德②。如果傳文確爲西漢末年伶玄作，絶不會有這樣的話，更不會出自淖夫人和昭儀之口，這是疑點之三。

正因爲有這些疑點，所以，古今學者大多以爲此傳是後人

① 傳文云："宣帝時披香博士淖方成，白髪教授宫中，號淖夫人，在帝後唾曰：'此禍水也，滅火必矣！'"又："昭儀曰：'后妒我爾，以漢家火德，故以帝爲赤龍鳳。'"引文據涵本《説郛》卷三二所録《趙飛燕别傳》，下同。

②《漢書·郊祀志》贊曰："漢興之初，庶事草創，唯一叔孫生略定朝廷之儀，若乃正朔、服色、郊望之事，數世猶未章焉。至於孝文，始以夏郊，而張倉據水德，公孫臣、賈誼更以爲土德，卒不能明。孝武之世，文章爲盛，太初改制，而兒寬、司馬遷等猶從臣、誼之言，服色數度，遂順黄德。彼以五德之傳從所不勝，秦在水德，故謂漢據土而克之。劉向父子以爲帝出於《震》，故包羲氏始受木德，其後以母傳子，終而復始，自神農、黄帝下曆唐、虞三代而漢得火焉。"注引鄧展曰："向父子雖有此議，時不施行。至光武建武二年乃用火德，色尚赤耳。"《後漢書·光武帝紀》："（建武二年）壬子，起高廟，建社稷於洛陽，立郊兆於城南，始正火德，色尚赤。"注："漢初土德，色尚黄，至此始明火德，徽幟尚赤，服色於是乃正。"亦見《四庫全書總目》卷一四三子部五十三小説家類存目一"《飛燕外傳》"條，中華書局1995年，第1216頁上一中。

僞託，所謂伶玄不過是僞託者的杜撰[①]。

那麼，《趙飛燕外傳》到底成書於何時呢？關於此點，歷代有不同看法。胡應麟認爲“其文頗類東京”，“然文體頗渾樸，不類六朝人”[②]。周中孚以爲“是書當出於北宋之世”[③]。昌彼得在《説郛考》下篇《書目考》中引周中孚語，認爲：“按是書隋唐史志及《崇文總目》不載，《太平廣記》收録小説至夥，亦無其書，至南北宋之《紺珠集》中，始録其書，《郡齋讀書志》始著於録，其爲北宋時人依託，當屬可信。”[④] 魯迅先生又認爲“然恐是唐宋人所爲”[⑤]。吴志達針對魯迅先生之言，認爲此書“作者當晚於漢代而早於唐宋，主要也是就文氣格調來考察其時代特徵，不類唐宋傳奇風範；況且傳奇小説在唐宋已卓然獨立一體，聲名顯赫如韓、柳、元稹、牛僧孺，都公然寫起傳奇小説來，似再無托古假冒之必要，如宋人譙川秦醇子復撰《趙飛燕别傳》，直署真實名字，毫不加假飾”[⑥]。薛洪勣又説：

---

① 分别見：洪邁《容齋五筆》卷七《盛衰不可常》、《直齋書録解題》卷七傳記類“《飛燕外傳》”條、《四庫全書總目》卷一四三子部小説家類存目一“《飛燕外傳》”條、周中孚《鄭堂讀書記》卷六三小説家類“《飛燕外傳》”條、汪之昌《青學齋集》卷二二《漢人書敘》、魯迅《中國小説史略》第四篇《今所見漢人小説》。

② 胡應麟《少室山房筆叢》卷二九丙部《九流緒論下》，卷三二丁部《四部正譌下》，中華書局 1958 年，第 377 頁、第 416 頁。

③ 周中孚《鄭堂讀書記》卷六三子部十二之一小説家類一“《飛燕外傳》”條，商務印書館 1959 年，第 1243—1244 頁。

④ 昌彼得《説郛考》下篇《書目考》，文史哲出版社 1979 年，第 227 頁。

⑤ 魯迅《中國小説史略》第四篇《今所見漢人小説》，東方出版社 1996 年，第 27 頁。

⑥ 吴志達《中國文言小説史》第二章《漢魏六朝的雜傳體小説》，齊魯書社 1994 年，第 58 頁。

“這似乎説明《外傳》就是東晉前後這百年間的作品。爲了慎重起見，我看説《外傳》是唐代以前的兩晉南北朝時代的作品，大概還是可以的。”① 不難看出，關於《趙飛燕外傳》成書年代的説法頗多。李劍國先生的推測較爲合理，他從其中所用“禍水滅火”“漢爲火德”推測，此傳“必東漢後人所僞託，蓋東漢至晉宋間之作品”②。又根據《趙飛燕外傳》末又附有荀勖校書奏，認爲若此奏不僞，則傳當出東漢三國間，然後又進一步根據唐人和南朝詩文已引用其事典推測③，認爲大約是東漢至晉宋間的作品，而從其文字的古雅風格看，似乎出於東漢的可能性更大一些。不過也有人認爲荀奏和自序、桓譚語一樣也都是僞託④，總之，此傳的作者、産生時代都還有疑

① 薛洪績《試論〈飛燕外傳〉的産生時代及其特出成就》，《學術研究叢刊》1984 年第 1 期。

② 李劍國《宋代志怪傳奇敘録》，中華書局 2018 年，第 246 頁。又見李劍國《“傳奇之首”〈趙飛燕外傳〉》，載《古典文學知識》2004 年第 1 期。劍國先生的觀點亦在《中國小説通史》先唐卷第二章“漢代小説及準小説”中的第三節對《趙飛燕外傳》的討論中體現出來（見李劍國、陳洪主編《中國小説通史》先唐卷，高等教育出版社 2007 年，第 118 頁）。

③ 唐李商隱《可歎》詩：“梁家宅里秦宫人，趙后樓中赤鳳來。”用《外傳》趙后通燕赤鳳典（見程毅中《古小説簡目》引範寧考證，中華書局 1981 年，第 37 頁）。南朝徐陵《雜詩》：“宫中本造鴛鴦殿。”本《外傳》：“帝居鴛鴦殿便房省宫簿。”梁簡文帝《和湘東王名士悦傾城詩》：“教歌公主第，學舞漢成宫。多游淇水上，好在鳳樓中。履高疑上砌，裾開持畏風。”末二句本《外傳》趙后在太液池榭上歌舞《歸風送遠》之曲，風大起而帝令侍郎馮無方持后履之事（見薛洪績《試論〈飛燕外傳〉的産生時代及其特出成就》，《學術研究叢刊》1984 年第 1 期）。

④《四庫全書總目》卷一四三子部五十三小説類存目一“《飛燕外傳》”條云：“又載荀勖校書奏一篇，《中經簿》所録，今不可考，然所校他書，無載勖奏者，何獨此書有之？又首尾僅六十字，亦無此體。大抵皆出於依託。”（見《四庫全書總目》，中華書局 1995 年，第 1216 頁 （轉下頁）

問，有待進一步考辨[①]。

二、瑣碎細事中的人物性格刻畫

《趙飛燕外傳》所傳寫的是西漢成帝趙后的行事，筆墨重點集中於趙后及其妹合德與漢成帝的宫闈祕事，據《趙飛燕外傳》後所附伶玄自序稱，作者在哀帝時年老退休，買得一妾，名樊通德，乃樊嫕弟子不周之女，通德爲子於詳説趙飛燕姊弟故事，文中所記，便出自她的講述[②]。不管這一自序是否真實，也都表明傳中所録，都是輾轉聽來的，故其間多敷演誇飾。

《趙飛燕外傳》中主要涉及三個人物：趙飛燕、趙合德、漢成帝。而其中趙飛燕、趙合德姐妹的形象都非常鮮明突出，作者用力，也似乎等而視之，由此造成一種相互的對比和映襯。如開篇對姐妹二人的交代：

> 宜主幼聰悟，家有彭祖方脈之書，善行氣術，長而纖便、輕細，舉止翩然，人謂之飛燕。合德膏滑，出浴不濡，善音辭，

（接上頁）上一中）《中國古代小説百科全書》也承襲了這種説法（見《中國古代小説百科全書》，大百科全書出版社 1998 年，第 750 頁）。

① 林于弘《〈趙飛燕外傳〉成書及版本傳承比校研究》（載《“國立中央”圖書館臺灣分館館刊》第 9 卷第 3 期，1992 年）一文考述了《趙飛燕外傳》的成書及版本情況，可參看。另外，邢培順《〈趙飛燕外傳〉探論》（載《中華女子學院山東分院學報》2009 年第 1 期）對《趙飛燕外傳》的創作旨趣、思想傾向和藝術技巧有概略討論。

②《顧氏文房小説》本作樊嫕，涵本《説郛》本作樊嬺。樊嫕乃飛燕、合德姊妹的姑妹，丞光司帟者。據傳文，妹當作姊，也就是姑表姐。

輕緩可聽，二人皆出世色。

後宫之中，争寵是后妃們無法避免的，趙氏姐妹也不例外，《趙飛燕外傳》正是以這個後宫生活司空見慣的話題爲重心，細緻地描繪姐妹二人在後宫生活中的種種瑣事，並在這些瑣細之事的敘述中展現出她們的不同性格。如下面一段：

婕妤接帝於太液池，作千人舟，號合宫之舟。池中起爲瀛洲，榭高四十尺。帝御流波文縠無縫衫，后衣南越所貢雲英紫裙、碧瓊輕綃廣袖，坐榭上。后歌舞《歸風送遠》之曲，帝以文犀簪擊玉甌，令后所愛侍郎馮無方吹笙，以倚后歌。中流歌酣，風大起，后順風揚音，無方長噏細嫋，與相屬。后裙髀曰："顧我！顧我！"后揚袖曰："仙乎！仙乎！去故而就新，寧忘懷乎？"帝曰："無方爲我持后。"無方捨吹持后履。久之風霽，后泣曰："帝恩我，使我仙去不得。"悵然曼嘯，泣數行下，帝益愧愛。后賜無方千萬，入后房闥。他日，宫姝幸者或襞裙爲縐，號曰留仙裙。

這是後宫中的一個普通平常的生活片段，趙飛燕在成帝面前的一曲歌舞，但卻寫得細緻入微，特别是趙飛燕的表演，情態、動作摹寫逼真，生動地展現出她爲赢得成帝歡心而不惜扭捏作態、費盡心機地賣弄風情。

相對與姐姐淺直的故意造作，趙合德則有心計得多了，不論是争寵還是在處理和姐姐的關係上都顯得極有心計。她的心計，《趙飛燕外傳》也是通過對其一言一行的生動描摹展現出來的，並在與其姐的對比中顯得更加突出。她的入宫就頗有一番算計，當成帝令人前後兩次召其入宫時，一方面她表示“非貴人姊召不敢行”，甚至以死相拒，一方面在面見成帝時又精心打扮，“爲卷髮，號新髻”“爲薄眉，號遠山黛”“施小朱，號慵來妝”“衣故短，繡裙小袖，李文襪”等，暴露了她兩次拒絶進宫的虚僞。這不僅對成帝是暗施欲擒故縱之計，同時又爲自己在今後和姐姐的争寵中一開始就把自己置於有利地位，諳於世故的淖夫人一見面便看出她工於心計，駡她是滅火的禍水。這一切，與當初其姐飛燕入宫時僞裝成羞羞答答的“禮義人”可以説是意味深長的對比。處理與姐姐的關係時，表面上，她採取避讓的姿態，“常爲兒拜”，又百般掩蓋趙后的穢行，一有機會，就對其姐加以吹捧，如其衣袖被其姐唾沫所汙時，她便抓住機會：

> 后與婕妤坐，后誤唾婕妤袖，婕妤曰：“姊唾染人紺袖，正如石上華，假令尚方爲之，未必能如此衣之華，以爲石華廣袖……”

這種順承是表面上的，她的内心實際卻不是這樣，這從夜明珠爲壽之事可見一斑：

> 帝語婕妤曰：“吾晝視后，不若夜視之美，每旦令人忽忽如失。”婕妤即以珠號爲枕前不夜珠，爲后壽，終不爲后道帝言。

當皇帝説姐姐夜視爲美，她立即就送夜明珠給姐姐，名義上是祝壽，實際上是想使其夜晚身邊有珠而"不美"，用心可知，並"終不爲后道帝言"。作者不動聲色地寫出她内心的真實，與其表面的順承又形成對比。

《趙飛燕外傳》雖然敘述的都是些後宫生活的瑣碎之事，不僅描摹細緻，而且還常常寫得富於情節性，如：

> 后所通宫奴燕赤鳳者，雄捷能超觀閣，兼通昭儀。赤鳳始出少嬪館，后適來幸。時十月五日，宫中故事，上靈安廟，是日吹塤擊鼓歌，連臂踏地，歌《赤鳳來曲》。后語昭儀曰："赤鳳爲誰來？"昭儀曰："赤鳳自爲姊來，寧爲它人乎？"后怒，以杯抵昭儀裙曰："鼠子能嚙人乎？"昭儀曰："穿其衣見其私足矣，安在嚙人乎？"昭儀素卑事后，不虞見答之暴，熟視不復言。樊嫕脱簪叩頭出血，扶昭儀爲拜后，昭儀拜，乃泣曰："姊寧忘共被，夜長苦寒不成寐，使合德擁姊背邪？今日垂得貴，皆勝人，且無外搏，我姊弟其忍内相搏乎？"后亦泣，持昭儀手，抽紫玉九鶵釵爲昭儀簪髻，乃罷。

《趙飛燕外傳》的人物性格刻畫是相當成功的，它圍繞着後宫生活中司空見慣的争寵話題，運用多種手法如對比映襯等，在一件件瑣碎宫闈之事的細緻敘述中，展現人物性格，不僅刻畫出兩個主要人物——趙飛燕和趙合德的鮮活形象。而且其中的次要人物，也不可小視，如樊嫕，這個和趙家姐妹有親屬關係的後宫女官。她處在成帝和二趙之間，對他們的種種淫亂縱欲持維護慫恿推波助瀾的態度，也是二趙矛盾的調和者。因此，從敘事結構上來説這是個關鍵人物，她的活動推動着許多事件的發生和發展，如合德的進宫、二趙的分館而居等等，借助她的參與也使分散的事件獲得整體性。另外，她也是作爲宫幃祕聞的知情者和傳播者出現的，這樣就使鮮爲外人所知的後宫豔事獲得了邏輯與事理上的真實性。

三、“傳奇之首”

《趙飛燕外傳》以宫廷后妃爲對象，把筆觸伸向神祕的宫闈，描寫後宫生活，在題材的選擇上具有開創性，這一題材的開創，對傳奇小説有很大影響，在唐宋傳奇中，隋煬帝、唐明皇等帝王與后妃的宫闈生活成爲小説描寫的熱門題材，這不能不説是《外傳》影響的結果。

同時，《趙飛燕外傳》所記，都是後宫生活的瑣細之事，但作者對這些瑣細之事的敘述卻細微真切，閨闈媟褻之狀有若目睹。並在客觀描述中又不動聲色地寄寓着作者“盛衰奄忽之變”“荒田野草之悲”的理性批判和歷史感喟。《趙飛燕外傳》又不僅僅只注重對宫闈祕事的敘寫，還注意在這些細事的敘述中刻畫人物性格，塑造出鮮明生動的人物形象。另外，《趙飛燕外傳》中諸如對比映襯等文學手法的運用，也是有益的嘗試。這些，都在同類題材的唐人傳奇中得到繼承和發揚，也正因爲如此，明人胡應麟才稱其爲“傳奇之首也”①，道出了它在藝術形

① 胡應麟《少室山房筆叢》卷二九丙部《九流緒論下》，中華書局 1958 年，第 375 頁。

式和藝術旨趣上已開唐人傳奇之先鞭[①]。

不僅如此，《趙飛燕外傳》的某些情節，對後世小説也有直接的影響，北宋秦醇曾另作《趙飛燕别傳》，其中昭儀入浴、昭儀進藥等情節都是在它的基礎上加以發揮而成的，而如“初夜絳帳中擁昭儀，帝笑聲吃吃不止”，則更是明顯的鈔襲。世情小説《金瓶梅》也襲用了昭儀進藥的情節，將其移植在了潘金蓮和西門慶身上。另外，《趙飛燕外傳》的香豔描寫也受到後人的喜愛和模仿，只不過後來的模仿有的成爲了純粹的色情煽動。

第三節　人物形象的虚構性：漢武三傳

本書所説的漢武三傳，即指《漢武故事》《洞冥記》和《漢武内傳》，在此三傳中，大致説來，《漢武故事》出現最早，其次是《洞冥記》，最後是《漢武内傳》，他們在諸如故事情節等方面存在着密切的聯繫。同時，此三傳實際上是在歷史上真實人物的基礎上，虚構人物形象，在漢魏六朝雜傳中具有代表性，突出地反映了漢魏六朝雜傳的小説化傾向。

一、《漢武故事》

《漢武故事》或題《漢武帝故事》《漢孝武故事》，晉葛洪

---

① 拙文《〈趙飛燕外傳〉考論》（載《古籍研究》2005年卷下）在考訂《趙飛燕外傳》的作者、成書情況、文本傳承之外，對其小説品格亦有粗略論述，可參看。

《西京雜記跋》始見提及："洪家復有《漢武帝禁中起居注》一卷、《漢武故事》二卷，世人稀有之者。"①未言撰人。《隋書·經籍志》舊事類、《日本國見在書目録》舊事家、《新唐書·藝文志》故事類著録作《漢武帝故事》二卷，《舊唐書·經籍志》故事類著録《漢武故事》二卷，均不題撰人。宋時，《通志·藝文略》故事類作《漢武故事》二卷，《郡齋讀書志》傳記類著録《漢武故事》一卷。孫猛以爲"宋時此書或二卷，或五卷，無一卷者，疑'一'乃'二'之誤"②。至《中興館閣書目》故事類和《宋史·藝文志》故事類著録時則作五卷，可知《漢武故事》原爲二卷，最遲在《宋史》時就已析爲五卷。

關於《漢武故事》的作者和作年，歷代頗有争議，主要有三種看法：

一是班固撰。無名氏《三輔黄圖》③卷五引班固《漢武故事》，始言班固撰，《崇文總目》雜史類則著録爲《漢武故事》五卷，釋云："班固撰。本題二篇，今世誤析爲五篇。"《宋史·藝文志》故事類作《漢武故事》五卷，題班固撰。

二是王儉撰。《郡齋讀書志》云："右世言班固撰。唐張柬

① 葛洪《西京雜記》，《古小説叢刊》本，中華書局 1985 年，第 45 頁。

② 晁公武撰，孫猛校證《郡齋讀書志校證》卷九傳記類"《漢武故事》"條，上海古籍出版社 1990 年，第 361 頁。

③《三輔黄圖》乃東漢《黄圖》之增訂本，出漢魏間，唐人又有補綴。陳直《三輔黄圖·校證序言》云："今本爲中唐以後人所作，注文更略在其後。《黄圖》一書在古籍中所引，始見於如淳《漢書注》，如淳爲曹魏時人，則原書應成於東漢末、曹魏初期。"其後舊題嵇紹所作《南方草木狀》亦有徵引。

之《書洞冥記後》云:‘《漢武故事》，王儉造。’”《續談助》卷一《洞冥記跋》亦引張柬之語:“王儉造《漢武故事》。”明人胡應麟亦云:“《漢武故事》，稱班固撰，諸家咸以王儉造。考其文頗衰薾，不類孟堅，是六朝人作也。”① 至清代，學者多以爲張柬之之言可信，而認爲是王儉所作。如《四庫全書總目》云:“唐初去齊梁未遠，當有所考也。”② 周中孚説:“竊謂柬之尚屬初唐人，其言王儉撰，當有所受之，或不誣也。”③

三是葛洪撰。清人孫詒讓據葛洪《西京雜記跋》斷定爲葛洪自造而依託班固。其云:“《漢武故事》似亦即今所傳本。蓋諸書皆出稚川手，故文亦互相出入也。”④ 余嘉錫以爲是葛洪作，王儉更作。他認爲張柬之“自必别有據依，斷非憑虚立説”。“疑葛洪别有《漢武故事》，其後日久散佚，王儉更作此以補之。書名雖同，而撰者非一人，不必牽合爲一”⑤。

以上三種説法均有疑點，言班固作，司馬光《資治通鑒考異》卷一已斷言其僞:“《漢武故事》語多誕妄，非班固書，蓋後人爲之，托固名耳。”晁載之《漢武故事跋》亦稱:“世所傳班固所撰《漢武故事》，其事與《漢書》相出入而文不逮，疑非固所

① 胡應麟《少室山房筆叢》卷二九丙部《九流緒論下》，中華書局1958年，第377頁。
② 永瑢等《四庫全書總目》卷一四二子部五十二小説家類三“《漢武故事》”條，中華書局1995年，第1206頁中。
③ 周中孚《鄭堂讀書記》卷六六子部十二之四小説家類四“《漢武故事》”條，商務印書館1959年，第1303—1304頁。
④ 孫詒讓《劄迻》卷一一《西京雜記》，中華書局2006年，第391頁。
⑤ 余嘉錫《四庫提要辨證》卷一八子部九小説家類三“《漢武故事》”條，科學出版社1958年，第1122—1124頁。

撰也。”[①] 言王儉作，張柬之没有提出任何證據，王儉是南朝宋、齊間人，《南齊書》卷二三、《南史》卷二三有傳。儘管張柬之没有提出任何證據，但因是唐朝人，所以其説頗有影響，不過據葛洪所言，葛洪家既已藏有《漢武故事》，所以不應是王儉所作。王文濡在《説庫提要》中也説：“或謂後人王儉撰，相其古雅，殆非齊梁小兒筆墨。”張柬之之所以説是王儉作，其中原因，清人姚振宗解釋説：“六朝人每喜鈔合古書，而王儉有《古今集記》，疑王儉鈔入《集記》中，故張柬之以爲王儉造。”[②] 言葛洪作，亦不可信，考西晉潘岳《西征賦》“厭紫極之閑敞，甘微行以遊盤”云云，已用《漢武故事》漢武帝微行柏穀事[③]，遠在葛洪之前，故游國恩據此認爲此書即不出班固手，至晚當亦建安、正始間人所作無疑也[④]。另外《西征賦》之“衛鬒髮以光

① 晁載之《續談助》卷三《漢武故事跋》，《叢書集成初編》本，中華書局1985年，第69頁。

② 姚振宗《隋書經籍志考證》卷一六史部舊事類“《漢武帝故事》二卷”條，開明書店《二十五史補編》第4册，中華書局1998年，第265頁上。不過，姚振宗的解釋似也不確，因爲姚氏所言王儉《古今集記》，《南史》《南齊書》本傳作《古今喪服集記》，《隋書·經籍志》禮類亦著録王儉《喪服古今集記》三卷，《舊唐書·經籍志》《新唐書·藝文志》同。觀書名，當取關於喪服之記載，似不應取《漢武故事》。

③《文選》卷一〇《西征賦》：“厭紫極之閑敞，甘微行以遊盤。長傲賓於柏谷，妻睹貌而獻餐。疇匹婦其已泰，胡厥夫之繆官。”李善注引《漢武帝故事》：“帝即位，爲微行。嘗至柏穀，夜投亭長宿，亭長不納，乃宿逆旅。逆旅翁要少年十余人，皆持弓矢刀劍，令主人嫗出遇客。婦謂其翁曰：‘吾觀此丈夫，非常人也。且有備，不可圖也。’天寒，嫗酌酒多與其夫。夫醉，嫗自縛其夫，諸少年皆走。嫗出謝客，殺雞作食。平旦，上去還宫，乃召逆旅夫婦見之，賜嫗金千金，擢其夫爲羽林郎。”

④ 游國恩《游國恩學術論文集》下編《居學偶記》，中華書局1999年，第565頁。

鑒”也是用《漢武故事》典[①]。

其實今存《漢武故事》中就有體現作年的語句:“長陵徐氏號儀君，善傳朔術，至今上元延中已百三十七歲矣，視之如童女。”元延乃西漢成帝年號（前12—前9），作者既稱“今上”可知其爲成帝時人，故書當作於元延間，這一點宋人劉弇、清人俞樾早已注意到了[②]。李劍國先生亦持此見[③]，又有論者或以爲“今上”乃作僞者故弄狡獪，是憑虚猜測之辭[④]。

另外，今之學者又有人據《漢武故事》語及平帝、哀帝，以及如“六七之厄”等漢末前人不可能道之語，而否定其作於元延年間。有的以爲出魏晉以後，如徐震堮；有的以爲出建安末年親曹派文人之手，如劉文忠[⑤]。

據《中興書目》，本書“雜記武帝舊事及神怪之説，末略載宣帝事”，知記事下限在宣帝時，然《太平御覽》卷八〇八引《漢武故事》記漢成帝事，《杜工部草堂詩箋》卷一一注引《漢

① 李善注引《漢武故事》:“衛子夫得幸，頭解，上見美髮，悦之。”

② 參見宋劉弇《龍雲集》卷二九《漢武故事書後》，清黄廷鑒《第六弦溪文鈔》卷三《重輯漢武故事又跋》、俞樾《春在堂隨筆》卷四。

③ 李劍國《唐前志怪小説史》第三章《兩漢志怪小説》三《雜傳體志怪小説與志怪題材的雜傳小説》，人民文學出版社2011年，第217—222頁。亦見李劍國、陳洪主編《中國小説通史》先唐卷，高等教育出版社2007年，第105頁。

④ 分别見余嘉錫《四庫提要辨證》卷一八子部九小説家類三、胡玉縉《四庫全書總目提要補正》卷四二子部小説家類“《漢武故事》”條。

⑤ 分别見：徐震堮《漢魏六朝小説選注》，上海古典文學出版社1955年；劉文忠《〈漢武故事〉寫作年代新考》，《中華文史論叢》1984年第2輯，總第30輯。

武故事》語及平帝、哀帝，這可能是誤書出處，更可能是本書在流傳中被後人加以增益，已不盡是原貌。《紺珠集》本的《黄眉翁》《吉雲》兩條就是根據《洞冥記》增益的。另外《太平御覽》卷八八引《漢武故事》，武帝有“漢有六七之厄，法應再受命，宗室子孫，誰當應此者？六七四十二，代漢者當途高也”一段讖語，是隱喻曹魏代漢。所謂“六七之厄”是説自劉邦建漢到赤眉起王莽篡漢、自劉秀光復漢室到黄巾起事各經歷了兩個“赤厄三七”，即兩個二百一十年[①]；所謂“當途高”指魏，宫門雙闕稱魏闕，當途高立[②]。“六七之厄”顯然非前漢人語，漢末前人亦不可道，但所記武帝這段話未必是原書所有，極可能也是後人增益，而增益者之爲曹魏人乃殊無可疑。此外，《漢武故事》寫到神君言浮屠“欲人爲善，貴施與，不殺生”，黄廷鑒《重輯漢武故事又跋》云“似出東漢後人語”，以爲“是後人復有附益”，也是用後人附益來解釋這一矛盾。據《三國志·烏丸鮮卑東夷傳》注引《魏略·西戎傳》記載，漢哀帝元壽元年（前2）大月氏王使伊存已向博士弟子景盧口授浮屠經，其實時去元延中僅八九年，因此即便非出附益，恐怕在武帝通西域的背景下，當時人們對佛教略知一二亦未爲怪事。要之，古人增

① 分别見：班固撰，顔師古注《漢書》卷五一《路温舒傳》，中華書局1962年，第2372頁；李劍國輯校《新輯搜神記　搜神後記》卷一二“139赤厄三七”條，中華書局2012年，第194頁；沈約《宋書》卷二七《符瑞志》上，中華書局1974年，第774頁。

②《三國志·魏書·文帝紀》注引《獻帝傳》：“故白馬令李雲上事曰：‘許昌氣見於當途高，當途高者當昌於許。’當途高者，魏也。象魏者，兩觀闕是也。當道而高大者魏，魏當代漢。”

益古書之事極爲常見，不能依據增益内容而判定原作的創作時代，尤不能輕率否定“今上元延”的真實性。

《漢武故事》原書已散佚，《續談助》卷三摘鈔《漢武故事》（題班固）十五條，《類説》卷二一摘録《漢武帝故事》（無撰人）十五條，《紺珠集》卷九摘録《漢武故事》（題班固）十九條，涵本《説郛》卷五二節録《漢孝武故事》一篇（題漢班固），凡兩千八百餘字，題注云五卷，知據宋人五卷本。涵本《説郛》摘録本後收入《古今説海》《歷代小史》《古今逸史》《四庫全書》《説庫》，此即通行的一卷本。《稗乘》本改題《漢武事略》，有所删削。諸本皆不完具，清黄廷鑒以《古今逸史》與《續談助》本爲主補輯佚文凡得三十一條。題《重輯漢武故事》①。洪頤煊和魯迅均據唐宋類書採摭，洪頤煊輯爲二卷，録於《問經堂叢書》之《經典集林》，魯迅輯爲一卷，録於《古小説鉤沉》，二家所輯各有詳略，魯迅所輯多連綴成文，而洪氏所輯則條列之。王仁俊又據《寰宇記》卷一一三採得一條，載於《玉函山房輯佚書補編》中，此節亦見《太平御覽》卷四九，洪氏、魯迅均採。魯迅所輯凡五十三條，最爲完備，可惜未能採録涵本《説郛》卷五二之節本，且有漏輯誤輯者。

在史志書目的著録中，《漢武故事》多入史部舊事（故事）類，其中人物，除漢武帝外，又羅織了東方朔、劉安、李少君、李少翁、欒大、鉤弋夫人等被神異化了的人物，人物及内

① 黄廷鑒《第六弦溪文鈔》卷三《重輯漢武故事跋》，道光二十年（1840）刻本。

容雖繁複豐富，但它以武帝爲中心人物，其他人物俱爲陪襯，又以求仙爲中心事件而組織材料，篇制結構相對完整。據《隋書·經籍志》舊事類小序，所謂舊事也稱故事，指的是朝廷的“品式章程”，但實際上也多涉記事，所以又近於雜史。而其記事以某代帝王爲主者，則又近於傳記。所以鄭樵才發出感嘆：“古今編書，所不能分者五：一曰傳記，二曰雜家，三曰小説，四曰雜史，五曰故事。凡此五類書，足相紊亂。”① 故把它的體制視爲傳記也未嘗不可。只是其傳記體制還顯得較爲原始和粗糙罷了。

《漢武故事》中多記有關漢武帝求仙活動中的傳聞軼事，而有的故事明顯出於虛構，如《漢書·外戚傳》載栗姬、鉤弋夫人皆失寵憂死，《故事》則稱栗姬自殺，鉤弋自知死日而卒。《公孫弘傳》載弘有瘳，年八十終丞相位，《故事》卻稱尸諫自殺。又如漢武帝與西王母相會之事，西王母是神話人物，漢武帝與之相會的故事，恐怕是對西王母與帝堯及周穆王相會傳説的仿造，《漢武故事》中的這一仿造，顯然是廣採博取，後來居上，如西王母的形象，就是以《穆天子傳》爲基礎，又綜合了《山海經》等書中西王母形象，故事中西王母頭戴七勝的形象以及青鳥都源自《山海經》。所以，《漢武故事》中的相會故事，在故事的詳細婉曲、敘述的安排等方面，都超過了前面的兩個傳説：

① 鄭樵撰，王樹民點校《通志二十略·校讎略》“編次之訛論十五篇”，中華書局 1995 年，第 1817 頁。

東郡送一短人，長七寸，衣冠具足。上疑其山精，常令在案上行。召東方朔問，朔至，呼短人曰："巨靈，汝何忽叛來？阿母還未？"短人不對，因指朔謂上曰："王母種桃，三千年一作子，此兒不良，已三過偷之矣。遂失王母意，故被謫來此。"上大驚，始知朔非世中人。短人謂上曰："王母使臣來，告陛下求道之法：唯有清淨，不宜躁擾。復五年，與帝會。"言終不見。上愈恨，招朔問其道，朔曰："陛下自當知。"上以其神人，不敢逼也。

王母遣使謂帝曰："七月七日，我當暫來。"帝至日，掃宫内，然九華燈。七月七日，上於承華殿齋。日正中，忽見有青鳥從西方來，集殿前。上問東方朔，朔對曰："西王母暮必降尊像，上宜灑掃以待之。"上乃施帷帳，燒兜末香。香，兜渠國所獻也。香如大豆，塗宫門，聞數百里。關中嘗大疫，死者相係，燒此香，死者止。

是夜漏七刻，空中無雲，隱如雷聲，竟天紫色。有頃，王母至，乘紫車，玉女夾馭，戴七勝，履玄瓊鳳文之舄。青氣如雲，有二青鳥如烏，夾侍母旁。下車，上迎拜，延母坐，請不死之藥。母曰："太上之藥，有中華紫蜜、雲山朱蜜、玉津金漿。其次藥，有五雲之漿、風實雲子、玄霜絳雪。上握蘭園之金精，下摘圓丘之紫柰。帝滯情不遣，欲心尚多，不死之藥未可致也。"因出桃七枚，母自噉二枚，與帝五枚。帝留核著前，王母問曰："用此何爲？"上曰："此桃美，欲種之。"母笑曰："此桃三千年一著子，非下土所植也。"留至五更，談語世事，而不肯言鬼神，肅然便去。東方朔於朱鳥牖中窺母，母謂帝曰："此兒好作罪過，疏妄無賴，久被斥退，不得還天。然原心無惡，尋當得還，帝善遇之。”母既去，上惆悵良久。

上又至海上，考竟諸道士尤妖妄者百餘人，西王母遣使謂上曰：“求仙信邪？欲見神人而先殺戮，吾與帝絶矣！”又致三桃曰：“食此可得極壽。”使至之日，東方朔死。上疑之，問使者，曰：“朔是木帝精，爲歲星，下遊人中，以觀天下，非陛下臣也。”上厚葬之。①

不僅相會之前有短人、東方朔、青鳥等三番五次地傳遞信息，反復鋪墊，王母自天而降的經過，也比此前的傳説更加細膩詳贍，在相會中，除了主題談神論道而外，還於莊重之外，别添幾分幽默，比如，武帝留桃核之舉動、東方朔於朱鳥牖中窺王母之情狀等的描寫，就是如此。

《漢武故事》所記多爲日常細事，然娓娓道來，並不枯燥。尤其是多用對話，敘事建構充滿故事性和情節性。

二、《洞冥記》

《洞冥記》，《隋書·經籍志》雜傳類始録，題《漢武洞冥記》一卷，郭氏撰。其後，史志書目著録時，題名及卷數略有差異。除《隋書·經籍志》外，《日本國見在書目録》雜傳家、《册府元龜·國史部·採撰一》、《通志·藝文略》傳記類、《郡齋讀書志》傳記類著録作《漢武洞冥記》，《舊唐書·經籍志》

① 據李劍國《唐前志怪小説輯釋》（修訂本）之《漢孝武故事》，上海古籍出版社 2011 年，第 59—61 頁。

雜傳類著録作《漢别國洞冥記》，《新唐書·藝文志》道家類著録作《漢武帝别國洞冥記》，《太平御覽經史圖書綱目》《中興館閣書目》《宋史·藝文志》傳記類作《洞冥記》，《宋史·藝文志》小説類著録作《漢武帝洞冥記》，《直齋書録解題》小説家類著録作《漢武别國洞冥記》，《崇文總目》傳記類著録作《漢武帝列國洞冥記》，而其前自序作《洞冥記》，其他題名，周中孚認爲“其有漢武二字及别國二字者，皆後人所加爾”，甚是[①]。故今從其自序，題其名曰《洞冥記》。《洞冥記》之卷數，《隋書·經籍志》著録時作一卷，《崇文總目》《册府元龜》《通志·藝文略》亦作一卷，《日本國見在書目録》《新唐書·藝文志》及其他宋人書目大抵爲四卷，自序也作四卷，故一卷者恐爲四卷之合併而成。而《郡齋讀書志》作五卷，《直齋書録解題》作《洞冥記》四卷《拾遺》一卷，釋云：“東漢光禄大夫郭憲撰，題《漢武别國洞冥記》，其《别録》又於《太平御覽》鈔出，然則四卷亦非全書也。”可見五卷本是合《拾遺》（或稱《别録》）一卷而成。

《洞冥記》今存版本多爲四卷，《顧氏文房小説》《古今逸史》《漢魏叢書》《廣漢魏叢書》《增訂漢魏叢書》《四庫全書》《龍威祕書》《百子全書》《説庫》《道藏精華録》等均收録，凡六十條。《顧氏文房小説》本題《漢武帝别國洞冥記》，《四庫全書》本、《説庫》本題《洞冥記》，其餘題《别國洞冥記》。《寶顔堂祕笈》合爲一卷，

---

① 周中孚《鄭堂讀書記》卷六六子部十二之四小説家類四“《别國洞冥記》”條，商務印書館 1959 年，第 1303 頁。

題《漢武帝别國洞冥記》，亦六十條。除此而外，還有若干節本①。今有臺灣王國良對其進行輯佚校勘，並作深入研究②。

關於本書作者，《隋書·經籍志》著録作郭氏撰，不著名字，《舊唐書·經籍志》始言郭憲撰。《舊唐書·經籍志》系根據開元九年（721）毋煚等所修《群書四部録》删略而成（見總序），因此至少在開元前本書已題爲郭憲撰。此外，《史通·雜述篇》《初學記》、顧況《戴氏廣異記序》、《北户録》等及《日本國見在書目録》皆稱作者爲郭子横，而且《册府元龜》卷五五五《國史部·採撰一》據舊史料亦著録云："郭憲爲光禄勳，撰《漢武洞冥記》一卷。"此後書目著録皆題郭憲，概無異辭。

至唐人張柬之始以爲作者不是郭憲，而是梁湘東王（即梁元帝）蕭繹，宋晁載之又云："張柬之言隨其父在江南，拜父友孫義强、李知續二公，言似非子横所録。其父乃言後梁尚書蔡天（按：據《周書》《北史》，應作大）寶《與岳陽王啟》稱湘東昔造《洞冥記》一卷。則《洞冥記》梁元帝時所作。"③余嘉

①《續談助》卷一鈔録《洞冥記》二十八條，跋則稱《漢武帝别國洞冥記》，條目分合與文字多異於通行本。《紺珠集》卷一摘録三十條，《類説》卷五摘録二十六條，並題《洞冥記》，涵本《説郛》卷四自《類説》選録《洞冥記》五條，又卷一五自原書節録《漢武帝别國洞冥記》三十條，注四卷，題漢郭憲撰，注東漢光禄大夫，題署與《書録解題》同，《五朝小説·魏晉小説》、宛本《説郛》卷六六、《漢魏小説採珍》節録二十一條，題《别國洞冥記》，《五朝小説》、宛本《説郛》卷一一一、《舊小説》又有題郭憲撰《東方朔傳》者，乃鈔《太平廣記》卷六《東方朔》，注"出《洞冥記》及《朔别傳》"，前文已有論。

② 見王國良《漢武洞冥記研究》，文史哲出版社 1989 年。

③ 晁載之《續談助》卷一《洞冥記跋》，《叢書集成初編本》，中華書局 1985 年，第 16 頁。

錫《四庫提要辨證》卷一八以爲“大寶敘其耳目所聞見，其言最可徵信，然則此書實梁元帝作也”；所引蘇學時《爻山筆話》卷七亦持是説。王國良亦以爲作者爲梁元帝較爲近實[①]。張柬之初唐人，曾爲武則天宰相。《郡齋讀書志》卷九《漢武故事》釋文中引張柬之《書洞冥記後》，《續談助》所引當出此文。張柬之據蔡大寶啟斷定爲湘東王蕭繹作，然考蕭繹《金樓子·著書篇》，自列生平主持編寫、整理、撰作之書三十八種六百七十七卷，獨無《洞冥記》，則此書當不是出自其手。顧野王曾作《續洞冥記》一卷[②]，野王曾仕梁，與梁元帝同時，頗疑所謂湘東王之《洞冥記》一卷其實即是《續洞冥記》一卷，而誤傳爲湘東造。晁載之云：“按柬之所稱湘東所造《洞冥記》一卷，而此分爲四，然則此書亦未知定何人所撰也。”亦不以柬之所言爲是，但對舊題郭憲撰實亦持疑問。

胡應麟等又以爲是六朝人所作，而具體作者已不可考。胡應麟云：“《洞冥記》四卷，題郭憲子橫，亦恐贋也。憲事世祖，以直諫聞，忍描飾漢武、東方事，以導後世人君之欲？且子橫生西京末，其文字未應遽爾。蓋六朝假託，若《漢武故事》之類耳。”又注云：“《後漢書》憲列方伎類，後人蓋緣是託之。”[③]《四庫全書總目》卷一四二小説家類亦稱：“此書所載，皆怪誕不

① 王國良認爲張柬之之説有一定依據，《洞冥記》“比較可信的撰者應是梁元帝”。見王國良《漢武洞冥記研究》上編《綜論》，文史哲出版社 1989 年，第 7 頁。

② 見《陳書》《南史》本傳，此書無著録，亦未見引用。

③ 胡應麟《少室山房筆叢》卷三二丁部《四部正譌下》，中華書局 1958 年，第 417 頁。

經之談，未必真出憲手。又詞句縟豔，亦迥異東京，或六朝人依託爲之。”周中孚在《鄭堂讀書記》中也認爲：“又詞華豔麗，亦不類東漢之文，當屬六朝人所依託，故唐人始採用之也。”①魯迅《中國小説史略》亦以爲僞託。但諸書並未舉出具體證據，均是推測而已，不足以否定《舊唐書·經籍志》之説。

郭憲，《後漢書》卷八二《方術列傳》有傳。憲字子横。汝南宋人。少師事東海王仲子，新莽朝不仕，隱於海濱。光武帝徵拜爲博士，建武七年（31）遷光禄勳。爲人剛直，多諫帝失，時有“關東觥觥郭子横”之語。以病辭退，卒於家。郭憲好方術，關注惑溺神仙的漢武帝及神仙之事自在情理之中，這是他的基本創作動機。書名《洞冥》，即洞達“冥跡之奥”，書中卷三有“照見鬼物之形”的“洞冥草”，也是這個意思。

雜傳有兩種主要模式，即側重傳人的“傳”與側重記事的“記”，章學誠説：“《春秋》三家之傳，各記所聞，依經起義，雖謂之記可也。經《禮》二戴之記，各傳其説，附經而行，雖謂之傳可也。其後支分派别，至於近代，始以録人物者，區爲之傳；敘事蹟者，區爲之記。”②《洞冥記》的中心人物是漢武帝，全篇圍繞其求仙活動，雜記各種奇聞異事，誠如《中興館閣書目》所説，“載武帝神怪事”③，以記事爲主，它的這種模式，即屬“記”類。

---

① 周中孚《鄭堂讀書記》卷六六子部十二之四小説家類四“《别國洞冥記》”條，商務印書館 1959 年，第 1303—1304 頁。

② 章學誠撰，葉瑛校注《文史通義校注》卷三《傳記》，中華書局 1985 年，第 248 頁。

③ 王應麟《玉海》卷五八《藝文》引，廣陵書社 2003 年，第 1103 頁。

《洞冥記》所記，或出傳説，或出虛造。有些傳説出自前人之書，如卷一景帝夢赤彘而王夫人生武帝，東方朔於濛鴻之澤遇王母、黄翁，顯然與《漢武故事》所記同出一源，西王母駕玄鸞會武帝，與《漢武故事》亦屬同類；卷二西王母會東王公，則是《神異經》的演化。但《洞冥記》中的這些故事，又與前人之書不盡相同，自具特色。可以想象這類故事在漢代當流傳甚廣，而傳聞異辭，郭憲所記乃自據聞見，包括從"道書"中擷取材料。郭憲對這些材料，也往往加以增益修飾，因而《洞冥記》所記，不但異彩紛呈，而且詞句縟豔，文彩斐然。如：

> 元光中，帝起壽靈壇，壇上列植垂龍之木，似青梧，高十丈。有朱露，色如丹汁，灑其葉，地皆成珠，其枝似龍之倒垂，亦曰珍枝樹。此壇高八丈，帝使董謁乘雲霞之輦以昇壇，至夜三更，聞野雞鳴，忽如曙，西王母駕玄鸞歌春歸樂，謁乃聞三母歌聲而不見其形，歌聲繞梁三匝乃止。壇傍草樹枝葉或翻或動，歌之感也。四面列種軟棗，條如青桂，風至自拂塔上遊塵。(卷一)

> 唯有一女人，愛悦於帝，名曰巨靈。帝傍有青瑉唾壺，巨靈乍出入其中，或戲笑帝前。東方朔望見巨靈，乃目之。巨靈因而飛去，望見化成青雀。因其飛去，帝乃起青雀臺。時見青雀來，則不見巨靈也。(卷四)①

① 引文據顧氏文房本《漢武帝别國洞冥記》，《叢書集成初編》本，中華書局1985年，第2頁、第16頁。

至於遠國遐方，則更多奇異怪誕之事，如波祇國的神精香草、翕韓國阿飛骸獸、吠勒國的文犀、琳國的玉葉李、大秦國的花蹄牛、修彌國的駮騾、勒畢國的細鳥、西那汗國的聲風木、末多國的卻睡草、烏哀國的龍爪薤、善苑國長九尺的百足蟹等等，至於郅支國人長四寸，惟餌馬肝石；吠勒國人長七尺、披髮至踵、乘犀象入海底取寶，宿於鮫人之舍；支提國人長三丈二尺、三手三足各三指、多力善走等則更爲殊奇怪異。

三、《漢武内傳》

《漢武内傳》,《隋書·經籍志》雜傳類始著録，作《漢武内傳》三卷,《日本國見在書目録》雜傳家著録作《漢武内傳》二卷;《舊唐書·經籍志》雜傳類及《新唐書·藝文志》道家類神仙家著録，作《漢武帝傳》二卷;《郡齋讀書志》傳記類、《中興館閣書目》雜傳類、《宋史·藝文志》傳記類著録，作《漢武内傳》二卷。諸家著録多作二卷，唯《通志·藝文略》道家類據《隋書·經籍志》著録作三卷。

《漢武内傳》唐宋史志書目均不著撰人,《郡齋讀書志》云“不題撰人”,《宋史·藝文志》注云“不知作者”,《齊民要術》卷一〇、《三輔黄圖》卷三引此書均亦未言作者。其餘諸書徵引著録，或謂葛洪作，或謂班固作，或謂郭憲作。

稱葛洪作，見於《日本國見在書目録》，其注題“葛洪撰”。葛洪撰之説起於唐張柬之，宋晁載之《續談助》卷一《洞冥記跋》引張柬之語稱“昔葛洪造《漢武内傳》”。清人孫詒讓也據此定其爲葛洪作[①],余嘉錫亦贊同其説[②]。葛洪撰之説不可信,張柬之又稱梁湘東王造《洞冥記》、葛洪造《西京雜記》、虞義造《王子年拾遺録》、王儉造《漢武故事》,是皆想當然之辭。考葛洪《西京雜記跋》云:“洪家復有《漢武帝禁中起居注》一卷。”意者柬之以《漢武帝起居注》即《漢武内傳》,而又輕率斷定葛洪僞造。其實二書書名卷數迥異,很難説是同一書;即便是同一書,亦不能遽斷爲葛洪僞造。晁載之以宋代流傳本附有唐道士王游岩跋(詳下文注),遂以爲“此書遊岩之徒所撰也”[③],而南宋張淏《雲穀雜紀》卷二引韓子蒼(駒)語云:“《漢武内傳》蓋唐時道家流所爲也。”都是臆測而已。

今傳明清諸本大抵爲《道藏》本之傳本,多題班固撰,如《守山閣叢書》《五朝小説·魏晉小説》、宛本《説郛》卷一一一、《四庫全書》《增訂漢魏叢書》《龍威祕書》《墨海金壺》《無一是齋叢鈔》(題《武帝内傳》)、《舊小説》等。題班固撰,正如周中孚所説“殆後人以《漢武故事》託名於固,並舉是書歸之耳”[④],所以也不可信。

明白雲霽《道藏目録詳注》卷一又稱“東方朔述”,不言依據,無由見信。

---

① 孫詒讓《劄迻》卷一一《漢武帝内傳》,中華書局 2006 年,第 385 頁。

② 余嘉錫《四庫提要辨證》卷一八子部九小説家類三“《漢武帝内傳》”條,科學出版社 1958 年,第 1124—1129 頁。

③ 晁載之《續談助》卷四《漢孝武内傳跋》,《叢書集成初編》本,中華書局 1985 年,第 76 頁。

④ 周中孚《鄭堂讀書記》卷六六子部十二之四小説家類四“《漢武帝内傳》”條,商務印書館 1959 年,第 1304 頁。

古今學者大都以爲《漢武内傳》爲魏晉或六朝人撰，胡應麟謂“詳其文體，是六朝人作，蓋齊梁間好事者爲之也”①。《四庫全書總目》卷一四二舉郭璞《遊仙詩》、葛洪《神仙傳》、張華《博物志》文字與本書有相合處，以爲“其殆魏晉間文士所爲乎”。錢熙祚則舉其與葛洪《抱樸子》《漢武故事》相涉處及用《洞冥記》文，以爲“大約東晉以後，浮華之士，造作誕妄，轉相祖述，其誰氏所作，不足深究也”②。瞿鏞云：“其文詞華縟，近齊梁人。若唐人謂《漢武故事》爲齊王儉作，疑亦儉等所爲也。”③周中孚云：“案元瑞以爲齊梁間人作，殊爲不確，今證以諸書所引，其書蓋出於魏晉之間，且文體雅與王子年《拾遺記》相同……”④今之學者，如臺灣李豐楙等考定爲東晉末劉宋初間作品，是上清派道教徒編造⑤，日本小南一郎認爲可能是魏晉以

① 胡應麟《少室山房筆叢》卷三二丁部《四部正譌下》，中華書局 1958 年，第 417 頁。

② 錢熙祚《漢武帝内傳校勘記》，《叢書集成初編》本，中華書局 1985 年，第 37 頁。

③ 瞿鏞《鐵琴銅劍樓藏書目録》卷一七，《續修四庫全書》第 926 册，上海古籍出版社 2002 年，第 292 頁上。

④ 周中孚《鄭堂讀書記》卷六六子部十二之四小説家類四“《漢武帝内傳》”條，商務印書館 1959 年，第 1304 頁。

⑤ 王國良《魏晉南北朝志怪小説研究》下篇《群書敘録》説：“現代學者，若法國施博爾氏撰《道教傳説中之漢武帝》，李豐楙撰《漢武内傳的著成及其流傳》，並根據《内傳》所採用之資料，推斷此書乃東晉末期或劉宋初年上清派道教徒編造，則較具説服力。”分别見：王國良《魏晉南北朝志怪小説研究》，文史哲出版社 1984 年，第 308 頁；李豐楙《漢武内傳的著成及其流傳》載《幼獅學志》（1982 年第 2 期，總第 17 卷），增訂後收入《六朝隋唐仙道類小説研究》，學生書局 1986 年。

後方術者流中間産生的作品①。

本書記事以《漢武故事》爲本，景帝夢赤彘鈔自《洞冥記》，上元夫人及十洲原出《十洲記》，因襲痕跡甚明②，自應出此三書之後，而此三書學者多以爲六朝人僞託，故亦以本書出於六朝，其實皆爲兩漢書。西晉張華《博物志》卷八記武帝會王母事，與《漢武故事》及本書相較，其中"武帝好仙道，祭祀名山大澤，以求神仙之道"，"此桃三千年一生實"，"東方朔竊從殿南廂朱鳥牖中窺母"，"嘗三來盜吾此桃"，皆同《漢武内傳》，可見張華此段記載很可能參考了《漢武内傳》，或者張華據他書鈔録，而他書又因襲《漢武内傳》。另外，兩晉間郭璞《遊仙詩》第六首云："燕昭無靈氣，漢武非仙才。"後句用本書王母謂武帝"殆恐非仙才"典。所以《漢武内傳》可能是東漢末至曹魏間作品。其時道教興盛，故有此作。但今本可能經過後世增補，魯迅《中國小説史略》第四篇《今所見漢人小説》言《漢武帝内傳》"竊取釋家言"③，就可能是後人所增，當然還

① 小南一郎云："大體應如魯迅《中國小説史略》等著作所説，它可能是從魏晉時期以後的方術者流中間産生的。"小南一郎《〈漢武帝内傳〉の成立》，載京都《東方學報》48 册（1975 年）和 53 册（1981 年），又見《中國的神話傳説與古小説》第四章《〈漢武内傳〉的形成》，孫昌武譯，中華書局 2006 年，第 260 頁。

② 晁載之《漢孝武内傳跋》云："右鈔世所傳《漢孝武皇内傳》，其言淺陋，又什有五六皆增贅《漢武故事》與《十洲記》。"

③ 小南一郎亦稱"《内傳》的文章可見到幾處直接受佛教影響的詞語"，注云："例如'十方'的方位計算方法，'五濁'之人的説法，以及'身投餓虎'等用語，都是易見的例子。"（見《中國的神話傳説與古小説》第四章《〈漢武内傳〉的形成》，孫昌武譯，中華書局 2006 年，第 273 頁）

可能包括某些論道的言論。

《漢武内傳》將《漢武故事》中王母降武帝的故事取出，增益虚設，可以算是盡虚造之語。《漢武内傳》將《漢武故事》中不足四百字的故事敷演幾至萬言，故事情節更爲繁複，包括墉宫女子王子登傳王母命，諸侍女奏樂唱歌，上元夫人應命來降，王母和上元對武帝論服食長生、神書仙術、授以仙書神符等事。與此相聯繫，其敘事也更加細膩、詳贍，單是描寫王母出場，就繁富之極：

> 忽天西南如白雲起，鬱然直來，逕趨宫廷間，須臾轉近，聞雲中有簫鼓之聲，人馬之響。復半食頃，王母至也，懸投殿前，有是鳥集，或駕龍虎，或乘獅子，或御白虎，或騎白麐，或控白鶴，或乘軒車，或乘天馬，群仙數萬，光耀庭宇。既至，從官不復知所在，唯見王母乘紫雲之輦，駕九色斑龍，别有五十天仙，側近鸞輿，皆身長一丈，同執綵毛之節，佩金剛靈璽，戴天真之冠，咸住殿前，王母唯扶二侍女上殿，年可十六七，服青綾之袿，容眸流眄，神姿清發，真美人也。王母上殿東向坐，著黄錦袷襡，文採鮮明，光儀淑穆，帶靈飛大綬，腰分頭之劍，頭上大華結，戴太真晨嬰之冠，履元璚鳳文之舄，眎之，可年卅許，修短得中，天姿掩藹，容顔絶世，真靈人也。①

① 引文據錢熙祚所校《漢武帝内傳》，《叢書集成初編》本，中華書局 1985 年，第 2 頁。

先寫白雲之起、簫鼓之聲、人馬之響，聲色并茂；再寫群從仙官，用七個或字句排比從官坐騎，用筆張揚；再寫王母車駕近侍。這一方面描寫出王母出行的排場、場面的宏麗，同時也表現出出行隊伍由遠到進的過程和視覺上由近到遠的律動。當王母露面後，並未急於對王母展開描寫，而是先描寫二侍女，最後才描寫王母。對侍女和王母的肖像描寫筆法相似，都描寫年齡、服飾、氣度神情，但描寫侍女僅用了五句，以"真美人也"作結，描寫王母用了十三句，描寫愈加細緻，文辭愈加華美，以"真靈人也"作結，顯然對侍女的描寫是有意襯托王母形象，突出王母的尊貴、豪華、美麗、端莊。

四、人物形象的虛構性

經過前文的分析，可知在《漢武故事》《洞冥記》《漢武内傳》中，故事情節多虛誕不經，通過這些故事展現出來的人物形象，也無疑與歷史的真實有了相當的距離，具有了明顯的虛構性特徵。

漢武帝好神仙，史書有載，是歷史的真實，不過，在正統史籍中，是他寵信道士、術士的記載，多不涉及神異，且漢武帝在臨死時已經醒悟，意識到了神仙的虛妄，他説："向時愚惑，爲方士所欺，天下豈有仙人？盡妖妄耳！"這一點《漢武故事》中亦有載。而《漢武故事》《洞冥記》和《漢武内傳》，卻仍借其好神仙之名，據之敷演成文，宣揚神仙之事，敘寫仙道神異，通過這些虛誕之事凸顯出來的漢武帝形象，是一個對神仙之事信之不疑、多見神異之事、與神仙頻繁交往的人物。已經成爲一個有着强烈虛構性特徵的人物形象。

在《漢武故事》《洞冥記》和《漢武内傳》中，不僅漢武帝具有了虛構性特徵，涉及的其他許多歷史人物也被神異化了，表現出明顯的虛構性特徵。最突出的是東方朔，在《漢武故事》中，他成了歲星下凡，“下游人中，以觀天下”，在《洞冥記》中他是星精，三歲時，“天下密讖，一覽闇誦於口”，多次遊歷神仙之境，能致遠近奇珍異物。在《漢武内傳》中，他是王母的“鄰家小兒”，曾三次偷摘王母仙桃，爲“太上仙官”，不盡職守，遂被“謫斥使在人間”。東方朔在被神異化的同時，也保留有歷史上真實人物的某些特徵，如他的滑稽性格特徵，在《漢武故事》《漢武内傳》中，對其偷桃之事、從窗户外偷窺仙官之事的描寫，就顯示出其滑稽品性。所以，《漢武故事》《洞冥記》和《漢武内傳》中的東方朔，是在歷史上的真實人物的基礎上，虛構出來的一個人物形象，他既與歷史人物有着某種聯繫，但又已與之有了很大的差異。在《漢武故事》《洞冥記》和《漢武内傳》中，還涉及衆多歷史人物，如劉安、鉤弋夫人、李少君、李少翁、欒大、霍去病等，這些人物，或者被描寫成神仙，或者被描寫成身挾異術的異人，都被神異化了，劉安等“皆爲神仙，能爲雲雨”，李少翁“年二百歲，色如童子”，鉤弋夫人死後仙去，“空棺無屍，唯衣履存焉”，大將霍去病雖未被寫成神仙異人，但他也曾與神君有來往。這些人物都是既具有歷史真實人物的一面，又具有虛構的一面，是真實性與虛構性的結合體。

《漢武故事》《洞冥記》和《漢武内傳》多記虛誕不經之事，人物形象亦表現出虛構性特徵，小説品格鮮明而突出，故《四庫全書》視之爲小説，將其收録於子部小説家類中，今之學者，亦多視之爲小説[①]。

需要特别説明的是，《漢武故事》《洞冥記》和《漢武内傳》實際上是以傳記文體，在歷史上的真實人物基礎上，虛構人物形象，這一特徵是值得注意的，它具有某種代表性和象徵意義，在漢魏六朝雜傳中，在真實人物基礎上進行改造、虛構的情況多有存在，只不過程度不同而已，漢魏六朝雜傳也正是在這種虛構中趨近了小説。或者説，也正是在此類雜傳的基礎上，唐人傳奇得以孕育並成長起來。

第四節　兩漢散傳

漢代的散傳，包括西漢末至東漢建安以前的作品，除以上所論《東方朔傳》《趙飛燕外傳》、漢武三傳以外，尚有《李陵别傳》《鍾離意别傳》《郭泰别傳》《郭林宗别傳》《郭子别傳》《樊英别傳》《劉根别傳》《李郃别傳》《陳寔别傳》《李固别傳》《梁冀别傳》《董卓别傳》《蔡邕别傳》《張純别傳》《盧植别傳》《馬融别傳》《王允别傳》《李燮别傳》等作品，共約二十三種左右。本節將討論《東方朔傳》《趙飛燕外傳》和漢武三傳以外的

① 如輔仁大學中文研究所 1980 年陳兆禎的碩士論文《〈漢武故事〉、〈漢武内傳〉、〈漢武洞冥記〉研究》一文，即將三傳視爲小説加以討論。

其他散傳作品。

一、《鍾離意别傳》

《鍾離意别傳》，《隋書·經籍志》無著録，作者、卷數不詳。《後漢書》李賢注等有引，清人侯康《補後漢書藝文志》卷三史部雜傳類、姚振宗《後漢藝文志》卷二史部雜傳記類、顧櫰三《補後漢書藝文志》卷七、曾樸《補後漢書藝文志并考》卷六記傳志内篇第二之二均有補録。

鍾離意，《後漢書》卷四一有傳，其云："鍾離意，字子阿，會稽山陰人也。"《鍾離意别傳》今佚，其文今散見於諸書徵引①，《太平御覽經史圖書綱目》即列《鍾離意别傳》。王仁俊據

①《後漢書》卷四一《鍾離意傳》"出爲魯相"李注，《後漢書·志第二十·郡國二·豫州·魯國》"有鐵有闕里孔子所居"劉昭注，《北堂書鈔》卷三七《政術部十一·公正三十一》"鍾離意白周樹"、卷五九《設官部十一·尚書僕射七十三》"排閤入諫"、卷六〇《設官部十二·諸曹尚書七十五》"鍾離至德"、卷六三《設官部十五·都尉一百一》"優文召處士"、卷六八《設官部二十·掾一百三十七》"鍾離意爲國用心"、卷七三《設官部二十五·從事一百六十五》"三府側席"、卷七七《設官部二十九·督郵一百七十》"爲視聽"、卷七七《設官部二十九·督郵一百七十》"政舉大綱"、卷七七《設官部二十九·督郵一百七十》"露車不冠"、卷七八《設官部三十·縣令一百七十六》"鷹化爲鳩暴虎成狸"、卷七九《設官部三十一·孝廉一百七十七》"鍾離意爲天下第一"、卷一二〇《武功部八·旛二十一》"齎幘白督郵"、卷一四三《酒食部二·總篇一》"兒直一飯五升"，四庫本《北堂書鈔》卷一三九《車部·車總篇一》"夫子車"，《藝文類聚》卷三八《禮部上·宗廟》、卷四八《職官部四·僕射》、卷八四《寶玉部下·璧》，《初學記》卷一一《職官部上·僕射第四》"排閤曳履"，《太平御覽》卷二〇九《職官部七·司徒掾》、卷二一一《職官部九·左右僕射》、卷二五三（轉下頁）

《後漢書·鍾離意傳》李賢注和《後漢書·志第二十·郡國二》劉昭注採得二節，録於《玉函山房輯佚書續編》之史編總類中。顧櫰三《補後漢書藝文志》卷七據諸書採得數節，但未作仔細校勘。考《鍾離意别傳》之佚文，雖有殘缺，但大體仍存，其

（接上頁）《職官部五十一·督郵》、卷二六五《職官部六十三·從事》、卷二六八《職官部六十六·良令長下》、卷三四一《兵部七十二·幡》、卷四二六《人事部六十七·清廉下》、卷四五五《人事部九十六·諫諍五》、卷四五七《人事部九十八·諫諍七》、卷五三五《禮儀部十四·釋奠立廟附》、卷六四一《刑法部七·贓貨》、卷六四二《刑法部八·徒》、卷六九五《服章部十二·襦》、卷七二二《方術部三·醫二》、卷七四二《疾病部五·疫癘》、卷七五八《器物部三·甕》、卷八〇六《珍寶部五·璧》，《職官分紀》卷五《掾屬》"爲國用心平誠良吏"、卷八《左右僕射》"排閤入諫"、卷四〇《諸從事》"聞有令問"、卷四一《督郵》"鍾離督郵民皆治"、卷四一《司功參軍》"威儀嚴肅"、卷四二《縣令》"縛暴虎不用尺繩"，《事類賦》卷九《寶貨部·玉賦》"張伯懷之而見欺"，《姑蘇志》卷三七《宦蹟一·鍾離意》"……出爲魯國"，《天中記》卷二七《清廉》"委珠"、卷三四《縣令》"暴虎成狸"，《淵鑑類函》卷一二七《政術部六·公正二》"鍾離意白周樹吕子明薦蔡遺"、卷一四〇《政術部十九·薦舉四》"周樹服勤請宜部職"各引一條，《太平御覽》卷二六四《職官部六十二·功曹參軍》引二條，作《鍾離意别傳》；《北堂書鈔》卷三四《政術部八·任賢十九》"署鍾離意爲功曹威儀嚴肅"引一條，作《鍾離意傳》。又，《文選》卷三六《文·天監三年策秀才文三首》"問朕本自諸生弱齡有志"李注、卷四〇《牋·百辟勸進今上牋一首》"且明公本自諸生取樂名教"李注，《北堂書鈔》卷一五六《歲時部四·寒篇二十五》"嚴遵學夜寒不得寢"，《藝文類聚》卷五《歲時下·寒》，《太平御覽》卷三四《時序部十九·寒》、卷三九三《人事部三十四·卧》、卷九六七《果部四·桃》，《事類賦》卷二六《果部·桃賦》"或出之而剖腹"，《天中記》卷五二《桃》"剖腹"，《廣博物志》卷四三《草木下》，《山堂肆考》卷二〇四《果品·桃子》"盜食御桃"各引一條，作《鍾離意别傳》，然敘嚴遵、《周書》秦吏趙凱事，不涉鍾離意。

全貌也還是約略可見。

《鍾離意別傳》所載鍾離意之事，僅有少數爲《後漢書·鍾離意傳》所載，絶大多數爲《後漢書·鍾離意傳》所不載。二者共載者，本傳常較爲簡略，《別傳》常敘述詳盡，頗爲生動。如鍾離意爲會稽督郵時大疫巡行救助百姓之事，《後漢書·鍾離意傳》云：

> 建武十四年，會稽大疫，死者萬數，意獨身自隱親，經給醫藥，所部多蒙全濟。

而《鍾離意別傳》云：

> 建武十四年，太守汝南黄讜召意，署北部督郵。吴中大疫，黄君轉署意爲中部督郵。意乃露車不冠，身不修整，行病者門，入其家。至，與醫藥，詣神廟，爲民禱祭，召醫數百人，令和草藥。恐醫或以毒藥過劑，賊害民命，先自吞嘗，然後行之。其所臨護，四千餘人，並得差愈。後日，府君出省災，百姓攀車言曰："明府不須出，但得鍾離督郵，民皆活也"。①

---

①《姑蘇志》卷三七《宦蹟一·鍾離意》"出爲魯國"，《北堂書鈔》卷七七《設官部二十九·督郵一百七十》"露車不冠"，《太平御覽》卷二五三《職官部五十一·督郵》、卷七二二《方術部三·醫二》、卷七四二《疾病部五·疫癘》，《職官分紀》卷四一《督郵》"鍾離督郵民皆治" 各引一條，作《鍾離意別傳》，從《姑蘇志》卷三七引。

《鍾離意别傳》敘事，多詳贍細緻，人物音容笑貌宛然可見。不僅如此，《鍾離意别傳》也雜有虛誕之事，如修孔子宅事：

> 意爲魯相。到官，出私錢萬三千文，付户曹孔訢，修夫子車，身入廟，拭几席劍履。男子張伯除堂下草，土中得玉璧七枚，伯懷其一，以六枚白意，意令主簿安置几前。孔子教授堂下床首有懸甕，意召孔訢問："此何甕也？"對曰："夫子甕也，背有丹書，人莫敢發也。"意曰："夫子，聖人，所以遺甕，欲以懸示後賢。"因發之，中得素書，文曰："後世修吾書，董仲舒；護吾車、拭吾履、發吾笥，會稽鍾離意；璧有七，張伯藏其一。"意即召問伯："璧有七，何藏一耶？"伯叩頭出之。①

素書之得來就顯得有些虛誕離奇，而素書所書孔子之言，與實際暗合，則無疑更加虛誕離奇了。幾百年前的孔子居然能準確地知道發生在幾百年後的鍾離意修其車、拭其履之事，連張伯私藏一璧之事也清清楚楚，夫子何其神也！

《鍾離意别傳》大致按照鍾離意之生平，敘述其一生的重要

①《後漢書》卷四一《鍾離意傳》"出爲魯相"李注，《後漢書·志第二十·郡國二·豫州·魯國》"有鐵有闕里孔子所居"劉昭注，四庫本《北堂書鈔》卷一三九《車部·車總篇一》"夫子車"，《藝文類聚》卷三八《禮部上·宗廟》、卷八四《寶玉部下·璧》，《太平御覽》卷五三五《禮儀部十四·釋奠立廟附》、卷七五八《器物部三·甕》、卷八〇六《珎寶部五·璧》，《事類賦》卷九《寶貨部·玉賦》"張伯懷之而見欺"各引一條，作《鍾離意别傳》，從《後漢書》卷四一李注引。

經歷，所記諸事，主要在於展現其忠君恤民、正直清廉、寬容仁厚的品性。從現存之文看，其結構也基本如《東方朔傳》，逐一連綴各事而成篇。

二、郭泰别傳三種

今見於諸書徵引的有關郭泰的别傳其名有三:《郭泰别傳》《郭林宗别傳》《郭子别傳》。此三種郭泰别傳,《隋書・經籍志》均無著録，清人侯康《補後漢書藝文志》卷三史部雜傳類、姚振宗《後漢藝文志》卷二史部雜傳記類、顧懷三《補後漢書藝文志》卷七、曾樸《補後漢書藝文志并考》卷六記傳志内篇第二之二補録，但均未加區分。侯康、姚振宗、曾樸題《郭泰别傳》，顧懷三題《郭林宗别傳》。姚振宗《後漢藝文志》云:"又按《御覽經史圖書綱目》載《郭泰别傳》《郭林宗别傳》，書中又引《郭子别傳》，似相傳不止一本。"① 曾樸《補後漢書藝文志并考》云:"可見，當時爲泰立傳不止一家，今《御覽》四百三十四所引《林宗别傳》與《後漢書・黄憲傳》所引郭泰别傳事同而辭異，疑《郭泰别傳》《林宗别傳》系二人作，非引書者隨意標題也。"②

今考各書所引《郭泰别傳》《郭林宗别傳》《郭子别傳》之

① 姚振宗《後漢藝文志》卷二史部雜傳記類，開明書店《二十五史補編》第 2 册，中華書局 1998 年，第 68 頁中。

② 曾樸《補後漢書藝文志并考》卷六記傳志内篇第二之二"《郭泰别傳》"條按語，開明書店《二十五史補編》第 2 册，中華書局 1998 年，第 80 頁中—下。

文，當是各不相屬的郭泰傳記，但姚振宗、曾樸雖意識到不同，“以無確據不敢分標”[1]爲由，並未分别著録。郭泰，范曄《後漢書》卷六八有傳，作郭太。其云：“郭太，字林宗，太原界休人也。”李注云：“范曄父名泰，故改爲此太。”因其名與范曄父名相同，改泰作太，故其名或作郭泰，或作郭太。郭泰爲當時名士，其有多傳當在情理之中，竊以爲當分録。《太平御覽經史圖書綱目》即分别録有《郭泰别傳》與《郭林宗别傳》兩種。

三種郭泰的别傳今都已散佚，撰人、卷數均不詳，其文散見於諸書徵引[2]，無輯本，僅有顧櫰三《補後漢書藝文志》採得

① 曾樸《補後漢書藝文志并考》卷六記傳志内篇第二之二“《郭泰别傳》”條按語，開明書店《二十五史補編》第2册，中華書局1998年，第80頁下。

②《郭林宗别傳》:《世説新語・黜免》第6條劉注,《北堂書鈔》卷一二七《衣冠部上・巾八》“遇雨”、卷一二七《衣冠部上・巾八》“折角”、卷一三七《舟部上・舟總篇一》“李郭仙舟”、卷一四四《酒食部・粥篇十》“三進一訶”、卷一四四《酒食部・粥篇十》“林宗以杯擲地”,《藝文類聚》卷二〇《人部四・孝》、卷六七《服飾部・巾帽》、卷七一《舟車部・舟》,《初學記》卷二六《服食部・粥第十三》“擲杯納櫜”,《太平御覽》卷一九五《居處部二十三・逆旅》、卷三八〇《人事部二十一・美丈夫下》、卷三八八《人事部二十九・聲》、卷四〇九《人事部五十・交友四》、卷四一四《人事部五十五・孝下》、卷四四四《人事部八十五・知人下》、卷四八五《人事部一二六・貧下》、卷六〇六《文部二十二・刺》、卷六一三《學部七・教學》、卷六八七《服章部四・巾》、卷七五七《器物部二・甑》、卷七七六《車部五・當》,《記纂淵海》卷一九《論議部之十九・因人而重》,《翰苑新書前集》卷六九《薦辟》“李膺奇林宗”,《格致鏡原》卷六二《蔬類一・韭》各引一條，作《郭林宗别傳》;《三國志》卷二二《衛臻傳》“太祖每涉郡境輒遣使祠焉”裴注、《三國志》卷二七《王昶傳》“王昶字文舒太原晉陽人也”裴注、《太平御覽》卷八五九《飲食部十七・糜粥》各引一條，（轉下頁）

佚文數節，但又三傳不分。

《郭子別傳》，從其篇名看，當爲郭泰的門人後學所作，今存一節，見於《太平御覽》卷三八八《人事部二九·色》及《記纂淵海》卷七四《性行部·無愧》引，其文云：

> 林宗秀立高跱，澹然淵渟，蔡伯喈告盧子幹、馬日磾曰："爲天下作碑銘多矣，未嘗不有慚色，唯郭先生碑頌，無愧色耳。"①

《郭泰別傳》今存佚文亦較少，從現存之文看，多記其品題人物之事。《郭林宗別傳》所遺文字較多，敘事傳人都較有特色。

郭林宗是一代名士，其鑒識人物，往往從人物在日常生活中瑣碎細事上的表現去發現人物的品性，《郭林宗別傳》多記此類事件。如記郭泰對衛玆和圈文生的鑒識：

（接上頁）作《郭林宗傳》。《郭泰別傳》：《世説新語·德行》第3條劉注，《世説新語·政事》第17條劉注、《後漢書》卷五三《黄憲傳》"或以問林宗"李注、卷六八《郭太傳》"其見慕皆如此"李注，《北堂書鈔》卷九七《藝文部三·博學十二》"博通墳素"、卷一〇一《藝文部七·藏書二十四》"林宗有書五千卷"，《藝文類聚》卷二二《人部六·品藻》，《太平御覽》卷二四一《職官部三十九·北中郎將》、卷四四六《人事部八十七·品藻中》、卷五四二《禮儀部二十一·拜》，《職官分紀》卷三六《南北東西中郎將》"以武官顯"各引一條，《太平御覽》卷五六一《禮儀部四十·弔》引二條，作《郭泰別傳》。《郭子別傳》：《太平御覽》卷三八八《人事部二九·色》，《記纂淵海》卷七四《性行部·無愧》各引一條，作《郭子別傳》。

①《太平御覽》卷三八八《人事部二九·色》，《記纂淵海》卷七四《性行部·無愧》各引一條，作《郭子別傳》，從《太平御覽》卷三八八引。

> 兹弱冠,與同郡圈文生俱稱盛德。林宗與二人共至市,子許買物,隨價讎直;文生訾呵,減價乃取。林宗曰:"子許少欲,文生多情,此二人非徒兄弟,乃父子也。"後文生以穢貨見損,兹以烈節垂名。①

從衛兹與圈文生在市上買物時的表現推斷二人的品性,對他們作出評判,從而説明郭泰的人倫鑒識能力。而《别傳》對這些小事的敘述,又十分細緻生動,人物形貌如在目前,如上文中的衛兹和圈文生,他們於市上的不同表現,給人深刻印象。而郭林宗的的鑒識之明,也在這樣的一次次鑒識中得到了展示。

在對這樣一件件細小之事的細緻生動的記敘中,不僅展示了被鑒識之人的品性,郭泰的個性品性也得到了淋灕的表現。如下面一例:

> 茅容,字季偉,陳留人,年四十餘。耕於野,時與等輩避雨樹下,衆皆夷踞相對,容獨危坐愈恭。惟林宗見而奇異,與共言,因請寓宿。旦日,容殺雞爲饌,林宗謂爲己設,既而以供其母,自以菜蔬與客同飯。林宗起,拜之曰:"卿賢乎哉!"因勸令學,卒以成德。②

①《三國志》卷二二《衛臻傳》"太祖每涉郡境輒遣使祠焉"裴注引一條,作《郭林宗傳》;《天中記》卷二七《品藻》"多情"引一條,作《林宗别傳》;文同,據以輯録。

②《藝文類聚》卷二〇《人部四·孝》、《太平御覽》卷四一四《人事部五十五·孝下》各引一條,作《郭林宗别傳》;《天中記》卷一七《父母》"鷄供"引一條,作《郭林宗傳》;從《太平御覽》卷四一四引。

這段小事，被寫得波瀾起伏，十分生動，茅容的遇雨、避雨的表現，引起了郭泰的注意，“見而異之”，於是上前與之攀談，但似乎還未瞭解茅容，於是請求借宿，以便進一步瞭解。在茅容家，茅容殺雞，郭泰以爲爲己，而茅容是爲其母設，通過這件事，郭泰才真正看清了茅容的品行，勸令就學。敘事層層展開，把郭林宗對茅容的識鑒過程寫得妙趣橫生，别具情韻。並且，在對這一過程的敘述中，茅容與郭泰的性格都得到了很好的展示。茅容雖知與談者爲郭泰而不趨奉，雖爲耕者而持重、恭儉，雖貧而孝順的品性被傳神地表現了出來。郭泰見茅容殺雞時以爲爲己直至茅容以雞供母前後的心理，被寫得很細膩，我們從敘述中似乎看到郭泰在見到茅容殺雞時的暗自得意與茅容以雞敬母后内心的慚愧與不安，一句“卿賢乎哉”，可謂包容了郭泰的無限感歎，而通過這一切，郭泰的知人之明及其高尚道德也讓人感動。

這樣的敘事，可以説是故事化和情節化的，這是《郭林宗别傳》敘事的顯著特色，通過對一件件細瑣小事的故事化、情節化的敘述，展示人物的個性品格，再如：

> 林宗嘗止陳國文學，見童子魏德公，知其有異。德公求近其房止，供給洒掃。林宗嘗不佳，夜中命作粥，德公爲進焉。林宗一啜，怒而呵之曰：“高明爲長者作粥不如意，使沙不可食。”以杯擿地。德公更爲粥，三進三呵，德公姿無變容，顔色殊悦。林宗乃曰：“始見子之面，今乃知卿心。”遂友善

之，卒爲妙士。[①]

這是郭泰與魏德公初見時的經過，被敘述得極具故事性和情節性。郭泰身體不適，想吃粥，因而命還是童子的魏德公爲其作粥，由於身體不適，當然心情也就有些不好，一啜而怒，擲杯於地，呵問德公，如此者三，而德公終無變容。郭泰因病而心情不好，而故意挑剔、爲難，以及魏德公悉心承侍、照顧的情態都被寫得生動傳神。

《郭林宗别傳》當然不止展示郭泰對人物的鑒識，它對郭泰的表現是全面的，如還述及其求學時的艱難、逆旅宿息之事以及生活中的方方面面，通過這些方方面面，展示了一個性格完整而鮮明的郭泰。

《郭林宗别傳》通過故事化、情節化的敘事生動形象地展示與表現人物的個性品格，就此而言，它是具有小説品格的。

另外，漢末，人物品評之風漸起，《郭林宗别傳》是這一風氣的縮影。在《郭林宗别傳》中，除了對郭泰如何鑒識人物有詳細的敘述外，也涉及人物品題，如對袁閬與黄憲的品題：

①《北堂書鈔》卷一四四《酒食部・粥篇十》"三進一訶"、卷一四四《酒食部・粥篇十》"林宗以杯擲地"，《天中記》卷二〇《師第》"進粥"、卷二六《雅量》"擲杯"，《廣博物志》卷四一《食飲》各引一條，作《郭林宗别傳》；《太平御覽》卷八五九《飲食部十七・糜粥》引一條，作《郭林宗傳》；又，《初學記》卷二六《服食部・粥第十三》"擲杯納橐"引一條，作《郭林宗列傳》，"列傳"當作"别傳"；從《太平御覽》卷八五九引。

> 郭泰，字林宗。入潁川則友李元禮，至陳留則結符偉明，之外黄則親韓子助，過蒲亭則師仇季智。止學舍則收魏德公，觀耕者則拔茅季偉，皆爲名士。至汝南見袁閬，不宿而去，從黄憲三日乃去，過新蔡，薛懃問之曰："足下見袁奉高，不宿而去，從黄叔度乃彌日，何也？"泰曰："奉高之流，雖清而易挹；叔度汪汪，若千畝之波，澄之不清，撓之不濁，難測量也。"①

郭泰對袁閬與黄憲的品題，在《郭泰别傳》中也有記載，文字略異，其云："泰，字林宗。少遊汝南，先過袁閬，不宿而退；遂往從黄憲，累日方還。或問林宗，林宗曰：'奉高之器，譬諸汎濫，雖清而易挹；叔度汪汪君子，若千萬頃陂，澄之不清，混之不濁，不可量也。'"②

從《郭林宗别傳》中，我們還可以看到名士的巨大魅力，郭泰的外貌，被人視爲美男之準的：

> 宗儀貌魁梧，身長八尺，音聲如鐘，當時人以爲準的。③

---

①《太平御覽》卷四〇九《人事部五十・交友四》、卷四四四《人事部八十五・知人下》各引一條，作《郭林宗别傳》，從《太平御覽》卷四四四引。見《漢魏六朝雜傳集・兩漢雜傳》卷一《郭泰别傳三種》。

②《藝文類聚》卷二二《人部六・品藻》、《太平御覽》卷四四六《人事部八十七・品藻中》、《四六標準》卷二〇"叔度萬頃之陂世莫得而澄撓"各引一條，作《郭泰别傳》，從《藝文類聚》卷二二引。

③《太平御覽》卷三八八《人事部二十九・聲》引一條，作《郭林宗别傳》，據以輯録。

他的不經意的裝束也被視爲時尚，被人仿效：

> 林宗常行陳梁之間，遇雨故，其巾一角霑而折。二國學士著巾，莫不折其角，云作林宗巾。其見儀則如此。①

三、《樊英别傳》

《樊英别傳》，《隋書・經籍志》無著録，著者、卷數皆不詳，清人侯康《補後漢書藝文志》卷三史部雜傳類、姚振宗《後漢藝文志》卷二史部雜傳記類、顧櫰三《補後漢書藝文志》卷七、曾樸《補後漢書藝文志并考》卷六記傳志内篇第二之二均有補録。其文今散見於各書徵引②，《太平御覽經史圖書綱目》

①《北堂書鈔》卷一二七《衣冠部上・巾八》"遇雨"、卷一二七《衣冠部上・巾八》"折角"，《藝文類聚》卷六七《服飾部・巾帽》，《太平御覽》卷六八七《服章部四・巾》各引一條，作《郭林宗别傳》，從《藝文類聚》卷六七引。

②《世説新語・文學》第61條劉注，《北堂書鈔》卷五六《設官部八・左右光禄大夫四十二》"樊英委榮爲光禄大夫"，《藝文類聚》卷四九《職官部五・光禄大夫》、卷八〇《火部・火》，《太平御覽》卷二四三《職官部四十一・光禄大夫》、卷三七三《人事部一十四・髪》、卷三八七《人事部二十八・唾》、卷四二八《人事部六十九・正直下》、卷四三二《人事部七十三・恭敬》、卷五四二《禮儀部二十一・拜》、卷八六八《火部一・火上》，《事類賦》卷八《地部三・火賦》"樊英之神寧測"，《職官分紀》卷四八《光禄大夫》"委榮辭禄不降其節"，《玉芝堂談薈》卷二七《豨賓鐵》各引一條，作《樊英别傳》；又，《太平廣記》卷七六《方士一・樊英》引一條，注出《英别傳》，《太平廣記》卷一六一《感應一・樊英》引一條，注出《英列傳》，《記纂淵海》卷七三《性行部・不屈》引一條，作《漢樊英列傳》。

即列《樊英别傳》。無輯本，僅顧櫰三《補後漢書藝文志》卷七在著録時，據各書採得佚文數節，但未作校勘。

樊英，東漢術士，《後漢書》卷八二《方術傳》有傳，其云："樊英，字季齊，南陽魯陽人也。少受業三輔，習《京氏易》，兼明五經，又善風角、星筭、《河》《洛》七緯，推步災異。"樊英既爲術士，方術之事原本虚誕，所以《樊英别傳》所録，也多虚誕不經之事，如：

> 英被髮，忽拔刀斫舍中。妻問故，曰："郄生道遇鈔。"郄生還，云："道遇賊，賴被髮老人相救，得全。"郄生名巡，字仲信，陳郡夏陽人，能傳英業。①

郄生道路遇賊鈔襲，而樊英感知此事，如果説這尚可解釋，那麼，他在自己的家中拔刀砍斫，而郄生於道見一被髮老人相救，則出於虚構無疑。

除了虚構之外，《樊英别傳》所載之事，還有的是明顯從他處移植而來，略加改造，如其所載有關殿上鐘無故自鳴之事：

> 漢順帝時，殿下鐘鳴，問英，對曰："蜀岷山崩，山於銅爲母，母崩子鳴，非聖朝災。"後蜀果上山崩，日月相應。②

①《太平御覽》卷三七三《人事部一十四·髮》引一條，作《樊英别傳》，從《太平御覽》卷三七三引。

②《世説新語·文學》第61條劉注、《玉芝堂談薈》卷二七《豜賓鐵》各引一條，作《樊英别傳》，從《世説新語·文學》第61條劉注引。

殿上鐘無故自鳴之事，又見於《東方朔傳》:

> 武帝時,未央宫前殿鐘無故自鳴,三日三夜不止,大怪之。詔問太史待詔王朔,朔言恐有兵氣。更問東方朔,朔曰:"王朔知其一,不知其二。臣聞銅者山之子,山者銅之母,以陰陽氣類言之,子母相感,山恐有崩弛者,故鐘先鳴。《易》曰:'鳴鶴在陰,其子和之。'精之至也。"上曰:"應在幾日?"朔曰:"其應在後五日内。"居三日,南郡太守上書言山崩,延袤二十餘里。丞相以聞,帝曰:"善。"賜朔帛三十疋。①

東方朔學識淵博，善於占卜,《東方朔傳》多載其詼諧、逢占、射覆之事，不管此事是虚構還是事實,《東方朔傳》産生在《樊英别傳》之前,《樊英别傳》所載樊英解釋殿下鐘無故自鳴之事，顯系移植《東方朔傳》中東方朔解釋殿上鐘無故自鳴之事。只不過《樊英别傳》將《東方朔傳》中所説的南郡改爲蜀而已。

如前言，方術本虚，有關方術之士的各種神異之術也基本

①《世説新語·文學》第61條劉注、《初學記》卷一六《樂部下·鐘第五》"母感子鳴"、《白氏六帖事類集》卷一八《鍾第二十》"山崩先鳴"、《太平御覽》卷五七五《樂部十三·鐘》、《古今合璧事類備要外集》卷一三《樂器門·鐘》"自鳴三日"、《樂書》卷一三三《樂論圖·俗部》"鳴鐘"各引一條，作《東方朔傳》;《北堂書鈔》卷一〇八《樂部·鐘四》"宫前自鳴方朔曰山崩弛"、《唐開元占經》卷九九《山崩》、《駢志》卷四乙部下"未央鐘鳴銅澡盤鳴"、《記纂淵海》卷七八《樂部·鐘》、《天中記》卷二五《博學》"鐘鳴"各引一條，作《東方朔别傳》; 從《世説新語·文學》第61條劉注引。

都是虚誕不實的，《後漢書》卷八二《方術傳·樊英傳》説："英既善術，朝廷每有災異，詔輒下問變復之效，所言多驗。"《樊英别傳》爲了表現其"所言多驗"，而大量移植或虚造此類事件。就其事本身而言，它是不足道的，但從另一方面説，雜傳正是在這種移植虚造中，逐漸與史疏離，而成爲我們今天所説的小説。

這一時期，與《樊英别傳》相類的雜傳還有《劉根别傳》《李郃别傳》。

《劉根别傳》，《隋書·經籍志》史部雜傳類無著録，著者、卷數不詳。《隋書·經籍志》史部雜傳類著録有《劉君内記》一卷，注云"王珍撰"。《舊唐書·經籍志》史部雜傳類、《新唐書·藝文志》子部道家類無著録，《通志·藝文略》道家傳類著録有《劉真人内傳》一卷，注云"漢王珍遇劉根事"，有《劉君内記》一卷，注云"王珍賢撰"，《通志》所載《劉君内記》當源自《隋書·經籍志》著録，《劉真人内傳》與《劉君内記》如姚振宗言："此自是重出，又衍賢字。"① 姚振宗以爲《隋書·經籍志》所録的《劉君内記》即《劉根别傳》，姚氏説："按《通志略》道家有《劉真人内傳》一卷，注云'漢王珍遇劉根事'，似即此書。根，潁川人，隱居嵩山中……"② 姚氏所言似不甚確妥，因爲，如《通志·藝文略》著録《劉君内記》或《劉真人内記》

① 姚振宗《隋書經籍志考證》卷二十史部雜傳類"《劉君内記》"條，開明書店《二十五史補編》第4册，中華書局1998年，第337頁中。

② 姚振宗《後漢藝文志》卷二史部雜傳類"《劉根别傳》"條，開明書店《二十五史補編》第2册，中華書局1998年，第69頁下。

所言，它是記“王珍遇劉根事”，而今所見《劉根别傳》佚文，不見有王珍事，如果它們同爲一書，王珍遇劉根事當是其主要内容，或應存一鱗半爪，而今不存。故竊以爲，《劉君内記》與《劉根别傳》或不是同一書。另外，葛洪《神仙傳》所載劉根之事中，有王珍從劉根學道事。

劉根，《後漢書》卷八二《方術傳》有傳，其云：“劉根者，潁川人也，隱居嵩山中。諸好事者自遠而至，就根學道。”《神仙傳》卷八亦有傳。《劉根别傳》久佚，其文今散見於諸書徵引①，《太平御覽經史圖書綱目》即列《劉根别傳》。清人侯康《補後漢書藝文志》卷三史部雜傳類、姚振宗《後漢藝文志》卷二史部雜傳記類、曾樸《補後漢書藝文志并考》卷六記傳志内篇第二之二均有補録。無輯本。

《後漢書·劉根傳》載太守史祈收劉根，劉根呼其亡父母之靈事，今所存《劉根别傳》佚文無此事。從今存佚文看，《劉根别傳》所載，多治病、防病、養生之術，與道教産生初期以符

①《藝文類聚》卷七《山部上·嵩高山》、卷八七《菓部下·棗》，《白氏六帖事類集》卷四《鏡第二十六》“九寸明鏡”，《太平御覽》卷七四《地部三十九·沙》、卷七一七《服用部十九·鏡》、卷七二〇《方術部一·養生》、卷七四二《疾病部五·疫癘》、卷九六五《果部二·棗》，四庫本《北堂書鈔》卷一五九《地理部三·沙二十六》“沙能愈疫”，《事類賦》卷二六《果部·棗賦》“或食仁而却邪”，《本草綱目》卷二九《果之一·棗》時珍按各引一條，作《劉根别傳》。又，《北堂書鈔》卷一三三《服飾部二·杖二十二》“九節仰指日”，《太平御覽》卷七一〇《服用部十二·杖》，《天中記》卷四八《杖》“九節杖”，《格致鏡原》卷五八《燕賞器物類二·杖》各引一條，作《劉根别傳》。言武帝與東方朔事，不及劉根，或不出《劉根别傳》。

水治病相一致，多離奇怪誕，如：

> 思形狀可以長生，以九寸明鏡照面，熟視之，令自識己身形，常令不忘，久則身神不散，疾患不入。①

又如："取七歲男齒女髮，與己頸垢合燒服之，一歲則不知老，常爲之，使老有少容也。"② 這種美容養顏之法，恐怕誰也不會去實踐。

《李郃別傳》，《隋書·經籍志》無著録，著者、卷數不詳。清人侯康《補後漢書藝文志》卷三史部雜傳類、姚振宗《後漢藝文志》卷二史部雜傳類、顧櫰三《補後漢書藝文志》卷七、曾樸《補後漢書藝文志并考》卷六記傳志内篇第二之二均有補録。李郃，李固之父，《後漢書》卷八二上《方術傳》有傳，其云："李郃，字孟節，漢中南鄭人也。"《李郃別傳》久佚，其文今散見於諸書徵引③，《太平御覽經史圖書綱目》即列《李郃別

---

①《太平御覽》卷七一七《服用部十九·鏡》、《白氏六帖事類集》卷四《鏡第二十六》"九寸明鏡"各引一條，作《劉根別傳》，從《太平御覽》卷七一七引。

②《太平御覽》卷七二〇《方術部一·養生》引一條，作《劉根別傳》，據以校録。

③《北堂書鈔》卷四〇《政術部·奉使四十》"循行州郡"、卷七六《設官部二十八·京尹一百六十七》"整頓京師檢御貴戚"、卷一〇一《藝文部·寫書十七》"李郤賃書自給"、卷一五〇《天部二·星五》"使星向益部"，《藝文類聚》卷四六《職官部二·博士》，《初學記》卷一八《人部中·貧第六》"茅宅蓬廬"，《太平御覽》卷二三二《職官部三十·上林苑令》、卷二五二《職官部五十·尹》、卷三六四《人事部五·頭下》、卷三七〇《人事部十一·手》、卷四八五《人事部一百二十六·貧下》、卷五二八《禮儀部七·六宗》，《職官分紀》卷三八《河南尹》"整頓京師檢御貴戚"，《古今合璧事類備要後集》卷七一《守臣門·京尹》（轉下頁）

傳》,"李郈"當爲"李郃"之誤。顧懷三《補後漢書藝文志》卷七在補録時輯得其佚文數節，但未作校勘，無他輯本。

《李郃别傳》所載之事，除了一件關於他占星知朝廷使者來一事與方術有關外，其餘主要是他爲官正直之事，與其他方士傳頗不相類。而關於占星知朝廷使者事,《後漢書・李郃傳》亦載，李郃憑此事起家而官至司空。《李郃别傳》中對李郃外貌的描寫值得注意，其云:"公長七尺八寸，多鬚髯，手握三公之字。"① 又説:"公耳有奇表，腦枕如鼎形。"② 對李郃特異外貌的描寫，突出了他與常人的不同，給人印象深刻。

四、其他散傳

這一時期的單篇散傳還有《李陵别傳》《陳寔别傳》《梁冀别傳》《董卓别傳》《蔡邕别傳》《李固别傳》《張純别傳》《盧植别傳》《馬融别傳》《王允别傳》《李燮别傳》《何顒别傳》，由於它們所存佚文較少，故一併論之。

《李陵别傳》,《隋書・經籍志》等史志書目無著録，撰人、

(接上頁)"檢御貴戚",《翰苑新書前集》卷四二《京尹》"檢御貴戚"各引一條，作《李郃别傳》;《太平御覽》卷七七九《奉使部三・奉使下》引一條，作《華陽李郃别傳》;《藝文類聚》卷一《天部上・星》引一條，作《李郃傳》;《北堂書鈔》卷七九《設官部三十一・孝廉一百七十七》"李郃絶榮"引一條，作《李卻别傳》,《太平御覽》卷二三六《職官部三十四・博士》引一條，作《李郈别傳》;"李卻""李郈"當作"李郃"。

①《太平御覽》卷三七〇《人事部十一・手》、《天中記》卷二二《手》"三公"、《廣博物志》卷二五《形體》各引一條，作《李郃别傳》，從《太平御覽》卷三七〇引。

②《太平御覽》卷三六四《人事部五・頭下》引一條，作《李郃别傳》，據以輯録。

卷數不詳。其佚文今見於《太平御覽》等書徵引[①]，《太平御覽經史圖書綱目》即列《李陵别傳》。姚振宗以爲是前漢人所作，他説："《李陵别傳》當是前漢人作，陵既不得已降匈奴，漢朝人士頗有憫惜之者，故爲是傳志，悲感焉。"[②] 並認爲《隋書·經籍志》之所以没有著録，是因爲它已被收録在或任昉或陸澄等人的《雜傳》集中了。今見諸書徵引題《李陵别傳》者，或有爲《文選》所録李陵《答蘇武書》之節文者，如《北堂書鈔》卷一三二《服飾部一·幕二》"毳幙"、《太平御覽》卷四八九《人事部一百三十·别離》等引即是。劉知幾懷疑李陵《與蘇武書》爲後人擬作，《史通》卷一八《外篇·雜説下第九》云："《李陵集》有《與蘇武書》，詞采壯麗，音句流靡。觀其文體，不類西漢人，殆後來所爲，假稱陵作也。遷史缺而不載，良有以焉。編於李集中，斯爲繆矣。"浦起龍按云："決陵此書爲假作，具眼在坡老之前，可悟此老非不知文者。海虞王侍御峻爲余言：子瞻疑此書出齊、梁人手，恐亦强坐。江文通《上建平王書》，已用'少卿搥心'之語，豈以時流語作典故哉？當是漢季晉初人擬爲之。"如此，則李陵《與蘇武書》或出《李陵别傳》，而後人取出，徑稱李陵之作耶？

---

①《北堂書鈔》卷一一四《武功部二·征伐三》"步卒五千出征絶域"、卷一一七《武功部五·兵勢十》"追奔逐北滅跡揚塵"、卷一一八《武功部六·功戰十一》"天地爲震怒戰士爲飲血"、卷一二〇《武功部八·旗十八》"李陵盡埋"、卷一二一《武功部九·鼓二十四》"戰鼓不起"、卷一三二《服飾部一·幕二》"毳幙"、《太平御覽》卷四八九《人事部一百三十·别離》各引一條，作《李陵别傳》。

② 姚振宗《漢書藝文志拾補》卷二《諸子略》第二"《李陵别傳》"條，開明書店《二十五史補編》第2册，中華書局1998年，第49頁下。

《陳寔别傳》,《隋書・經籍志》無著録，撰人、卷數均不詳。其佚文今散見於諸書徵引①,《太平御覽經史圖書綱目》即列《陳寔别傳》。清人侯康《補後漢書藝文志》卷三史部雜傳類、姚振宗《後漢藝文志》卷二史部雜傳記類、顧懷三《補後漢書藝文志》卷七、曾樸《補後漢書藝文志并考》卷六記傳志内篇第二之二均有補録。

《梁冀别傳》，卷數、撰人不詳。或作《梁冀傳》,《舊唐書・經籍志》史部雜傳類、《新唐書・藝文志》史部傳記類著録《梁冀傳》二卷。諸書徵引,則多作《梁冀别傳》②。清人侯康

①《文選》卷三八《表・爲范始興作求立太宰碑表》"君長一城亦盡刊刻之美"李注、《北堂書鈔》卷七七《設官部二十九・功曹一百七十二》"善則稱君惡則稱己"、《太平御覽》卷二六四《職官部六十二・功曹參軍》、卷四〇三《人事部四十四・道德》、卷四九九《人事部一百四十・盜竊》各引一條，作《陳寔别傳》;《北堂書鈔》卷一〇二《藝文部・碑二十九》"刊石立碑"引一條，作《陳實别傳》。

②《後漢書・志第二十四・百官一》劉昭注,《後漢書・志第十五・五行三》劉昭注,《後漢書・志第十八・五行六》劉昭注,《後漢書・志第十三・五行一》劉昭注,《北堂書鈔》卷三五《政術部九・德感二十二》"子産治鄭蒺藜不生"、卷五五《設官部七・太倉令三十七》"宗不知書",《太平御覽》卷二四二《職官部四十・羽林監》、卷三六九《人事部十・肩》、卷三八二《人事部二十三・醜丈夫》、卷四九〇《人事部一百三十一・僭》、卷四九二《人事部一百三十二・虐》、卷五〇〇《人事部一百四十一・奴婢》、卷六九一《服章部八・單衣》、卷七五四《工藝部十一・博》、卷七五四《工藝部十一・蹴鞠》、卷七五五《工藝部十二・彈棊》、卷七五五《工藝部十二・射數》,《事類賦》卷一二《服用部・衣賦》"狐尾虎文之飾",《職官分紀》卷三三《大將軍》各引一條,《太平御覽》卷二三二《職官部三十・太倉令》引二條，作《梁冀别傳》;《琱玉集》卷一四《美人篇第一》、《敦煌類書》録文篇《類林》"美人第卅六"(221—36—13)、《太平御覽》卷九九〇《藥部七・烏頭》各引一條，作《梁冀傳》。

《補後漢書藝文志》卷三史部雜傳類、顧櫰三《補後漢書藝文志》卷七補録《梁冀别傳》，不録《梁冀傳》；姚振宗《後漢藝文志》卷二史部雜傳記類、曾樸《補後漢書藝文志并考》卷六記傳志内篇第二之二著録《梁冀傳》二卷，不録《梁冀别傳》。

《董卓别傳》，《隋書・經籍志》無著録，卷數不詳。其佚文今散見於諸書徵引①，《太平御覽經史圖書綱目》即列《董卓别傳》。侯康《補後漢書藝文志》卷三史部雜傳類、姚振宗《後漢藝文志》卷二史部雜傳記類、曾樸《補後漢書藝文志并考》卷六記傳志内篇第二之二、顧櫰三《補後漢書藝文志》卷七别傳類補録。章宗源《隋書經籍志考證》及諸家補《後漢書藝文志》均據《後漢書》之《志第十三・五行一》李注有引"楊孚卓傳"而定其爲楊孚作。不過，據黄佐《廣州先賢傳》和歐大任《百越先賢志》，楊孚當爲章帝、和帝時人，所以，侯康認爲"今仍題楊孚名而不敢必爲即撰《異物志》之人，或異人同姓名也"②。

---

①《後漢書》卷七二《董卓傳》"董卓字仲穎"李注、卷七四上《袁紹傳》"乃誅紹叔父隗及宗族在京師者盡滅之"李注，《後漢書・志第六・禮儀下》"司徒光禄勳備三爵如禮"劉昭注，《後漢書・志第十三・五行一》"靈帝中平中京都歌曰承樂世董逃遊四郭……"劉昭注，《北堂書鈔》卷一四一《車部・蓋二十三》"金華青蓋"，《編珠》卷二《儀衛部》"玉甲犀鎧"，《太平御覽》卷二《天部二・渾儀》、卷三六四《人事部五・頭下》、卷三六六《人事部七・目》、卷四七七《人事部一百十八・施惠下》、卷四九〇《人事部一百三十一・僭》、卷四九二《人事部一百三十二・虐》、卷七七六《車部五・蓋》、卷八二八《資産部八・賣買》、卷八六三《飲食部二十一・肉》，《事類賦》卷一六《服用部・車賦》"竿摩僭擬"各引一條，作《董卓别傳》。

② 侯康《補後漢書藝文志》卷三史部雜傳類"《董卓别傳》"條，開明書店《二十五史補編》第2册，中華書局1998年，第21頁上。

曾樸、姚振宗等也有類似的看法[①]。故其作者此處存疑。

《蔡邕別傳》,《隋書·經籍志》無著録，撰人、卷數不詳。其佚文今尚見於諸書徵引的有數條[②]，清人侯康《補後漢書藝文志》卷三史部雜傳類、姚振宗《後漢藝文志》卷二史部雜傳記類、顧櫰三《補後漢書藝文志》卷七、曾樸《補後漢書藝文志并考》卷六記傳志内篇第二之二均補録。

《李固別傳》,《隋書·經籍志》史部雜傳類無著録,《舊唐書·經籍志》史部雜傳類、《新唐書·藝文志》史部傳記類著録，均言“《李固別傳》七卷”，其佚文今見於《太平御覽》等書徵引的有數條[③],《太平御覽經史圖書綱目》列《李固別傳》。

《何顒別傳》，史志書目無著録，撰人不詳。《隋書·經籍志》史部雜傳類著録《何顒使君家傳》一卷,《舊唐書·經籍

① 姚振宗《後漢藝文志》卷二史部雜傳類“楊孚《董卓別傳》”，開明書店《二十五史補編》第2册，中華書局1998年，第66頁中。曾樸《補後漢書藝文志并考》卷六記傳志内篇第二之二“楊孚《董卓別傳》”條，開明書店《二十五史補編》第2册，中華書局1998年，第78頁下。

②《後漢書》卷六〇下《蔡邕傳》“奏其所著十意”李注,《北堂書鈔》卷九八《藝文部四·讀書十四》“李則讀左氏舉一反三”、卷九八《藝文部四·讀書十四》“通敏兼人”、卷一〇九《樂部·琴十》“蔡邕焦尾”、卷一一一《樂部·簫二十二》“有異聲”,《太平廣記》卷一六四《名賢·蔡邕》各引一條，作《蔡邕別傳》。

③《北堂書鈔》卷七九《設官部三十一·孝廉一百七十七》“李固不就”,《太平御覽》卷二六五《職官部六十三·從事》、卷三八五《人事部二十六·幼智下》、卷五四九《禮儀部二十八·屍》、卷八六〇《飲食部十八·餅》各引一條，作《李固別傳》;《太平御覽》卷四二八《人事部六十九·正直下》,《記纂淵海》卷七《論議部·事理倒置》、卷一二〇《人情部·怨望》各引一條，作《李固外傳》;《太平御覽》卷七一一《服用部一三·笈》引一條，作《李固傳》。

志》史部雜傳類、《新唐書·藝文志》史部雜傳記類著録《何顒傳》一卷。今檢諸書徵引，未見作《何顒使君家傳》及《何顒傳》者，此《何顒别傳》或即《何顒使君家傳》《何顒傳》。《何顒别傳》今存文一條，見於《太平御覽》卷四四四《人事部八五·知人下》、卷七二二《方術部三·醫二》、卷七三九《疾病部二·總敘疾病下》、《醫説》卷一《三皇歷代名醫》等引。敘何顒有人倫鑒識，識同郡張仲景之事。

《張純别傳》，《太平御覽》卷二四一《職官部三十九·虎賁中郎將》引一條。《盧植别傳》，《北堂書鈔》卷九二《禮儀部·葬三十二》"不用棺槨"、《太平御覽》卷五五五《禮儀部三十四·葬送三》各引一條。《馬融别傳》，《藝文類聚》卷六九《服飾部上·帳》、《太平御覽》卷六九九《服用部一·帳》各引一條。《王允别傳》，《北堂書鈔》卷七三《設官部二五·别駕一六一》、《太平御覽》卷二六三《職官部六一·别駕》各引一條。《李燮别傳》，《太平御覽》卷二五二《職官部五十·尹》、卷六五二《刑法部十八·赦》，《職官分紀》卷三八《京兆尹》"吏民愛敬作歌"，《長安志》卷二《雍州·京兆尹》，《古今合璧事類備要後集》卷七一《守臣門·京尹》"幢蓋鼓吹"，《翰苑新書前集》卷四二《京尹》"幢蓋鼓吹"各引一條。以上諸書撰人、卷數均不詳，清人侯康《補後漢書藝文志》卷三史部雜傳類、姚振宗《後漢藝文志》卷二史部雜傳記類、顧櫰三《補後漢書藝文志》卷七、曾樸《補後漢書藝文志并考》卷六記傳志内篇第二之二有補録。

又有《王閎本事》，《隋書·經籍志》等史志書目無著録，

《太平御覽經史圖書綱目》録《王閎本事》。今見《太平御覽》卷三六八《人事部九·齒》引一節，其在宋初李昉等修《太平御覽》時或尚見之，其散佚當在此後。

以上諸傳，由於所遺文字較少，難窺全貌，不過，有的片斷仍能看出這些别傳的精彩之處，如《陳寔别傳》中的一段：

> 寔，字仲弓，潁川人。自爲兒童，不爲戲弄，等類所歸。寔在鄉間，平心率物，其有争訟，輒求判正，曉譬曲直，返無怨者，至乃歎曰："寧爲刑罰所加，不爲陳君所斷。"時歲荒民儉，有盗夜入其室，止於梁上。寔陰見之，乃起自整拂，呼命子孫，正色訓之曰："夫人不可不自勉，不善之人，未必本惡，習與性成，遂至於此，如梁上君子矣。"盗大驚，自投於地，稽首歸罪。寔徐譬之曰："視君狀貌，不似惡人，宜深尅己反善。"然此當由困貧，令遺絹二疋。自是縣無復盗竊。①

這段文字敘述了陳寔見有盗者入室，巧妙地以訓誡全家子弟的方式教育了盗者，使其改過從善之事，不論是陳寔還是盗者，都寫得栩栩如生，他們的音容笑貌，如在目前，而且，因爲陳寔處理這件事的方式的巧妙、機智，也使這段敘述頗具故事性和情節性，並飄溢着智慧與幽默的芬芳。

另外，從這些所遺不多的文字中，我們也仍能窺見人物的

①《太平御覽》卷四〇三《人事部四十四·道德》、卷四九九《人事部一百四十·盗竊》各引一條，作《陳寔别傳》，從《太平御覽》卷四〇三引。

某些性格，如：

卓知所爲不得遠近意，欲以力服之。遣兵於雒陽城，時遇二月社，民在社下飲食，悉就斷頭，駕其車馬，載其婦女財物，以斷頭繫車轅軸還雒，云攻敗大獲，稱萬歲入，闕雒陽城門，焚燒其頭。

卓孫年十七，卓爲作小鎧冑，以玉爲甲，騠騎出入，殺人如蚤虱。

卓會公卿，召諸降賊飦行，責降者曰："何不鑿眼！"應聲眼皆落地。①

這是《董卓别傳》中的三段文字，從這些描述中，我們不難看出《董卓别傳》所要展示的董卓的品性：殘忍、暴虐及其大權在握後的奢豪與任意揮霍。而作者的基本態度和傾向也十分清晰和明瞭。其他如《李固别傳》《梁冀别傳》等中李固的謙遜、正直的品性，梁冀的驕横、恣暴也都隱然可見。

① 第一條：《太平御覽》卷三六四《人事部五·頭下》、卷四九二《人事部一百三十二·虐》各引一條，作《董卓别傳》，從《太平御覽》卷三六四引。第二條：《編珠》卷二《儀衛部》"玉甲犀鎧"引一條，作《董卓别傳》，據以輯録。第三條：《太平御覽》卷三六六《人事部七·目》引一條，作《董卓别傳》，據以輯録。

第五節　兩漢類傳

漢代的類傳，大約有二十種左右，今除揚雄《蜀王本記》等少數幾部保存一部分佚文之外，其餘類傳幾乎全部散亡，只是因爲如《隋書·經籍志》雜傳序等提及，才知兩漢時期曾有這些雜傳著作。

一、《蜀王本記》

《蜀王本記》，《隋書·經籍志》史部地理類、《舊唐書·經籍志》史部地理類、《新唐書·藝文志》史部地理類著録《蜀王本紀》一卷，題揚雄撰。《册府元龜》卷五五五《國史部·採撰一》亦載："揚雄爲郎，給事黄門，撰《蜀王本記》一卷。"常璩《華陽國志·序志》也説："司馬相如、嚴君平、揚子雲、陽城子玄、鄭伯邑、尹彭城、譙常侍、任給事等各集傳記，以作《本紀》。"常璩提到的這八家《蜀紀》，後來都散佚了。揚雄的《蜀王本記》，《太平御覽經史圖書綱目》列《蜀王本紀》。又有揚雄《蜀王記》，此二書當即一書，或不同傳本。則宋修《太平御覽》時此書尚存，且有不同傳本，其當佚於宋後。《類説》卷三六摘《蜀本紀》六則，除《杜宇》外皆非本書，蓋其書已爲後人竄亂。今存有明人鄭樸、清人王謨、洪頤煊、王仁俊、顧觀光、嚴可均多家輯本。鄭樸輯得《蜀王本紀》二條，《蜀王記》一條，共三條，載於其所編《揚子雲集》卷六中。王謨、洪頤煊、顧觀光據諸書採摭，互有詳略。顧本末二節“秦始皇葬於驪山”和“縣前有兩石”二條爲洪本所無，洪本“秦惠王遣張儀、司馬錯伐蜀”“張儀伐蜀”“李冰以秦時爲蜀首”三條顧氏又失採。王謨所輯録於《漢唐地理書鈔》中，洪頤煊所輯録於《問經堂叢書》之《經典集林》中，顧觀光所輯見於《武陵山人遺稿》之《古書逸文》中。王仁俊據《稽瑞》採得一節，據《琱玉集》卷一二、《法苑珠林》卷五採得二節，録於《玉函山房輯佚書補編》中，可補洪、顧、王所缺。嚴可均《前漢文》卷五三所録與洪頤煊本同，當是鈔録洪頤煊《經典集林》本。

《蜀王本記》史志書目多將其著録於史部地理類，這大概是其中多涉及古代蜀國的地理名物，不過，它的重心所在，乃是傳録古蜀帝王之事，又其名“本記”，顯系沿襲《史記》本紀之例而作，它以人物爲中心的體制，亦屬於傳記之體。同時，其所傳又不止一人，從今存佚文看，當是蜀地歷代多位蜀王的傳記，一如《史記》之《五帝本紀》《夏本紀》等，故其體例當屬雜傳類傳之體。

揚雄，字子雲，西漢蜀郡成都人。班固《漢書》卷八七有傳。仕成帝、哀帝、平帝三朝，爲給事黄門郎。王莽建立新朝，爲太中大夫。著有《法言》《方言》《太玄經》《揚子雲集》等，是西漢著名的哲學家、文學家、語言學家。

《蜀王本記》的最大特點是廣採傳説，不論虚實。此一特點，顯然又深受《禹本紀》的影響，如有關望帝禪位於鱉靈之事，《蜀王本記》云：

> 望帝使臣鱉靈治水，去後，望帝與其妻通，慚愧。且以德薄，不及鱉靈，乃委國授之。望帝去時，子規鳴，故蜀人悲子規鳴而思望帝。望帝，杜宇也，從天墮。①

李劍國先生等許多學者以爲《蜀王本記》此記不實，禪位之説大約是揚雄鑒於王莽篡漢有意作出的回護之辭，據宛本《説郛》卷六〇《寰宇記》所記“望帝自逃之後，欲復位不得，死化爲鵑”（按：今本《太平寰宇記》無此），袁珂以爲鱉靈把望帝趕走奪取帝位大約才是這一傳説的本貌②。而古蜀人把望帝比作杜鵑，其實也暗中透露出此一資訊。子規即杜鵑，李商隱《無題》詩“望帝春心托杜鵑”即用此典。杜鵑啼聲淒切，喙有紅色如血痕，子規啼血的悲涼，可以理解爲望帝對自已失國的哀痛，也反映了古蜀人對這一失國君主的同情和懷念。如果是如堯舜之道，想必他是不會如此傷懷的，古蜀人也不會有如此之比了。

後代學者對《蜀王本記》廣採傳説的做法多有不滿，劉知幾《史通·雜説下》就説：“觀其《蜀王本紀》，稱杜魄化而爲鵑，荆屍變而爲鼈，其言如是，何其鄙哉！”③吴曾《能改齋漫録》卷九《地理·蜀石牛》也針對五丁力士之事云：“此事尤近

①《太平御覽》卷九二三《羽族部十·巂》、《天中記》卷五九《杜鵑》“望帝”各引一條，作《蜀王本紀》，從《太平御覽》卷九二三引。

②袁珂《古神話選釋》，人民文學出版社1979年，第489頁。

③劉知幾撰，浦起龍釋《史通通釋》卷一八《雜説下》第九，上海古籍出版社1978年，第519頁。

誣。”[①] 常璩重寫蜀史時，曾對其傳説之虚誕大加批駁：

> 《蜀紀》言“三皇乘祇車出谷”，秦宓曰“今之斜谷也”，及武王伐紂，蜀亦從行。《史記》周貞王之十六年，秦厲公城南鄭，此谷道之通久矣。而説著以爲蜀王因石牛始通，不然也。《本紀》既以炳明而世俗間横有爲蜀傳者，言蜀王蠶從之間周迴三千歲，又云荆人鱉靈死，屍化西上，後爲蜀帝，周萇弘之血變成碧珠，杜宇之魄化爲子鵑。又言蜀椎髻左衽，未知書，文翁始知書學。案《蜀紀》：“帝居房心，決事參伐。”參伐則蜀分野，言蜀在帝議政之方，帝不議政則王氣流於西，故周失紀綱而蜀先王，七國皆王，蜀又稱帝。此則蠶從自王，杜宇自帝，皆周之叔世，安得三千歲？且太素資始。有生必死，死終物也，自古以來未聞死者能更生，當世或遇有之，則爲怪異，子所不言，况能爲帝王乎！碧珠出不一處，地之相距，動數千里，一人之血豈能致此。子鵑鳥四海有之，何必在蜀……漢末時，漢中祝元靈，性滑稽，用州牧劉焉談調之末，與蜀士燕胥，聊著翰墨。當時以爲極歡，後人有以爲惑。恐此之類，必起於元靈之由也。惟智者辨其不然，幸也。[②]

《蜀王本記》雖不足以稱信史，但這些傳説卻充滿幻奇的魅

① 吴曾《能改齋漫録》卷九《地理·蜀石牛》，文淵閣《四庫全書》第850册，臺灣商務印書館1987年，第671頁上。

② 常璩《華陽國志》一二《序志》，《龍谿精舍叢書》刊顧千里校本，中國書店1991年，第656頁。

力，在今之尚存的殘文中，尤以杜宇、鱉靈、武都丈夫、五丁力士的傳説最爲優美。如杜宇夫婦的身世，就洋溢着古樸奇異的想象：

> 後有王曰杜宇，出天墮山，又有朱提氏女名曰利，自江原而出，爲宇妻。乃自立爲蜀王，號曰望帝，移居郫邑。①

又如武都丈夫化爲女子之事："武都有丈夫化爲女子，顔色美好，蓋山精也。蜀王娶以爲妻，不習水土，疾病，欲歸國，蜀王留之，無幾物故。蜀王發卒之武都擔土，於成都郭中葬。蓋地數畝，高七丈，號曰武擔也。以石作鏡一枚表其墓。"② 丈夫化爲美女，而此

---

①《文選》卷四左思《蜀都賦》"夫蜀都者蓋兆基於上世開國於中古……"李注、《文選》卷四六王融《三月三日曲水詩序》"侮食來王左言……"李注、《太平御覽》卷一六六《州郡部十二·益州》各引一條，作揚雄《蜀王本紀》;《類説》卷三六《蜀本紀》"杜宇"引一條，作《蜀本紀》;《藝文類聚》卷六《州部·益州》、《初學記》卷八《州郡部·劍南道第八》"其始王則有蠶叢杜宇"各引一條，作揚雄《蜀本紀》;《錦繡萬花谷後集》卷六《成都府·益州》"蠶叢"引一條，作揚雄《蜀本記》;《文選》卷六《魏都賦》"或魋髻而左言或鏤膚而鑽髮或明發而嫮歌或浮泳而卒歲"李注、《廣博物志》卷九《斧扆上》各引一條，作揚雄《蜀記》;從《太平御覽》卷一六六引。

②《三國志》卷三二《蜀書·先主傳》"上尊號即皇帝位於成都武擔之南"裴注、《初學記》卷八《州郡部·劍南道第八》"石鏡銅梁"、《事類賦》卷七《地部·石賦》"或高懸蜀鏡"、《蜀中廣記》卷六八《方物記第十·服用》各引一條，作《蜀本紀》;《藝文類聚》卷六《地部·益州》、《初學記》卷五《地理上·石第九》"越履蜀鏡"、《太平御覽》卷五二《地部十七·石下》各引一條，作揚雄《蜀本紀》;《後漢書》卷八二上《方術列傳上·任文公傳》"公孫述時蜀武擔石折"李注、（轉下頁）

丈夫又是山精，真是奇異。再如五丁力士：

天爲蜀王生五丁力士，能徙山。秦王獻美女與蜀王，蜀王遣五丁迎女，見一大蛇入山穴中，五丁并引蛇，山崩，秦五女皆上山，化爲石。①

二、其他類傳

除揚雄《蜀王本記》以外，兩漢時期的類傳還有袁湯、圈稱《陳留耆舊傳》、梁鴻《逸民傳頌》、侯瑾《漢皇德傳》，以及《隋書·經籍志》雜傳類序和常璩《華陽國志·陳壽傳》所言的諸種類傳。

（接上頁）《北堂書鈔》卷九四《禮儀部·冢墓四十二》"石鏡一枚"各引一條，作揚雄《蜀王本紀》；《北堂書鈔》卷一三六《儀飾部七·鏡六十五》"石鏡表墓"，《開元占經》卷一一三《人及神鬼占》"男化爲女"，《藝文類聚》卷七〇《服飾部下·鏡》，《方輿勝覽》卷五四《漢州》"武都山"，《太平御覽》卷七一七《服用部十九·鏡》，《説略》卷五《人紀》，《天中記》卷七《山》"武擔"、卷四九《鏡》"石作鏡"各引一條，作《蜀王本紀》，四庫本《太平御覽》卷七一七《服用部十九·鏡》引作《蜀王本記》；《輿地廣記》卷二九《成都府》"武擔山"引一條，作《蜀王紀》；從《三國志》卷三二裴注引。

①《藝文類聚》卷七《山部上·總載山》、《白氏六帖事類集》卷二《交廣諸山第二十》"五丁徙山"、《古今合璧事類備要前集》卷六《地理門·石》"玉女石"、《錦繡萬花谷前集》卷五《山嶽》"五丁"各引一條，作《蜀王本紀》；《初學記》卷五《地理上·總載山第二》"五女兩童"、《太平御覽》卷五二《地部十七·石下》各引一條，作揚雄《蜀本紀》；四庫本《記纂淵海》卷六《地理部·山》引一條，作《蜀王本記》；從《藝文類聚》卷七引。又，《敦煌類書》録文篇《類林》"壯勇第三十四"（221—34—06）條引一條，云出揚雄《蜀王記》，文略異。

袁湯《陳留耆舊傳》，袁宏《後漢紀》云："桓帝永興元年……十一月……太尉袁湯致仕。湯，字仲河，初爲陳留太守，褒善敘舊，以勸風俗，嘗曰：'不值仲尼，夷齊西山餓夫，柳下東國黜臣，致聲名不泯者，篇籍使然也。'乃使户曹吏追録舊聞，以爲《耆舊傳》。"

又，《隋書·經籍志》史部雜傳類著録有圈稱《陳留耆舊傳》二卷，《史通·雜述》云："若圈稱《陳留耆舊》、周斐《汝南先賢》、陳壽《益部耆舊》、虞預《會稽典録》，此之謂郡書者也。"《隋書·經籍志》史部地理類又著録有圈稱《陳留風俗傳》三卷，《舊唐書·經籍志》《新唐書·藝文志》則僅著録《陳留風俗傳》三卷，姚振宗據此推測《陳留耆舊傳》唐時已亡。並以爲袁湯所使"户曹吏"即圈稱，此《陳留耆舊傳》即《隋書·經籍志》史部雜傳類所録"圈稱《陳留耆舊傳》二卷"者，他説："又按此與袁湯《耆舊傳》時代甚相近，疑即湯使户曹吏所作者，圈稱或爲本郡户曹，後舉上計留爲郎，轉爲議郎者歟？袁《紀》所言，似得之於本書序文，以重在袁湯，故未於户曹吏下著圈稱姓名，斯則未可知耳。"① 姚氏所言有一定道理，因爲袁宏《後漢紀》確言"袁湯使户曹吏追録舊聞，以爲《耆舊傳》"，則袁湯並未實際撰作，撰作者是户曹吏②。

---

① 姚振宗《後漢藝文志》卷二史部雜傳記類"圈稱《陳留耆舊傳》二卷"條按語，開明書店《二十五史補編》第2册，中華書局1998年，第65頁中。

② 今亦見吕友仁合輯圈稱、蘇林《陳留耆舊傳》，得"27事，十六人，勒爲一卷"，載《河南師範大學學報》2008年第2期。

梁鴻《逸民傳頌》,《後漢書》卷八三《逸民傳·梁鴻傳》云:“仰慕前世高士，而爲四皓以來二十四人作頌。”皇甫謐《高士傳·序》云“梁鴻頌逸民”,《史通·雜述》云:“若劉向《列女》、梁鴻《逸民》、趙采《忠臣》、徐廣《孝子》，此之謂别傳者也。”據此，侯康云:“則當日必已成書，每人各系以傳也。”①此書今佚,《文選》卷一九李注引安丘嚴平頌一條，疑出此書。

侯瑾《漢皇德傳》,《隋書·經籍志》史部雜史類著録《漢皇德紀》三十卷，並注云“漢有道徵士侯瑾撰，起光武至沖帝”。《舊唐書·經籍志》《新唐書·藝文志》史部正史類著録有《漢皇德傳》三十卷。《玉海》卷五八《藝文》傳類云:“列傳，班固作《世祖本紀》，又撰《功臣》《平林》《新市》《公孫述》等列傳、載記二十八篇，臨邑侯復好學，永平中與班固、賈逵共述漢史，復子騊駼及從兄平望侯毅并有才學，永寧中鄧太后召毅及騊駼入東觀，與謁者僕射劉珍著《中興以下名臣列士傳》。劉珍（字秋孫），南陽人，少好學，永寧元年詔珍與騊駼作《建武以來名臣傳》，侯瑾按《漢記》撰中興以後行事爲《皇德傳》三十篇（《文苑》《唐志》、瑾集二卷),《唐志》正史類《皇德紀》三十卷（《隋志》同，起光武至沖帝,《後漢五行志》注引《皇德傳》）宋太祖時沮渠茂虔獻《漢皇德傳》二十五卷。”②此書至劉宋時已不多見，沮渠茂虔所獻已不全，僅二十五

① 侯康《補後漢書藝文志》卷三史部雜傳類“梁鴻《逸民傳頌》”條，開明書店《二十五史補編》第 2 册，中華書局 1998 年，第 19 頁上。

② 王應麟《玉海》卷五八《藝文》傳類“《皇德傳》”條，廣陵書社 2003 年，第 1103 頁。

卷。侯瑾，字子瑜，敦煌人，漢末博士，善内學。《後漢書·文苑傳》有傳，其云："又案《漢記》撰中興以後行事，爲《皇德傳》三十篇，行於世。"《漢皇德傳》佚文，張澍據《太平御覽》採得四節，又據《後漢書五行志》(原作《漢書五行志》，誤)採得一節，録於《二酉堂叢書》中，《叢書集成初編》用此本。

《隋書·經籍志》史部雜傳類序云："後漢光武，始詔南陽，撰作風俗，故沛、三輔有耆舊節士之序，魯、廬江有名德先賢之贊……"説明東漢以來，京兆、沛、三輔、魯、廬江等地還有先賢、耆舊、名德的傳序或傳贊，不過，這些書基本都散佚不可見了。清人侯康、姚振宗、曾樸等據此在他們各自的補後漢藝文志中著録這些書，只是書名略異而已①。

常璩《華陽國志·陳壽傳》云："益部自建武後，蜀郡鄭伯邑、太尉趙彦信、及漢中陳申伯、祝元靈、廣漢王文表皆以博

① 侯康在其《補後漢書藝文志》卷三史部雜傳類中稱《南陽風俗傳》《京兆耆舊序》，並云"沛、魯、廬江諸書，《隋志》但渾括其名，無從著録，今附志於此"。曾樸在其《補後漢書藝文志并考》卷六記傳志内篇第二之二中稱《光武詔纂京兆耆舊序》《馮翊耆舊序》《扶風耆舊序》《沛國節士序》《魯國名德贊》《廬江先賢贊》。並云："案《隋志》先賢之贊下又云序贊，今並亡，則序贊二字確爲當時書名，非作志者隨文换易之字。據《玉海》引許南容《策》所言，則知三輔各自爲書，非併合一帙，且可徵三輔之並名耆舊，而沛國之名節士，亦無疑矣。至魯國、廬江，姑依其先後次第分屬之。"姚振宗在其《後漢藝文志》卷二史部雜傳類中稱《京兆耆舊傳》《沛國耆舊傳》《三輔耆舊傳》《魯國先賢贊》《廬江先賢贊》，並云："今考《隋志》，有《魯國先賢傳》，蓋後人續編之書，又載諸郡國傳記，以耆舊、先賢名書者尤多，以後況前不甚相遠，《隋志》稱節士、名德，當在耆舊、先賢之中，今以沛、三輔稱耆舊傳，魯、廬江稱先賢傳，著於録。"

學洽聞，作《巴蜀耆舊傳》。”據此則東漢以來有鄭廑《益部耆舊傳》、趙謙《蜀郡耆舊傳》、祝龜《漢中耆舊傳》、王商《蜀郡耆舊傳》、陳術《益部耆舊傳》，另又有陳封《益部耆舊傳》、常寬《續益部耆舊傳》等。可見漢末以來，爲《益部耆舊傳》者有多人，由於這些書均已散亡，或存一二斷章殘句，諸書徵引，又往往不著撰人，實難於分别到底爲誰所作。

另外，姚振宗《後漢藝文志》卷二史部雜傳類、顧懷三《補後漢書藝文志》卷七史部雜傳記類又著録有《三君八俊録》，曾樸《補後漢書藝文志并考》卷六記傳志内篇第二之二著録有應劭《狀人紀》一部。

第二章　三國雜傳

如前所言，建安元年（196），曹操挾漢獻帝遷都於許，實際是拉開了一個新時代的序幕，故本書把建安年間歸於三國時期，這樣，從建安元年（196）開始，至魏咸熙二年或晉泰始元年（265）司馬炎代魏，幾近七十年的時間爲三國時期。

三國雜傳，侯康《補三國藝文志》史部雜傳類補録有雜傳五十二種，姚振宗《三國藝文志》史部雜傳記類補録有五十四種，他們的著録均不包括建安年間作品①，建安年間作品，姚氏、侯氏及其他學者將其歸入後漢，這些作品約有八種②，另外，諸家所録又往往有遺漏或誤將雜傳收入其他類别之中的情況，如姚振宗就把《曹瞞傳》《魏武自爲家傳》收入雜史類，把《獻帝傳》收入編年類；在侯氏的《補三國藝文志》、姚氏的《三國藝文志》中，其他如《英雄記》等也是雜傳而多被歸入雜史類中；

① 見侯康《補三國藝文志》卷三史部雜傳類，姚振宗《三國藝文志》卷二史部雜傳記類，開明書店《二十五史補編》本，中華書局 1998 年。

② 見姚振宗《後漢書藝文志》、侯康《補後漢書藝文志》、曾樸《補後漢書藝文志并考》、顧櫰三《補後漢書藝文志》，這 8 部作品是：趙岐《三輔決録》、《鄭玄别傳》《趙岐别傳》《孔融别傳》《禰衡别傳》《司馬徽别傳》《荀采别傳》《蔡琰别傳》。

在諸書徵引中又有如《魏武别傳》《曹操别傳》《孫權傳》等又被遺漏而未録。將這些誤入其他類别和被遺漏者計入，則今天尚能見到的三國時期近七十年間的雜傳作品約有七十餘種。

在本章中，將在重點討論《曹瞞傳》和《聖賢高士傳贊》的基礎上，對三國時期的雜傳進行一次較爲全面的清理。

第一節　變形的鏡像:《曹瞞傳》對曹操的傳寫

在三國時期的散傳中，《曹瞞傳》保存較爲完整，而且小説品格鮮明突出，具有一定的代表性。特别是它所展現出來的曹操，與史傳中的曹操有着明顯的不同，在《曹瞞傳》中，曹操不僅是一個不畏權貴、多謀善斷、臨危坦然、樂觀豁達的“雄豪”之人，更是一個“酷虐變詐”“峻刻”“輕佻無威重”的“奸詐”之人，《三國演義》以及戲劇舞臺上的曹操形象，與《曹瞞傳》中對曹操的傳寫有着密切的聯繫。所以，在這一節中，我將其從三國散傳中遴選出來首先單獨加以討論。

一、《曹瞞傳》的著録及作者

《曹瞞傳》，《隋書·經籍志》無著録，《舊唐書·經籍志》史部雜傳類、《新唐書·藝文志》史部雜傳記類著録《曹瞞傳》一卷，《舊唐書·經籍志》題“吴人作”，《新唐書·藝文志》不題撰人。此傳早佚，裴松之注《三國志·武帝紀》多引其文，基本結構和主要内容大致完整。除《三國志》裴注以外，其佚文也散見於其他古籍舊典中[①]。

《舊唐書·經籍志》《新唐書·藝文志》將《曹瞞傳》著録在史部雜傳（或雜傳記）類中，清人姚振宗對此有不同看法，他認爲《曹瞞傳》"書雖名傳，實與魏人所作《魏武本紀》相

---

① 除《三國志》裴注以外，《曹瞞傳》佚文又散見於他書徵引:《水經注》卷一九《渭水》"又東過華陰縣北"，《文選》卷四四《檄·陳琳〈爲袁紹檄豫州〉》"而操帥將吏士親臨發掘破棺裸尸掠取金寶至令聖朝流涕士民傷懷"李注，《世説新語·假譎》第1條劉注，《世説新語·假譎》第3條劉注，《後漢書》卷九《獻帝紀》"十六年秋九月庚戌曹操與韓遂馬超戰於渭南遂等大敗關西平"李注、卷七四上《袁紹傳》"操自將步騎五千人夜往攻破瓊等悉斬之"李注、卷七五《吕布傳》"布常御良馬號曰赤菟能馳城飛塹"李注，《北堂書鈔》卷九《帝王部·責躬三十五》"截髮"、卷一一二《樂部·倡優二十八》"好倡優"、卷一一六《武功部四·謀策五》"起沙爲城"、卷一三五《儀飾部六·胡床四十》"曹操坐不起"、卷一三六《儀飾部七·囊八十》"盛細物"，《藝文類聚》卷一七《人部一·髮》、卷七〇《服飾部下·胡床》、卷八五《百穀部·穀》、卷八五《百穀部·麥》、卷八六《菓部上·梨》、卷九三《獸部上·馬》、《白氏六帖事類集》卷一三《鞭撲第三十九》"五色棒"，《太平御覽》卷七四《地部三十九·沙》、卷三五七《兵部八十八·棓》、卷三七三《人事部一十四·髮》、卷六九一《服章部八·鞶囊》、卷七〇四《服用部六·囊》、卷七四三《疾病部六·陽病》、卷八三〇《資産部十·量》、卷八九七《獸部九·馬五》，《事類賦》卷二一《獸部·馬賦》"赤兔乃比於吕公"，《古今事文類聚後集》卷二二《穀菜部·穀》"馬行犯麥"，《記纂淵海》卷一〇二《人倫部·諸父》各引一條，《太平御覽》卷五一二《宗親部二·伯叔》引二條，《太平御覽》卷九三《皇王部十八·魏太祖武皇帝》、卷三一五《兵部四十六·掩襲上》各引三條，作《曹瞞傳》;《北堂書鈔》卷一二四《武功部十二·棒四十四》"繕造五色"，《太平御覽》卷一三七《皇親部三·孝獻伏皇后》、卷三六七《人事部八·口》、卷三九一《人事部三十二·笑》、卷五四二《禮儀部二十一·拜》、卷九六九《果部六·梨》各引一條，作《曹瞞别傳》。

類，書中亦兼及衆人事，與别傳記一人事蹟者不同，故與家傳併入雜史”[①]。姚振宗認爲《曹瞞傳》所記除了曹操事蹟而外還“兼及衆人”，與雜傳記專記一人事蹟的體例不相符合，所以他在其《三國藝文志》中便將它從雜傳類中剔除，著録在史部雜史類中。這種做法不免略嫌牽强，竊以爲以人名爲傳名的漢魏六朝雜傳，多屬個人傳記，《曹瞞傳》亦不例外，且爲任何個人立傳，都可能旁及他人，因爲任何事、任何人都是相互關聯而非孤立的存在。所以，姚氏將其歸入雜史類值得商榷，章宗源在《隋書經籍志考證》及侯康在《補三國藝文志》中就不把《曹瞞傳》視爲雜史，而仍把它著録在雜傳類中。

《曹瞞傳》在書目中的著録，首見於《舊唐書·經籍志》，並題云“吴人作”，這一題署頗讓後人費解，到底撰人是誰呢？是不是吴人即是撰人，姓“吴”名“人”呢？此系臆測，毫無根據。姚振宗認爲，吴人指三國時吴國之人，作者姓名是“被山”。他在《三國藝文志》史部雜史類著録《曹瞞傳》時考證説：“《藝文類聚》百穀部引被山《曹瞞傳》，則作是傳者姓被名山，吴人也。邵思《姓解》云《古今人表》有被衣，爲堯師，被音披。又有被雍，《左傳》有鄭大夫被雍。漢有牂牁太守被條，吴有被離，此被山之所自出歟？”[②]姚振宗“被山”之説系誤讀《藝文類聚》之文而得出的錯誤結論。考《藝文類聚》卷八五

① 姚振宗《三國藝文志》卷二史部雜史類“被山《曹瞞傳》”條，開明書店《二十五史補編》第3册，中華書局1998年，第35頁下。

② 姚振宗《三國藝文志》卷二史部雜史類“被山《曹瞞傳》”條，開明書店《二十五史補編》第3册，中華書局1998年，第35頁下。

《百穀部》引《曹瞞傳》文，此文之上是《風俗通》的一段文字："天愛斯民，扶助聖主，事有徵應，於是旅穀彌望，野繭被山"，其下接"《曹瞞傳》曰"，顯然，姚氏是把《風俗通》文中的末二字"被山"誤與"《曹瞞傳》曰"相連，而有此説。竊以爲"吴人"當指三國時吴國人，而作者之姓名不詳。章宗源《隋書經籍志考證》、侯康《補三國藝文志》及梁章鉅《三國志旁證》都認爲"吴人"指三國時吴人。漢魏六朝雜傳，多爲"幽人處士"① 或"方聞之士"②"因其志尚，率爾而作"③，這些人多未留下姓名，《曹瞞傳》的作者亦屬此流。

二、《曹瞞傳》與《曹操别傳》《魏武别傳》

諸書徵引，又有稱《曹操别傳》和《魏武别傳》者④，侯康《補三國藝文志》認爲《曹操别傳》和《魏武别傳》都是《曹瞞

① 焦竑《國史經籍志》卷三傳記類序，《續修四庫全書》第916册，上海古籍出版社2002年，第346頁下。

②《宋三朝藝文志》傳記類序，見馬端臨《文獻通考·經籍考》雜史各門總雜傳類序引，華東師範大學出版社1985年，第537頁。

③ 魏徵等《隋書·經籍志》雜傳類序，中華書局1973年，第982頁。

④《曹操别傳》:《藝文類聚》卷八三《寶玉部上·金》,《太平御覽》卷二六三《職官部六十一·别駕》、卷四六七《人事部·喜》、卷四九六《人事部一百三十七·諺下》、卷五五一《禮儀部三十·棺》、卷六四七《刑法部十三·殺》、卷八一一《珎寶部·金下》,《太平寰宇記》卷一二《河南道十二·亳州》"梁孝王墓在縣南五十里……行一里到藏内",《古今事文類聚後集》卷二一《肖貌部·笑》"大笑污幘"各引一條，作《曹操别傳》。《魏武别傳》:《太平御覽》卷四三一《人事部七十二·儉約》引一條。

傳》的異稱。他説："《藝文》、《御覽》又屢引《曹操别傳》，所稱人中有吕布，馬中有赤兔一條（《御覽》卷四百九十六）與此書合，魏梁孝王塚一條（《藝文》卷八十三），《文選·檄豫州》注正作《曹瞞傳》，則一書而異名耳。《御覽》又引《魏武别傳》（卷四百三十一）稱操爲武皇帝，並載操子中山王袞事，或亦本一書而後人易其稱乎。"① 姚振宗《三國藝文志》引侯氏此説，可見他也有相同的看法，侯氏、姚氏將三傳視爲同書而異稱的一傳，所舉兩條例證，固有一定道理，不過，卻也還有些疑問。

其一，在《太平御覽經史圖書綱目》中，同時列有《曹瞞傳》和《曹操别傳》，排列緊鄰，一前一後，如屬同書異名，《太平御覽》編纂者應有所覺察。《太平御覽》引書固有一書多稱而不加歸併的情況存在，但像這種傳名如此接近又列於一處的情況，屬同書異名的可能性不大。且曹操作爲一代梟雄，在歷史上又是頗有争議的人物，有數傳傳其事亦在情理之中，這種一人數傳的情況也很普遍，如有關嵇康的别傳，就有嵇喜的《嵇康傳》、孫綽的《嵇中散傳》及佚名的《嵇康别傳》②。

其二，《魏武别傳》中稱曹操爲"武皇帝"，根據各位前賢所言，《曹瞞傳》既爲吴人所作，是不應尊稱其爲武皇帝的，而此條《三國志》裴注又不見注引，就本人作井底之觀，亦不知

① 侯康《補三國藝文志》卷三雜傳類"《曹瞞傳》一卷"條，開明書店《二十五史補編》第3册，中華書局1998年，第16頁中。

② 嵇喜《嵇康傳》，見於《三國志·王粲傳》裴注稱引。孫綽《嵇中散傳》見於李善《文選注》卷二一《詠史》"吐論知凝神"下稱引。佚名的《嵇康傳》見於《文選注》卷二一《詠史》"龍性誰能馴"下和卷一六《思舊賦》"索琴而彈之"下稱引。

有他書（魏人之書）的轉引，則不存在所謂“裴改”一類的問題。且文内“武皇帝”之稱與傳名“魏武別傳”頗相一致，把它視爲《曹瞞傳》之異稱是欠妥的[①]。

其三，《太平御覽》卷二六三《職官部六一·別駕》下所引《曹操別傳》中畢諶之事中，畢諶後來是“還以爲掾”，《三國志·武帝紀》載同一事，而畢諶後來是“爲魯相”，如果《曹操別傳》與《曹瞞傳》同屬一傳，那麼裴松之是應該注意到這一不同的，而對於不同，他往往列舉以存疑。如《曹瞞傳》中載曹軍渡渭一事中關於“天寒”的問題，裴松之就加按語説：“或疑於時九月，水應未凍，臣松之按《魏書》：公軍八月至潼關，閏月北渡河，即其年閏八月也，至此容可大寒邪！”[②]而此處明顯的不同，他卻置之而不顧，似乎不太可能，合理的解釋是《曹操別傳》此段文字不屬於《曹瞞傳》文，裴氏可能未見此文。

其四，侯氏認爲三傳爲同書異名所舉的兩證，亦不能完全説明問題，因爲不同的人爲同一人作傳，他們完全有可能使用傳主的同一件事，如《曹操別傳》中畢諶之事，《三國志》亦有記，文字出入也不大。另外，“人中有吕布，馬中有赤兔”爲時人之諺語，誰取而用之都是相同的。不能因爲《曹操別傳》有此條而《曹瞞傳》亦有此條就憑此判定它們是同書異名的一傳。

---

①《曹操別傳》佚文中畢諶事中亦稱曹操爲武皇帝，但它處皆稱操，則此條系改竄所致。

② 陳壽撰，裴松之注《三國志》卷一《魏書·武帝紀》，中華書局 2000 年，第 36 頁。

另外，古人著書，相互轉鈔的現象也很普遍，所以，即使文字有相同或相似之處，也是不足爲據的。

由於存在這些疑問，故不應視《曹操别傳》《魏武别傳》爲《曹瞞傳》之異名或異稱，而暫時將它們視爲各不相干的三種曹操的别傳，以待確證。

三、《曹瞞傳》：曹操形象的鏡像化

從《曹瞞傳》所存文字可以看出，此文還多有不連貫處，説明其間還有亡佚而不可得的文段，不過，今之所存還是頗具規模的，從中也可大致窺見其原始文本的面貌。

細讀《曹瞞傳》，不難發現《曹瞞傳》雖類屬史傳，卻與正統史傳有很大的不同，這種不同在於：與正統史傳相比，《曹瞞傳》的史傳性已不甚明顯和强烈了，而在其字裏行間，萌動着一種稚嫩但卻極富感染力的全新特質，這種全新的特質就是我們所説的小説品格①。特别是其中對曹操的傳寫，拋棄了正統史傳對曹操的歷史化定位，表達一己之見，凸顯作者個人對曹操個性品格的認知和評判，滲透了作者的意識理念，充滿作者濃重的個人色彩。

《曹瞞傳》中對曹操的傳寫，是與史傳明顯不同的，把《曹瞞傳》與《三國志・武帝紀》稍加比較，這一點是不言而喻的，

---

①《曹瞞傳》的小説品格，拙文《〈曹瞞傳〉考論》（載《古籍研究》2002年第1期，又載於《魏晉南北朝文學與文化論文集》，南開大學出版社2002年）一文中有較爲詳盡的分析，可參看。

《曹瞞傳》不是把曹操如《三國志·武帝紀》一樣作爲一個時代的風雲人物來爲他立傳，而是從個體的人的角度的來對他進行傳寫的，而且所展示的曹操明顯與史傳有着很大的差異。傳中所記之事，都是些日常細事，即使涉及重大政治軍事活動，也主要是把筆墨用在其間的瑣碎之事上。

《曹瞞傳》在把曹操作爲個體的人進行關注的情況下，突出的是他的個性品格，整個傳文都是圍繞着他"酷虐變詐""峻刻""輕佻無威重"和不畏權貴、多謀善斷、臨危坦然、樂觀豁達的品性來寫的，而重點突出的是史傳中不曾展示或者説隱諱不言的"酷虐變詐""峻刻""輕佻無威重"這一方面的個性特徵。《曹瞞傳》對曹操少年時代的傳寫，就選取了他"佯敗面喎口"欺騙叔父，贏得父親的信任這件事，首先展示了他的"變詐"之性。而在敘事曹操的政治、軍旅生涯時，這一方面品性的展現就更加詳細和充分了。如在彭城間"坑殺男女數萬口於泗水，水爲不流"之事，與陶謙作戰，而引軍盡屠慮、睢陵、夏丘諸縣，"雞犬亦盡，墟邑無復行人"之事，犯己令割髮自刑之事，殺主糧官以壓士卒怨氣之事，棒殺幸姬之事以及傳文所言"其所刑殺，輒對之垂涕嗟痛之，終無所活"的總結之語，都是展示曹操這方面品性的例子。當然，《曹瞞傳》在突出曹操"酷虐變詐""峻刻""輕佻無威重"這方面品性的同時，也注意全面展示曹操的個性及爲人，也表現他的不畏權貴、多謀善斷、臨危坦然、樂觀豁達等品性，也正因爲如此，《曹瞞傳》中曹操的形象才顯得豐滿而生動。

魏劉邵《人物志》説："故其剛柔明暢貞固之徵，著乎形容，見乎聲色，發乎情味，各如其象。”① 即是説人的品性如剛强柔和、明白曉暢、堅貞穩固之類，顯露於人的形貌容姿、言語聲色。爲了凸顯曹操的這些個性品格，《曹瞞傳》正是緊緊抓住曹操的言行來進行傳寫的。

《曹瞞傳》大量地使用了人物的語言和對話來表現曹操的品性，如與馬超、韓遂交戰，失敗後曹操大笑而語：“今日幾爲小賊所困乎！”充分顯露出他的樂觀豁達品性。又如聽説已得冀州後所言“孤已得冀州，諸君知之乎”“諸君方見不久也”，其欣喜之狀溢於言表。再如桓邵出首拜謝時所語：“跪可解死乎！”就將其酷虐之性和對舊怨耿耿於懷、不報不快的心理暴露無遺。同時，《曹瞞傳》中的對話也十分精彩，如曹操與許攸的一段對話：

> 操聞攸來，跣出迎之，撫掌笑曰：“子遠，卿來，吾事濟矣！”既入坐，謂操曰：“袁氏軍盛，何以待之，今有幾糧乎？”
> 操曰：“尚可支一歲。”
> 攸曰：“無是，更言之！”
> 又曰：“可支半歲。”
> 攸曰：“足下不欲破袁氏邪？何言之不實也！”
> 操曰：“向言戲之耳，其實可支一月，爲之奈何？”

① 劉邵撰，王玫評注《人物志》卷上《九徵》第一，紅旗出版社 1997 年，第 22 頁。

攸曰："公孤軍獨守……"①

這一段對話生動地凸顯了曹操的機變權謀品行，同時，許攸的性格也得到了表現，其自信之態也是十分鮮明的。《曹瞞傳》中不僅主要人物的對話寫得如此精彩，次要人物雖着墨不多，也抓住了人物的心理，把他們寫得活靈活現，如伏皇后與漢獻帝的一段對話：

后被髮徒跣過，執帝手曰："不能復相活邪？"
帝曰："我亦不知命在何時也。"
帝謂慮曰："郗公，天下寧有是邪！"②

對話中，伏皇后的哀傷絶望、漢獻帝的憤怒而無可奈何之態，如在目前。

除了使用人物的語言、對話表現人物的品性之外，《曹瞞傳》還使用了對比的方法。如與馬超、韓遂交戰失敗後，"諸將見軍敗，不知操所在，皆惶懼，至見，乃悲喜、或流涕"和曹操的"大笑"而語，就形成了鮮明對比，曹操的臨危不懼、勝

①《三國志》卷一《魏書·武帝紀》"士卒皆殊死戰大破瓊等皆斬之"裴注、《後漢書》卷七四上《袁紹傳》"操自將步騎五千人夜往攻破瓊等悉斬之"李注、《太平御覽》卷三一五《兵部四十六·掩襲上》各引一條，作《曹瞞傳》，從《三國志》卷一裴注引。

②《三國志》卷一《魏書·武帝紀》"十一月漢皇后伏氏……兄弟皆伏法"裴注引一條，作《曹瞞傳》，《太平御覽》卷一三七《皇親部三·孝獻伏皇后》引一條，作《曹瞞别傳》，從《三國志》卷一裴注引。

敗自若的品性氣度也在對比中充分地顯露了出來。

我們知道，正統史傳關注的是人物的資鑒意義，而小説則是以塑造個性鮮明的人物形象爲旨歸，《曹瞞傳》拋棄了史傳對人物的歷史化定位，表達一己之見，凸顯作者個人對人物個性品格的認知，滲透了作者的意識，這正是《曹瞞傳》小説品格的具體體現。

爲了完美地表現作者心中的曹操，除了以上傳人手法的運用，《曹瞞傳》也注意敘事建構和行文的風格，而使其充滿了小説意味。

《曹瞞傳》的敘事建構，與史傳多採用簡要的概述方式不同，趨向於情節化。這種情節化，首先體現在其敘事的細緻乃至細節化上，如前所説，《曹瞞傳》中所選用的表現人物的事類，多爲日常生活小事，即使涉及重大政治軍事活動，也主要是把筆墨傾注在其間發生的瑣碎之事上。如"陽敗面喎口"以騙叔父之事，"肴膳沾淤巾幘"之事，爲報舊怨而殺袁忠等人之事，與許攸論糧草之事以及行軍途中斷髮自刑之事等，均屬此類。然而，《曹瞞傳》對這些小事的敘述卻相當細緻，其間人物的一言一行、神態舉止纖毫無遺。以"陽敗面喎口"騙其叔父之事爲例，傳中不僅敘寫了這一事件的全過程，其間人物的神態舉止，如曹操在其叔父面前的"陽敗面喎口"和在曹嵩面前的"口貌如故"，叔父的"怪而問"和曹嵩的"驚愕""呼操"等也都細緻而形象。在敘述詳贍細緻的基礎上，《曹瞞傳》甚至還使用了細節描寫，如曹操迎許攸時的"跣出迎之，撫掌笑曰"

就是一例。“摛詞佈景，翻空造微”[①]是小說敘事建構的筆法，《曹瞞傳》背離了史傳敘事的簡要範則，敘事建構的細緻乃至細節化，就使其不類史傳而與小說相通了。

《曹瞞傳》敘事建構的情節化，更集中地體現在它敘事的戲劇化場境設置上。通過設置一個個極富戲劇性的場境，讓人物在其中自我表現，自我展示。傳中如“陽敗面喎口”事，“廩穀不足”事、“勒兵收后”事、與許攸論糧草事等，其間都設置了充滿戲劇性的場境。英國小說評論家大衛·洛奇說:“小說語言不斷地在兩種形式中交替變換，一是向我們展示發生的事情，一是向我們敘述發生的事情。純粹的展示是直接引用人物的話語。人物的話語準確的反映事件，因爲這裏事件便是一種言語行爲……一部純粹用概述的方式寫成的小說，是令人難以卒讀的。”[②]洛奇所謂“展示”正是我們所說的戲劇性場境，可見，是否主要以戲劇性場境的設置來建構敘事，是衡量一部作品小說性的重要方面。《曹瞞傳》大量地使用“展示”或戲劇性場境來建構敘事，就這一點而言，把它當作小說來讀也未嘗不可。

《曹瞞傳》的用語行文與史傳的樸素莊重相去甚遠，有諧謔化的傾向。正如各位前賢所言，《曹瞞傳》出自敵人之手，又以曹操這樣一個歷史上曾顯赫一時的風雲人物的小名爲傳名，形成强烈的反差，就自然給整篇作品預設了一種輕鬆、詼諧的基

---

① 桃源居士《唐人小說·序》，上海文藝出版社 1992 年影上海掃葉山房石印本，第 1 頁。

②［英］大衛·洛奇著，王峻岩譯《小說藝術》26《展示與敘述》，作家出版社 1998 年，第 135 頁。

調。再看傳文，文中所記之事如“陽敗面喎口”騙其叔父，“歡悦大笑，以至頭没杯案中，肴膳皆沾污巾幘”等，也是極具詼諧意味的。這種詼諧意味，不僅體現在其所選用事類本身的可笑性上，更體現在傳中人物的語言上。傳文通過對人物話語的成功摹擬，也使在人物語言中體現出來的詼諧和幽默彌漫開來，籠罩了全文。如曹操與許攸談話中，言之不實而被許攸揭穿，曹操所言：“向言戲之耳……”一個統領千軍萬馬的統帥在危急之境也作戲言，本身就十分詼諧，而傳中曹操的言辭閃爍與許攸的一本正經，也讓人忍俊不禁。再如與馬超、韓遂交戰，大敗之後，曹操所言“今日幾爲小賊所困乎”亦是如此，曹操此語，本是漢光武帝所言，他於此時此景用之以自解，也是頗爲幽默的。《曹瞞傳》輕鬆、詼諧的風格，一方面沖澹了它的史傳氣息，模糊了它的史傳身份，另一方面也使它具有了相當程度的小説意味。

《曹瞞傳》拋棄對曹操的歷史化定位，在全面展示其品行的同時，突出其“酷虐變詐”“峻刻”“輕佻無威重”的品性，並通過情節化的敘事與調侃、諧謔的行文風格將其形象而生動地表現出來，在《曹瞞傳》中的曹操，一如變形的鏡像，他既是真實曹操的影像，但又被作者刻意而不動聲色地改造了。

侯康説：“書出敵人之口，故於曹操奸惡備載無遺，世所傳操爲夏侯氏子及破壁收后等事，皆出此書，其中築沙城以渡渭一事、司馬建公舉操爲北部尉一事，裴松之頗有疑辭，而終不敢斥爲非，蓋其書紀事多實也。”① 可見，《曹瞞傳》中所述曹操

① 侯康《補三國藝文志》卷三史部雜傳類“《曹瞞傳》一卷”條，開明書店《二十五史補編》第3册，中華書局1998年，第16頁上。

之事，是有事實基礎的，然而，我們不能因此就説《曹瞞傳》所述就完全真實。

前面我們提到，《曹瞞傳》對曹操的傳寫，是在全面展示其品性的同時，與史傳不同，“備載”的是他奸惡的行事，突出的是他“酷虐變詐”“峻刻”“輕佻無威重”的品性，是一個變形的鏡像，這個鏡像的曹操，失去了歷史風雲人物的尊嚴，被低置，被笑談，如果用簡單的類型化的方法來説，鏡像的曹操，具有了反面色彩，這恐怕就是其“虚”之所在。這樣傳寫曹操，與作者爲吴人有一定關係，三國時期，魏吴對立，吴人爲其作傳，其傾向性是不能避免的，當然也難免在其中添加、增飾、虚構，從而折射、投影出一個他所需要的曹操來，只不過作者手法高妙，把真實與虚構結合得很完美，不露痕跡，稱其爲藝術的真實，雖未免太過，不過，結合上文對其文本的分析，可以説，《曹瞞傳》中的曹操，是一個在真實基礎上又顯然有所虚構的“曹操”。

所以，不管“吴人”作者出於什麽目的，他對曹操“酷虐變詐”“峻刻”“輕佻無威重”的突出以及由此而展現出來的曹操形象，其實已基本可以説是一個藝術的形象了，或者至少可以説是一個藝術形象的雛形，這個“曹操”，對後世小説、戲劇舞臺上的曹操形象設計或形象定位産生了他没有想到的影響。

清人梁章鉅在《三國志旁證》中説：“裴注但言《曹瞞傳》爲吴人所作，不著其名，今書亦不傳，前明人小説家所演，即據此耳。”① 梁氏所言明人小説家據《曹瞞傳》而作小説，表明

① 梁章鉅《三國志旁證》，《二十五史三編》第4分册，岳麓書社1995年，第675頁。

前人業已注意到《曹瞞傳》的小説性質並加以利用了。他所説的小説，無疑是指《三國演義》,《三國演義》中對曹操的形象設計或者説形象定位，即“雄豪奸詐”的主要品性和“反面角色”的形象①，與《曹瞞傳》中的曹操形象的聯繫是明顯的，明人高儒曾説：羅貫中創作《三國演義》是在“據正史、採小説、證文辭、通好尚”②的基礎上完成的，點明羅貫中創作時的廣採博聞,《曹瞞傳》當是其所採中的重要一種。另外，後世戲劇舞臺上的曹操形象，要追根溯源，恐怕最終也要駐足於《曹瞞傳》之前。

另外，從以上分析可以看出,《曹瞞傳》頗具小説品格，而《曹操别傳》的小説特質則相對較弱，但也頗爲生動，人物性格也依稀可見，甚至可以説是很突出的。如曹操與畢諶的對話細節就是一例，寫出了曹操重情與大度的一面。而殺桓邵時的一句“跪可解死耶”，又寫出了他殘忍、峻刻的一面。《魏武别傳》由於所遺文字較少，難窺其本來面貌，也就無法對其進行具體分析。

第二節　三國散傳

侯康《補三國藝文志》卷三史部雜傳類著録散傳三十一部，

① 章培恒、駱玉明《中國文學史》下卷第七章《〈三國演義〉與〈水滸傳〉》，復旦大學出版社 1996 年，第 181 頁。

② 高儒《百川書志》卷之六《史志三・野史》“《三國志通俗演義》”條，上海古籍出版社 2005 年，第 82 頁。

其中《劉曄傳》《白起故事》《曹瞞傳》，姚氏之書無。姚振宗《三國藝文志》卷二史部雜傳記類著録散傳三十三部，其中《諸葛亮别傳》《諸葛恪别傳》《蒲元傳》，侯氏之書無。這三十餘部散傳，加上被補録入《後漢藝文志》的建安年間和姚氏、侯氏失採的作品，三國時期的散傳約有五十部。

可見，散傳的創作在三國時期較爲引人注目，除《曹瞞傳》外，許多散傳如《邴原别傳》《趙雲别傳》《華佗别傳》《平原禰衡傳》等也保存較爲完整，它們多敘事細緻，人物個性鮮明，形象靈動，小説品格明顯，而其他如《蒲元别傳》等雖存文不多，卻也都十分精彩，多具小説的特質。在這一節中，我將對三國時期的散傳進行一次全面梳理。

一、《鄭玄别傳》

《鄭玄别傳》，《隋書·經籍志》無著録，卷數、撰人不詳。清人侯康《補後漢書藝文志》卷三史部雜傳類、姚振宗《後漢藝文志》卷二史部雜傳記類、顧櫰三《補後漢書藝文志》卷七、曾樸《補後漢書藝文志并考》卷六記傳志内篇第二之二均補録，姚振宗、顧櫰三作《鄭玄别傳》，侯康、曾樸作《鄭康成别傳》。其佚文今散見於各書徵引①，《太平御覽經史圖書綱目》即列《鄭

①《三國志》卷四《魏書·高貴鄉公髦》"小同爲五更車駕親率群司躬行古禮焉"裴注、卷一一《魏書·國淵傳》"國淵字子尼樂安蓋人也師事鄭玄"裴注、卷三八《蜀書·孫乾傳》"孫乾字公祐北海人也先主領徐州辟爲從事"裴注，《世説新語·文學》第1條劉注，《後漢書》卷三五《鄭玄傳》"得休歸常詣學官不樂爲吏父數怒之不能禁"李注，（轉下頁）

玄别傳》。清人勞格據《世説新語》劉注等採得佚文十三節，題《鄭康成别傳》，録於《月河精舍叢鈔》之《讀書雜識》卷一中。洪頤煊亦據諸書採得佚文一卷，題《鄭玄别傳》，録於《問經堂叢書》之《經典集林》中，王仁俊亦輯得一卷，題《鄭君别傳》，録於《玉函山房輯佚書續編》之史編總類。另外，顧櫰三在著録時也輯有佚文，四人所採之文多同而又有相異之處，蓋所據之本有異，且均有漏輯者。

鄭玄字康成，北海高密人，《後漢書》卷三五有傳。《鄭玄别傳》所載有數事與本傳同，多以《别傳》爲詳，又有數事爲

（接上頁）《北堂書鈔》卷八五《禮儀部六·拜揖十二》“黄巾見鄭玄皆拜”、卷一二七《衣冠部一·巾八》“鄭玄幅巾”、卷一五五《歲時部三·蠟臈十三》“臈日遺在落者錢會”（四庫本作“正臘宴會”）、卷一五五《歲時部三·蠟臈十三》“鄭玄正臘漠然不及”，《藝文類聚》卷五《歲時下·臘》、卷一七《人部一·目》、卷五五《雜文部一·經典》，《白氏六帖事類集》卷六《母子第二十一》“遺腹小同”，《初學記》卷二四《居處部·堂第七》“北海有鄭玄儒林講堂”，《太平廣記》卷二一五《算術·鄭玄》，《太平御覽》卷一五七《州郡部三·鄉》、卷三六二《人事部三·名》、卷三六六《人事部七·目》、卷三七〇《人事部十一·手》、卷四五九《人事部一百·鑒戒下》、卷四九一《人事部一百三十二·慙愧》、卷五四一《禮儀部二十·婚姻下》、卷五四二《禮儀部二十一·拜》、卷五四七《禮儀部二六·衰冠》、卷五五五《禮儀部三十四·葬送三》、卷五八八《文部四·頌》、卷六一〇《學部四·春秋》、卷六五一《刑法部十七·禁錮》、卷八三九《百穀部三·禾》、卷八六八《火部一·火上》、卷九七八《菜茹部三·瓜》，《職官分紀》卷四二《小吏》“妻以弟女”，《事類賦》卷八《地部·火賦》“伏鄭玄之先識”，《小名録》卷上“關内侯鄭小同玄之孫也”，《資治通鑑》卷七七《魏紀九·高貴鄉公下》“小同玄之孫也”胡注，《續談助》卷四《殷芸小説》各引一條，《北堂書鈔》卷九二《禮儀部十三·葬三十二》“會葬千餘人”引二條，作《鄭玄别傳》。

本傳所不載。觀《鄭玄别傳》之文，對其成長的經歷着墨較多，將鄭玄如何從一個有志少年成長爲一個受人敬仰的學者的過程寫得形象具體。如下面一則小事：

> 鄭玄以永建二年七月戊寅生，玄八九歲，能下算乘除。玄年十一二，隨母還家。正臘宴會，同列十數人，皆美服盛飾，語言閑通。玄獨漠然如不及。母私督數之，乃曰："此非我志，不在所願。"①

這裏，通過鄭玄在正臘時隨母還家不與同列交接之事，表現出少年鄭玄的胸懷大志，敘述細緻委曲，文中那一片歡會燕談的場面與少年鄭玄默然不語、卓然不群的形象構成對比，把一個十分鮮明的少年鄭玄形象展示在了我們面前。《鄭玄别傳》的敘事大多與此相類，細緻、委屈而具有形象性，在不慌不忙的敘述中展現出一個雍容閒雅、親切可敬，而又不可屈曲的作爲學者與普通人的鄭玄。又如下面二事：

> 玄在袁紹坐，汝南應劭因自贊曰："故太山太守應仲遠北面稱弟子，何如？"玄笑曰："仲尼之門考以四科，回、賜之徒

①《後漢書》卷三五《鄭玄傳》"得休歸常詣學官不樂爲吏父數怒之不能禁"李注、《藝文類聚》卷五《歲時下·臘》各引一條；《北堂書鈔》卷一五五《歲時部三·蠟臈十三》"臈日遺在落者錢會"（四庫本作"正臘宴會"）、卷一五五《歲時部三·蠟臈十三》"鄭玄正臘漠然不及"各引一條，作《鄭玄别傳》；《太平廣記》卷二一五《算術·鄭玄》引一條，注出《玄列傳》；從《後漢書》卷三五李注引。

不稱官閥。"邵有慙色。①

袁紹辟玄，及去，餞之城東，欲玄必醉。會者三百餘人，皆離席奉觴，自旦及莫，度玄飲三百餘桮，而温克之容，終日無怠。②

《鄭玄别傳》不僅敘述鄭玄的各種逸事從正面來展示鄭玄的性格爲人，也通過别人的評論等從側面來表現鄭玄的品格與學術成就。如：爲了表現鄭玄在學術上的卓越成就，《别傳》引用了何休之語：

何休字邵公，作《公羊解注》，妙得《公羊》本意，作《公羊墨守》、《左氏膏肓》、《穀梁廢疾》。玄後乃《發墨守》，《鍼膏肓》，《起廢疾》。休見而歎曰："康成入吾室，操吾矛，以伐我乎！"③

爲了表現人們對其人品和學問的景仰，又引用了孔融關於"鄭公鄉"的評論：

國相孔文舉教高密縣曰："公者，人德之正號，不必三事

①《太平御覽》卷四九一《人事部一百三十二·慙愧》引一條，作《鄭玄傳》，據以輯録。

②《世説新語·文學》第1條劉注引一條，作《玄别傳》，據以輯録。

③《藝文類聚》卷五五《雜文部一·經典》、《太平御覽》卷六一〇《學部四·春秋》各引一條，作《鄭玄别傳》，從《太平御覽》卷六一〇引。

大夫也。今鄭君鄉宜曰鄭公鄉。”①

這兩段就是通過別人的評論從側面來表現鄭玄的。從側面表現人物可以把人物全面而具體地展示出來，給人深刻印象。

《鄭玄别傳》中細緻生動的敘事與從側面展示人物性格的方法值得注意，這兩種方法是小説普遍採用的方法。

二、《邴原别傳》

《邴原别傳》，《隋書·經籍志》等書志無著録，著者、撰人不詳。姚振宗《三國藝文志》卷二史部雜傳記類、侯康《補三國藝文志》卷三史部雜傳類補録。《邴原别傳》久佚，其佚文今主要見於《三國志》卷一一《魏書·邴原傳》裴注所引②，《太平

①《太平御覽》卷一五七《州郡部三·鄉》引一條，作《鄭玄别傳》，據以輯録。

②除《三國志》卷一一《魏書·邴原傳》裴注引一節外，《世説新語·輕詆》第18條劉注，《文選》卷四一陳琳《爲曹洪與魏文書》“故頗奮文辭異於他日怪乃輕其家丘謂爲倩人”李注，《北堂書鈔》卷三四《政術部八·禮賢二十》“擎履而起”、卷六九《設官部二十一·公府祭酒一百四十一》“太祖起迎邴原”、卷八七《禮儀部八·社稷十七》“邴原行（四庫本‘行’下有‘廉’字）”、卷七九《設官部三十一·上計一百七十七》“鄭玄爲掾彭璆爲吏”、卷七九《設官部三十一·孝廉一百七十七》“國之俊秀”、卷九八《藝文部四·誦書十五》“一冬誦論語”，《藝文類聚》卷八一《草部上·藥》、卷八三《寶玉部上·金》，《太平御覽》卷三八五《人事部二十六·幼智下》、卷四〇四《人事部四十五·師》、卷四六七《人事部·喜》、卷四七四《人事部一百一十五·禮賢》、卷四八五《人事部一百二十六·貧下》、卷五三二《禮儀部十一·社稷》、卷六一一《學部五·勤學》、卷七四七《工藝部四·書上》、卷八〇三《珎寶部二·珠下》、卷八一一《珎寶部十·金下》、（轉下頁）

御覽經史圖書綱目》亦列《邴原別傳》。

邴原，字根矩，北海朱虛人。《三國志》卷一一有傳，曹操伐吴，邴原從行，卒，姚振宗云“時當建安十七八年”①。《三國志·邴原傳》甚爲簡略，而《別傳》相對而言則十分詳細，從現存佚文看，幾乎仍然涉及其一生，從少年求學、及長遊學、爲郡功曹、避地遼東，直至爲曹操東閤祭酒、曹丕長史。

《邴原別傳》敘事詳盡委屈，既有簡略的概述，又有細緻的細節，二者巧妙結合，從《別傳》中不僅可以窺其生平大略，亦可看到在日常生活中的生動剪影。如：

> 及長，金玉其行。欲遠遊學，詣安丘孫崧。崧辭曰：“君鄉里鄭君，君知之乎？”原答曰：“然。”崧曰：“鄭君學覽古今，博聞彊識，鈎深致遠，誠學者之師模也。君乃舍之，躡屣千里，所謂以鄭爲東家丘者也。君似不知而曰然者，何？”原曰：“先生之説，誠可謂苦藥良鍼矣；然猶未達僕之微趣也。人各有志，所規不同，故乃有登山而採玉者，有入海而採珠者，豈可謂登山者不知海之深，入海者不知山之高哉！君謂

（接上頁）卷八三六《資産部十六·錢下》、卷九一六《羽族部三·鶴》、卷九八四《藥部一·藥》，《事類賦》卷九《寶貨部·金賦》“嘉邴原之見還”、卷一〇《寶貨部·錢賦》“邴原繫樹”、卷一八《禽部·鶴賦》“豈復畏鶤鷄之羅網”，《職官分紀》卷五《掾屬》“辭直去不顧”各引一條，《世説新語·賞譽》第4條劉注引三條，作《邴原別傳》；《太平御覽》卷二〇九《職官部七司空掾》引一條，作《邴吉別傳》。

① 姚振宗《三國藝文志》卷二史部雜傳記類“《邴原別傳》”條，開明書店《二十五史補編》第3册，中華書局1998年，第50頁上。

> 僕以鄭爲東家丘,君以僕爲西家愚夫邪?”崧辭謝焉。又曰:“兗、豫之士,吾多所識,未有若君者,當以書相分。”原重其意,難辭之,持書而別。原心以爲求師啟學,志高者通,非若交遊待分而成也。書何爲哉?乃藏書於家而行。原舊能飲酒,自行之後,八九年間,酒不向口。單步負笈,苦身持力,至陳留則師韓子助,潁川則宗陳仲弓,汝南則交范孟博,涿郡則親盧子幹。臨別,師友以原不飲酒,會米肉送原。原曰:“本能飲酒,但以荒思廢業,故斷之耳。今當遠別,因見貺餞,可一飲讌。”於是共坐飲酒,終日不醉。歸以書還孫崧,解不致書之意。①

在這一段中,敘述的是青年時代的邴原求學的情況,概述與具體的細節相結合,起首寫他成年金玉其行和欲遠遊學的志向是概述,寫他問學於孫崧則是具體的敘述,而“師韓子助”“宗陳仲弓”“交范孟博”“親盧子幹”又是概述,在概述之後,又選取臨別飲酒一事,作細緻描寫,把青年邴原一心向學,爲尋求新知,不辭辛勞的精神及其堅韌意志具體而生動地表現了出來。《邴原別傳》的敘事就是在這種張弛有間中建構起來,而其中的細節尤爲引人注意,《邴原別傳》通過這些細節,刻畫出一個有血有肉、性

①《三國志》卷一一《魏書·邴原傳》“太祖征吴原從行卒”裴注,《文選》卷四一陳琳《爲曹洪與魏文書》“故頗奮文辭異於他日怪乃輕其家丘謂爲倩人”李注,《太平御覽》卷四〇四《人事部四十五·師》、卷八〇三《珎寶部二·珠下》各引一條,作《邴原別傳》,從《三國志》卷一一裴注引。

格鮮明的邴原形象。又如：

> 太子燕會，衆賓百數十人，太子建議曰："君父各有篤疾，有藥一丸，可救一人，當救君邪，父邪？"衆人紛紜，或父或君。時原在坐，不與此論。太子諮之於原，原悖然對曰："父也。"太子亦不復難之。①

邴原少孤，無父，這在他的心中留下深深的遺憾，在君與父、君臣、父子的倫理道德面前，通過邴原"悖然"的態度和兩個字的簡短回答"父也"，不僅寫出了邴原守道持常的品性，而且把筆觸深入到了邴原的內心世界，寫出了邴原對父母的真摯而不可更易的特殊情感，可謂傳神之筆，同時，這一細節，又與《別傳》開頭所交代的"原十一而去父，家貧，早孤"，前後呼應，形成回環韻致，於此也可以看出《邴原別傳》在結構上的精心設計與安排。

三、《趙雲別傳》

《趙雲別傳》，《隋書·經籍志》無著録，著者、卷數不詳。姚振宗《三國藝文志》卷二史部雜傳記類、侯康《補三國藝文志》卷三史部雜傳類補録，其佚文今主要見於《三國志》卷

①《三國志》卷一一《魏書·邴原傳》"太祖征吴原從行卒"裴注、《世説新語·輕詆》第18條劉注、《藝文類聚》卷八一《草部上·藥》、《太平御覽》卷九八四各引一條，作《邴原別傳》，從《三國志》卷一一裴注引。

三六《蜀書·趙雲傳》裴松之注引[1]，《太平御覽經史圖書綱目》亦列《趙雲别傳》。雖亡佚了一部分，但基本結構尚屬完整。

趙雲，字子龍，常山真定人。《三國志》卷三六有傳，蜀建興七年即魏太和三年（229）卒。趙雲是蜀漢重要將領，勇猛善戰，又多智慧，有遠見，《趙雲别傳》正是從這方面來傳寫趙雲的。如寫趙雲不娶趙范寡嫂樊氏，表現其有遠見、以國事爲重，不計個人得失的品質；寫趙雲薦同鄉夏侯蘭，表現其"慎慮"；寫趙雲反對以"成都中屋舍及城外園地桑田分賜諸將"，表現其遠見卓識，思慮深廣；寫趙雲不分"軍資餘絹"，表現其賞罰分明，正直不貪。作爲一名將領，《趙雲别傳》更是以敘寫戰争來展現他的品性和風采。

《趙雲别傳》中最突出的戰争描寫是有關他在一次戰争中幾進幾出曹操大軍之事：

> 夏侯淵敗，曹公争漢中地，運米北山下，數千萬囊。黄忠以爲可取，雲兵隨忠取米。忠過期不還，雲將數十騎輕行出圍，迎視忠等。值曹公揚兵大出，雲爲公前鋒所擊，方戰，其大衆至，勢偪，遂前突其陳，且鬬且却。公軍敗，已復合，雲陷敵，還趣圍。將張著被創，雲復馳馬還營迎著。公軍追至圍，此時沔陽長張翼在雲圍内，翼欲閉門拒守，而雲入營，更大開

[1]《三國志》卷三六《蜀書·趙雲傳》裴注引五節，《北堂書鈔》卷一一六《武功部四·謀策五》"開門偃旗"、《白氏六帖事類集》卷一一《君臣相信第二十八》"蜀趙雲"、《太平御覽》卷三七六《人事部一十七·膽》、《太平廣記》卷一九一《驍勇一·趙雲》各引一條，作《趙雲别傳》。

> 門，偃旗息鼓。公軍疑雲有伏兵，引去。雲擂鼓震天，惟以戎弩於後射公軍，公軍驚駭，自相蹂踐，墮漢水中死者甚多。先主明旦自來至雲營圍視昨戰處，曰："子龍一身都是膽也。"作樂飲宴至暝，軍中號雲爲虎威將軍。①

這一段文字，通過趙雲於曹操大軍中幾進幾出，最後運用智慧，克敵制勝，淋灕盡致地展現出了趙雲的驍勇善戰、臨危不懼、多謀善斷的大將風度，並用劉備的一句話"子龍一身都是膽也"，畫龍點睛。《趙雲别傳》對這一緊張激烈的戰争經過的敘述也很精彩，其敘述多用短句，形成一種急促、緊張的語勢，烘托出濃烈的戰争氛圍。

四、《平原禰衡傳》與《禰衡别傳》

《平原禰衡傳》見於《三國志》卷一〇《魏書·荀彧傳》裴注等徵引，《禰衡别傳》見於《北堂書鈔》等類書徵引②，《隋

①《三國志》卷三六《蜀書·趙雲傳》"成都既定以雲爲翊軍將軍"裴注、《北堂書鈔》卷一一六《武功部四·謀策五》"開門偃旗"、《太平御覽》卷三七六《人事部一十七·膽》各引一條，作《趙雲别傳》，從《三國志》卷三六裴注引。

②《平原禰衡傳》:《三國志》卷一〇《魏書·荀彧傳》"祖雖征伐在外軍國事皆與彧籌焉"裴注引一條，作《平原禰衡傳》;《北堂書鈔》卷一二八《衣冠部中·單衣十三》"禰衡坐大營門"，《太平御覽》卷四九八《人事部一百三十九·簡傲》、卷五八七《文部三·賦》、卷八三三《資産部十三·鍛》各引一條，作《禰衡傳》。《禰衡别傳》:《北堂書鈔》卷一〇二《藝文部八·弔文三十八》"禰衡停馬"、卷一〇四《藝文部十·刺五十三》"禰衡懷刺"、卷一四四《酒食部三·臛篇五》（轉下頁）

書·經籍志》無著録，清人侯康《補後漢書藝文志》卷三史部雜傳類、姚振宗《後漢藝文志》卷二史部雜傳記類、顧櫰三《補後漢書藝文志》卷七、曾樸《補後漢書藝文志并考》卷六記傳志内篇第二之二補録，二書作一書，姚氏、侯氏、顧氏題《禰衡别傳》，曾樸題《平原禰衡傳》。

考題《平原禰衡傳》者和《禰衡别傳》者之文，二者事文都存在區别，如關於禰衡去荆州事，《平原禰衡傳》云"衡知衆不悦，將南還荆州"，是自己前往荆州；而《禰衡别傳》記此事，是"乃以衡置馬上，兩騎挾送至南陽也"，是曹操"挾送"而去。而且，兩者所載之事還多有不同。不僅事有不同者，文字敘述也多相異，如《平原禰衡傳》云："衡時年二十四，是時許都雖新建，尚饒人士。衡嘗書一刺懷之，字漫滅而無所適。"而《禰衡别傳》云："衡初遊許下，乃陰懷一刺，既到而無所之適，至於刺字漫滅。"又如《平原禰衡傳》云："衡字正平，十月朝黄祖在艨冲舟上。賓客皆會，作黍臛，既至，先在衡前，衡得便飽食，初不顧左右。"《禰衡别傳》云："十月朝黄祖於艨衝舟上，會設黍臛，衡年少在坐，黍臛至，先自飽食，畢，摶弄

（接上頁）"禰衡自飽"、卷一四四《酒食部三·黍篇十四》"正平便自飽食"、卷一四四《酒食部三·黍篇十四》"禰衡弄黍如故"，《藝文類聚》卷五六《雜文部二·賦》，《太平御覽》卷二六《時序部十一·冬上》、卷三〇〇《兵部三十一·騎》、卷四三二《人事部七十三·强記》、卷四六六《人事部·駡詈》、卷五八九《文部五·碑》、卷五九六《文部十二·弔文》、卷六〇六《文部二十二·刺》、卷七三九《疾病部二·狂》、卷八五〇《飲食部八·飯》、卷八五〇《飲食部八·黍》，《續談助》卷四《殷芸小説》各引一條，作《禰衡别傳》。

戲擲，其輕慢如此。”由此可見，《平原禰衡傳》與《禰衡別傳》當並不是一傳異稱，而是各不相屬的兩傳。

禰衡，字正平，平原般人。《後漢書》卷八〇《文苑傳》有傳。禰衡“少有才辯，而尚氣剛傲，好矯時慢物”①。《平原禰衡傳》《禰衡別傳》也都是圍繞其這一品性來傳寫他的。

《平原禰衡傳》相對較爲短小，但還是把禰衡才華橫溢、傲視一切的品性展現了出來。如寫禰衡對陳長文、司馬伯達、孔融、楊修的評價：

> 或問之曰：“何不從陳長文、司馬伯達乎？”衡曰：“卿欲使我從屠沽兒輩也！”又問曰：“當今許中，誰最可者？”衡曰：“大兒有孔文舉，小兒有楊德祖。”又問：“曹公、荀令君、趙盪寇皆足蓋世乎？”衡稱曹公不甚多，又見荀有儀容，趙有腹尺，因答曰：“文若可借面弔喪，稚長可使監厨請客。”其意以爲荀但有貌，趙健啖肉也。於是衆人皆切齒。②

通過禰衡對時人的具體評價，揭示了禰衡自視之高和孤傲個性，從他的評價中，我們發現，他也並不是盲目自大，一味貶低別人，對孔融、楊修，則還是承認他們的才華。

禰衡的狂傲是基於其對自己才華的自我認知，而這種認知

① 范曄撰，李賢注《後漢書》卷八〇《文苑傳·禰衡傳》，中華書局1965年，第2652頁。

②《三國志》卷一〇《魏書·荀彧傳》“祖雖征伐在外軍國事皆與彧籌焉”裴注引一條，作《平原禰衡傳》，據以輯録。

是實際和真實的,《平原禰衡傳》引用了孔融向曹操推薦禰衡的表文來説明其才氣並非虚名:“淑質貞亮，英才卓犖。初涉藝文，升堂覩奥，目所一見，輒誦於口，耳所暫聞，不忘於心。性與道合，思若有神。弘羊心計，安世默識，以衡準之，誠不足怪。”

《禰衡别傳》對禰衡品性的展現比之《平原禰衡傳》則相對較爲全面，寫其“駐馬援筆，倚柱而作”爲胡政作板書弔文，爲黄射賦鸚鵡，“攬筆而作，文不加點，辭彩甚麗”，表現其才思敏捷，文筆出衆；寫其見蔡伯喈所作碑，一過視之而不忘，表現其識悟過人；寫其“裸身辱曹操”，“數罵責操及其先祖”，表現其狂傲不遜；寫其見劉表書而實言其短，表現其心無芥蒂的天真習性。

在禰衡身上，洋溢着天真無邪、心無城府的品性，他的恃才傲物，也是一顆才智之心的自然流露，他的任性而行，雖不爲時人所容，但卻是文人才士敬佩與傾慕的，他的事蹟傳揚甚廣，除上述兩傳以外,《文士傳》中亦有其傳。

五、《鍾會母張氏傳》

《鍾會母張氏傳》是鍾會爲其母親所作的傳記，是漢魏六朝時期少有的爲女性所作的單篇散傳之一，鍾會在歷史上雖不以文才知名，甚至身被惡名，如讒害嵇康。然而，他爲其生母作傳，由於出於對母親發自内心的懷念和真摯情感的自然浸潤，此傳也寫得頗有韻致。

《鍾會母張氏傳》,《隋書·經籍志》等史志書目無著録，清人姚振宗《三國藝文志》卷二史部雜傳記類、侯康《補三國藝文志》卷三史部雜傳類據諸書徵引補録，作《鍾會母傳》。《三國志》卷二八《魏書・鍾會傳》裴注引二節，前後完整，似即全文，《北堂書鈔》卷一二九《衣冠部下・衣》，《太平御覽》卷二二〇《職官部一八・中書侍郎》、卷六一三《學部七・教學》、卷六八九《服章部六・衣》各引一條，不出《三國志》裴注所引。嚴可均據《三國志》裴注採得此傳，録於《全晉文》卷二五中。張溥《漢魏六朝百三家集》輯録《鍾會集》，誤以《三國志》裴注所引二節爲二篇。清人章宗源也以爲二篇，在其《隋書經籍志考證》中補録爲二篇，一爲《鍾會爲其母傳》、一爲《生母傳》。姚振宗云："《隋志考證》又載有《生母傳》，蓋誤以傳注所引兩節爲二傳，此兩節實一篇也。"①

鍾會，字士季，潁川長社人，《三國志》卷二八有傳。《鍾會母張氏傳》中選取了幾個典型事例來表現其母的品性爲人，如不言孫氏毒害自己之事：

> 貴妾孫氏，攝嫡專家，心害其賢，數讒毀無所不至。孫氏辨博有智巧，言足以飾非成過，然竟不能傷也。及妊娠，愈更嫉妬，乃置藥食中，夫人中食，覺而吐之，瞑眩者數日。或曰："何不向公告之？"答曰："嫡庶相害，破家危國，古今以爲鑒誡。假如公信我，衆誰能明其事？彼以心度我，謂我必言，故將先我；事由彼發，顧不快耶！"遂稱疾不見。孫氏果謂成侯曰："妾欲

① 姚振宗《三國藝文志》卷二史部雜傳記類"《鍾會母傳》"條，開明書店《二十五史補編》第3册，中華書局1998年，第52頁中。

其得男，故飲以得男之藥，反謂毒之！”成侯曰：“得男藥佳事，闇於食中與人，非人情也。”遂訊侍者俱服，孫氏由是得罪出。成侯問夫人何能不言，夫人言其故，成侯大驚，益以此賢之。①

此事表現出其母夫人張氏“修身正行、非禮不動”的品格修養。另外又有於高平陵事件中處變不驚之事、讀《易》之事等等，《鍾會母張氏傳》通過對這些典型事例的敘寫，展現出母夫人張氏性格品行的各個方面。

《鍾會母張氏傳》中還大量地引用了母夫人張氏的言談話語，這是此傳的一個顯著特色，捧讀此傳，傳中的這些語言細節，讓人感覺其母張氏似乎就在面前，並未離開，還在耳邊輕輕地對兒子叮嚀、誨教，寫活了人物，同時也傳達出作者對母親的懷念——母親的音容笑貌已銘刻在了兒子的心中。試看下面幾個連續的語言細節：

謂會曰：“學猥則倦，倦則意怠；吾懼汝之意怠，故以漸訓汝，今可以獨學矣。”雅好書籍，涉歷衆書，特好《易》、《老子》，每讀《易》孔子説鳴鶴在陰、勞謙君子、籍用白茅、不出户庭之義，每使會反覆讀之，曰：“《易》三百余爻，仲尼特説此者，以謙恭慎密，樞機之發，行己至要，榮身所由故也，順斯術已往，足爲君子矣。”正始八年，會爲尚書郎，夫人執會手而誨之曰：

①《三國志》卷二八《魏書·鍾會傳》“鍾會字士季……少敏惠夙成”裴注引一條，云“鍾會爲其母傳曰”，據以輯録。

“汝弱冠見敘，人情不能不自足，則損在其中矣，勉思其戒！”①

在復述母夫人張氏的殷殷話語中，流露出對母親的深深懷念之情。

三國時期傳寫女性的散傳還有《蔡琰别傳》和《荀采傳》。

《蔡琰别傳》，《隋書·經籍志》等書志無著録，著者、卷數不詳。侯康《補後漢書藝文志》卷三史部雜傳類、姚振宗《後漢藝文志》卷二史部雜傳記類補録，題《蔡琰别傳》，曾樸《補後漢書藝文志并考》卷六紀傳志内篇第二之二補録，題《蔡文姬别傳》，顧懷三《補後漢書藝文志》卷七補録，題《蔡玉别傳》。此傳久佚，所遺文字不多，今散見諸類書徵引②，《太平御覽經史圖書綱目》列《蔡琰别傳》。檢諸書徵引，共四事，而文多殘略，一爲童年辨琴弦之事，一爲登胡殿、感胡笳之音作詩事，一爲反還中原别子作詩事，一爲爲曹操寫書事。

《荀采傳》，《隋書·經籍志》等書志無著録，著者、卷數不詳。姚振宗《後漢藝文志》卷二史部雜傳記類、曾樸《補後

①《三國志》卷二八《魏書·鍾會傳》“文王以事已施行不復追改”裴注引一條，云“其母傳曰”，據以輯録。

②《北堂書鈔》卷一〇一《藝文部·賜書二十八》“賜書四千卷”、卷一〇四《藝文部一〇·筆四五》“給筆寫書”、卷一一一《樂部·笳二十三》“懷凱風之思”，《藝文類聚》卷四四《樂部四·笳》、卷四四《樂部四·琴》，《太平御覽》卷四三二《人事部七十三·强記》、卷四八八《人事部一百二十九·啼》、卷五一九《宗親部九·女》、卷五七七《樂部十五·琴上》、卷五八一《樂部十九·笳》、卷七四七《工藝部四·書上》，《記纂淵海》卷一九一《閫儀部三·文學》，《古今合璧事類備要前集》卷二八《親屬門·寡婦》“感笳作詩”，《事類賦》卷一一《樂部·琴賦》“漢則文姬”各引一條，作《蔡琰别傳》。

漢書藝文志并考》卷六紀傳志内篇第二之二、侯康《補後漢書藝文志》卷三史部雜傳類補録，題《荀采傳》。其佚文今僅《藝文類聚》卷八〇《火部·燈》、《太平御覽》卷八七〇《火部三·燈》各引一條，事同而文略異。

六、《華佗别傳》

《華佗别傳》，《隋書·經籍志》等書志無録，著者、卷數不詳。顧懷三《補後漢書藝文志》卷七别傳類、姚振宗《三國藝文志》卷二史部雜傳記類、侯康《補三國藝文志》卷三史部雜傳類補録。其佚文今主要見於《三國志·魏志》卷二九《方技傳·華佗傳》裴注和《後漢書》卷八二下《方術傳·華佗傳》李注等所引[①]，《太平御覽經史圖書綱目》亦列《華佗别傳》。

華佗，字元化，沛國譙人。他是中國古代著名的醫藥家，《三國志》卷二九《魏書·方技傳》、《後漢書》卷八二《方術傳》有傳。

從今存佚文看，《華佗别傳》多載華佗醫治病患之事，或許是爲了突出華佗的醫術高明，傳中華佗治病的經過，不論是問

---

① 除《三國志·魏志》卷二九《方技傳·華佗傳》裴注和《後漢書》卷八二下《方術傳·華佗傳》李注等所引之外，《北堂書鈔》卷一〇四《藝文部·袠五十五》“綫袠有要方”，《藝文類聚》卷七五《方術部·養生》，《初學記》卷二〇《政理部·醫第七》“出蛇走獺”，《太平御覽》卷三六〇《人事部一·孕》、卷七四一《疾病部四·腹痛》、卷七四二《疾病部五·瘡》，《醫説》卷七《積》“蛇在皮中”，《錦繡萬花谷後集》卷三四《醫》“蛇從瘡中出”，《古今合璧事類備要前集》卷五五《技術門·醫家》“醫瘡以犬”，《記纂淵海》卷一八八《仙道部·脩養》“吾有一術名五禽之戲一曰虎二曰鹿三曰熊四曰猿五曰鳥”各引一條，作《華佗别傳》。

診還是療治方法，往往被塗上一層神異色彩，多顯得奇特而不可思議，如同虛幻，然而作者敘述卻細緻詳贍，婉若親眼所見，親身所歷。這樣，在有意無意中就賦予了《華佗别傳》突出的小説品格。請看下面一節：

> 琅邪劉勳爲河内太守，有女年幾二十，左脚膝裏上有瘡，癢而不痛。瘡愈數十日復發，如此七八年。迎佗使視，佗曰："是易治之，當得稻糠黄色犬一頭，好馬二匹。"以繩繫犬頸，使走馬牽犬，馬極輒易，計馬走犬三十餘里，犬不能行，復令步人拖曳，計向五十餘里。乃以藥飲女，女即安卧不知人。因取大刀斷犬腹近後脚之前，以所斷之處向瘡口，令去二三寸。停之須臾，有若蛇者從瘡中而出，便以鐵錐横貫蛇頭。蛇在皮中動摇良久，須臾不動，乃牽出，長三尺所，純是蛇，但有眼處而無童子，又逆鱗耳。以膏散著瘡中，七日愈。①

劉勳之女七八年反復發作的痼疾，華佗一見而知其病癥所在，而其療治所用則出人意料，十分奇特，不僅犬的顔色必須是黄色，而且走馬牽犬的里數也如此精確，這樣寫其目的無疑是爲了突出

①《三國志·魏志》卷二九《方技傳·華佗傳》"成病竟發無藥可服以至於死"裴注、《後漢書》卷八二下《方術傳·華佗傳》"四五日創愈一月之間皆平復"李注各引一條，作《佗别傳》;《初學記》卷二〇《政理部·醫第七》"出蛇走獺"、《太平御覽》卷七四二《疾病部五·瘡》、《醫説》卷七《積》"蛇在皮中"、《錦繡萬花谷後集》卷三四《醫》"蛇從瘡中出"、《古今合璧事類備要前集》卷五五《技術門·醫家》"醫瘡以犬"、《廣博物志》卷二二《方伎》各引一條，作《華佗别傳》；從《三國志·魏志》卷二九裴注引。

華佗醫道之精和醫術的神奇。而以實理論之，此事則顯然遠真實而近虚幻，與小説相通了。《華佗别傳》所録，多如此類，又如：

> 又有婦人長病經年，世謂寒熱注病者。冬十一月中，佗令坐石槽中，平旦用寒水汲灌，云當滿百。始七八灌，會戰欲死，灌者懼，欲止。佗令滿數。將至八十灌，熱氣乃蒸出，囂囂高二三尺。滿百灌，佗乃使然火温床，厚覆，良久汗洽出，著粉，汗燥便愈。①

華佗治寒熱病的方法也可謂奇異，先寒水汲灌，且需滿百灌之數，然後“然火温床，厚覆”，前後兩種方法截然相反，然而，此法一施，患者卻“汗燥便愈”。

三國時期，與《華佗别傳》相類的散傳還有《葛仙公别傳》《管輅别傳》和《李先生傳》。

《葛仙公别傳》，此傳撰人、卷數不詳。其佚文今散見諸書徵引②，高似孫《剡録》卷五《書》録《葛仙翁别傳》一卷，《太

---

①《三國志・魏志》卷二九《方技傳・華佗傳》“成病竟發無藥可服以至於死”裴注、《後漢書》卷八二下《方術傳・華佗傳》“四五日創愈一月之間皆平復”李注各引一條，作《佗别傳》，從《三國志・魏志》卷二九裴注引。

②《藝文類聚》卷五《歲時下・寒》，《白氏六帖事類集》卷一《火二十四》“吐火”，《太平御覽》卷三四《時序部十九・寒》、卷三九四《人事部三五・行》、卷四九四《人事部一百三十五・詭詐》、卷七三六《方術部十七・符》、卷七五九《器物部四・杯》、卷八六八《火部一・火上》、卷九五〇《蟲豸部七・蜂》，《事類賦》卷一〇《寶貨部・錢賦》“勞仙翁之見呼”、卷三〇《蟲部・蜂賦》“吐口中而爲戲仙客何神”各引一條，作《葛仙公别傳》；《藝文類聚》卷九七《蟲豸部・蜂》，（轉下頁）

平御覽經史圖書綱目》亦列《葛仙翁别傳》。諸書徵引多稱《葛仙公别傳》，又或稱《葛仙翁别傳》《葛仙公傳》《葛仙翁列傳》，稱“列傳”者，當是“别傳”之誤。《隋書·經籍志》史部雜傳類著録有《太極左仙公葛君内傳》一卷，《舊唐書·經籍志》史部雜傳類著録與之同，並云“吕先生注”。《新唐書·藝文志》神仙家著録有“吕先生《太極左仙公葛君内傳》一卷”，章宗源云：“《靈佑宫道藏目録》有《太極葛仙公傳》一卷。”①《宋史·藝文志》子部神仙家著録云：“吴先主孫氏《太極左仙公神仙本起内傳》一卷。”姚振宗案云：“此題吴先主孫氏，豈吴大帝時敕撰者，若是，則《唐志》書吕先生皆吴先主之訛也。”②《葛仙公别傳》或即《隋書·經籍志》等所著録《太極左仙公葛君内傳》一書。吴士鑑《補晉書藝文志》卷二史録雜傳類補録有《太極左仙公葛君内傳》、秦榮光《補晉書藝文志》卷二史部傳記類補録有《葛仙公别傳》，卷三子部道家類補録《葛仙翁别傳》。

《晉書》卷七二《葛洪傳》云：“葛洪，字稚川，丹陽句容

（接上頁）《太平御覽》卷八三六《資産部十六·錢下》，《事類賦》卷八《地部·火賦》“仙翁吐之而待客”，《歲時廣記》卷四《冬》“吐氣火”各引一條，作《葛仙翁别傳》；《北堂書鈔》卷一五六《歲時部四·寒篇二十五》“葛仙公與客談時天大寒”，《藝文類聚》卷七《山部上·崑崙山》，《太平御覽》卷一一《天部一一·祈雨》、卷三八《地部三·崑崙山》、卷一八九《居處部十七·井》各引一條，作《葛仙公傳》。

① 章宗源《隋書經籍志考證》卷一三雜傳“《太極左仙公葛君内傳》一卷”條，開明書店《二十五史補編》第 4 册，中華書局 1998 年，第 93 頁上。

② 姚振宗《隋書經籍志考證》卷二〇史部雜傳類“《太極左仙公葛君内傳》一卷”條案語，開明書店《二十五史補編》第 4 册，中華書局 1998 年，第 336 頁中。

人也。祖系，吴大鴻臚。父悌，吴平後入晉，爲邵陵太守。洪少好學，家貧，躬自伐薪以貿紙筆，夜輒寫書誦習，遂以儒學知名……尤好神仙導養之法。從祖玄，吴時學道得仙，號曰葛仙公，以其錬丹祕術授弟子鄭隱。洪就隱學，悉得其法焉。”可知，葛仙公乃葛玄仙號。今存《葛仙公别傳》佚文，多記其神異之事，如：

仙公與客對食，客曰：“食畢，當請先生作一奇戲。”食未竟，仙公曰：“諸君得無邑邑，欲見乎？”即吐口中飯，盡成飛蜂，滿屋，或集客身，莫不震肅，但自不螫人耳。良久，仙公乃張口，見蜂皆飛還入口中，成飯食之。①

《葛仙公别傳》又敘述其吐火事、請雨事、投符於水事等，也多如此類。另有一事，敘述葛仙公揭露一假仙之事，頗爲幽默：

時有一老人，頗能治病，從中國來。其人言年已數百歲。後他坐，仙公欲知此公定年。俄一人從天下，舉坐瞻目，良久集地，著朱衣進賢冠，即問此公曰：“天遣我來問君定年幾何，故欺詐民人？速以實對！”公大怖，下地長跪言曰：“無狀，實

①《藝文類聚》卷九七《蟲豸部·蜂》引一條，作《葛仙翁别傳》；《太平御覽》卷九五〇《蟲豸部七·蜂》、《事類賦》卷三〇《蟲部·蜂賦》“吐口中而爲戲仙客何神”各引一條，作《葛仙公别傳》；從《藝文類聚》卷九七引。

九十三。”仙公因撫手大笑，忽然失朱衣人所在。①

《李先生傳》，《隋書·經籍志》等書志無著録，著者、卷數不詳。章宗源《隋書經籍志考證》卷一三史部雜傳類云：“李先生傳，卷亡，不著録。”②《通志》卷六七《藝文略第五·道家二》著録《李先生傳》一卷。《太平御覽經史圖書綱目》列《南陽李先生傳》，當指此傳。《李先生傳》佚文今散見諸書徵引③，共二事。均神奇虚幻，一如小説：

先生名曠，字祖和，南陽人。劉備遣軍取先生，先生起霧半天，備騎自相殺，先生乃入吴。

郎中喬龢於牛渚遇神人，意欲啖薑而市無之，神人以絹數疋，并書一牒付信，入市門南下，任意所如，須臾得薑數斗，還以問神人，神人曰：“問李先生，當知我。”

《管輅别傳》，管辰撰，《隋書·經籍志》史部雜傳類、《舊唐書·經籍志》史部雜傳類、《新唐書·藝文志》史部雜傳記類均著録，《隋志》著録作三卷，新、舊《唐志》著録作二卷。顧

①《太平御覽》卷四九四《人事部一百三十五·詭詐》引一條，作《葛仙公别傳》，據以輯録。

②章宗源《隋書經籍志考證》卷一三雜傳“《李先生傳》”條，開明書店《二十五史補編》第4册，中華書局1998年，第93頁上。

③《北堂書鈔》卷一五一《天部三·霧篇十一》“起霧半天”，《太平御覽》卷一五《天部十五·霧》、卷九七七《菜茹部二·薑》，《事類賦》卷三《天部·霧賦》“若夫祖和半天”各引一條，作《李先生傳》。

懷三《補後漢書藝文志》卷七別傳類、丁國鈞《補晉書藝文志》卷二史録雜傳類、文廷式《補晉書藝文志》卷三史部雜傳類，秦榮光《補晉書藝文志》卷二史部傳記類、吴士鑑《補晉書經籍志》卷二史録雜傳類、黄逢元《補晉書藝文志》卷二史録雜傳類亦有補録。《管輅别傳》之文今主要見於《三國志》裴注等徵引①。諸書徵引又或作《管公明傳》《管公明别傳》②,《太平御

①《三國志》卷二九《魏書・方技傳・管輅傳》裴注引之外,《世説新語・規箴》第6條劉注,《世説新語・排調》第21條劉注,《水經注》卷一六《谷水》“谷水又東，逕魏將作大將毋邱興墓南”,《文選》卷四七《頌・聖主得賢臣頌》“虎嘯而谷風洌龍興而致雲氣”李注,《編珠》卷一《天地部》“少男風童女雹”,《北堂書鈔》卷七三《設官部二十五・從事一百六十五》“管輅爲文學從事”“再見便轉”、卷九四《禮儀部・冢墓四十二》“四危以備法當滅族”、卷九八《藝文部四・談講十三》“高談之客”,《藝文類聚》卷二《天部下・雨》、卷一七《人部一・膽》、卷二九《人部十三・别上》、卷五五《雜文部一・談講》,《初學記》卷一八《人部中・離别第七》,《太平御覽》卷二六三《職官部六十一・别駕》、卷三七六《人事部一十七・膽》、卷三八〇《人事部二十一・美丈夫下》、卷三八五《人事部二十六・幼智下》、卷三九〇《人事部三十一・言語》、卷四〇〇《人事部四一・凶夢》、卷四八九《人事部一百三十・别離》、卷六一七《學部十一・談論》、卷六三二《治道部十三・薦舉下》、卷九三〇《鱗介部二・龍下》,《小名録》卷上“司馬相如字長卿父母名之曰犬子長好讀書學擊劍慕藺相如乃更名”,《古今事文類聚續集》卷一五《燕飲部・戒酒》“臨别戒飲”各引一條，作《管輅别傳》。又,《世説新語・文學》第9條劉注、《北堂書鈔》卷三四《政術部八・任賢十九》“檄爲文學”、卷一〇四《藝文部十・筆四十五》“大蛇銜筆”各引一條，作《管輅傳》，當爲《管輅别傳》之文。

②《北堂書鈔》卷一二三《武功部十一・矛三十八》“鬼持矛”、卷一五一《天部三・風篇十六》“少女風”,《初學記》卷一《天部・天第一》“姮娥月少女風”,《太平御覽》卷三四七《兵部七十八・弓》各引一條，作《管公明别傳》;《藝文類聚》卷一《天部上・風》、《初學記》（轉下頁）

覽經史圖書綱目》既列《管輅别傳》，又列《管公明别傳》，則宋初修《太平御覽》，所見管輅别傳當有二本，一爲管辰之《管輅别傳》，一爲《管公明别傳》。

姚振宗認爲："《魏志》傳注載辰是傳，特多，似全録其文，並其序亦載之。"①《三國志》裴注所引之文，不甚連貫，多略於《三國志》本傳所載，裴注或有略而不取者。然管辰此傳，其敍管輅事，亦當未盡載，遺漏當頗多。且裴松之案亦云："劉侯云甚多此類，辰所載纔十一二耳。"裴松之又云："近有閻纘伯者，名纘，該微通物，有良史風。爲天下補綴遺脱，敢以所聞列於篇左。皆從受之於大人先哲，足以取信者，冀免虚誣之譏云爾。"②據此，閻纘當補録不少管辰《管輅别傳》所不載者。而管辰之外，爲管輅作傳者又或有之。《管公明别傳》者，或其中之一也。

管輅，字公明，平原人。《三國志》卷二九《魏書·方技

（接上頁）卷一《天部·風第六》"大王少女"，《太平御覽》卷七二五《方術部六·卜上》，《古今合璧事類備要前集》卷二《天文門·風》"少女"，《古今事文類聚前集》卷三《天道部·風》"占少女風"各引一條，作《管公明傳》；《北堂書鈔》卷一五一《天部三·風篇十六》"少女風"引一條，作《管公明别傳》，四庫本《北堂書鈔》卷一五一則引作《管輅别傳》。又，《初學記》卷二九《狐第十三》"持火聽冰"，《白氏六帖事類集》卷一《風第十三》"少女"、卷二九《狐第六十二》"持火"引一條，作《管輅傳》。當爲《管公明别傳》之文。

① 姚振宗《隋書經籍志考證》卷二〇史部雜傳類"《管輅傳》三卷管辰撰"條，開明書店《二十五史補編》第4册，中華書局1998年，第318頁上。

② 陳壽撰，裴松之注《三國志》卷二九《方技傳·管輅傳》裴注，中華書局2000年，第828頁。

傳》有傳。管辰，輅弟，裴松之云："劉侯云：'辰，孝廉才也。'……華長駿語云：'……辰仕宦至州主簿、部從事，太康之初物故。'"據《三國志·管輅傳》，輅卒於甘露元年（256）可推知，管辰卒太康初，其作《管輅别傳》，當在晉代魏之前。丁國鈞等將其補録入《補晉書藝文志》，不甚確妥。與華佗不同，管輅是一個真正的方術之士，《管輅别傳》有將其神異化的趨向，多載其占卜射覆、靈異應驗之事，奇異虚誕。如：筮信都令家疾病之事：

> 信都令家中婦女盡驚，更互疾病，使公明爲占之。卦成，語曰："君北室床西頭，當有兩死男人，一鬼持矛，一鬼持弓箭，頭在壁中，脚在壁外。持矛者主刺頭，故頭重痛不得舉。持弓箭者主射胷腹，故心中懸痛不得飲食。晝則浮遊，夜還病人，故驚恐。若徙其屍柩，便皆丁强。"於是令歸室中，果得兩楸棺，中有角弓及數箭，物已久遠，木消爛。徙骸埋之，合家皆愈。①

如裴松之言"劉侯云甚多此類，辰所載十一二耳"，管輅之事，在民間流傳甚廣，裴松之在引辰傳之後，又舉出他人所述若干事，亦多如此，頗涉荒誕。

《管公明别傳》今存佚文三節，其二事，《北堂書鈔》卷一二三《武功部十一·矛三十八》"鬼持矛"、《太平御覽》卷

①《北堂書鈔》卷一二三《武功部十一·矛三十八》"鬼持矛"、《太平御覽》卷三四七《兵部七十八·弓》各引一條，作《管公明别傳》。從《太平御覽》卷三四七引。

三四七《兵部七十八·弓》引管輅占信都令家中婦女盡驚疾病事；《初學記》卷二九《狐第十三》"持火聽冰"、《白氏六帖事類集》卷二九《狐第六十二》、《太平御覽》卷七二五《方術部六·卜上》引管輅占失婢及火災事，管辰《管輅別傳》或不載。

七、《蒲元別傳》

《蒲元別傳》，《隋書·經籍志》無著録，姚振宗《三國藝文志》卷二史部雜傳記類補録。《蒲元別傳》久佚，其佚文今散見諸書徵引①。嚴可均據《藝文類聚》和《太平御覽》輯得兩節，録於其《全三國文》卷六二中，系於姜維名下，前者題《蒲元傳》，後者題《蒲元別傳》，檢《三國志·姜維傳》及其他典籍，未有云姜維撰《蒲元傳》者，不知嚴氏何據而題姜維撰。檢諸書徵引，題《蒲元傳》與題《蒲元別傳》者文多同，恐爲一書。

從《蒲元別傳》今存之文看，是寫蒲元之天然"奇思"：

> 元爲丞相諸葛亮掾，亮欲北伐，患糧難致。元牋與亮曰：元等輒推意作一脚牛，牛抵仰雙轅，人行六尺，牛行四步。人

---

①《編珠》卷二《居處部》"斬鐵刀切玉劍"、《北堂書鈔》卷六八《設官部二十·掾一百三十七》"蒲元作木牛"、《職官分紀》卷五《掾屬》"推意作一脚牛"各引一條，作《蒲元別傳》；《北堂書鈔》卷一二三《武功部十一·刀三十五》"蒲元得之天然"、《藝文類聚》卷六〇《軍器部·刀》、《太平御覽》卷三四五《兵部七十六·刀上》、《蜀中廣記》卷六九《方物記第十一·兵器》各引一條，作《蒲元傳》。

載一歲之糧,日行一十里,人不勞,牛不飲。即日已就,然非常之事,人所惑之。

君性多奇思,得之天然。鮮類之,事出若神,不嘗見鍛功。忽於斜谷爲諸葛亮鑄刀三千口,鎔金造器,特異常法。刀成,白言:"漢水鈍弱,不任淬用,蜀江爽烈,是謂大金之元精,天分其野。"乃命人於成都取之,有一人前至,君以淬刀,言雜涪水,不可用。取水者猶悍言不雜,君以刀畫水,云雜八升,何故言不。取水者方叩頭首伏,云:"實於涪津渡負倒覆水,懼怖,遂以涪水八升益之。"於是咸共驚服,稱爲神妙。刀成,以竹筒密内鐵珠滿其中,舉刀斷之,應手虛落,若薙生蒭,故稱絶當世,因曰神刀。今之屈耳環者,是其遺範也。

第一節寫蒲元發明木牛流馬之事，第二節寫蒲元爲諸葛亮於斜谷鑄刀之事，特别是第二節，尤爲精彩，不僅敘述細緻生動，而且其中對蒲元鑒别江水、涪水之事的描寫，離奇而神妙，近於小説。

在三國時期的散傳中，有不少如《蒲元别傳》，多亡佚缺失，但遺存的文段卻頗見思致，其間往往有或多或少的小説性特質。這些雜傳包括《司馬徽别傳》《孔融别傳》《諸葛亮别傳》《費禕别傳》《任嘏别傳》《孟宗别傳》《胡綜别傳》《陸績别傳》《桓階别傳》《何晏别傳》《諸葛恪别傳》等。

《司馬徽别傳》，《隋書·經籍志》等無著録，著者、卷數不詳。其佚文今主要見於《世説新語·言語》第9條劉注等徵引[①]，《太平御覽經史圖書綱目》即列《司馬徽別傳》。另有《董正別傳》，《北堂書鈔》卷一三六《儀飾部七·刷七十五》"歸更刷頭"、《藝文類聚》卷九四《獸部中·豕》、《太平御覽》卷九〇三《獸部十五·豕》、《記纂淵海》卷四三《性行部·不争》，各引一條，作《董正別傳》。又，《太平御覽》卷八二二《資産部二·耕》引一條，作《董正則傳》，"則"當爲"别"字因形近而訛。但奇怪的是，所存三條佚文，所述之事，二條述司馬徽事，一條述劉廙事，無一涉及董正，侯康也頗疑此事，從兩條記司馬徽事看，其文與《司馬徽別傳》多同，恐出《司馬徽別傳》。

《孔融別傳》，《隋書·經籍志》等無著録，撰人、卷數不詳。其佚文今散見諸書徵引[②]，《太平御覽經史圖書綱目》即列《孔融別傳》。

《司馬徽別傳》與《孔融別傳》，姚振宗《後漢藝文志》卷二史部雜傳記類、侯康《補後漢書藝文志》卷三史部雜傳類、顧櫰三《補後漢書藝文志》卷七、曾樸《補後漢書藝文志并考》

①《世説新語·言語》第9條劉注，《山谷内集詩注》卷一三《次韻任道食荔枝有感三首》"一錢不直程衛尉，萬事稱好司馬公"任淵注，《太平御覽》卷三八二《人事部二十三·醜丈夫》、卷八二五《資産部五·蠶》各引一條，作《司馬徽別傳》。

②《世説新語·言語》第3條劉注，《北堂書鈔》卷一四四《酒食部·粥篇十》"奉饘以祭"、卷一四八《酒食部七·酒六十》"天有酒旗之星地有酒泉之郡"，《藝文類聚》卷七三《雜器物部·樽》，《太平御覽》卷三九六《人事部三十七·相似》、卷四二八《人事部六十九·正直下》，《隸釋》卷六《孔謙碣》，《寶刻叢編》卷二，《記纂淵海》卷一一一《人倫部十·世契》各引一條，作《孔融別傳》。

卷六記傳志内篇第二之二補録。

《諸葛亮别傳》,《隋書·經籍志》等書志無著録，著者、卷數不詳。《諸葛亮别傳》久佚,《太平御覽經史圖書綱目》列《諸葛亮别傳》。其佚文今僅見《太平御覽》卷四三〇《人事部七一·信》引一條。姚振宗據此補録入其《三國藝文志》中。

《費禕别傳》,《隋書·經籍志》等書志無著録，撰人、卷數不詳。其佚文今主要見於《三國志》卷四四《蜀書·費禕傳》裴注等徵引①。《太平御覽經史圖書綱目》即列《費禕别傳》。

《任嘏别傳》,《隋書·經籍志》等書志無著録，撰人、卷數不詳。姚振宗以爲此别傳似是任嘏“故吏程威、劉固、上官崇等所撰”②，其佚文今散見於諸書徵引③,《太平御覽經史圖書綱

①《三國志》卷四四《蜀書·費禕傳》“禕辭順義篤據理以答終不能屈”裴注引五節,《北堂書鈔》卷五九《設官部十一·尚書令七十二》“費禕識悟”、卷一二三《武功部十一·刀三十五》“以討不庭”,《藝文類聚》卷四八《職官部四·尚書令》、卷六〇《軍器部·刀》,《白氏六帖事類集》卷四《刀第十九》“贈”,《太平御覽》卷三四五《兵部七十六·刀上》、卷四三二《人事部七十三·聰敏》、卷四七八《人事部一百十九·贈遺》、卷四九六《人事部一百三十七·鬭争》、卷四九七《人事部一百三十八·酣醉》各引一條，作《費禕别傳》。

② 姚振宗《三國藝文志》卷二史部雜傳記類“《任嘏别傳》”條，開明書店《二十五史補編》第3册，中華書局1998年，第51頁上。

③《三國志》卷二七《魏書·王昶傳》“樂安任昭先……吾友之善之願兒子遵之”裴注,《北堂書鈔》卷五八《設官部十·給事黄門侍郎六十三》“任嘏淑慎”,《藝文類聚》卷四八《職官部四·黄門侍郎》,《初學記》卷一七《人部·賢第二》“虚己忘心”,《太平御覽》卷四〇三《人事部四十四·道德》、卷四二六《人事部六十七·清廉下》、卷四三〇《人事部七十一·謹慎》、卷八二二《産資部二·耕》,《職官分紀》卷六《門下省·門下侍郎》“每納忠言輒壞其本”,（轉下頁）

目》即列《任嘏别傳》。

《孟宗别傳》,《隋書·經籍志》等書志無著録，撰人、卷數不詳。其佚文今散見於諸書徵引①,《太平御覽經史圖書綱目》即列《孟宗别傳》。

《胡綜别傳》,《隋書·經籍志》等書志無著録，撰人、卷數皆不詳。《太平廣記》卷一九七《博物》引胡綜事，云出《綜别傳》，除此而外，其文又見於他書徵引②,《太平御覽經史圖書綱目》即列《孟宗别傳》，事同，而文略異。

《陸績别傳》,《隋書·經籍志》等書志無著録，撰人、卷數

（接上頁）《古樂苑》卷四七《褋歌謡辭·三國》"蔣氏翁任氏童"引一條，作《任嘏别傳》。又,《初學記》卷一二《職官部下·黄門侍郎第二》"畫成圖書壞本"、《太平御覽》卷二二一《職官部十九·黄門侍郎》各引一條，作《王嘏别傳》,《太平御覽》卷三八五《人事部二十六·幼智下》引一條，作《傅嘏别傳》，"傅嘏""王嘏"當作"任嘏"，當是《任嘏别傳》之文。

①《北堂書鈔》卷五三《設官部五·光禄勳二十》"孟宗德行純素",《初學記》卷一二《職官部下·光禄卿第十六》"歎至德薦名士",《太平御覽》卷二二九《職官部二十七·光禄卿》、卷二六二《職官部六十·良太守下》、卷三六二《人事部三·名》、卷七四三《疾病部六·嘔吐》、卷八五〇《飲食部八·飯》,《職官分紀》卷一八《卿少卿》"吐麥飯"、卷四一《郡太守》"生子以孟爲名"各引一條，作《孟宗别傳》;《太平御覽》卷四一三《人事部五十四·孝中》引一條，作《孟宗列傳》。

②《北堂書鈔》卷一三五《儀飾部六·匣五十》"銅匣"、卷一三五《儀飾部六·如意三十二》"白玉如意",《藝文類聚》卷七〇《服飾部下·如意》,《太平御覽》卷七〇三《服用部五·如意》、卷八〇五《珎寶部四·玉下》,《事類賦》卷九《寶貨部·玉賦》"胡綜如意",《古今事文類聚續集》卷二八《器用部·雜器用》"白玉如意",《古今合璧事類備要外集》卷六〇《傘扇門》"如意玉如意"，各引一條，作《胡綜别傳》。

皆不詳。其文今主要見於《太平御覽》徵引①,《太平御覽經史圖書綱目》即列《陸績别傳》。

《桓階别傳》,《隋書·經籍志》等書志無著録，撰人、卷數皆不詳。其文散見於諸書徵引②,《太平御覽經史圖書綱目》即列《桓階别傳》。

《何晏别傳》,《隋書·經籍志》等書志無著録，著者、卷數不詳。其佚文見於《北堂書鈔》等類書徵引③。

《諸葛恪别傳》,《隋書·經籍志》等書志無著録，著者、卷

①《太平御覽》卷二六四《職官部六十二·功曹參軍》、卷四〇五《人事部四十六·賓客》各引一條，作《陸績别傳》。

②《北堂書鈔》卷三六《政術部十·威嚴二十六》"威能震敵"、卷三八《政術部十二·廉潔三十二》"食豆䴵"、卷六九《設官部二十一·主簿一百四十》"内經百度之規外諮千里之策"、卷七五《設官部二十七·太守中一百六十六》"俸盡食醬䴵"、卷七五《設官部二十七·太守中一百六十六》"德懷遠人"、卷一四六《酒食部五·醢三六》"食醬䴵",《初學記》卷一二《職官部下·黄門侍郎第二》"二子並拜三代不徙",《太平御覽》卷二二一《職官部十九·黄門侍郎》、卷二六二《職官部六十·良太守下》、卷四三一《人事部七十二·儉約》、卷四八五《人事部一百二十六·貧下》、卷八二二《産資部二·耕》、卷八四〇《百穀部四·粟》,《職官分紀》卷六《門下侍郎》"子無褌"、卷四一《郡太守》"威能震敵"各引一條，作《桓階别傳》。

③《北堂書鈔》卷九八《藝文部四·談講十三》"清談雅論"及"妙哉論道盡其理矣",《初學記》卷一九《人部下·美丈夫第一》"班伯甚麗何晏絶美",《太平御覽》卷三八〇《人事部二十一·美丈夫下》、卷三八五《人事部二十六·幼智下》、卷三九三《人事部三十四·坐》,《記纂淵海》卷四一《性行部五·穎悟》、卷一一一《人倫部十·異姓》各引一條，作《何晏别傳》。

數不詳。其文今散見於《三國志》裴注等書徵引[①]，《太平御覽經史圖書綱目》列《諸葛輅别傳》，"諸葛輅" 當作 "諸葛恪"。另外，《太平御覽》卷八三〇《資産部一〇・針》有引《諸葛元遜别傳》者，其文云："昔元遜對南陽韓文晃，誤呼其父字，晃難之曰：'何人子前呼人父字，是禮乎？' 諸葛笑答曰：'向天穿針而不見天，何者？不輕天意，有所在耳。' 即罰文晃酒一杯。" 此文不見他處徵引，似非《諸葛恪别傳》。

《費禕别傳》《任嘏别傳》《孟宗别傳》《胡綜别傳》《陸績别傳》《桓階别傳》《何晏别傳》《諸葛恪别傳》，清人姚振宗《三國藝文志》卷二史部雜傳記類、侯康《補三國藝文志》卷三史部雜傳類據諸書徵引補録。

以上諸傳，雖所遺文字不多，但就所存文字而言，都很有特色，或事類奇幻，故事性强；或把細事敘述得委屈細緻，生動形象；或建構場境，繪聲繪色地描畫出人物的音容笑貌、舉手投足；或敘寫諧謔，充滿幽默與輕鬆的韻致；多具小説性内

①《三國志》卷六四《吴書・諸葛恪傳》"恪之才捷皆此類也" 裴注，《北堂書鈔》卷一三五《儀飾部六・璫五十六》"穿耳附珠"、卷一四四《酒食部・餅篇十三》"停食作賦"，《藝文類聚》卷二五《人部九・嘲戲》、卷八五《百穀部・麥》，《白氏六帖事類集》卷二四《舂十七》"磨賦"，《太平御覽》卷三七八《人事部十九・肥》、卷四六六《人事部・嘲戲》、卷七一八《服用部二十・璫珥》、卷八三〇《資産部一〇・針》、卷八三八《百穀部二・麥》，各引一條，作《諸葛恪别傳》。又，《太平御覽》卷七六二《器物部七・磨》引一條作《諸葛亮别傳》，其云："孫權常饗蜀使費禕，停食餅，索筆作《麥賦》，恪亦請筆作《磨賦》。" 四庫本《太平御覽》卷七六二引 "麥" 作 "人"、"恪" 作 "禕"。疑當作《諸葛恪别傳》。

藴。試看《任嘏别傳》中的一節:

遂遇荒亂,家貧賣魚,會官税魚,魚貴數倍,嘏取直如常。又與人共買生口,各雇八匹。後生口家來贖,時價直六十匹。共買者欲隨時價取贖,嘏自取本價八匹。共買者慙,亦還取本價。比居者擅耕嘏地數十畝種之,人以語嘏,嘏曰:"我自以借之耳。"耕者聞之,慙謝還地。①

再如《諸葛亮别傳》:

魏明帝自征蜀,幸長安,遣宣帝督張郃諸軍勁卒三十餘萬,潛軍密向劍閣。亮有戰士十萬,十二更下,在者八萬。時魏軍始陳番,兵適交,亮參佐咸以敵衆强多,非力所制,宜權停下兵,以并聲勢。亮曰:"吾聞用武行師以大信爲本,得原失信,古人所惜。去者束裝以待期,妻子鶴望以計日,皆勅速遣。"於是去者感悦,願留一戰,往者憤勇,咸思致命。臨戰之日,莫不拔刃争先,以一當十。殺張郃,却宣帝,一戰大尅,此之由也。②

外有三十萬大軍壓境,敵衆我寡,而内部又適值士卒輪换,

①《三國志》卷二七《魏書・王昶傳》"樂安任昭先……願兒子遵之"裴注引一條,作《任嘏别傳》,據以輯録。

②《太平御覽》卷四三〇《人事部七十一・信》引一條,作《諸葛亮别傳》,據以輯録。

人心不穩，這裏通過諸葛亮對這一緊急情況的處理，展現了諸葛亮的品性與智慧。

八、《獻帝傳》及其他

《獻帝傳》，《隋書·經籍志》等書志無著録，著者、卷數不詳，其佚文今主要見於《三國志》裴注等書徵引，或作《獻帝傳》，或作《漢獻帝傳》①。從《三國志》裴注所引看，僅《文帝紀》裴注所録漢魏禪代過程，就幾達萬言，從此可知其篇制之宏大。

從現存之文看，《獻帝傳》當是完整地傳録了漢獻帝的一生，對其生平經歷，當是巨細悉録，内容博雜。如有關他死後魏明帝弔祭之事，也與漢魏禪代過程一樣，不論是詔令、册表，還是贈賜書文，都一一載録，纖毫無遺。《獻帝傳》對這些文獻的引録，爲後世留下了有關這些歷史事件珍貴而詳盡的原始資料，也正因爲這些大量原始資料的插入，使其敘事冗長，結構散漫，也分散了對人物個性品格的傳寫與刻畫，從這一方面説，它與正統史傳文相當接近，具有較强的史傳性。與《獻帝傳》

①《三國志》卷一裴注引一條，《三國志》卷二裴注引二十條，《三國志》卷三裴注引二條，《三國志》卷六裴注引五條，《後漢書》卷七二李注引二條，《後漢書》卷七四上、《後漢書·志第四·禮儀上》"皆於高祖廟如禮謁"劉昭注各引一條，作《獻帝傳》；《北堂書鈔》卷一四四《酒食部·糜篇九》"爲飢民作糜""作得滿兩盂"，《藝文類聚》卷六九《服飾部·簟》，《太平御覽》卷四八六《人事部一二七·餓》、卷七七三《車部二·敘車下》、卷八五九《飲食部一七·糜粥》各引一條，作《漢獻帝傳》。另外，《北堂書鈔》卷二一《帝王部二十一·失政七十二》、卷四七《封爵部中·異域降附封六》引作《漢傳》。

相類的三國散傳還有《荀彧别傳》《孫資别傳》《劉廙别傳》《虞翻别傳》等。

《荀彧别傳》，《隋書·經籍志》等書志無著録，清人姚振宗《三國藝文志》卷二史部雜傳記類、侯康《補三國藝文志》卷三史部雜傳類、顧櫰三《補後漢書藝文志》卷七别傳類據諸書徵引補録。著者、卷數不詳，侯康在《補三國藝文志》中認爲："書中稱曹操爲太祖，司馬懿爲宣王，則非漢晉人作明矣。"① 今佚，其文今主要見於《三國志》卷一〇《魏書·荀彧傳》裴注引。荀彧字文若，潁川潁陰人。他是曹操重要謀士，《荀彧别傳》多載荀彧"從容與太祖論治道"之談話、表文等。

《孫資别傳》，《隋書·經籍志》等書志無著録，著者、卷數不詳。清人姚振宗《三國藝文志》卷二史部雜傳記類、侯康《補三國藝文志》卷三史部雜傳類據諸書徵引補録。裴松之案云："本傳及諸書並云放、資稱讚曹爽，勸召宣王，魏室之亡，禍基於此。資之别傳，出自其家，欲以是言掩其大失，然恐負國之玷，終莫能磨也。"② 侯康亦以爲是。此傳佚文今主要見於《三國志》裴注所引③。

---

① 侯康《補三國藝文志》卷三史部雜傳類"《荀彧别傳》"條，開明書店《二十五史補編》第3册，中華書局1998年，第16頁。

② 陳壽撰，裴松之注《三國志》卷一四《魏書·劉放傳》裴松之案語，中華書局2000年，第461頁。

③《三國志》卷一四《魏書·劉放傳》裴注引五節，《三國志》卷一五《魏書·賈逵傳》裴注引一節，《北堂書鈔》卷一五八《地部二·穴篇一三》，《文選》卷二〇《獻詩》李注、卷四六《王文憲集序》李注各引一條，《三國志》裴注所引較詳，他書所引不出其外。

《劉廙别傳》,《隋書·經籍志》等書志無著録，著者、卷數不詳。清人姚振宗《三國藝文志》卷二史部雜傳記類、侯康《補三國藝文志》卷三史部雜傳類據諸書徵引補録。其佚文今主要見於《三國志》卷二一《魏書·劉廙傳》裴注所引，共四節，一爲謝劉表箋，一爲論治道表，另一爲勸誡其弟之語，又一節敘其終年，可見有二節爲表箋之文[①]。

《虞翻别傳》,《隋書·經籍志》等書志無著録，著者、卷數不詳。清人姚振宗《三國藝文志》卷二史部雜傳記類、侯康《補三國藝文志》卷三史部雜傳類據諸書徵引補録。侯康於《補三國藝文志》中云:“書中直稱孫策、孫權名，則非吴人撰，然亦當三國時人也。”[②]其佚文今主要見於《三國志》裴注所引[③]，主要是兩封上孫權書。

上述《荀彧别傳》《孫資别傳》《劉廙别傳》《虞翻别傳》,今天所見，主要是各種表策之文，從它們對這些長篇表策文的引用推測，以上諸傳的篇制都應是冗長的，内容也應是包羅很廣的。這類散傳，保存了相當多的歷史資料，而如《虞翻别

①《三國志》卷二一《魏書·劉廙傳》“廙懼奔揚州”裴注、“太祖令曰叔向不坐弟虎古之制也特原不問”裴注、“生於父母可以死效難用筆陳”裴注、“文帝即王位爲侍中賜爵關内侯黄初二年卒”裴注引。

②侯康《補三國藝文志》卷三雜傳類“《虞翻别傳》”條，開明書店《二十五史補編》第3册，中華書局1998年，第17頁中。

③《三國志》卷五七《吴書·虞翻傳》裴注引之外,《北堂書鈔》卷九二《禮儀部十三·葬三十二》“老子兩卷示存道德”,《藝文類聚》卷四〇《禮部下·弔》、卷九七《蟲豸部·蠅》,《白氏六帖事類集》卷一九《奔喪二十九》“奉使復命乃奔喪”,《太平御覽》卷三九九《人事部四十·應夢》、卷九四四《蟲豸部一·蠅》各引一條，作《虞翻别傳》。

傳》中所載的虞翻《上易注表》，還是一篇學術文章，在這篇表文中，虞翻總結了漢末以來《易》學研究，對各家《易》注的得失成敗、優點缺點，一一加以點評。並指出鄭玄所注《尚書》中的“誤莫大焉”的數事及馬融所訓之誤。這些材料，爲我們瞭解當時學術情況提供了難得的可靠資料。同時，它們也存在和《獻帝傳》一樣的缺陷，即對人物性格刻畫、敘事建構的忽視。

九、其他散傳

除上述散傳以外，三國時期的單篇散傳尚有《趙岐别傳》《管寧别傳》《楊彪别傳》《邊讓别傳》《樓承先别傳》《程曉别傳》《傅巽别傳》《潘勖别傳》《曹植别傳》《賈逵别傳》《孫權傳》《毌丘儉記》《徐穉别傳》《許劭别傳》，這些散傳，由於遺至今的文字較少，故一併論之。

《趙岐别傳》，今存文一條，見於《太平御覽》卷五五八《禮儀部三七・塚墓二》引。《管寧别傳》，其文今主要見於《太平御覽》及《北堂書鈔》等徵引，《太平御覽經史圖書綱目》即列《管寧别傳》。《北堂書鈔》卷一二九《衣冠部下・裘二十三》“狐貉以居”，《太平御覽》卷三六三《人事部四・形體》、卷三八七《人事部二十八・洟淚》、卷六九四《服章部十一・裘》、卷八一九《布帛部六・絮》各引一條。《楊彪别傳》，其文今散見於《太平御覽》等徵引，《太平御覽經史圖書綱目》即列《楊彪别傳》。《太平御覧》卷六九一《服章部八・單衣》、《事類賦》卷一二《服用部・衣賦》“魏文之待楊彪”各引一條，事文俱同。《邊讓别傳》，佚文散見諸書徵引，《太平御覽經史圖書綱目》即列《邊讓别傳》。《北堂書鈔》卷一三四《服飾部三·被二十七》"九州之被"、《太平御覧》卷六九一《服章部八·單衣》、《太平御覧》卷六九三《服章部十·襜褕》、《太平御覽》卷七〇七《服用部九·被》、《事類賦》卷一二《服用部·衣賦》"邊讓襜褕"各引一條，事同而文略異。《樓承先别傳》，其文散見諸書徵引，或作《樓承先别傳》，或作《婁承先别傳》，或作《婁承先傳》，《太平御覽經史圖書綱目》列《婁承先别傳》。《北堂書鈔》卷一三六《儀飾部七·屩八十五》"未嘗脱屩"各引一條。《程曉别傳》，今存佚文一條，見於《三國志》卷一四裴注引。《傅巽别傳》，今存佚文一條，見於《太平御覽》卷三二二《兵部五十三·勝》引。《潘勖别傳》，今存佚文一條，見於《太平御覽》卷四〇三《人事部四四·道德》引。《曹植别傳》，今存佚文一條，見於《太平御覽》四五九《人事部一百·鑒戒下》引。《賈逵别傳》，今存佚文一條，見於《太平御覽》卷七六三《器物部八·斧》引。《孫權傳》，《北堂書鈔》卷三〇《政術部四·錫命五》引三條。孔廣陶校《書鈔》云："顯直二句不見《吴志·孫權傳》，或是《孫權别傳》，本鈔錫命此篇凡三引《孫權傳》，下文崇謙一條、掩討一條，皆不見今本《吴志》。"其或爲單行之别傳。《毌丘儉記》，《隋書·經籍志》史部雜傳類、《舊唐書·經籍志》史部雜傳類、《新唐書·藝文志》史部雜傳記類均著録《毌丘儉記》三卷，無撰人。今僅見《三國志》卷三《魏書·明帝紀》有引《毌丘儉志記》者，云"時以儉爲宣王副也"，侯康以爲此即《毌丘儉記》，姚氏也有相似看法，並認爲此傳出自他人之手而非自撰。他説："《晉書·宣帝本紀》云晉國初建，追尊曰宣王。案，晉國初建於文王平蜀之後，儉之時未有此稱號，紀注引文云爲宣王副，則非儉自紀，從可知矣。”[①]《徐稺别傳》，今存文一條，見於《續談助》卷四録《殷芸小説》引，云出《稺别傳》;《淵鑑類函》卷二六九《人部二十八・慕賢知賢三》“立亭置榻”引一條，作《徐稺别傳》，文同。《許劭别傳》，存文一條，見於《續談助》卷四《殷芸小説》引一條，注出《劭列傳》，“列”當作“别”。

以上諸書，諸史志書目無著録，著者、卷數不詳。除《趙岐别傳》《孫權傳》外，其餘諸傳，清人姚振宗《三國藝文志》卷二史部雜傳類、侯康《補三國藝文志》卷三史部雜傳類據諸書徵引補録。《趙岐别傳》被姚氏等録入《後漢藝文志》，《魏文帝别傳》姚氏等失採。侯康在《補三國藝文志》中又著録有《劉曄傳》、何晏《白起故事》、《任城王舊事》三書[②]。顧懷三《補後漢書藝文志》卷七别傳類補録並輯有《趙岐别傳》《楊彪别傳》《邊讓别傳》。

《趙岐别傳》等以上諸傳，所遺雖僅一鱗半爪，在表現人物個性品行方面，有的卻也相當精彩，如《樓承先别傳》:

昔山越民反，所過殘毁，望樓氏之里，往中庭，顧見釜甑

---

① 姚振宗《隋書經籍志考證》卷二〇史部雜傳類“《毌邱儉記》三卷”條，開明書店《二十五史補編》第 4 册，中華書局 1998 年，第 318 頁上。

②《劉曄傳》侯氏云出《文選注》，檢《文選注》，無;《白起故事》，見於《文選》卷四一《書上・報任少卿書一首》李注引;《任城王舊事》，主要見於《拾遺記》卷七。

尚著於竈，曰："恐他寇取之。"仍爲取洗，沈著井中而去。樓家後還，皆盡得之。①

以賊入其庭而爲之藏釜甑等器，表現樓承先爲人崇敬仰慕之甚。

第三節　生命理念的投射：嵇康與《聖賢高士傳贊》

在三國時期的類傳中，嵇康的《聖賢高士傳贊》是第一部以"高士"命名的類傳，嵇康採摭寓言、假説，收羅其所謂的"聖賢高士"，借他們的行事，寄寓與投射自我的生命理念。這部作品對後世有很大影響，後世模仿其體例、沿襲其題材的類傳不斷出現，代有其作，可以説，嵇康之作是有開路之功的。

一、嵇康生平及其《聖賢高士傳贊》

嵇康字叔夜，譙國銍人，《三國志》卷二一《魏書·王粲傳》、《晉書》卷四九有傳。《晉書·嵇康傳》云："嵇康，字叔夜，譙國銍人也。其先姓奚，會稽上虞人，以避怨徙焉。銍有嵇山，家於其側，因而命氏。"《晉書·嵇康傳》云嵇康被誅，"時年四十"，關於嵇康的生年，有五種不同的説法：

①《太平御覽》卷七五七《器物部二·釜》引一條，作《樓承先别傳》，據以輯録。案："樓"，《太平御覽》卷七五七原引作"婁"，《三國志》卷六五《吴書·樓玄傳》作"樓玄"，據改。

其一，嵇康生於建安二十一年（216）。《三國志·王粲傳》裴松之案引干寶、孫盛、習鑿齒云嵇康正元二年（255）被誅，由此上溯四十年，嵇康生於建安二十一年。其二，嵇康生於建安二十四年（219）。吴榮光《歷代名人年譜》附録《存疑及生卒年月無考》云："一作生於建安二十四年己亥，年四十四。"其三，嵇康生於黄初四年（223）。《資治通鑒》卷七八稱嵇康以景元三年（262）被誅，上溯四十年，嵇康當生於黄初四年。其四，嵇康生於黄初五年（224）。陸侃如持此説，他在《中古文學繫年》中將嵇康生年繫於黄初五年。其五爲黄初六年（225），李劍國先生持此説。

關於嵇康的卒年，有四種説法：

其一，嵇康卒於正元二年（255）。干寶、孫盛、習鑿齒持此説，干寶等人之言，見《三國志·王粲傳》裴松之所引。其二，嵇康卒於景元三年（262）。余蕭客《文選紀聞》卷二四云："《嵇康傳》列於《晉書》，予每疑其誤。康死之日實魏元帝景元三年，又二月魏禪於晉，則康何有於晉哉！"又，吴榮光《歷代名人年譜》亦以爲嵇康卒於景元三年（262）。其三，嵇康卒於景元四年（263）。陸侃如持此説，他在其《中古文學繫年》中將嵇康卒年繫於景元四年（263）。其四，嵇康卒於景元五年（264），李劍國先生持此説。

陸侃如認爲嵇康生於黄初五年（224），被殺於景元四年（263），他在《中古文學繫年》中作了考證①，李劍國先生"以

① 陸侃如《中古文學繫年》，人民文學出版社 1985 年，第 460 頁、第 610—614 頁。

爲嵇康的生卒年應定爲黄初六年（225年）至景元五年（264年）”。並在《嵇康生卒年新考》[①]一文中，從辯駁“景元四年卒之説”入手，條分縷析，舉證確實，甚爲有理，從其説。

嵇康幼孤，養於母兄，並爲母兄所寵，養成了任性放縱、疏放散簡的習性。少有俊才，學不師授。及成年，娶沛王曹林之女（或云孫女）爲妻，並因此得封郎中，拜中散大夫，世稱嵇中散，即指此也。

嵇康所處的時代，正是司馬氏培植羽翼、消滅異己、打擊曹魏勢力，大力樹立自己的時期，身爲曹魏宗室的嵇康，當然讓司馬氏有所戒介，另外，嵇康性格耿介、剛直，對於司馬氏集團以卑劣手段施行的一系列勾當，他是十分憤激的。於是，他便不以仕進爲懷，遊心老莊，與阮籍等人只作竹林之遊。遇吕安事件，爲鍾會所讒，司馬昭誅之。

《三國志》之《魏書·王粲傳》裴注引《魏氏春秋》云：“康所著諸文論六七萬言，皆爲世所玩詠。”《隋書·經籍志》集部著録《嵇康集》十三卷，注云：“梁十五卷，録一卷。”《舊唐書·經籍志》《新唐書·藝文志》著録《嵇康集》十五卷，《崇文總目》《宋史·藝文志》及其他宋代書目著録《嵇康集》十卷。關於《嵇康集》的流變存亡，著録流變，魯迅先生曾詳加考索，可參看[②]。今通行本爲明黄省曾所輯《嵇康集》，共十卷，魯迅先生又據此校勘，並附有《嵇康集逸文》，甚爲精善。除本

① 李劍國《嵇康生卒年新考》，《南開學報》1985年第3期。

② 魯迅《嵇康集著録考》及附録《嵇康集考》，見《魯迅輯録古籍叢編》第四卷《嵇康集》，人民文學出版社1999年，第134頁、第42頁。

集所載詩文論難等之外，嵇康又曾注《左傳》,《隋書・經籍志》經部及《釋文敘録》載其有《春秋左氏傳音》三卷，佚，馬國翰據《釋文》採得五節，據《史記索隱》和宋癢《國語補音》採得二節，録於其《玉函山房輯佚書》經部春秋類中。

嵇康另撰有《聖賢高士傳贊》一書。其兄爲其所作之傳云:“撰録上古以來聖賢、隱逸、遁心、遺名者，集爲傳贊，自混沌至於管寧，凡百一十有九人，蓋求之於宇宙之内，而發之乎千載之外者矣，故世人莫得而名焉。”[①]《隋書・經籍志》史部雜傳類著録《聖賢高士傳贊》三卷，題嵇康撰，周續之注。《宋書・周續之傳》云:“常以嵇康《高士傳》得出處之美，因爲之注。”則嵇康的《聖賢高士傳贊》有宋周續之注。《舊唐書・經籍志》史部雜傳類著録嵇康《高士傳》三卷，又著録周續之《上古以來聖賢高士傳贊》三卷。《新唐書・藝文志》史部雜傳記類著録嵇康《聖賢高士傳》八卷，又著録周續之《上古以來聖賢高士傳贊》三卷。於此可見，新、舊《唐志》認爲“傳”爲嵇康所作，而“贊”爲周續之作，而不言周續之注。據嵇喜言，嵇康所作是“集爲傳贊”，表明嵇康所作包括“傳”和“贊”，又據《隋志》，周續之所作爲“注”，則新、舊《唐志》誤以“贊”屬周續之，嚴可均亦以爲新舊《唐志》誤[②]。又《新

① 嵇喜《嵇康傳》,《三國志》卷二一《王粲傳》“時又有譙郡嵇康文辭壯麗好言老莊而尚奇任俠至景元中坐事誅”裴注引一條，云“喜爲康傳”;《文選》卷五三《論三・養生論》李注引一條，云“嵇喜爲康傳”，從《三國志》卷二一裴注引。

② 嚴可均《嵇康〈聖賢高士傳〉》案語，嚴可均《全三國文》卷五二，中華書局 1995 年，第 1344 頁。

唐書·藝文志》著録作“八卷”，不知所出。

嵇康《聖賢高士傳贊》今佚，有嚴可均、馬國翰、王仁俊三家輯本，嚴可均所輯録於《全三國文》卷五二中，其云：“今檢群書，得五十二傳，五贊，凡六十一人。”唐鴻學據嚴本加以校勘，增加了三人，共六十四人，並收入《怡蘭堂叢書》中。馬國翰據諸書採得約五十人，録於其《玉函山房輯佚書》史編雜傳類中。馬本較嚴本少十一人，即少廣成子、襄城小童、巢父、壤父、老子、原憲、范蠡、段干木、莊周、田生、韓福。但馬氏從《聖賢群輔録》中所採求仲、平仲二人，又爲嚴氏所無，其中，馬氏所採的安邱（當作“丘”）望之、逢萌、徐房、李曇、王遵數人事較嚴本爲善。王仁俊據《太平御覽》卷五一〇採得蔣詡事一節，録於其《玉函山房輯佚書補編》中。可見，嵇康《聖賢高士傳贊》今僅存六十多人事蹟，與原本“凡百一十有九人”之數，相差一半。今檢諸書徵引，得廣成子、小童、巢父、許由、壤父、善卷、石户之農、子支伯、伯成子高、卞隨、務光、商容、關令尹喜、康市子、狂接輿、榮啟期、長沮、桀溺、荷蓧丈人、顔闔、市南宜僚、太公任、漢陰丈人、項橐、莊周、於陵仲子、小臣稷、延陵季子、范蠡、屠羊説、閭丘先生、被裘公、段干木、魯連、亥唐、涓子、周豐、顔歜、河上公、田生、司馬季主、司馬相如、班嗣、鄭仲虞、韓福、安丘望之、臺佟、尚長、禽慶、逢萌、徐房、李雲、王尊、王真、李邵公、蔣詡、求仲、羊仲、薛方、龔勝、孔休、井丹六十二人事蹟。

二、《聖賢高士傳贊》與嵇康的生命理念

嵇喜《嵇康傳》云："長而好老莊之業，恬静無欲。"嵇康自己也説："託好老莊，賤物貴生，志在守樸，養素全真。"① 自稱"老子莊周，吾之師也"②。嵇康一生服膺老莊，潛心玄學，越名教而任自然，追求一種"心無措乎是非，而行不違乎道"③ 的人生境界。他的《聖賢高士傳贊》正是他生命理念的投射④。

《聖賢高士傳贊》之命名有一點值得注意，那就是在這裏"聖賢"與"高士"合二爲一了。我們知道，"聖賢"在儒家傳統裏，是周、孔、湯、武一類的人物，而"高士"是巢父、許由一類的人物，他們本是兩種意義上的人物，而嵇康卻把這兩者結合在了一起，名爲"聖賢高士"。嵇康的"聖賢"顯然已經與儒家傳統意義上的聖賢觀念不同了，從其傳録的人物看，傳統意義上的"聖賢"如周公、孔子並不在其列，有的只是如季札、老子、莊子、范蠡等"高士"，可見，嵇康所指"高士"即"聖賢"、"聖賢"即"高士"，他們是一致的。這一名稱，是與嵇康對生命意義與價值的認知相一致的。

---

① 嵇康《幽憤詩》，見《魯迅輯録古籍叢編》第四卷《嵇康集》，人民文學出版社 1999 年，第 13 頁。

② 嵇康《與山巨源絶交書》，見《魯迅輯録古籍叢編》第四卷《嵇康集》，人民文學出版社 1999 年，第 36 頁。

③ 嵇康《釋私論》，見《魯迅輯録古籍叢編》第四卷《嵇康集》，人民文學出版社 1999 年，第 83 頁。

④ 關於此點，拙文《生命理念的投射：嵇康與〈聖賢高士傳贊〉》（載《古籍整理研究學刊》2004 年第 6 期；中國人民大學複印報刊資料《中國古代、近代文學研究》2005 年第 4 期全文轉載）有略論，可參看。

《聖賢高士傳贊》所録人物，正如嵇喜所言，是“聖賢、隱逸、遁心、遺名者”，這些人物的生命歷程，是嵇康生命理念完美而具體的範式。嵇康所展示的如廣成子、襄城小童、老子、莊子等人物，是他向慕自然心理的具體化，老子、莊子的形象自不必説，其他如廣成子的形象，也無不滲透着“自然”的氣息：

> 廣成子在崆峒之上，黄帝問曰：“吾欲取天地之精，以養萬物，爲之奈何？”廣成子蹷然而起曰：“至道之精，窈窈冥冥，無視無聽，抱神以静，我守其一，以處其和，故千二百歲而形未嘗衰，得吾道者，上爲皇，而下爲王；失吾道者，上見光，而下爲土，吾將去汝，入無窮之門，遊無極之野，則日月參光，與天地爲常。”①

這裏，嵇康借廣成子之口，道出了他自己皈依自然的心理和志向。與這種向慕自然的心理相聯繫的，就是遺落世事，歸隱不仕，他曾説：“吾每讀尚子平、台孝威傳，慨然慕之，想其爲人。”②《聖賢高士傳贊》中的人物，如巢父、許由、善卷、狂接輿、段干木、田生、鄭仲虞等皆是此類。

其實，嵇康的對自然的向慕，希求歸隱只是其心理之一，

① 《藝文類聚》卷三六《人部二十・隱逸上》引一條，作嵇康《高士傳》，據以輯録。

② 嵇康《與山巨源絶交書》，見《魯迅輯録古籍叢編》第四卷《嵇康集》，人民文學出版社 1999 年，第 37 頁。

嵇康是徘徊在出處之間的，他曾説："故堯舜之君世，許由之巖棲，子房之佐漢，接輿之行歌，其揆一也……故君子百行，殊途而同致，循性而動，各附所安。故有處朝廷而不出，入山林而不反之論。"① 他也有建功立業的志向，只不過，他希望在建立功業之後，功成身退，重返自然。在《聖賢高士傳贊》中，他所傳之人如范蠡、屠羊説、魯連等即是其這種心理的反映。但是，他自己正直、孤高的品性和他與魏室的姻親關係，讓他不得不捨棄"晉闕"而走向山林。伯成子高正是其寫照：

> 伯成子高，不知何許人也，唐虞時爲諸侯。至禹，復去而耕，禹往趨而問曰："昔堯治天下，吾子立爲諸侯，堯授舜，舜授予，吾子去而耕，敢問其故何耶？"子高曰："昔堯治天下，至公無私，不賞而民勸，不罰而民畏；今子賞而不勸，罰而不畏。德自此衰，刑自此作，夫子盍行，無留吾事。"俋俋然遂復耕而不顧。②

伯成子高是願意出仕的，只不過由於禹世的"德衰""刑作"，使他"去而耕"，歸隱田園。嵇康也正是主要因爲不滿司馬氏的凶殘僞善，而不與司馬氏合作，自我廢棄，流連山林。

所以，我們説，嵇康撰《聖賢高士傳贊》，雖名曰爲"聖

① 嵇康《與山巨源絶交書》，見《魯迅輯録古籍叢編》第四卷《嵇康集》，人民文學出版社1999年，第37頁。

②《藝文類聚》卷三六《人部二十・隱逸上》、《太平御覽》卷五〇九《逸民部九・逸民九》各引一條，作嵇康《高士傳》，從《太平御覽》卷五〇九引。

賢、隱逸、遁心、遺名者”立傳，其實是在對聖賢高士的傳寫中描繪自我的心靈，寄寓與投射自我的生命理念。也正因爲如此，嵇康在取去所傳寫的人物和表現人物的事件時，往往不考慮其是否真實，劉知幾對嵇康的這種做法十分不滿，在《史通》中不惜篇幅多次大加批評，他説："嵇康撰《高士傳》，取《莊子》、《楚辭》二漁父事，合成一篇。夫以園吏之寓言，騷人之假説，而定爲實録，斯已謬矣。況此二漁父者，較年則前後別時，論地則南北殊壤，而輒并之爲一，豈非惑哉？苟如是，則蘇代所言雙擒蚌鷸，伍胥所遇渡水蘆中，斯並漁父善事，亦可同歸一録，何止揄袂緇帷之林，濯纓滄浪之水，若斯而已。"又説："莊周著書，以寓言爲主，嵇康述《高士傳》，多引其虚詞，至若神有混沌，編者首録。苟以此爲實，則其流甚多，至如鼃鱉競長，蚿蛇相鄰，鸒鳩笑而後言，鮒魚忿以作色。向使康撰《幽明録》、《齊諧記》，並可引爲真事矣。夫識理如此，何爲而薄周孔哉？"[①] 又説："嵇康《高士傳》，好聚七國寓言。"[②] 劉知幾批評嵇康的《聖賢高士傳贊》採摭"寓言""假説"，按照史傳實録原則來衡量，嵇康的這一做法顯然是應當受到批評的。但劉知幾在批評時，顯然没有考慮到嵇康撰作《聖賢高士傳贊》主要目的在於展示自己的心靈，在於投射自己的生命理念，而不是僅僅爲人物立傳。所以，凡是與其生命理念一致的人物和

① 劉知幾撰，浦起龍釋《史通通釋》卷一八《雜説下》第九，上海古籍出版社 1978 年，第 522—523 頁。

② 劉知幾撰，浦起龍釋《史通通釋》卷五《採撰》第十五，上海古籍出版社 1978 年，第 116 頁。

事件，他就選取。明白了這一點，我們就不難理解嵇康爲何要採摭“寓言”和“假説”，把“較年則前後别時，論地則南北殊壤”的人事録於其《聖賢高士傳贊》中，也就能明白在《聖賢高士傳贊》中爲何“顔回、蘧瑗獨不見書”①的真正原因。

那麽，嵇康又是通過怎樣的手法來傳述高士、傳達其生命理念的呢？《聖賢高士傳贊》佚失大半，不過，其《井丹傳贊》賴《世説新語》注所引保存較爲完整，以《井丹傳贊》爲例，窺一斑而知全豹，我們可以大致瞭解嵇康《聖賢高士傳贊》的傳人手法：

> 丹，字大春，扶風郿人。博學高論，京師爲之語曰："五經紛綸井大春，未嘗書刺謁一人。"北宫五王更請，莫能致。新陽侯陰就使人要之，不得已而行。侯設麥飯、葱菜，以觀其意，丹推卻曰："以君侯能供美膳，故來相過，何謂如此！"乃出盛饌。侯起，左右進輦，丹笑曰："聞桀、紂駕人車，此所謂人車者邪？"侯即去輦。越騎梁松，貴震朝廷，請交丹，丹不肯見。後丹得時疾，松自將醫視之，病愈。久之，松失大男磊，丹一往弔之。時賓客滿廷，丹裘褐不完，入門，坐者皆悚，望其顔色。丹四向長揖，前與松語，客主禮畢後，長揖徑坐，莫得與語。不肯爲吏，徑出，後遂隱遁。其贊曰："井丹高潔，不慕榮貴。抗節五王，不交非類。顯譏輦車，左右失氣。披褐長揖，義

① 劉知幾撰，浦起龍釋《史通通釋》卷七《品藻》第二十三，上海古籍出版社1978年，第187頁。劉知幾於此批評嵇康《聖賢高士傳贊》所傳録的人物中没有顔回、蘧瑗，批評其所確立的撰録人物的標準。

陵群萃。”①

在《井丹傳贊》中，嵇康選取了兩件事來表現井丹的“高士”品性，一是與新陽侯的交往，一是與梁松的交往，在對井丹與侯者、權貴的交往的敘述中，表現井丹“高潔、不慕榮貴，不交非類”的品性。不難看出，嵇康善於抓住一二典型事件來表現人物。而在這一兩件事中，又並不是詳細地敘述每件事的經過，而只是重點敘述每件事中的一二細節，在敘述與新陽侯的交往中，着重描述了拒麥飯和盛饌之後的兩個特殊細節。在敘述與梁松的交往中，僅僅着重描繪了井丹往悼梁松長子一個細節，在這個細節中，井丹的“被裼長揖，義陵群粹”形象被描繪得十分鮮明、生動。

嵇康善於以細節來展示與刻畫人物性格，又如《亥唐傳贊》:

亥唐，晉人也。高恪寡素。晉國憚之，雖蔬食菜羹，平公每爲之欣飽。公與亥唐坐，有間，亥唐出，叔向入，平公伸一足，曰:“吾向時與亥子坐，腓痛足痺不敢伸。”叔向勃然作色不悦，公曰:“子欲貴乎？吾爵子，子欲富乎？吾禄子。夫亥先生乃無欲也，吾非正坐無以養之，子何不悦哉。”②

①《世説新語·品藻》第80條“子猷云未若長卿慢世”劉注、《太平御覽》卷四一〇《人事部五十一·請交不許》各引一條，作嵇康《高士傳》，從《世説新語·品藻》第80條劉注引。

②《太平御覽》卷五〇九《逸民部九·逸民九》、《天中記》卷四〇《隱逸》“王坐欣飽”、《廣博物志》卷二一《高逸》各引一條，作嵇康《高士傳》，從《太平御覽》卷五〇九引。

這裏，僅僅敘述了晉平公與亥唐共坐不敢伸腿這一細節，表現亥唐之爲諸侯所敬憚。這也是從側面刻畫人物的一個典範，在這一細節中，並没有直接描述亥唐，而以晉平公之表現、言語，從側面表現亥唐的品性。

《聖賢高士傳贊》中還多以一個個簡單的場景，通過人物在場景中的對話讓人物自我展示，而把人物寫得鮮活靈動。如《狂接輿傳贊》：

> 狂接輿，楚人也。耕而食，楚王聞其賢，使使者持金百鎰聘之，曰："願先生治江南。"接輿笑而不應，使者去，妻從市來，曰："門外車馬迹何深也。"接輿具告之，妻曰："許之乎？"接輿曰："富貴，人之所欲，子何惡之？"妻曰："吾聞至人樂道，不以貧易操，不爲富改行，受人爵禄，何以待之。"接輿曰："吾不許也。"妻曰："誠然，不如去之。"夫負釜甑，妻戴紝器，變姓名，莫知所之。嘗見仲尼，歌而過之曰："鳳兮，鳳兮，何德之衰，往者不可諫，來者猶可追。"後更名陸通，好養性，在蜀峨嵋山上，世世見之。①

這裏，嵇康根據楚王使使者百鎰聘狂接輿之事設置了一個場景，詳細描摹了狂接輿與其妻的對話，生動地寫出了狂接輿仕與隱的矛盾心理在與其妻的交談中從猶豫而最終走向堅定的心理過程，

①《太平御覽》卷五〇九《逸民部九·逸民九》引一條，作嵇康《高士傳》，據以輯録。

狂接輿與其妻的音容形貌栩栩如生，如在目前。

作爲一名玄學大家，嵇康的思想是深邃的，這在《聖賢高士傳贊》中也反映了出來，在《聖賢高士傳贊》的行文之中，處處閃爍着智慧的星光炫輝，其中如《廣成子傳贊》《老子傳贊》《莊子傳贊》《屠羊説傳贊》等，往往通過人物對話，表達出一個個精妙的哲理。捧讀這些傳贊，一如翔泳於智慧之長河，試讀《市南宜僚傳贊》：

> 市南宜僚，楚人也，姓熊。白公爲亂，使石乞告之，不從，承之以劍，而僚弄丸不輟，魯侯問曰："吾學先生之道，勤而行之，然不免於憂患，何也？"僚曰："君今能刳形洗心而遊無人之野，則無憂矣。"①

《聖賢高士傳贊》雖名爲聖賢高士立傳，實爲嵇康生命理念的寄寓與投射，以史傳規範比量，相去遥遠，《聖賢高士傳贊》可以説是借史傳之體例與外殼，借歷代"聖賢高士"之名行而表現自我的創作。加之其傳人敘事的形象化手法，其間又多雜"寓言""假説"，簡言之，它是頗具小説品格的，故魯迅先生稱其爲"唐人傳奇文的祖師"。當然，魯迅把它視爲傳奇文的祖師，是基於其"想像和描寫"，即本書所謂大量的"寓言""假説"以及敘事的形象性和體制諸方面來説的，先生説："但六朝

---

①《太平御覽》卷五〇九《逸民部九・逸民九》引一條，作嵇康《高士傳》，據以輯録。

人也並非不能想像和描寫……就是嵇康的《聖賢高士傳贊》、葛洪的《神仙傳》，也可以看作唐人傳奇文的祖師的。李公佐作《南柯太守傳》，李肇爲之贊，這就是嵇康的《高士傳》法。”①

三、《聖賢高士傳贊》之遺響

嵇康《聖賢高士傳贊》，改造了傳統的儒家聖賢觀念，視“聖賢、隱逸、遁心、遺名者”爲“高士”，爲其作傳；廣採寓言、假説，不重史實，在人物身上寄寓與投射自我的生命理念，不論是在體例還是在題材方面，都拓開新域。《聖賢高士傳贊》影響巨大，後繼之作，歷代不斷，僅魏晉南北朝時期，模仿其體例、沿襲其題材的作品就有多部，包括皇甫謐《高士傳》《逸士傳》《達士傳》、張顯《逸民傳》、虞槃佐《高士傳》、孫綽《至人高士傳贊》、習鑿齒《逸民高士傳》、孫盛《逸人傳》、阮孝緒《高隱傳》、袁淑《真隱傳》、周弘讓《續高士傳》。皇甫謐的《高士傳》《逸士傳》《達士傳》及習鑿齒《逸民高士傳》，本書將有專篇討論，這裏，對張顯等人之書略加介紹。

張顯《逸民傳》，《隋書·經籍志》史部雜傳類著録《逸民傳》七卷，題張顯撰；《舊唐書·經籍志》史部雜傳類、《新唐書·藝文志》史部雜傳記類著録稍異，作張顯《逸人傳》三卷，原名當爲《逸民傳》，兩《唐志》避唐諱改“民”爲“人”，張顯《逸民傳》《隋書·經籍志》著録尚有七卷，至五代及宋，僅存三卷。張顯，“泰始

① 魯迅《且介亭雜文二集·六朝小説和唐代傳奇文有怎樣的區别》，見《魯迅全集》第六卷，人民文學出版社 2005 年，第 335 頁。

初爲議郎”①，魏晉南北朝時期，張顯有多人，梁有洪州刺史張顯，西梁有酒泉太守張顯，《晉書》也有張顯（當爲張凱），文廷式以爲作《逸民傳》者爲“涼後主《李歆傳》有從事中郎張顯，當即此人”②，誤。張顯有《析言論》一書③。

張顯《逸民傳》久佚，其文散見諸書徵引，《太平御覽經史圖書綱目》即列張顯《逸民傳》。今存曹子臧、周黨、高鳳、卞隨四人事蹟。章宗源云：“《水經》穎水注卞隨投洞水而死，《太平御覽》逸民部曹子臧以國致、成公爲君、周黨徵議郎以病辭並引張顯《逸民傳》。”④

虞槃佐《高士傳》，《隋書·經籍志》史部雜傳類著録《高士傳》二卷，題虞槃佐撰；《舊唐書·經籍志》史部雜傳類、《新唐書·藝文志》史部雜傳記類並著録《高士傳》二卷，題虞盤佐撰，與《隋志》同，唯“虞槃佐”作“虞盤佐”。《太平御覽》引又作虞般佑，《太平御覽經史圖書綱目》作盧槃估。丁國鈞《補晉書藝文志》卷二史録雜傳類補録作“虞槃佐”，并注云

① 嚴可均《張顯文》注，嚴可均《全晉文》卷七三，中華書局1995年，第1879頁。

② 文廷式《補晉書藝文志》卷二史部雜傳類“張顯《逸民傳》七卷”條，開明書店《二十五史補編》第3册，中華書局1998年，第28頁上。

③《隋書·經籍志》子部雜家類著録其有《析言論》一部，“梁有《析言論》二十卷”，並注云“晉議郎張顯撰”，後佚，馬國翰採得四節，録於《玉函山房輯佚書》子編雜家類中，嚴可均輯得佚文一條。録於《全晉文》卷七三中。

④ 章宗源《隋書經籍志考證》卷一三史部雜傳類張顯“《逸民傳》七卷張顯撰”條，開明書店《二十五史補編》第4册，中華書局1998年，第84頁上—中。

“《御覽》前列引書目作盧槃佑,形近而誤”[1]。《經典釋文》虞槃佐作虞槃佑,《經典釋文·序録》之《次第》“《孝經》”條下云:“虞槃佑,字弘猷,高平人,東晉處士。”[2]黄焯校云:“盧云隋志作虞槃佐,吴云佐字是。”當作虞槃佐。除《高士傳》外,又有《孝子傳》一卷,《隋書·經籍志》《舊唐書·經籍志》《新唐書·藝文志》均有著録。

虞槃佐《高士傳》久佚,其文散見諸書徵引,《太平御覽經史圖書綱目》列盧盤估《高士傳》,當即虞槃佐《高士傳》。《元晏遺書》之《元晏先生集附》採得皇甫謐事一條,未注出處,作虞槃佐《高士傳》。檢諸書,虞槃佐《高士傳》尚遺五人事蹟,計有:皇甫謐、朱冲、劉兆、伍朝、郭文舉。又,《太平御覽》卷四七四《人事部一一五·禮賢》有引“虞老叔《高士傳》”宗少文事者、《文選》卷六〇李善注有引“虞孝敬《高士傳》”何點事者各一條。《太平御覽》卷四七四所引“虞老叔《高士傳》”之“虞老叔”者,四庫本《御覽》卷四七四作“虞孝叔”,章宗源、姚振宗《隋書經籍志考證》作“虞敬叔”,而《太平御覽經史圖書綱目》列“虞考叔《高人士傳》”,“老”“孝”“考”或當因形近而訛,而章、姚二人作“虞敬叔”,或其所見又異焉。章宗源以爲此虞敬叔、虞孝敬與虞槃佐爲同

① 丁國鈞《補晉書藝文志》卷二史録雜傳類虞槃佐“《高士傳》二卷”條,開明書店《二十五史補編》第3册,中華書局1998年,第17頁下。

② 陸德明撰,黄焯彙校《經典釋文彙校》卷一《序録》,中華書局2006年,第25頁。

一人[①]。而姚振宗以爲："虞槃佐，東晉人，宗少文名炳，卒於宋文帝元嘉二十年，見《宋書·隱逸傳》。何點卒於梁天監三年，見《梁書·處士傳》。皆虞所不及，虞敬叔、虞孝敬蓋在槃佐之後，别有其人，非一人也，虞孝敬又别有《高僧傳》，亦稱《高士傳》，見後，其非此書尤信。"[②]姚氏所言甚是。

孫綽《至人高士傳贊》，《隋書·經籍志》史部雜傳類著録《至人高士傳贊》二卷，題"晉廷尉卿孫綽撰"。孫綽，《晉書》卷五六《孫楚傳》附其傳，其云："綽，字興公。博學善屬文，少與高陽許詢俱有高尚之志。居於會稽，遊放山水，十有餘年，乃作《遂初賦》以致其意。"孫綽是西晉才士孫楚之孫，歷官至廷尉卿，他是東晉著名玄學家，玄言詩人的代表之一，與許詢并稱。鍾嶸言："爰洎江表，玄風尚備，真長、仲祖，桓、庾諸公猶相襲。世稱孫、許，彌善恬淡之詞。"[③]孫綽諸文體皆善，其碑誄猶爲當世稱道，東晉前期著名人物如王導、庾亮等人的碑文，皆由他撰制，然後刊石。孫綽有集十五卷[④]。除《至人高士

① 章宗源《隋書經籍志考證》卷一三史部雜傳類"《高士傳》二卷虞槃佐撰"條，開明書店《二十五史補編》第4册，中華書局1998年，第84頁中。

② 姚振宗《隋書經籍志考證》卷二〇史部雜傳類"《高士傳》二卷虞槃佐撰"條，開明書店《二十五史補編》第4册，中華書局1998年，第311頁中。

③ 鍾嶸撰，曹旭集注《詩品集注》卷下，上海古籍出版社1994年，第385—386頁。

④《隋書·經籍志》集部著録孫綽有集十五卷，注云"梁二十五卷"，兩《唐志》同，明人張溥《漢魏六朝百三家集》輯録有《孫廷尉集》一卷。

傳贊》外，又著有《列仙傳贊》《孫子》《論語集注》三書①。

《至人高士傳贊》已佚，其文散見諸書徵引，嚴可均據《初學記》卷一七《人部上·賢第二》採得“原憲贊”事一條，録於其《全晉文》卷六一中。檢《初學記》，題孫綽所作人物贊不止原憲一條，如《初學記》卷二三《道釋部·道第一》有孫綽“老子贊”一條，亦當爲其《至人高士傳贊》之文。姚振宗又以爲《文選》卷二一《詠史》李注所引孫綽《嵇中散傳》者亦出《至人高士傳贊》②，恐非。又，慧皎《高僧傳》中有多篇傳記中有引“孫綽爲之贊”，竊以爲這些孫綽所爲之“贊”，當出孫綽《至人高士傳贊》。檢諸書徵引，今存老子、原憲、商丘子三人贊語。

孫盛《逸人傳》，《隋書·經籍志》《舊唐書·經籍志》《新唐書·藝文志》均無著録。孫盛，《晉書》卷八二有傳。其云:“孫盛，字安國，太原中都人。祖楚，馮翊太守。父恂，潁川太守。恂在郡遇賊，被害。盛年十歲，避難渡江。及長，博學，善言名理。”孫盛官至祕書監、加給事中。《晉書》本傳又言

① 孫綽《列仙傳贊》三卷，佚，嚴可均據《初學記》卷二三和《世説新語·輕詆》採得二節，録於《全晉文》卷六一中。《孫子》十二卷，《隋志》，新、舊《唐志》子部道家類並載，《宋史·藝文志》入雜家類。佚，今有馬國翰、嚴可均、勞格三家輯本，馬氏、嚴氏均據諸書採得二十餘節，互有詳略，勞格採得十三節，不出嚴、馬之外。《經典釋文·序録》言其又有《論語集注》十卷，佚，今馬國翰輯得佚文一卷，名《論語孫氏集解》，録於《玉函山房輯佚書》經部論語類中。

② 姚振宗《隋書經籍志考證》卷二〇史部雜傳類孫綽“《至人高士傳贊》二卷晉廷尉勤孫綽撰”條，開明書店《二十五史補編》第4册，中華書局1998年，第311頁中。

其“著《魏氏春秋》、《晉陽秋》，並造詩賦論難復數十篇”。《隋書·經籍志》載其有集五卷，注云：“殘缺，梁十卷，録一卷。”①

《逸人傳》久佚，其佚文今散見諸書徵引，《太平御覽經史圖書綱目》列孫盛《逸人傳》。諸書徵引，或作《逸人傳》，或作《逸士傳》。今存丁蘭一人事蹟。《初學記》卷一七《人部上·孝第四》“陳紀畫像丁蘭圖形”、《太平御覽》卷四一四《人事部五十五·孝下》各引一條，作孫盛《逸人傳》；《古今合璧事類備要前集》卷二五《親屬門·母子》“刻木爲養”、《錦繡萬花谷前集》卷一六《母子》“刻母形”、《淵鑑類函》卷二七一《人部三十·孝三》“陳紀畫像丁蘭圖形”及四庫本《初學記》卷一七《人部上·孝第四》“陳紀畫像丁蘭圖形”各引一條，作孫盛《逸士傳》。

阮孝緒《高隱傳》，孝緒《七録》序目附記云：“《高隱傳》一帙十卷，序例一卷。”《隋書·經籍志》史部雜傳類著録《高隱傳》十卷，《舊唐書·經籍志》著録《高隱傳》二卷，《新唐書·藝文志》著録《高隱傳》十卷，均題阮孝緒撰。阮孝緒，《梁書》卷五一《處士傳》、《南史》卷七六有傳。《梁書·阮孝緒傳》云：“阮孝緒，字士宗，陳留尉氏人也。父彦之，宋太尉從事中郎。孝緒七歲出後從伯胤之。”孝緒不仕，著有《七録》，爲著名的目録學家，卒後門人謚曰“文貞處士”。《梁書·阮孝緒傳》又云：“乃著《高隱傳》，上自炎黄，終於天監之末，斟

①《孫盛集》，佚，今有嚴可均輯得其文凡七篇，嚴氏所輯除文外，又輯得《魏氏春秋評》《魏氏春秋異同》及《晉陽秋評》，録於《全晉文》卷六三至六四。

酌分爲三品，凡若干卷。”《南史・阮孝緒傳》亦云：“乃著《高隱傳》，上自炎皇，終於天監末，斟酌分爲三品：言行超逸，名氏弗傳，爲上篇；始終不耗，姓名可録，爲中篇；掛冠人世，栖心塵表，爲下篇。”又説：“初，孝緒所著《高隱傳》中篇一百三十七人，劉歊、劉訏覽其書曰：‘昔嵇康所贊，缺一自擬，今四十之數將待吾等成耶？’對曰：‘所謂荀君雖少，後事當付鍾君，若素車白馬之日，輒獲麟於二子。’歊、訏果卒，乃益二傳，及孝緒亡，訏兄絜録其所遺行次篇末，成絶筆之意云。”可見，《高隱傳》分爲上中下三篇，中篇有《阮孝緒傳》，爲劉絜補作。

阮孝緒《高隱傳》久佚，今僅存傳論一節，見於《梁書・阮孝緒傳》。

袁淑《真隱傳》，《隋書・經籍志》無著録，《舊唐書・經籍志》史部雜傳類、《新唐書・藝文志》史部雜傳記類著録袁淑《真隱傳》二卷。《宋書・隱逸傳》序又云：“陳郡袁淑集古來無名高士，以爲《真隱傳》。”袁淑，《宋書》卷七〇、《南史》卷三四有傳。《宋書・袁淑傳》云：“袁淑，字陽源，陳郡陽夏人，丹陽尹豹少子也。少有風氣，年數歲，伯父湛謂家人曰：‘此非凡兒。’至十餘歲，爲姑夫王弘所賞。不爲章句之學，而博涉多通，好屬文，辭採遒豔縱横，有才辯。”袁淑有集十一卷①。

①《隋志》載其有集十一卷，注云：“并目録，梁十卷，録一卷。”兩《唐志》并著録爲十卷。佚，有明人張溥所輯宋《袁陽源集》一卷，文十四篇，詩六首。嚴可均亦輯其文，較《百三名家集》多《正情賦》一篇，《謝中丞章》多一節，可爲補缺。

《真隱傳》久佚，其佚文今散見諸書徵引，明張溥採得“鬼谷先生”一條，録於《漢魏六朝百三家集》卷七〇《袁淑集》傳類中，清嚴可均採得“鬼谷先生”一條，録於《全宋文》卷四四中。檢諸書徵引，今存十人事蹟，計有：採薪者、鬼谷先生、鶡冠子、鄭長者、南公、野老、楚漁者、河上丈人、狐丘先生、候孔子客。

周弘讓《續高士傳》，《隋書・經籍志》史部雜傳類、《舊唐書・經籍志》史部雜傳類、《新唐書・藝文志》史部雜傳記類并著録周弘讓《續高士傳》，唯卷數略異。《隋志》作七卷，新舊《唐志》作八卷。周弘讓，弘正之弟，汝南安成人，歷官國子祭酒、太常卿光禄大夫加金章紫綬。《陳書》卷二四、《南史》卷三四有傳。他始仕不得志，遂隱於句容茅山，頻徵不出，後仕侯景爲中書侍郎，爲時人所譏。《隋志》載其有集九卷，《後集》十二卷。《新唐志》載其集十八卷①。

周弘讓《續高士傳》今已全佚，其名《續高士傳》，不知所續爲誰書。

此外，《隋書・經籍志》史部雜傳類還著録無名氏《高士傳》十卷，無撰人。章氏《隋書・經籍志考證》補録魏隸《高士傳》，云見於《藝文類聚・人部》。今檢《藝文類聚》，題魏隸者當是傳本鈔寫之誤，其文實出嵇康之書。文廷式《補晉書藝文志》卷三史部雜傳類著録葛洪《隱逸傳》十卷，云出

① 其集散佚，清嚴可均輯其文四篇，録於《全陳文》卷五中，明人馮惟訥輯其詩四首，録於《詩紀・陳詩》卷四中。

“本傳”[1]。

這些逸民傳、高士傳，也多承嵇康《聖賢高士傳贊》之採摭寓言、傳聞、虚實夾雜的做法，如袁淑《真隱傳》所傳之人，連姓名也没有，其事蹟更不見於簡册，必源於道聽塗説無疑。又如孫盛《逸人傳》所載“丁蘭”者：

> 丁蘭者，河内人也。少喪考妣，不及供養，乃刻木爲人，髣髴親形，事之若生，朝夕定省。其後隣人張叔妻從蘭妻有所借，蘭妻跪報木人，木人不悦，不以借之。叔醉疾來誶罵木人，以杖敲其頭。蘭還，見木人色不懌，乃問其妻，妻具以告之，即奮劍殺張叔。吏捕蘭，蘭辭木人去，木人見蘭，爲之垂淚。郡縣嘉其至孝，通於神明，遂上之，圖其形像於雲臺也。[2]

丁蘭此事又見於劉向《孝子傳》，敘述較此簡略，看來此事流傳甚廣。思念甚深，刻木人加以供奉，尚在情理之中，但木人喜怒哀樂悉備，宛如生人，則不免虚誕。如此，小説意味甚濃，可以小説讀之。

---

① 文廷式《補晉書藝文志》卷三史部雜傳類“葛洪《隱逸傳》十卷”條，開明書店《二十五史補編》第3册，中華書局1998年，第28頁上。

②《初學記》卷一七《人部上・孝第四》“陳紀畫像丁蘭圖形”、《太平御覽》卷四一四《人事部五十五・孝下》各引一條，作孫盛《逸人傳》；《古今合璧事類備要前集》卷二五《親屬門・母子》“刻木爲養”、《錦繡萬花谷前集》卷一六《母子》“刻母形”及四庫本《初學記》卷一七《人部上・孝第四》“陳紀畫像丁蘭圖形”各引一條，作孫盛《逸士傳》；從《初學記》卷一七引。

第四節　三國類傳

侯康《補三國藝文志》卷三史部雜傳類著録類傳二十一種，姚振宗《三國藝文志》卷二史部雜傳記類著録類傳二十一種，二人補録中都包括趙母《列女傳解（注）》、曹植《列女傳頌》、繆襲《列女傳贊》，屬注解前朝雜傳，當除去。姚振宗又録有楊戲《季漢輔臣贊》，侯氏無，侯氏録徐整《豫章舊志》，姚氏無。而少士燮《交州人物志》。而趙岐《三輔決録》，侯氏、姚氏二人都將其歸入《漢書藝文志》，當入《三國藝文志》，再加上王粲《英雄記》、《魏武自爲家傳》，這樣，三國時期的類傳作品，除嵇康《聖賢高士傳贊》外，尚有：趙岐《三輔決録》、王粲《英雄記》、曹丕《海内士品》、魏明帝曹睿《甄表狀》、魏明帝時撰《海内先賢傳》、董巴《中官傳》、陸凱《吴先賢傳》、蘇林《陳留耆舊傳》、周斐《汝南先賢傳》、王基《東萊耆舊傳》、陳術《益部耆舊傳》、謝承《會稽先賢傳》、賀氏《會稽先賢像贊》、徐整《豫章列士傳》、張勝《桂陽先賢畫贊》、士燮《交州人物志》、陸胤《廣州先賢傳》、諸葛亮《貞潔記》、楊戲《季漢輔臣贊》以及今已佚失作者姓名的《南海先賢傳》《王朗王肅家傳》和《魏武自爲家傳》。

綜觀三國時期的這些類傳，嵇康《聖賢高士傳贊》和王粲《英雄記》是其中的傑秀之作，不僅是因爲這兩部作品出自著名文人之手，更由於其中灌注了作者個人的生命意識，且在傳人敘事方面頗具特色，表現出較多的小説性内質。除此之外，其他作品主要以先賢和耆舊爲對象，題材較爲單一，且由於先賢、耆舊傳道德關懷的目標指向的限制，其中人物，多千人一面，因而成就有限。不過，仔細翻檢，在殘缺的片段中，也多有精彩之處。

一、王粲《英雄記》

王粲《英雄記》，《隋書·經籍志》史部雜史類著録《漢末英雄記》八卷，題王粲撰，並注云："殘缺，梁有十卷。"《舊唐書·經籍志》史部雜史類著録《漢末英雄記》十卷，題王粲等撰，《新唐書·藝文志》史部雜史類著録王粲《漢書英雄記》十卷，《隋書·經籍志》、兩《唐志》將其著録在雜史類中，不甚確妥，它應是雜傳作品，《四庫全書》即將其收入史部傳記類中。《隋書·經籍志》、兩《唐志》將其著録在雜史類中，不甚確妥，它應是雜傳作品，《四庫全書》即將其收入傳記類中。王粲，是曹操父子身邊的著名文士，建安七子之一，《三國志》卷二一有傳。其云："王粲，字仲宣，山陽高平人也。曾祖父龔，祖父暢，皆爲漢三公。父謙，爲大將軍何進長史。進以謙名公之冑，欲與爲婚，見其二子，使擇焉。謙弗許。以疾免，卒於家。"王粲有集十一卷，又有《尚書疑問》四卷[①]。王粲建安二十二年（217）卒，其書卻云《漢末英雄記》，所以懷疑此題

①《王粲集》散佚，《三國志·王粲傳》云其"著詩、賦、論、議、垂六十篇"，張溥輯有《王侍中集》，文四十餘篇，詩二十六首，嚴可均輯得其文四十八篇，録於《全後漢文》卷九一—九二中，楊德周輯《王粲集》四卷，詩多出一首。《尚書疑問》，侯康以爲應在王粲集中。

爲後人追加，但《四庫全書總目》傳記類存目説："案粲卒於建安中，其時黄星雖兆，玉步未更，不應名書以漢末，似後人之所追題。然考粲《從軍詩》中已稱曹操爲聖君，則儼以魏爲新朝，此名不足怪矣。"姚振宗則找出了證據，他説："按《續漢郡國志》會稽郡注引《英雄交争記》，言初平三年事，似其書本名《英雄交争記》。其中不盡王粲一人之作，故《舊唐志》題王粲等。"[①] 據《舊唐書·經籍志》題王粲等撰，或以爲其非王粲一人所作[②]，《隋書·經籍志》及《新唐書·藝文志》僅言王粲撰，《舊唐書·經籍志》或傳寫之誤，不足爲據。《太平御覽經史圖書綱目》同列有《漢宋（宋疑當爲末）英雄記》、王粲《英雄記》，或此書在宋時同存有二不同傳本也。

王粲《英雄記》原有十卷，至唐代就已有散佚而僅存八卷，宋代諸家書志無録，周中孚説："至晁氏以後諸家皆不著録，則其佚久矣。"[③] 明代王世貞輯得四十四人，爲一卷，惜其所輯不注出處。宛本《説郛》卷五七輯存四十多人事蹟，傅增湘取而校之，《五朝小説》在魏晉小説雜傳家中採録數節。今有黄奭、杜文瀾輯本，黄奭據《三國志》裴注等採得五十多人事，定爲一卷，較爲完善，見録於其《漢學堂叢書》《漢學堂知足齋叢書》

① 姚振宗《隋書經籍志考證》卷一三史部雜史類"《漢末英雄記》八卷王粲撰"條，開明書店《二十五史補編》第4册，中華書局1998年，第240頁。

② 孫啟治、陳建華《古佚書輯本目録》，"《英雄記》"條考證，中華書局1997年，第175頁。

③ 周中孚《鄭堂讀書記》卷二三史部九傳記類二"《英雄記鈔》"條，商務印書館1959年，第472頁。

及《黄氏逸書考》中，杜文瀾據《後漢書·五行志》採得一節，題《英雄記逸文》，録於其《曼陀羅華閣叢書》中，但此條黄奭輯本亦載。今檢諸書徵引，存王匡、陳蕃、董卓、尚栩、何苗、周毖、伍瓊、吕布、高順、逢紀、王國、丁原、韓馥、孔伷、橋瑁、李傕、郭汜、孔融、袁成、袁紹、袁譚、袁熙、袁尚、臧洪、陳容、袁遺、陳温、陳瑀、袁術、劉子惠、耿武、閔純、劉表、張羨、劉虞、劉翊、公孫瓚、關靖、張楊、曹純、涼茂、劉焉、劉範、劉璋、龐羲、劉備、張咨、孫堅、劉岱、曹操、周瑜五十一人事蹟，另有佚文二條，不知出何人。

漢末社會動盪，群雄并起，各顯其能，在那個大歷史舞臺上展現自己的風采，不管成敗，他們的事蹟都有可圈可點之處。王粲《英雄記》即是一部傳録這些人物歷史事蹟的作品，不管這些人所作所爲是對是錯，也不管後人對他們有怎樣的評價，王粲都稱他們爲英雄，這種不以成敗論英雄的做法，可以説是摒棄了成則侯敗則賊的正統歷史觀，拋開了嚴肅的歷史評判，完全是在個人立場上的人物傳寫。

在漢末以來的動盪歲月中，前文提到，由於儒學信念的喪失，個性啟蒙思想的悄然興起，這時的文人士大夫，走上了一條重視自我、關注自我價值的人生道路。在不朽的人生期望中，他們普遍希望在峥嶸歲月中建功立業。拋棄是非成敗，任心而行，是他們普遍的人生立世之道。只要能在風雲際會中有自我的存在與參與，只要能有機會實驗自己的人生理想與追求，只要能真實而自我地生活與奮鬥，哪怕是失敗，他們也無怨無悔。作爲生長於這一環境中而又極爲自負的人，王粲也是有著强烈建功立業、不朽於將來的强烈願望的。《英雄記》對人物的傳録，烙下了這一思想的鮮明印記。既有成功的曹操、孫權、劉備，也有失敗的公孫瓚、吕布、袁紹等，把所有在漢末歷史舞臺上轟轟烈烈走過一回的人物都納入其中，不論人物最終是成功還是失敗，對他們的敘述也一視同仁，一樣“英雄”待之，也正因爲如此，《英雄記》可以説是一部展現了各式人物的真正的英雄群像。

《英雄記》擅於敘事，往往把頭緒紛紜的歷史事件敘述得井井有條，並在這些事件中展現出一個個性格鮮明、各具風采的人物形象。如下面一段：

> 公孫瓚擊青州黄巾賊，大破之。還屯廣宗，改易守令，冀州長吏無不望風響應，開門受之。紹自往征瓚，合戰於界橋南二十里。瓚步兵三萬餘人爲方陳，騎爲兩翼，左右各五千餘匹。白馬義從爲中堅，亦分作兩校，左射右，右射左，旌旗鎧甲，光照天地。紹令麴義以八百兵爲先登，彊弩千張夾承之，紹自以步兵數萬結陳於後。義久在涼州，曉習羌鬬，兵皆驍鋭。瓚見其兵少，便放騎欲陵蹈之。義兵皆伏楯下不動。未至數十步，乃同時俱起，揚塵大叫，直前衝突，彊弩雷發，所中必倒，臨陣斬瓚所署冀州刺史嚴綱甲首千餘級。瓚軍敗績，步騎奔走，不復還營。義追至界橋，瓚殿兵還戰橋上，義復破之，遂到瓚營，拔其牙門，營中餘衆皆復散走。紹在後，未到橋十數里，下馬發鞍，見瓚已破，不爲設備，惟帳下彊弩數十張，大戟士百餘人自隨。瓚部迸騎二千餘匹卒至，便圍

紹數重，弓矢雨下。别駕從事田豐扶紹欲卻入空垣，紹以兜鍪撲地曰："大丈夫當前鬬死，而入牆閒，豈可得活乎？"彊弩乃亂發，多所殺傷。瓚騎不知是紹，亦稍引卻；會麴義來迎，乃散去。瓚每與虜戰，常乘白馬，追不虚發，數獲戎捷，虜相告云"當避白馬"。因虜所忌，簡其白馬數千匹，選騎射之士，號爲白馬義從。一曰：胡夷健者常乘白馬，瓚有健騎數千，多乘白馬，故以號焉。紹既破瓚，引軍南到薄落津，方與賓客諸將共會，聞魏郡兵反，與黑山賊于毒共覆鄴城，遂殺太守栗成。賊十餘部，衆數萬人，聚會鄴中。坐上諸客有家在鄴者，皆憂怖失色，或起啼泣，紹容貌不變，自若也……①

這一段敘述的是袁紹與公孫瓚一次交戰過程，從雙方的佈陣開始，然後描述戰争的過程，細緻詳盡，而又有條不紊，開始提及公孫瓚"白馬義從"，在敘述整個戰争過程之後，又插入一節，對此加以解釋，既不影響此前對整個交戰過程的敘述，又把所有相關情況都完整地交代出來。其中關於戰争場面的描寫，緊張生動，使人如臨其境。這段文字，不僅真實而形象地再現了一次激烈精彩的戰争過程，在展現戰争過程的同時，也同時描寫出鮮明的人

①《三國志》卷六《魏書·袁紹傳》"無何起至溷自殺"裴注引、《後漢書》卷七四上《袁紹傳》"賊有陶升者自號平漢將軍"李注、《北堂書鈔》卷一二五《武功部十三·弩四十七》"千張前發"、《太平御覽》卷二四一《職官部三十九·建義中郎將》、《太平御覽》卷三四八《兵部七十九·弩》、《太平御覽》卷三五六《兵部八十七·兜鍪》、《太平御覽》卷三五七《兵部八十八·楯下》各引一條，作《英雄記》，從《三國志》卷六裴注引。

物形象，如寫袁紹，“以兜鍪撲地”動作和一句“大丈夫當前鬬死，而入牆間，豈可得活乎”的話語寫出了其英雄性格。而後一節文字則以鄴城失守的消息傳來，袁紹“容貌不變，自若也”與諸客“憂怖失色，或起啼泣”的對比，又從另一方面强化了這一點。

又如：

> 河南中部掾閔貢扶帝及陳留王上至雒舍止。帝獨乘一馬，陳留王與貢共乘一馬，從雒舍南行。公卿百官奉迎於北芒阪下，故太尉崔烈在前導。卓將步騎數千來迎，烈呵使避，卓駡烈曰："晝夜三百里來，何云避，我不能斷卿頭邪？"前見帝曰："陛下令常侍小黄門作亂乃爾，以取禍敗，爲負不小邪？"又趨陳留王，曰："我董卓也，從我抱來。"乃於貢抱中取王。①

這裏通過董卓的言談舉止，活畫出董卓的暴烈與狂傲，讀之如聞其聲。

二、趙岐《三輔決録》

趙岐《三輔決録》，《隋書·經籍志》史部雜傳類、《舊唐書·經籍志》史部雜傳類、《新唐書·藝文志》史部雜傳記類均

①《三國志》卷六《魏書·董卓傳》“卓遂將其衆迎帝於北芒，還宫”裴注引一條，作《英雄記》，據以輯録。

有著録，唯卷數略異，《隋志》《舊唐志》著録作七卷，《新唐志》著録作十卷。《日本國見在書目録》雜傳家亦著録作七卷，則其實恐七卷，後析爲十卷。此書後散佚，涵本《説郛》卷三摘録一節，宛本《説郛》卷五十九輯得十五節，傅增湘曾對其加以校勘。《五朝小説》及《五朝小説大觀》《古今説部叢書》各鈔録宛本《説郛》數節。今有張澍、茆泮林、黄奭、王仁俊等多家輯本，張澍所輯録於《二酉堂叢書》、《知服齋叢書》第二集、《關中叢書》第一集中，茆泮林所輯録於《十種古逸書》中，黄奭所輯録於《漢學堂叢書》《黄氏逸書考》中，王仁俊所輯録於《玉函山房輯佚書續編》之史編總類中。諸家輯本中，以茆泮林所輯最善，黄奭所輯與茆本同，唯編次略異，茆氏從諸書中共採得九十四事，王仁俊據《姓解》採得題《三輔決録》之文八節，據《蒙求》自注採得題《三輔録》之文三節，爲諸本所無，可補所缺。

趙岐《三輔決録》又有晉摯虞注，後也隨《三輔決録》一起散佚，各家在輯録《三輔決録》佚文時，也附輯此注，茆泮林輯有摯虞注三十六事，王仁俊據《稽瑞》採得注文一節。

趙岐，《後漢書》卷六四有傳，字邠卿，京兆長陵人，初名嘉，字台卿，"年九十余，建安六年卒"。趙岐作《三輔決録》當不在一時，《三國志·荀彧傳》裴注云:"(嚴)象同郡趙岐作《三輔決録》，恐時人不盡其意，故隱其書，唯以示象。"嚴象爲揚州刺史，建安五年(200)爲孫策廬江太守李術所殺，趙岐曾以其書示象，則在嚴象死前已有成書，而摯虞《三輔決録注》有嚴象事，則，嚴象也被收録入《決録》中，趙岐建安六年（201）卒，説明，直至他死前，仍在對其書作補充，故本書將此書系於三國時期。

趙岐《三輔決録》經摯虞作注後，便以此本流行於世，侯康以《後漢書・隗囂傳》注引《決録》中有“平陵之王，惠孟鏘鏘，激昂囂述，困於東平”之語而認爲“其書似有韻語作贊”①，姚振宗在《後漢藝文志》及《隋書經籍志考證》、曾樸在《補後漢書藝文志并考》中均引侯康此語，可見，他們也有相似的看法，曾樸又舉出有韻語之處：“案《御覽》二百十八引杜陵韋伯考，鬻書力養親，既登常伯，貂璫煌煌，承事尤謹。又九百三引五門子孫凡民之伍，皆韻語。”②則後行世的《三輔決録》當有傳、有贊、有注，但由於其文散佚，現在已難於區分，張澍在輯録時對此特加留意，注意區別。

趙岐緣何作此書，他在《三輔決録・序》中作了説明：

> 三輔者，本雍州之地，世世徙公卿吏二千石及高貲，皆以陪諸陵。五方之俗雜會，非一國之風，不但系於《詩》《秦》《豳》也。其爲士好高尚義，貴於名行。其俗失則趣執進權，唯利是視。余以不才，生於西土，耳能聽而聞故老之言，目能視而見衣冠之疇，心能識而觀其賢愚。常以玄冬，夢黄髮之

① 侯康《補後漢書藝文志》卷三史部雜傳類“趙岐《三輔決録》”條，開明書店《二十五史補編》第2册，中華書局1998年，第19頁下。

② 曾樸《補後漢書藝文志并考》卷六記傳志内篇第二之二“趙岐《三輔決録》”條，開明書店《二十五史補編》第2册，中華書局1998年，第77頁上。

士，姓玄名明，字子真，與余寤言，言必有中，善否之間，無所依違，命操筆者書之。近從建武以來，暨於斯今，其人既亡，行乃可書，玉石朱紫，由此定矣，故謂之《決録》矣。①

這段序文説明了《三輔決録》撰作緣由、起訖與所録人物的去取標準。其中所言《三輔決録》之成，是“黄髮之士，姓玄名明，字子真”者命“操筆者書之”，出於玄虚，目的是以此説明其書對人物的評判出於神定而非自己之見。劉知幾把此書視爲譜牒之書，他在《史通》中説：“譜牒之作，盛於中古，漢有趙岐《三輔決録》，晉有摯虞《族姓記》……”② 張澍不同意劉知幾的譜牒之説，他説：“據其自序並昔人徵引逸篇，其書不類譜牒，至摯虞之注，與陳壽等三書亦不相侔，劉氏所考未爲精確，大抵簡者爲録，詳者爲注。”③ 竊以爲張澍所言是有道理的。

《三輔決録》傳寫人物往往僅選取一二典型事例，表現人物個性品格。如“游殷”條寫游殷：

游殷字幼齊，與司隸校尉胡軫有隙，軫誣搆殺之。初，殷爲郡功曹，有童子張既者，時未知名，爲郡曹佐，殷察異之，既過家，具設賓饌，及既至，妻笑曰：“君甚悖乎，張德容童昏

① 范曄《後漢書》卷六四《趙岐傳》李賢注引，中華書局1965年，第2124—2125頁。

② 劉知幾撰，浦起龍釋《史通通釋》卷三《書志》第八，上海古籍出版社1978年，第74頁。

③ 張澍《三輔決録·序》，見《三輔決録》，《二酉堂叢書》本，清道光元年（1821）武威張氏二酉堂刻本。

小兒，何異？"殷曰："卿勿怪，乃方伯之器也。"殷遂與既論霸王之事，嚮訖，以妻子托之。軫害殷月餘，得病目脱，但言："伏罪，游幼齊將鬼來。"於是遂死。諺曰："生有知人之明，死有鬼靈之驗。"（《太平御覽》四百四十四、四百九十六）游殷爲胡軫所害，同郡吉伯房、郭公休與殷同歲相善，爲緦麻三月。（《太平御覽》卷四百九）①

寫游殷有知人之明，選取他對童子張既的禮敬並以妻子相托之事，最後引用諺語，從側面再次强調。趙岐《三輔決録》是繼劉向諸傳之後一部很有影響的雜傳，他的傳人手法，與劉向諸傳一脈相承，傳文短小，常以一二典型事例展現人物的主要品性，傳文雖短，但所寫人物卻個性鮮明，形象突出，常給人留下深刻印象。

趙岐選取資材，也與劉向一樣，不棄傳聞、虚誕，如上所引游殷條中，胡軫之死，就是一例。

摯虞的注文也很有特色，劉知幾稱其："文言美辭列於章句，委屈敘事存於細書。"② 我們不妨以與"游殷"條有聯繫的"張既"條摯虞注爲例：

既爲兒童，爲郡功曹，游殷察異之，引既過家，既敬諾。殷先歸，勅家俱設賓饌，及既至，殷妻笑曰："君其悖乎，張德

① 張澍輯《三輔決録》，《二酉堂叢書》本，清道光元年（1821）武威張氏二酉堂刻本。

② 劉知幾撰，浦起龍釋《史通通釋》卷五《補注》第十七，上海古籍出版社 1978 年，第 132 頁。

容童昏小兒，何異客哉！”殷曰：“卿勿怪，乃方伯之器也。”殷遂與既論霸王之略，嚮訖，以子楚託之。既謙不受，殷固託之，既以殷邦之宿望，難違其旨，乃許之。殷先與司隸校尉胡軫有隙，軫誣搆殺殷。殷死月餘，軫得疾患，自説，但言：“伏罪、伏罪，游功曹將鬼來。”於是遂死。於時關中稱曰：“生有知人之明，死有貴神之靈。”子楚，字仲允，爲蒲阪令，太祖定關中，時漢興郡缺，太祖以問既，既稱楚才兼文武，遂以爲漢興太守，後轉隴西。(《魏志・張既傳》注)①

這段注文交代了游殷與張既交往的過程、游殷被害的經過、張既不負游殷之托而薦其子楚之事，敘述條理分明，其中，在對游殷與其妻的對話描寫中，游殷與其妻的情態宛然可見。可以看出，摯虞之注確實符合劉知幾“委屈敘事，存於細書”的評價。

三、周斐《汝南先賢傳》

周斐《汝南先賢傳》，《隋書・經籍志》史部雜傳類著録《汝南先賢傳》五卷，題魏周斐撰；《舊唐書・經籍志》史部雜傳類著録《汝南先賢傳》三卷，題周裴撰；《新唐書・藝文志》史部雜傳記類著録周斐《汝南先賢傳》五卷。《舊唐書・經籍志》著録題“周裴”，“裴”當誤。《史通・雜述》云：“若圈稱《陳留耆舊》、周斐《汝南先賢》……此之謂郡書者也。”章宗

① 張澍輯《三輔決録》，《二酉堂叢書》本，清道光元年（1821）武威張氏二酉堂刻本。

源《隋書經籍志考證》卷一三在考證此書時説："《史通》外篇注作《汝南先賢行狀》,《世説》注、諸書所引皆稱傳，惟《太平御覽·人事部》引胡定在喪，雪覆其屋事作行狀。"認爲或稱作《汝南先賢行狀》。

作者周斐，生平不詳,《隋書·經籍志》著録時題"魏周斐"，而宛本《説郛》輯存佚文題"晉周斐",《隋書·經籍志》著録所題，當較爲可信，其人當主要活動於魏代。《汝南先賢傳》久佚，佚文今散見諸書徵引,《太平御覽經史圖書綱目》即列周斐《汝南先賢傳》。涵本《説郛》摘引二節，當出周斐原書之文，此外宛本《説郛》輯録十九節，無出處，或有疑問,《五朝小説》及《五朝小説大觀》録五節，不出宛本《説郛》之外。今有黄奭、王仁俊二家輯本，黄奭據諸書徵引所輯，録於其《漢學堂知足齋叢書》之《子史鉤沈》中，雖較爲完備，惜取録仍有遺漏，且未作精心校勘。王仁俊據《稽瑞》採得二節，録於其《玉函山房輯佚書補編》中，敘蔡從、應從仲（即蔡順、應項）事，此二節爲宛本《説郛》所無，可補宛本《説郛》和黄奭輯本。今檢諸書徵引，尚存許劭、黄憲、黄浮、黄穆、陳曄、薛勤、薛苞、周乘、周燕、周燮、周防、周舉、周盤、鄭敬、袁安、袁閎、袁閬、應順、應項、郭憲、范滂、陳蕃、李宣、李篤、李鴻、闞敞、王威、王納、王恢、趙規、謝甄、許嘉、許慎、戴良、蔡順、屈霸、郭亮、殷燀、繆肜三十九人事蹟。

今存題周斐《汝南先賢傳》者，有後世輾轉傳鈔而誤入者，侯康云："諸書引者甚多……史傳皆佚其事，且有不知姓名者，胥賴此書以傳，惟載及侯瑾（《藝文》八十）、葛玄（《藝文》九十六）、胡定（《御覽》四百二十六）、劉巴（《御覽》四百五十七）諸人事，皆非汝南人，疑引書者輾轉傳訛也。”[①] 今檢諸書，計有胡定、陳寔、侯瑾、劉巴、葛玄、介象、王涣七人非汝南人，而諸書徵引其事蹟作《汝南先賢傳》，或諸書徵引有誤，亦或是周斐原書敘汝南先賢所牽涉，由於原書已佚，無法確認，此存疑。

魏晉南北朝時期的郡國之書，如前所言，多以顯揚郡望爲目的，其所載人物，盡爲當地有德有行之人，《汝南先賢傳》亦不例外，其中所載先賢，品格個性各不相同，侯康就説：“如周乘之器識，闞敞之貞廉，黄浮、李宣之公正，陳華、王恢之義烈，李鴻、李先、殷燀之孝友，許嘉之志節，郭亮之幼慧，薛勤之知人……”[②] 周斐總能以恰當的典型事例將其展現出來，全書刻畫出了一組品性各異、形象生動的先賢群像。

周斐在《汝南先賢傳》中多以一二典型事例表現先賢們的品德操守，如《闞敞傳》：

> 闞敞，字子張，平輿人。仕郡爲五官掾。時太守第五常被徵，臨發倉卒，有俸錢百三十萬留付敞，敞埋著堂上。遂遭

① 侯康《補三國藝文志》卷三史部雜傳類“周斐《汝南先賢傳》五卷”條，開明書店《二十五史補編》第3册，中華書局1998年，第14頁下。

② 侯康《補三國藝文志》卷三史部雜傳類“周斐《汝南先賢傳》五卷”條，開明書店《二十五史補編》第3册，中華書局1998年，第14頁下。

世倉卒，道路斷絶。敞年老飢羸，其妻曰："第五府君所寄錢可取自給，然後償之。"敞曰："吾窮老，何明當有用故君之財耶？道通，當送，飢寒何損。"常舉門遭疫，妻子皆死。常病，臨困，唯有孤孫年九歲，常謂之曰："吾寄故五官掾平輿闞敞錢三十萬。"氣遂絶。後孫年長大，步擔至汝南，問敞。敞見之悲喜，與共臨發穽，錢乃百三十萬，孤孫曰："亡祖臨終言有三十萬耳，今乃百三十萬，不敢當也。"敞曰："府君病困氣索，言謬誤耳，郎無疑也。"①

通過五官掾闞敞不辱太守第五常所托之事，表現了闞敞的忠義、貞廉品性。

有時，爲了突出人物的某些品性，周斐也不惜選録傳聞、虚誕之事甚至虚構典型事件。如蔡順（君仲）的至孝，母死，棺停於堂上，遇火災，火不燒其堂，而"越向東家"；袁安公正，爲楚相，"延千人之命"後，本來炎旱，而"其時甘雨滂霈"等事皆虚誕不經，即出傳聞或虚造。除了典型事例，周斐在《汝南先賢傳》中也常引用他人評價或諺語、歌謡，來表現人物的品行，如《許劭傳》引謝子微之語"此則希世出衆之偉

①《北堂書鈔》卷七七《設官部二十九・五官一百七十一》"闞敞還錢"，《藝文類聚》卷六六《産業部・錢》，《太平御覽》卷四二一《人事部六十二・義中》、卷八三六《資産部十六・錢下》，《事類賦》卷一〇《寶貨部・錢賦》"蒙閻敞之見還"，《古今事文類聚續集》卷二六《珍寶部・錢》"身後還錢"，《古今合璧事類備要外集》卷六五《財用門・銅錢》"見之盡還"，《廣博物志》卷三七《珍寶》各引一條，作《汝南先賢傳》，從《太平御覽》卷四二一引。

人也”,《黄憲傳》引時論云“顔子復生乎漢之代矣”,《周乘傳》引陳番語“周子居者，真治國之器也”等。

《汝南先賢傳》中的細節描寫是十分突出的，常能生動地凸顯出人物的個性品格。如上引《闞敞傳》，其中就有兩個小細節，一是闞敞年老饑羸時，其妻勸他取錢暫用，他寧願饑寒而不取第五常之錢；一是第五常告訴其孫有錢三十萬，而實爲百三十萬，其孫不取，而闞敞全與之。通過這兩個細節的渲染，闞敞的品性就形象而具體地展現了出來。又如《許嘉傳》:

許嘉,字德琢。事郡功曹爲小吏,常持劍侍功曹,月旦晨朝并持炬火。嘉於是忿然曰:“男兒爲吏,不免賤役。”投火於池,以劍帶槐樹,趍詣府門。主者問其故,對曰:“本去芻牧,來入大朝觀庠序之化,今右手持劍,左手把炬,此等之事,乞得受罰而歸。”①

這裏通過月朔晨朝許嘉持炬火而歎、以劍帶樹的細節，把許嘉久居下僚、有志不得伸展的憤懣心理表現得十分生動。

四、蘇林《陳留耆舊傳》

蘇林《陳留耆舊傳》,《隋書・經籍志》史部雜傳類著録《陳留耆舊傳》一卷，題魏散騎侍郎蘇林撰;《舊唐書・經籍志》史部雜傳類著録《陳留耆舊傳》三卷，題蘇林撰;《新唐書・藝

①《北堂書鈔》卷一二二《武功部十・劍三十四》“以劍帶樹”引一條，作周斐《先賢傳》;《太平御覽》卷八七〇《火部三・炬》引一條，作《汝南先賢傳》; 從《太平御覽》卷八七〇引。

文志》史部雜傳記類著録蘇林《陳留耆舊傳》三卷。蘇林，字孝友，外黄人。《三國志·劉劭傳》云："劭同時東海繆襲亦有才學……襲友人山陽仲長統……散騎常侍蘇林、光禄大夫京兆韋誕……等亦著文賦，頗傳於世。"裴松之注又引《魏略》云："林字孝友，博學，多通古今字指，凡諸書傳文間危疑，林皆釋之。建安中，爲五官將文學，甚見禮遇。黄初中，爲博士給事中。文帝作《典論》所稱蘇林者是也。以老歸第，國家每遣人就問之，數加賜遺。年八十餘卒。"① 蘇林著述雖多，而今俱散亡不存。

《隋書·經籍志》著録有漢議郎圈稱《陳留耆舊傳》、蘇林《陳留耆舊傳》，二書均散佚，見於諸書徵引，而諸書徵引，多不題撰者，二書之文遂混淆難以區别。侯康就説："漢圈稱亦有此書，後人引《陳留耆舊傳》者甚多，未知爲圈書、爲蘇書矣，惟《太平御覽》卷二百六十九引蘇林《廣舊傳》，蓋廣圈稱之書而作，故以廣舊名（《玉海·藝文》亦云魏蘇林《廣舊傳》一卷），引書者又省陳留二字……"② 章宗源認爲題蘇林《廣舊傳》者，"廣舊"當是"耆舊"之誤③。不過在《説郛》中有題蘇林《陳留耆舊傳》者，涵本《説郛》卷七摘録一節，宛本《説郛》

① 陳壽撰，裴松之注《三國志》卷二一《魏書·劉劭傳》裴松之注引，中華書局2000年，第621頁。

② 侯康《補三國藝文志》卷三史部雜傳類"蘇林《陳留耆舊傳》一卷"條，開明書店《二十五史補編》第3册，中華書局1998年，第14頁中—下。

③ 章宗源《隋書經籍志考證》卷一三"《陳留耆舊傳》一卷魏散騎侍郎蘇林撰"條云："惟《太平御覽》職官部引仇香年四十召爲縣主簿，稱蘇林《廣舊傳》（廣舊當是耆舊之訛），而不著陳留地名。"開明書店《二十五史補編》第4册，中華書局1998年，第81頁下。

卷五八輯存八節，宛本所録首節與涵本所録相同，此節當真實無疑，傅增湘取宛本《説郛》所録加以校訂。今又有黄奭、杜文瀾王仁俊三家輯本，黄奭採録宛本《説郛》及其他諸書，定爲一卷，録於《漢學堂知足齋叢書》中；杜文瀾據《太平御覽》卷二六五、卷四六五採得二節，録於《曼陀羅華閣叢書》中，王仁俊鈔録杜氏所輯，録於《經籍佚文》中。今據檢諸書徵引題《陳留耆舊傳》者，尚得二十六人事蹟，計有：魏尚、高固、高慎、高式、高昌、高賜、高弘、高靖、虞延、劉昆、仇香、戴斌、褚禧、王業、李充、吴祐、吴鳳、范丹、董宣、爰珎、爰彌、陳弇、恒牧、王郎、茅容、王孫骨。另有“豆花雨”一條，不知所出何人[①]。

漢魏六朝時期，傳録陳留一地先賢耆舊的傳記尚有：陳英宗《陳留先賢像贊》與江敞《陳留志》。

陳英宗《陳留先賢像贊》，《隋書·經籍志》史部雜傳類著録《陳留先賢像贊》一卷，題陳英宗撰；《舊唐書·經籍志》史部雜傳類著録《陳留先賢像讃》一卷，題陳英宗撰；《新唐書·藝文志》著録陳英宗《陳留先賢傳像贊》一卷。姚振宗認爲《蔡邕傳》及《蔡邕别傳》所言圖其形而頌即出此書，他説：“案《後漢書·蔡邕傳》：‘邕遂死獄中，縉紳諸儒莫不流涕，兖州陳留聞，皆畫像而頌焉。’此書中之一事也。”[②] 此書今已亡佚

① 今亦見吕友仁合輯圈稱、蘇林《陳留耆舊傳》，得“27 事，十六人，勒爲一卷”，載《河南師範大學學報》2008 年第 2 期。

② 姚振宗《隋書經籍志考證》卷二〇史部雜傳類“《陳留先賢像贊》一卷陳英宗撰”條，開明書店《二十五史補編》第 4 册，中華書局 1998 年，第 306 頁中。

不見，作者陳英宗，身平行事俱不詳。

江敞《陳留志》，《隋書·經籍志》史部雜傳類著録《陳留志》十五卷，題東晉剡令江敞撰；《舊唐書·經籍志》史部雜傳類著録《陳留志》十五卷，題江徵撰；《新唐書·藝文志》史部雜傳類著録江敞《陳留人物志》十五卷。《隋書·經籍志》《新唐書·藝文志》撰人作"江敞"，《舊唐志》作"江徵"，諸書徵引也有作"江微"者，如《初學記》卷一七《人部·恭敬第六》所引韓卓事、卷一八《人部中·師第一》所引婁望事，即題江微，《太平御覽經史圖書綱目》亦作江微《陳留志》。今從《隋書·經籍志》著録所題，作江敞。江敞，生平不詳，僅據《隋書·經籍志》著録知其爲東晉人，曾爲剡令。《陳留志》佚文今散見諸書徵引①。

①《水經注》卷二二《渠》"渠水又東南流逕開封縣睢涣二水出焉"，《世説新語·賞譽上》第13條劉注，《文選》卷三八《表下·爲范始興作求立太宰碑表》"致之者反蒙嘉歎"李注，《史記》卷五五《留侯世家》"顧上有不能致者天下有四人"索隱，《藝文類聚》卷五《歲時下·臘》、卷五八《雜文部四·硯》，《初學記》卷二四《居處部·園圃第十三》"襄邑始居山陽餘利"，《白氏六帖事類集》卷一《臘五十三》"盜樹"、卷三《園圃二十五》"園公"，《太平御覽》卷四〇九《人事部五十·交友四》、卷四八二《人事部一百二十三·仇讐下》、卷五一一《宗親部一·祖父母》、卷五一三《宗親部三·族父》、卷五一九《宗親部九·孫》、卷六〇五《文部二十一·硯》、卷七五三《工藝部十五·圍碁》，《事類賦》卷一五《什物部·硯賦》"或爲祖先而增感"，《古今合璧事類備要别集》卷二一《苑囿門·園圃》"園庾居"，《隸釋》卷一六《四老神坐神祚機》"圈公神坐角里先生神坐圈公神祚机"，《海録碎事》卷二《天部下·臘日門》"盜樹"，各引一條，作《陳留志》；《初學記》卷一七《人部·恭敬第六》"蘧瑗下門韓卓趨社"、卷一八《人部中·師第一》"聘玉帛加金紫"，《太平御覽》卷四〇四《人事部四十五·師》、卷四一六（轉下頁）

五、《海内先賢傳》

《海内先賢傳》,《隋書·經籍志》史部雜傳類著録《海内先賢傳》四卷，題“魏明帝時撰”,《舊唐書·經籍志》史部雜傳類著録《海内先賢傳》四卷，題“魏明帝撰”,《新唐書·藝文志》史部雜傳記類著録《海内先賢傳》五卷，題“魏明帝時撰”,《通志》卷六五《藝文略第三》史部傳記類著録《海内先賢傳》四卷，題“魏明帝時撰”。侯康《補三國藝文志》卷三史部雜傳類、姚振宗《三國藝文志》卷二史部雜傳類補録。姚振宗且認爲《海内先賢傳》是在《甄表傳》之基礎上增益而成，他説:“《甄表狀》所推廣者不知若干人，此大抵因《甄表狀》而續增爲傳者，疑《群輔録》所載漢魏間諸賢如三君八俊之類皆是也。《新唐志》多出一卷疑即後《海内名士傳》一卷合爲一書。”① 諸史志著録及諸書徵引《海内先賢傳》,或題“魏明帝時撰”，或題“魏明帝撰”，今孫啓治、陳建華編《古佚書輯本目録》按云:“《群輔録》有‘二十四賢’，云:‘右，魏文帝初爲丞相、魏王所旌表二十四賢，後明帝乃述撰其狀，見文帝令及《甄表狀》。’疑他人續補明帝之作而成《海内先賢傳》，故史志

(接上頁)《人事部五十七·友悌》、卷五一六《宗親部六·兄弟下》各引一條，作江微《陳留志》;《初學記》卷一七《人部·友悌第五》“分甘美同衣食”引一條，作江徽《陳留志》。又,《後漢書·郡國三·兖州·陳留郡》劉昭注引十三條，作《陳留志》。

① 姚振宗《隋書經籍志考證》卷二〇史部雜傳類“《海内先賢傳》四卷魏明帝時撰”條，開明書店《二十五史補編》第4册，中華書局1998年，第303頁上。

或謂明帝時撰，或題明帝撰。”①《太平御覽經史圖書綱目》既列《海内先賢傳》，又列魏明帝《先賢傳》，或其至宋時已有不同傳本，亦或其實爲二書。

《海内先賢傳》已佚，其佚文今散見於《世説新語》等書徵引，王仁俊據《世説新語》劉注採得三節，録於《玉函山房輯佚書補編》。今檢諸書徵引，尚存陳稺叔、荀淑、鍾皓、陳蕃、姜肱、申屠蟠、陳紀、陳諶、韓融、鍾繇、公沙穆、謝廣、趙建、仇覽、范丹、胡安、程堅、黄憲、王允、許劭二十人事蹟。

侯康在補録《海内先賢傳》時説：“《世説》注、《後漢書》注、《藝文》、《御覽》俱引之，其中記申屠蟠事、許劭事、足補史傳之闕。記王允死難事，與史不同。記李膺宗陳稚叔、荀淑、鍾皓三君，嘗言荀君清識難尚，陳、鍾至德可師，比史傳多稚叔一人，皆足備參考者也。”②即《海内先賢傳》記事多有與史傳相異者，可資參考，這也是其他雜傳共有的特點，也是其價值之一。

《海内先賢傳》敘事講究章法，雖用語不多，卻往往有聲有色，如述許劭事：

許劭，字子將，虔弟也。山峙淵停，行應規表。邵陵謝子

---

① 孫啓治、陳建華《古佚書輯本目録》史部傳記類“《海内先賢傳》”條，中華書局1997年，第175頁。

② 侯康《補三國藝文志》卷三史部雜傳類魏明帝時“《海内先賢傳》四卷”條，開明書店《二十五史補編》第3册，中華書局1998年，第14頁中。

微高才遠識,見劭十歲時,歎曰:"此乃希世之偉人也。"初,劭拔樊子昭於市肆,出虞承賢於客舍,召李叔才於無聞,擢郭子瑜於小吏。廣陵徐孟本來臨汝南,聞劭高名,召功曹。時袁紹以公族爲濮陽長,棄官還。副車從騎將入郡界,乃歎曰:"許子將秉持清格,豈可以吾輿服見之耶?"遂單馬而歸。辟公府掾,敦辟皆不就。避地江南,卒於豫章也。①

既有概括的介紹，也有具體的事例，二者結合得十分恰當，簡短的一段文字，許劭之生平大略，爲人敬仰之性格品行，都呈現了出來。而且語言駢散相間，讀來朗朗上口。

《海内先賢傳》雖不是魏明帝所撰，不過，魏明帝自有一部雜傳作品，那就是《甄表狀》。陶潛《聖賢群輔録》云:"右魏文帝初爲丞相，魏王所旌表二十四賢，後明帝乃述撰其狀，見《文帝令》及《甄表狀》。"則魏明帝確實撰有此書，今所見《群輔録》録有二十四賢之名，而《群輔録》中所録陳寔父子、公沙穆父子，陶潛也注云出《甄表狀》，由此可見,《甄表狀》不止録魏文帝所旌表二十四人。此書久佚，卷數不詳。

曹丕《海内士品》,《隋書·經籍志》史部雜傳類著録有《海内士品》一卷，無撰人,《舊唐書·經籍志》史部雜傳類《海内士品録》二卷，題魏文帝撰,《新唐書·藝文志》史部雜傳記類著録《海内士品録》三卷，題魏文帝撰。又,《隋書·經

①《世説新語·賞譽》第 3 條劉注、《天中記》卷二五《德譽》"汝南管鑰"各引一條，作《海内先賢傳》，從《世説新語·賞譽》第 3 條劉注引。

籍志》子部名家著録魏文帝《士操》一卷，姚振宗認爲《士操》與《海内士品》爲一書，而“魏武帝諱操，文帝不當以操名書”①，犯曹操諱，且《海内士品》與《海内士品録》亦爲一書而異稱，章宗源也有類似看法，章、姚二人之見是有道理的。此書佚失殆盡，僅存徐穉一人事蹟，佚文散見諸書徵引②。

六、謝承《會稽先賢傳》

《隋書·經籍志》《舊唐書·經籍志》史部雜傳類、《新唐書·藝文志》史部雜傳記類均著録《會稽先賢傳》，唯卷數略異，《隋書·經籍志》《新唐書·藝文志》作“七卷”，《舊唐書·經籍志》作“五卷”。作者謝承，字偉平，會稽山陰人，《會稽典録》云其“博學洽聞，嘗所知見，終身不忘”③。拜五官郎中，官至長沙都尉、武陵太守。《隋書·經籍志》載有“《謝丞集》四卷，今亡”，《舊唐書·經籍志》《新唐書·藝文志》俱作“《謝承集》四卷”，則《隋書·經籍志》“丞”當爲“承”之誤，今有嚴可均輯得其佚文四篇，録於《全三國文》卷六六中。謝承又著有《後漢書》，《隋書·經籍志》著録有一百三十卷，

---

① 姚振宗《隋書經籍志考證》卷二〇史部雜傳類“《海内士品》一卷”條，開明書店《二十五史補編》第4册，中華書局1998年，第303頁中。

②《北堂書鈔》卷一三六《儀飾部七·鏡六十五》“磨鏡取資”、《太平御覽》卷七一七《服用部十九·鏡》、《天中記》卷四九《鏡》“會葬磨鏡”各引一條，作《海内士品》。

③ 虞預《會稽典録》卷下“謝承”條，見《魯迅輯録古籍叢編》第三卷《會稽郡故書雜集》，人民文學出版社1999年，第278頁。

今亦散佚[①]。

劉知幾云“謝承尤悉江左”[②]，其所撰《會稽先賢傳》，則是其體現，此書後佚，宛本《説郛》卷五八輯存七人事蹟，《五朝小説》及《五朝小説大觀》亦見徵引，不出宛本《説郛》之外，傅增湘曾取宛本《説郛》所輯加以校勘。今有黄奭、魯迅二家輯本，以魯迅輯本爲善，魯迅共得八人事蹟，即嚴遵、董昆、沈勳、淳于翼、茅開、陳業、闞澤、賀氏，録於《會稽郡故書雜集》中。不過，魯迅也有誤輯，《太平御覽》卷七〇九《服用部一一・薦席》引“董昆”事，影宋本作《會稽先賢贊》，四庫本作《會稽先賢傳》，當據影宋本定其爲《會稽先賢像贊》之文，而魯迅誤輯入《會稽先賢傳》。今檢諸書徵引，得七人事蹟，即：嚴遵、沈勳、茅開、陳業、淳于長通、闞澤、賀氏。

在《會稽先賢傳》所遺幾則故事中，陳業、闞澤事蹟也頗爲怪奇。陳業事云：

> 陳業，字文理。郡首蕭府君卒，業與書佐魯雙率禮送喪，雙道溺於水，業因掘泥楊波搖出其屍。又業兄度海，復見傾命，時同依止者乃五六十人，骨肉消爛，而不可記别。業仰皇天、誓后土，曰：“聞親戚者，必有異焉。”因割臂流血，以洒骨

① 謝承《後漢書》，今有姚之駰（見文淵閣《四庫全書》史部别史類《後漢書補逸》卷九—卷十二）、汪文台（見《七家後漢書》）、黄奭（見《黄氏逸書考》）等多家輯本。

② 劉知幾撰，浦起龍釋《史通通釋》卷九《煩省》第三十三，上海古籍出版社 1978 年，第 265 頁。

上,應時得血住,餘皆流去。①

闞澤事云：

吴侍中闞澤,字德潤,山陰人也。在母胞八月,而叱聲震外。年十三,夜夢名字炳然縣在月,後遂昇進也。②

與謝承《會稽先賢傳》相類似的會稽先賢傳記在漢魏六朝還有三種，即：賀氏《會稽先賢像贊》、鍾離岫《會稽後賢傳記》、虞預《會稽典録》。

賀氏《會稽先賢像贊》,《隋書·經籍志》史部雜傳類著録《會稽先賢像贊》五卷，未題撰人;《舊唐書·經籍志》史部雜傳類著録《會稽先賢像贊》四卷，題“賀氏撰”;《新唐書·藝文

①《初學記》卷一七《人部上·友悌第五》“陳業灑血徐苗含癰”、《天中記》卷一七《兄弟》“割臂洒骨”各引一條，作謝承《會稽先賢傳》;《太平廣記》卷一六一《感應一·陳業》,《太平御覽》卷四一六《人事部五七·友悌》、卷四二一《人事部六二·義中》,《廣博物志》卷一九《人倫二》各引一條，作《會稽先賢傳》; 從《太平御覽》卷四二一引。見《漢魏六朝雜傳集·三國雜傳》卷九謝承《會稽先賢傳·陳業》。

②《太平御覽》卷四《天部四·月》、卷三六〇《人事部一·孕》、卷三九八《人事部三九·吉夢下》,《事類賦注》卷一《天部一·月賦》“闞澤夢之而見名”,《海録碎事》卷九上《聖賢人事部下·夢寐門》“名在月中”,《天中記》卷一《月》“名在月中”、卷三九《生辰》“胞聲震外”,《廣博物志》卷一《天道上》各引一條，作《會稽先賢傳》; 從《太平御覽》卷三九八引。又,《敦煌類書》録文篇《語對》〔八〕“人才”下（311-08-2）“月中”引一條，作《先賢傳》，敘闞澤事，當作《會稽先賢傳》。

志》史部雜傳記類著録《會稽先賢傳像贊》，題“賀氏撰”。《舊唐書·經籍志》《新唐書·藝文志》又著録有賀氏《會稽太守像贊》二卷，《通志·藝文略第三》史類傳記類亦著録《會稽先賢像贊》四卷，題賀氏撰，又著録《會稽太守像贊》二卷，題賀氏撰。新、舊《唐書》著録《會稽先賢像贊》及《會稽太守像贊》，均題“賀氏撰”，此二書或爲一書。《隋書·經籍志》史部地理類著録有賀循《會稽記》一卷，姚振宗疑此三書爲一書，他説：“案本《志》地理類有《會稽記》一卷，賀循撰，似與此本爲一書，著録家分人物名官之類入傳記，遂割裂而不相統攝，若是，則《唐志》題賀氏者則循也。”① 此姚氏推測，存疑。

賀循，字彦先，本姓慶，避安帝父諱改姓賀，官至太子太傅、太常，《晉書》卷六八有傳，《隋志》載其有集十八卷，注云：“梁二十卷，録一卷。”兩《唐志》載其集二十卷②。賀氏爲《禮》學世家，賀循先人慶普，治《禮》，爲漢代著名學者，其所傳《禮》學，世稱慶世學。著有《葬禮》《喪服要記》等書③。

《會稽先賢像贊》已佚，今見《太平御覽》卷六八五《服章

① 姚振宗《隋書經籍志考證》卷二〇“《會稽先賢像贊》五卷”條，開明書店《二十五史補編》第4册，中華書局1998年，第307頁下。

②《賀循集》佚，嚴可均據諸書徵引輯得其文約四十篇，録於《全晉文》卷八八中。

③《葬禮》，《隋志》著録“十卷”，兩《唐志》著録“五卷”，佚，馬國翰據諸書徵引輯其佚文，編爲一卷，録於《玉函山房輯佚書》之經編儀禮類中；嚴可均採得一節，録於《全晉文》卷八八中。《喪服要記》，《隋志》、兩《唐志》無録，而《通典》等屢引之。佚，馬國翰從《通典》中採得八節，録於《玉函山房輯佚書》之經編儀禮類中；嚴可均從《通典》中採得一節，録於《全晉文》卷八八中。

部二・高山冠》引“綦母文”事，作《會稽先賢像贊》,《北堂書鈔》卷七九《設官部三十一・孝廉一百七十七》“董昆令名”條、《淵鑑類函》卷一一五《設官部五十五・孝廉》“董昆爲天下之最”條引“董昆”事作《會稽先賢贊》，或爲其異名，魯迅即以二者爲一書，并據《北堂書鈔》卷三八、卷七九、卷七二採得董昆、綦母俊二人事各一條，題賀氏撰，録於《會稽郡故書雜集》中。今檢諸書徵引，得董昆、綦母俊二人事蹟。

鍾離岫《會稽後賢傳記》,《隋書・經籍志》史部雜傳類、《舊唐書・經籍志》史部雜傳類、《新唐書・藝文志》史部雜傳記類著録，均題鍾離岫撰，唯書名、卷數略異,《隋書・經籍志》著録作“《會稽後賢傳記》二卷”，新、舊《唐志》作“《會稽後賢傳》三卷”。鍾離岫，僅知其爲東晉時人，餘皆不詳。《元和姓纂》“鍾離”姓下云:“鍾離岫撰《會稽後賢傳》。”① 漢有鍾離意，會稽山陰人,《後漢書》卷四一有傳。吴時又有鍾離牧，意七世孫，鍾離岫或意、牧之後。

《會稽後賢傳記》從篇名看，有承續謝承《會稽先賢傳》之意，此書已佚，其佚文今散見諸書徵引。或作《會稽後賢記》，或作《會稽後賢傳》，或作《會稽後賢録》。魯迅先生據諸書採摭，得五人事迹，即：孔愉、孔群、孔坦、丁潭、謝仙女，定爲一卷，録於其《會稽郡故書雜集》中，魯迅所輯有脱漏。今檢諸書徵引，得孔愉、孔坦、孔群、丁潭、謝仙女五人事蹟。

---

① 林寶撰，岑仲勉校記，鬱賢皓、陶敏整理《元和姓纂》(附四校記）卷一，中華書局 1994 年，第 61 頁。

從現存五人事蹟看，鍾離岫《會稽後賢傳記》傳人敘事，除孔愉事外，其他幾人事蹟都平易無奇，與《會稽先賢傳》相比，取録事例較爲近實。

虞預《會稽典録》，《隋書·經籍志》史部雜傳類、《舊唐書·經籍志》史部雜傳類、《新唐書·藝文志》雜傳記類均著録《會稽典録》二十四卷。不過，《晉書·虞預傳》言其《會稽典録》爲二十篇，其云："著《晉書》四十餘卷、《會稽典録》二十篇、《諸虞傳》十二篇。"則恐至唐代，此書就已有散亡了。不過，在唐代，此書還很常見，劉知幾在《史通》中曾多次提及①。《宋史·藝文志》無録，但在宋人著述中還屢見稱引，至宋代以後則幾乎全部散佚，魯迅先生説："而宋人撰述時見稱引，又非出於轉録。疑民間尚有其書，後遂湮没。"②

虞預，《晉書》卷八二有傳，其云："虞預，字叔寧，徵士喜之弟也。本名茂，犯明穆皇后母諱，故改焉。預十二而孤，少好學，有文章。"《會稽典録》佚文今散見諸書徵引，多作《會稽典録》。今涵本《説郛》卷三摘録夏方、夏香二人事蹟，宛本《説郛》卷五九輯有十人事蹟，其中夏方、夏香二人事蹟與涵本

①劉知幾《史通》卷五《採撰》第十五云："夫郡國之記，譜牒之書，務欲矜其州里，誇其氏族。讀之者安可不練其得失，明其真僞者乎？至如江東'五儁'，始自《會稽典録》……"《史通》卷一〇《雜述》第三十四云："汝、潁奇士，江、漢英靈，人物所生，載光郡國。故鄉人學者，編而記之，若圈稱《陳留耆舊》、周斐《汝南先賢》、陳壽《益部耆舊》、虞預《會稽典録》，此之謂郡國之書者也。"

②魯迅《會稽典録·序》，見《魯迅輯録古籍叢編》第三卷《會稽郡故書雜集》，人民文學出版社 1999 年，第 243 頁。

《説郛》同，傅增湘取宛本《説郛》所録加以校勘，今又有勞格、黄奭、王仁俊、魯迅諸家輯本，勞格採得陳囂事蹟三條，録於《讀書雜識》卷六中；王仁俊得二人事，一爲陳囂，乃轉録勞格所輯，另一條敘盛吉事，採自《蒙求》自注，録於《玉函山房輯佚書續編》之史編總類；黄奭和魯迅均據諸書徵引採輯，黄奭成一卷，録於《漢學堂知足齋叢書》中，魯迅所採較黄奭爲詳備，共七十二人事蹟，“略依時代次第，析爲二卷。有慮非本書者，别爲《存疑》一篇，附於末”①；魯迅所輯録於《會稽郡故書雜集》中。又，《太平御覽》卷四六九《人事部一百一十・憂下》、《太平御覽》卷四七四《人事部一百一十五・禮賢》、《淵鑑類函》卷三七四《服飾部五・裘二》各引一條作《會稽典略》，當爲《會稽典録》之異稱。今檢諸書徵引，得八十九人事蹟，即：范蠡、計倪、宋昌、鄭吉、陳囂、嚴遵、鍾離意、鄭弘、盛吉、孟英、孟嘗、梁宏、鄭雲、謝夷吾、董昆、王充、趙曄、董黯、高豊、任光、黄昌、王脩、楊璠、戴就、周規、陳脩、沈勳、淳于翼、魏朗、陳業、駱俊、陳宫、虞國、虞歆、盛憲、徐弘、陳瑞、魏徽、皮延、伍賤、張京、周昕、周喁、虞翻、虞汜、虞忠、虞聳、虞昺、丁覽、丁固、丁彌、丁潭、徐陵、徐平、賀齊、賀景、賀達、闞澤、吴範、魏滕、謝承、任弈、虞俊、邵員、謝淵、鍾離牧、鍾離盛、卓恕、朱育、賀景、賀達、賀邵、夏方、夏香、張立、朱朗、唐庠、張訣、虞倫、張濟、徐洪、曹娥、孟

① 魯迅《會稽典録・序》，見《魯迅輯録古籍叢編》第三卷《會稽郡故書雜集》，人民文學出版社 1999 年，第 243 頁。

淑、葛仙翁、張意、孔愉。又另有“太守出行”“吞舟之魚”“隱居之城”三條，不詳其所屬之人。

考《會稽典録》今存之文，多載先賢、耆舊之嘉行懿言，然敘事少波瀾，人物形象也缺乏個性特色。

七、陸胤《廣州先賢傳》

陸胤《廣州先賢傳》，《隋書·經籍志》無著録，《舊唐書·經籍志》史部雜傳類著録《廣州先賢傳》七卷，題陸胤撰；《新唐書·藝文志》史部雜傳記類著録《廣州先賢傳》一卷，題陸胤撰。陸胤，《三國志》卷六一有傳，其云：“胤，字敬宗，凱弟也。”三國時吴人，始爲御史選曹郎，太子和聞其名，對他甚爲敬重，仕至西陵督，封都亭侯，轉在虎林，卒。

諸書徵引《廣州先賢傳》，多不題撰人，又，《新唐書·藝文志》在著録陸胤《廣州先賢傳》一卷外，又著録劉芳《廣州先賢傳》七卷，《太平御覽經史圖書綱目》列二《廣州先賢傳》，一題陸胤，一無撰人。今涵本《説郛》摘録丁密一人之事。宛本《説郛》卷五八録闕名《廣州先賢傳》，敘頓琦、廖沖、梅鋗、羅威四人事蹟。又，四庫本《説郛》卷五八録二《廣州先賢傳》，一題鄒閎甫撰，一題闕名撰，題鄒閎甫撰者録丁密、丁茂、項琦、董正、尹牙五人事蹟，題闕名者録頓琦、廖沖、梅鋗、羅威四人事蹟。黄奭輯得《廣州先賢傳》者文四節，題“鄒閎甫《廣州先賢傳》一卷”，敘丁密、項琦、董正、尹牙四人事蹟，録於其《漢學堂知足齋叢書》中。鄒閎甫，生平不詳，晉有鄒湛，字潤甫，南陽新野人，鄒閎甫或與其有關[1]。則撰《廣州先賢傳》者，又或有劉芳、鄒閎甫者。然檢諸書徵引《廣州先賢傳》者，多不題撰人，唯《太平御覽》卷四八二《人事部一百二十三·仇讐下》引一條，題陸胤《廣州先賢傳》，《初學記》卷一七《孝第四》"杜孝投魚羅威進果"引一條，題陸徹《廣州先賢傳》，《太平御覽》卷三七八《人事部一九·短中國人》引一條，題陸允《廣州先賢傳》，"陸徹""陸允"均當是"陸胤"之訛。

陸胤《廣州先賢傳》久佚，其佚文散見諸書徵引。今檢諸書徵引，尚得十三人事蹟，即養奮、羅威、徐徵、尹牙、丁密、鄧盛、黄豪、董正、踈源、鍾翔、丁茂、唐頌、頓琦。又，《太平御覽》卷九二一《羽族部八·鳩》引頓琦事，其下"又曰"云云，引戴文謀事。四庫本《太平御覽》卷九二一《羽族部八·鳩》引改稱"《搜神記》曰"。此言"沛國戴文謀"，沛國不屬廣州。戴文謀事或不出《廣州先賢傳》。戴文謀遇神降事，《搜神記》有載，《太平廣記》卷四六三《禽鳥四》"戴文謀"條引戴文謀事，云出《窮神秘苑》。文幾同。

《廣州先賢傳》傳人，多造作虚構，但卻又多落入俗套，如爲表現某人的品德，常生造出某些所謂的"祥瑞"來，丁密至孝，於是就有"飛凫一雙""遊密廬旁小池"；丁茂至孝，就有"白鹿遊乎左右"；唐頌至孝，就有白鹿"拾食塚邊"；頓琦至

① 孫啟治、陳建華對鄒閎甫亦有此看法。見孫啟治、陳建華編《古佚書輯本目録》史部傳記類《楚國先賢傳》條，中華書局 1997 年，第 173 頁。

孝，於是“白鳩栖息廬側，見人輒去，見琦而留”，如此之類甚多。不過，其中也有感動人心的故事，如董正與車遂事：

> 董正，字伯和，番禺人也。隱士南陽車遂，字德陽，聞正令名，不遠萬里，徑來投正。正道同志合，恩如仲伯，數年中，遂得病，正爲傾家救恤。疾篤命絶，停屍於堂，殯斂之禮如同生身，自送喪於南陽。①

董正與車遂志同道合，他們的友誼讓人豔羡，而更動人的是在車遂病中及死後，董正對他的關懷和照顧。

陸胤之兄陸凱著有《吴先賢傳》一書，《隋書·經籍志》史部雜傳類著録《吴先賢傳》四卷，題“吴左丞相陸凱撰”；《舊唐志·經籍志》史部雜傳類著録《吴國先賢贊》五卷，集部總集類著録《吴國先賢贊論》三卷，未題撰人；《新唐書·藝文志》史部雜傳記類著録《吴國先賢傳》五卷，又著録《吴國先賢像贊》三卷，題陸凱撰。章宗源《隋書經籍志考證》以《吴先賢傳》和《吴國先賢贊》爲二書，並補録於其書卷一三雜傳類中②。《吴國先賢傳》與《吴國先賢像贊》及《吴國先賢贊論》恐爲一書，《初學記》卷一七《人部上·賢第二》引三條，

---

①《太平御覽》卷四〇九《人事部五〇·交友四》引一條，作《廣州先賢傳》，據以輯録。

② 章宗源《隋書經籍志考證》卷一三雜傳類“《吴先賢傳》四卷”條和“《吴國先賢贊》三卷”條，開明書店《二十五史補編》第 4 册，中華書局 1998 年，第 82 頁下。

作“《吴國先賢傳贊》”，侯康以爲陸凱“是書體例，每傳必有贊”[①]。《吴先賢傳》久佚，嚴可均輯得佚文三條，定名爲《吴先賢傳贊》，録於其《全三國文》卷六九中。今檢諸書徵引，僅得戴矯、顧承、史胄三人事蹟。

又有吴人張勝《桂陽先賢畫贊》，《隋書·經籍志》史部雜傳類著録《桂陽先賢書贊》一卷，題“吴左中郎張勝撰”；《舊唐書·經籍志》史部雜傳類、《新唐書·藝文志》史部雜傳記類著録《桂陽先賢畫贊》五卷，均題張勝撰。關於《隋書·經籍志》“書贊”，姚振宗云“書當爲畫”[②]，“書贊是畫贊之誤”[③]。《舊唐書·經籍志》《新唐書·藝文志》著録均作“畫贊”，當作“畫贊”爲是。諸書徵引或作《桂陽先賢贊》，或作《桂陽先賢傳》，或作《桂陽先賢記》。如《太平御覽》卷八三四即引作《桂陽先賢贊》，《太平御覽》卷三六七、卷九七〇及《北堂書鈔》卷三五，《事類賦》卷二六引作《桂陽先賢傳》，《藝文類聚》卷六五又引作《桂陽先賢記》，《太平御覽經史圖書綱目》列《桂陽先賢傳》。對此，侯康在《補三國藝文志》中云：“核其文義，

---

① 侯康《補三國藝文志》卷三史部雜傳類“陸凱《吴國先賢傳》五卷”條，開明書店《二十五史補編》第3册，中華書局1998年，第16頁上。

② 姚振宗《隋書經籍志考證》卷二〇史部雜傳類“《桂陽先賢書贊》一卷吴左中郎將張勝撰”條題注，開明書店《二十五史補編》第4册，中華書局1998年，第309頁上。

③ 姚振宗《三國藝文志》卷二史部雜傳類“張勝《桂陽先賢畫贊》一卷”條，開明書店《二十五史補編》第3册，中華書局1998年，第49頁中。

蓋即一書也。"[①] 即以爲《桂陽先賢傳》《桂陽先賢記》是其異名也。張勝，生平不詳，據《隋書·經籍志》著録稱，知其曾爲吴左中郎。此書佚文散見諸書徵引。今有嚴可均、陳運溶兩家輯本，陳運溶據《太平御覽》等採得胡滕、張熹、程曾、蘇耽、成武丁、程桓、羅陵七人事蹟，定爲一卷，録於其《麓山精舍叢書》第一集《歷朝傳記九種》中；嚴可均僅得羅陵、成武丁二人事，録於《全三國文》卷七三中。今檢諸書徵引，得張熹、蘇耽、成武丁、羅陵、胡滕、程曾、程桓七人事蹟。

《桂陽先賢畫贊》所傳先賢，有將先賢神異化的傾向，如其所載蘇耽事：

> 蘇耽嘗除門庭，有衆賓來，耽告母曰："人招耽去，已種藥著後園梅樹下，可治百病，一葉愈一人，賣此藥過，足供養矣。"便隨賓去。母走牽之，四體如醉，足不能舉。[②]

蘇耽化仙而去，其所種藥，包治百病。蘇耽事《桂陽列仙傳》亦有載。又如成武丁：

---

① 侯康《補三國藝文志》卷三史部雜傳類"張勝《桂陽先賢畫贊》五卷"條，開明書店《二十五史補編》第3册，中華書局1998年，第15頁下。

②《太平御覽》卷九八四《藥部一·藥》引一條，作《桂陽先賢畫贊》；《藝文類聚》卷六五《産業部·園》引一條，作《桂陽先賢記》；《太平御覽》卷九七〇《果部七·梅》、《事類賦》卷二六《果部·梅賦》"抑亦蘇躭園裏療病而功深"、《天中記》卷五二《梅》"梅下種藥"各引一條，作《桂陽先賢傳》；從《太平御覽》卷九八四引。

成武丁以疾而終，殯畢，其友從臨武縣來至郡，道與武丁相逢，友曰："子欲何之，而不將人？"答曰："今吾南遊，爲過報小兒，善護大刀。"到其門，見其妻哭泣，問之，答曰："夫没。"友大驚，曰："吾適與相逢。"乃發棺視，了無所見。遂除縗絰而心喪之，咸以武丁得神仙。①

成武丁本以疾終，結果其友人在途中與之相遇，友人至其家，始知他已死，於是開棺查驗，了無所見，才明白他已得神仙。不僅所述之事頗爲神異，而且敘述也十分講究，成武丁由死而生而仙，其家人由悲而喜，故事性是很强的。又載其通達鳥語，偶聞鳥鳴而知東市運米車傾覆。《桂陽先賢畫贊》中的此類先賢傳，表現出較爲豐富的小説性内質。

八、其他類傳

三國時期的類傳有不少亡佚大半，今天鮮能見其文字，這裏我們將這些類傳一併論之。它們有：董巴《中官傳》、王基《東萊耆舊傳》、陳術《益部耆舊傳》、諸葛亮《貞潔記》、徐整《豫章烈士傳》、魏明帝《甄表狀》、楊戲《季漢輔臣贊》以及佚名《南海先賢傳》。

王基《東萊耆舊傳》，《隋書・經籍志》史部雜傳類、《新唐書・藝文志》史部雜傳記類著録王基《東萊耆舊傳》一卷。

① 《太平御覽》卷三四五《兵部七十六・刀上》引一條，作《桂陽先賢畫贊》，據以輯録。

諸葛亮《貞潔記》,《隋書·經籍志》《舊唐書·經籍志》無録,《新唐書·藝文志》史部雜傳記類著録諸葛亮《貞潔記》一卷。

以上二書今已全部亡佚，而以下各書尚有佚文見存。

董巴《中官傳》,《隋書·經籍志》無録,《太平御覽經史圖書綱目》列董巴《漢中官傳》。姚振宗以爲董巴著有《後漢書》,《中官傳》及《初學記》卷二一引《董巴記》等皆出此書①。董巴,《後漢書》卷二三《五行志·五行一》言及“給事中董巴”,《三國志》卷二《魏書·文帝紀》裴注引曹丕禪代諸事言及董巴:“於是侍中辛毗、劉曄，散騎常侍傅巽、衛臻，尚書令桓階，尚書陳矯、陳群，給事中博士騎都尉蘇林、董巴等奏曰……”《隋書·經籍志》經部儀注類著録其《大漢輿服志》一書時稱其爲“魏博士”，可知其當爲漢魏間人，曾爲給事中、博士、騎都尉。《中官傳》已佚，今存文數條，見於諸書徵引，或作《漢中官傳》。諸書徵引又有作《董巴記》者，言蔡侯紙事，或《中官傳》之異稱②。

---

① 姚振宗《三國藝文志》卷二史部雜傳類“董巴《漢中官傳》”條案語。開明書店《二十五史補編》第3册，中華書局1998年，第47頁中。

②《北堂書鈔》卷五五《設官部七·符節令三十六》“秩千石”引一條，作董巴《漢中官傳》;《太平御覽》卷二三〇《職官部二十八·守宫令》引一條，作董巴《漢中宫傳》;《職官分紀》卷一九《守宫令》引一條，作董巴《漢東宫傳》;《北堂書鈔》卷六三《設官部十五·冗從僕射九十九》“領黄門”引一條，作董巴《中官傳》;《北堂書鈔》卷一〇四《藝文部·紙四十》“蔡侯紙”、卷一〇四《藝文部十·紙四十六》“生布紙”,《藝文類聚》卷五八《雜文部四·紙》,《初學記》卷二一《文部·紙第七》,《太平御覽》卷六〇五《文部二十一·紙》各引一條，作《董巴記》。

徐整《豫章烈士傳》，《隋書·經籍志》史部雜傳類、《新唐書·藝文志》史部雜傳記類著録《豫章烈士傳》三卷，均題徐整撰。侯康《補三國藝文志》卷三史部雜傳類、姚振宗《三國藝文志》卷二史部雜傳記類補録。徐整，據《經典釋文》卷一《序録·次第》詩小注云："字文操，豫章人，吴太常卿。"不詳其餘。《舊唐書·經籍志》《新唐書·藝文志》又載其有《豫章舊志》八卷，而《隋書·經籍志》載《豫章舊志》三卷爲熊默撰，又載《豫章舊志後撰》一卷，熊欣撰。侯康據新、舊《唐志》將此二書系於徐整，題"徐整《豫章舊志》八卷"[①]。姚振宗似有不同看法，他説："案：漢魏六朝地理之書大抵略如《華陽國志》之體，有建置、有人物、有傳、有贊，而注意於人物者爲多，自來著録之家務欲各充其類，以人物爲重者，則入之傳記；以土地爲重者，則入之地理。亦或一書而兩類互見，不避複重；或裁篇而分類録存，不嫌割裂。各隨其意，各存其是，初無一定之例也。是書《唐志》八卷，題徐整者，以徐整之《烈士傳》、熊默之《舊志》、熊欣之《後撰》合爲一編，著其始作者姓名耳。《新志》别有《烈士傳》三卷，則又沿前志分篇别出之舊，實重複也。"[②] 姚振宗所言是有道理的，故我們不把《豫章舊志》系於徐整名下。

① 侯康《補三國藝文志》卷三雜傳類"徐整《豫章舊志》八卷"條，開明書店《二十五史補編》第 3 册，中華書局 1998 年，第 15 頁下。

② 姚振宗《隋書經籍志考證》卷二〇史部雜傳類"《豫章舊志》晉會稽太守熊默撰、《豫章舊志後撰》一卷熊欣撰"條案語，開明書店《二十五史補編》第 4 册，中華書局 1998 年，第 308 頁下。

徐整《豫章烈士傳》，其佚文今散見諸書徵引，《太平御覽經史圖書綱目》列《豫章烈士傳》，諸書徵引又或作《豫章列士傳》，故侯康在補録此書時即作《豫章列士傳》。今見存施陽、周騰、孔恂、羊茂四人事蹟。

漢魏六朝時期，與徐整《豫章烈士傳》相類的豫章一地的郡書尚有兩晉時期熊默的《豫章舊志》和熊欣的《豫章舊志後撰》。

《豫章舊志》，《隋書·經籍志》史部雜傳類著録《豫章舊志》三卷，題"晉會稽太守熊默撰"。《豫章舊志後撰》，《隋書·經籍志》史部雜傳類著録《豫章舊志後撰》一卷，題"熊欣撰"。熊默，生平不詳，僅據《隋書·經籍志》著録《豫章舊志》所題署，知其是晉人，曾爲會稽太守。熊欣，生平不詳，從其續作《豫章舊志後撰》推測，或爲熊默之後。

熊默《豫章舊志》和熊欣《豫章舊志後撰》其佚文見於《太平御覽》等書徵引者數條，或作《豫章舊志》，或作《豫章耆舊傳》《豫章耆舊志》，而《太平御覽經史圖書綱目》既列《豫章舊志》，又列《豫章耆舊傳》。檢各書志，除熊默、熊欣撰《豫章舊志》外，唐前無他人撰《豫章耆舊傳》者，則《豫章耆舊傳》《豫章耆舊志》或當是熊氏二人之書之别稱。然今所見諸書徵引未有稱引《豫章舊志後撰》者，或與《豫章舊志》合卷并行，而諸書徵引統稱之。今見存廬俗、李儀、孔竺、周生豐、陳蕃、施陽、龍碩七人事蹟。

魏明帝《甄表狀》前已略及。陶潛《群輔録》三處引《甄表狀》，一是陳寔及其二子，案云："右並以高名，號曰三君。見《甄表狀》及邯鄲淳紀碑。"一是"太尉河南杜喬字叔榮"以下二十四人，案云:“右魏文帝初爲丞相、魏王所旌表二十四賢，後明帝乃述撰其狀。見文帝令及《甄表狀》。”三是公沙穆五子，案云:“右北海公沙穆之五子，並有令，名京師號曰公沙五龍，天下無雙。穆亦名士也。見魏明帝《甄表狀》及《後漢書》。”知《甄表狀》是魏明帝據其父魏文帝所旌表之二十四賢撰成，然又至少尚有公沙穆五子及陳寔父子三人。其體例，則先列名號，次略狀其行事。《群輔録》録“太尉河南杜喬字叔榮”以下二十四人，皆首列名號，次以“狀”起，“狀”下文字當即魏明帝所作狀文。

楊戲《季漢輔臣贊》，《三國志》卷四五《蜀書・楊戲傳》云:“戲以延熙四年著《季漢輔臣贊》，其所頌述，今多載於《蜀書》，是以記之於左。自此之後卒者，則不追謚，故或有應見稱紀而不在乎篇者也。其戲之所贊而今不作傳者，余皆注疏本末於其辭下，可以粗知其髣彿云爾。”知楊戲於蜀漢後主延熙四年（241）作《季漢輔臣贊》，陳壽録其文，並對《三國志》中無傳者，“注疏本末於其辭下”。前有序，序下録五十人贊，或即此贊全文。嚴可均據《三國志・楊戲傳》輯得《季漢輔臣贊》，録於《全三國文》卷六二“楊戲”名下，不録陳壽注。晉常璩《華陽國志》卷一〇中“犍爲士女”下“文然簡略不從詭隨”云:“延熙十八年作《季漢輔臣贊》。”云作此書在延熙十八年（255），不知所據爲何。

《南海先賢傳》，《隋書・經籍志》等史志書目無録，撰人不詳。章宗源《隋書經籍志考證》卷一三雜傳補録。姚振宗《隋書經籍志考證》“《四海耆舊傳》一卷”條案云:“《群輔録》稱北海公沙穆，則公沙氏本北海人。稱北海不誤。此云四海，似以東西南北分篇，北海爲其中之一篇。章氏又别舉《北堂書鈔》政術部劉盛、設官部董政各一事，並引《南海先賢傳》。以謂本志不著録者，亦似此書之篇目也。"《南海先賢傳》或非爲《四海耆舊傳》之篇目。

《南海先賢傳》今主要見於《北堂書鈔》引二條，二人事跡。《北堂書鈔》卷三八《政術部十二·廉潔二十八》"清修自守"引一條，敘劉盛事;《北堂書鈔》卷七九《設官部三十一·孝廉一百七十七》"董政還板"引一條，敘董政事。劉盛、董政皆爲兩漢人，此傳或出漢末三國時期。

三國時期，另有兩部家傳值得注意，那就是《魏武自爲家傳》和《王朗王肅家傳》。今天我們所知三國時期家傳雖僅此兩種，但家傳的出現，表明家族勢力已開始崛起，是世家興起的標志。曹魏時代，推行九品中正的選官制度，正是這一制度，引發了世家大族的出現和興起。隨着家族勢力的崛起，世族觀念也漸入人心，這種觀念又反過來促使家傳的大量産生。《魏武自爲家傳》,《隋書·經籍志》等史志書目無著録,《三國志》卷一四《魏書·蔣濟傳》裴松之案云:"魏武作家傳，自云曹叔振鐸之後。"《廣韻》"六豪""曹"字注:"魏武作家傳，自云曹叔振鐸之後，周武王封母弟振鐸於曹，後以國爲氏，出譙國彭城高平鉅鹿四望。"姚振宗以其"家傳非記一人一事，故入之此類"而將其補録於史部雜史類中[①]。《王朗王肅家傳》,《隋書·經

① 姚振宗《三國藝文志》卷二史部雜史類"《魏武自作家傳》"條案語，開明書店《二十五史補編》第3册，中華書局1998年，第35頁中。

籍志》史部雜傳類著録《王朗王肅家傳》一卷，其文今尚遺二條，見於《三國志》卷一三《魏書・王朗傳》裴注，其一述王朗爲會稽太守時除會稽祭祀秦始皇之俗，其二述王朗保護其友劉陽嗣子之事。如前言，家傳多是顯揚其尊貴華麗家族，所以，家傳所載幾乎都是立功積德之事，且往往極盡誇飾，從《王朗王肅家傳》的這兩條我們是可以感受到的這一點的：

> 會稽舊祀秦始皇，刻木爲像，與夏禹同廟。朗到官，以爲無德之君，不應見祀，於是除之。居郡四年，惠愛在民。①

> 朗少與沛國名士劉陽交友。陽爲莒令，年未三十而卒，故後世鮮聞。初，陽以漢室漸衰，知太祖有雄才，恐爲漢累，意欲除之而事不會。及太祖貴，求其嗣子甚急。其子惶窘，走伏無所。陽親舊雖多，莫敢藏者。朗乃納受積年，及從會稽還，又數開解。太祖久乃赦之，陽門户由是得全。②

---

①《三國志》卷一三《魏書・王朗傳》"朗會稽太守"引一條，作《朗家傳》，據以輯録。

②《三國志》卷一三《魏書・王朗傳》"拜諫議大夫參司空軍事"引一條，作《朗家傳》，據以輯録。

第三章　兩晉雜傳

兩晉時期雜傳創作十分興盛，出現了大量的雜傳作品，丁國鈞《補晉書藝文志》卷二史録雜傳類補録有二百三十六種，文廷式《補晉書藝文志》卷二—卷三史部雜傳類補録有二百二十四種，秦榮光《補晉書藝文志》卷二史部傳記類補録有三百四十五種，吴士鑑《補晉書藝文志》卷二史録雜傳類中補録有二百四十三種，黄逢元《補晉書藝文志》卷二史録雜傳類補録有九十一種。當然，他們的雜傳類中所補録的雜傳，有一些是與本書所定義的雜傳不相符的，而另一些當視爲雜傳的作品，他們又未收録。如秦榮光將譜牒之作也系於雜傳，就與本書定義不符，如丁國鈞就將《江表傳》《晉諸公贊》收入雜史，而如《三輔決録注》一些雜傳注和《搜神記》等志怪又被收入其中。同時，他們的補録也還有謬誤之處，如文廷式就將袁宏《名士傳》分割爲《正始名士傳》和《竹林名士傳》，著録爲二書，又將不屬於兩晉時期的《荀采傳》等收入其中。不過，粗略統計，兩晉時期的雜傳當在二百種以上，這是一個不小的數字。

第一節　小説式的創作：皇甫謐及其雜傳

皇甫謐，字士安，號玄晏先生，幼名皇甫静，西晉安定朝那人，出後叔父，徙居新安，《晉書》卷五一有傳（然其記載簡略，且有疑點）。他是繼東漢劉向之後，大量撰述雜傳的作家之一，見於書目著録及諸書徵引的就有六部之多。他的雜傳，在劉向雜傳的基礎上，更加遠離了正統史傳，讀來别開生面，有極强的感染力。其爲傳技巧，也於班、馬之外，大膽開拓，在人物傳寫及敘事建構等諸方面進行了許多新的嘗試，可以説是小説式的，因而其雜傳的小説品格十分鮮明和突出。皇甫謐的雜傳創作，爲唐人傳奇的興起和成熟提供了許多可資借鑒的實踐，但其人、其作品長期淹没在歷史的煙塵中，並未受到應有的重視，本書此節即試圖泅渡時間之河，漁收有關資料，對其生平行事及著述略加考索爬梳，並在此基礎上對其雜傳略加述評。

一、生平行事略考

（一）先世及世系：對皇甫謐的先世，《晉書》本傳僅言“漢太尉嵩之曾孫也”，餘皆不載，現據有關資料，對其先世及世系略作梳理。

除《晉書》卷五一《皇甫謐傳》外，《北堂書鈔》引臧榮緒《晉書》亦稱皇甫謐“漢皇甫嵩曾孫”，《世説新語·文學》第

68條劉孝標注引王隱《晉書》亦云“漢太尉嵩曾孫”[①]。皇甫嵩,《後漢書》卷七一有傳,載其生平事略,稱“皇甫嵩,字義真,安定朝那人,度遼將軍規之兄子也。父節,雁門太守”。《北堂書鈔》卷七九《設官部三十一·上計一百七十九》引《晉書》又載其一軼事:“嵩與賈逵同歲舉計,至丞相府,曹公唯留嵩與言,良久便辟之,嵩知己亮直,不能隨時,更爲蒙福,乘單車入蜀。”

《後漢書》卷七一《皇甫嵩傳》稱皇甫嵩是“度遼將軍規之兄子”,則規與節爲兄弟,規爲嵩之叔父。皇甫規,《後漢書》卷六五有傳,云:“皇甫規,字威明,安定朝那人,祖父棱,度遼將軍,父旗,扶風都尉。”據此可知,皇甫旗爲嵩之祖父,棱爲其曾祖父。

《世説新語·文學》第68條劉注引王隱《晉書》又云:“謐,字士安……祖叔獻,灞陵令。父叔侯,舉孝廉。”略具皇甫謐父、祖之名及仕而已,此外無考。

另外,《後漢書·皇甫嵩傳》提及其一子堅壽,稱嵩子“堅壽亦顯名,後爲侍中,辭不拜,病卒”,也不及叔獻事。又按《晉書·皇甫謐傳》傳末云“子童靈、方回等遵其遺命”,並附方回傳略。

綜上所述,自漢至晉,皇甫謐家族世系大略可知:

① 臧榮緒《晉書》、王隱《晉書》,見湯球輯《九家舊晉書》之臧氏《晉書》卷九、王氏《晉書》卷六,下同。

皇甫棱—皇甫旗—皇甫節—皇甫嵩—皇甫叔獻—皇甫叔侯—皇甫謐—皇甫童靈—皇甫方回

（皇甫節—皇甫規；皇甫叔獻—皇甫堅壽）

皇甫謐終生不曾入仕，魏時及晉時朝廷均有徵召，據《晉書》本傳載，魏郡召上計掾，舉孝廉。景元初相國辟，皇甫謐皆不行。晉受禪後，多次徵召，又舉賢良方正，咸寧初徵太子中庶子，又徵議郎、著作郎，司隸劉毅請爲功曹，並不應。皇甫謐族從皆累世富貴，多歷顯宦，棱、規俱爲度遼將軍，嵩爲太尉，節爲太守，至謐輩，其從姑子梁柳亦爲城陽太守，而他卻累徵不應，獨守寒素，原因何在呢？《晉書·皇甫謐傳》及臧氏《晉書》均言皇甫謐"沉静寡欲，始有高尚之志"。可見，他不去作官，與他的人生理想有很大關係。而清代的陳遇夫認爲皇甫謐不入仕，也跟晉武帝以及朝廷的聘士之禮有關，他在《史見》卷二説："晉時，太守文立，請絶聘士禮弊，皇甫謐曰：'束帛元纁，古制也，强學待問，席珍待聘，三揖乃進，明致之難也，一讓而退，明去之易也。古聖王求士，恐禮之不重，豈吝費哉！且一禮不備，貞女耻之，況求士乎？夫子謂爾愛其羊，我愛其禮，奈何棄之。'識者知晉武之無經國遠猷也，謐遂終生不仕。"[①] 此事《晉書·皇甫謐傳》亦載。此外，竊以爲，皇甫謐不入仕，還跟其後半生疾患纏身有關，他在《讓徵聘表》中向

① 陳遇夫《史見》卷二，《叢書集成初編》本，中華書局1985年，第27頁。

晉武帝陳述的最重要的理由之一就是病患①。

（二）始學之年：《晉書·皇甫謐傳》："年二十，不好學，遊蕩無度，或以爲癡。嘗得瓜果，輒進所後叔母任氏。任氏曰：'《孝經》云：三牲之養，猶爲不孝。汝今年餘二十，目不存教，心不入道，無以慰我。'因歎曰：'昔孟母三徙以成仁，曾父烹豕以存教，豈我居不蔔鄰，教有所缺，何爾之魯鈍之甚也！修身篤學，自汝得之，於我何有！'因對之流涕，謐乃感激，就鄉人席坦受書，勤力不怠。"據《晉書》此段記載，稱"年二十，不好學"，"汝今年二十餘"，則皇甫謐始學之年在二十歲或二十歲之後。《事類賦注·瓜》及《文選·三都賦序》李善注引臧榮緒《晉書》亦稱"年二十，始受書"，《世説·文學》第68條引王隱《晉書》亦云"年二十餘，就鄉里席坦受書"。似乎皇甫謐年二十或二十餘始學，可成定論，但事實並非如此。

皇甫謐《玄晏春秋》云："十七年，予長七尺四寸，未通史書，與從姑子梁柳等擊壤於路，或編荆爲楯，執杖爲戈，分陳相刺，有若習兵，共以爲樂。母數譴予，予出得瓜果，歸以進母，母投諸地曰：'《孝經》稱日用三牲之養，猶爲不孝何？孝者莫大於欣親，今爾年近乎二十，志不存教，心不入道，曾無怵惕，小慰我心，脩身篤學，爾自得之，於我何有？'因對予流涕，予心少感，遂伏書史。"②這是皇甫謐的自述，基本内容

① 見《晉書》卷五一《皇甫謐傳》及嚴可均《全晉文》卷七一。

②《北堂書鈔》卷一二一《武功部九·盾三十三》"編荆"、《太平御覽》卷三五一《兵部八十二·戈》、《太平御覽》卷六〇七《學部一·敘學》各引一條，作《玄晏春秋》，從《太平御覽》卷六〇七引。

與《晉書》本傳相同，唯其中年歲相異。皇甫謐自稱“十七年”，其母責之亦曰“年近乎二十”。據《晉書·皇甫謐傳》，皇甫謐太康三年（282）卒[①]，年六十八，則其當生於建安二十年（215），在他二十歲前後，即魏明帝青龍年間，無七年之稱，亦即“十七”當是指皇甫謐的年齡[②]。《玄晏春秋》爲皇甫謐自撰之書，章宗源《隋書經籍志考證》説：“觀此書體例，似用編年法，如後世年譜之類。”[③]所以此書所記當最爲可信。諸家《晉書》所載皇甫謐年二十或二十餘始學有誤，其始學之年在十七歲左右。另外，從上引諸文可以看出，皇甫謐“遂伏書史”與“就鄉人席坦受書”，都是其在接受後母教誨後的悔過行動，應是同時之舉，陸侃如將此兩事分别繫於太和五年（231）和青龍二年（234），恐過於牽强[④]。

---

① 徐傳武撰文認爲皇甫謐的卒年不是太康三年，“而應當是元康三年（293年）”（見徐傳武《皇甫謐卒年新考》，載《學術研究》1996年第11期），他認爲皇甫謐卒年爲太康三年有“可疑者四”，特别是不能解釋《三都賦》的作年問題，而皇甫謐卒於元康三年，“則左思撰《三都賦》及有關活動和皇甫謐爲之作序的事等，也都處處皆能協合”，但如其自言，他的立論並無“版本依據”，僅以“理校”，且其所論頗多疑點，如對《三都賦》作年的判定。我們知道，有關《三都賦》的撰成之年，至今仍無定論，而皇甫謐之卒於太康三年，歷來並無異議，徐氏所論，值得商榷。

② 宛本《説郛》卷五九所録《玄晏春秋》亦作“十七年，予長七尺四寸……母投諸地曰……今爾年近乎三十……”“三”當爲二之訛。

③ 章宗源《隋書經籍志考證》卷一三史部雜傳類皇甫謐“《元晏春秋》三卷”條，開明書店《二十五史補編》第4册，中華書局1998年，第88頁下。

④ 陸侃如《中古文學繫年》卷五、卷六《皇甫謐文學繫年》，人民文學出版社1985年，第495頁、第512頁。

（三）書淫之號：《晉書·皇甫謐傳》云皇甫謐“耽翫典籍，忘寢與食，時人謂之‘書淫’”。其沉溺典籍，以致有“書淫”之號，本傳對其嗜學之事並未細述，這裏試作鉤沉。

皇甫謐自立志始學，便一改“遊蕩無度”之習氣，一心向學，他家境清寒，躬耕勞作，當然，他並不把稼穡之事視爲負擔，而是視爲一種樂趣。他於《玄晏春秋》中說：“又好桑農種藏之事，且養鷄鶩園圃之事，懃不舍力焉。”① 於桑農之餘，遍覽群籍。虞槃佐《高士傳》説皇甫士安“以耕稼爲業，專心好學，每改服以行，兼日而食”②。皇甫謐自己也於《玄晏春秋》中說：“余家素貧窘，晝則務作於勞，夜則甘疲寐，及三時之務，書卷生塵，篋不解緘。唯季冬裁得一旬學，或兼夜寐，或戲獨否，或對食忘餐，或不覺日夕，是以遊出之事，吉凶略絶。富陽男數以全生之道誨予，方之好色，號予爲書帙。”③ 正是這種沉溺典籍的忘身之舉，使其獲得了“書淫”的稱號。

皇甫謐學習，虛心求實，不恥下問，王隱《晉書》稱他不僅“就鄉里席坦受書”，而且“遭人而問，少有寧日”。《玄晏春

①《太平御覽》卷八二四《資産部四·園》引一條，作《玄晏春秋》，據以輯録。

②《太平御覽》卷五一〇《逸民部一〇·逸民一〇》引一條，作虞般佑《高士傳》，據以輯録。

③《北堂書鈔》卷九七《藝文部三·好學十一》“玄晏書淫”、《太平御覽》卷六一四《學部八·好學》各引一條，作《玄晏春秋》；《太平御覽》卷二七《時序部十二·冬下》、《天中記》卷五《冬》“季冬學”各引一條，作晉皇甫謐《玄晏春秋》；《太平御覽》卷三七《地部二·塵》引原作《晏子春秋》，四庫本《太平御覽》卷三七作《玄晏春秋》，當作《玄晏春秋》；從《太平御覽》卷六一四引。

秋》又載其向胡奴請教之事："計君又授與《司馬相如傳》，遂涉《漢書》，讀《匈奴傳》，不識撐犁孤塗之字，有胡奴執燭，顧而問之，奴曰：'撐犁天子也，言匈奴之號單于，猶漢人有天子也。'予於是乎曠然發寤。"①

從上文所引"計君又授與《司馬相如傳》"可知，皇甫謐除研習自有之書外，還四處借閱，爲了滿足自己的閱讀需要，他甚至向皇帝借書。《晉書》本傳載他曾"自表就帝借書，帝送一車書與之"。王隱《晉書》亦載"表從武帝借書，上送一車書與謐"。臧榮緒《晉書》亦載此事，向皇帝借書而讀，恐怕史載無幾。

即便如此，皇甫謐仍覺不足，還常常感歎生命有限，無法遍覽群籍，他說："予常恨不能請命於天，延年累百，博極群書者也。"②

（四）風痹疾年：《晉書·皇甫謐傳》言皇甫謐"後得風痹疾"，其獲疾之年，語焉不詳，不過，傳中所載其上疏拒晉武帝徵聘之表卻透露出些許資訊："而小人無良，至災速禍，久嬰篤疾，軀半不仁，右腳偏小，十有九載。又服寒食藥，違錯節度，辛苦荼毒，於今七年……"③則其獲疾至作此表已十九年了。所

①《史記》卷一一〇《匈奴列傳》"匈奴單于"索隱、《藝文類聚》卷八〇《火部·燭》、《太平御覽》卷八七〇《火部三·燭》、《能改齋漫録》卷三《辯誤》"不識撐犁孤塗字"、《野客叢書》卷七"不識撐犁事"、《天中記》卷一九《僕婢》"識字"各引一條，作《玄晏春秋》，從《藝文類聚》卷八〇引。

②《北堂書鈔》卷九七《藝文部三·博學十二》"博極群書"引一條，作《玄晏春秋》，據以輯録。

③《藝文類聚》卷二七、《太平御覽》卷七四〇及嚴可均《全晉文》均題作《讓徵聘表》。

以，此表作年甚爲關鍵，那麼，此表究竟作於何年呢？

考《晉書》卷三《武帝紀》，確載有一次下詔徵皇甫謐，即咸寧二年（276）十二月，“徵處士安定皇甫謐爲太子中庶子”，《晉書·皇甫謐傳》亦有載：“咸寧初，又詔曰‘男子皇甫謐，沉静履素，守學好古，與流俗異趣，其以謐爲太子中庶子。”這一次已是皇甫謐晚年。《武帝紀》又載晉武帝受禪之初下詔“諸郡中正以六條舉淹滯”事，此次是在咸熙二年（265），亦即泰始元年（此前不久，司馬昭亦曾辟舉），從表文來看，此表與《釋勸論》當作於此詔令頒佈之後不久。晉武帝此次徵召規模巨大，天下之士莫不應徵而往，唯皇甫謐獨不行，故武帝頻“下詔敦逼不已”，皇甫謐於此時作《讓徵聘表》較爲合理[①]。上文所引，皇甫謐稱自己服寒食散已有七年，據郝懿行《晉宋書故》“寒食散”條，服用寒食散，是在何晏的宣導下逐漸流行起來的[②]，何晏魏正始間爲尚書，《世説新語·言語》第14條載其語：“服五石散，非唯治病，亦覺神明開朗。”何晏之後，服者日多，漸至流行。皇甫謐服用寒食散恐怕與此潮流有關，以咸熙二年計，則其服寒食散當在魏高貴鄉公甘露年間，與寒食散之流行相合。那麼，《讓徵聘表》作於泰始初較爲可靠。由此可知，皇甫謐獲疾之年在三十一歲左右。

風痹疾給皇甫謐帶來了極大的痛苦和諸多的不便，爲了醫

① 陸侃如在《中古文學繫年》中將此表作年繫於泰始三年，不甚合理。見陸侃如《中古文學繫年》卷五、卷六之《皇甫謐文學繫年》，人民文學出版社1985年，第629頁。

② 郝懿行《晉宋書故》，《郝氏遺書》本，清嘉慶二十一年刊。

治病痛，他也加入了服用寒食散的潮流，然而，寒食散不僅没有減輕他的病痛，反而給他帶來了新的痛苦。《晉書·皇甫謐傳》云:“初服寒食散，而性與之忤，每委頓不倫，嘗悲恚，叩刃欲自殺，叔母諫之而止。”從這裏也可以看出，在病痛中，其叔母任氏給了他巨大的鼓勵和無微不至的關懷。《太平御覽》卷七三七引其《自序》也説:“士安每病，母輒推燥居濕，以視易單。”

書籍是他消解病痛的另一泉源，《晉書·皇甫謐傳》，虞槃佐《高士傳》，臧榮緒、王隱《晉書》均言其“雖羸疾，而批閲不怠”①。

二、雜傳略考

《晉書·皇甫謐傳》稱皇甫謐“以著述爲務，自號玄晏先生，著《禮樂》、《聖真》之論”，又説“謐所著詩賦誄頌論難甚多，又撰《帝王世紀》、《年曆》、《高士》、《逸士》、《列女》等傳、《玄晏春秋》，并重於世”。這裏提到的皇甫謐的雜傳之作有《高士傳》《逸士傳》《列女傳》《玄晏春秋》，除此而外，皇甫謐尚有《韋氏家傳》和《達士傳》兩部雜傳，不過，遺憾的是，這些雜傳今多已散佚，現根據有關資料，對它們的存佚情況略加考訂。

《高士傳》:《隋書·經籍志》史部雜傳類、《舊唐書·經籍志》史部雜傳類、《新唐書·藝文志》史部雜傳記類均有著録，

① 皇甫謐生平行事，拙文《皇甫謐考》（載《文獻》2001年第4期）中有較爲詳盡的考證，可參看。

唯卷數不一,《隋書·經籍志》作六卷,《舊唐書·經籍志》作七卷,《新唐書·藝文志》作十卷，宋代書目著録俱作十卷。周中孚《鄭堂讀書記》卷二三傳記總録類著録《漢魏叢書》本《高士傳》三卷，並云:"《四庫全書》著録,《隋志》作六卷,《舊唐志》作七卷,《新唐志》、《讀書志》、《書録解題》、《通考》、《宋志》俱作十卷。案作六卷、七卷，當屬分析之異，至作十卷，則不可解矣……"①可見，十卷本來歷頗有疑點，並非其舊。

《高士傳》今有多種傳本，以《古今逸史》《廣漢魏叢書》《祕書廿一種》等所收三卷本最爲普遍，前有皇甫謐自序，云:"謐採古今八代之士，身不屈於王公，名不耗於始終，自堯至魏凡九十餘人，雖執節若夷齊，去就若兩龔，皆不録也。"而晁公武《讀書志》稱:"凡九十六人，而東漢之士居三之一。"陳振孫《直齋書録解題》云"今自被衣至管寧，惟八十七人"，李石《續博物志》又説"劉向傳列仙亦七十二人，皇甫士安撰高士亦七十二人"，晁氏、陳氏和李氏爲宋人，他們所言不一，可知大約到宋代時，皇甫謐《高士傳》已有多本,《四庫全書總目》以爲李石所言可信，又説:"此外，子州支父、石户之農、小臣稷、商容、榮啟期、長沮、桀溺、荷蓧丈人、漢陰丈人、顔斶十人，皆《太平御覽》所引嵇康《高士傳》之文。閔貢、王霸、嚴光、梁鴻、臺佟、韓康、矯慎、法真、漢濱老父、龐公十人，則

① 周中孚《鄭堂讀書記》卷二三史部九傳記類二皇甫謐"《高士傳》"條，商務印書館 1959 年，第 469 頁。

《太平御覽》所引《後漢書》之文。惟披衣、老聃、庚桑楚、林類、老商氏、莊周六人爲《太平御覽》此部所未載，當由後人雜取《太平御覽》，又稍摭他書，附益之耳……”周中孚亦持此見，並言其出於北宋人之手。他在《鄭堂讀書記》中説：“《太平御覽》所收亦止七十一人，是爲士安原本，今此本以《太平御覽》所引核之，其出於嵇康《高士傳》者凡十人，出於《後漢書》者凡十人，當由後人雜取嵇康諸書以附益之，而并改原序七字爲九字，非士安之舊矣。然晁、陳所見本亦如此，或出於北宋人編定也。”① 今人孫猛亦有相似的看法，他在《郡齋讀書志校證》中説：“據李石言，其序與《讀書志》著録本皆非其舊矣。”②

正因爲如此，魏裔介删除原三卷本中亦被諸書引作嵇康《高士傳》的十人，即被衣、王倪、齧缺、子州支父、石户之農、蒲衣子、弘高、曾參、顏回、摯恂，補入逢萌、高鳳、陳留老父，企以接近皇甫謐《高士傳》原貌，但古人著述，鈔録他人之書是常有的事，而曾參、蒲衣子等在諸書稱引中也有被引作皇甫謐《高士傳》的，所以實難定皇甫謐之書就確實没有這些人。

近人羅振玉抛開各種傳本，據《太平御覽》等書重新輯録，得一卷，七十三人，收録在《雪堂叢刻》中。羅氏所輯頗與李石“七十二人”之説相合，竊以爲是，既然皇甫謐原書已不可

① 周中孚《鄭堂讀書記》卷二三史部九傳記類二皇甫謐“《高士傳》”條，商務印書館 1959 年，第 469 頁。

② 晁公武撰，孫猛校證《郡齋讀書志校證》卷九皇甫謐“《高士傳》”條，上海古籍出版社 1990 年，第 366 頁。

得，則只有據確證而定之。

另外，我以爲今所見三卷本，皇甫謐《高士傳》不僅孱入了嵇氏等人之書，亦孱入了皇甫謐自己的另外兩書《逸士傳》和《達士傳》之文，明顯的例子是，三卷本中“巢父”條之文字，在《文選》李注中多次被引作《逸士傳》，如卷二二、三四、五五、五七、五八中引巢父事均作皇甫謐《逸士傳》，李善注《文選》，去晉未遠，其引注應較爲可信。今檢諸書徵引，共得八十四人事蹟，計有：王倪、善卷、齧缺、巢父、許由、壤父、浦衣、老萊子、老子、顔回、莊子、毛公、薛公、荷蕢、石門守、東郭順子、壺丘子林、列禦寇、段干木、公儀潛、王斗、黔婁先生、原憲、曾參、弦高、亥唐、陳仲子、小臣稷、披裘公、江上丈人、漁父、陸通、河上丈人、樂臣公、蓋公、四皓（東園公、夏黄公、綺里季、角里先生）、黄石公、魯二徵士、安期先生、東郭先生、田何、王生、嚴遵、鄭朴、李弘、鄭玄、任安、任棠、摯峻、韓福、孔嵩、安丘望之、成公、彭城老父、嚴光、宋勝之、丘訢、閔貢、荀靖、張仲蔚、高恢、姜肱、徐稚、夏馥、申屠蟠、郭泰、袁閎、牛牢、東海隱者、韓順、摯恂、姜岐、管寧、胡昭、焦先、韓康、孫期、許劭、王霸、法真。

《逸士傳》:《隋書·經籍志》史部雜傳類、《新唐書·藝文志》史部雜傳記類均著録《逸士傳》一卷，題皇甫謐撰，《舊唐書·經籍志》無著録。《晉書》本傳亦稱皇甫謐著有《逸士傳》一書。此書早佚，今散見於《世説新語》劉注、《三國志》裴注、《文選》李注及《太平御覽》等書中，《太平御覽經史圖書綱目》列皇甫謐《逸士傳》。《元晏遺書》及王仁俊《玉函山房輯佚書補編》有輯存，但未作細緻校訂。今檢諸書徵引，得巢父、許由、樊堅、壤父、務光、公儀潛、羅威、董威輦、高鳳、王儁、荀靖、管寧十二人事蹟，另有“鸑鷟”三條不知所屬何人。

《達士傳》：《隋書·經籍志》《舊唐書·經籍志》《新唐書·藝文志》及其他書目均未見著録，《晉書》本傳亦不言皇甫謐著有此書，唯《太平御覽》卷四九六《人事部一三七·諺下》引繆斐事，題作“皇甫謐《達士傳》”，其文如下：

> 繆斐字文雅，代脩儒學，繼踵六博士，以經行脩明，學士稱之，故時人謂之語曰：“素車白馬繆文雅。”①

丁國鈞將此條題作《達士傳》，録入他的《補晉書藝文志》中，《元晏遺書》等將此條併入《逸士傳》。雖然各種書目均無著録，但從皇甫謐所撰“高士”“逸士”和“列女”系列人物傳而言，其有《達士傳》一書，也不是没有可能，故單列於此。

《玄晏春秋》：《隋書·經籍志》史部雜傳類、《舊唐書·經籍志》史部雜傳類、《新唐書·藝文志》史部雜傳記類均有著録，《隋書·經籍志》作三卷，《舊唐書·經籍志》《新唐書·藝文志》作二卷，《晉書》本傳稱皇甫謐號玄晏先生，《玄晏春秋》即以其號名之，宋避諱，改“玄”曰“元”，故諸書稱引又或曰《元晏春秋》。章宗源《隋書經籍志考證》卷一三説：“觀此書體例，似用

①《太平御覽》卷四九六《人事部一百三十七·諺下》引一條，作皇甫謐《達士傳》，據以輯録。

編年法，如後世年譜之類。”此書久佚，佚文今散見於《北堂書鈔》《藝文類聚》《初學記》《太平御覽》等書徵引①。宛本《説郛》輯録四節。

《列女傳》:《隋書·經籍志》史部雜傳類、《舊唐書·經籍志》史部雜傳類、《新唐書·藝文志》史部雜傳記類均著録皇甫謐《列女傳》六卷，《晉書》本傳亦言皇甫謐著有《列女傳》一書，此書早佚，佚文今散見於《三國志》裴注等書徵引，時或引作“皇甫謐《列女後傳》”。宛本《説郛》卷五八輯有題皇甫謐《列女傳》者，共十節，《舊小説甲集》録二人之事，不出宛本《説郛》之外。今有黃奭《漢學堂知足齋叢書》本和《元晏遺書》本兩種輯本。

---

①《史記》卷一一〇《匈奴列傳》“匈奴單于”索隱，《北堂書鈔》卷九七《藝文部三·好學十一》“玄晏書淫”、卷九七《藝文部三·博學十二》“博極群書”、卷一二一《武功部九·盾三十三》“編荆”，《藝文類聚》卷八〇《火部·燭》、卷八七《菓部下·杏》，《太平御覽》卷三五一《兵部八十二·戈》、卷四〇〇《人事部四十一·凶夢》、卷四六四《人事部·訥》、卷六〇七《學部一·敘學》、卷六一四《學部八·好學》、卷七四三《疾病部六·瘧》、卷七六三《器物部八·斧》、卷八二四《資産部四·園》、卷八六〇《飲食部十八·餅》、卷八六〇《飲食部十八·糗糒》、卷八六五《飲食部二十三·鹽》、卷八七〇《火部三·燭》、卷八八五《妖異部一·怪》、卷九六八《果部五·杏》、卷九七〇《果部七·柰》，《事類賦》卷二六《果部·杏賦》“糅麥知别味之精”，《能改齋漫録》卷三《辯誤》“不識擀犁孤塗字”，《野客叢書》卷七“不識擀犁事”，《天地祥瑞志》第十八《禽總載·鷄》各引一條，作《玄晏春秋》;《太平御覽》卷二七《時序部十二·冬下》，各引一條，作晉皇甫謐《玄晏春秋》。又，《太平御覽》卷三七《地部二·塵》引原作《晏子春秋》，四庫本《太平御覽》卷三七作《玄晏春秋》，當作《玄晏春秋》。

各種書目所録，有劉向、項原、高氏、綦母邃、皇甫謐數家《列女傳》，且大多已散佚，諸書引用，相互羼雜，難以甄别，黄奭所輯及《元晏遺書》本均有誤輯入者，今據諸書徵引，將系於皇甫謐《列女傳》或《列女後傳》者，條列如下，未明確指稱者不録。計有：任延壽妻友娣、京師節女、翟素、衛農妻、趙嵩妻、羅静、景奇妻、相登妻度、馮季宰妻珥、王輔妻非、劉長卿妻、公孫去病妻、夏文生妻娥、留子直妻、陳悝妻、陳南妻丹、義姬、曹文叔妻令女、龐子夏妻娥親、姜敘母、趙昂妻異，共二十一人事蹟。

《韋氏家傳》:《隋書·經籍志》史部雜傳類著録《韋氏家傳》一卷，不署撰人;《舊唐書·經籍志》史部雜譜牒類、《新唐書·藝文志》史部雜傳記類著録《韋氏家傳》三卷，題皇甫謐撰。姚振宗《隋書經籍志考證》卷二〇云:“案兩《唐志》皆以爲皇甫謐撰，又多出二卷，疑此一卷非其全也。”

除雜傳作品外，皇甫謐尚有多部著述，限於篇幅，現簡介如下[①]:

（一）《帝王世紀》:《隋書·經籍志》史部雜史類著録《帝王世紀》十卷，題皇甫謐撰，又注云“起三皇，盡漢魏”。《舊唐書·經籍志》史部雜史類、《新唐書·藝文志》史部雜史類并著録《帝王代紀》十卷，題皇甫謐撰，《晉書·皇甫謐傳》亦言皇甫謐撰有《帝王世紀》，則新、舊《唐志》“代”當作“世”，“代”當爲唐人避太宗諱改。《宋史·藝文志》史部雜史類著録

① 皇甫謐著述，拙文《皇甫謐考》（載《文獻》2001年第4期）中有較爲詳盡的考證，可參看。

作九卷，《玉海·藝文》卷四七引《中興書目》作九卷，“缺周中一卷”，並云：“晉正始初，安定皇甫謐以《漢紀》殘缺，始博案經傳，旁觀百家，著《帝王世紀》并《年曆》，合十二篇，起太昊帝，迄漢獻帝。”①姚振宗《隋書經籍志考證》按云：“正始爲魏齊王芳年號，此稱晉正始者，猶《漢書·敘例》稱魏建安也，或是泰始之誤。”②章宗源《隋書經籍志考證》説：“《尚書·堯典》正義曰‘《晉書·皇甫謐傳》云姑子外弟梁柳得故《尚書》，故作《帝王世紀》，往往載《孔傳》五十八篇之書，今《晉書》謐傳無此語，當是逸《晉書》，又《周易·繫辭》正義引謐紀……”③此書後散佚，據錢熙祚推測：“南宋人猶及見之，至宋末始亡，元明人所稱述，皆即諸書中展轉援引，非尚見全書也。”④今有《元晏遺書》本、張澍輯注本、宋翔鳳《浮谿草堂叢書》本和《清風室叢書》本、顧觀光《指海》本、黄奭《漢學堂知足齋叢書》本、傅增湘校宛本《説郛》本。另外，又有錢保塘《清風室叢書》本之《續補》《考異》，王仁俊之《補輯》等多家輯注本和補輯。各本互有詳略，大抵據《史記》三家注、

① 王應麟《玉海》卷四七《藝文》之《雜史》類“晉《帝王世紀》”條，廣陵書社 2003 年，第 891 頁。

② 姚振宗《隋書經籍志考證》卷一三史部雜史類“《帝王世紀》十卷皇甫謐撰”條，開明書店《二十五史補編》第 4 册，中華書局 1998 年，第 245 頁中。

③ 章宗源《隋書經籍志考證》卷三史部雜史類皇甫謐“《帝王世紀》十卷”條，開明書店《二十五史補編》第 4 册，中華書局 1998 年，第 25 頁下。

④ 錢熙祚《帝王世紀·序》，見皇甫謐《帝王世紀》，《叢書集成初編》本，中華書局 1985 年，第 1 頁。

《太平御覽》《北堂書鈔》等採摭，《叢書集成初編》收録的顧氏《指海》本最爲通行。

（二）《年曆》:《隋書·經籍志》無著録，《舊唐書·經籍志》史部雜史類、《新唐書·藝文志》史部雜史類并著録《年曆》六卷，題皇甫謐撰，《晉書·皇甫謐傳》言皇甫謐撰有此書，《玉海·藝文》卷四七雜傳類"《帝王世紀》"條引《中興書目》云皇甫謐"著《帝王世紀》并《年曆》，合十二篇"。此書久佚，馬國翰從《開元占經》《北堂書鈔》《藝文類聚》《太平御覽》等書中採得一卷，收録在《玉函山房輯佚書》史編雜史類中。

（三）《鬼谷子注》:《隋書·經籍志》子部縱横家類著録《鬼谷子》三卷，題皇甫謐注。《舊唐書·經籍志》《新唐書·藝文志》無著録，陳氏《直齋書録解題》著録《鬼谷子》三卷，並案云:"《隋志》有皇甫謐、樂壹二家注，今本稱陶弘景注。"又按云:"徐廣曰：穎川陽城有鬼谷，注其書者樂壹、皇甫謐、陶弘景、尹知章。"①《四庫全書總目》稱《鬼谷子》，"《隋書·經籍志》稱皇甫謐注，則爲魏晉以來書，固無疑耳……"此注今亡佚不得見。

（四）《黄帝三部針經》:《隋書·經籍志》無著録，《舊唐書·經籍志》《新唐書·藝文志》并著録皇甫謐《黄帝三部針經》，唯卷數略異，《舊唐書·經籍志》作"十三卷"，《新唐書·藝文志》作"十二卷"。《太平御覽》卷七二二引臧榮緒

① 陳振孫撰，徐小蠻、顧美華點校《直齋書録解題》卷一〇子部縱横家類"《鬼谷子》"條，上海古籍出版社 2006 年，第 294 頁。

《晉書》説:“士安幼沉静寡欲，有高尚之志，以著述爲務，自號玄晏先生，後得風痹疾，因而學醫，習覽經方，手不輟卷，遂盡其妙。”於此可知，皇甫謐亦通醫術，其撰此書，當爲可信，但惜此書亡佚不得見。

(五)《朔氣長曆》:《隋書·經籍志》子部歷數類著録，並注云:“梁有《朔氣長曆》三卷，皇甫謐撰……亡。”則此書梁時尚存，至唐時已亡佚不得見。

(六)《皇甫謐集》:《隋書·經籍志》《舊唐書·經籍志》《新唐書·藝文志》集部并著録《皇甫謐集》二卷,《隋書·經籍志》又載録一卷。《晉書·皇甫謐傳》稱皇甫謐“以著述爲務”,“所著詩賦誄頌論難甚多”。可知皇甫謐所著詩賦等甚多，惜已散佚，明馮惟訥輯得其《女怨詩》殘文一條，録於《詩紀·晉》卷三，丁福保《全晉詩》卷二、《元晏遺書》、逯欽立《先秦漢魏晉南北朝詩·晉》亦録此詩，與馮氏同，逯欽立又據《北堂書鈔》卷八四録《詩》殘文一條，按云“《書鈔》此詩在婚禮部,次前詩之後,當亦《女怨詩》逸句”①。嚴可均據傳注及類書採得皇甫謐所作表、書、論、序等文凡十三篇，録於《全晉文》卷七一。《元晏遺書》亦輯其文,與嚴氏所輯互有詳略②,王仁俊又據《姓解》卷一注採得一條，題《皇甫謐説》，録於《玉函山

① 逯欽立輯《先秦漢魏晉南北朝詩》之《晉詩》卷二，中華書局2006年，第586頁。

② 嚴氏所採如《帝王世紀論》《焦先論》《龐娥親論》等,《元晏遺書》無録，而《元晏遺書》所録《帝王世紀序》《黄帝三部針灸甲乙經序》等文，嚴氏又失採。

房輯佚書補編》中。

除此而外，清代書目中又録有數部皇甫謐著作：

《周易解》，秦榮光《補晉書藝文志》卷一、丁國鈞《補晉書藝文志》卷一著録。《周易正義》有皇甫謐解《易》之語，丁氏、秦氏據此著録，但丁辰在《丁國鈞〈補晉書藝文志〉刊誤》中認爲“士安解易，未必有專書，當入附録”①。

《地書》，丁國鈞《補晉書藝文志》卷二、秦榮光《補晉書藝文志》卷二著録。《隋書·崔頤傳》引崔頤語云“臣按皇甫士安撰《地書》云太原北九十里有羊腸阪”，丁氏、秦氏據此著録。

《易義》《補注》《周易精微》，秦榮光《補晉書藝文志》卷一著録。《通志》卷三六《藝文志》録有皇甫泌《易義》八卷、《補注》三卷、《周易精微》三卷，秦榮光《補晉書藝文志》據此補録此三書，案云“泌疑謐之訛”②。

《國都城記》《郡國記》，秦榮光《補晉書藝文志》卷二著録。《初學記》卷八《山南道第七》敘事注云：“皇甫謐《國都城記》曰：‘褒國故城在縣東二百步。’”《太平寰宇記》卷一五三“白龍堆”案云：“按皇甫謐《郡國志》云：‘墩煌正西關外，有白龍堆。’”③秦氏據此著録。

---

① 丁辰《丁國鈞〈補晉書藝文志〉刊誤》甲部“皇甫謐《周易解》”條，開明書店《二十五史補編》第 3 册，中華書局 1998 年，第 48 頁上。

② 秦榮光《補晉書藝文志》卷一經部易類“《易義》八卷、《補注》三卷、《周易精微》三卷”，開明書店《二十五史補編》第 3 册，中華書局 1998 年，第 4 頁下。

③ 樂史撰，王文楚等點校《太平寰宇記》卷一五三《隴西道四·沙州》，中華書局 2007 年，第 2958 頁。

又吴士鑑《補晉書經籍志》卷四著録皇甫謐《南都賦注》一部，云出《文選注》，考《文選注》無此引，吴氏誤。

三、小説式的雜傳創作與小説品格

綜觀皇甫謐的所有十多部著述中，有六部雜傳、兩部雜史，就此而言，可以説皇甫謐主要是一位雜史、雜傳作家。皇甫謐的雜傳創作，可以説是小説式的創作，他在繼承劉向雜傳的基礎上，在更多方面進一步背離了《史記》《漢書》開創的以正統史傳爲代表的人物傳記的傳寫規範，不僅爲傳的旨趣與心態、運材態度和方式有巨大的改變，更以雜傳來述志寫心。這種小説式的創作使其雜傳的史傳性質更趨消隱，而具有了突出的小説品格①。

皇甫謐雜傳中的人物，多爲逸人隱士或平常巷陌中的女性，他們没有什麽轟轟烈烈的壯舉，亦不與關乎國家興衰、生民休戚的重大歷史事件相聯繫，這些人物，正如其《高士傳・序》中所言，是“史、班之載，多所缺略”者，皇甫謐爲他們立傳，没有按照史漢的傳統，盡録其生平大事，不論是在《高士傳》《逸士傳》《達士傳》，還是在《列女傳》中，他往往經過精心的挑選與設計，僅傳寫最能體現人物性格的隻言片語、一二行事，就把人物凸顯了出來。這些人物，穿越千載風雨，今天讀來，仍然鮮活靈動。如“擊壤而歌”的壤父、“箕踞而榻穿”的

① 關於皇甫謐雜傳的小説品格，拙文《略論皇甫謐雜傳的小説品格》（載《錦州師範學院學報》2002年第2期）有略論，可參看。

管寧、“口不二價”的韓康以及袒臥冰雪的焦先、牧豕大澤的孫期等等，無不性格鮮明，給人深刻的印象。

如此傳寫人物，究其原因，乃在於皇甫謐爲傳旨趣與心態的改變，與正統史傳相比，皇甫謐的雜傳，雖然含有一定的“勸誡”意義，但並不主要以“資鑒”爲目的，同時，道德勸誡藴涵，是中國文人著書立説的基點，是一種普遍的意義標榜，皇甫謐之書中的道德意藴，亦與此相關。但更重要的是皇甫謐的雜傳已從史傳的記事爲主轉向了人物的性格刻畫和形象塑造。而性格刻畫和形象塑造，是後來小説的主要目標之一，這或許是不經意的暗合，然而，正是這種暗合，中國古代小説才在潛流中逐漸成長，並最終浮出水面。

劉向撰《列女》《列士》諸傳，資材來源，一部分採自諸子史傳，但並非鈔録而已，《四庫全書總目》子部儒家類《新序》條指出：“大抵採百家傳記，以類相從，故頗與《春秋内外傳》、《戰國策》、《太史公書》互相出入。”而大多數源自帶有較多虚誕色彩的軼事傳聞，這些資材，正如劉知幾在《史通》中説：“及自造《洪範》、《五行》，及《新序》、《説苑》、《列女》、《神仙》諸傳，而皆廣陳虚事，多構僞辭。”① 皇甫謐諸傳，亦大多數源自街談巷議的軼事傳聞，這一點，從其事類的重出抵牾上可以得到證實。如“洗耳”一事，《高士傳・許由》兩條佚文即相異，其一云：“其友巢父聞由爲堯所讓，以爲污己，乃臨池

① 劉知幾撰，浦起龍釋《史通通釋》卷一八《雜説下》第九，上海古籍出版社 1978 年，第 516 頁。

洗耳。”[①]其一云：“堯又召爲九州長，由不欲聞之，洗耳於潁水濵。”[②]而在《逸士傳》中則又不同，其一云：“由悵然不自得，乃過清泠之水，洗其耳。”[③]其一云：“由乃過清泠水洗耳拭目，曰：‘向聞貪言，負吾之友。’”[④]“洗耳”一事，分别系於巢父、許由，一事而二人俱有，且都因堯讓許由而起。《世説新語》劉注、《文選》李注，均去晉未遠，他們誤引的可能性極小，則皇甫謐文原本如此，如非採自傳聞而有根有據，是不可能有如此情況出現的。而這些傳聞，有很多是不真實的，比如這裏的許由其人，劉知幾説：“馬遷持論，稱堯世無許由，應劭著録，云漢代無王喬，其言讜矣。至士安撰《高士傳》，具説箕山之跡；令升作《搜神記》，深信葉縣之靈。此並向聲背實，捨真從僞，知而故爲，罪之甚者。”[⑤]

此種情況，嚴可均《鐵橋漫稿》卷八《書〈説苑〉後》有

①《世説新語·言語》第1條劉注引一條，作“皇甫謐曰”，當出其《高士傳》;《文選》卷二一《詠史·詠史詩八首》“高步追許由”李注引一條，作皇甫謐《高士傳》;《太平御覽》卷五〇六《逸民部六·逸民六》引一條，作皇甫士安《高士傳》；從《世説新語·言語》第1條劉注。

②《史記》卷六一《伯夷列傳》“堯讓天下於許由”正義引一條，作皇甫謐《高士傳》，據以輯録。

③《文選》卷五五《論五·演連珠五十首》“是以巢箕之叟不盼丘園之幣洗渭之民不發傅巖之夢”李注、《文選》卷五八《哀下·郭有道碑文》“紹巢許之絶軌”李注各引一條，作皇甫謐《逸士傳》，從《文選》卷五五李注引。

④《世説新語·排調》第6條劉注、《天中記》卷二二《耳》各引一條，作《逸士傳》，文同，據以輯録。

⑤劉知幾撰，浦起龍釋《史通通釋》卷一七《雜説中》第八，上海古籍出版社1978年，第481—482頁。

一個很好的説明，他説:“向所類事與《左傳》及諸子間或時代抵牾，或一事而兩説三説兼存，《韓非子》亦如此。良由所見異詞，所聞異詞，所傳聞異詞，不必同李斯之法，别黑白而定一尊，淺學之徒，少所見多所怪，謂某事與某書違異，某人與某人不相值，生二千載後而欲晝一二千載以前之人之事，甚非多聞闕疑之意，善讀書者豈宜然乎？”①

其實，皇甫謐並不關心資材的真實性或可靠性，只要能精當地體現人物的性格，便取而用之。甚至，爲了塑造人物性格的需要，他還不惜對其進行剪裁删削、增益補綴、移植虚構。對此，張宗泰在其《所學集》中針對《高士傳》的一席話，道出了個中真諦:“惟是堯讓天下於舜，舜讓天下於禹，此夫人而知之者，乃云堯讓天下於許由，又讓於子州支父，舜讓天下於善卷，又讓於子州支父，又讓於百户之農及蒲衣子，何多讓也？將毋借以寫高士之襟期，故曼延其説歟……”② 這種作傳態度和運材方式，去正統史傳已不可以道里計，卻與小説有相通之處，爲了滿足塑造人物的需要，對資材進行取捨損益、移植虚構是小説創作的通行法則。

皇甫謐諸傳，無不滲透着其自身的鮮明個性和經歷，躍動着其自我的人生感受與理念，可以説，他是在以雜傳寫心述志。《晉書·皇甫謐傳》及王隱、臧榮緒《晉書》均言皇甫謐“始有

① 嚴可均《鐵橋漫稿》卷八《書〈説苑〉後》，光緒乙酉長洲蔣氏重刊心矩齋校本。

② 張宗泰之語，轉引自胡玉縉《四庫全書總目提要補正》，卷一九傳記類“《高士傳》”條，中華書局 1964 年，第 496 頁。

高尚之志”，而《高士傳》《逸士傳》《達士傳》等傳中，也無不顯露出他的這一人生追求。《晉書》本傳載其語云：“非聖人孰能兼存出處，居田里之中亦可以樂堯舜之道，何必崇接世利，事官鞅掌，然後爲名乎？”其《玄守論》一文即體現了他的這一理念①。《高士傳》中的壤父之歌：“日出而作，日入而息，鑿井而飲，耕田而食，帝何力於我哉！”也是其心中之歌。老萊子及其妻之拒楚王之徵，又何嘗不是皇甫謐自己多次拒徵的自我寫照呢！正如張宗泰在他的《所學集》中所説：“其書大旨薄視富貴，崇獎節義，喜言恬退，不尚進取，雖不盡合於賢聖中正之道，然以救人世奔競之風，則一副清涼散也。”

在皇甫謐的雜傳中，特别是《列女傳》中，充滿了血腥的悲壯和慘烈，洋溢着自虐的快感。相登妻“引刀截髮”“取刀欲割鼻”，馮季宰妻、王輔妻“剪髮自誓”，劉長卿妻“援刀割耳”，公孫去病妻“揮刀割鼻”，夏文生妻“以刀割耳鼻”，留子直妻“自割耳”，陳悝妻“自刎而死”，陳南妻“自經死”，義姬“被燒死”，任延壽妻“自縊死”以及對龐娥親刺殺李壽過程的鋪寫，無不飄蕩着血腥之氣，以血的紅色裝點貞孝節義。皇甫謐對這種酷虐行爲的渲染，恐與其自身病痛相關，皇甫謐三十一歲左右患風痹疾，他的後半生，就是在病痛的煎熬中度過的，爲了減輕病痛，他又服用寒食散，而寒食散帶給他的，正如他在《讓徵聘表》中所説：“又服寒食藥，違錯節度，辛苦荼毒，於今七年，隆冬裸袒食冰，當暑煩悶，加以咳逆，或

① 皇甫謐《玄守論》，見《晉書·皇甫謐傳》及嚴可均輯《全晉文》卷七一。

若溫瘧，或類傷寒，浮氣流腫，四肢酸重，於今困劣，救命呼噏……”前引《晉書·皇甫謐傳》亦有相似的記載。皇甫謐雜傳中對割鼻、割耳乃至自殺等行爲的推崇性描寫，正是其自身心靈的宣洩。《高士傳》中焦先的袒臥冰雪而無動於衷，或許源自於他自己隆冬裸袒食冰的體驗。當然，《列女傳》中對列女如“割鼻”“割耳”“斷發”“自刎”等的大量描寫和表現也不僅僅是出於自我宣洩的目的，也有用這些慘烈之事凸顯列女們堅貞之志的用意。但毫無疑問，皇甫謐諸傳中的血腥描寫是可以從其病痛與自虐方面來加以解讀的。

我們知道，史傳要求客觀公正，不偏不倚，不應羼雜個人的好惡。皇甫謐的雜傳，就其中鮮明的個人印跡而言，顯然不是史的排除自我的記録或敘述，而完全可以説是源於自我、表現自我心靈與情志的創作。

在文本分析中，我們能輕松地發現皇甫謐雜傳顯著的小説品格。就敘事建構來看，其敘事的委曲詳盡已頗近小説。皇甫謐的雜傳，雖爲類傳，篇制卻相當可觀，如《列女傳》中保存較爲完整的《曹文叔妻令女傳》《龐子夏妻娥親傳》《姜敘母傳》《趙昂妻異傳》等，今存佚文都在千五百字以上，而其中所記，又往往只是一件事，其敘事之委曲詳盡可想而知。而且，其敘事還多情節化。

我們不妨以《列女傳》中保存較爲完整的《龐子夏妻娥親傳》爲例，略加説明①。此傳記龐娥親雪父仇之事。傳文首敘其

①《三國志》卷一八《魏書·龐淯傳》“娥不肯去遂彊載還家會（轉下頁）

父趙君安爲同縣李壽所殺，其男弟三人欲報父仇，而不幸遭疫，三人盡死。起首懸念設置，而將讀者之視綫引向龐娥親。既而敘李壽陰喜趙氏兄弟盡死，娥親誓報父仇，李壽聞言，乘馬帶刀以備。接着敘述鄰人徐氏及家人相勸諸事，情節小作頓挫：

比鄰有徐氏婦，憂娥親不能制，恐逆見中害，每諫止之，曰："李壽，男子也，凶惡有素，加今備衛在身。趙雖有猛烈之志，而彊弱不敵。邂逅不制，則爲重受禍於壽，絶滅門户，痛辱不輕也。願詳舉動，爲門户之計。"娥親曰："父母之讐，不同天地共日月者也。李壽不死，娥親視息世間，活復何求！今雖三弟早死，門户泯絶，而娥親猶在，豈可假手於人哉！若以卿心況我，則李壽不可得殺；論我之心，壽必爲我所殺明矣。"夜數磨礪所持刃訖，扼腕切齒，悲涕長歎，家人及鄰里咸共笑之。娥親謂左右曰："卿等笑我，直以我女弱不能殺壽故也。要當以壽頸血污此刀刃，令汝輩見之。"

這一段其實是先抑後揚手法，盡寫其欲報仇的艱難和不易，從而烘托後文殺壽的結果。其中對人物語言的描摹也很生動，讀之如聞其聲。同時，這也是刻畫龐娥親性格的重要段落，不僅表現出她性格中堅忍不拔的剛烈一面，而如"悲涕長歎"及其上文中對其"愴然隕涕"的描寫，又表現出作爲一個弱女子心靈脆弱的

（接上頁）赦得免州郡歎貴刊石表閭"裴注、《北堂書鈔》卷一二三《武功部十一·刀三十五》"市刀都亭"引一條，作皇甫謐《烈女傳》，四庫本《北堂書鈔》卷一二三引作《列女傳》，從《三國志》卷一八裴注引。

一面。

然後敘寫龐娥親堅持己見，“棄家事，乘鹿車伺壽”，等待時機。最後機會終於來臨，龐娥親遇李壽於都亭，情節上揚而至其極，接着便詳盡敘述龐娥親殺李壽的過程：

> 至光和二年二月上旬，以白日清時，於都亭之前，與壽相遇，便下車扣壽馬，叱之。壽驚愕，廻馬欲走。娥親奮刀砍之，并傷其馬。馬驚，壽擠道邊溝中。娥親尋復就地斫之，探中樹蘭，折所持刀。壽被創未死，娥親因前欲取壽所佩刀殺壽，壽護刀瞋目大呼，跳梁而起。娥親廼挺身奮手，左抵其額，右樁其喉，反覆盤旋，應手而倒。遂拔其刀以截壽頭，持詣都亭，歸罪有司，徐步詣獄，辭顔不變……

之後，情節轉折回落，娥親投案自首，漢陽尹“弛法縱之”而自己解印去官，人物命運，再生懸念。娥親堅持己見，應被依法治罪，都尉也不聽其所言而將她强送回家，疑雲仍存。傳末，龐娥親没有因殺李壽被刑，反而皆稱其烈，受到各種旌表。

《龐子夏妻娥親傳》生動委曲，細膩詳盡的敘事建構，與“燕昵之詞，媟狎之態，細微曲折，摹繪如生”[①]的小説相比，也毫不遜色。如《龐子夏妻娥親傳》之類的復仇故事，唐人傳奇中亦不乏其類，如《謝小娥傳》，將《龐子夏妻娥親傳》與之并

---

① 紀昀《閱微草堂筆記》卷一八《姑妄聽之四》卷末盛時彦《跋》引紀昀語，上海古籍出版社1980年，第472頁。

置而觀，二者亦在伯仲之間。其實，正如《宋兩朝藝文志》傳記序所説："傳記之作……收摭益細，而通之於小説。"① 换言之，中國古代的小説，正是在此類雜傳中孕生、發育並最終脱胎而出。

第二節　顯揚郡望：習鑿齒與《襄陽耆舊記》

習鑿齒，字彦威，襄陽人，東晉著名文人，以博學洽聞著稱於時，以著《漢晉春秋》《襄陽耆舊記》而享名後世。習鑿齒，《晉書》卷八二雖有傳，然其所載，止於生平大略，且多語焉不詳，關於其生平行跡的諸多問題，有待釐清，而歷代以來，又少有人留意與問津。而其雜傳之作《襄陽耆舊記》，又是兩晋雜傳中"郡國之書"的代表性作品，傳人敘事亦頗有特點，值得注意。故本節首先擬摭拾相關史料，在考述其生平行跡的基礎上，也將對《襄陽耆舊記》略加辨析。

一、家世及生卒年考

（一）家世考：《晉書》卷八二《習鑿齒傳》載："習鑿齒，字彦威，襄陽人也。宗族富盛，世爲鄉豪。"僅言其"宗族富盛，世爲鄉豪"，並未言及其父祖及家族世系。

習氏在魏晉南北朝並不是世族大家，鑿齒父祖恐於當世默

①《宋兩朝藝文志》傳記序，見《文獻通考·經籍考》雜史各門總雜傳類序引，華東師範大學出版社 1985 年，第 537 頁。

默無聞，不見於經傳史籍，其宗族影響，當僅限於襄陽，以致王獻之要以寒士目之，不願與他併榻而坐。據《世説新語·忿狷》第6條載："王令詣謝公，值習鑿齒已在坐，當與併榻。王徙倚不坐，公引之與對榻。去後，語胡兒曰：'子敬實自清立，但人爲爾多矜咳，殊足損其自然。'"此條之下，劉孝標注引劉謙之《晉紀》曰："王獻之性甚整峻，不交非類。"所謂"不交非類"，主要是就門第出身而言，關於此點，余嘉錫先生所言就道出了實質，他説："習鑿齒人才學問獨出冠時，而子敬不與之并榻，鄙其出身寒士，且有足疾耳。所謂'不交非類'者如此。非孔子'無友不如己者'之謂也。"① 所以，王獻之不願與之并榻而坐，主要在於門第的不同，王獻之出於當時顯赫的世族高門王氏，習鑿齒的出身門第與之相比，就顯得寒微了。

宋樂史《太平寰宇記》卷一四五《山南東道四·襄州》云："習郁池在縣（指襄陽縣）東南十五里，《襄陽記》云：'峴南八百步西，下道百步，有習家魚池。郁將死，勑其長子葬於池側。池中起釣臺尚在。'按郁即鑿齒之先也，餘事蹟見鹿門廟。"又云："鹿門廟，習鑿齒《襄陽記》云：'習郁爲侍中時，從光武幸黎丘，與武帝通夢，見蘇嶺山神，光武嘉之，拜大鴻臚，録其前後功封襄陽侯。使立蘇嶺之祠，刻二石鹿夾祠神道，百姓謂爲鹿門廟。'"此處所記，言習郁爲侍中從光武幸黎丘，則其當生於漢世。據《藝文類聚》卷四九《職官部五·鴻臚》引習

① 劉義慶撰，劉孝標注，余嘉錫箋疏，周祖謨等整理《世説新語箋疏》卷下《忿狷第三十一》第6條，上海古籍出版社1996年，第888頁。

鑿齒《襄陽耆舊傳》:“習郁爲侍中時,從光武幸黎丘,與帝通夢,見蘇山神。光武嘉之,拜大鴻臚,録其前後功封襄陽侯,使立蘇嶺祠,刻二石鹿俠神道,百姓謂之鹿門廟,或呼蘇嶺山爲鹿門山。”故習郁當是東漢光武時人,而此習郁,因封襄陽侯,恐即兩晉南北朝襄陽習氏“宗族富盛,世爲鄉豪”之源,習鑿齒當出此家族,或亦當爲其後。宋祝穆撰《方輿勝覽》卷三二《京西路·襄陽府》中“習家池”條下注引《襄陽記》時説:“峴山南有習郁大魚池,依范蠡養魚法,當中築一釣臺,將亡,敕其兒曰:‘必葬我近魚池。’山季倫每臨此,必大醉而歸。按:郁,後漢人,封襄陽公,即鑿齒之先也。”則祝穆之言,可爲一證。

漢晉間襄陽習氏賢達人物,除習郁外,還有習融、習温、習禎、習嘏、習竺。今檢相關史料,條列如下:

習融,東漢人,習郁父。宛本《説郛》卷五八上輯録《襄陽耆舊傳》“習融”條云:“後漢習融,襄陽人,有德行,不仕。子郁字文通,爲黄門侍郎,封襄陽公。”

習温,其父爲習珍,《湖廣通志》卷五四《人物志·襄陽府》云:“習温襄陽人,珍之子。”曾爲荆州大公平令,子宇,爲執法郎。《太平御覽》卷四四四《人事部八十五·知人下》引《襄陽耆舊傳》云:“潘記見温習十數歲時,曰:‘此兒名士,必爲吾州里議主。’勅子弟與善,温後果爲荆州大公平令。”(温習當作習温,四庫本《太平御覽》引大公平令作太守)宛本《説郛》卷五八上《襄陽耆舊傳》“習温”條又云:“習温識度廣大,歷長沙、武昌太守,選曹尚書,廣州刺史,從容朝位三十年,不立名跡，不結權豪，飲酒一石乃醉，有別業在洛上，每休沭，常宴其中。長子宇，執法郎，曾取急趨車乘，道從甚盛，温怒杖責之曰：'吾聞生於亂世，貴而能貧，始可以亡患，況復以侈靡競乎。'"

習禎，三國時蜀人，曾爲雒、郫令，廣漢太守。子忠，忠子隆，爲步兵校尉。《三國志》卷四五《蜀書·楊戲傳》贊云："文祥名禎，襄陽人也。隨先主入蜀，歷雒、郫令，南廣漢太守。失其行事，子忠官至尚書郎。"其下裴注《襄陽記》曰："習禎有風流，善談論，名亞龐統，而在馬良之右。子忠，亦有名。忠子隆，爲步兵校尉，掌校祕書。"

習竺，三國時蜀人，爲劉備治中。《小名録》卷上引《襄陽耆舊傳》云："習竺字文暉，爲劉備治中，與劉升在公安同硯席。"

習嘏，晉人，爲征南功曹，記室參軍，深受山簡器重。《北堂書鈔》卷六八《設官部二十·功曹一百三十九》"止舉大綱不拘文法"引《襄陽耆舊記》云："習嘏字彦玄，山簡以嘏才有文章，轉爲征南功曹，止舉大綱而已，不拘文法，簡益器之，轉爲記室參軍。"

以上所列習氏人物，均出於東漢兩晉間，所以，襄陽習氏，雖不能與王氏那樣的世家大族相比，卻也如《晉書》言，可稱"宗族富盛，世爲鄉豪"了。

（二）生年考：關於其生年，《晉書·習鑿齒傳》亦未曾提及，僅言："習鑿齒，字彦威，襄陽人也……鑿齒少有志氣，博學洽聞，以文筆著稱。"那麽，習鑿齒到底生於何年呢？

《世説新語·文學》第80條言及習鑿齒爲桓温治中時的年

齡，其云:“習鑿齒史才不常，宣武甚器之，未三十，便用爲荆州治中……”知習鑿齒爲桓温治中時，尚不滿三十歲。言“未三十”，則去三十不遠，當在一二年間。所以，只要確定習鑿齒在何年爲桓温治中，就可推知習鑿齒的大致生年。

據《晉書·習鑿齒傳》:“荆州刺史桓温辟爲從事，江夏相袁喬深器之，數稱其才於温。轉西曹主簿，親遇隆密。”可見，桓温辟習鑿齒，初爲從事，後又轉爲西曹主簿。《晉書》卷八《穆帝紀》云:“永和元年……庚辰，以輔國將軍、徐州刺史桓温爲安西將軍，持節都督荆、司、雍、益、梁、寧六州諸軍事。”唐余知古《渚宫舊事》卷五《晉代》亦云:“桓温，穆帝永和元年，自徐州刺史代庾翼爲荆州征西將軍，都督荆、雍、梁、益六州，辟習鑿齒爲西曹主簿。”可知，穆帝永和元年（345），桓温代庾翼爲荆州征西將軍，都督荆、司、雍、益、梁、寧六州時，即辟習鑿齒爲從事。又，《世説新語·文學》第80條劉孝標注引《續晉陽秋》云:“鑿齒少而博學，才情秀逸，温甚奇之。自州從事歲中三轉至治中……”則習鑿齒在桓温代庾翼出鎮荆州的永和元年（345），即辟習鑿齒爲從事，也就是在這一年之中，由於桓温稱賞習鑿齒之才，對之“親遇甚密”，習鑿齒由此“歲中三轉”，由從事至西曹主簿，再至治中。所以，《世説新語·文學》第80條所云“未三十，便用爲荆州治中”，當是在桓温代庾翼爲荆州征西將軍、都督六州軍事之年，亦即永和元年（345）。

穆帝永和元年（345），習鑿齒未滿三十歲。由此可知，習鑿齒當生於晉湣帝建興三年（315）之後的一二年内。

（三）卒年考：關於習鑿齒卒年，《晉書·習鑿齒傳》未曾提及，其他兩晉南北朝史籍亦未有言及者，唯唐許嵩所撰《建康實録》有明確記載，卷九《晉·烈宗孝武皇帝》於“太元九年”下載曰：“冬十月辛亥朔，日有食之，己丑，以玄象乖度，大赦天下，中書侍郎車胤上表議立明堂，辟雍事。庚午，僞秦青州刺史苻朗來降，是月，前滎陽太守習鑿齒卒。”此是關於習鑿齒卒年最爲明確的記載。許嵩去兩晉未遠，關於習鑿齒的生平史料，其時應比較豐富，故其所記，當比較可靠。這也可從《晉書》等其他史籍對習鑿齒去世的相關文字記載中得到佐證。

《晉書·習鑿齒傳》云：“及襄陽陷於苻堅，堅素聞其名，與道安俱輿而致焉。既見，與語，大悦之。賜遺甚厚，又以其蹇疾，與諸鎮書：‘昔晉氏平吴，利在二陸，今破漢南，獲士裁一人有半耳。’俄以疾歸襄陽，尋而襄鄧反正，朝廷欲徵鑿齒，使典國史，會卒，不果。”《晉書》此處言及習鑿齒卒於晉重新攻取襄陽之後。《通志》卷一二九下《列傳第四十二下·習鑿齒傳》所載，與《晉書》相類，亦云：“後以腳疾，遂廢於里巷。及襄陽陷於苻堅，堅素聞其名，與道安輿而致焉。既見，與語，大悦之，賜遺甚厚。又以其蹇疾，與諸鎮書稱：‘昔晉氏平吴，利在二陸，今破漢南獲士裁一人有半耳。’俄以疾歸襄陽，尋而襄鄧反正，朝廷欲召鑿齒使典國史，會卒，不果。”

據《晉書·習鑿齒傳》所言可知，習鑿齒去世，是在晉重新奪回襄陽後不久。那麼，晉是在哪一年失襄陽，又是在哪一年重新奪回襄陽的呢？據《晉書》卷九《孝武帝紀》載：“（太元）四年春正月辛酉，大赦，郡縣遭水旱者減租税，丙子，謁建平等七陵。二月戊午，苻堅使其子丕攻陷襄陽，執南中郎將朱序。"《晉書》卷一一三《載記第十三·苻堅上》亦云："太元四年，晉兗州刺史謝玄率衆數萬次於泗汭，將救彭城。苻丕陷襄陽。"則苻堅之子攻取襄陽，晉失襄陽，是在太元四年（379）。又據《晉書》卷九《孝武帝紀》載："（太元）九年……夏四月己卯，增置太學生百人。封張天錫爲西平公。使竟陵太守趙統伐襄陽，克之。"則晉重新奪回襄陽是在太元九年（384）四月。重新奪回襄陽後，晉王朝欲重新起用習鑿齒典國史，而習鑿齒卒。

前秦攻取襄陽，習鑿齒時居襄陽，由於苻堅久聞其名，對其才華、學問頗爲仰慕，攻取襄陽後，輿載而歸，把獲得釋道安與習鑿齒，看作是攻取襄陽的最大收穫，並把此事與晉平吴獲二陸等量齊觀。《十六國春秋》卷三七《前秦録五·苻堅中》載："太史奏有星見於外國之分，當有聖人入輔中國，得之者昌。堅曰：'朕聞西域有鳩摩羅什，襄國有釋道安，神清氣足，方欲致之，以輔朕躬。'並遣求之。習鑿齒以腳疾廢於里巷，堅素聞其名，與道安俱輿而致焉。既見，與語，大悦之，賜遺甚厚。又以其蹇疾，與諸鎮書曰：'昔晉氏平吴，利在二陸，今破漢南，獲士裁一人有半耳。'"唐許嵩《建康實録》卷九《晉·烈宗孝武皇帝》"太元九年"下載亦云："鑿齒尋以腳疾廢居於里巷，及苻堅陷襄陽，與道安俱獲於秦，秦主與語，大悦，賜遺甚厚。又以其蹇疾，與諸鎮書曰：'昔晉氏平吴，利在二陸，今破漢南，獲士裁一人有半爾。'"

由於苻堅對習鑿齒的推重，使本來就名聲遠播的習鑿齒更加著名，也使東晉統治者意識道習鑿齒的價值，故在重新奪回襄陽後，立即徵召習鑿齒典國史當在情理之中。所以，晉於太元九年（384）四月奪回襄陽後不久，就當下詔徵召習鑿齒，然而，還未及成行，其年十月，習鑿齒便去世了。許嵩《建康實録》所記，應當是近實與可靠的。

習鑿齒生於晉湣帝建興三年（315）之後的一二年間，卒於晉孝武帝太元九年（384），故其享年當近七十歲。

二、生平行跡略考

（一）爲桓温從事，西曹主簿，治中，累遷别駕：穆帝永和元年（345），桓温代庾翼爲荆州征西將軍、都督六州時，即辟習鑿齒爲從事（詳考見前生年考），在這一年之中，由於桓温稱賞習鑿齒之才，對之“親遇隆密”，習鑿齒由此“歲中三轉”，由從事至西曹主簿，再至治中。如此親遇，習鑿齒對桓温的知遇之恩滿懷感激，《世説新語·文學》第80條引其謝箋云：“不遇明公，荆州老從事耳！”

另外，習鑿齒能“歲中三轉”，由從事而爲治中，一方面固然是桓温之親遇，一方面也與袁喬的稱賞和推薦有關。據《晉書·習鑿齒傳》言，習鑿齒爲桓温從事時，“江夏相袁喬深器之，數稱其才於温”，袁喬對其才華稱賞有加，並於桓温前多次表達賞譽之意，由此桓温拔其爲西曹主簿。袁喬，博學有文，桓温辟爲司馬，不就。後拜尚書郎，建武將軍，江夏相，佐温平蜀有功，進龍驤將軍。

《晉書·習鑿齒傳》又言:“累遷别駕。温出征伐，鑿齒或從或守，所在任職，每處機要，蒞事有績。善尺牘論議，温甚器遇之。”可見，由於習鑿齒“蒞事有績”，又善“尺牘論議”，以自己的才華和努力，後又再次得到桓温的拔擢，累遷至别駕。

（二）左遷户曹參軍，出爲衡陽太守：桓温對習鑿齒態度的改變，由器遇到疏遠，是由於習鑿齒對後來成爲皇帝即晉簡文帝的司馬昱的評價引發的，當然，這只是表面因由，其背後的真實原因是此時桓温已生“覬覦非望”之心，並希望得到習鑿齒的支持，但習鑿齒卻對此持反對態度，習鑿齒後來著《漢晉春秋》也正導源於此。《晉書·習鑿齒傳》云:“後使至京師，簡文亦雅重焉，既還，温問:‘相王何似?’答曰:‘生平所未見。’以此大忤温旨，左遷户曹參軍。”左遷户曹參軍，是習鑿齒一生的轉折點，那麽，此事發生於何年呢?

《晉書》習鑿齒本傳敘桓温問習鑿齒對司馬昱的看法，桓温未稱司馬昱爲帝，而稱其爲“相王”，則由此可知，習鑿齒使至京師時，是在司馬昱爲丞相期間。據《晉書》卷九《簡文帝紀》載:“太和元年，進位丞相録尚書事，入朝不趨，贊拜不名，劍履上殿，給羽葆鼓吹班劍六十人，又固讓。”又載:“咸安元年冬十一月己酉，即皇帝位。”則司馬昱爲丞相，是在太和元年（366）至其登基的太和六年（371）亦即咸安元年之間。習鑿齒使至京師，與司馬昱相見，當在此期間。

又,《晉書·習鑿齒傳》載:“初，鑿齒與其二舅羅崇、羅友俱爲州從事，及遷别駕，以坐越舅右，屢經陳請，温後激怒既盛，乃超拔其二舅相繼爲襄陽都督，出鑿齒爲滎陽太守。”羅崇與羅友二人均爲習鑿齒舅父，三人同在桓温幕。習鑿齒左遷户曹參軍，當在出爲郡守之前，亦當在其舅父相繼爲襄陽都督前後。

《晉書》卷八《海西公紀》言及："（太和）二年春正月，北中郎將庾稀有罪，走入於海。夏四月，慕容暐將慕容塵寇，竟陵太守羅崇擊破之。"《十六國春秋》卷二八《前燕録六・慕容暐上》亦云："建熙八年春二月，撫軍將軍下邳王厲、鎮北將軍宜都王桓襲敕勒。夏四月，鎮南將軍塵攻竟陵，太守羅崇（一作宗）擊破之……六月，晉右將軍、荆州刺史桓豁、竟陵太守羅崇攻宛城，拔之。"從以上二條資料可知，羅崇在太和二年（367），亦即前燕建熙八年已爲竟陵太守。如果羅崇在太和二年（367）春正月已爲竟陵太守，則桓温盛怒而超拔其二舅相繼爲襄陽都督，出其爲郡守，當在羅崇爲竟陵太守以前，即至少應在太和二年（367）春正月以前。而根據《晉書・簡文帝紀》相關資料，習鑿齒至京師見簡文帝的時間，是在簡文帝爲丞相期間，即只能是在太和年間（366—371）。所以，綜合以上史料，習鑿齒左遷户曹參軍，出爲郡守，這一時間只能是在太和元年（366）。

桓温的疏遠，對習鑿齒打擊巨大，《世説新語・文學》第80條云："習鑿齒史才不常……後至都見簡文，返命，宣武問：'見相王何如？'答云：'一生不曾見此人。'從此忤旨，出爲衡陽郡，性理遂錯……"這裏所云"性理遂錯"，恐怕是指其人生態度的改變。不僅如此，此事也使習鑿齒改變了對桓温的態度，由此前的感激知遇而爲著書斥責其"非望"之想。

另外，這裏還要對《晉書·習鑿齒傳》中的“出鑿齒爲滎陽太守”略作説明。

除《晉書·習鑿齒傳》外,《建康實録》卷九《晉·烈宗孝武皇帝》、《通志》卷一〇二九下《列傳第四十二下·習鑿齒傳》等，均稱習鑿齒忤桓温旨，出爲“滎陽太守”。而《世説新語·文學》及劉孝標注引《續晉陽秋》及《元和姓纂》稱其爲衡陽太守,《世説新語·文學》第80條云:“習鑿齒史才不常……後至都見簡文，返命，宣武問:‘見相王何如。’答云:‘一生不曾見此人。’從此忤旨，出爲衡陽郡。”其下劉孝標注引《續晉陽秋》云:“鑿齒少而博學，才情秀逸，温甚奇之。自州從事，歲中三轉至治中。後以忤旨，左遷户曹參軍、衡陽太守。”《元和姓纂》卷一〇云:“晉衡陽太守習鑿齒，著《漢晉春秋》五十四卷。”

習鑿齒到底是出爲滎陽太守還是衡陽太守，後世學界亦有兩種意見。清王太嶽等所撰《四庫全書考證》認爲是滎陽太守，其書卷四七《經義考下(史部)》云:“習氏《漢晉陽秋》、檀道鸞曰:‘鑿齒以忤旨，左遷户曹參軍、滎陽太守。’刊本滎訛衡，蓋沿《世説新語》之誤，今據《晉書》改。”而彭大翼、吴士鑑、程炎震、余嘉錫等認爲應是衡陽太守，彭大翼《山堂肆考》卷七三“在郡獻傳”條云:“又晉習鑿齒爲衡陽太守，在郡著《晉漢春秋》，斥桓温覬覦之心。”余嘉錫《世説新語箋疏》云:“程炎震云:‘宋本衡作滎。《晉書·習鑿齒傳》亦作滎。與宋本同。然滎陽屬司州，自穆帝末已陷没，至太元間始復。温時不得置守，亦别無僑郡，當作衡陽爲是。’《晉書》本傳作‘滎陽太守’，吴士鑑注云：‘《元和姓纂》十作衡陽。是時司州非晉所有，滎陽當是衡陽之誤。’《隋志》有晉滎陽太守《習鑿齒集》五卷。”[1] 余嘉錫等所云甚是，故習鑿齒當是衡陽太守而非滎陽太守，王太嶽等所撰《四庫全書考證》據《晉書》而改《世説新語》，誤。

（三）罷郡之年：習鑿齒於衡陽太守任上，如《晉書·習鑿齒傳》所説，有見於桓温的覬覦之心日顯，“鑿齒在郡，著《漢晉春秋》以裁正之”，完成了《漢晉春秋》一書的著述。《晉書》本傳又言其“後以腳疾，遂廢於里巷”，罷郡歸襄陽是習鑿齒人生旅程的又一重要時刻，從此，習鑿齒開始了在襄陽老家的隱居生活。罷郡之年，《晉書·習鑿齒傳》没有述及，那麼，習鑿齒又是在何年罷郡歸襄陽的呢？

《晉書·習鑿齒傳》言及：“温弟祕亦有才氣，素與鑿齒相親善，鑿齒既罷郡歸，與祕書曰：‘吾以去五月三日來達襄陽，觸目悲感，略無歡情，痛惻之事，故非書言之所能具也……’”從“吾以去五月三日來達襄陽”一語可知，習鑿齒罷郡回到襄陽後的第二年，給桓祕寫了此封信函。

習鑿齒於信中又曰：“焉知今日之才，不如疇辰，百年之後，吾與足下不并爲景升乎？”景升，當指劉表，劉表字景升。據《三國志》卷六《劉表傳》，劉表出仕前爲當時名士，名列其時的“八顧”“八及”之列。習鑿齒將自己與桓祕比作劉表，以

① 劉義慶撰，劉孝標注，余嘉錫箋疏，周祖謨等整理《世説新語箋疏》上卷下《文學第四》第80條箋疏，上海古籍出版社1996年，第259頁。

劉表之才許己許人，則可推知，其時二人都當隱居不仕，且流露出惺惺相惜之意。據《晉書》卷七四《桓彝傳》附《桓祕傳》及卷九《孝武帝紀》，桓祕於晉孝武帝寧康元年（373）二月，因盧竦事件被桓温免官，閒居宛陵，又因參與桓温卒時謀廢桓沖事（寧康元年七月，桓温卒）而被"廢棄"，從此隱居不仕。故習鑿齒的此封《與桓祕書》，當作於寧康元年七月以後，則習鑿齒或當在寧康元年（373）前後罷郡歸襄陽。限於没有明確的資料爲證，習鑿齒罷郡之年，尚有待進一步明確。

（四）苻堅獲習鑿齒年:《晉書·習鑿齒傳》載云:"及襄陽陷於苻堅，堅素聞其名，與道安俱輿而致焉。既見，與語，大悦之，賜遺甚厚。"言苻堅攻陷襄陽，即將習鑿齒與釋道安輿載至長安。許嵩《建康實録》卷九《晉·烈宗孝武皇帝》亦稱:"鑿齒尋以腳疾廢居於里巷，及苻堅陷襄陽，與道安俱獲於秦。秦主與語，大悦，賜遣甚厚。"另外，與習鑿齒、釋道安一起被送往長安的，還有晉襄陽守將朱序，《十六國春秋》卷四二《前秦録十·釋道安》載:"堅素聞安名，每云:'襄陽有釋道安，是神氣清足，方欲致之，以輔朕躬。'後遣苻丕南攻襄陽，安與朱序俱獲，送於堅。"慧皎《高僧傳》卷五《釋道安傳》所載與《十六國春秋》一致:"時苻堅素聞安名，每云:'襄陽有釋道安，足神器，方欲致之，以輔朕躬。'後遣符丕南攻襄陽，安與朱序俱獲於堅。"

又據《晉書》卷九《孝武帝紀》及《晉書》卷一一三《苻堅上》載，前秦陷襄陽，是在晉太元四年（379），則苻堅獲習鑿齒及釋道安，亦當在晉太元四年（379）。其時，苻堅將習鑿齒、釋道安及被俘的東晉將領朱序一起，“輿載”至長安，並與之談論，且甚爲融洽，因而有“獲士一人有半”之歎。習鑿齒當在長安停留了一段時間，然後回到襄陽，據《十六國春秋》卷三七《前秦録五・苻堅中》言其“俄以疾歸襄陽”，而許嵩則言“後苻堅敗，歸襄陽”，或此二者皆而有之，總之，無論什麼原因，習鑿齒當在晉太元九年（384）以前，返回襄陽。

苻堅獲得習鑿齒是在晉孝武帝太元四年（379），而其産生這一想法，卻是在晉太元二年（377）。據《十六國春秋》卷三七《前秦録五・苻堅中》云：“建元十三年春……太史奏有星見於外國之分，當有聖人入輔中國，得之者昌。堅曰：‘朕聞西域有鳩摩羅什，襄國有釋道安，神清氣足，方欲致之，以輔朕躬。’”從此條可知，苻堅於前秦建元十三年亦即晉太元二年（377）因太史之言，就産生了要延致釋道安與習鑿齒的想法。

三、著述考

習鑿齒著述，多已散佚，見諸史籍著録及稱引者，有《漢晉春秋》《襄陽耆舊記》《逸民高士傳》，另有詩文集一部，現分别考述如下：

《漢晉春秋》：習鑿齒《漢晉春秋》，《隋書・經籍志》史部編年類著録，“四十七卷”，《舊唐書・經籍志》《新唐書・藝文志》等著録，均言“五十四卷”。《晉書・習鑿齒傳》亦言及其著此書，且説明著述因由：“是時温覬覦非望，鑿齒在郡，著《漢晉春秋》以裁正之，起漢光武，終於晉湣帝，於三國之時，蜀以宗室爲正，魏武雖受漢禪，晉尚爲篡逆，至文帝平蜀，乃爲漢亡而晉始興焉。引世祖諱炎興而爲禪受，明天心不可以勢力强也，凡五十四卷。”

誠如《晉書·習鑿齒傳》所言，習鑿齒著《漢晉春秋》的目的，是爲了斥責桓温的覬覦之心，這一點，體現在他精心設計的以蜀爲正統的義例中，對後世影響甚巨。宋蕭常《續後漢書》載周必大《續後漢書原序》在述及此書時，就説：“習鑿齒作《漢晉春秋》，起光武終湣帝，以蜀爲正，魏爲篡。謂漢亡僅一二年，則已爲晉炎興之名，天實命之，是蓋公論也……劉知幾《史通》云備王道則曹逆而劉順；近世歐陽修議正統不黜魏，其賓客章望之著《明統論》辨之，見於國史；張栻《經世紀年》直以先主上繼獻帝，爲漢而附魏吴於下方，皆是物也。”於此可見一斑。

《漢晉春秋》亦足見習鑿齒之史才，唐劉知幾對兩晉南北朝時的一系列有關漢晉歷史的史著，一概貶斥，唯對習鑿齒《漢晉春秋》一書，有稱賞之意，他在《史通》卷四《論贊》第九中説：“沈約、臧榮緒、蕭子顯抑其次也，孫安國都無足採，習鑿齒時有可觀……”在《史通》卷七《直書》第二十四又説：“當宣、景開基之始，曹、馬搆紛之際，或列營渭曲，見屈武侯，或發仗雲臺，取傷成濟。陳壽、王隱咸杜口而無言，陸機、虞預各栖毫而靡述，至習鑿齒乃申以死葛走達之説，抽戈犯蹕之言。歷代厚誣，一朝如雪。”

習鑿齒《漢晉春秋》一書已佚，宋蕭常《續後漢書》載周必大《續後漢書原序》云：“然五十四卷，徒見於《唐藝文志》、本朝《太平御覽》之目，逮仁宗時，修《崇文總目》，其書已逸，或謂世亦有之而未之見也。幸《晉史》載所著論千三百餘言，大旨昭然。”則可知至宋代修《崇文總目》之時，《漢晉春秋》已難見到，故其當佚於宋世。今有黄奭、王仁俊、湯球三家輯本；黄奭據諸書採得九十餘節，録於《漢學堂叢書》及《黄氏逸書考》之《子史鉤沈》；湯球輯得一百餘節，定爲一卷，録於《廣雅書局叢書》之《史學》中，王仁俊據《後漢書》之《志第二十·郡國二》劉昭注採得一節，録於《玉函山房輯佚書續編》中。

《襄陽耆舊記》：習鑿齒《襄陽耆舊記》，歷代史志書目著録和諸書徵引題名不一，或稱《襄陽耆舊記》，或稱《襄陽耆舊傳》。《隋書·經籍志》史部雜傳類著録稱《襄陽耆舊記》，《舊唐書·經籍志》《新唐書·藝文志》史部雜傳類著録稱《襄陽耆舊傳》。唐代以後書目中，《郡齋讀書志》《宋史·藝文志》《文獻通考·經籍考》《玉海》等稱《襄陽耆舊記》；而《崇文總目》《直齋書録解題》等稱《襄陽耆舊傳》。均言“五卷”，晁公武云：“前載襄陽人物，中載其山川城邑，後載其牧守。《隋經籍志》曰《耆舊記》，《唐藝文志》曰《耆舊傳》，觀其書，紀録叢脞，非傳體也，名當從《經籍志》云。”① 晁氏所言“名當從《經籍志》”是在理之言，而其言非傳體則值得商榷。《玉海·藝文》地理類引《中興書目》又云：“（此書）載先賢事蹟及山川地理，末有賀鑄題，疑記述無倫貫，非全書云。”章宗源説：“《續漢郡

① 晁公武撰，孫猛校證《郡齋讀書志校證》卷九傳記類“《襄陽耆舊記》”條，上海古籍出版社 1990 年，第 364—365 頁。

國志》注‘蔡陽有松子亭，下有神陂’引《襄陽耆舊傳》，《文選》《南都賦》注同引之，則稱《耆舊記》，劉昭生處梁代，其所見在《隋志》前，則知稱傳之名，其來久矣。《三國志》注多省文，稱《襄陽記》(《水經注》《後漢書》注亦同省文)”①。

由此可知，習鑿齒此書，不僅記録先賢人物，亦載山川地理，稱傳或記，均自有出處，在於側重不同，由於原書已佚，難知其原名，其名今從《隋書·經籍志》，定爲《襄陽耆舊記》。

《襄陽耆舊記》一書已佚，涵本《説郛》摘引三人事蹟，宛本《説郛》輯存十八人事蹟，涵本《説郛》首節述黄承彦説諸葛亮娶婦事，宛本《説郛》亦載，餘二節分别述民間私祭諸葛亮事和荀巨伯事，爲諸本所無。《五朝小説》《五朝小説大觀》《舊小説甲集》各存數節，不出宛本《説郛》所載。今有任兆麟校本、杜文瀾、王仁俊、吴慶燾三家輯本。任兆麟校本前有明人陸長庚序云：“紹熙初，太守吴琚刻於郡齋，泯滅久，郡無得而覯焉。司寇胡公價，初令臨海，得於學士，先生梓以歸，前載人物，中載山川、城邑，後載牧守。”任兆麟序云：“余家藏有《襄陽耆舊傳》一册，亦習氏所著，前神宗時郡齋刊本。考原書，前載人物，中載山川、城邑，後載牧守。《隋志》稱記，《唐志》始稱傳，今本不載山川、城邑……”②任兆麟校本後有

① 章宗源《隋書經籍志考證》卷一三史部雜傳類習鑿齒“《襄陽耆舊記》五卷”條，開明書店《二十五史補編》第4册，中華書局1998年，第82頁上。

② 陸長庚《襄陽耆舊記·序》、任兆麟《襄陽耆舊記·序》，均見心齋十種本《襄陽耆舊記》，乾隆五十三年（1788）刊本。

周中孚跋語，其云："此本前有明萬曆癸巳陸長庚舊序，稱《襄陽耆舊傳》，紹熙初太守吴琚刻於郡齋，泯滅久，郡無得而覯焉。宣城胡價初得於臨海，梓以歸，前載人物，中載山川、城邑，後載牧守云云。是價初梓與晁氏說合，當屬宋人本。而是本止三卷，前二卷爲人物，凡三十二人，後一卷爲牧宰，凡十人……則又與長庚所序胡刊本不合。夫文田所藏亦即胡本，疑原本已亡其山川、城邑二卷。"[①] 可見，任校本出於陸氏本，缺山川、城邑二卷。任氏在此基礎上"補正數處"[②]，杜文瀾"從任氏本録之"，載於《曼陀羅華閣叢書》之《古謡諺》卷一九；王仁俊據《稽瑞》採得一節，敘黄穆事蹟，爲諸本所無，録於《玉函山房輯佚書補編》和《經籍佚文》中，《補編》所録簡略，而《經籍佚文》較詳。吴慶燾又以任兆麟心齋本爲底本，又"搜輯群書，得若干事，釐爲二卷，以補任本山川、城邑之闕。外補入人物、牧守者復得數事。其有一事而徵引各殊者，别爲考異一卷"[③]。另外，王謨、王仁俊又輯有《襄陽記》，實亦爲習鑿齒《襄陽耆舊記》，王謨所輯録於《增訂漢魏叢書》中，王仁俊所輯録於《玉函山房輯佚書補編》中。

今人黄惠賢又對《襄陽耆舊記》作了校訂、輯補，"在人物、守宰的三卷，以《心齋十種》本爲底本，參考吴慶燾本，

① 周中孚《鄭堂讀書記》卷二三史部九傳記類二"《襄陽耆舊記》"條，商務印書館 1959 年，第 470 頁。

② 任兆麟《襄陽耆舊記·序》，見心齋十種本《襄陽耆舊記》，乾隆五十三年（1788）刊本。

③ 吴慶燾《襄陽耆舊記·序》，見吴慶燾校録《襄陽耆舊記》，清光緒二十五年（1899）刊本。

着重於校勘；山川、城邑二卷，參考清人王謨輯習鑿齒《襄陽記》和吴本，着重在於輯補，附帶作點校勘"[①]，由中州古籍出版社出版。今據諸書徵引，檢得宋玉、秦豐、田戎、陳義、習郁、習温、龐德公、龐山民、龐渙、司馬徽、龐林婦、龐統、黄穆、黄奂、胡宜、胡廣、王昌、習竺、黄承彦、諸葛亮、馬謖、董恢、羅憲、向朗、向條、向充、潘記、習珎、李衡、張悌、楊顒、習禎、習嘏、潘祕、羅尚、秦頡、張他、張忠、蔡瑁、王諶、胡烈、羊祜、杜預、山簡、劉弘四十五人事蹟以及中正、冠蓋山、熨鬥陂、中廬山、石梁山、薤山、方山、岑山、襄陽、柤中、牽羊壇、呼鷹臺、諸葛女郎墓、松子亭、木蘭橋十五事。

《逸民高士傳》：習鑿齒《逸民高士傳》，《隋書·經籍志》無録，《舊唐書·經籍志》史部雜傳類、《新唐書·藝文志》史部雜傳記類著録習鑿齒《逸人高士傳》，"八卷"。"逸人"當因避諱改。習鑿齒《逸民高士傳》乃是踵武嵇康《聖賢高士傳贊》之作，此書當作於習鑿齒罷郡歸襄陽後，以此來顯示其高尚之志。

習鑿齒《逸民高士傳》，今佚，存文一節，見於《太平御覽》卷五三二《禮儀部一一·社稷》和《北堂書鈔》卷八七《禮儀部八·社稷十七》，《太平御覽》引作《逸民高士傳》，《北堂書鈔》引作《逸民傳》，均敘董威輦事，文略異：《太平御覽》卷五三二云："董威輦，不知何許人，忽見於洛陽白社中。"《北

① 黄惠賢《校補襄陽耆舊記·序》，見黄惠賢《校補襄陽耆舊記》，中州古籍出版社 1987 年，第 6 頁。

堂書鈔》卷八七云："《董威輦傳》云：不知何許人，其洛陽白社中。"①

《習鑿齒集》：習鑿齒有集，《隋書·經籍志》《舊唐書·經籍志》《新唐書·藝文志》《通志·藝文略》并載，"五卷"。今佚，嚴可均據諸書採得其文二十餘節，録於《全晉文》卷一三四中；馮惟訥輯得其詩一首，録於《詩紀·晉詩》卷一二中。丁福保所採與馮氏同。

四、顯揚郡望與《襄陽耆舊記》的人物傳録

在習鑿齒的著述中，有《襄陽耆舊記》與《逸民高士傳》兩部雜傳，與《漢晉春秋》"明天心不可以勢力强"的現實警醒目的不同，從題目可知，《襄陽耆舊記》與《逸民高士傳》主要在於傳録鄉邦賢達與逸人高士，應該説主要目的已不在資鑒。惜《逸民高士傳》散佚殆盡，我們無法窺知其傳録人物的方式，《襄陽耆舊記》存文較多，從其現存佚文來看，《襄陽耆舊記》對人物的傳録，重在表現人物的品格與風貌，凸顯人物的獨特個性精神。正由於此，雖爲史傳，但《襄陽耆舊記》的史傳特徵卻並不突出和鮮明，表現出明顯的異質特徵，值得注意②。

---

①《北堂書鈔》卷八七《禮儀部八·社稷十七》"威輦在白社"引一條，作習鑿齒《逸民傳》;《太平御覽》卷五三二《禮儀部十一·社稷》引一條，作習鑿齒《逸民高士傳》。

② 拙文《習鑿齒及其雜傳創作考論》（載《瀋陽師範大學學報》2008年第6期）在爬梳習鑿齒生平行事之外，亦對《襄陽耆舊記》人物傳寫特點作了粗略解析，可參看。

《襄陽耆舊記》是一部典型的“郡國之書”[①],即地方人物傳,除《襄陽耆舊記》外,兩晋時期出現了大量的郡國之書,如《益部耆舊傳》《楚國先賢傳》《零陵先賢傳》《長沙耆舊傳贊》《魯國先賢傳》《先賢行狀》《濟北先賢傳》《荆州先賢傳》《豫章舊志》《豫章舊志後撰》等等。而縱觀整個漢魏六朝時期,此類郡國之書的數量也相當可觀。這些郡國之書的撰作,多是爲了顯揚當地的地方文化傳統和誇耀當地的人傑地靈,並以此來教育子弟,肅正民風。劉知幾云:“汝、潁奇士,江、漢英靈,人物所生,載光郡國。”又説:“夫郡國之記,譜牒之書,務欲矜其州里,誇其氏族。”又説:“郡書者,矜其鄉賢,美其邦族。”[②]

基於“矜其州里,誇其氏族”“矜其鄉賢,美其邦族”的目的,郡國之書對人物的傳寫,往往多作正面褒揚,以“矜”“美”爲尚,極力稱頌與凸顯他們高潔的品行、可垂範的道德風範。可以説,郡國之書幾乎都是一律地褒揚而無貶抑,所以,劉知幾才疾其不實,但這也是可以理解的,今人張舜徽先生就説:“爲耆舊、先賢傳者,意在矜其州里;爲家傳者,意在誇其氏族。揚善隱惡,有褒無貶。所書不實,固事之常。”[③]當然,郡國之書爲了“矜其鄉賢,美其邦族”,除了極力書寫人物甚至不惜虚造讓人驕傲、值得稱道的事功之外,大多數還是通

① 魏徵等《隋書·經籍志》雜傳類序,中華書局1973年,第982頁。郡國之書主要指地方人物傳,如《益部耆舊傳》等。

② 劉知幾撰,浦起龍釋《史通通釋》卷一〇《雜述》第三十四,上海古籍出版社1978年,第274頁、第117頁、第275頁。

③ 張舜徽《史學三書平議》之《史通平議》卷三《採撰》第十五,中華書局1983年,第57頁。

過對人物個性品行的展現，刻畫出個性鮮明的人物形象來。

《襄陽耆舊記》傳寫人物，即多選取日常生活中的典型事件來展現人物的獨特個性風貌，如其傳述李衡：

> 衡字叔平，本襄陽卒家子也，漢末入吴爲武昌庶民。聞羊衜有人物之鑒，往干之。衜曰："多事之世，尚書劇曹郎才也。"是時校事郎吕壹操弄權柄，大臣畏偪，莫有敢言。衜曰："非李衡無能困之者。"遂共薦爲郎。權引見，衡口陳壹姦短數千言，權有愧色。數月，壹被誅，而衡大見顯擢。後常爲諸葛恪司馬，幹恪府事，恪被誅，求爲丹陽太守。時孫休在郡治，衡數以法繩之，妻習氏每諫衡，衡不從。會休立，衡憂懼，謂妻曰："不用卿言，以至於此。"遂欲奔魏。妻曰："不可，君本庶民耳，先帝相拔過重，既數作無禮，而復逆自猜嫌，逃叛求活，以此北歸，何面見中國人乎？"衡曰："計何所出？"妻曰："琅邪王素好善慕名，方欲自顯於天下，終不以私嫌殺君，明矣。可自囚詣獄，表列前失，顯求受罪，如此，乃當逆見優饒，非但直活而已。"衡從之，果得無患，又加威遠將軍，授以棨戟。衡每欲治家，妻輒不聽，後密遣客十人於武陵龍陽氾洲上作宅，種甘橘千株。臨死，勑兒曰："汝母惡我治家，故窮如是。然吾州里有千頭木奴，不責汝衣食，歲上一匹絹，亦可足用耳。"衡亡後二十餘日，兒以白母，母曰："此當是種甘橘也，汝家失十户客來七八年，必汝父遣爲宅，汝父恒稱太史公言：'江陵千樹橘，當封君家。'吾答曰：'且人患無德義，不患不富，若貴而能貧，方好耳，用此何爲！'"吴末，衡甘橘成，歲

得絹數千匹,家道殷足,晉咸康中,其宅上枯樹猶在。[1]

傳文主要選取了李衡一生中的三件事：一是爲郎時直陳吕壹奸佞事，二是爲丹陽太守以法繩孫休而後孫休立而懼禍事，三是密遣客於龍陽洲上種橘治家事。綜觀之，三事之中，第一件事李衡爲郎時"口陳吕壹姦短數千言"，事關治國，較爲重大，不過其着眼之處，乃在於表現其有"尚書劇曹郎"之才，凸顯其剛直品性。而其餘二事，則均爲治身理家之事，不難看出其着眼之處更在其個性風貌的呈現。值得注意的是，通過此三事，不僅生動地表現出李衡的個性品格，而且也在對比中刻畫出李衡之妻習英的生動形象。在第二事中，李衡因爲曾"數以法繩"孫休而憂懼作了皇帝的孫休會因此迫害自己，惶惶而有"奔魏"之意，而習英對其處境的分析與對策，慎密周備，表現出習英對世事的諳熟和冷静深謀。在第三事中，習英對李衡"治家"的態度以及對德義與富貴貧窮的看法，則表現出習英的明達與理識。通過此二事，一個洞徹世事、嫻理明書、才識高卓的女性躍然紙上。

《襄陽耆舊記》傳寫人物，也善於設置場景，通過人物自身的典型言行來展現人物的獨特個性品行。如上所引李衡條，第二事與第三事都是通過場景中人物自身的語言來刻畫人物的。再如其傳寫羊祜：

羊公與鄒潤甫登峴山,垂泣曰:"自有宇宙,便有此山,由

① 見《三國志》卷四八《吴書・三嗣主傳》裴松之注。

> 來賢達勝士，登此望遠，如我與卿者，多矣，皆湮滅無聞，不可得知，念此使人悲傷！我百歲後，魂魄猶當登此山。"①

羊祜"垂泣"而言"我百歲後，魂魄猶當登此山"的形象，鮮明而生動，栩栩如生，讓人覺得真實親近。另外，從羊祜對生命短促與自然無限的慨歎中透露出來的熱愛與親近自然的情懷，我們也可窺見魏晉人濃重的生命意識。

《襄陽耆舊記》也善於使用民諺、民謠來凸顯人物、評判人物。如言黄穆、黄奐兄弟二人之不同，便引用了武陵人諺："天有冬夏，人有二黄。"② 又如傳胡烈，即援引了百姓之歌："美哉明后，雋哲惟嶷。陶廣乾坤，周孔是則。文武播暢，威振遐域。"③ 再如傳山簡：

> 山季倫每臨習池，未曾不大醉而還，恒曰："我高陽池中也。"襄陽城中小兒歌之曰："山公何所去，往至高陽池。日夕

①《藝文類聚》卷三五《人部十九·泣》、《太平御覽》卷八八六《妖異部二·魂魄》各引一條，作《襄陽耆舊記》;《藝文類聚》卷七九《靈異部下·魂魄》、《古今事文類聚後集》卷二〇《肖貌部·魂魄》"魂魄登山"、《天中記》卷七《山》"峴山"各引一條，作《襄陽耆舊傳》; 從《太平御覽》卷八八六引。

②《北堂書鈔》卷七五《設官部二十七·太守中一百六十六》"神爵降"、《太平御覽》卷二二《時序部七·夏中》、《海録碎事》卷七上《聖賢人事部上·兄弟門》"二黄"、《記纂淵海》卷六四《政事部·總論政事》、《天中記》卷一七《兄弟》"二黄"、《廣博物志》卷一七《職官下》各引一條，作《襄陽耆舊傳》，從《太平御覽》卷二二引。

③《太平御覽》卷四六五《人事部一〇六·歌》引一條，作《襄陽耆舊傳》，據以輯録。

倒載歸，酩酊無所知。時時能騎馬，倒着白接離。舉鞭向葛强，何如并州兒。"①

民諺、民謡的大量使用，不僅有助於凸顯人物個性品行，而民歌獨特的地方特色，也使《襄陽耆舊記》具有了濃烈的襄陽地方風情。

第三節　文士群像的速寫：《文士傳》

《文士傳》是一部專門爲文士立傳的雜傳作品，它攝取這些文士在生活或創作中的極具個性的逸聞逸事，以繪畫中速寫式的手法，爲我們勾勒出一群有着一樣的才華和藻思，卻有着不一樣的個性和品行的文士形象。

一、《文士傳》的存佚及作者

《文士傳》，《隋書·經籍志》史部雜傳類著録《文士傳》五十卷，原題"張隱撰"，中華書局點校本《隋書》改作"張騭撰"。《舊唐書·經籍志》史部雜傳類、《新唐書·藝文志》史部雜傳記類著録《文士傳》五十卷，題"張騭撰"。王應麟《玉

①《藝文類聚》卷一九《人部三·謳謡》、《太平御覽》卷四九七《人事部一百三十八·酣醉》各引一條，作《襄陽耆舊記》；《太平御覽》卷四六五《人事部一〇六·歌》引一條，作《襄陽耆舊傳》；從《藝文類聚》卷一九引。

海》卷五八《藝文》引《新唐志》:“齊張騭《文士傳》五十卷,《文選》注引之。”引《舊唐書·經籍志》:“《文林傳》五十卷,張隱撰。”又引《中興書目》云:“《文士傳》五卷,載六國以來文人,起楚芊原,終魏阮瑀。《崇文總目》十卷,終宋謝靈運,已疑其不全,今又缺其半。”[①]其中所引新、舊《唐志》稱“齊”者和“《文林傳》”者,今本新、舊《唐志》無,不知所據何本。《宋史·藝文志》史部傳記類著録張隱《文士傳》五卷。

從以上諸史志書目著録可以看出,《文士傳》在唐代中期尚保存完整,至北宋編定《崇文總目》時就僅有十卷了,據朱迎平推測,這個十卷本大約是“經開元以來三百年間散佚後的重輯本”[②]。而到南宋編定的《中興書目》之時,則又佚失一半,餘五卷。南宋以後,《文士傳》則全部散佚,其佚文今散見於諸書徵引。

《文士傳》,宛本《説郛》卷五八輯存有十五人,《五朝小説大觀》之魏晉小説家、《古今説部叢書》二集、《舊小説》甲集各引録宛本《説郛》數節,傅增湘取宛本《説郛》所輯加以校勘。今又有黄奭、杜文瀾輯本,黄奭所採以宛本《説郛》爲主,定爲一卷,録於其《漢學堂知足齋叢書》中,杜文瀾據《太平御覽》卷四九六採得諺謡一首,又從《三國志》卷二一《魏書·王粲傳》中採得歌曲一首,稱“《文士傳佚文》”,分別録

① 王應麟《玉海》卷五八《藝文》傳類“唐《續文士傳》”條,廣陵書社2003年,第1105頁。

② 朱迎平《第一部文人傳記〈文士傳〉輯考》,《古籍整理研究學刊》1994年第6期。

於其《曼陀羅華閣叢書》卷二〇和卷八九中。王仁俊鈔録杜文瀾所輯，録於其《經籍佚文》中。以上諸本均不全備，魯迅也輯有《文士傳》一卷，共五十八人[①]，題張隱撰。今之學者朱迎平、周勳初又分别據諸書徵引採摭，並加以校勘。朱迎平輯得"五十八家八十二條"[②]，見載於《古籍整理研究學刊》，一九九四年第六期，周勳初輯得六十七人，附誤入一人（蕭介），存録於其學術文集《魏晉南北朝文學論叢》[③]。日本學者古田敬一也輯有《文士傳輯本》，未見。今檢諸書徵引，得六十四人事蹟，計有：張衡、侯瑾、劉梁、張叔序、張讃、延篤、趙壹、蔡邕、陸績、楊脩、邊讓、朱穆、孔融、禰衡、王粲、陳琳、劉楨、阮瑀、棗祗、棗據、丁廙、鄭冑、鄭曹、高岱、張儼、朱異、張純、張温、陸景、華融、阮籍、嵇康、王弼、桓驎、郭象、何楨、顧基、張華、孔輝、曹攄、夏侯湛、摯虞、杜育、左思、成公綏、束晳、顧榮、張翰、陸雲、陸機、孫丞、棘嵩、潘尼、張載、孫楚、江統、李康、華譚、賈謐、孔煒、張秉、應劭、任績、王濟。另有"離火"一條，不知所出何人。

關於《文士傳》的作者，史志書目著録和各書徵引題署則有張隱、張騭、張衡、張鄢數種。《隋書·經籍志》史部雜傳類著録時本題張隱，今人點校《隋書》，改題張騭，注云："騭原

① 《魯迅輯録古籍叢編》第三卷張隱《文士傳》，人民文學出版社1999年，第373—408頁。

② 朱迎平《第一部文人傳記〈文士傳〉輯考》，《古籍整理研究學刊》1994年第6期。

③ 周勳初《魏晉南北朝文學論叢》，江蘇古籍出版社1999年，第94—121頁。

作隱，據《魏志・王粲傳》注及《舊唐志》上、《新唐志》二改。”[①]《舊唐書・經籍志》《新唐書・藝文志》著録時題“張騭”，另外，《後漢書》卷六〇下《蔡邕傳》李注、《太平御覽》卷三五一、卷四六四、卷五一二引題“張騭《文士傳》”，鍾嶸《詩品》亦稱“張騭《文士傳》”。《初學記》卷一二、卷一七、卷一八、卷二〇、卷二五，《太平御覽》卷四〇九，《三國志》卷九《魏書・曹休傳》裴注，《北堂書鈔》卷一六〇徵引時題“張隱《文士傳》”。《三國志》卷一〇《魏書・荀彧傳》裴注引題“張衡《文士傳》”，《太平御覽》卷四三八引題“張鄢《文士傳》”，《太平御覽經史圖書綱目》録有張隱《文士傳》、張騭《文士傳》和張鄢《文士傳》。

由於書目著録和各書徵引題署的不同，《文士傳》的作者到底是誰就讓後人頗爲疑惑。陳景雲就發出了疑問：“張隱，《荀彧傳注》作張衡，《王粲傳注》作張騭，一人之名而三異。裴注既同，又初不言作者有别名，何以參錯乃爾？”[②]因而引起了學者們的争議，不過多以爲作張鄢、張衡者，鄢、衡當是誤字。如周勳初説：“衡乃誤字，鄢字當系形近而誤。”[③]意見的分歧主要集中在是張隱還是張騭上，或以爲張隱，或以爲張騭，或以爲張隱、張騭共作。

① 魏徵等《隋書・經籍志》史部雜傳類“《文士傳》”條校勘記，中華書局1973年，第994頁。

② 盧弼《三國志集解》卷九《曹休傳》集解引，影印上海古籍出版社1957年本，中華書局1982年，第218頁。

③ 周勳初《魏晉南北朝文學論叢》，江蘇古籍出版社1999年，第94—95頁。

姚振宗、盧弼、朱迎平等認爲作者當是張騭。姚振宗説："張隱當爲張騭。"又説："《中興書目》云終阮瑀，知爲張騭是書，裴松之、鍾嶸并云張騭，則作張隱者非也。"[①] 盧弼也説："又據《王粲傳》後阮瑀事注中稱張騭者凡三見，而《後漢》章懷注、《文選》李善注引《文士傳》皆作騭，似當從騭爲正。沈家本曰：'據《王粲傳》注當作張騭，作隱者誤也。證以《詩品》，騭字是。'"[②] 中華書局《隋書》點校者也認爲作者當爲張騭，而徑直將《隋志》著録題署張隱改爲張騭。朱迎平也認爲作者爲張騭合理，他説："從六朝徵引情況看，《文士傳》作者，似作張騭爲妥，張隱或是形近而誤。"[③]

丁國鈞、文廷式、秦榮光、吴士鑑、黄逢元等認爲作者當是張隱。丁國鈞補録、丁辰按云："見《隋志》。家大人曰：隱爲廬江太守張夔子，見本書《陶侃傳》。《御覽引書目》既列隱是書，又列張鄢《文士傳》、張騭《文士傳》，實即一書，鄢、騭皆隱之訛文。"並注云"《唐志》亦訛張騭"[④]。秦榮光説："隱爲廬江太守張夔子，見《陶侃傳》。《御覽引書目》别列張鄢《文

① 姚振宗《隋書經籍志考證》卷二〇史部雜傳類"《文士傳》五十卷張隱撰"條按語，開明書店《二十五史補編》第4册，中華書局1998年，第316頁中—下。

② 盧弼《三國志集解》卷九《曹休傳》裴注引《文士傳》下，影印1957年古籍社本，中華書局1982年，第218頁。

③ 朱迎平《第一部文人傳記〈文士傳〉輯考》，《古籍整理研究學刊》1994年第6期。

④ 丁國鈞《補晉書藝文志》卷二史録雜傳類張隱"《文士傳》五十卷"條按語，開明書店《二十五史補編》第3册，中華書局1998年，第17頁下。

士傳》、張騭《文士傳》,《唐志》亦作張騭，并誤。”[①] 黄逢元説："本《隋志》、《新唐志》，卷同，撰人誤作張騭,《初學記》卷十二、又二十、又二十五引存，均作張隱,《御覽目》既列隱是書，又列張鄢《文士傳》、張騭《文士傳》，實即一書，鄢、騭皆隱字之訛，鍾嶸《詩品》云‘張騭《文士》，逢文即書’。隱誤爲騭已在《唐志》之前。”[②] 文廷式、吴士鑑在其《補晉書藝文志》中著録時題“張隱《文士傳》”，文廷式題下注云“一作張騭”，吴士鑑云："《太平御覽》誤作張鄢及張騭，兩《唐志》亦作騭。”[③] 雖未明言,但其傾向性是明顯的。章宗源也似傾向於作者爲張隱[④]，魯迅先生輯《文士傳》，題作者爲張隱。

周勳初認爲《文士傳》是“由張隱、張騭二人先後編定”，而將作者定爲張隱、張騭二人。並據《三國志》裴注徵引的事實認爲張隱爲晉人，據《新唐志》著録時題“齊張騭”而將張騭定爲齊代人，他認爲："齊代的張騭在晉代的張隱原書基礎上

① 秦榮光《補晉書藝文志》卷二史部傳記類張隱“《文士傳》五十卷”條按語，開明書店《二十五史補編》第 3 册，中華書局 1998 年，第 21 頁中。

② 黄逢元《補晉書藝文志》卷二史録雜傳類張隱“《文士傳》五十卷”條題録，開明書店《二十五史補編》第 3 册，中華書局 1998 年，第 31 頁中—下。

③ 分别見：文廷式《補晉書藝文志》卷二史部雜傳類，書店《二十五史補編》第 3 册，中華書局 1998 年，第 28 頁下。吴士鑑《補晉書藝文志》卷二史録雜傳類“張隱《文士傳》”條，開明書店《二十五史補編》第 3 册，中華書局 1998 年，第 17 頁下。

④ 章宗源《隋書經籍志考證》卷一三史部雜傳類張隱“《文士傳》五十卷”條，開明書店《二十五史補編》第 4 册，中華書局 1998 年，第 86 頁下。

作了增補。”[①]

竊以爲周勳初先生之論是有見地的，只是還應該説張隱當是《文士傳》的最初、也是最主要的作者，《文士傳》的絶大多數篇章當是張隱所作。而張騭或只是曾對其作過整理、增補。而對《文士傳》作過增補的似又不止張騭一人，《崇文總目》稱其“終謝靈運”，而今宛本《説郛》又録有梁武帝與蕭介事，説明張騭之後，還有人增補過《文士傳》。《隋書·經籍志》著録題張隱撰，唐代類書《初學記》徵引也多題張隱《文士傳》，而據《玉海》稱《舊唐志》也録“張隱《文林傳》”，“林”或爲“士”之訛誤。説明古本《舊唐志》著録《文士傳》時，所題作者亦是張隱，章宗源稱《舊唐志》有題張隱《文林傳》者，並認爲《文林傳》即《文士傳》[②]，可見《舊唐志》著録《文士傳》時，原本也題署作者爲張隱，而今本作張騭者，抑或《舊唐志》在流傳過程中爲人所改。則在唐代，行世的《文士傳》，所署作者當是張隱，至於六朝人《三國志》裴注及鍾嶸《詩品》稱張騭者，抑或張隱成書後，張騭曾對其加以整理，《三國志》裴注及鍾嶸所見或是張騭整理的别本。古人整理前人著述，對之作增益、添加是常有之事，當不足爲怪。另外，從今存《文士傳》佚文看，幾乎盡爲東漢、三國、兩晉文人，説明此書所記或不及晉以後。又《文士傳·何禎傳》云：“司空文穆公充，惲之孫

① 周勳初《魏晉南北朝文學論叢》，江蘇古籍出版社 1999 年，第 95 頁。
② 章宗源《隋書經籍志考證》卷一三史部雜傳類張隱“《文士傳》五十卷”條，開明書店《二十五史補編》第 4 册，中華書局 1998 年，第 86 頁下。

也。貴達至今。”也説明此書成於晉世，作者當屬張隱爲是。

張隱，其生平始末不詳，僅據《晉書》卷六六《陶侃傳》云：“（陶）侃命張夔子隱爲參軍，范逵子珧爲湘東太守……”① 知其爲廬江太守張夔之子。今存《文士傳》佚文有孫盛事，據《建康實録》記載，晉孝武帝太元十一年（386），“遼東表送孫盛《魏晉春秋》三十卷”，並在此附孫盛傳略，孫盛大約卒於此年前後。則張隱至此時當亦還在世。

二、一樣的才藻與不一樣的個性：《文士傳》的人物速寫像

裴松之在《三國志·王粲傳》中引王粲説劉琮歸降曹操後，加按語批評《文士傳》中所載的不實、“乖錯”：“孫權自此以前，尚與中國和同，未嘗交兵，何云‘驅權於江外’乎？魏武以十三年征荆州，劉備卻後數年方入蜀，備身未嘗涉於關、隴，而於征荆州之年，便云‘逐備於隴右’，既已乖錯；又白登在平城，亦魏武所不經，北征烏丸，與白登永不相豫。以此知張騭（隱）假僞之辭，而不覺其虚之自露也，凡騭（隱）虚僞妄作，不可覆疏，如此類者，不可勝紀。”又在引《文士傳》所載阮瑀之事後引《典略》《文章志》等書所記，證明《文士傳》所載的“乖戾”，並稱其中阮瑀歌詩“了不成語”，“愈知其妄”，“瑀之吐屬，必不如此”②。這裏，裴松之是以一個史家的標準和尺

① 房玄齡等《晉書》卷六六《陶侃傳》，中華書局 1974 年，第 1776 頁。
② 陳壽撰，裴松之注《三國志》卷二一《魏書·王粲傳》裴松之注引，中華書局 2000 年，第 598 頁、第 601 頁。

度在考察與評判《文士傳》，發現《文士傳》中的“乖錯”“乖戾”“虛僞妄作”之處不可勝紀。而從另一個角度説，《文士傳》的作者或許本無意爲史，他只是想展現古往今來文士們的個性品格與才華藻思。而考察今所見在的《文士傳》之文，作者之意也似乎正是如此。既然無意爲史，對於其中所録事件，他當然不會執著於它的真實與否，他所看重的是事件能不能反映出傳主作爲文士的風采，能不能表現出他們的才藻和個性。只要符合這個標準，他就選録，不管是真實還是虛誕，所以，《文士傳》中多傳聞之事，如《張儼、朱異、張純傳》:

> 張惇子純，與張儼及異俱童少，往見驃騎將軍朱據。據聞三人才名，欲試之，告曰:“老鄙相聞，饑渴甚矣。夫騕褭以迅驟爲功，鷹隼以輕疾爲妙，其爲吾各賦一物，然後乃坐。”儼乃賦犬曰:“守則有威，出則有獲，韓盧、宋鵲，書名竹帛。”純賦席曰:“席以冬設，簟爲夏施，揖讓而坐，君子攸宜。”異賦弩曰:“南嶽之幹，鍾山之銅，應機命中，獲隼高墉。”三人各隨其目所見而賦之，皆成而後坐，據大歡悦。①

①《三國志》卷五六《吴書·朱桓傳》“子異嗣，異字季文以父任除郎”裴注，《北堂書鈔》卷一〇二《藝文部八·賦三十一》“各賦一物然後乃坐”，《太平御覽》卷三八五《人事部二十六·幼智下》、卷七〇九《服用部十一·薦席》，《職官分紀》卷三三《四鎮將軍》“賦弩”各引一條，作《文士傳》;《初學記》卷一七《人部·聰敏第七》“誦千言賦一物”、卷二五《器物部·席第六》“馮銘張賦”各引一條，作張隱《文士傳》;四庫本《初學記》卷一七《人部·聰敏第七》“誦千言賦一物”引一條，作張衡《文士傳》;從《三國志》卷五六裴注引。

又如《朱穆傳》《桓驎傳》《孔融傳》《劉楨傳》《華譚傳》等等，恐怕都多出傳聞，然而，這些事，卻無不生動地展現出傳主的才思翰藻。又如《束皙傳》：

皙，字廣微，陽平元城人，漢太子太傅踈廣後也。王莽末，廣曾孫孟達自東海避難元城，改姓，去"踈"之足以爲"束"氏。皙博學多識，問無不對。元康中，有人自嵩高山下得竹簡一枚，上兩行科斗書，司空張華以問皙。皙曰："此明帝顯節陵中策文也。"檢校果然。曾爲《餅賦》諸文，文甚俳謔。三十九歲卒，元城爲之廢市。①

也正因爲《文士傳》所載之事多出傳聞，所以，往往多具故事性，如《顧榮傳》：

榮，字彦先，吴郡人。其先越王勾踐之支庶，封於顧邑，子孫遂氏焉，世爲吴著姓。大父雍，吴丞相。父穆，宜都太守。榮少朗俊機警，風穎標徹，歷廷尉正。曾在省與同僚共飲，見行炙者有異於常僕，乃割炙以啖之。後趙王倫篡位，其子爲中領軍，逼用榮爲長史。及倫誅，榮亦被執。凡受戮等輩十有餘人。或有救榮者，問其故，曰："某省中受炙臣也。"榮乃悟而嘆曰："一餐之惠，恩今不忘，古人豈虚言哉！"②

①《世説新語·雅量》第41條劉注、《太平御覽》卷三六二《人事部三·姓》各引一條，作《文士傳》，從《世説新語·雅量》第41條劉注引。
②《世説新語·德行》第25條劉注引一條，作《文士傳》，據以輯録。

古往今來的文人，也多是個性卓異之人，《文士傳》在展現他們一樣的才華翰藻的同時，又往往展現出他們各自不同的獨特個性精神，給人深刻印象。如鍾嶸《詩品》所言："張騭(隱)《文士》，逢文即書。"①《文士傳》所録文士相當多，這從其"五十卷"之數可窺一斑。所以，它對人物的傳寫是"速寫式"的，作者常常選取一二最能反映人物品性精神與風貌之事，勾勒出人物的個性形象，如《阮籍傳》所展現出來的阮籍：

> 籍放誕有傲世情，不樂仕宦。晉文帝親愛籍，恒與談戲，任其所欲，不迫以職事。籍常從容曰："平生曾遊東平，樂其土風，願得爲東平太守。"文帝説，從其意。籍便騎驢徑到郡，至，皆壞府舍諸壁障，使内外相望，然後教令清寧。十餘日，便復騎驢去。後聞步兵厨中有酒三百石，忻然求爲校尉。於是入府舍，與劉伶酣飲。②

阮籍之任心而行的品性在這兩件事中很生動地表現了出來，其中"從容曰""忻然"等詞，勾勒出了其自然從容的情態。而同樣是從容，嵇康的從容與阮籍的從容又不一樣：

---

① 鍾嶸撰，曹旭集注《詩品集注》卷中《序》，上海古籍出版社 1994 年，第 186 頁。

②《世説新語·任誕》第 5 條劉注，《藝文類聚》卷九四《獸部中·驢》，《太平御覽》卷二五九《職官部五七·太守》、卷四九八《人事部一百三十九·簡傲》，《古今合璧事類備要别集》卷八一《畜産門·馬》"騎驢到郡"，《古今事文類聚後集》卷三八《毛蟲部·驢》"騎驢到郡"各引一條，作《文士傳》，從《世説新語·任誕》第 5 條劉注引。

> 於是録康閉獄，臨死，而兄弟親族咸與共别。康顔色不變，問其兄曰："向以琴來不邪？"兄曰："以來。"康取調之，爲《太平引》，曲成，歎曰："《太平引》於今絶也。"①

正是這種速寫式的描摹，《文士傳》出了很多個性鮮明的文士形象，其他如"揖而不拜"的趙壹，敢於平視人主之妻、"大不恭"的劉楨，"逸才飄舉"的禰衡，三年未嘗一言的孫登，應聲而答、"辯者無以應"的華譚等，無不給人深刻印象。

《文士傳》對人物的傳寫總體而言是速寫式的，不過，有時候，也有濃墨重彩的細緻描繪，以逼真的場景、精彩的細節來表現人物的個性和風采，如傳禰衡：

> 融數與武帝牋，稱其才，帝傾心欲見。衡稱疾不肯往，而數有言論。帝甚忿之，以其才名不殺，圖欲辱之，乃令録爲鼓史。後至八月朝會，大閲試鼓節，作三重閣，列坐賓客。以帛絹製衣，作一岑牟、一單絞及小幝。鼓史度者，皆當脱其故衣，著此新衣。次傳衡，衡擊鼓爲漁陽摻檛，蹋地來前，躡駇脚足，容態不常，鼓聲甚悲，音節殊妙。坐客莫不忼慨，知必衡也。既度，不肯易衣。吏呵之曰："鼓吏何獨不易服？"衡便止。當武帝前，先脱幝，次脱餘衣，裸身而立。徐徐乃著岑

①《世説新語·雅量》第2條劉注、《文選》卷一六《思舊賦》"臨當就命顧視日影索琴而彈之"李注、《太平御覽》卷五七七《樂部十五·琴上》、《廣博物志》卷三四《聲樂二》各引一條，作《文士傳》，從《世説新語·雅量》第2條劉注引。

牟，次著單絞，後乃著幝。畢，復擊鼓摻槌而去，顔色無怍。武帝笑謂四坐曰："本欲辱衡，衡反辱孤。"至今有漁陽摻檛，自衡造也。①

這裏，作者詳盡地敘述了曹操八月試鼓節上禰衡擊鼓爲《漁陽》的全過程，其中對禰衡擊鼓的細節如"蹋地來前，躡駁腳足"和徐徐更衣的不常容態的描摹，可謂傳神。

三、《文士傳》與人物形象塑造

《文士傳》首先在雜傳特别是類傳的題材上是一次成功的開拓。魏晉以來，文學逐漸步入自覺發展的時代，文人輩出，與文人創作相關的逸事、佳話也爲人們所關心，並成爲人們津津樂道的話題。《文士傳》就是在這一背景下産生的一部專門傳録文人的傳記，它圍繞文學這個中心，選取流傳在民間的有關文人及其創作的逸事佳話，速寫出一個個品性各異的文士形象②。

《文士傳》對人物的傳寫，特别是對人物獨特性格與精神的表現是很成功的。它常常抓住人物生活和創作中的一些個性化片段，就勾勒出鮮明的人物形象，與先賢傳、耆舊傳等類傳相比，在人物傳寫和形象塑造方面表現出明顯的不同。先賢傳、耆舊傳等類傳，在傳寫人物時，整體觀之，其重心在於道德關

①《世説新語·言語》第8條劉注引一條，作《文士傳》，據以輯録。

② 關於此點，拙文《文士群像的速寫:〈文士傳考論〉》(載《古籍研究》2002年第4期)有略論，可參看。

懷，注重的是人物的道德品行，因而對人物性格的刻畫用力較少。《文士傳》對人物的傳寫，基本與道德關懷無涉，它是一心一意地專注於人物的個性精神的展示和表現。這雖與魏晉以來個性意識的覺醒相關，與文人群體這一特殊的傳寫群體相關，但這種傳寫人物的角度和方式無疑對後來的人物傳寫和人物形象塑造提供了榜樣和範例，是人物傳寫和形象塑造藝術的有益嘗試。它不僅會對後來的雜傳創作產生良好的影響，更在此基礎上爲後來小説的人物形象塑造積累了有益的經驗。

《文士傳》成書之後，產生了較爲廣泛的影響，稍後范曄所撰《後漢書》，在正史中首創《文苑傳》，一方面是文學發展的必然結果，另一方面，恐怕也不能否認有《文士傳》的影響。其後，更有續之者，唐代的裴朏就作有《續文士傳》一書[①]，另外，《文士傳》也開創了文人逸事小傳的體制，朱迎平就認爲，元代辛文房的《唐才子傳》及清代錢謙益的《列朝詩集小傳》都"直承《文士傳》而作"，南宋計有功的《唐詩紀事》爲代表的"詩紀事體"，繫事於詩、多存詩人佚聞、兼載詩人生平的做法，也是受到了《文士傳》的影響，"《文士傳》開創的文人小傳的體制，成爲後世這類著作的範本"[②]。朱迎平的這一看法是有道理的。

---

①《新唐書·藝文志》史部雜傳類著録"裴朏《續文士傳》十卷"，並注云："開元中懷州司馬。"

② 朱迎平《第一部文人傳記〈文士傳〉輯考》，《古籍整理研究學刊》1994年第6期。

第四節　傳神寫照:《名士傳》《竹林七賢論》與魏晉風度

魏晉名士是魏晉風度的直接承載者，而魏晉風度的核心，是與個性精神緊密相連的，以魏晉名士爲傳寫對象的《名士傳》與《竹林七賢論》，對人物的傳寫，自然把筆墨集中在他們身上所體現出來的魏晉風度，亦即卓異獨特的個性精神的表現，呈現出傳神寫照的追求和特徵，爲我們描摹出一群栩栩如生的名士形象。

一、袁宏《名士傳》與戴逵《竹林七賢論》

袁宏《名士傳》,《隋書·經籍志》史部雜傳類著録有《正始名士傳》三卷，題袁敬仲撰，袁敬仲當是袁宏之誤，姚振宗云:“袁敬仲當爲袁宏。”① 章宗源指出其之所以誤的原因是:“宏字彦伯,《隋志》作敬仲，蓋誤以袁宏爲衛宏。”吴士鑑認爲:“蓋誤以袁宏爲衛宏。”②《舊唐書·經籍志》史部雜傳類著録《名

① 姚振宗《隋書經籍志考證》卷二〇史部雜傳類“《正始名士傳》三卷袁敬仲撰”條，開明書店《二十五史補編》第4册，中華書局1998年，第315頁下。丁國鈞亦云:“《隋志》訛作袁敬仲,《通志》承其訛。”《補晉書藝文志》卷二史部雜傳類袁宏“《名士傳》三卷”條注,《二十五史補編》第3册，中華書局1998年，第18頁中。

② 章宗源《隋書經籍志考證》卷一三史部雜傳類袁敬仲“《正始名士傳》三卷”條，開明書店《二十五史補編》第4册，中華書局1998年，第86頁中。吴士鑑《補晉書藝文志》卷二史録雜傳類“袁宏《正始名士傳》三卷”條，開明書店《二十五史補編》第3册，中華書局1998年，第17頁中。

士傳》三卷，題袁宏撰，據姚振宗稱："一本題爲袁尚，誤。"今通行本《舊唐志》題"袁宏撰"。《新唐書·藝文志》史部雜傳記類著録袁宏《名士傳》三卷，《宋史·藝文志》史部傳記類著録袁宏《正始名士傳》三卷，《玉海·藝文》説："《袁宏傳》，宏字彦伯，著《竹林名士傳》三卷……《中興書目》(《崇文總目》同），《正始名士傳》三卷，其中卷竹林名士三逸，上卷增荀粲，下卷增阮修。《文選》《五君詠》引《竹林名士傳》。"[①]可見，此書至宋開始散佚。

從史志書目的著録可以看出，袁宏此書似有兩種不同的名稱，《正始名士傳》和《名士傳》，而《晉書》卷九二《文苑傳·袁宏傳》又稱"《竹林名士傳》"，那麼，其原名到底是哪一種呢？《世説新語·文學》第94條云："袁彦伯作《名士傳》成，見謝公。公笑曰：'我嘗與諸人道江北事，特作狡獪耳！彦伯遂以著書。'"劉孝標於此條下注云："宏以夏侯太初、何平叔、王輔嗣爲正始名士，阮嗣宗、嵇叔夜、山巨源、向子期、劉伯倫、阮仲容、王濬仲爲竹林名士，裴叔則、樂彦輔、王夷甫、庾子嵩、王安期、阮千里、衛叔寶、謝幼輿爲中朝名士。"[②]綜合看來，袁宏所作書當總稱《名士傳》，其中當包括三部分，即所謂正始名士、竹林名士和中朝名士。《隋書·經籍志》《晉書·袁宏傳》《宋史·藝文志》及《崇文總目》所稱，當是以其中一部

① 王應麟《玉海》卷五八《藝文》傳類"晉《正始名士傳》、《竹林名士傳》"條，廣陵書社2003年，第1104頁。

② 劉義慶撰，劉孝標注，余嘉錫箋疏，周祖謨等整理《世説新語箋疏》上卷下《文學第四》第94條，上海古籍出版社1996年，第272頁。

分之名稱代指全書，這一點學術界是有共識的。丁國鈞云："本書宏傳作《竹林名士傳》三卷，《隋志》作《正始名士傳》三卷，皆爲偏舉。"① 吴士鑑亦云："是三卷各有子目，凡稱《正始名士傳》及《竹林名士傳》者，皆爲偏舉。"② 黄逢元亦曰："《隋志》以正始標目，偏舉未備，當以《唐志》爲是。"③ 程章燦説："至於《晉書》本傳稱《竹林名士傳》三卷，恐怕是以偏概全，將《竹林名士傳》與《名士傳》混爲一談了。"④

袁宏，字彦伯，小字虎，陳郡人，《晉書》卷九二《文苑傳》有傳。袁宏有文史才，《晉書·袁宏傳》稱其"撰《後漢紀》三十卷及《竹林名士傳》三卷、詩賦誄表等雜文凡三百首"，《隋書·經籍志》載其有集"十五卷，梁二十卷，録一卷"。新、舊《唐志》并載二十卷。後散佚，嚴可均輯得其文共十八篇（節），録於《全晉文》卷五七中；逯欽立輯得其詩五首，録於《先秦漢魏晉南北朝詩·晉詩》卷一四中。除《名士傳》外，袁宏又著有《孝經注》《周易譜》《後漢紀》《羅浮山記》等。關於其生平行事及著述，程章燦在其書《世族與六朝文學》中有詳

① 丁國鈞《補晉書藝文志》卷二史録雜傳類袁宏"《名士傳》三卷"條，開明書店《二十五史補編》第 3 册，中華書局 1998 年，第 18 頁中。

② 吴士鑑《補晉書藝文志》卷二史録雜傳類"袁宏《正始名士傳》三卷"條，開明書店《二十五史補編》第 3 册，中華書局 1998 年，第 17 頁中。

③ 黄逢元《補晉書藝文志》卷二史録雜傳類袁宏"《名士傳》三卷"條，開明書店《二十五史補編》第 3 册，中華書局 1998 年，第 31 頁中。

④ 程章燦《世族與六朝文學》第六章《陳郡袁宏及其時代：袁宏考》八《袁宏著述考》，黑龍江教育出版社 1998 年，第 157 頁。

考，可參閲[①]。

袁宏《名士傳》已佚，其文今散見諸書徵引，或引作“袁彦伯《竹林七賢傳》”，或引作“袁宏《竹林名士傳》”，或引作“《名士傳》”。今檢諸書，得何晏、夏侯玄、阮籍、嵇康、山濤、劉伶、阮咸、王戎、裴楷、王衍、庾敳、王承、阮瞻、阮脩十四人事蹟。

戴逵《竹林七賢論》，《隋書·經籍志》史部雜傳類著録《竹林七賢論》二卷，並注云：“晉太子中庶子戴逵撰。”《舊唐書·經籍志》史部雜傳類、《新唐書·藝文志》史部雜傳記類均著録《竹林七賢論》二卷，題戴逵撰。《太平御覽》卷七一〇《服用部一二·幾》引一條題“戴勝《竹林七賢論》”，丁國鈞云：“《御覽引書目》誤作戴勝。”[②]戴勝當爲戴逵之誤。

《竹林七賢論》已佚，其文散見於《世説新語》等書徵引，嚴可均據諸書採摭，輯得其佚文近三十條，録於《全晉文》卷一三七中。考其今存之文，戴逵《竹林七賢論》雖名爲“論”，實際上當是傳論結合而以傳爲主的。故陶淵明又稱其爲傳，他説：“右魏嘉平中並居河内山陽，共爲竹林之遊，世號竹林七賢，見《晉書》、《魏書》，袁宏、戴逵爲傳，孫統又爲贊。”[③]在諸書

① 程章燦《世族與六朝文學》第六章《陳郡袁宏及其時代：袁宏考》，黑龍江教育出版社 1998 年，第 135—160 頁。

② 丁國鈞《補晉書藝文志》卷二史録雜傳類戴逵“《竹林七賢論》二卷”條，開明書店《二十五史補編》第 3 册，中華書局 1998 年，第 17 頁下。

③ 陶潛《群輔録》“《竹林七賢》”條，見王謨《增訂漢魏叢書》，乾隆五十六年（1791）金谿王氏刻本。

徵引中，也有稱作“《竹林七賢傳》”者，如《太平御覽》卷八一四《布帛部一·絲》所引《竹林七賢論》山濤懸袁毅所賄絲事，《事類賦注》卷一〇《寶貨部二·絲》引就作《竹林七賢傳》。

戴逵，字安道，譙國人，《晉書》卷九四《隱逸傳》有傳。他“少博學，好談論，善屬文，能鼓琴，工書畫。其餘巧藝，莫不畢綜”①。戴逵性高潔，不樂仕宦。曾師事術士范宣於豫章，范宣異之，以兄女妻之。《晉書·戴逵傳》云“太元二十年，皇太子始出東宫，太子太傅會稽王道子、少傅王雅、詹事王珣又上書曰：‘逵執操貞厲，含味獨遊，年在耆老，清風彌劭，東宫虛德，式延事外，宜加旌命，以參僚侍，逵既重幽居之操，必以難進爲美，宜下所在備禮發遣。’會病卒。”則戴逵當卒於太元二十年左右。戴逵有文集行世，《隋書·經籍志》載九卷，注云：“殘缺，梁十卷、録一卷。”《舊唐書·經籍志》《新唐書·藝文志》著録十卷，佚，嚴可均輯得其文二十餘節，録於《全晉文》卷一三七中。除《竹林七賢論》外，戴逵又著有《五經大義》三卷。

二、《名士傳》《竹林七賢論》與魏晉風度

袁宏《名士傳》分三卷、三個部分，分别傳録了三個時期

① 房玄齡等《晉書》卷九四《隱逸傳·戴逵傳》，中華書局 1974 年，第 2457 頁。何法盛《晉中興書》卷七，見湯球輯《九家舊晉書輯本》，《叢書集成初編》本，中華書局 1985 年，第 484 頁。許嵩《建康實録》卷九《烈宗孝武皇帝》，上海古籍出版社 1987 年，第 215 頁。

的名士[①]，即正始名士、竹林名士和中朝名士。戴逵《竹林七賢論》則傳録的只是竹林名士，前引《世説新語·文學》第94條劉注提到袁宏所謂的正始名士包括夏侯玄（字太初）、何晏（字平叔）、王弼（字輔嗣）三人，竹林名士包括阮籍（字嗣宗）、嵇康（字叔夜）、山濤（字巨源）、向秀（字子期）、劉伶（字伯倫）、阮咸（字仲容）、王戎（字濬沖）七人，中朝名士包括裴楷（字叔則）、樂廣（字彦輔）、王衍（字夷甫）、庾敳（字子嵩）、王承（字安期）、阮瞻（字千里）、衛玠（字叔寶）、謝鯤（字幼輿）八人，共十八人。據《玉海》所言，“上卷增荀粲，下卷增阮修”，後人對《名士傳》又有所增益，今考察《名士傳》佚文，如《世説新語·文學》第18條劉注引《名士傳》言阮脩事，阮脩不在十八人之列，恐爲後人所增。

給一批人加上名號，進行品題，約略始於漢末桓靈之間，黨錮興起的同時，當時就有所謂的“三君”“八俊”“八厨”“八及”“八顧”等等對士人的總品題形式。袁宏《名士傳》中把名士分爲正始名士、竹林名士與中朝名士，據《世説新語·文學》第94條，是得之於謝安。在這三類名士中，我們可以看到，“正始名士”和“中朝名士”都是以時代名之，唯“竹林名士”以“竹林”名之，關於“竹林”之名的由來，陳寅恪先生、羅宗强先生、范子燁等都有高論，可參看[②]。無論如何，嵇康等

① 關於“名士”一詞的由來及含義，錢鍾書《管錐編》第1册《史記會注考證》之九《律書》有詳考，可參看。

② 分别見：陳寅恪先生《陶淵明之思想與清談之關係》，《金明館叢稿初編》，上海古籍出版社1980年，第181頁。《〈三國志〉〈曹沖傳〉、（轉下頁）

七人被後人以一個整體視之，究其原因“主要是看重了他們思想上的一致，是對他們高揚個人價值的新人格理想的贊許，是對他們熱愛生命熱愛自然的人生態度的肯定，是對他們在當時思想文化界所引起的解放、啟蒙作用的認同”①。

至於“魏晉風度”，魯迅先生在《魏晉風度及文章與藥及酒之關係》②一文中有精彩的論述，也有學者作文著書論説③。名士是魏晉風度的承載者、表現者，《名士傳》和《竹林七賢論》既然是以名士爲傳主的雜傳，其中自然對魏晉風度有大量的反映，所以，《名士傳》和《竹林七賢論》是魏晉風度的生動再現。故於此略舉數例。

（接上頁）〈華佗傳〉與佛教故事》，《寒柳堂集》，上海古籍出版社1980年，第161頁。羅宗强先生《玄學與魏晉士人心態》第二章《正始玄學與士人心態》，浙江人民出版社1991年，第53—54頁。范子燁《世説新語研究》第七章第一節《竹林七賢》，黑龍江教育出版社1998年，第257—270頁。范子燁《論異型文化之合成品：“竹林七賢”的意藴與背景》，《學習與探索》1997年第2期；范子燁《“竹林七賢”的遠源與近源》，《書品》2001年第4期。他們對竹林七賢之名的由來等作了探討，並基本認爲“七賢”有交往，但“竹林”之地爲虛；而范壽康、衛紹生、李中華等卻有不同看法，基本認爲“竹林之遊”“竹林”之地都是真實的〔分别見：范壽康《中國哲學史通論》第三編《魏晉南北朝的哲學》（玄學）第二章《清談——老莊哲學的勃興》，三聯書店1983年，第189—191頁；李中華《竹林之遊事蹟考辯》，《江漢論壇》2001年第1期；衛紹生《竹林七賢若干問題考辯》，《中州學刊》1999年第5期〕。另外，勉中《竹林七賢簡論》（載《中國文學研究》1998年第4期）也對竹林七賢的名稱等情況作了探討，提出了自己的意見。

① 羅筠筠《“竹林七賢”中其它五賢對竹林精神的貢獻》，《甘肅社會科學》1997年第5期。

②《魯迅選集》第一卷《雜文·散文》，四川人民出版社1983年，第272—289頁。

③ 如姜廣輝《漢末魏晉的名士風度》，見《河北學刊》1994年第3期。

關於通脱、酒、服食，如：

王烈服食養性，嵇康甚敬信之，隨入山。烈嘗得石髓，柔滑如飴，即自服半，餘半取以與康，皆凝而爲石。①

初，籍與戎父渾俱爲尚書郎，每造渾，坐未安，輒曰："與卿語，不如與阿戎語。"就戎，必日夕而返。籍長戎二十歲，相得如時輩。劉公榮通士，性尤好酒，籍與戎酬酢終日，而公榮不蒙一桮，三人各自得也。戎爲物論所先，皆此類。②

關於放達、毁禮，如：

咸既追婢，於是世議紛然。自魏末沉淪閭巷，逮晉咸寧中，始登王途。③

後咸兄子簡，亦以曠達自居。父喪，行遇大雪，寒凍，遂詣浚儀令，令爲他賓設黍臛，簡食之，以致清議，廢頓幾三十年。④

①《文選》卷二二《遊覽·遊沈道士館一首》"朋來握石髓賓至駕輕鴻"李注引一條，作袁彦伯《竹林名士傳》，據以輯録。

②《世説新語·簡傲》第2條劉注引一條，作《竹林七賢論》，據以輯録。

③《世説新語·任誕》第15條劉注、《天中記》卷一八《姑》"姑婢"各引一條，作《竹林七賢論》，文同，據以輯録。

④《世説新語·任誕》第13條劉注、《蒙求集注》卷上"阮簡曠達袁耽俊邁"舊注、《太平御覽》卷八五〇《飲食部八·黍》各引一條，作《竹林七賢論》，從《世説新語·任誕》第13條劉注引。

關於清談、品題，如：

子玄有儁才，能言《莊》、《老》。①

王濟嘗解禊洛水，明日，或問王濟曰："昨日又有何論議？"濟曰："張華善説史漢，裴逸民敘前言往行，袞袞可聽；安豐侯道子房季札之間，超然玄著。"②

關於任性、簡傲，如：

嵇康，字叔夜。與東平吕安少相知友，每一相思，輒千里命駕。③

初，玄以鍾毓志趣不同，不與之交。玄被收時，毓爲廷尉，執玄手曰："太初何至於此？"玄正色曰："雖復刑餘之人，不可得交。"④

①《世説新語·賞譽》第32條劉注引一條，作《名士傳》，據以輯録。

②《世説新語·言語》第23條劉注，《北堂書鈔》卷一五五《歲時部三·三月三日》十七"解禊洛水"，《藝文類聚》卷四《歲時部中·三月三日》、卷五五《雜文部一·談講》，《白氏六帖事類集》卷四《三月三》四十五"解禊於洛張裴之言"，《太平御覽》卷三〇《時序部十五·三月三日》，《事類賦》卷四《歲時部·春賦》"集彼張裴"各引一條，作《竹林七賢論》；《初學記》卷四《歲時部下·三月三日》第六"祓灞禊洛"引一條，作戴逵《竹林七賢論》；從《藝文類聚》卷五五引。

③《太平御覽》卷四〇九《人事部五十·交友四》引一條，作《竹林七賢論》，據以輯録。

④《世説新語·方正》第6條劉注引一條，作《名士傳》，據以輯録。

關於容止，如：

楷病困，詔遣黄門郎王夷甫省之，楷回眸屬夷甫云："竟未相識。"夷甫還，亦歎其神儁。①

三、傳神寫照

從人物傳寫方面而言，《名士傳》和《竹林七賢論》正是對這種人物卓異"風度"的描寫，而在人物形象塑造方面取得了很大的成功。由於名士們多重視自我，崇尚個性，所以，名士們身上的魏晉風度，其實就是他們的獨特精神、個性、性情的外顯。另外，由於魏晉以來人物品評重心的轉移，即從對人物的道德評論過渡到了對人物精神的評論，孔繁曾説："魏晉時期評論人物注重考核人物的精神，深入探究人物的個性，亦重視人物的性情。"②這引發了人們對人的精神與個性的關注，如這樣的品題：嵇康，"岩岩若孤松之獨立"；王右軍，"飄如遊雲，矯若驚龍"，是非常準確地描繪出了人物的精神氣質，李建中稱這樣的品題"甚至成了專有名詞，可與被品者的姓名相替换"③。《名士傳》和《竹林七賢傳》的人物傳寫，一方面大量利用了體現其名士風度的資材，另一方面又承用品評人物中重視精神的

① 《世説新語·容止》第10條劉注引一條，作《名士傳》，據以輯録。
② 孔繁《魏晉玄學和文學》之二《魏晉玄學和人物批評、文學批評》，中國社會科學出版社1987年，第7頁。
③ 李建中《魏晉文學與魏晉人格》第八章《風姿特秀》，湖北教育出版社1998年，第144頁。

時風，努力展示人物個性、表現精神，從而塑造出了一群個性鮮明、形象突出的名士①。

《名士傳》和《竹林七賢論》的人物傳寫是着重於人物的個性和精神的，在《名士傳》和《竹林七賢論》中，即使是對人物外貌的描寫，也一般不是具體的形貌描繪，而多與精神相聯繫，如上引寫劉伶外貌，説他"土木形骸"，寫庾敳外貌"頹然淵放"，寫王衍云"天形奇特，明秀若神"等，都没有具體的形貌描繪，描繪的是顯露在他們外表上的精神氣質。

在《名士傳》及《竹林七賢論》中，更多的是名士們個性化的行事。如寫劉伶：

> 伶，字伯倫，沛郡人。肆意放蕩，以宇宙爲狹。常乘鹿車，攜一壺酒，使人荷鍤隨之，云："死便掘地以埋。"土木形骸，遨遊一世。②

乘坐鹿車也許不算獨特和奇怪，但使人荷鍤而隨卻是獨一無二之舉，提起劉伶，在我們的眼前馬上就會浮現出他攜酒前行、一人荷鍤而隨的形象和他那無所謂生死的"死便掘地以埋"的聲音。酒是劉伶的徽標，《竹林七賢論》是這樣寫劉伶與酒的：

---

① 關於此點，拙文《〈名士傳〉、〈竹林七賢論〉考論》（載《淮陰師範學院學報》2009年第6期）有略論，可參看。

②《世説新語·文學》第69條劉注、《語林》卷二五《任誕第二十五》各引一條，作《名士傳》，從《世説新語·文學》第69條劉注引。

劉伶常病酒，渴求酒於其妻，妻捐酒毁器，泣而諫曰："君酒過，非攝生之道也，必宜斷之。"伶曰："善，吾不能自禁，唯酒當禮鬼神，自誓以斷之耳，便可具酒肉。"妻敬聞命，供酒肉於前，請伶祝誓。伶跪而祝曰："天生劉伶，以酒爲名，一飲一斛，五斗解酲，婦人之言，慎不可聽。"仍引酒御肉，隗然而已復醉矣。①

此事傳神地展示了劉伶病酒的特點，而且敘述得頗具故事性、戲劇性，並具詼諧意味。再如又一事：

伶處天地間，悠悠蕩蕩，無所用心。嘗與俗士相牾，其人攘袂而起，欲必築。伶和其色曰："雞肋豈足以當尊拳！"其人不覺廢然而返。未嘗措意文章，終其世，凡著《酒德頌》一篇而已。其辭曰……②

這就是劉伶無所用心之態，不論是《名士傳》，還是《竹林七賢論》，雖然所述事例不同，但都寫出了劉伶的品性氣度。又如寫王戎：

①《太平御覽》卷四八〇《人事部一百二十一·盟誓》引一條，作《竹林七賢論》，據以輯録。

②《世説新語·文學》第69條劉注、《太平御覽》卷三七一《人事部十二·肋》、《語林》卷二五《任誕第二十五》各引一條，作《竹林七賢論》，從《世説新語·文學》第69條劉注引。

王戎幼而清秀,魏明帝於宣武場上,爲欄,苞虎牙,使力士袒裼,迭與之博,縱百姓觀之。戎年七歲,亦往觀焉。虎乘間薄欄而吼,其聲震地,觀者無不辟易顛仆。戎亭然不動,帝於閣上見之,使問姓名而異之。①

這是王戎少時觀看戲虎之事，也是從精神氣度着眼，衆皆顛僕避易而王戎安然不動，表現出他的從容與不俗。

從以上幾例，我們大致可以看出,《名士傳》與《竹林七賢論》傳寫人物，往往抓住人物個性化的言語、行事，來表現人物品性精神，如《世説新語・巧藝》第 13 條云:“顧長康畫人，或數年不點目精。人問其故？顧曰：四體妍蚩，本無關於妙處；傳神寫照，正在阿堵中。”②傳寫人物，一如爲人物畫像，只不過畫是用筆墨色彩，寫是用語言文字,《名士傳》和《竹林七賢論》，正是抓住了最能反映人物個性與精神的“阿堵”③，“傳神寫照”，從而描摹出一個個栩栩如生的人物形象。

與《名士傳》和《竹林七賢論》相類以傳録名士爲主的漢

①《水經注》卷一六《谷水》“又東過河南縣北東南入於洛”、《世説新語・雅量》第 5 條劉注、《太平御覽》卷八九二《獸部四・虎下》各引一條，作《竹林七賢論》;《事類賦》卷二〇《獸部一・虎賦》“王戎逼欄而不懼”引一條，作《竹林七賢傳》；從《水經注》卷一六引。

② 劉義慶撰，劉孝標注，余嘉錫箋疏，周祖謨等整理《世説新語箋疏》下卷上《巧藝第二十一》第 13 條，上海古籍出版社 1996 年，第 722 頁。

③ 阿堵，郝懿行《晉宋書故》“阿堵”條解釋説:“阿堵（音者），即今人言者個，阿發語詞，堵從者，聲義得同借。《説文》云者別事詞也。故指其物而別之曰者個。”見郝懿行《晉宋書故》,《郝氏遺書》本，清嘉慶二十一年（1816）刊。

魏六朝雜傳又有《漢末名士録》《江左名士傳》《廬江七賢傳》《七賢傳》《海内名士傳》，這些雜傳亦多已散佚。

《漢末名士録》，《隋書·經籍志》等史志書目無著録，撰人、卷數不詳。其佚文今見於《三國志》裴注和《後漢書》李注徵引，《三國志》卷六《魏書·袁紹傳》裴注引二條，言胡母班、劉表與“八友”事，卷一〇《魏書·荀攸傳》裴注引一條，言何顒事，《後漢書》卷七四（上）《袁紹傳》李注引一條述胡母班事。

《江左名士傳》，《隋書·經籍志》史部雜傳類著録《江左名士傳》一卷，題劉義慶撰。《舊唐書·經籍志》《新唐書·藝文志》無著録，大概至唐末已亡。文廷式《補晉書藝文志》卷二史部雜傳類補録，題“袁宏《江左名士傳》”，按云：“此所引謂此盡出劉義慶書，俟考。”[①] 吴士鑑《補晉書藝文志》卷二史録雜傳類有“《江左名士表》”，云《世説》賞譽篇注，當指此書。不過吴士鑑作“表”，不知何據[②]。今檢諸書徵引，《江左名士傳》尚存佚文五條，分别言杜乂、謝鯤、王承三人事蹟。

《廬江七賢傳》，《隋書·經籍志》史部雜傳類著録《廬江七賢傳》二卷，《舊唐書·經籍志》史部雜傳類、《新唐書·藝文志》史部雜傳記類均著録《廬江七賢傳》一卷。姚振宗懷疑《廬江七賢傳》當作《廬江先賢贊》，他説；“案七賢當是先賢之

① 文廷式《補晉書藝文志》卷二史部雜傳類“袁宏《江左名士傳》”條，開明書店《二十五史補編》第3册，中華書局1998年，第29頁上。

② 吴士鑑《補晉書藝文志》卷二史録雜傳類“《江左名士表》”條，開明書店《二十五史補編》第3册，中華書局1998年，第17頁上。

誤,《志敘》有曰:‘後漢光武,始詔南陽,撰作風俗,故沛、三輔有耆舊節士之序,魯、廬江有名德先賢之贊,郡國之書,由是而作。’又曰:‘魯、沛、三輔,序贊并亡。’則《廬江先賢》尚存此二卷,其即東海相傳之舊歟?”①這只是推測,他自己也並未將此書視爲《隋書·經籍志》雜傳序所言《廬江先賢贊》②,本書在此亦存疑。《廬江七賢傳》佚文今見於《太平御覽》等書徵引,《太平御覽經史圖書綱目》即列《廬江七賢傳》。今檢諸書徵引,得文黨、陳翼、陳衆三人事蹟。

《七賢傳》,《隋書·經籍志》史部雜傳類著録《七賢傳》五卷,題“孟氏撰”;《舊唐書·經籍志》史部雜傳類、《新唐書·藝文志》史部雜傳記類均著録《七賢傳》七卷,題孟仲暉撰。唐《日本國見在書目録》雜傳家著録有《七賢傳》一卷,又有題孟氏撰“《竹林七賢傳》”者,疑此兩書實爲一書。此書早佚,不知所傳七賢爲何人。今見於諸書徵引稱《七賢傳》者十二條③,恐均非其文。其中,《太平御覽》卷七六三《器物

---

① 姚振宗《隋書經籍志考證》卷二〇史部雜傳類“《廬江七賢傳》二卷”條案語,開明書店《二十五史補編》第4册,中華書局1998年,第307頁上。

② 姚振宗在其《後漢藝文志》卷二史部雜傳記類中據《隋書·經籍志》雜傳類序補録了《廬江先賢贊》等書,但並未視此《廬江七賢傳》就是《隋志》雜傳類序所指《廬江先賢贊》。

③《北堂書鈔》卷五八《設官部十·散騎常侍》“阮嗣宗非好事”,《藝文類聚》卷四八《職官部四·侍中》、卷四八《職官部四·散騎常侍》,《白氏六帖事類集》卷一八《嘯三十》“如鼓吹”、卷二一《散騎常侍三十四》“非其好”,《太平御覽》卷一五九《州郡部五·陳州》、卷一八六《居處部十四·厨》、卷六一一《學部五·勤學》、卷七六三(轉下頁)

部八·斧》引一條，作《七賢傳》，言文黨事；《太平御覽》卷八九七《獸部九·馬五》引一條，作《七賢傳》，言陳衆事；《太平御覽》卷一五九《州郡部五·陳州》引一條，作《七賢傳》，言陳翼事。文黨、陳衆、陳翼事他書徵引則多稱《廬江七賢傳》，此三條或出《廬江七賢傳》。《白氏六帖事類集》卷一八《嘯三十》“如鼓吹”、《太平御覽》卷六一一《學部五·勤學》、《北堂書鈔》卷五八《設官部十·散騎常侍》“阮嗣宗非好事”、《藝文類聚》卷四八《職官部四·散騎常侍》、《白氏六帖事類集》卷二一《散騎常侍三十四》“非其好”、《淵鑑類函》卷八六《設官部二十六·散騎常侍一》、《太平御覽》卷一八六《居處部十四·厨》各引一條，作《七賢傳》，言阮籍事，或出《竹林七賢傳》。《藝文類聚》卷四八《職官部四·侍中》、《職官分紀》卷六《侍中》“宜侍帷幄盡規左右”、四庫本《北堂書鈔》卷五八《設官部十·侍中》“入侍帷幄”各引一條，作《七賢傳》，言山濤事，或出《竹林七賢傳》。

孟仲暉，《洛陽伽藍記》提及有名孟仲暉者，其云：“時有奉朝請孟仲暉者，武威人也。父賓，爲金城太守。暉志性聰明，學兼釋氏，四諦之義，窮其旨歸。恒來造第，與沙門論議，時號爲‘玄宗先生’……武定五年，暉爲洛州開府長史，重加採訪，寥無影跡。”① 此或其人。

（接上頁）《器物部八·斧》、卷八九七《獸部九·馬五》，《職官分紀》卷六《侍中》“宜侍帷幄盡規左右”，四庫本《北堂書鈔》卷五八《設官部十·侍中》“入侍帷幄”各引一條，作《七賢傳》。

① 楊玄之撰，周祖謨校釋《洛陽伽藍記校釋》卷四《城西·永明寺》，中華書局 2010 年，第 161—162 頁。

《海内名士傳》,《隋書·經籍志》史部雜傳類著録《海内名士傳》一卷，姚振宗懷疑它是“前《海内先賢傳》之佚出者”，並根據《世説新語·賞譽》《晉陽秋》所言王夷甫品題海内士人之事，認爲此“似即王澄、王衍輩所作，亦稱《天下士目》,《世説》此兩篇所載中朝諸名士或亦本之是書”①。今不存。

上述諸傳，或亡佚不見，或存文不多，其特色實難做論斷。

第五節　兩晉類傳

兩晉時期的類傳，丁國鈞《補晉書藝文志》卷二史録雜傳類補録有七十五種，文廷式《補晉書藝文志》卷二史部雜傳類補録有六十種，秦榮光《補晉書藝文志》卷二史部傳記類補録有一百六十九種，吴士鑑《補晉書藝文志》卷二史録雜傳類中補録有六十九種，黄逢元《補晉書藝文志》卷二史録雜傳類補録有五十四種。丁國鈞等人的補録還有遺漏，當然也有誤入者，據上述諸書粗略統計，兩晉時期的類傳當在五十種以上。這一節，我們將介紹除皇甫謐諸書以及習鑿齒《襄陽耆舊記》、張隱《文士傳》、袁宏《名士傳》、戴逵《竹林七賢論》以外的其他兩晉類傳。

① 姚振宗《隋書經籍志考證》卷二〇史部雜傳類“《海内名士傳》一卷”條按語，開明書店《二十五史補編》第4册，中華書局1998年，第315頁中—下。

一、陳壽《益部耆舊傳》

陳壽《益部耆舊傳》,《隋書·經籍志》史部雜傳類著録《益部耆舊傳》十四卷，題“陳長壽撰”；丁國鈞云“長字當衍”[①]，甚是。《舊唐書·經籍志》史部雜傳類、《新唐書·藝文志》史部雜傳記類均著録《益部耆舊傳》十四卷，題陳壽撰。《益部耆舊傳》又或作《益都耆舊傳》,《晉書》卷八二《陳壽傳》,言及陳壽“又撰《古國志》五十篇,《益都耆舊傳》十篇，餘文章傳於世”,《益部耆舊傳》作《益都耆舊傳》，且云“十篇”。

又,《三國志》卷四二《蜀書·李譔傳》附傳云:“時又有漢中陳術，字申伯，亦博學多聞，著《釋問》七篇、《益部耆舊傳》及《志》，位歷三郡太守。”《册府元龜》卷五五五《國史部·採撰》亦稱“陳術，字申伯，著《益部耆舊傳》及志”，則陳術撰《益部耆舊傳》并《益部耆舊志》。常璩《華陽國志》之《後賢志·陳壽傳》云:“益部自建武後，蜀郡鄭伯邑、太尉趙彦信及漢中陳申伯、祝元靈、廣漢王文表皆以博學洽聞，作巴、蜀《耆舊傳》。壽以爲不足經遠，乃併巴、漢，撰爲《益部耆舊傳》十篇，散騎常侍文立表呈其傳，武帝善之。”從常璩所言可知，陳壽所撰《益部耆舊傳》，大約最初爲十篇，至唐修《隋書·經籍志》時，已有兩種版本流傳，一爲十卷，一爲十四卷。另外，在陳壽修《益部耆舊傳》以前，出現過多家巴漢、益部

① 丁國鈞《補晉書藝文志》卷二史録雜傳類陳長壽“《益部耆舊傳》十四卷”條按語，開明書店《二十五史補編》第 3 册，中華書局 1998 年，第 17 頁中。

或蜀郡耆舊傳，據常璩《華陽國志》，則東漢以來有鄭廑、趙謙、祝龜、王商、陳術等的撰作，陳壽以爲這些耆舊傳都“不足經遠”，於是綜合前人所作巴、漢兩地的《耆舊傳》，成《益部耆舊傳》一書。《華陽國志·序志》又云：“而陳君承祚，别爲《耆舊》，始漢及魏，焕乎可觀。”則陳壽《益部耆舊傳》所録人物，上及兩漢，下至於魏。

《隋書·經籍志》史部雜傳類著録有《續益部耆舊傳》三卷，《新唐書·藝文志》史部雜傳記類著録有《益州耆舊雜傳記》二卷，均無撰人。《三國志》裴注又有引《益部耆舊雜記》和《益部耆舊傳雜記》者，侯康認爲《隋志》《新唐志》所著録和《三國志》裴注所引二書即陳術之書[①]。姚振宗以爲常璩《華陽國志·陳壽傳》明言陳術在陳壽之前，陳壽《三國志》也附《陳術傳》於《李譔傳》後，則陳術所撰《益部耆舊傳》當在陳壽之前，“術之書爲壽藍本中之一也”[②]，姚氏之言甚是，《續益部耆舊傳》不是陳術之書。常璩《華陽國志》之《後賢志·常寬傳》云：“常寬，字泰恭……乃南入交州……獨鳩合經籍，研精著述，依孟陽宗、盧師矩著《典言》五篇，撰《蜀後志》及《後賢傳》，續陳壽《耆舊》，作《梁益篇》。”[③]則《續益部耆舊

① 侯康《補三國藝文志》卷三史部雜傳類“陳術《益部耆舊雜傳記》二卷”條，開明書店《二十五史補編》第3册，中華書局1998年，第14頁上—中。

② 姚振宗《隋書經籍志考證》卷二〇“《續益部耆舊傳》二卷”條，開明書店《二十五史補編》第4册，中華書局1998年，第304頁下。

③ 常璩《華陽國志》卷一一《後賢志·常寬傳》，《龍谿精舍叢書》刊顧千里校本，中國書店1991年，第653—654頁。

傳》或爲常寬所作[①]。

陳壽，字承祚，巴西安漢人，他是著名史學家，《晉書》卷八二有傳。《晉書·陳壽傳》稱其“元康七年病卒，時年六十五”。又言其撰蜀相《諸葛亮集》《三國志》《古國志》《益都耆舊傳》，“餘文章傳於世”。

陳壽《益部耆舊傳》已佚，涵本《説郛》摘録一節，述楊田事，宛本《説郛》卷五八輯存十六節，包括楊田、趙瑶、落下閎、張寬、李孟元、趙閎、朱倉、郭賀、張松、張充、馮顥、張霸、何祇（二節）、柳宗、楊子拒妻十五人；《五朝小説》及《五朝小説大觀》之《魏晉小説雜家》節録宛本《説郛》，《舊小説》甲集存二節，敘張松、楊子拒妻事。今又有黄奭、杜文瀾、王仁俊、胡安瀾諸家輯本。黄奭所輯録於《漢學堂知足齋叢書》之《子史鉤沈》；杜文瀾據《太平御覽》卷四六五採得一節，敘王忳事，録於《曼陀羅華閣叢書》之《古謡諺》卷一九中；王仁俊據轉録杜氏所輯一條，又據《姓解》採得二節，録於《玉函山房輯佚書補編》中；胡安瀾所輯最詳，共數十節；另外，香雪樓主人又補輯《雜記》八節《補遺》七節，與胡安瀾所輯各爲一卷，由四川存古書局於民國四年刻印發行。今有陳陽在其碩士學位論文《陳壽〈益部耆舊傳〉輯録與研究》中參之存

① 姚振宗也以爲《續益部耆舊傳》爲常寬所作，他説：“本《志》、《唐志》皆列此書於陳壽之後，名之曰‘續’，與《後賢志》（常璩《華陽國志》之《後賢志》）《常寬傳》合，是出於寬爲多。寬即常璩所稱族祖武平府君者是也。”見《隋書經籍志考證》卷二〇“《續益部耆舊傳》二卷”條。開明書店《二十五史補編》第4册，中華書局1998年，第304頁下—305頁上。

古本别作輯録，計八十一人[①]。今檢諸書徵引，得七十人事蹟，計有：張騫、張寬、落下閎、楊由、張霸、張則、羅衡、任昉、趙典、李尤、楊厚、楊淮、趙祈、何汶、柳琮、玄賀、郭賀、景毅、趙瑶、趙咩、嚴羽、王忳、景鸞、劉子政、翟酺、劉寵、何祗、李孟元、趙閎、涪翁、李弘、嚴遵、閻憲、楊宣、張充、楊球、段翳、朱倉、杜真、常播、馮信、任永、馮顥、楊終、楊統、任文公、秦宓、董扶、任安、譙周、張肅、張松、張表、張嶷、張浩、張真妻、公乘會妻、叔先雄、王上妻、楊鳳珪妻、史賢妻、周繕紀妻、便敬妻、巴三貞、廖伯妻、王棠妻、楊子拒妻、姜詩妻。另有“哀牢夷”“相如宅”“斯臾”三條佚文不知所屬何人，又，《名賢氏族言行類稿》卷四六“霸”九百五云“《益部耆舊傳》有霸栩”，則《益部耆舊傳》又有霸栩。

今所遺《益部耆舊傳》之文，多爲陳壽《益部耆舊傳》，但如前述，除陳壽之書外，又有常寬《續益部耆舊傳》以及陳術等人的《益部耆舊傳》，《三國志》裴注所引《益部耆舊雜記》等，均已散佚，或亡佚不見，或存文較少，故於此一併論之。

陳壽善敘事，有良史之才，爲史學大家，故他所作《益部耆舊傳》，敘事張弛有道，常簡潔明快，並多所實録，但他也把許多事件敘述得非常生動，而時雜虚誕。如：

王忳，字少林。詣京師，於客舍見諸生病甚困。生謂忳

① 陳陽《陳壽〈益部耆舊傳〉輯録與研究》，四川大學碩士學位論文 2006 年，第 26 頁。

曰:"腰下有金十斤,願以相與,乞收藏尸骸。"未問姓名,呼吸因絶。忳賣金一斤,以給棺絮,九斤置生腰下。後署大度亭長,到亭日,有馬一疋到亭中。其日大風,有一繡被隨風以來。後忳騎馬,馬突入金彦父家,金彦父見曰:"真得盗矣。"忳説馬狀,又取被示之。彦父悵然曰:"被馬俱止,卿有何陰德?"忳具説葬諸生事。彦父曰:"此吾子也。"遣迎彦喪,金俱存。民謡之曰:"信哉少林,世爲遇飛被,走馬與鬼語。"①

這是一個相當完整、頗具情節性的故事，且敘述有致，王忳道遇一諸生病困，因而葬之，但未及問其姓名，留下一個懸念；後爲亭長，無故得一馬一被，又是一個懸念；後馬又突入一舍，而遇金彦之父，這才明白了整個事件的前因後果。懸念的設置，使故事相當生動和引人入勝，而王忳與金彦父的相遇，也寫得很有戲劇性，然後作者又細緻地描寫了他們相遇後的言談舉止，通過人物對話，一層層剥開懸念。

《益部耆舊傳》也常常抓住人物的一言一行，來寫出人物的性格，把人物鮮明地展現在我們面前。如寫趙咩：

①《北堂書鈔》卷一三四《服飾部三・被二十七》"繡被隨風",《藝文類聚》卷八三《寶玉部上・金》,《太平御覽》卷四六五《人事部一百六・謡》、卷七〇七《服用部九・被》,《事類賦》卷九《寶貨部・金賦》"重王忳之不欺",《天中記》卷五〇《金》"腰金收骨",《古詩紀》卷一五六《别集第十二・志遺》"歌謡"各引一條，作《益部耆舊傳》;《太平御覽》卷四七九《人事部一百二十・報恩》引一條，作陳壽《益部耆舊傳》；從《太平御覽》卷四六五引。

趙琸，字孫明。少好遊俠，行部，帶劍過亭長，亭長譴之。乃嘆曰："無大志，故爲豎吏所輕耳。"於是解劍掛壁，曰："琸不乘輜車佩紱，不復帶劍。"因之京師，詣大學受業，治《春秋》，變行厲操，名德遂稱。除野王令，乃解劍帶之官。治官清約，以身率下，煙火不舉，常食乾糒。①

作者選取帶劍之事來寫趙琸，兩次"帶劍"，寫出了趙琸的前後轉變，特别是對趙琸語言的描寫，"一歎""一誓"，把少年趙琸立志變行成才的堅定決心刻畫得很形象。

二、虞溥《江表傳》

虞溥《江表傳》，《隋書·經籍志》無著録，《舊唐書·經籍志》史部雜史類、《新唐書·藝文志》史部雜史類著録虞溥《江表傳》五卷。《新唐書·藝文志》又於史部雜傳類著録《江表傳》三卷，當爲别本。《江表傳》實爲三國東吴人物合傳，兩《唐志》歸入雜史類，不甚確妥，當入雜傳類。鄭樵《通志·藝文略》即將其著録於傳記類"耆舊"中，亦云"三卷"，秦榮光《補晉書藝文志》、吴士鑑《補晉書藝文志》也將其補在傳記或

①《北堂書鈔》卷七八《設官部三十·縣令一百七十六》"解劍帶之"、卷一二二《武功部十·劍三十四》"解劍挂壁"，《太平御覽》卷二六八《職官部六十六·良令長下》，《廣博物志》卷三二《武功下》各引一條，作《益部耆舊傳》，從《太平御覽》卷二六八引。

雜傳類中[①]，章宗源、姚振宗也分别在他們的《隋書經籍志考證》中將其録入雜傳類中進行考證[②]。

虞溥，字允源，高平昌邑人，《晉書》卷八二有傳，其云："虞溥，字允源，高平昌邑人也。"又云："稍遷公車司馬令，除鄱陽内史，大修庠序，廣招學徒……注《春秋》《經》、《傳》，撰《江表傳》及文章詩賦數十篇，卒於洛，時年六十二，子勃，過江上《江表傳》於元帝，詔藏於祕書。"《三國志》卷四《魏書·三少帝紀》裴松之按語云："溥著《江表傳》，亦粗有條貫。"[③]王應麟《玉海》卷五八《藝文》傳類亦云："虞溥……撰《江表傳》，子勃過江上《江表傳》於元帝，詔藏祕書。"[④]虞溥有集二卷，《隋書·經籍志》集部著録虞溥集一卷，注云："梁二卷，録一卷。"《舊唐書·經籍志》《新唐書·藝文志》集部著録虞溥集二卷，佚，嚴可均據《晉書》採得其文四節，録於《全晉文》卷七九中。

---

① 秦榮光《補晉書藝文志》卷二史部傳記類"《江表傳》"條，開明書店《二十五史補編》第3册，中華書局1998年，第21頁上。吴士鑑《補晉書藝文志》卷二史録雜傳類"《江表傳》"條，開明書店《二十五史補編》第3册，中華書局1998年，第17頁下。

② 章宗源《隋書經籍志考證》卷一三史部雜傳類虞溥"《江表傳》二卷"條，開明書店《二十五史補編》第4册，中華書局1998年，第83頁下。姚振宗《隋書經籍志考證》卷二〇史部雜傳類，見其所録"二十家、見《新唐志》皆有卷數者"，開明書店《二十五史補編》第4册，中華書局1998年，第318頁下。

③ 陳壽撰，裴松之注《三國志》卷四《魏書·三少帝紀》裴松之按語，中華書局2000年，第133頁。

④ 王應麟《玉海》卷五八《藝文》傳類"晉《江表傳》"條，廣陵書社2003年，第1104頁。

《江表傳》後佚，其文《三國志》裴注等書多引之，至今無輯本，僅見王仁俊從《稽瑞》採得一條，録於《玉函山房輯佚書補編》中，但未注明撰者，檢歷代史籍，撰《江表傳》者僅虞溥一人，則王仁俊所輯當出虞溥之書。今檢諸書徵引，尚得五十七人事蹟，計有：孫堅、孫策、孫權、孫亮、孫休、孫晧、魯肅、太史慈、吴景、張梁、孫賁、祖郎、孫匡、孫秀、顧雍、諸葛瑾、張紘、張玄、張尚、周瑜、黄蓋、吕蒙、蔣欽、周泰、陳武、甘寧、朱治、朱然、吕範、虞翻、谷利、羊衜、孫奮、賀齊、全琮、潘濬、陸遜、陸凱、諸葛恪、諸葛融、全尚、王蕃、樓玄、鄭泉、何定、車浚、張俶、郭典、李嚴、典韋、柳琮、龐統、孔融、劉備、馬超、關羽、費禕。另有"黄石城""九斗山""江"三條佚文不知所屬何人。

《江表傳》敘事有條不紊，常能抓住事件的中心，清晰地描繪出事件的發生發展，並善於設置場景，運用人物對話等手段展示人物性格。如：

> 初，權謂蒙及蔣欽曰："卿今並當塗掌事，宜學問以自開益。"蒙曰："在軍中常苦多務，恐不容復讀書。"權曰："孤豈欲卿治經爲博士邪？但當令涉獵見往事耳。卿言多務孰若孤，孤少時歷《詩》、《書》、《禮記》、《左傳》、《國語》，惟不讀《易》。至統事以來，省三史、諸家兵書，自以爲大有所益。如卿二人，意性朗悟，學必得之，寧當不爲乎？宜急讀《孫子》、《六韜》、《左傳》、《國語》及三史。孔子言'終日不食、終夜不寢以思無益，不如學也。'光武當兵馬之務，手不釋卷。孟

德亦自謂老而好學,卿何獨不自勉勖邪?”蒙始就學,篤志不倦,其所覽見,舊儒不勝。後魯肅上代周瑜,過蒙,言議常欲受屈。肅拊蒙背曰:“吾謂大弟但有武畧耳,至於今者,學識英博,非復吴下阿蒙。”蒙曰:“士别三日,即更刮目相待。大兄今論何一稱穰侯乎?兄今代公瑾,既難爲繼,且與關羽爲鄰,斯人長而好學,讀《左傳》,略皆上口,梗亮有雄氣,然性頗自負,好陵人。今與爲對,當有單複以卿待之。”密爲肅陳三策,肅敬受之,祕而不宣。權常歎曰:“人長而進益,如吕蒙、蔣欽,蓋不可及也。富貴榮顯,更能折節好學,耽悦書傳,輕財尚義,所行可跡,並作國士,不亦休乎!”①

這就是有名的“吴下阿蒙”“士别三日、刮目相看”的故事，文中設置場境，幾乎都是人物的對話描寫，以人物對話展開和推進故事，十分生動，而人物的個性特徵，也通過他們自己的語言表露出來，如孫權的循循善誘，吕蒙對孫權之語的初不以爲然以及魯肅與吕蒙談議後的驚奇詫異等都被表現得很形象，其中魯肅拊吕蒙背的驚奇感歎之態和由衷的讚賞之態以及吕蒙“士别三日，即更刮目相待”的自信尤爲鮮明突出。

再如：

普頗以年長,數陵侮瑜,瑜折節容下,終不與校,普後自

①《三國志》卷五四《吴書·吕蒙傳》“遂拜蒙母結友而别”裴注、《太平御覽》卷六〇七《學部一·敘學》各引一條，作《江表傳》，從《三國志》卷五四裴注引。

敬服而親重之。乃告人曰:"與周公瑾交,若飲醇醪,不覺自醉。"時人以其謙讓服人如此。初,曹操聞瑜年少有美才,謂可游説動也,乃密下揚州,遣九江蔣幹往見瑜。幹有儀容,以才辯見稱,獨步江淮之間,莫與爲對。乃布衣葛巾,自託私行詣瑜。瑜出迎之,立謂幹曰:"子翼良苦,遠涉江湖爲曹氏作説客邪?"幹曰:"吾與足下州里,中間別隔,遥聞芳烈,故來叙闊,并觀雅規,而云説客,無乃逆詐乎?"瑜曰:"吾雖不及夔、曠,聞弦賞音,足知雅曲也。"因延幹入,爲設酒食,畢,遣之曰:"適吾有密事,且出就館,事了,別自相請。"後三日,瑜請幹與周觀營中,行視倉庫軍資器仗訖,還宴飲,示之侍者服飾珍玩之物,因謂幹曰:"丈夫處世,遇知己之主,外託君臣之義,内結骨肉之恩,言行計從,禍福共之,假使蘇張更生,酈叟復出,猶撫其背而折其辭,豈足下幼生所能移乎?"幹但笑,終無所言……①

這也主要是以人物語言對話來展示人物的個性品格,通過程普的評價、周瑜與蔣幹的對話,表現周瑜的謙讓、忠誠、重義和

①《三國志》卷五四《吴書·周瑜傳》"惟與程普不睦"裴注、《建康實録》卷一《吴·太祖上》"瑜有二男一女女配太子登男循尚公主拜駙馬都尉"案、《藝文類聚》卷二一《人部五·讓》、《初學記》卷一八《人部中·交友第二》、《太平御覽》卷四〇九《人事部五十·交友四》、《記纂淵海》卷二九《論議部·陰驅默化》、《古今合璧事類備要前集》卷三三《師友門·朋友》"見侮不較"、《事類賦》卷一六《服用部·舟賦》"飛雲嘗見於吴國"、"燒赤壁而走曹公"、四庫本《北堂書鈔》卷一三七《舟部·舟總篇》"燒船"各引一條,《太平御覽》卷七七〇《舟部三·舟下》引二條,作《江表傳》,從《三國志》卷五四裴注引。

智慧謀略。另外，這一段敘事還有一點值得注意，那就是這裏運用了插敘之法，以“初”字轉入插敘，敘述有關周瑜的過往之事，從敘事角度看，這種方法，也使敘事産生起伏變化，從人物形象塑造方面而言，這種插入，可以打破時空限制，將發生在不同時間和地點的事件聯繫起來，有助於刻畫出更加豐富的人物性格和形象。《江表傳》敘事多如此類，常富於變化。

《江表傳》又多載東吴君臣宴遊嘲戲之事，這些事本來就多帶諧謔幽默之味，所以，《江表傳》的字裏行間也因此而常散溢着輕松與幽默的韻致。如：

> 孫權以鄭泉爲郎中，嘗爲之言："卿好於衆中面諫，或失禮敬，寧不畏龍鱗乎？"對曰："臣聞君明臣直，朝廷上下無諱。實恃洪恩，不畏龍鱗。"後侍宴，權乃怖之，命提出有司治罪。泉臨出，屢顧，權呼還，笑曰："卿言不畏龍鱗，何以臨出而顧乎？"對曰："實恃恩覆，無憂至死，當出閤，感惟威靈，不能不顧耳。"①

三、其他類傳

兩晉時期的類傳尚有《兖州山陽先賢傳》《楚國先賢傳》《零陵先賢傳》《長沙耆舊傳贊》《魯國先賢傳》《先賢行狀》《魏末傳》《晉諸公贊》等作品，這些作品也多散佚不存，所遺文字

---

①《藝文類聚》卷二五《人部九·嘲戲》引一條，作《江表傳》，據以輯録。

不多，故於此一併論之。

《兗州山陽先賢傳》，仲長穀撰，《隋書・經籍志》史部雜傳類著録有《兗州先賢傳》一卷，無撰人，《舊唐書・經籍志》史部雜傳類著録有《兗州山陽先賢贊》一卷，題仲長統撰，《新唐書・藝文志》史部雜傳記類著録仲長統《山陽先賢傳》一卷，章宗源據《元和姓纂》，定《山陽先賢傳》爲晉太宰參軍長仲穀撰，並認爲新、舊《唐志》作仲長統有誤，而作"長仲穀"者，乃《元和姓纂》輯本寫誤。姚振宗以爲《兗州先賢傳》即《山陽先賢傳》或《山陽先賢贊》，仲長統撰而非仲長穀撰①。章宗源所言有理。《元和姓纂》卷五"長仲"姓"山陽"籍云："後漢尚書郎仲長統著《昌言》，代居高平。晉太宰參軍長仲穀著《山陽先賢傳》。"岑仲勉校云："長仲二字應乙。"②可見，《山陽先賢傳》確爲晉太宰參軍仲長穀所撰而非仲長統撰。《山陽先賢傳》今已全佚。

《楚國先賢傳》，《隋書・經籍志》史部雜傳類著録《楚國先賢傳贊》十二卷，題晉張方撰。《舊唐書・經籍志》史部雜傳類著録《楚國先賢志》十二卷，題楊方撰。《新唐書・藝文志》

---

① 分别見：章宗源《隋書經籍志考證》卷一三史部雜傳類"《兗州先賢傳》一卷"條，開明書店《二十五史補編》第4册，中華書局1998年，第80頁中；姚振宗《隋書經籍志考證》卷二〇史部雜傳類"《兗州先賢傳》一卷"條，開明書店《二十五史補編》第4册，中華書局1998年，第303頁中；《後漢藝文志》卷二史部雜傳記類"仲長統《山陽先賢贊》一卷"條案語，開明書店《二十五史補編》第2册，中華書局1998年，第66頁上。

② 林寶撰，岑仲勉校記《元和姓纂》卷五，中華書局1994年，第603頁。

史部雜傳記類著録張方《楚國先賢傳》十二卷。丁國鈞《補晉書藝文志》卷二史録雜傳類、文廷式《補晉書藝文志》卷二史部雜傳類、秦榮光《補晉書藝文志》卷二史部傳記類、吴士鑑《補晉書藝文志》卷二史録雜傳類、黄逢元《補晉書藝文志》卷二史録雜傳類補録。《北堂書鈔》卷一六〇《地部四·石篇十六》、《藝文類聚》卷六八《禮部上·宗廟》引《楚國先賢傳》題張方撰，宛本《説郛》卷五八輯録亦題張方撰。《太平御覽經史圖書綱目》既列《楚國先賢傳》，又有張方賢《楚國先賢傳》。《太平御覽》卷四九六《人事部一三七·諺下》、卷五一二《宗親部二·伯叔》引《楚國先賢傳》題張方賢撰。諸書徵引無題楊方者，晉有會稽人楊方，曾爲東安太守、高梁太守等官，《晉書》卷六八有傳，稱其"著《五經鉤沈》、更撰《吴越春秋》，并雜文筆，皆行於世"。他既不爲楚地人，也不曾在楚地爲官，撰《楚國先賢傳》的可能性較小，楊方恐是誤題。至於題張方賢者，"賢"字恐是衍入①。姚振宗又云："案《文選》《百一詩》注張方賢《楚國先賢傳》，則此脱賢字，《書録解題》地理類唐吴從政删鄒閎甫《楚國先賢傳》爲《襄沔記》，三卷。案魏晉時有鄒湛，字潤甫，南陽新野人，見《晉書·文苑傳》，閎甫或其昆季行，其《先賢傳》隋唐志皆不見，疑即在是書十二卷中。"②

① 吴士鑑《補晉書藝文志》卷二史録雜傳類"張方《楚國先賢傳贊》"條亦云："賢字誤衍。"開明書店《二十五史補編》第3册，中華書局1998年，第17頁上。

② 姚振宗《隋書經籍志考證》卷二〇"《楚國先賢傳贊》十二卷晉張方撰"條，開明書店《二十五史補編》第4册，中華書局1998年，第305頁中。

又：黄逢元云："本書（《晉書》）有張方傳，河間人，爲河間王顒將，是書疑非顒將張方所撰。"①

張方，始末不詳，僅據《隋書·經籍志》著録所題，知其爲晉人。《楚國先賢傳》佚文今散見諸書徵引，宛本《説郛》卷五八輯存八節，述黄香、孟宗、石偉、陰嵩、孫攜、韓壁、李善、應余八人事。《五朝小説》《五朝小説大觀》《舊小説甲集》各選録宛本《説郛》若干。今有黄奭、杜文瀾、王仁俊、陳運溶四家輯本。黄奭所輯録於《漢學堂知足齋叢書》之《子史鉤沈》中，杜文瀾所輯録於《曼陀羅華閣叢書》之《古謡諺》卷一九中，王仁俊所輯録於《玉函山房輯佚書補編》中②，陳運溶所輯録於《麓山精舍叢書》第一集《歷朝傳記九種》中，陳運溶共採得三十餘節，最詳。今檢諸書徵引，得伯里奚、熊宜僚、宋玉、孔休、陳宣、李善、胡紹、樊英、黄尚、左雄、孫儁、孫敬、董班、黄琬、陰嵩、陰興、陰循、宗承、韓暨、韓邦、韓繇、韓洪、韓壽、應余、應璩、楊顒、郭攸之、楊慮、孟宗、石偉三十人事蹟，另有"時類歲祀"一條，不知所出何人。

《楚國先賢傳》今存文不多，片斷殘章，《三國志》裴注、《世説新語》劉注引數節文字較多，傳人敘事有可稱之處。如

① 黄逢元《補晉書藝文志》卷二史録雜傳類張方"《楚國先賢傳贊》十二卷"條，開明書店《二十五史補編》第3册，中華書局1998年，第30頁下。

② 王仁俊據《寰宇記》《稽瑞》及李瀚《蒙求》自注採得四節，又轉録杜文瀾所輯一節，未言撰人，文與諸書徵引《楚國先賢傳》文不同，孫啟治等懷疑此四條出鄒閎甫之書（見《古佚書輯本目録》，中華書局1997年，第173頁）。

《世説新語·方正》第2條劉注引《宗承傳》:

> 宗承,字世林,南陽安衆人。父資,有美譽。承少而脩德雅正,確然不群。徵聘不就,聞德而至者如林。魏武弱冠,屢造其門,值賓客猥積,不能得言。乃伺承起,往要之,捉手請交,承拒而不納。帝後爲司空,輔漢朝,乃謂承曰:"卿昔不顧吾,今可爲交未?"承曰:"松栢之志猶存。"帝不説……①

其中寫魏武曹操請交宗承之事很生動，曹操"捉手請交"的細節十分形象。而後曹操爲司空時仍耿耿於懷的問話和宗承不卑不亢的回答也很精彩地展示出了二人的品性特點。

《零陵先賢傳》,《隋書·經籍志》史部雜傳類、《舊唐書·經籍志》史部雜傳類、《新唐書·藝文志》史部雜傳記類并著録《零陵先賢傳》一卷，無撰人。《三國志》裴注等徵引亦未言撰者，唯宛本《説郛》卷五八節輯得《零陵先賢傳》之文四節，題司馬彪撰，不知所本，或不可信，此存疑。文廷式《補晉書藝文志》卷二史部雜傳類、秦榮光《補晉書藝文志》卷二史部傳記類、吴士鑑《補晉書藝文志》卷二史録雜傳類補録。

司馬彪，字紹統,《晉書》卷八二有傳。他是高陽王睦長子，出後司馬懿弟敏，少好色薄行，爲司馬睦所責，因此失去爲嗣的機會。司馬彪品行雖有不足稱之處，但亦有可貴之處,《晉書·司馬彪傳》稱他"少篤學不倦"，後"專精學習，故得

①《世説新語·方正》第2條劉注引一條，作《楚國先賢傳》，據以輯録。

博覽群籍”。司馬彪注《莊子》，又作有《九州春秋》《續漢書》等書。《隋書·經籍志》集部載其有集四卷，注云：“梁三卷，録一卷。”

《零陵先賢傳》佚文今散見諸書徵引，宛本《説郛》卷五八輯得劉巴、鄭産、葉譚、蔡倫四人事蹟，《五朝小説》及《五朝小説大觀》選録宛本《説郛》所載。今又有黄奭、陳運溶二家輯本。黄奭所輯轉録宛本《説郛》四節，又據諸書徵引採得若干，録於《漢學堂知足齋叢書》之《子史鉤沈》中；陳運溶據諸書採摭，得李融、鄭産、楊懷、劉巴、劉先、周不疑六人事蹟，最爲近實，録於《麓山精舍叢書》第一集《歷朝傳記九種》中。今檢諸書徵引《零陵先賢傳》者，尚存李融、鄭産、楊懷、劉先、周不疑、劉巴六人事蹟。

今存《零陵先賢傳》之文，《劉巴傳》所遺文字最多，《三國志》卷三九《蜀書·劉巴傳》裴注引數條，文甚長，於此可見此書敘事當很細緻詳贍。

《長沙耆舊傳贊》，劉彧撰，《隋書·經籍志》史部雜傳類著録《長沙耆舊傳贊》三卷，題“晉臨川王郎中劉彧撰”。中華書局《隋書》點校者注云：“原脱耆字，按《水經》一五《洛水》注、《初學記》二、《藝文類聚》二并引《長沙耆舊傳》，《太平御覽》二四八也作《長沙耆舊傳》，今據補。”《舊唐書·經籍志》史部雜傳類著録《長沙舊邦傳贊》三卷，題劉彧撰；《新唐書·藝文志》史部雜傳記類著録《長沙舊邦傳贊》四卷。題劉彧撰。《舊唐書·經籍志》原題“劉成撰”，中華書局點校《舊唐志》改作“劉彧”。章宗源説：“《隋志》脱去耆字，《新唐志》

四卷，《舊唐志》三卷，並譌作《舊邦傳贊》，劉彧《舊唐志》作劉成。”①

劉彧，始末不詳，僅據《隋書·經籍志》著録時題署知其曾爲晉臨川王郎中。姚振宗云：“《晉書·簡文三子傳》，臨川獻王郁，年十七而薨，久之，追謚獻世子，孝武寧康初追封郡王，以武陵威王曾孫寶爲嗣，寶入宋，降爲西豐侯，寶在晉爲臨川郡王凡四十有七年，劉彧爲其國郎中在斯時也。”②

《長沙耆舊傳贊》佚文今散見諸書徵引，多作《長沙耆舊傳》，《太平御覽經史圖書綱目》列《長沙耆舊傳》。丁國鈞《補晉書藝文志》卷二史録雜傳類、文廷式《補晉書藝文志》卷二史部雜傳類、秦榮光《補晉書藝文志》卷二史部傳記類、吴士鑑《補晉書藝文志》卷二史録雜傳類補録。涵本《説郛》卷七《諸傳摘玄》摘引存一節，前敘八百錢馬事，後敘劉壽事，宛本《説郛》卷五八輯存劉壽、文虔、徐偉、虞芝四人事蹟，其中劉壽事文字與涵本《説郛》所載文字略異。今有黄奭、杜文瀾、陳運溶三家輯本。黄奭所輯録於《漢學堂知足齋叢書》之《子史鉤沈》中，杜文瀾採得一節，録於《曼陀羅華閣叢書》之《古謡諺》卷一九中，陳運溶所輯最詳，共九人事蹟，即：祝良、劉壽、文虔、虞芝、桓階、夏隆、虞授、徐韋、桓龍。録

① 章宗源《隋書經籍志考證》卷一三史部雜傳類劉彧“《長沙舊傳贊》三卷”條，開明書店《二十五史補編》第 4 册，中華書局 1998 年，第 83 頁中。

② 姚振宗《隋書經籍志考證》卷二〇史部雜傳類“《長沙舊傳贊》三卷晉臨川王郎中劉彧撰”條，開明書店《二十五史補編》第 4 册，中華書局 1998 年，第 309 頁上。

於《麓山精舍叢書》第一集《歷朝傳記九種》中。今檢諸書徵引，得祝良、劉壽、文虔、虞芝、桓階、夏隆、虞授、徐韋、桓龍九人事蹟。又《太平御覽》卷二四八《職官部四十六·王文學》、《職官分紀》卷三二《文學》"欲得奇士求之於文學"、《記纂淵海》卷一七《論議部之十七·物産有地》、四庫本《北堂書鈔》卷七一《設官部二十三·諸王文學一百五十三》"文學士之場"各引一條，作《長沙耆舊傳》，言李固下辟書事。李固非長沙籍，或諸書徵引有誤，亦或《長沙耆舊傳贊》敘長沙耆舊而牽涉李固，由於原書已佚，無法確認，此存疑。

《長沙耆舊傳贊》所遺文字不多，如祝良事、劉壽事、文虔事，顯出於虚誕不經之傳聞，與陳壽、習鑿齒、虞溥等人之書多實録不同。

《魯國先賢傳》，白褒撰，《隋書·經籍志》史部雜傳類著録《魯國先賢傳》二卷，題"晉大司農白褒撰"；《舊唐書·經籍志》史部雜傳類著録作《魯國先賢志》十四卷，題白褒撰；《新唐書·藝文志》史部雜傳記類著録《魯國先賢傳》十四卷，題白褒撰。《隋志》、新舊《唐志》均題白褒撰，則《魯國先賢傳》與《魯國先賢志》當爲一書，或在流傳中而有不同傳本。今見《太平御覽經史圖書綱目》既列《魯國先賢傳》，亦列《魯國先賢志》。

白褒，生平不詳，《隋書·經籍志》史部雜傳類著録《魯國先賢傳》稱其爲"晉大司農"，又，《晉書·劉頌傳》稱："咸寧中，詔頌與散騎郎白褒巡撫荆揚。"《晉書·山濤傳》云："咸寧初……固辭以老疾，上表陳情。章表數十上，久不攝職，爲左丞白褒所奏。”則知白褒又曾爲散騎侍郎、左丞相。大約與山濤、劉頌等人同時。

《魯國先賢傳》佚文今散見諸書徵引，多作《魯國先賢傳》，亦或作《魯國先賢志》。無輯本，王仁俊據《姓解》卷三採得一節，題作《魯國先賢傳》，又據《太平御覽》卷四九五採得一節，題作《魯國先賢志》，均録於《玉函山房輯佚書補編》中。今檢諸書徵引，尚得魯恭士汜、叔孫通、申公、黄伯仁、鮑吉、孔翊、東門奂、孔仲淵、鹽津九人事蹟。又，《古今事文類聚新集》卷三一《諸監部·以經著姓》、《古今合璧事類備要後集》卷四〇《三學門·國子博士》“京氏易”、四庫本《記纂淵海》卷三二《職官部·博士》各引一條，作《魯國先賢傳》，敘京氏《易》學。《古今事文類聚新集》卷三一引作：“京房受《易》梁人焦延壽，房授東海殷嘉，河東姚平，河南乘弘，皆爲郎，由是《易》有京氏之學。”《古今合璧事類備要後集》卷四〇、四庫本《記纂淵海》卷三二引“殷嘉”作“殷喜”、“乘弘”作“弘乘”，餘同《古今事文類聚新集》卷三一。《初學記》卷一三《禮部上·宗廟第四》“時類月祀”引一條，題張方賢《魯國先賢傳》。張方有《楚國先賢傳》，此節文字，或是其《楚國先賢傳》之文，《藝文類聚》卷三八《禮部上·宗廟》引作張方《楚國先賢傳》。則《初學記》卷一三所引不僅書名有誤，“張方賢”或亦當衍“賢”，作張方爲是。

《魯國先賢傳》今存文較少，難窺其特點。

《先賢行狀》，《隋書·經籍志》《舊唐書·經籍志》《新唐書·藝文志》無著録，撰人不詳。章宗源、姚振宗以爲《隋書·經籍志》史部雜傳類所著録“《先賢集》三卷”、《舊唐書·經籍志》史部雜傳類、《新唐書·藝文志》史部雜傳記類所著録題“李氏撰”之“《海内先賢行狀》三卷”者即此書。故章宗源在其《隋書經籍志考證》中徑題“《海内先賢行狀》”，姚振宗依《隋書·經籍志》題“《先賢集》”，並按云：“此《先賢集》即《唐志》之《海内先賢行狀》，章氏依《唐志》之書名而無‘不著録’三字，蓋亦以爲即是此書。其不依本《志》作《先賢集》者，偶誤也。”又推測説：“《史通·正史篇》言《東觀漢記》殘缺無成，魏黄初中唯著《先賢表》，疑即此《先賢集》也。”①章氏與姚氏均爲推測之言，可資參考。又，《太平御覽經史圖書綱目》列《漢魏先賢行狀》。文廷式《補晉書藝文志》卷二史部雜傳類補録，作《海内先賢行狀》②。

《先賢行狀》久佚，其佚文散見諸書徵引。諸書徵引多稱《先賢行狀》，故本書從之。從今存《先賢行狀》佚文看，所傳人物，幾乎都爲漢魏人物，故此書大約出於魏晉之間。

《先賢行狀》敘事常繪聲繪色，描寫也多細緻生動，人物栩栩如生。如寫審配，在簡短介紹審配字行、爵里後，即云“少忠烈慷慨，有不可犯之節”，轉入對其被曹操所俘後的描寫，形象地展示其“忠烈慷慨”和“不可犯之節”：

① 分别見：章宗源《隋書經籍志考證》卷一三史部雜傳類“《海内先賢行狀》三卷”條，開明書店《二十五史補編》第4册，中華書局1998年，第80頁中；姚振宗《隋書經籍志考證》卷二〇“《先賢集》三卷”條。開明書店《二十五史補編》第4册，中華書局1998年，第303頁中。

② 文廷式《補晉書藝文志》卷二史部雜傳類“《海内先賢行狀》三卷”條，開明書店《二十五史補編》第3册，中華書局1998年，第26頁下。

> 是日生縛配，將詣帳下，辛毗等逆以馬鞭擊其頭，罵之曰："奴，汝今日真死矣！"配顧曰："狗輩，正由汝曹破我冀州，恨不得殺汝也！且汝今日能殺生我邪？"有頃，公引見，謂配："知誰開卿城門？"配曰："不知也。"曰："自卿子榮耳。"配曰："小兒不足用乃至此！"公復謂曰："曩日孤之行圍，何弩之多也？"配曰："恨其少耳！"公曰："卿忠於袁氏父子，亦自不得不爾也。"有意欲活之。配既無撓辭，而辛毗等號哭不已，乃殺之。初，冀州人張子謙先降，素與配不善，笑謂配曰："正南，卿竟何如我？"配厲聲曰："汝爲降虜，審配爲忠臣，雖死，豈若汝生邪！"臨行刑，叱持兵者令北向，曰："我君在北。"①

另外，《魏末傳》和傅暢《晉諸公贊》史志書目多不著録於雜傳類，而實際上也是雜傳。

《魏末傳》，《隋書·經籍志》史部雜史類著録《魏末傳》二卷，注云："梁又有《魏末傳》并《魏氏大事》三卷，亡。"此書撰人不詳，姚振宗云："按諸書所引又有《漢末傳》，亦無撰人，疑與此同出一家。"又説："梁又有《魏末傳》并《魏氏大事》六卷，亡（一本作三卷），不著撰人。按此蓋梁代所有與《魏大

① 《三國志》卷六《魏書·袁紹傳》"配聲氣壯烈終無撓辭見者莫不歎息遂斬之"裴注，《後漢書》卷七四上《袁紹傳》"使監護諸將魏郡審配鉅鹿田豐"李注、卷七四下《袁紹傳》"配意氣壯烈終無撓辭見者莫不歎息遂斬之"李注，《北堂書鈔》卷七三《設官部二十五·别駕一百六十一》"委以腹心"各引一條，作《先賢行狀》，從《三國志》卷六裴注引。

事》併合爲帙者。”[①]《魏末傳》撰録魏末人士，屬人物類傳，《隋書・經籍志》著録於史部雜史類，不甚確妥，當入雜傳類，秦榮光即將其補録入《補晉書藝文志》史部傳記類[②]。

《魏末傳》佚文今見於《三國志》裴注等徵引，今檢諸書徵引，尚遺魏明帝叡、齊王芳、高貴鄉公髦、司馬懿、曹爽、夏侯玄、何晏、諸葛誕、王淩子明山、尹大目十人事蹟。從這些佚文看，俱傳魏末人事，當作於晉世。

《魏末傳》敘事細緻，條理清晰，如《司馬懿傳》，其中敘述曹爽派李勝前往司馬懿出伺察司馬懿虚實狀況一節，司馬懿佯裝年老沉疾之態，傳文描摹細緻，生動地表現出了司馬懿的計詐，同時，把李勝的浮淺無知之狀也寫得很形象[③]。又如《魏明帝叡傳》中寫魏明帝與其父文帝獵鹿一節：

> 帝諱叡，字元仲，文帝太子。以其母廢，未立爲嗣。文帝與俱獵，見子母鹿，文帝射其母，應弦而倒，復令帝射其子，帝置弓泣曰："陛下已殺其母，臣不忍復殺其子。"文帝曰："好語動人心。"遂定爲嗣，是爲明帝。[④]

---

① 姚振宗《隋書經籍志考證》卷一三史部雜史類"《魏末傳》二卷"條，開明書店《二十五史補編》第4册，中華書局1998年，第241頁上。

② 秦榮光《補晉書藝文志》卷二史部傳記類"《魏末傳》二卷"條，開明書店《二十五史補編》第3册，中華書局1998年，第22頁上。

③《三國志》卷九《魏書・曹爽傳》"謂之信然"裴注、《北堂書鈔》卷一四四《酒食部・粥篇十》"流出沾胸"、《太平御覽》卷七四三《疾病部六・陽病》、《天中記》卷四六《粥》"粥流沾胸"各引一條，作《魏末傳》，從《三國志》卷九裴注引。

④《世説新語・言語》第13條劉注引一條，作《魏末傳》，據以輯録。

通過描寫一次狩獵的過程中魏明帝的表現，形象地寫出了魏文帝立其爲嗣的原因。這裏，作者抓住了人物個性化的語言來表現人物的品性，魏明帝的稱述表現出其仁弱，而魏文帝“好語動人心”的讚語則透露出了其文人習性。

傅暢《晉諸公贊》，《晉諸公贊》二十一卷，題“晉祕書監傅暢撰”；《舊唐書·經籍志》史部雜史類、《新唐書·藝文志》史部雜史類著録《晉諸公贊》二十二卷，題傅暢撰。傅暢此書，先爲傳，傳末附贊，正如姚振宗云：“按本傳稱敘贊者，各爲敘傳於前，而系以贊，猶劉中壘《列女傳贊》之體，《世説》諸篇注引之甚多。”[①] 實爲人物傳，非雜史，《隋書·經籍志》等繫之於雜史，不甚確妥。秦榮光《補晉書藝文志》即將其補録入史部傳記類[②]。

傅暢，字世道，北地泥陽人，《晉書》卷四七有傳。在晉侍講東宫，爲祕書丞，西晉末，爲石勒所俘，石勒以其爲大將軍右司馬，因其諳識朝儀，石勒甚重之，恒居機密，咸和五年卒。《晉書·傅暢傳》稱其作“《晉諸公敘贊》二十二卷，又爲《公卿故事》九卷”。《三國志》卷二一《魏書·傅嘏傳》裴注引《世語》稱：“（傅）宣弟暢，字世道，祕書丞，没在胡中，著《晉諸公贊》及《晉公卿禮秩故事》。”[③]《晉公卿禮秩故事》，《隋

---

① 姚振宗《隋書經籍志考證》卷一三史部雜史類“《晉諸公贊》二十一卷晉祕書監傅暢撰”條，開明書店《二十五史補編》第4册，中華書局1998年，第241頁中。

② 秦榮光《補晉書藝文志》卷二史部傳記類“《晉諸公贊》二十一卷”條，開明書店《二十五史補編》第3册，中華書局1998年，第21頁上。

③ 陳壽撰，裴松之注《三國志》卷二一《魏書·傅嘏傳》裴注引，中華書局2000年，第628頁。

書·經籍志》《舊唐書·經籍志》《新唐書·藝文志》史部職官類均著録《晉公卿禮秩故事》九卷，佚。傅暢有集五卷，《隋書·經籍志》《舊唐書·經籍志》《新唐書·藝文志》集部著録，《隋書·經籍志》又云："梁有録一卷。"亦佚①。

《晉諸公贊》佚文今散見諸書徵引，傅以禮認爲宋代尚引此書，"則其湮散或在元代未可知也"②。今有黄奭、傅以禮二家輯本，二家均據諸書採摭，黄奭所輯見録於《漢學堂叢書》和《黄氏逸書考》之《子史鉤沈》；傅氏所輯見録於《傅氏家書》。二家中以傅以禮所輯較詳，凡百餘人事蹟，三百餘節。今檢諸書徵引，得一百五十六人事蹟，計有：王經、甄悳、甄温、甄喜、郭建、郭嘏、許允、許奇、許猛、許遐、許式、袁粲、何曾、何邵、何蕤、何遵、何綏、邢喬、李順、華廙、華嶠、華澹、王恂、王虔、王愷、王康、王隆、劉弘、司馬望、賈充、杜預、杜錫、杜斌、杜乂、阮武、鄭默、鄭球、鄭豫、李亘、李尚、李矩、李式、嵇紹、潘滔、傅咸、傅祗、傅宣、張華、盧浮、盧珽、盧皓、盧志、盧諶、和嶠、和郁、裴秀、裴康、裴綽、裴楷、裴憲、裴瓚、裴遐、裴頠、裴邈、韓壽、崔隨、崔瑋、高儁、高誕、高光、滿奮、郭配、郭豫、郭鎮、郭展、

①《晉公卿禮秩故事》，佚，今有黄奭、傅以禮、勞格、王仁俊四家輯本，黄奭所輯録於《漢學堂叢書》和《黄氏逸書考》之《子史鉤沈》；傅氏所輯録於《傅氏家書》；勞格所輯録於《月河精舍叢書》之《讀書雜識》卷六；王仁俊所輯録於《玉函山房輯佚書續編》之史編總類。《傅暢集》，佚，嚴可均據《太平御覽》卷六九一、卷二六五採得《傅暢自敘》文二節。録於《全晉文》卷五二中。

②傅以禮《晉諸公贊·序》，見《傅氏家書》，清光緒二年（1876）手稿本。

郭奕、文俶、胡遵、胡奮、胡廣、胡烈、胡岐、胡喜、胡淵、劉邠、劉粹、劉宏、劉漢、劉咸、劉耽、劉恢、劉禪、孫秀、孫儉、孫楷、王祥、王烈、王覽、王戎、王綏、王衍、王玄、王浚、王濟、王澄、司馬駿、李喜、諸葛靚、羊琇、衛瓘、衛宣、衛玠、羊祜、陸亮、山濤、山該、嵇紹、劉淮、梅頤、向純、向悌、温幾、祖約、王堪、荀顗、楊喬、楊髦、杜育、郝隆、孫秀、任愷、鄒湛、鄭詡、蔡克、石崇、李胤、劉暾、武陔、庾峻、司馬珪、劉維、司馬滕、陳準、荀勖、阮咸、陳勰、繆播、司馬模、庾峻、劉毅、司馬倫、劉希彭、任城王陵、齊王攸。另有“嬪妃”“盧水胡、蘭羌爲亂”“馴象”“三足烏”四條不知所屬何人。

《晉諸公贊》敍事平實簡略，多粗陳梗概，近於史傳，但其中也有一些例外，如寫王堪：

> 惠帝幸長安，東海王越表王堪爲尚書右僕射，假節都督奉迎諸軍事，進於灞水上，與郭偉力戰。堪杖節，臨陣慷慨，氣冠六軍，即斬偉，迎惠帝還洛陽。其後爲石勒所襲，壘破，左右扶堪上馬，堪慷慨歎曰：“我國家大將，不能禦難，以至於此，奈何面目復還朝廷。”終不動騎，遂至被害。官僚百人守屍不去，皆死。孝懷悼之。①

①《北堂書鈔》卷六四《設官部十六·車騎將軍一百五》“王堪不能禦難”引一條，作《晉諸公贊》;《初學記》卷一七《人部·忠第三》“王堪杖節周處奮劍”引一條，作傅玄《晉諸公贊》；從《初學記》卷一七引。

這裏以王堪在危難時刻的典型言行表現其玉碎似的慷慨，還是頗爲生動的。

兩晉時又有《濟北先賢傳》及高範《荆州先賢傳》、陶潛《聖賢群輔録》三書。

《濟北先賢傳》，《隋書·經籍志》史部雜傳類、《舊唐書·經籍志》史部雜傳類、《新唐書·藝文志》史部雜傳記類著録，均作《濟北先賢傳》一卷，不題撰人。此書當出晉世，陶潛《群輔録》有引《濟北英賢傳》者，當即此書，其云："膠東令盧汜昭字興先，樂城令剛載祈字子陵，潁陰令剛徐晏字孟平，涇令盧夏隱字叔世，州别駕蛇丘劉彬字文曜（一云世州）。右濟北五龍，少并有異才，皆稱神童，當桓靈之世，時人號爲五龍。見《濟北英賢傳》。"此書久佚，檢諸書徵引，僅存戴宏、戴封二人事蹟。

高範《荆州先賢傳》，《隋書·經籍志》史部雜傳類無著録，《舊唐書·經籍志》史部雜傳類、《新唐書·藝文志》史部雜傳記類著録，均作《荆州先賢傳》三卷，題高範撰。高範，生平始末不詳。章宗源《隋書經籍志考證》卷一三雜傳類補録，作《荆州先賢傳》。《荆州先賢傳》久佚，諸書徵引其文，或作《荆州先德傳》，《太平御覽經史圖書綱目》即列《荆州先德傳》。今檢諸書徵引，得董正、吕乂、龐統、費禕、馬良、羅獻六人事蹟。

陶潛《聖賢群輔録》者，史志書目無著録，蕭統所編《陶淵明集》亦無録，北齊陽休之所編《陶淵明集》始載，固後人對其真僞看法不一。歷代以來，多有懷疑其非陶淵明所作者，

《四庫全書總目》集部别集類“《陶淵明集》”條云：“然昭明太子去潛世近，已不見《五孝傳》及《四八目》，不以入集，陽休之何由續得，且《五孝傳》及《四八目》所引《尚書》，自相矛盾，決不出於一手，當必依託之文。休之誤信而增之。”逯欽立説：“梁蕭統所編《陶集》，合序、目、誄、傳而爲八卷，詩文實只七卷，是最早最可靠的本子。北齊陽休之加進了《五孝傳》、《四八目》（《聖賢群輔録》）足成十卷。《陶集》羼進僞作自此始……四友、四皓均與《陶集》大相徑庭，所以宋人定《八儒》、《三墨》二條爲‘後人妄加’（宋庠語）是對的。”①

而清人王謨收録此傳，題《群輔録》，録於《增訂漢魏叢書》中，王謨以爲此傳當是陶潛所撰，他説：“以其所敘述者皆古聖賢人也，而晁氏獨以篇末《八儒》、《三墨》二條，疑爲後人妄加，非謂其與全書次第若無倫貫，而《八儒》、《三墨》名稱又出韓非子，未可據耶。謨竊以爲先生生平讀書，不求甚解，間著文章自娱，亦豈有心結撰，則兹録不過如飲酒時暇，泛覽周王傳，流觀山海圖而已。或時適讀韓非子，因即採此二條，附於篇末，正不必有倫次也，但其所臚列儒墨名目，亦有不必盡同者，如仲梁之爲仲良，孫氏之爲公孫，又有宋鈃尹文五侯子之墨而無相夫氏，疑不必本韓非子，此則先生之學甚博，又未易究也。”② 王氏所言有一定道理，故我們姑且定《群輔録》爲陶潛撰。

---

① 逯欽立校注《陶淵明集・例言》，中華書局 1995 年，第 7 頁。

② 王謨輯《群輔録・序》，《增訂漢魏叢書》本，乾隆五十六年（1791）金谿王氏刻本。

《群輔録》敘事簡略，多據他書所傳羅列而已，其意恐怕僅在於存録古聖賢人之姓名。

另外，熊默《豫章舊志》、熊欣《豫章舊志後撰》、張顯《逸民傳》、虞槃佐《高士傳》、孫綽《至人高士傳贊》、習鑿齒《逸民高士傳》、孫盛《逸人傳》、虞預《會稽典録》、謝承《會稽先賢傳》、鐘離岫《會稽後賢傳記》以及諸《列女傳》等兩晉類傳前文已論，而如留叔先《東陽朝堂像贊》、杜預《女記》、范瑗《交州先賢傳》及佚名《三魏士人傳》等已幾乎不存，故不論。又有如徐廣《孝子傳》、蕭廣濟《孝子傳》等孝子傳以及諸僧道合傳、各種家傳等則將在下章一併介紹。

第六節　兩晉散傳

兩晉時期出現了衆多的散傳作品，丁國鈞《補晉書藝文志》卷二史録雜傳類補録有一百六十一種，文廷式《補晉書藝文志》卷三史部雜傳類補録有一百六十四種，秦榮光《補晉書藝文志》卷二史部傳記類補録有一百七十六種，吴士鑑《補晉書藝文志》卷二史録雜傳類中補録有一百七十四種，黄逢元《補晉書藝文志》卷二史録雜傳類補録有三十七種。丁國鈞等人的補録還有遺漏和誤入的情況存在，在這些補録之上，加上一些遺漏者，除去一些誤入者，粗略統計，兩晉時期的散傳作品，當在一百五十種以上。

一、《衛玠别傳》

《衛玠别傳》，《隋書·經籍志》等史志書目無著録，撰人不詳，丁國鈞《補晉書藝文志》卷二史録雜傳類、文廷式《補晉書藝文志》卷三史部雜傳類、秦榮光《補晉書藝文志》卷二史部傳記類、吴士鑑《補晉書藝文志》卷二史録雜傳類補録。其佚文今散見於諸書徵引，《太平御覽經史圖書綱目》即列《衛玠别傳》。今檢諸書徵引，得其佚文若干條①。

衛玠，《晉書》卷三六《衛瓘傳》附其傳，《世説新語·言語》第32條劉注引《晉諸公贊》云："衛玠，字叔寶，河東安邑人。祖父瓘，太尉。父恒，黄門侍郎。"衛玠曾爲太子洗馬，故時人稱其爲衛洗馬。

《衛玠别傳》善於從側面描寫人物，這突出地體現在對衛玠俊美姿容的描寫方面，請看下面三節：

①《世説新語·言語》第32條劉注，《世説新語·文學》第20條劉注引，《世説新語·品藻》第42條劉注，《世説新語·識鑒》第8條劉注，《世説新語·容止》第14條劉注，《世説新語·容止》第16條劉注，《世説新語·容止》第19條劉注，《世説新語·賞譽》第45條劉注，《世説新語·賞譽》第51條劉注，《世説新語·傷逝》第6條劉注，《藝文類聚》卷一九《人部三·言語》，《初學記》卷一九《人部下·美丈夫第一》"夏潘連璧甥舅映珠"、卷一九《人部下·美丈夫第一》"乘羊車執塵尾"，《太平御覽》卷二〇九《職官部七·三公府掾屬·太尉掾》、卷四四四《人事部八十五·知人下》、卷四四六《人事部八十七·品藻中》、卷五二一《宗親部十一·外甥》、卷五五五《禮儀部三十四·葬送三》、卷八〇三《珎寳部二·珠下》、卷九〇二《獸部十四·羊》，《事類賦》卷九《寳貨部·珠賦》"武子之稱衛玠"，《職官分紀》卷五《掾屬》"三語掾"，《記纂淵海》卷一五五《言語部·敏於應對》，各引一條，作《衛玠别傳》。

玠有虚令之秀,清勝之氣,在群伍之中,有異人之望。祖太保見玠五歲曰:"此兒神爽聰令,與衆大異,恐吾年老,不及見爾。"

玠在群伍之中,寔有異人之望。齠齔時,乘白羊車於洛陽市上,舉市咸曰:"誰家璧人?"於是家門州黨號爲璧人。

驃騎王濟,玠之舅也。嘗與同遊,語人曰:"昨日吾與外生共坐,若明珠之在側,朗然來照人。"①

這三段文字,除"玠有虚令之秀,清勝之氣,在群伍之中,有異人之望"和"玠在群伍之中,寔有異人之望"兩句(此兩句實或爲一句,諸書徵引造成割裂而致重複)是直接描寫衛玠的氣質姿容,或者説是概述,其餘都是從側面進行烘托的。第一段敘寫衛玠的祖父對他的評價,第二段敘寫衛玠的舅父王濟與之同遊的感受,第三段敘述衛玠少年時乘羊車過洛陽市時市上衆人的反應。通過這三例,從而寫出了衛玠的"異人之望"——俊美的姿容和

① 第一條:《世説新語·識鑒》第8條劉注引一條,作《衛玠别傳》,據以輯録。第二條:《世説新語·容止》第19條劉注、《初學記》卷一九《人部下·美丈夫第一》"乘羊車執麈尾"、《太平御覽》卷九〇二《獸部十四·羊》各引一條,作《衛玠别傳》,從《世説新語·容止》第19條劉注引。第三條:《世説新語·容止》第14條劉注、《初學記》卷一九《人部下·美丈夫第一》"夏潘連璧甥舅映珠"、《事類賦》卷九《寶貨部·珠賦》"武子之稱衛玠"、《太平御覽》卷八〇三《珎寶部二·珠下》各引一條,作《衛玠别傳》,從《世説新語·容止》第14條劉注引。

出塵超俗的氣質。這種不直接正面描寫而從側面烘托的表現手法，有很强的表現力，在古詩《陌上桑》中就已有完美的運用，《衛玠別傳》可以説是深得其精髓。其中，“若明珠在側，朗然來照人”和“誰家璧人”的比喻，亦精妙而形象。

《衛玠別傳》在描寫衛玠的才學時，也與描寫其姿容氣質一樣，運用了側面烘托的手法，這體現在別傳多引用時彦評論，如：衛玠娶樂廣女，《衛玠別傳》寫到：

> 裴叔道曰："妻父有冰清之姿，壻有璧潤之望，所謂秦晉之匹也。"爲太子洗馬。永嘉四年，南至江夏，與兄別於梁里澗，語曰："在三之義，人之所重，今日忠臣致身之道，可不勉乎？"①

在敘述其“善《易》、《老》，自抱羸疾，不於外擅相酬對”後，《衛玠別傳》又云："初不於外擅相酬對。時友歎曰：‘衛君不言，言必入真。’武昌見大將軍王敦，敦與談論，咨嗟不能自已。"在敘述其與王敦清談之後，《衛玠別傳》有引王敦之語："昔王輔嗣吐金聲於中朝，此子今復玉振於江表，微言之緒，絶而復續。不悟永嘉之中，復聞正始之音。阿平若在，當復絶倒。"在敘述琅邪王平子“每聞玠之語議，至於理會之間，要妙之際，輒絶倒於坐。前後三聞，爲之三倒，時人遂曰：‘衛君談

① 《世説新語·言語》第32條劉注、《天中記》卷一七《兄弟》“在三”各引一條，作《衛玠別傳》，從《世説新語·言語》第32條劉注引。

道，平子三倒。'" 這些，都是從側面寫其出衆的才學。

《衛玠别傳》正是在這樣層層渲染的側面烘托中逐漸凸顯出衛玠的形象。結尾處,《衛玠别傳》又把筆鋒轉向衛玠死後數年的永和中，劉真長、謝仁祖談論中朝人物的一個場面：

> 永和中,丹陽尹劉真長、鎮西將軍謝仁祖商略中朝士人,遂及於玠。或問:"杜弘治得方衛洗馬不?"謝曰:"安得相比,其間可容數人。"①

這一段，可以説有餘音繞梁之韻致，衛玠死後已有多年，而人們仍在談論他，對他仍然敬慕不已。從人物形象塑造的角度看，這一段有補充與强化的作用，進一步説明衛玠姿容氣質與才學給人們留下的深刻印象。

二、《荀粲傳》《王弼傳》《憲英傳》《孟嘉别傳》及嵇康别傳三種

何劭《荀粲傳》《王弼傳》、夏侯湛《憲英傳》及《孟嘉别傳》、嵇康别傳三種都是兩晉散傳中較有特色的作品，故一併論之。

何劭作有《荀粲傳》和《王弼傳》，此二傳史志書目無著

①《世説新語·品藻》第42條劉注,《太平御覽》卷四四四《人事部八十五·知人下》、卷四四六《人事部八十七·品藻中》各引一條，作《衛玠别傳》，從《太平御覽》卷四四六引。

録，《荀粲傳》今主要見於《三國志》卷一〇《魏書·荀彧傳》所附《荀粲傳》裴注等引，嚴可均主要據《三國志》裴注輯得此文，録於《全晉文》卷一八中。《王弼傳》，主要見於《三國志》卷二八《魏書·鍾會傳》裴注等引，嚴可均據《三國志》卷二八《魏書·鍾會傳》裴注引輯得此文，録於《全晉文》卷一八中，並案云："《世説·文學》篇注引《弼別傳》，其文小異。"丁國鈞《補晉書藝文志》卷二史録雜傳類、文廷式《補晉書藝文志》卷三史部雜傳類、秦榮光《補晉書藝文志》卷二史部傳記類、吴士鑑《補晉書藝文志》卷二史録、黄逢元《補晉書藝文志》卷二史録雜傳類也多據此補録。另外，丁國鈞《補晉書藝文志》卷二史録雜傳類録有《王粲傳》一部，題何劭撰，按云："見本書劭傳。"檢《晉書·何劭傳》，不言其作《王粲傳》，恐丁氏誤。今檢《三國志》卷一〇《魏書·荀彧傳》所附《荀粲傳》裴注等徵引，得《荀粲傳》佚文；檢《三國志》卷二八《魏書·鍾會傳》裴注等徵引，得《王弼傳》佚文，二傳均大致條貫完整①。

① 何劭《荀粲傳》，《三國志》卷一〇《魏書·荀彧傳》"詵弟顗咸熙中爲司空"裴注引一節，作何劭《荀粲傳》；《北堂書鈔》卷一〇〇《藝文部六·論書十九》"聖人糟粕"各引一條，作何劭《荀粲傳》；《世説新語·文學》第 9 條劉注引二條、《世説新語·惑溺》第 2 條劉注引一條，作《荀粲別傳》；《蒙求集注》卷下"王述忿狷荀粲惑溺"引一條，作《荀粲傳》；《文選》卷一一《遊天臺山賦》"散以象外之説暢以無生之篇"李注引一條，作《荀粲列傳》。何劭《王弼傳》，《三國志》卷二八《鍾會傳》"初會弱冠與山陽王弼并知名弼好論儒道辭才逸辯注易及老子爲尚書郎年二十餘卒"裴注引一節，作何劭《王弼傳》；《藝文類聚》卷七四《巧藝部·投壺》引一條，作何劭《王弼傳》；《三國志》（轉下頁）

何劭，字敬祖，陳國陽夏人，何曾之子，《晉書》卷三三《何曾傳》附其有傳。其云："劭，字敬祖，少與武帝同年，有總角之好。帝爲王，六子以劭爲中庶子。"何劭與晉武帝同年，有總角之好，歷官太子中庶子、侍中、太子太師、尚書左僕射、司徒，永寧元年（301）卒。何劭博學善屬文，《晉書·何劭傳》即稱其"陳説近代事，若指諸掌"。有諸奏議文章行於世。《隋書·經籍志》集部著録稱梁有《何劭集》二卷，録一卷，亡。《舊唐書·經籍志》《新唐書·藝文志》著録其有集二卷。除《荀粲傳》《王弼傳》外，何劭今存詩五首，文一節①。

《荀粲傳》是從兩個方面來傳寫荀粲的，一是玄學，一是愛情。

《荀粲傳》中記録了一段荀粲的玄學議論，即荀粲所謂"六籍雖存，固聖人之糠秕"，這是玄學中頗爲著名的一個議論。傳中又略舉了荀粲與傅嘏談玄，裴徽爲之"騎驛"之事，是當時玄談趣尚分殊的寫照。《荀粲傳》中寫得最爲精彩的、也是最能表現荀粲個性特徵的是關於荀粲的愛情：

> 粲常以婦人者，才智不足論，自宜以色爲主。驃騎將軍曹洪女有美色，粲於是聘焉。容服帷帳甚麗，專房歡宴。歷

（接上頁）卷一四《魏書·劉曄傳》"少子陶亦高才而薄行官至平原太守"裴注引一條，作《王弼傳》;《世説新語·文學》第6條劉注、《世説新語·文學》第8條劉注，《太平御覽》卷四六四《人事部·辯下》、卷七五三《工藝部十五·投壺》各引一條，作《王弼别傳》。

① 詩見馮惟訥《詩紀·晉詩》卷三、丁福保《全晉詩》卷二，文見嚴可均《全晉文》卷一八。

年後,婦病亡,未殯,傅嘏往唁粲,粲不哭而神傷。嘏問曰:"婦人才色并茂爲難,子之娶也,遺才而好色,此自易遇,今何哀之甚?"粲曰:"佳人難再得!顧逝者不能有傾國之色,然未可謂之易遇。"痛悼不能已,歲餘亦亡,時年二十九。①

從荀粲對婦人才色的看法,似乎他只是重色而已,但當讀完這一段愛情故事,我們才發現,荀粲其實是一個極爲重情之人。他是由色而情,而一旦用情,又是那麼的用心和專注,傾注了整個身心,其婦病亡,荀粲"不哭而神傷",可謂是傷在心中。與傅嘏的對話,特別是一句"佳人難再得",道出了他心中的傷痛和對逝者的真摯眷念和懷念。而"痛悼不已,歲餘亦亡",他是爲情而死,他對情的專一真可謂一代情聖!如果説《荀粲傳》對荀粲玄學的傳寫是寫其學問與名士風範的話,那麼,對荀粲愛情的敘寫,才真正展現出一個有血有肉有靈魂的荀粲。

《荀粲傳》末寫及其葬禮:"粲簡貴,不能與常人交接,所交皆一時俊傑。至葬夕,赴者裁十餘人,皆同時知名士也,哭之,感動路人。"一句簡單的"哭之,感動路人",歎惋之情,紛紛飄散,留下千古感傷。

①《三國志》卷一〇《魏書·荀彧傳》"誅弟顗咸熙中爲司空"裴注引一節,作何劭《荀粲傳》;《北堂書鈔》卷一〇〇《藝文部六·論書十九》"聖人糟粕"引一條,作何劭《荀粲傳》;《世説新語·文學》第9條劉注引二條、《世説新語·惑溺》第2條劉注引一條,作《荀粲别傳》;《蒙求集注》卷下"王述忿狷荀粲惑溺"引一條,作《荀粲傳》;《文選》卷一一《遊天臺山賦》"散以象外之説暢以無生之篇"李注引一條,作《荀粲列傳》;從《三國志》卷一〇裴注引。

《王弼傳》與《荀粲傳》相似，多記王弼與他人的玄學議論，但没有《荀粲傳》的情致。

夏侯湛《憲英傳》，史志書目無著録，其佚文今主要見於《三國志》卷二五《魏書·辛毗傳》裴注引。丁國鈞《補晉書藝文志》卷二史録雜傳類、文廷式《補晉書藝文志》卷三史部雜傳類、秦榮光《補晉書藝文志》卷二史部傳記類、吴士鑑《補晉書藝文志》卷二史録、黄逢元《補晉書藝文志》卷二史録雜傳類補録。《三國志》裴注引《三國志》裴注引稱"外孫夏侯湛爲其傳曰"，夏侯湛，爲夏侯霸之弟夏侯威次子夏侯莊之子，《三國志》卷九《魏書·諸夏侯曹傳》裴注引《世語》云："莊子湛，字孝若，以才博文章，至南陽相，散騎常侍。"張溥《漢魏六朝百三家集·夏侯湛集》輯録此傳，題《外祖母憲英傳》；嚴可均《三國志》裴注和《太平御覽》卷八一五輯得此傳，題《羊太常辛夫人傳》，録於《全晉文》卷六九中。今檢《三國志》卷二五《魏書·辛毗傳》裴注等徵引，得《憲英傳》佚文，全貌略見①。

《憲英傳》與三國時期鍾會爲其母所作《母夫人張氏傳》類似，都是晚輩所作。此傳主要表現的是憲英的識度，作者選取了三件事例，一是評曹丕爲太子而喜之事，她預見到這是"魏其不昌"的徵兆；二是辛敞向她諮詢在司馬懿誅曹爽事中的行事、態度，她作出了正確的建議；三是對鍾會伐蜀事的評判以

---

①《三國志》卷二五《魏書·辛毗傳》"還爲衛尉薨謚曰肅侯子敞嗣咸熙中爲河内太守"裴注引一節，作"外孫夏侯湛爲其傳"；《太平御覽》卷八一五《布帛部二·錦》引一條，作夏侯孝若集《羊太常辛夫人傳》。

及鍾會以羊琇爲參軍，她對羊琇的勸導，使其"竟以全身"。其中大量運用了對話描寫，幾乎全篇都是由人物的對話組成的。如第二事：

弟敞爲大將軍曹爽參軍。司馬宣王將誅爽，因爽出，閉城門。大將軍司馬魯芝將爽府兵，犯門斬關，出城門赴爽，來呼敞俱去。敞懼，問憲英曰："天子在外，太傅閉城門，人云將不利國家，於事可得爾乎？"憲英曰："天下有不可知，然以吾度之，太傅殆不得不爾！明皇帝臨崩，把太傅臂，以後事付之，此言猶在朝士之耳。且曹爽與太傅俱受寄託之任，而獨專權勢，行以驕奢，於王室不忠，於人道不直，此舉不過以誅曹爽耳。"敞曰："然則事就乎？"憲英曰："得無殆就！爽之才非太傅之偶也。"敞曰："然則敞可以無出乎？"憲英曰："安可以不出！職守，人之大義也。凡人在難，猶或恤之；爲人執鞭而棄其事，不祥，不可也。且爲人死，爲人任，親昵之職也，從衆而已。"敞遂出。宣王果誅爽。事定之後，敞歎曰："吾不謀於姊，幾不獲於義。"①

《孟嘉别傳》，《隋書·經籍志》等史志書目無著録，撰人不詳。丁國鈞《補晉書藝文志》卷二史録雜傳類、文廷式《補晉書藝文志》卷三史部雜傳類、秦榮光《補晉書藝文志》卷二

①《三國志》卷二五《魏書·辛毗傳》"還爲衛尉薨謚曰肅侯子敞嗣咸熙中爲河内太守"裴注引一節，作"外孫夏侯湛爲其傳"，據以輯録。

史部傳記類、吴士鑑《補晉書藝文志》卷二史録雜傳類、黄逢元《補晉書藝文志》卷二史録雜傳類補録。《孟嘉別傳》今散見諸書徵引,《太平御覽經史圖書綱目》即列《孟嘉別傳》。《世説新語・識鑒》第16條劉注引最詳。諸書徵引亦或作《孟嘉傳》,考諸書所引《孟嘉別傳》或《孟嘉傳》之文,與陶潛所撰《晉故征西大將軍長史孟府君傳》(見逯欽立校注《陶淵明集》)之文多同,疑《孟嘉別傳》或爲陶潛之所作傳文,但諸書徵引俱未題陶潛撰,故此存疑焉。今檢《世説新語・識鑒》第16條劉注等徵引,得《孟嘉別傳》佚文若干條①。

《孟嘉別傳》善於選取典型事例來塑造人物形象,孟嘉爲當時名士,《孟嘉別傳》選用了如下之事來表現其脱塵超俗的名士風度:

嘉少以清操知名。太尉庾亮領江州,辟嘉部廬陵從事。下都還,亮引問風俗得失。對曰:"待還,當問從事吏。"亮舉

①《世説新語・識鑒》第16條劉注引一節,《孟嘉別傳》;《北堂書鈔》卷三四《政術部八・任賢十九》"拔孟嘉爲勸學"、卷一五五《歲時部三・九月九日二十》"參僚畢集",《太平御覽》卷二六五《職官部六十三・從事》、卷三九三《人事部三十四・坐》、卷四四四《人事部八十五・知人下》、卷五七〇《樂部八・歌一》、卷六八七《服章部四・帽》,《事類賦》卷一一《樂部・歌賦》"孟嘉之答桓温",《記纂淵海》卷一九五《閫儀部之七・歌舞》各引一條,作《孟嘉別傳》;《北堂書鈔》卷七三《設官部二十五・從事一百六十四》"尚德之舉"、《藝文類聚》卷四《歲時部中・九月九日》、《白氏六帖事類集》卷一《九月九日五十》"龍山落帽"各引一條,作《孟嘉傳》;《初學記》卷四《九月九日第十一》"遊龍山戲馬臺"引一條,作《孟嘉列傳》。

麈尾掩口而笑，語弟翼曰："孟嘉故是盛德人。"①

這裏，不僅表現了孟嘉的風度，庾亮舉麈尾掩口而笑的細節也很生動。如果説這件事是從正面來刻畫孟嘉的名士風度的話，那麼，下面這件事則是從側面來展現其風采的：

轉勸學從事。太傅褚裒有器識，亮正旦大會，裒問亮："聞江州有孟嘉，何在？"亮曰："在坐，卿但自覓。"裒歷觀久之，指嘉曰："將無是乎？"亮欣然而笑，喜裒得嘉，奇嘉爲裒所得，乃益器之。

褚裒聽説江州有名士孟嘉，在正旦大會時，詢問庾亮孟嘉何在，庾亮讓其自覓，褚裒歷觀，在"率多時彦"的衆人中找出了孟嘉。此事並未明言孟嘉的氣質與風度，作者也未從正面加以評説，但毫無疑問，這裏卻寫出了孟嘉不凡的風采。

①《世説新語·識鑒》第16條劉注引一節；《北堂書鈔》卷三四《政術部八·任賢十九》"拔孟嘉爲勸學"、卷一五五《歲時部三·九月九日二十》"參僚畢集"，《太平御覽》卷二六五《職官部六十三·從事》、卷三九三《人事部三十四·坐》、卷四四四《人事部八十五·知人下》、卷五七〇《樂部八·歌一》、卷六八七《服章部四·帽》，《事類賦》卷一一《樂部·歌賦》"孟嘉之答桓温"，《記纂淵海》卷一九五《閫儀部之七·歌舞》，《天中記》卷四三《歌》"絲不如竹"各引一條，作《孟嘉别傳》；《北堂書鈔》卷七三《設官部二十五·從事一百六十四》"尚德之舉"、《藝文類聚》卷四《歲時部中·九月九日》、《白氏六帖事類集》卷一《九月九日五十》"龍山落帽"各引一條，作《孟嘉傳》；《初學記》卷四《九月九日第十一》"遊龍山戲馬臺"引一條，作《孟嘉列傳》；從《世説新語·識鑒》第16條劉注引。

《孟嘉别傳》在表現孟嘉風度的同時，也寫到他的文才：

> 後爲征西桓温參軍，九月九日温遊龍山，參寮畢集，時佐史並著戎服，風吹嘉帽墮落，温戒左右勿言，以觀其舉止。嘉初不覺，良久如厠，命取還之。令孫盛作文嘲之，成，著嘉坐。嘉還即答，四坐嗟歎。

除了用典型事例來表現人物之外，《孟嘉别傳》也以語言細節來寫人物：

> 嘉喜酣暢，愈多不亂。温問："酒有何好而卿嗜之？"嘉曰："明公未得酒中趣爾。"又問："聽伎，絲不如竹，竹不如肉，何也？"答曰："漸近自然。"

這些語言，有魏晉人所特有的玄遠意藴，耐人尋味。

兩晉散傳中，又有嵇康别傳三種，即《嵇康别傳》、嵇喜《嵇康傳》、孫綽《嵇中散傳》，與《荀粲傳》《王弼傳》《憲英傳》及《孟嘉别傳》相類。《嵇康别傳》，《隋書·經籍志》等史志書目無著録，撰人、卷數不詳。《嵇康别傳》久佚，其佚文今散見諸書徵引。嵇喜《嵇康傳》，諸書志未見著録，其文主要見於《三國志》卷二一《王粲傳》裴注引，《文選》卷五三《養生論》題下李注亦引一條。《三國志》裴注引題嵇喜撰。嵇喜，嵇康之兄。《三國志》卷二一裴注引《嵇氏譜》云："康父昭，字子遠，督軍糧治書侍御史。兄喜，字公穆，晉揚州刺史，宗正。”從《三國志》卷二一《王粲傳》裴注引嵇喜《嵇康傳》來看，前後連貫，或即全文。明梅鼎祚輯得此傳，録於《西晉文紀》卷一八；嚴可均亦輯得此傳，録於《全晉文》卷六五中。孫綽《嵇中散傳》，諸書志未見著録。今存佚文一條，見於《文選》李注引，題孫綽《嵇中散傳》，則當爲孫綽所作。今檢諸書徵引，輯得三傳①。

從現存之文看，《嵇康别傳》傳文辭采華美，敘寫極有情致，可與《孟嘉别傳》比肩。如其中一節云："康性含垢藏瑕，愛惡不争於懷，喜怒不寄於顔。所知王濬沖在襄城，面數百，未嘗見其疾聲朱顔。此亦方中之美範，人倫之勝業也。"②又如敘寫嵇康形貌：

> 康長七尺八寸，美音氣，偉容色。土木形骸，不加飾厲，而龍章鳳姿，天質自然。正爾在群形之中，便自知非常

①《嵇康别傳》，《三國志》卷二一《王粲傳》"時又有譙郡嵇康……至景元中坐事誅"裴注、《文選》卷一六《哀傷·思舊賦》"臨當就命顧視日影索琴而彈之"李注、《世説新語·德行》第16條劉注、《世説新語·容止》第5條劉注、《世説新語·棲逸》第3條劉注各引一條，作《康别傳》；《文選》卷二一《詠史·嵇中散》"鸞翮有時鎩龍性誰能馴"李注、《初學記》卷一九《人部下·美丈夫第一》"龍章鳳姿凝脂點漆"、《錦繡萬花谷續集》卷五《美丈夫》"龍章鳳姿"各引一條，作《嵇康别傳》。嵇喜《嵇康傳》，《三國志》卷二一《王粲傳》"時又有譙郡嵇康文辭壯麗好言老莊而尚奇任俠至景元中坐事誅"裴注引一條，作喜爲康傳；《文選》卷五三《論中·養生論》李注引一條，作嵇喜爲康傳。孫綽《嵇中散傳》，《文選》卷二一《詠史·嵇中散》"形解驗默仙吐論知凝神"李注引一條，作孫綽《嵇中散傳》。

②《世説新語·德行》第16條劉注引一條，作《康别傳》，據以輯録。

之器。①

孫綽《嵇中散傳》存文僅一條，難窺其貌。嵇喜《嵇康傳》則主要是敘其性格、愛好及著述。與何劭《王弼傳》相類。

三、《神女傳》及《杜蘭香傳》《曹著傳》

《神女傳》，史志書目無著録，久佚，此傳丁國鈞等《補晉書藝文志》有補録，丁國鈞《補晉書藝文志》卷二史録雜傳類作《神女傳》，秦榮光《補晉書藝文志》卷二史部傳記類作《成公智瓊傳》，吴士鑑《補晉書藝文志》卷二史録雜傳類作《神女傳》，黄逢元《補晉書藝文志》卷二史録雜傳類作《神女傳》。其佚文今主要見於干寶《搜神記》《列異傳》和五代前蜀杜光庭《墉城集仙録》引，李劍國先生據諸書輯得其佚文若干，並有校釋考辯②。今檢諸書徵引，輯得其文，大致首尾連貫，梗概略具③。

---

①《世説新語・容止》第5條劉注引一條，作《康别傳》;《文選》卷二一《詠史・嵇中散》"鸞翮有時鎩龍性誰能馴"李注、《初學記》卷一九《人部下・美丈夫第一》"龍章鳳姿凝脂點漆"、《錦繡萬花谷續集》卷五《美丈夫》"龍章鳳姿"各引一條，作《嵇康别傳》，從《世説新語・容止》第5條劉注引。

② 李劍國《〈神女傳〉、〈杜蘭香傳〉、〈曹著傳〉考論》，《明清小説研究》1998年第4期。

③《太平廣記》卷六一《女仙六・成公智瓊》引一節，云出《集仙録》;《法苑珠林》卷五《六道篇》引一節，云出《搜神記》;《北堂書鈔》卷一二九《衣冠部三・裳二十一》"織成裙"引一條，作張敏《神女傳》;《藝文類聚》卷七九《靈異部下・神》引一條，作《搜神記》，（轉下頁）

《神女傳》作者當爲張敏，《北堂書鈔》卷一二九《衣冠部下·裳二十一》“織成裙”引作“張敏《神女傳》”，云：“班義起感神女智瓊，智瓊復去，賜義起織成裙衫。”文甚簡略，且弦超之姓氏又誤作班，但其明舉《神女傳》爲張敏所作。南宋洪邁《容齋五筆》卷四《晉代遺文》云：“故麓中得舊書一帙，題爲《晉代名臣文集》，凡十四家，所載多不能全，真太山一毫芒耳。有張敏者，太原人，仕歷平南參軍、太子舍人、濟北長史。其一篇曰《頭責子羽文》，極爲尖新。古來文士，皆無此作……其文九百餘言，頗有東方朔《客難》、劉孝標《絶交論》之體。《集仙傳》所載《神女成公智瓊傳》，見於《太平廣記》，蓋敏之作也。”①

張敏，《晉書》無傳，從洪邁所言可知，張敏乃太原人，仕歷平南參軍、太子舍人、濟北長史。又：《文選》卷五六《劍閣銘》李注引臧榮緒《晉書》云：“張載父收，爲蜀郡太守。載隨父入蜀，作《劍閣銘》，益州刺史張敏見而奇之，乃表上其文，世祖遣使鐫石記焉。”此事《晉書》卷五五《張載傳》亦載，也稱益州刺史張敏見而奇之云云。則可知，張敏曾爲益州刺史。《隋書·經籍志》集部有晉尚書郎張敏集二卷，注云：“梁五

（接上頁）又引一條，作晉張敏《神女賦》；《太平御覽》卷三九九《人事部四十·應夢》、卷七二八《方術部九·筮下》各引一條，作《智瓊傳》；《海録碎事》卷一三上《鬼神道釋部·仙門》“智瓊”、《廣博物志》卷一三《靈異二》各引一條，《太平寰宇記》卷一三《河南道十三·鄆州》言及魚山引《述征記》引一條，敘神女降弦超事。

① 洪邁《容齋五筆》卷四《晉代遺文》，見《容齋隨筆》，中華書局 2006 年，第 874—876 頁。

卷。”《舊唐書·經籍志》《新唐書·藝文志》亦均著録張敏集二卷，其文集今也散佚不見，嚴可均輯得其文三篇，《神女傳》文一節，録於《全晉文》卷八〇中。李劍國先生以爲《法苑珠林》引《搜神記》末云張茂先（張華）《神女賦》當是張敏所作，並有輯録。

張敏《神女傳》述成公智瓊降弦超事，其開篇云：

> 魏濟北國從事掾弦超，字義起。以嘉平中夕獨宿，夢有神女來從之，自稱天上玉女，東郡人，姓成公，字智瓊。早失父母，上帝哀其孤苦，令得下嫁。超當其夢也，精爽感悟，美其非常人之容，覺而欽想，如此三四夕。①

這一開頭承繼了辭賦中人神遇合的模式，辭賦中的人神遇合故事，始於宋玉《高唐賦》和《神女賦》，而在漢末三國之際，此類辭賦大量出現，如王粲、應暘、楊修、陳琳、曹植等都此類作品。辭賦作品中的人神遇合，多以夢境的形式引入，張敏的《神女傳》也如此開篇，顯然是對辭賦作品的襲而用之。不過，《神女傳》在

①《太平廣記》卷六一《女仙六·成公智瓊》引一節，云出《集仙録》；《法苑珠林》卷五《六道篇》引一節，云出《搜神記》；《北堂書鈔》卷一二九《衣冠部三·裳二十一》“織成裙”引一條，作張敏《神女傳》；《藝文類聚》卷七九《靈異部下·神》引一條，作《搜神記》，又引一條，作晉張敏《神女賦》；《太平御覽》卷三九九《人事部四十·應夢》、卷七二八《方術部九·筮下》各引一條，作《智瓊傳》；《海録碎事》卷一三上《鬼神道釋部·仙門》“智瓊”、《廣博物志》卷一三《靈異二》各引一條，《太平寰宇記》卷一三《河南道十三·鄆州》言及魚山引《述征記》引一條，敘神女降弦超事。從《太平廣記》卷六一引。

引出此題後，便轉入了現實世界：

一旦顯然來，駕輜軿車，從八婢，服羅綺之衣，姿顔容色，狀若飛仙。自言年七十，視之如十五六。車上有壺榼，清白琉璃，飲啗奇異，饌具醴酒，與超共飲食。謂超曰："我天上玉女，見遣下嫁，故來從君，蓋宿時感運，宜爲夫婦，不能有益，亦不能爲損。然常可得駕輕車肥馬，飲食常可得遠味異膳，繒素可得充用不乏。然我神人，不能爲君生子，亦無妬忌之性，不害君婚姻之義。"遂爲夫婦。贈詩一篇曰："飄颻浮勃逢，敖曹雲石滋。芝英不須潤，至德與時期。神仙豈虚降，應運來相之。納我榮五族，逆我致禍災。"

這是一段細微而頗具真實感的描繪，神女的衣著服飾、輜車婢女、器物酒食，都一一陳説。這裏，神女對弦超説的一段話值得注意，她解釋了來從弦超的原因："見遣下嫁，故來從君。不謂君德，蓋宿時感運，宜爲夫婦。"不是因爲弦超有什麼美德，只是因爲"宿時感運"，與劉向《孝子傳》中天帝感其至孝而使織女嫁董永，頗帶道德意味不同，可以説，這裏是不含道德意味的，表現出來完全是一種文人遊戲的意趣，即僅僅在於其故事性。

從今存佚文看，《神女傳》是完整地敘述了弦超與智瓊的交往過程的。其中臨别一段，頗有情致：

後夕歸，玉女已求去，曰："我神仙人也，雖與君交，不願人知，而君性疎漏，我今本末已露，不復與君通接。積年交結，恩義不輕，一旦分别，豈不愴恨，勢不得不爾，各自努力矣。”呼侍御下酒啗，發簏，取織成裙衫兩襠遺超，又贈詩一首，把臂告辭，涕零溜灕，肅然升車，去若飛流。超憂感積日，殆至委頓。

《神女傳》顯然是出於虚構，或許弦超確有其人，但這在其中似乎並不重要，作者以敘述故事爲主要目的，而又頗帶遊戲性質，小説品格甚爲突出，這在雜傳作品中是值得注意的，它是漢魏六朝雜傳小説化的一個典型例證。

《神女傳》對後世小説，特别是唐人傳奇的影響很大。就題材而言，在六朝小説和後來的唐人傳奇中，此類人神遇合的故事不斷出現，六朝時期陶潛《搜神後記》所載西王母養女何參軍女奉命“與士人交”而嫁豫章劉廣故事，佚名《八朝窮怪録》所載劉子卿遇廬山康王廟神女故事，蕭總遇巫山神女故事，蕭嶽遇東海姑故事等，都與《神女傳》相似，故事及情節的因襲之跡顯然可見。在唐人傳奇中，此類故事也很多，如張薦《靈怪集》中的郭翰故事、戴孚《廣異記》中的汝陰人故事、戠於陳翰《異聞集》中佚名的后土夫人故事、陳劭《通幽記》中的趙旭故事、裴鉶《傳奇》中的蕭曠故事等。就敘事結構而言，《神女傳》在敘事中有插入詩歌的現象，雜傳在敘事中插入詩歌，很早就有，如《蔡琰别傳》中就有蔡琰登胡殿、感笳音而作詩。此詩爲智瓊所作，大意言其與弦超的結合是時期所致、應運而來，又言及只能順從而不能拒絶她，拒絶則有災禍降臨。

此詩有爲主人公達意傳情的目的，雖還不甚明顯，但在敘事的結構模式上卻是值得注意的現象。

與《神女傳》相類的兩晉散傳還有《杜蘭香傳》和《曹著傳》。

《杜蘭香傳》，史志書目無著録，久佚，丁國鈞等《補晉書藝文志》有補録，其中，丁國鈞《補晉書藝文志》卷二史録雜傳類作《杜蘭香別傳》，秦榮光《補晉書藝文志》卷二史部傳記類作《杜蘭香別傳》，吳士鑑《補晉書藝文志》卷二史録雜傳類作《杜蘭香傳》，黄逢元《補晉書藝文志》卷二史録雜傳類作《杜蘭香傳》。李劍國先生對此傳有輯考①。

《北堂書鈔》卷一四三、卷一四八，《藝文類聚》卷八一，《太平御覽》卷三九六、卷七五九、卷七六一、卷八四九、卷九八九等引均題曹毗撰。如丁國鈞補録此傳，丁辰按云"此傳當即毗所撰"無疑②。《晉書》卷九二《文苑傳·曹毗傳》有傳，其中有云："時桂陽張碩爲神女杜蘭香所降，毗因以二篇詩嘲之，並續蘭香歌詩十篇，甚有文彩。"曹毗，字輔佐，譙國人，魏大司馬曹休之後，有文才，善辭賦，歷官郎中、佐著作郎、句章令、太學博士、尚書郎、鎮軍大將軍從事中郎、下邳太守。據李劍國先生推測，曹毗大約卒於孝武帝太元中（376—396），《杜蘭香傳》大約作於咸和（326—334）前幾年。

曹毗《杜蘭香傳》佚文今見於諸書徵引，或引作《杜蘭香

① 李劍國《〈神女傳〉、〈杜蘭香傳〉、〈曹著傳〉考論》，《明清小説研究》1998 年第 4 期。

② 丁國鈞《補晉書藝文志》卷二史録雜傳類"《杜蘭香別傳》"條，開明書店《二十五史補編》第 3 册，中華書局 1998 年，第 20 頁下。

傳》，或引作《杜蘭香別傳》，或引作《神女杜蘭香傳》。其中，《齊民要術》卷一〇，《北堂書鈔》卷一四三、卷一四八，《藝文類聚》卷八一，《太平御覽》卷七五九、卷七六一、卷八四九、卷九八四、卷九八九、卷五〇〇、卷八一六、卷九六四引作《杜蘭香傳》；《藝文類聚》卷七一、卷七九、卷八二，《太平御覽》卷七六九、卷九七六，《太平廣記》卷二七二引作《杜蘭香別傳》；《太平御覽》卷三九六引作《神女杜蘭香傳》。另外，涵本《説郛》卷七《諸傳摘玄》摘兩節，宛本《説郛》卷一一三、《緑窗女史》卷一〇所録，均同《藝文類聚》卷七九、卷八一，胡應麟輯《搜神記》也合此兩節爲一篇，載於卷一，《類説》卷四〇摘録《稽神異苑》中《杜蘭香》在白帝君所一節引自《征途記》，以上諸種疑出《杜蘭香傳》。《齊民要術》《北堂書鈔》等引文較早，故此從其題名，定其名爲《杜蘭香傳》。今檢諸書徵引，輯得其文若干，粗略可觀[①]。

①《太平御覽》卷三九六《人事部三十七・溺》引一條，作曹毗《神女杜蘭香傳》；《太平御覽》卷九八九《藥部六・藷薁》引一條，作曹毗《杜蘭香降張碩傳》；《北堂書鈔》卷一四三《酒食部・總篇二》"不宜露食"，《藝文類聚》卷八一《草部上・藥》，《太平御覽》卷七五九《器物部四・檈》、卷七六一《器物部六・榼》、卷八四九《飲食部七・食下》、卷九八四《藥部一・藥》引一條，作曹毗《杜蘭香傳》；《藝文類聚》卷七一《舟車部・舟》、卷七九《靈異部下・神》、卷八二《草部下・菜蔬》，《太平御覽》卷七六九《舟部二・敘舟中》、卷九七六《菜部一・菜》，《太平廣記》卷二七二《婦人三・杜蘭香》，各引一條，作《杜蘭香別傳》；《齊民要術》卷一〇《五穀果蓏菜茹非中國物産者・果蓏》，《太平御覽》卷五〇〇《人事部一百四十一・奴婢》、卷八一六《布帛部三・織成》、卷九六四《果部一・果》各引一條，作《杜蘭香傳》；又，《太平御覽》卷一八六《居處部十四・厠》引一條，（轉下頁）

《曹著傳》，史志書目無著録，《曹著傳》作者不詳，李劍國先生以爲“當出東晉中期人手”。《曹著傳》久佚，李劍國先生據諸書徵引輯得此傳，並有考辯[①]。今檢諸書徵引，輯得其佚文數條，亦略可觀覽[②]。

《杜蘭香傳》述杜蘭香降張碩事，今存傳文中言及杜蘭香的出生、婢女等，可推知，此傳所述當甚爲詳盡。《杜蘭香傳》又多述杜蘭香與張碩所食之物，並特寫杜蘭香與張碩署豫子，稱："食此，令君不畏風波，辟寒温。"又對張碩多戒告，道教氣甚濃。另外，《杜蘭香傳》在敘事過程中共插入詩歌三首，第一首内容與《神女傳》中智瓊所作詩相似，言其來意和順從與不從的後果，後兩首爲贈張碩詩，不全。從第一首與《神女傳》的相似可知，此傳是模仿《神女傳》而作，而後世小説敘事中夾雜詩歌，恐怕也是在這種模仿中逐漸形成的一種模式。

（接上頁）作“曹毗曰”，《類説》卷四〇《稽神異苑》“杜蘭香在白帝君所”云出《征途記》，或當出《杜蘭香傳》。

① 李劍國《〈神女傳〉、〈杜蘭香傳〉、〈曹著傳〉考論》，《明清小説研究》1998年第4期。

②《水經注》卷三九《廬江水》“廬江水出三天子都北過彭澤縣西北入於江”引一條，作《曹著傳》；《白氏六帖事類集》卷四《甕二十二》“風雷出”引一條，作《怪志》；《太平御覽》卷七五八《器物部三·甕》引一條，作《志怪》；《北堂書鈔》卷七七《設官部二十九·小吏一百七十四》“曹著廬山配女”、卷一四二《酒食部一·總篇一》“廬山酒饌”，《初學記》卷二六《服食部·衫第九》“納布織成”，《太平御覽》卷八四九《飲食部七·食下》、卷六九三《服章部十·衫》各引一條，作祖台之《志怪》；《太平御覽》卷五七三《樂部十一·歌四》引一條，作祖台《志怪》；《北堂書鈔》卷一二九《衣冠部三·衫二十六》“織成”引一條，作《志怪録》。

《曹著傳》所遺文字不多，主要也是酒食器具的描寫，以此顯示神仙與凡人的不同，而故事與《神女傳》和《杜蘭香傳》又略微有别，即神人遇而未合，留下更多的悵惘。

四、《雷煥别傳》及其他

《雷煥别傳》，《隋書·經籍志》等史志書目無著録，作者、卷數不詳，《太平御覽經史圖書綱目》録《雷煥别傳》。丁國鈞《補晉書藝文志》卷二史録雜傳類、文廷式《補晉書藝文志》卷三史部雜傳類、秦榮光《補晉書藝文志》卷二史部傳記類、吴士鑑《補晉書藝文志》卷二史録雜傳類補録。其佚文今見於《北堂書鈔》和《太平御覽》等所引①。

今所見《雷煥别傳》，主要内容是寫寶劍的，從寶劍即將出現的預兆寫起，然後敘述發現過程和最後寶劍消失，相當完整，且充滿離奇玄妙色彩，可以看著是一篇關於寶劍的傳奇故事：

> 煥，字孔章，鄱陽人。善星歷卜占。晉司空張華夜見異氣起牛斗，華問煥："見之乎？"煥曰："此謂寶劍氣。"華曰："時有相吾者云'君當貴達，身佩寶劍'，此言欲效矣。"乃以煥爲豐城令。煥至縣，移獄，掘入三十餘尺，得青石函一枚，

①《北堂書鈔》卷一二二《武功部十·劍三十四》"拭以西山黄土磨以華陰赤土"，《太平御覽》卷三七《地部二·土》、卷三四三《兵部七十四·劍中》、卷四六七《人事部·喜》各引一條，作《雷煥别傳》。

中有雙劍，文采未甚明。煥取南昌西山黄白土，用拭劍，光艷照曜。乃送一劍并少黄土與華，自留一劍。華得劍并土，曰："此干將也，莫耶已復不至，然天生神物，終當合耳。"乃更以華陰赤土一斤送與煥。煥得磨劍，鮮光愈亮。及華誅，劍亡玉匣，莫知所在。後煥亡，煥子爽帶劍經延平津，劍無故墮水，令人没水逐覓，見二龍長數丈，盤交，須臾，光采微發，曜日映川。①

此顯然是借古已有之的關於干將、莫邪寶劍的傳説，附著於張華、雷煥，敷演而成。張華見有異氣出於牛斗之間，問善星曆卜占的雷煥，知有寶劍將出，於是以煥爲豐城令，煥至，掘地得劍。磨拭寶劍所用之土也甚爲講究，雷煥用南昌西山黄白土，張華用華陰赤土。張、雷二人，一得干將劍，一得莫邪劍，二人亡後，劍也隨之而亡，化龍而去。故事情節完整，充滿奇幻色彩，並在敘事過程中預設伏筆，使敘事前後貫連，如開頭的星氣預兆，張華所言相者語，與雷煥的掘地得劍相呼應；張華得劍後所言"此干將也，莫邪已復不至，然天生神物，終當合耳"與後來雷煥子爽帶劍經延平津，而劍無故墮水，兩劍再合，化龍而去之事相呼應。

《雷煥別傳》所傳寶劍故事，虚構性十分明顯，故事離奇玄

①《北堂書鈔》卷一二二《武功部十·劍三十四》"拭以西山黄土磨以華陰赤土"，《太平御覽》卷三七《地部二·土》、卷三四三《兵部七十四·劍中》、卷四六七《人事部·喜》各引一條，作《雷煥別傳》，從《太平御覽》卷三四三引。

妙，敘事生動有致，是頗具小説品格的。

與《雷煥别傳》相似，頗具小説性内藴的兩晉散傳還有：《裴楷别傳》《羊祜别傳》《孫惠别傳》《向秀别傳》《王廙别傳》《王彬别傳》《王濛别傳》《許肅别傳》《陶侃别傳》《陸機陸雲别傳》《孫放别傳》《郭翻别傳》《杜祭酒别傳》《羅含别傳》《羅府君别傳》《陳武别傳》《夏仲御别傳》《孫登别傳》等。

以上諸傳，《隋書·經籍志》等史志書目多無著録，撰人不詳，也大多散佚，佚文散見諸書徵引①，丁國鈞《補晉書藝文志》

---

①《裴楷别傳》，《北堂書鈔》卷八五《禮儀部六·弔十四》"裴楷獨哭而返"，《藝文類聚》卷六四《居處部四·宅舍》，《太平御覽》卷三八八《人事部二十九·聲》、卷五六一《禮儀部四十·弔》、卷七三九《疾病部二·狂》，《職官分紀》卷七《侍郎》"醉眠妓屋中"，《記纂淵海》卷一七一《生理部一·宅第》各引一條，作《裴楷别傳》。《羊祜别傳》，《北堂書鈔》卷六四《設官部十六·驍騎將軍一百十三》"王濬謀伐吴"，《太平御覽》卷二三九《職官部三十七·冠軍將軍》、卷四二六《人事部六十七·清廉下》、卷八三七《百穀部一·穀》，《職官分紀》卷三四《龍驤將軍》"童謡"各引一條，作《羊祜别傳》。《孫惠别傳》，《三國志》卷五一《吴書·孫賁傳》"苗弟旅及叔父安熙績皆歷列位"裴注引一條，作《孫惠别傳》。《向秀别傳》，《世説新語·言語》第18條劉注，《世説新語·文學》第17條劉注，《文選》卷二一《詠史·五君詠·向常侍》"交吕既鴻軒攀嵇亦鳳舉"李注，《藝文類聚》卷六五《産業部·園》，《太平御覽》卷一九七《居處部二十五·園圃》、卷四〇九《人事部五十·交友四》、卷八二四《資産部四·園》、卷八三三《資産部十三·鍛》各引一條，作《向秀别傳》。《王廙别傳》，《世説新語·仇隙》第3條劉注、《北堂書鈔》卷一三八《舟部·舫七》"王廙倚舫長嘯"、《藝文類聚》卷一九《人部三·嘯》、《太平御覽》卷三九二《人事部三十三·嘯》各引一條，作《王廙别傳》。《王彬别傳》，《世説新語·識鑒》第15條劉注引一條，作《王彬别傳》。《王濛别傳》，《世説新語·賞譽》第87條劉注、《世説新語·任誕》第32條劉注、《世説新語·賞譽》第109條劉注、《世説新語·傷逝》第10條劉注、（轉下頁）

卷二史録雜傳類，文廷式《補晉書藝文志》卷三史部雜傳類、秦榮光《補晉書藝文志》卷二史部傳記類、吴士鑑《補晉書藝

（接上頁）《世説新語·賞譽》第133條劉注、《北堂書鈔》卷五七《設官部九·中書侍郎五十三》“王濛四年無對”、《藝文類聚》卷四八《職官部四·中書侍郎》、《初學記》卷一一《職官部上·中書侍郎第十》“專掌無對”、《太平御覽》卷二二〇《職官部十八·中書侍郎》、《職官分紀》卷七《侍郎》“在職四年首尾如一”各引一條，作《王濛別傳》。《許肅別傳》，《太平御覽》卷四一八《人事部五十九·忠貞》引一條，作《許肅別傳》。《陶侃別傳》，《世説新語·賢媛》第20條劉注引，《世説新語·方正》第52條劉注，《世説新語·識鑒》第19條劉注，《元和姓纂》卷五“彬”，《太平御覽》卷七〇八《服用部十·氍毹》、卷九一六《羽族部三·鶴》，《事類賦》卷一八《禽部·鶴賦》“陶侃之墓頭弔客”各引一條，作《陶侃別傳》。《陸機陸雲別傳》，《三國志》卷五八《吴書·陸遜傳》“景妻孫晧適妹與景俱張承外孫也”裴注、《文選》卷三八《表·爲蕭楊州作薦士表》“辭賦清新屬言玄遠”李注各引一條，作《陸機陸雲別傳》。《陸機別傳》，《世説新語·言語》第26條劉注，《世説新語·尤悔》第3條劉注引，《唐開元占經》卷一〇一《霧》，《太平御覽》卷一二《天部十二·雪》、卷三七二《人事部十三·踝》、卷六九九《服用部一·幔》、卷八七八《咎徵部五·霧》各引一條，作《陸機別傳》。《陸雲別傳》，《世説新語·賞譽》第20條劉注引一條，作《陸雲別傳》。《孫放別傳》，《世説新語·言語》第50條劉注，《世説新語·排調》第33條劉注，《北堂書鈔》卷一三八《舟部·柂十五》“在後正船”，《太平御覽》卷五八三《樂部二十一·琵琶》、卷七七一《舟部四·柂》各引一條，作《孫放別傳》。《郭翻別傳》，《北堂書鈔》卷一三七《舟部上·舟揔篇一》，《藝文類聚》卷二一《人部五·讓》，《太平御覽》卷四二四《人事部六十五·讓下》、卷五五五《禮儀部三十四·葬送三》各引一條，作《郭翻別傳》。《杜祭酒別傳》，《北堂書鈔》卷一三四《儀飾部三·被二十七》“舉被授之”，《太平御覽》卷一五七《州郡部三·敘縣》、卷三八五《人事部二十六·幼智下》、卷三九三《人事部三十四·卧》、卷五五五《禮儀部三十四·葬送三》、卷七〇七《服用部九·被》、卷九〇六《獸部十八·鹿》，《景定建康志》卷一六《疆域志二·橋梁》“赤蘭橋”，《至大金陵新志》卷四下《疆域志二·橋梁》“赤蘭橋”各引一條，作《杜祭酒別傳》；（轉下頁）

文志》卷二史録雜傳類、黄逢元《補晉書藝文志》卷二史録雜傳類多據諸書徵引補録。

這些散傳，或多録傳聞虚誕之事，或描寫細緻生動，或敘事充滿故事性、情節性，在不同方面表現出或多或少的小説意趣和品質，兹舉二例。

（接上頁）《北堂書鈔》卷一三六《儀飾部七・屩八十六》"祭酒學作"引一條，作《杜祭酒傳》。《羅府君别傳》，《世説新語・方正》第56條劉注引一條，作《羅府君别傳》。《羅含别傳》，《藝文類聚》卷九〇《鳥部一・鳥》、卷九二《鳥部下・雀》，《白氏六帖事類集》卷二一《録事第七十二》"琳琅"，《太平御覽》卷九二二《羽族部九・赤雀》各引一條，作《羅含傳》；《世説新語・規箴》第19條劉注，《藝文類聚》卷六一《居處部一・總載居處》、卷六四《居處部四・庭》，《太平御覽》卷二六五《職官部六十三・從事》、卷三九三《人事部三十四・卧》，《職官分紀》卷四〇《諸從事》"捜揚翹楚匪蘭弗刈"引一條，作《羅含别傳》。《陳武别傳》，《藝文類聚》卷一九《人部三・吟》、卷九四《獸部中・驢》，《太平御覽》卷三九二《人事部三十三・吟》、卷四四六《人事部八十七・品藻中》、卷八三三《資産部十三・牧》各引一條，作《陳武别傳》；《太平御覽》卷三六三《人事部四・字》引一條，作《陳武列傳》，"列"當作"别"。《夏仲御别傳》，《北堂書鈔》卷一一二《樂部四・倡優二十八》"吞刀吐火""女巫惑人"、卷一四八《酒食部・酒六十》"長安醇""觴口已傾"、卷一五五《歲時部三・三月三日十七》"王公至南橋"，《藝文類聚》卷四《歲時部中・三月三日》，《初學記》卷四《歲時部下・三月三日第六》"南浮橋東流水"、卷一五《樂部上・雜樂第二》"清歌妙舞"、卷一五《樂部上・雅樂第一》"致鱗羽動風雲"，《太平御覽》卷三〇《時序部十五・三月三日》、卷四三一《人事部七十二・勤》、卷五八一《樂部十九・笳》各引一條，《太平御覽》卷五六八《樂部六・女樂》引二條，作《夏仲御别傳》。《孫登别傳》，《北堂書鈔》卷一〇九《樂部九・琴十》"讀易彈琴"，《藝文類聚》卷一九《人部三・嘯》、卷四四《樂部四・琴》，《太平御覽》卷五七九《樂部十七・琴下》各引一條，作《孫登别傳》；《太平御覽》卷三九二《人事部三十三・嘯》引一條，作《孫登列傳》，"列"當作"别"。

如《羅含别傳》:

羅含,字君章。少時晝卧,忽夢一鳥文色異常,飛來入口。含因驚起,心胸間如吞物,意甚怪之。叔母謂曰:"鳥有文章,汝後必有文章,此吉祥也。"含於是才藻日新。

含致仕還家,庭中忽自生蘭,此德行幽感之應。

含在家,時有百雀集堂宇,此德行幽感所致。①

《羅含别傳》的這幾條遺文，不論是庭生蘭草、白雀集堂，還是夢吞文色之鳥，都無疑是源自傳聞的虚誕之事。

如《王彬别傳》:

彬,字世儒,琅邪人。祖覽,父正,並有名德。彬爽氣出儕類,有雅正之韻。與元帝姨兄弟,佐佑皇業,累遷侍中。從兄敦下石頭,害周伯仁,彬與顗素善,往哭其尸,甚慟。既而見敦,敦怪其有慘容而問之,答曰:"向哭周伯仁,情不能已。"敦

① 第一條:《藝文類聚》卷九〇《鳥部一・鳥》引一條，作《羅含傳》;《太平御覽》卷三九三《人事部三十四・卧》引一條，作《羅含别傳》; 從《藝文類聚》卷九〇引。第二條:《藝文類聚》卷六四《居處部四・庭》、《太平御覽》卷九八三《香部三・蘭香》各引一條，作《羅含别傳》，從《藝文類聚》卷六四引。第三條:《藝文類聚》卷九二《鳥部下・雀》、《太平御覽》卷九二二《羽族部九・赤雀》各引一條，作《羅含傳》，從《藝文類聚》卷九二引。

曰："伯仁自致刑戮，汝復何爲者哉！"彬曰："伯仁，清譽之士，有何罪？"因數敦曰："抗旍犯上，殺戮忠良！"音辭忼慨，與淚俱下。敦怒甚，丞相在坐，代爲之解，命彬曰："拜謝。"彬曰："有足疾，比來見天子尚不能拜，何跪之有？"敦曰："脚疾何如頸疾。"以親故不害之。累遷江州刺史、左僕射，贈衛將軍。①

此段敘述王敦殺周凱後王彬與王敦相見時發生的一件事，敘述充滿故事性和情節性，作者精心設置了一個王彬與王敦相見的場境，細緻地描摹出王彬和王敦相遇時的表現和二者之間的衝突，人物音容形貌栩栩如生。

另外，《石勒别傳》《石虎别傳》也值得一提。

《石勒别傳》《石虎别傳》，今俱存殘文，見於諸書徵引。《太平御覽經史圖書綱目》列《石虎别傳》。有關二石之書，《隋書·經籍志》史部霸史類著録有王度《二石傳》，二卷，注雲"晉北中郎將參軍王度撰"，又著録王度《二石僞治時事》，二卷。《舊唐書·經籍志》史部僞史類著録田融《二石記》，二十卷，王度、隋翽等撰《二石僞事》六卷，《新唐書·藝文志》史部僞史類著録有田融《趙石記》二十卷，又《二石記》二十卷，王度、隨翽《二石僞事》六卷，《二石書》十卷。《史通》又云："後趙石勒命其臣徐光、宗曆、傳暢、鄭愔等撰《上黨國記》、《起居注》、《趙書》。其後又令王蘭、陳宴、程陰、徐機等相次撰述。至石虎，並令刊削，使勒功業不傳。其後燕太傅長史田

①《世説新語·識鑒》第15條劉注引一條，作《王彬别傳》，據以輯録。

融、宋尚書庫部郎郭仲産、北中郎參軍王度追撰二石事，集爲《鄴都記》、《趙記》等書。”①

清湯球輯有《二石傳》一卷，題王度撰，録於《廣雅書局叢書》之史學類《三十國春秋輯本》中，《叢書集成初編》用此本。考其所輯，乃諸書徵引中或題《石勒别傳》《石勒傳》《石虎别傳》者，也就是説，湯氏以爲諸書徵引稱《石勒别傳》《石虎别傳》者均出於《隋書·經籍志》史部霸史類所著録王度的《二石傳》。不過，今所見諸書徵引幾乎都稱《石勒别傳》或《石勒傳》《石虎别傳》，無稱《二石傳》者，竊以爲《石勒别傳》《石虎别傳》或不出於《二石傳》，丁國鈞《補晉書藝文志》卷二史録雜傳類、文廷式《補晉書藝文志》卷三史部雜傳類、秦榮光《補晉書藝文志》卷二史部雜傳類、吴士鑑《補晉書藝文志》卷二史録雜傳類即單獨補録《石勒别傳》《石虎别傳》（或又著録《石勒傳》），而不稱其爲王度之《二石傳》。故此存疑，暫不將其視爲出於王度《二石傳》。今檢諸書徵引，得《石勒别傳》《石虎别傳》佚文若干條②。

①劉知幾撰，浦起龍釋《史通通釋》卷一二《古今正史》第二，上海古籍出版社，1978年，第358頁。

②《石勒别傳》，《世説新語·識鑒》第7條劉注、《藝文類聚》卷九九《祥瑞部下·兔》各引一條，作《石勒傳》;《北堂書鈔》卷一六〇《地部四·石篇十六》，《太平御覽》卷三三八《兵部六十九·角》、卷四九六《人事部一百三十七·鬭争》、卷八二二《産資部二·耕》、卷八三二《資産部十二·獵下》、卷九九一《藥部八·人參》各引一條，作《石勒别傳》。《石虎别傳》，《北堂書鈔》卷一三一《儀飾部下·璽十三》“韓强得元璽”、《太平御覽》卷三四《時序部十九·寒》、卷三八六《人事部二十七·健》、卷六八二《儀式部三·璽》各引一條，作《石虎别傳》。

從今存遺文看,《石勒别傳》當多記虚誕不經之事，如其中的一節：

> 晉元康中,流宕山東,與平原茌平人師歡家庸,耳恒聞鼓角鞞鐸之音,勒私異之。初,勒鄉里原上地中生石日長,類鐵騎之象。國中生人參,葩葉甚盛。於時父老相者皆云:"此胡體貌奇異,有不可知。"歡邑人厚遇之,人多哂而不信……①

《石虎别傳》今存文較少，難窺其貌。

五、《佛圖澄别傳》及其他僧道術士傳

兩晉時期佛道昌熾，與此相關，在兩晉散傳中也存在着一批僧道和術士的傳記，包括《佛圖澄别傳》《佛圖澄傳》《支遁别傳》《支遁傳》《支法師傳》《道安傳》《安法師傳》《安和上傳》《高坐别傳》《吴猛别傳》《許遜别傳》《許逵别傳》《許邁别傳》《顔修内傳》《徐延年别傳》《王君内傳》《茅真君傳》《周君内傳》《南嶽夫人内傳》《南嶽夫人傳》《魏夫人傳》《蘇君記》等②。這些僧道術士傳,一般篇幅較長,並多涉神異虚誕之事，描寫又往往細緻詳細，小説品格鮮明，是後世神魔小説的先聲。

---

①《世説新語・識鑒》第 7 條劉注引一條，作《石勒傳》，據以輯録。

② 張承宗在《六朝道教人物雜傳述要》一文中對整個六朝時期，包括兩晉的道教人物傳有略考，可參看。見《蘇州大學學報》1998 年第 1 期。值得注意的是，他把《漢武内傳》繫於六朝。

如《佛圖澄别傳》與《佛圖澄傳》,《隋書・經籍志》等史志書目均無録，撰人不詳。《佛圖澄别傳》，丁國鈞《補晉書藝文志》卷二史録雜傳類、文廷式《補晉書藝文志》卷五子部釋家類、秦榮光《補晉書藝文志》卷三子部釋家類、吴士鑑《補晉書藝文志》卷二史録雜傳類補録。《佛圖澄傳》，丁國鈞《補晉書藝文志》卷二史録雜傳類補録。又,《法苑珠林》卷三一《潛遁篇・感應緣》録有《西晉沙門竺佛圖澄》，與《晉書・佛圖澄傳》《高僧傳・佛圖澄傳》不同，不知所出，或出澄之别傳①。丁國鈞《補晉書藝文志》卷二史録雜傳類、吴士鑑《補晉書藝文志》卷二史録補録。

《佛圖澄别傳》多記神異之事，如：

> 石勒時天旱,於石井岡掘得死龍,長尺餘,漬之以水,良久乃蘇。呪而祭之,龍騰空而上,即大雨降,因名石井爲龍岡。

> 石虎時,自正月至六月不雨。澄詣滏口祠,稽首曝露,即

①《佛圖澄别傳》,《世説新語・言語》第45條劉注,《北堂書鈔》卷九〇《禮儀部十一・祈禱二十六》"白龍祠降",《太平御覧》卷六四《地部二十九・滏水》、卷七五九《器物部四・鉢》、《事類賦》卷二八《鱗介部・龍賦》"或漬之而復活" 各引一條，作《佛圖澄别傳》。《佛圖澄傳》,《藝文類聚》卷八二《草部下・芙蕖》,《太平御覽》卷一一《天部十一・祈雨》、卷六五八《釋部八・塔》、卷九八一《香部一・香》、卷九九九《百卉部六・芙蕖》,《法苑珠林》卷三九《華香篇第三十三・感應緣》各引一條，作《佛圖澄傳》。

有二白龍降於祠下，於是雨溢數千里。①

《支遁别傳》《支遁傳》《支法師傳》《道安傳》《安法師傳》《安和上傳》《高坐别傳》《吴猛别傳》《許遜别傳》《許逵别傳》《許邁别傳》《顔修内傳》《徐延年别傳》《王君内傳》《茅真君傳》《周君内傳》《南嶽夫人内傳》《南嶽夫人傳》《魏夫人傳》《蘇君傳》等也都散佚零落，佚文見於諸書徵引②，《法苑珠林》

① 第一條：《事類賦》卷二八《鱗介部・龍賦》"或漬之而復活"引一條，作《佛圖澄别傳》，據以輯録。第二條：《北堂書鈔》卷九〇《禮儀部十一・祈禱二十六》"白龍降祠"、《太平御覽》卷六四《地部二十九・滏水》各引一條，作《浮圖澄别傳》，四庫本《太平御覽》卷六四引作《佛圖澄别傳》，從《北堂書鈔》卷九〇引。

②《支遁别傳》，《世説新語・賞譽》第 88 條劉注、《世説新語・賞譽》第 98 條劉注各引一條，作《支遁别傳》。《支遁傳》，《世説新語・輕詆》第 24 條劉注、《世説新語・品藻》第 67 條劉注、《世説新語・傷逝》第 11 條劉注、《世説新語・傷逝》第 13 條劉注、《剡録》卷三《高僧》各引一條，《太平御覽》卷六五五《釋部三・僧》引二條，作《支遁傳》。《支法師傳》，《世説新語・文學》第 36 條劉注引一條，作《支法師傳》。《道安傳》，《太平御覽》卷六五五《釋部三・僧》引一條，作《道安傳》。《安法師傳》，《世説新語・文學》第 54 條劉注引一條，作《安法師傳》。《安和上傳》，《世説新語・雅量》第 32 條劉注引一條，作《安和上傳》。《高坐别傳》，《高僧傳》卷一《譯經上・晉建康建初寺帛尸梨蜜傳》、《世説新語・言語》第 39 條劉注。《世説新語・賞譽》第 48 條劉注、《世説新語・簡傲》第 7 條劉注各引一條，作《高坐别傳》。《吴猛别傳》，《北堂書鈔》卷一六〇《地部四》、《北堂書鈔》卷一六〇《地理部四・石三十四》"提若無重""升若平路"各引一條，作《吴猛别傳》。又有《吴猛真人傳》者，見於《雲笈七籤》卷一〇六《傳》引。《許遜别傳》，《天地祥瑞志》第十四《鬼》下《藝文類聚》卷二一《人部五・讓》、《太平御覽》卷四二四《人事部六十五・讓下》各引一條，作《許遜别傳》。又有《許遜真人傳》者，《雲笈七籤》卷一〇六（轉下頁）

《雲笈七簽》這兩部佛道類書多引這些佛道術士傳，如《王君内傳》《茅真君傳》《周君内傳》等，《法苑珠林》或《雲笈七籤》

（接上頁）《傳》引。《許逵别傳》，《太平御覽》卷三七三《人事部一十四・髮》引一條，作《許逵别傳》。《許邁别傳》，《藝文類聚》卷二九《人部十三・别上》，《太平御覽》卷四一《地部六・茅山》、卷四八九《人事部一百三十・别離》、卷八七一《火部四・烟》、卷九一一《獸部二十三・鼠》，《古今事文類聚後集》卷四一《毛蟲部・鼠》"召囑衣鼠"，《古今合璧事類備要别集》卷八〇〇《走獸門・鼠》"作符召鼠"，《景定建康志》卷一七《山川志序》，《至大金陵新志》卷五上《山川志一》各引一條，作《許邁别傳》；《藝文類聚》卷八〇《火部・煙》、《初學記》卷二五《器用部・煙第十五》"五色四合"、《法苑珠林》卷三九《華香篇第三十三・感應緣》、《錦繡萬花谷續集》卷八《煙》"五色"各引一條，作《許邁列傳》，"列"當作"别"。又有《許邁真人傳》者，見於《雲笈七籤》卷一〇六《傳》引。《顔修内傳》，《太平御覽》卷四五《地部十・隆慮山》、《事類賦》卷七《地部・山賦》"林慮之雙童不食"各引一條，《太平寰宇記》卷五五《河北道四・相州》引二條，作《顔修内傳》。《徐延年别傳》，《太平御覽》卷八一六《布帛部三・羅》引一條，作《徐延年别傳》；《北堂書鈔》卷一二九《衣冠部三・衣二十》"持衣延年"引一條，作《徐延年傳》。《雲笈七籤》卷一〇六《傳》引一條，作《清虚真人王君内傳》；《北堂書鈔》卷一四〇《車部中・輿三》"九龍之輿"、《初學記》卷二五《器用部・車第十二》"三雲輦七香車"引一條，作《真人王君内傳》；《太平御覽》卷六七四《道部十六・理所》、卷七七四《車部三・輦》，《錦繡萬花谷後集》卷一五《美人》"青羽裙"，《天中記》卷三六《道》"學道求生"各引一條，《太平御覽》卷六七九《道部二十・傳授下》引二條，作《王君内傳》；《太平御覽》卷六九三《服章部十・袍》引一條，作《王褒内傳》；《太平御覽》卷七〇二《服用部四・蓋》、《天中記》卷四九《蓋》"繡羽蓋"各引一條，作《真人王君傳》；《上清道類事相》卷四《瓊室品》、卷四《宅宇靈廟品》，《三洞珠囊》卷四《絶粒品》、卷八《相好品》各引一條，《太平御覽》卷六七四《道部十六・理所》引二條，作《清虚真人王君内傳》；《太平御覽》卷九六八《果部五・李》、《事類賦》卷二六《果部・李賦》"亦有飡玄雲而得道"、《天中記》卷五二《李》（轉下頁）

就有大段的徵引。

這些僧道術士傳，有的《隋書・經籍志》等書志還有著録，如

（接上頁）“玄雲李”、《廣博物志》卷四三《草木下》各引一條，作《真人王褒内傳》。《茅真君傳》，《雲笈七籤》卷一〇四《傳》引一節，作《太元真人東嶽上卿司命真君傳》，題弟子中候仙人李道字安林撰；諸書徵引，又有作《茅君内傳》者，《後漢書》卷二八下《馮衍傳》“食五芝之茂英”李注，《北堂書鈔》卷一四九《天部・天一》“洞天”、卷一四九《天部・天一》“朱明天”，《藝文類聚》卷七《山部上・羅浮山》、卷八〇《火部・竈》，《白氏六帖事類集》卷二《洞第三十二》“三十六”、卷二《羅浮山十八》“白朱明曜真天”、卷二《泰山第四》“三宫洞天”、卷四《釜第二十》“神釜”，《初學記》卷五《地理上・泰山第三》、卷五《撰地理上・泰山第三》“千樹三宫”，《太平御覽》卷四〇《地部五・王屋山》、卷四一《地部六・羅浮山》、卷四一《地部六・茅山》、卷六七四《道部十六・理所》、卷六七五《道部十七・袍》、卷六七七《道部十九・几案》、卷六七七《道部十九・臺》、卷七五七《器物部二・釜》、卷八一二《珎寳部十一・鉛》、卷九二二《羽族部九・鸗》、卷九四二《鱗介部十四・蠣》、卷九八六《藥部三・芝下》，《事類賦》卷七《地部・山賦》“句曲華陽之洞”、卷八《地部・井賦》“或著法以投酒”、卷一八《禽部・鶴賦》“止金穴而迴翔”、卷一九《禽部・燕賦》“茅君僊去曾食於神芝”，《記纂淵海》卷一八八《仙道部之三・修養》，《太平寰宇記》卷五《河南道五》、卷八九《江南東道一・潤州》，《景定建康志》卷一六《疆域志二・橋梁》、卷一七《山阜》，《上清道類事相》卷二《仙房品》各引一條，《太平御覽》卷八一一《珎寳部十・金下》、《上清道類事相》卷三《寳臺品》引三條，《太平御覽》卷六七六《道部十八・簡章》引三條，《太平御覽》卷六七七《道部十九・輿輦》引十條，作《茅君内傳》；《太平御覽》卷六六九《道部十一・服餌上》引一條，作《太元真人茅盈内傳》；《初學記》卷三〇《鳥部・鶴第二》“飲瑶池翔金穴”引一條，作李遵《太元真人茅君内傳》；《太平御覧》卷九一六《羽族部三・鶴》引一條，作李尊《太元貞人茅君内傳》；《太平御覽》卷六七五《道部十七・帔》引一條，作《太元真人茅君内傳》。又有作《茅君傳》者，《白氏六帖事類集》卷二九《鶴五》“入帳”，《太平御覽》卷六六一（轉下頁）

《王君内傳》《茅真君傳》《蘇君傳》等。大部分撰人不詳，有少數題

（接上頁）《道部三·真人下》、卷六六三《道部五·地仙》、卷六七三《道部十五·仙經下》,《古今合璧事類備要别集》卷六四《飛禽門·鶴》“入廟見鶴”,《古今合璧事類備要前集》卷五《地理門·泰山》“三宫”,《海録碎事》卷一三下《養生門》“正一郎中”、卷二二《鳥獸草木部·鶴門》“還丹使”、卷二二下《草門》“燕胎芝”各引一條,《太平御覽》卷六七五《道部十七·杖》,《上清道類事相》卷三《寶臺品》引二條,《太平御覽》卷六七八《道部二十·傳授上》引五條，作《茅君傳》;《初學記》卷三〇《鳥部·鶴第二》“入帳乘軒”引一條，作李遵《太元真人茅君傳》;《太平御覽》卷六七二《道部十四·仙經上》引二條，作《茅盈傳》。《周君内傳》,《雲笈七籤》卷一〇六《傳》引一節，作《紫陽真人周君内傳》。此外,《藝文類聚》卷七八《靈異部上·仙道》,《太平御覽》卷六六九《道部十一·服餌上》、卷七〇二《服用部四·蓋》、卷七〇六《服用部八·床》各引一條，作《真人周君傳》。《南岳魏夫人内傳》,《太平御覽》卷六七八《道部二十·傳授上》引一節，作《南岳魏夫人内傳》;《太平御覽》卷六六四《道部六·尸解》、卷六六九《道部十一·服餌上》各引一條,《上清道類事相》卷三《寶臺品》引二條，作《南岳魏夫人内傳》;《北堂書鈔》卷一四八《酒食部七·酒六十》“王屋瓊蘇”,《初學記》卷二八《果木部·瓜第十二》“黄花絳實”,《太平御覽》卷六七六《道部十八·簡章》、卷九七八《菜茹部三·瓜》,《上清道類事相》卷二《樓閣品》,《三洞珠囊》卷八《相好品》各引一條，作《南岳夫人内傳》; 四庫本《北堂書鈔》卷一四八引作《南嶽夫人傳》;《三洞珠囊》卷八《相好品》引一條，作《紫虚元君内傳》。《南嶽夫人傳》,《初學記》卷二六《服食部·酒第十一》“琬液瓊蘇”、卷二八《果木部·柰第二》“設玄室投清渠”,《藝文類聚》卷八七《菓部下·杏》,《太平御覽》卷九六八《果部五·杏》,《事類賦》卷一七《飲食部·酒賦》“挹南嶽之瓊酥”、卷二六《果部·柰賦》“玄雲在御更聞於南岳夫人”、卷二六《果部·杏賦》“三玄是號”,《海録碎事》卷二二下《果實門》“三玄柰”、卷二二下《果實門》“三玄紫杏”,《錦繡萬花谷後集》卷三五《酒》“瓊蘇”,《天中記》卷五二《杏》“三玄紫杏”,《廣博物志》卷四一《食飲》、卷四三《草木下》各引一條，作《南岳夫人傳》;《太平御覽》卷九七〇《果部七·榛》引一條，（轉下頁）

撰人，如《王君内傳》爲華存撰[①]，《茅真君傳》爲李遵撰[②]，《周君

（接上頁）作《紫虚南岳夫人傳》，《上清道類事相》卷二《仙房品》引三條，作《南嶽夫人傳》，《真誥》卷一九《真誥敘録》云《南嶽夫人傳》載青籙文，《三洞珠囊》卷之三《服食品》言及甘草丸方，云"甘草丸方出《南嶽魏夫人傳》"，《無上秘要》卷六六，注"右出《南嶽夫人傳》"。《魏夫人傳》，《太平廣記》卷五八《女仙三・魏夫人》引，云出《集仙録》及本傳；《太平御覽》卷六六三《道部五・地仙》、《廣博物志》卷四一《食飲》、《仙苑編珠》卷中"賢安甘草伯玉松屑"各引一條，作《魏夫人傳》；《太平御覽》卷六七七《道部十九・輿輦》引一條，作《南岳魏夫人傳》；《廣博物志》卷三四《聲樂二》引一條，作《魏夫人内傳》；《太平御覽》卷六六〇《部二・真人上》引一條，作《南真傳》。《蘇君傳》，《雲笈七籤》卷一〇四《傳》引一節，作《玄洲上卿蘇君傳》，題周季通集。《仙苑編珠》卷中"方平道蔡子玄師涓"引一條，作《蘇君傳》。

①《王君内傳》，即《清虚真人王君内傳》。《隋書・經籍志》史部雜傳類著録有《清虚真人王君内傳》一卷，弟子華存撰；《舊唐書・經籍志》史部雜傳類、《新唐書・藝文志》子部神仙家著録《清虚真人王君内傳》一卷，不言撰人。當即此書。《雲笈七籤》卷一〇六《傳》引一條，作《清虚真人王君内傳》，云"弟子南嶽夫人魏華存撰"。《真誥・敘録》言及此書，陳國符以爲此書當出於晉代。見陳國符《道藏源流考》（新修訂版），中華書局 2016 年，第 10 頁〔《道藏源流考》（增訂版），中華書局 1963 年，第 12 頁〕。

②《隋書・經籍志》史部雜傳類著録《太元真人東鄉司命茅君内傳》一卷，題弟子李遵撰。《舊唐書・經籍志》史部雜傳類、《新唐書・藝文志》子部神仙家類著録《茅君内傳》一卷，《舊唐書・經籍志》著録時不題撰人，《新唐書・藝文志》題李遵撰。今見《雲笈七籤》卷一〇四《傳》録《太元真人東嶽上卿司命真君傳》，題"弟子中候仙人李道字安林撰"，"李道"當作"李遵"，陳國符認爲此即《隋書・經籍志》所録《太元真人東鄉司命茅君内傳》一卷。見《道藏源流考》（新修訂版），中華書局 2016 年，第 8—9 頁〔《道藏源流考》（增訂版），中華書局 1963 年，第 9—10 頁〕。

内傳》爲華僑撰[①]。《蘇君傳》爲周季通撰[②]。其中,《周君内傳》爲華僑所作，大體近實，其他則多非其人，乃僞託而已。

這些僧道術士傳也多如《佛圖澄别傳》一樣，多載神異離奇之事，如《許邁别傳》中的所載許邁捉齧衣鼠一事：

> 邁小名映,有鼠嚙映衣,乃作符占鼠,莫不畢至於中庭。映曰:齧衣者留,不齧衣者去。群鼠并去,唯一鼠獨住,伏於中庭而不敢動。[③]

又如《許逵别傳》所載薊子訓與人對坐，能使白髮者頭髮變黑

①《周君内傳》，或作《周君傳》，《舊唐書·經籍志》史部雜傳類、《新唐書·藝文志》子部神仙家類著録《紫陽真人周君傳》一卷，題華嶠撰；《宋史·藝文志》子部神仙家類著録華僑《真人周君内傳》一卷。據陳國符考，當作華僑爲是。見陳國符《道藏源流考》（新修訂版），中華書局 2016 年，第 7—8 頁〔《道藏源流考》（增訂版），中華書局 1963 年，第 8—9 頁〕。

②《蘇君傳》，《隋書·經籍志》史部雜傳類、《舊唐書·經籍志》史部雜傳類、《新唐書·藝文志》子部神仙家類著録《蘇君記》一卷，題周季通撰。《雲笈七籤》卷一〇四《傳》録《玄洲上卿蘇君傳》，題周季通集，當即《隋書·經籍志》所言《蘇君記》，陳國符《道藏源流考》亦以爲是。見《道藏源流考》新修訂版，中華書局 2016 年，第 10 頁（《道藏源流考》增訂版，中華書局 1963 年，第 11 頁）。題周季通撰者，顯系僞託，或華僑造《周君内傳》後，上清派乃增造此傳。然諸書志均題周季通撰，故仍其舊。今據以輯録，題其名曰《蘇君傳》。

③《太平御覽》卷九一一《獸部二十三·鼠》、《古今事文類聚後集》卷四一《毛蟲部·鼠》“召囓衣鼠”、《古今合璧事類備要别集》卷八〇〇《走獸門·鼠》“作符召鼠”各引一條，作《許邁别傳》，從《太平御覽》卷九一一引。

之事：

> 薊子訓，齊人，有神術。人髮白者，請子訓，但與對坐共語，宿昔間髮皆黑。[①]

同時，這類散傳敘事也多繁富冗長，對人物衣著服飾、食物器具以及佛地洞天等描寫細緻，往往不厭其煩，一一羅列，《王君内傳》《茅真君傳》《周君内傳》等都有這樣的特點。如《茅真君傳》中描寫茅盈宴客一節：

> 至期日，盈門前數頃地忽自平治，無復寸芥，皆青縑幄屋，屋下鋪數重白氈，容數百人坐。遠近翕赫相語，來者塞道。客乃有數倍於送弟時。衆賓并集，爾乃大作主人，不見使人，但見金槃玉杯自至人前，奇餚異果不可名字。酒又美好，又有妓樂，絲竹金石，聲動天地，香麝之芳，達於數里。飲食隨益，六百餘人莫不醉飽。明日迎官來至，文官則朱衣素帶數百人，武官則甲兵牙旗，器杖曜日……[②]

六、其他散傳

兩晉時期的散傳大多散佚不全，有的僅遺留下其中的一小

---

①《太平御覽》卷三七三《人事部一十四·髮》引一條，作《許逵别傳》，據以輯録。

②《雲笈七籤》卷一〇四《傳》引一條，作《太元真人東嶽上卿司命真君傳》，題弟子中候仙人李道字安林撰，據以輯録。

部分，有的甚至只存隻言片語，難窺其全傳的内容和特色，在這一節中，擬對這些散傳一併論之。

這些散傳包括《吴質别傳》《王威别傳》《顧譚傳》《何楨别傳》《周處别傳》《張華别傳》《郭璞别傳》《左思别傳》《曹志别傳》《曹肇傳》《曹攄别傳》《顧和别傳》《顧悦傳》《山濤别傳》《諸葛恢别傳》《卞壼别傳》《蔡克别傳》《蔡司徒别傳》《羊曼别傳》《司馬無忌别傳》《王雅别傳》《王乂别傳》《王祥别傳》《王含别傳》《王敦别傳》《王澄别傳》《丞相别傳》《王劭王薈别傳》《王劭别傳》《王薈别傳》《王司徒傳》《王珉别傳》《王胡之别傳》《王彪之别傳》《王舒傳》《王邃别傳》《王獻之别傳》《王蘊别傳》《王恭别傳》《王湛别傳》《王述别傳》《王中郎傳》《桓任别傳》《桓彝别傳》《桓温别傳》《桓玄别傳》《桓豁别傳》《桓石秀别傳》《桓沖别傳》《趙穆别傳》《傅咸别傳》《傅宣别傳》《盧諶别傳》《虞光禄傳》《祖逖别傳》《祖約别傳》《謝鯤别傳》《謝安别傳》《謝車騎傳》《殷浩别傳》《司馬晞傳》《孔愉别傳》《賈充别傳》《江惇傳》《潘岳别傳》《潘尼别傳》《范宣别傳》《范汪别傳》《孝文王傳》《鍾雅别傳》《劉尹别傳》《陳逵别傳》《周顗别傳》《阮孚别傳》《阮裕别傳》《阮光禄别傳》《賀循别傳》《郗鑒别傳》《郗愔别傳》《郗曇别傳》《郗超别傳》《陸玩别傳》《張載别傳》《荀勖别傳》《孫略别傳》《庾珉别傳》《庾異行别傳》《庾亮别傳》《庾翼别傳》《潘京别傳》《江蕤别傳》《江祚别傳》《徐邈别傳》《顔含别傳》《歐陽建别傳》《郭文舉别傳》《郭文傳》《葛洪别傳》等。

其中《顧譚傳》爲陸機撰，《顧悦傳》爲其子顧凱之撰，

《山濤别傳》爲袁宏撰,《曹肇傳》爲曹毗撰。《顧譚傳》,嚴可均據《三國志》卷五二《吴書·顧譚傳》裴注引採得一條,録於《全晋文》卷九八;《顧悦傳》,嚴可均據《世説新語·言語》第57條劉注採得一條,録於《全晋文》卷一三五中。除上述四種以外,其餘撰人均不詳。這些散傳,《隋書·經籍志》等史志書目多無著録,丁國鈞《補晋書藝文志》卷二史録雜傳類、文廷式《補晋書藝文志》卷三史部雜傳類、秦榮光《補晋書藝文志》卷二史部傳記類、吴士鑑《補晋書藝文志》卷二史録雜傳類、黄逢元《補晋書藝文志》卷二史録雜傳類多據諸書徵引補録。今檢諸書徵引,輯得這些散傳的佚文①。

①《吴質别傳》,《三國志》卷二一《魏書·劉楨傳附吴質傳》"吴質濟陰人……封列侯"裴注,《北堂書鈔》卷一三〇《儀飾部一·鼓吹六》"望闕而止",《藝文類聚》卷六八《儀飾部·鼓吹》,《太平御覽》卷三七八《人事部一九·肥》、卷四六六《人事部·罵詈》、卷五六七《樂部五·鼓吹樂》、卷五七六《樂部一四·箏》各引一條,作《吴質别傳》;《北堂書鈔》卷一〇三《藝文部·書記四十二》"應璩善書記"引一條,作《吴質傳》。《王威别傳》,《初學記》卷二〇《政理部·假第六》"賜告分休"、《藝文類聚》卷九九《祥瑞部下·燕》、《事類賦》卷一九《禽部·燕賦》"美王威之能賦"各引一條,作《王威别傳》;《太平御覽》卷九二二《羽族部九·白燕》引一條,作《王威列傳》。《顧譚傳》,《三國志》卷五二《吴書·顧譚傳》"譚字子默弱冠與諸葛恪等爲太子四友從中庶子轉輔正都尉"裴注引一條,作"陸機爲譚傳";《太平御覽》卷三八九《人事部三十·容止》、卷五〇〇《人事部一百四十一·奴婢》、卷七七五《車部四·犢車》各引一條,作《顧譚别傳》。《何楨别傳》,《太平御覽》卷三八五《人事部二十六·幼智下》引一條,作《何禎别傳》。《周處别傳》,《世説新語·自新》第1條劉注、《文選》卷二〇《獻詩·關中詩一首》李注"周殉師令身膏氏斧"、《藝文類聚》卷二〇《人部四·忠》、《初學記》卷一七《人部·忠第三》"王堪杖節周處奮劍"、《太平御覽》卷四一七《人事部五十八·忠勇》各引一條,(轉下頁)

兩晉時期的這些散傳，雖僅存隻言片語、一鱗半爪，卻也

（接上頁）作《周處別傳》。《張華別傳》，《北堂書鈔》卷五七《設官部九·中書侍郎》"張華掌書疏"，《藝文類聚》卷五八《雜文部四·書》，《初學記》卷一二《職官部下·著作郎第十二》"撰三國創十志"，《初學記》卷一二《職官部下·著作郎第十二》"傅玄歎賦夏湛壞書"，《太平御覽》卷二三四《職官部三十二·著作佐郎》、卷五九七《文部十三·檄》，《職官分紀》卷一六《著作左郎》"見陳壽所作壞己書"，《古今事文類聚新集》卷三〇《諸監部·著作佐郎》"書善著述"，《古今合璧事類備要後集》卷三七《三監門·著作佐郎》"善著述"各引一條，作《張華別傳》。《郭璞別傳》，《世説新語·術解》第7條劉注、《世説新語·文學》第76條劉注各引一條，作《郭璞別傳》。《左思別傳》，《世説新語·文學》第68條劉注、《世説新語·文學》第68條劉注各引一條，作《左思別傳》。《曹志別傳》，《三國志》卷一九《魏書·陳思王傳》"志累增邑并前九百九十户"裴注引一條，作《志別傳》。《曹肇傳》，《太平御覽》卷六八九《服章部六·衣》引一條，作《曹肇傳》；《北堂書鈔》卷一〇三《藝文部九·詔三十九》"黄素手詔"、《藝文類聚》卷三三《人部十七·寵幸》各引一條，作曹毗《曹肇傳》；《太平御覽》卷三八六《人事部二十七·健》引一條，作《曹肇別傳》。《曹攄別傳》，《北堂書鈔》卷七八《設官部三十·縣令一百七十六》"放囚還家如期并至"、《太平御覽》卷一二《天部十二·雪》各引一條，作《曹攄別傳》；《北堂書鈔》卷三五《政術部九·德化二十一》引一條，作《曹攄傳》。《顧和別傳》，《世説新語·言語》第33條劉注，《太平御覽》卷二六三《職官部六十一·別駕》、卷四四四《人事部八十五·知人下》，《錦繡萬花谷後集》卷一二《通判》"速步"，《翰苑新書前集》卷五四《通判》"君孝超卿"引一條，作《顧和別傳》。《顧悦傳》，《世説新語·言語》第57條劉注引一條，作"顧愷之爲父傳曰"。《山濤別傳》，《初學記》卷一八《人部中·交友第二》"神交冥契"、《太平御覽》卷四〇九《人事部五十·交友四》各引一條，作袁宏《山濤別傳》。《諸葛恢別傳》，《世説新語·方正》第25條劉注引一條，作《諸葛恢別傳》。《卞壼別傳》，《世説新語·賞譽》第54條劉注、《世説新語·任誕》第27條劉注各引一條，作《卞壼別傳》。《蔡克別傳》，《世説新語·輕詆》第6條劉注引一條，作《蔡充別傳》，"充"當作"克"；（轉下頁）

透露出不少時代的訊息，如《王澄别傳》：

（接上頁）《太平御覽》卷八一六《布帛部三·紗》、《記纂淵海》卷一六二《名譽部之三·敬畏》各引一條，作《蔡克别傳》。《蔡司徒别傳》，《世説新語·方正》第40條劉注引一條，作《蔡司徒别傳》。《羊曼别傳》，《世説新語·雅量》第20條劉注引一條，作《羊曼别傳》。《司馬無忌别傳》，《世説新語·仇隟》第3條劉注引一條，作《司馬無忌别傳》。《王雅别傳》，《世説新語·讒險》第3條劉注引一條，作《王雅别傳》。《王乂别傳》，《世説新語·德行》第26條劉注引一條，作《王乂别傳》。《王祥别傳》，《太平御覽》卷四九六《人事部一百三十七·諺下》引一條，作《王祥别傳》。《王含别傳》，《世説新語·言語》第37條劉注引一條，作《王含别傳》。《王敦别傳》，《世説新語·文學》第20條劉注、《太平御覽》卷二三七《職官部三十五·左右衛將軍》引一條，作《王敦别傳》。《王澄别傳》，《世説新語·賞譽》第31條劉注、《世説新語·賞譽》第52條劉注各引一條，作《王澄别傳》。《丞相别傳》，《世説新語·德行》第27條劉注引一條，作《丞相别傳》。《王劭王薈别傳》，《世説新語·雅量》第26條劉注引一條，作《劭、薈别傳》。《王劭别傳》，《太平御覽》卷三八九《人事部三〇·容止》引一條，作《桓郘别傳》，"桓劭"當作"王劭"。《王薈别傳》，《北堂書鈔》卷一四四《酒食部三·粥篇十》"全活甚衆"、《太平御覽》卷八五九《飲食部一七·糜粥》各引一條，作《王薈别傳》。《王司徒傳》，《世説新語·言語》第102條劉注引一條，作《王司徒傳》。《王珉别傳》，《世説新語·政事》第24條劉注、《藝文類聚》卷四八《職官部四·中書令》、《初學記》卷一一《職官部上·中書令第九》"參時務典史書"、《太平御覽》卷二二〇《職官部十八·中書令》、《職官分紀》卷七《中書令》"宜處機近以參時務"引一條，作《王珉别傳》。《王胡之别傳》，《世説新語·言語》第81條劉注、《世説新語·賞譽》第125條劉注、《世説新語·賞譽》第136條劉注、《世説新語·賞譽》第131條劉注、《世説新語·品藻》第60條劉注各引一條，作《王胡之别傳》。《王彪之别傳》，《世説新語·方正》第46條劉注引一條，作《王彪之别傳》。《王舒傳》，《世説新語·識鑒》第15條劉注引一條，作《王舒傳》。《王邃别傳》，《世説新語·賞譽》第46條劉注引一條，作《王邃别傳》。《王獻之别傳》，《世説新語·德行》第39條劉注引一條，（轉下頁）

澄風韻邁達，志氣不群。從兄戎、兄夷甫，名冠當年。四

（接上頁）作《王獻之别傳》。《王藴别傳》，《北堂書鈔》卷六〇《設官部十二·尚書吏部郎七十八》"時無屈滯"、《藝文類聚》卷四八《職官部四·吏部郎》、《太平御覽》卷二一六《職官部十·吏部郎中》各引一條，作《王藴别傳》。《王恭别傳》，《世説新語·德行》第44條劉注引一條，作《王恭别傳》。《王湛别傳》，《北堂書鈔》卷六〇《設官部十二·尚書諸曹郎七十九》"王湛臺閣益重"、《太平御覽》卷三六七《人事部八·鼻》各引一條，作《王湛别傳》。《王述别傳》，《世説新語·文學》第22條劉注、《世説新語·簡傲》第10條劉注、《世説新語·方正》第47條劉注引一條，作《王述别傳》。《王中郎傳》，《世説新語·言語》第72條劉注引一條，作《王中郎傳》。《桓任别傳》，《北堂書鈔》卷一三四《儀飾部五·被二十七》"箕踵""爲作二幅"、《太平御覽》卷七〇一《服用部三·屏風》各引一條，作《桓任别傳》；《太平御覽》卷七〇七《服用部九·被》引一條，作《桓任傳》。《桓彝别傳》，《世説新語·德行》第30條劉注、《太平御覽》卷六七《地部三二·溪》、《景定建康志》卷一八《山川志二·江湖》引一條，作《桓彝别傳》。《桓温别傳》，《世説新語·言語》第55條劉注、《世説新語·方正》第54條劉注、《世説新語·政事》第19條劉注、《世説新語·文學》第96條劉注、《世説新語·識鑒》第20條劉注、《世説新語·品藻》第37條劉注各引一條，作《桓温别傳》。《桓玄别傳》，《世説新語·德行》第41條劉注、《世説新語·德行》第43條劉注、《世説新語·任誕》第50條劉注、《世説新語·文學》第103條劉注、《北堂書鈔》卷一四四《酒食部三·飯篇二》"車載飯以餉軍"各引一條，作《桓玄别傳》。《桓豁别傳》，《世説新語·豪爽》第10條劉注引一條，作《桓豁别傳》。《桓石秀别傳》，《太平御覽》卷二五五《職官部五十三·刺史下》引一條，作《桓石秀别傳》。《桓沖别傳》，《世説新語·夙惠》第7條劉注引一條，作《桓沖别傳》。《趙穆别傳》，《北堂書鈔》卷三三《政術部·薦賢十四》、《初學記》卷二〇《政理部·薦舉第四》"貢天朝薦宰相"、《錦繡萬花谷後集》卷一八《薦舉》"扶輿充歲貢"各引一條，作《趙穆别傳》。《傅咸别傳》，《北堂書鈔》卷六六《設官部十八·太子洗馬一百二十七》"傅咸同班共事""雅量弘齊"、卷一〇〇《藝文部六·歎賞二一》"長虞之文章（轉下頁）

海人士，一爲澄所題目，則二兄不復措意，云“已經平子”。其

(接上頁)不可及”各引一條，作《傅咸別傳》；又，《北堂書鈔》卷四五《刑法部·杖刑六》“傅咸受罰大重”引一條，作《傅咸傳》。《傅宣別傳》，《北堂書鈔》卷六二《設官部十四·御史中丞八十五》“明法執繩内外震肅”、《太平御覽》卷三八五《人事部二十六·幼智下》各引一條，作《傅宣別傳》；《初學記》卷一二《職官部下·御史中丞第七》“肅内外分黑白”引一條，作《傅宣列傳》，“列”當作“別”。《盧諶別傳》，《三國志》卷二二《盧毓傳》“毓子欽珽咸熙中欽爲尚書珽泰山太守”裴注引一條，作《盧諶別傳》。《虞光禄傳》，《世説新語·品藻》第13條劉注、《世説新語·品藻》第13條劉注各引一條，作《虞光禄傳》。《祖逖別傳》，《北堂書鈔》卷三八《政術部一二·廉潔三十二》“子弟耕而後食”、《太平御覽》卷二五八《職官部五十六·良刺史下》、《職官分紀》卷四〇《刺史》“百姓感化復覩太平”各引一條，作《祖逖別傳》。《祖約別傳》，《世説新語·雅量》第15條劉注引一條，作《祖約別傳》。《謝鯤別傳》，《世説新語·規箴》第12條劉注、《世説新語·文學》第20條劉注各引一條，作《謝鯤別傳》。《謝安別傳》，《太平御覽》卷三八〇《人事部二十一·美丈夫下》引一條，作晋《謝安別傳》。《謝車騎傳》，《世説新語·雅量》第35條劉注引一條，作《謝車騎傳》。《殷浩別傳》，《世説新語·政事》第22條劉注、《世説新語·文學》第27條劉注、《太平御覽》卷二四八《職官部四十六·王友》各引一條，作《殷浩別傳》。《司馬晞傳》，《世説新語·黜免》第7條劉注引一條，作《司馬晞傳》。《孔愉別傳》，《世説新語·方正》第38條劉注、《世説新語·棲逸》第7條劉注各引一條，作《孔愉別傳》。《賈充別傳》，《世説新語·惑溺》第3條劉注、《世説新語·賢媛》第13條劉注各引一條，作《賈充別傳》。《江惇傳》，《世説新語·政事》第21條劉注引一條，作《江惇傳》。《潘岳別傳》，《三國志》卷二一《衛覬傳》“建安末尚書右丞河南潘勖”裴注、《世説新語·容止》第7條劉注各引一條，作《潘岳別傳》。《潘尼別傳》，《三國志》卷二一《衛覬傳》“建安末尚書右丞河南潘勖”裴注引一條，作《潘尼別傳》。《范宣別傳》，《世説新語·德行》第38條劉注引一條，作《范宣別傳》。《范汪別傳》，《世説新語·排調》第34條劉注引一條，作《范汪別傳》。《孝文王傳》，《世説新語·言語》第98條劉注引一條，作(轉下頁)

見重如此。是以名聞益盛，天下知與不知，莫不傾注。澄

（接上頁）《孝文王傳》。《鍾雅別傳》，《世説新語·政事》第11條劉注、《世説新語·政事》第11條劉注各引一條，作《鍾雅別傳》。《劉尹別傳》，《世説新語·德行》第35條劉注、《世説新語·賞譽》第88條劉注各引一條，作《劉尹別傳》。又，《世説新語·品藻》第48條劉注引一條，作《劉惔別傳》。《陳逵別傳》，《世説新語·品藻》第59條劉注引一條，作《陳逵別傳》。《周顗別傳》，《世説新語·方正》第31條劉注引一條，作《周顗別傳》。《阮孚別傳》，《世説新語·任誕》第15條劉注、《世説新語·雅量》第15條劉注各引一條，作《阮孚別傳》。《阮裕別傳》，《世説新語·棲逸》第6條劉注、《剡録》卷四《古奇跡》"阮光禄東山"各引一條，作《阮裕別傳》。《阮光禄別傳》，《世説新語·德行》第32條劉注引一條，作《阮光禄別傳》。《賀循別傳》，《世説新語·規箴》第13條劉注引一條，作《賀循別傳》。《郗鑒別傳》，《世説新語·德行》第24條劉注引一條，作《郗鑒別傳》。《郗愔別傳》，《世説新語·品藻》第29條劉注引一條，作《郗愔別傳》。《郗曇別傳》，《世説新語·賢媛》第25條劉注引一條，作《郄曇別傳》。《郗超別傳》，《世説新語·言語》第75條劉注引一條，作《郗超別傳》。《陸玩別傳》，《世説新語·政事》第13條劉注、《世説新語·規箴》第17條劉注各引一條，作《陸玩別傳》。《張載別傳》，《北堂書鈔》卷九八《藝文部四·談講十三》"言談終日"、卷一〇〇《藝文部六·歎賞二十一》"張載稱爲妙賦"，《藝文類聚》卷五五《雜文部一·談講》各引一條，作《張載別傳》。《荀勖別傳》，《三國志》卷一〇《賈詡傳》"文帝即位以詡爲太尉"裴注、《蒙求集注》卷下"陸玩無人賈詡非次"、《太平御覽》卷三九一《人事部三十二·笑》、《職官分紀》卷二《三公》"具瞻所歸不用非其人"各引一條，作《荀勖別傳》；《太平御覽》卷八三〇《資産部十·尺寸》引一條，作《晉書荀勖別傳》。《孫略別傳》，《北堂書鈔》卷一三四《儀飾部五·被二十七》"推被恤之"、《太平御覽》卷七〇七《服用部九·被》各引一條，作《孫略別傳》。《庾珉別傳》，《太平御覽》卷四一八《人事部五十九·忠貞》引一條，作《庾珉別傳》。《庾異行別傳》，《太平御覽》卷八二四《資産部四·捃》引一條，作《庾異行別傳》。《庾亮別傳》，《北堂書鈔》卷五七《設官部九·著作總六十》（轉下頁）

後事迹不逮，朝野失望。及舊遊識見者，猶曰："當今名士也。"①

從這則遺文，我們可以看出當時人物品題風氣之盛和名士的影響。

另外，這些殘存之文，有的也相當精彩，或用語鮮麗，或詼諧幽默，或敘述細緻，或事出虚誕，或情節生動，或廖寥數

（接上頁）"庾亮侍講東宫"、《北堂書鈔》卷六九《設官部二十一・記室參軍一百四十三》"管機密斷大事"各引一條，作《庾亮别傳》。《庾翼别傳》，《世説新語・言語》第53條劉注、《世説新語・豪爽》第7條劉注各引一條，作《庾翼别傳》。《潘京别傳》，《太平御覽》卷六八八《服章部五・帢》引一條，作《潘京别傳》。《江虨别傳》，《太平御覽》卷五一一《宗親部一・祖父母》、卷七五四《工藝部十一・摴蒱》各引一條，作《江虨别傳》。《江祚别傳》，《北堂書鈔》卷三五《政術部九・德化二十一》"以江爲字"，《太平御覽》卷二六二《職官部六十・良太守下》、卷三六二《人事部三・名》，《職官分紀》卷四一《郡太守》"生子以江爲名"各引一條，作《江祚别傳》。《徐邈别傳》，《太平御覽》卷一八〇《居處部八・宅》、卷三八五《人事部二十六・幼智下》各引一條，作《徐邈别傳》。《顔含别傳》，《北堂書鈔》卷五八《設官部十・侍中六十二》"顔髦廊廟之望"，《藝文類聚》卷四八《職官部四・侍中》，《太平御覽》卷二一九《職官部十七・侍中》、卷三八九《人事部三十・容止》，《職官分紀》卷六《侍中》"廊廟之望喉舌機要"各引一條，作《顔含别傳》。《歐陽建别傳》，《北堂書鈔》卷一〇〇《藝文部六・歎賞二十一》"文辭美贍"引一條，作《歐陽建别傳》。《郭文舉别傳》，《北堂書鈔》卷一六〇《地部四・石篇十六》、《太平御覽》卷七〇四《服用部六・囊》各引一條，作《郭文舉别傳》。《郭文傳》，《太平御覽》卷七五七《器物部二・釜》、卷七五七《器物部二・甑》各引一條，作《郭文傳》。《葛洪别傳》，《北堂書鈔》卷九七《藝文部三・好學十一》"柴火寫書"、卷九七《藝文部三・好學十一》引"不知碁局幾道不知摴蒱齒名"各引一條，作《葛洪别傳》。

①《世説新語・賞譽》第31條劉注引一條，作《王澄别傳》，據以輯録。

語就寫出人物鮮明形象。如《顧悦傳》《孔愉別傳》《郭璞別傳》中所遺三節文字：

君以直道陵遲於世，入見王，王髮無二毛，而君已斑白。問君年，乃曰："卿何偏蚤白？"君曰："松栢之姿，經霜猶茂；臣蒲柳之質，望秋先零。受命之異也。"王稱善久之。

愉，字敬康，會稽山陰人。初辟中宗參軍，討華軼有功，封餘不亭侯。愉少時嘗得一龜，放於餘不溪中，龜於路左顧者數過，及後鑄印，而龜左顧，更鑄猶如此。印師以聞，愉悟，取而佩焉。累遷尚書左僕射，贈車騎將軍。

璞奇博多通，文藻粲麗。才學賞豫，足參上流。其詩賦誄頌，并傳於世，而訥於言。造次詠語，常人無異。又不持儀檢，形質穨索，縱情嫚惰，時有醉飽之失。友人干令升戒之曰："此伐性之斧也。"璞曰："吾所受有分，恒恐用之不盡，豈酒色之能害！"王敦取爲參軍。敦縱兵都輦，乃咨以大事，璞極言成敗，不爲回屈。敦忌而害之。①

另有《趙吴郡行狀》，見於《世説新語·賞譽》第34條劉注引，文已不全，此是以"行狀"爲名的一篇兩晉散傳②。其

① 第一條《顧悦傳》，《世説新語·言語》第57條劉注引一條，作"顧愷之爲父傳曰"，據以輯録；第二條《孔愉別傳》，《世説新語·方正》第38條劉注引一條，作《孔愉別傳》，據以輯録；第三條《郭璞別傳》，《世説新語·文學》第76條劉注引一條，作《郭璞別傳》，據以輯録。

②《趙吴郡行狀》，《世説新語·賞譽》第34條劉注引一條，作《趙吴郡行狀》。

他如《樂廣傳》《王堪傳》《竺法乘傳》《竺法曠傳》(以上諸傳，黄逢元《補晉書藝文志》補録)、《于法蘭别傳》(此傳丁國鈞《補晉書藝文志》補録)等，今已全佚，僅存其名。而如《石崇本事》《徐江州本事》《諸葛亮隱没五事》《陶侃故事》《殷羨言行》(以上諸傳，丁國鈞《補晉書藝文志》録)等，常常羅列事實，文章缺乏組織，體制散漫，故於此也僅提及而已，不加討論。

第七節　自敘與他敘

敘亦屬散傳之類，敘的創作是兩晉雜傳中較爲突出和獨特的現象，故在這一節中擬對其專門加以討論，並附帶介紹其他時代的敘作。

一、"敘"作溯源

敘，或作序，有自敘和他敘兩種類别，關於敘的基本屬性，本書在《雜傳的類别和命名》一節中已有説明。

自敘，簡單地説，是自己爲自己所作，描述自己生平行事的傳記，即自傳，與英語中"autobiography"一詞相對應。當然，這是狹義而言，廣義而言，有人認爲一切形式的文學作品都是自傳，如郁達夫就説:"我覺得'所有的文學作品，都是作家的自傳'這一句話，是千真萬確的。"[1] 這無疑是有道理的，不過，本書所指乃狹義自傳。

① 郁達夫《五六年來創作生活的回顧》，載《郁達夫全集》第十卷《文論上》，浙江大學出版社 2007 年，第 312 頁。

劉知幾在追溯自敘的源頭時説："蓋作者自敘，其流出於中古乎？案屈原《離騷經》，其首章上陳氏族，下列祖考，先述厥生，次顯名字。自敘發跡，實基於此。降及司馬相如，始以自敘爲傳……至馬遷，又徵三閭之故事，放文園之近作，模楷二家，勒成一卷。"① 他把自敘追溯到了屈原的《離騷》，並認爲司馬相如始以自敘爲自傳，而司馬遷的《太史公自敘》才是自傳的真正開始。在這篇自敘裏，司馬遷敘述了自己的家世、父祖、人生經歷，也敘述了創作《史記》的目的、起因、經過、内容等情況，並附於《史記》之後，與《史記》密切相關連，故川合康三認爲它"雖然已具備了自傳的基本要素"，但"並不是單獨寫成的以自述生平爲宗旨的作品，所以還不能看做是完全的自傳"②。川合康三的意見是有道理的，所以，在本書中，這類附於某書之後、與書密切相關的自敘也不在討論之列，而只對不依附於某一著作，獨立成篇的自敘進行討論。不過，正因爲第一篇自敘就是附於書後而出現的，在中國古代，這類自敘相當多，並形成一種傳統。如王充《論衡》後有《自紀》、曹丕《典論》中有《自敘》等等。單獨行世的自敘，當以東方朔的《非有先生論（傳）》爲最早，東方朔此作，後人或稱之爲傳，或稱之爲論，即就其内容而言，有傳有論，表明它在體制上還不是完全敘事的。這種傳論結合的形式，也爲後世的"敘"作所繼承，後世有很多

① 劉知幾撰，浦起龍釋《史通通釋》卷九《序傳》第三十二，上海古籍出版社 1978 年，第 256 頁。

②［日］川合康三著，蔡毅譯《中國的自傳文學》第二章《與衆不同的我》一《外於衆人的我》，中央編譯出版社 1999 年，第 15—16 頁。

“敘”作也是傳論結合的，如傅玄的《馬均序》就是如此。另外，《非有先生論（傳）》中的非有先生還是一個“虛構”的人物，但這個“虛構”的人物，又跟“我”有密切聯繫，他是作者“希望那樣的我”①。這一做法後世也多有仿效者，如阮籍的《大人先生傳》等就與之相類。

綜觀漢魏六朝的自敘，可分爲兩類，一類是寫實的，如《法顯傳》《趙至自敘》等，一類是“虛構”的，如阮籍《大人先生傳》、陶潛《五柳先生傳》、袁粲《妙德先生傳》等。

他敘，廣義而言，凡他人爲作的傳記都可稱他敘，不過，本書所指的他敘，則不但是指他人所作，而且還特指以“敘”爲名的雜傳，如《趙至敘》《馬均序》等。

漢魏六朝時期重要的他敘有：嵇紹《趙至敘》、傅玄《馬均序》、《羊秉敘》等。

二、自敘

漢魏六朝時期的寫實性自敘，兩漢三國時期有《揚雄自序》《王莽自本》《馬融自敘》等。兩晉南北朝時期則有《法顯傳》《趙至自敘》《傅暢自序》《江淹自序傳》《梅陶自敘》《傅咸自敘》《杜預自敘》等。

《隋書》卷七五《儒林·劉炫傳》言劉炫自爲贊云：“通人司馬相如、揚子雲、馬季長、鄭康成等，皆自敘風徽，傳芳來葉。

① [日] 川合康三著，蔡毅譯《中國的自傳文學》第三章《希望那樣的我》—《虛構的人物傳》，中央編譯出版社 1999 年，第 50 頁。

余豈敢仰均先達，貽笑從昆。”① 言及兩漢三國間司馬相如、揚雄、馬融、鄭玄都曾爲自敘。今尚見於諸書徵引者，有《揚雄自序》《王莽自本》《馬融自敘》。

《揚雄自序》《王莽自本》《馬融自敘》等皆散佚不完，見於諸書徵引，多爲斷章殘句②。其中《揚雄自序》今存文四節，二節敘其揚氏之所出，二節敘揚雄事。敘揚雄事二節，自言個性好尚，安於貧賤，自有大度。觀其辭氣，頗疑非自述。《王莽自本》所存一節文字，敘王氏之所出。《馬融自敘》，其文今主要見於《世説新語·文學》劉注及《太平御覽》徵引，自言爲何出仕爲南郡太守之事及爲《笛賦》之事，或爲單行之篇。

兩晉南北朝時期的自敘作品，如《法顯傳》《趙至自敘》等，是較有特色者。

《法顯傳》在歷代史志書目的著録中有多種異稱，《隋書·經籍志》史部雜傳類著録《法顯傳》二卷，又著録《法顯行傳》一卷，無撰人，史部地理類又著録《佛國記》一卷，注

① 魏徵等《隋書》卷七五《儒林·劉炫傳》，中華書局 1973 年，第 1722 頁。

②《揚雄自序》，《文選》卷一六江文通《恨賦》“脱略公卿跌宕文史”李注、卷二一左太沖《詠史詩八首》五言“寂寂揚子宅門無卿相輿”李注、卷五三李蕭遠《運命論》“必須勢乎則王莽董賢之爲三公不如揚雄仲舒之闃其門也”李注，《藝文類聚》卷二六《人部十·言志》，宋林駉《古今源流至論後集》卷七“氏姓”“子雲之序楊氏所出也其祖食采晉陽後爲陽侯二公之序詳矣”，《淵鑑類函》卷三〇四《人部六十三·言志二》各引一條，《古今合璧事類備要續集》卷一〇《類姓門》“楊”下引二條，作《揚雄自序》。《王莽自本》，《漢書·元后傳》云“孝元皇后，王莽之姑也。莽自謂黄帝之後，其自本曰”節載一條，作《王莽自本》。《馬融自敘》，《世説新語·文學》第 1 條劉注、《太平御覽》卷五八〇《樂部十八·笛》各引一條，作《馬融自敘》。

云："沙門釋法顯撰。"《出三藏記集》卷二著録作《佛遊天竺記》一卷，《衆經目録》卷六有《遊天竺記》一卷，將其歸入西域聖賢傳記類中，云"西域聖賢所撰"，又有《法顯傳》一卷，歸入此方諸德傳記中，稱法顯自述行記。《歷代三寶記》卷七著録作《歷遊天竺記傳》一卷，《大唐内典録》卷三著録作《歷遊天竺記傳》，《開元釋教録》卷三、《貞元新定釋教目録》卷五著録作《歷遊天竺記傳》一卷，注云："亦云《法顯傳》，法顯自撰，述往來天竺事，見《長房録》。"並分别又有《佛遊天竺記》一卷，注云："見《僧祐録》。"《法顯傳》一卷，注云："亦云《歷遊天竺記傳》。"《宋史・藝文志》子部道家類著録作《法顯傳》一卷。其他如《水經注》等書注引題名也各不相同①。題名雖異，而考其内容實爲同一書。胡震亨在將其收入《祕册彙函》時題《佛國記》，而在跋語中認爲其名當爲《法顯傳》②，《四庫全書總目》也以爲胡震亨之説"似爲有據"③。

---

①《水經注》卷一、卷二作《法顯傳》，卷一六作《釋法顯行傳》。《法苑珠林》傳記篇作《曆遊天竺記傳》，並云："右東晉平陽沙門釋法顯撰。"《後漢書・西域傳》李賢注作《釋法顯遊天竺記》，《初學記》卷二三作《佛遊天竺本記》，杜佑《通典》卷一七四作《釋法明遊天竺記》，法明當是避李顯諱而改。《太平御覽》卷六五七引作《佛遊天竺記》，卷六五三、卷六五七又引作《法顯記》。北宋以下歷代刊刻大藏經多作《法顯傳》，唯金趙城藏本作《析道人法顯從長安行西至天竺傳》，高麗本作《高僧法顯傳》。明代以下各叢書刊本則又多作《佛國記》，唯《稗乘》作《三十國記》，張宗祥據明鈔本輯印涵本《説郛》卷四作《法顯記》。

② 胡震亨《佛國記・跋》，見《祕册彙函》之《佛國記》，明萬曆刻本。

③ 永瑢等《四庫全書總目》卷七一史部二十七地理類四"《佛國記》"條，中華書局 1995 年，第 630 頁上。

《法顯傳》作者法顯，僧祐《出三藏記集》卷一五、《高僧傳》卷三有傳。法顯於後秦弘始元年（399）從長安出發去天竺，他當時的年齡，據章巽推測，當在五十八歲以上[①]。以如此年齡而跋涉千山萬水去求取佛經，其精神可嘉。如《法顯傳·跋》所云："於是感歎斯人，以爲古今罕有，自大教東流，未有忘身求法如顯之比！"

《法顯傳》的成書，據傳後跋語，是晉義熙十二年（416），慧遠迎法顯於道場寺講經後，問及其所遊歷，於是法顯爲之"具敘始末"，後有人又請他寫出來，這就是《法顯傳》。關於《法顯傳》的版本流傳，章巽在《法顯傳校注·序》中有詳細解説，可參看，其所校注之《法顯傳》，亦是今所見之善本。

《法顯傳》是法顯自述其從長安出發、歷經西域天竺諸國、最後回到中國的全過程，其價值在於對當時西域、天竺諸國的人文、地理風貌有許多真實的記録。不過，在真實之中，《法顯傳》也裹挾着虛誕。如：

城西北三里，有塔，名放弓仗，以名此者，恒水上流有一國王，王小夫人生一肉胎，大夫人妬之，言："汝生不祥之徵。"即盛以木函，擲恒水中。下流有國王遊觀，見水上木函，開看，見千小兒，端正殊特，王即取養之。遂使長大，甚勇健，所往征伐，無不摧伏。次伐父王本國，王大愁憂。小夫人問王：

① 章巽《法顯傳·校注序》，見章巽《法顯傳校注》，上海古籍出版社1985年，第2頁。

"何故愁憂?"王曰:"彼國王有千子,勇健無比,欲來伐吾國,是以愁耳。"小夫人言:"王勿愁憂,但於城東作高樓,賊來時,置我樓上,則我能卻之。"王如其言,至賊到時,小夫人於樓上語賊言:"汝是我子,何故作反逆事?"賊曰:"汝是何人,云是我母?"小夫人曰:"汝等若不信者,盡仰向張口。"小夫人即以兩手搆兩乳,乳各作五百道,墮千子口中,賊知是我母,即放弓仗。二父王於是思惟,皆得辟支佛……①

這是解釋放弓仗地名的來歷,《法顯傳》中此類傳説不少,又如《弗樓沙國》所記天帝事、《僧伽施國》所記佛説法來下處的傳説、《伽耶城》阿育王事等等。另外一些有關佛的遺跡等記載也往往充滿神異色彩。而且,法顯對這些傳説或異聞的敘述多詳盡細緻,頗具故事性,這些都是《法顯傳》中值得注意的地方。

《趙至自敘》,史志書目無著録,文廷式《補晉書藝文志》卷三史部雜傳類補録。趙至,《晉書》卷九二《文苑傳》有傳,其云:"趙至,字景真,代郡人也。"《趙至自敘》久佚,僅存殘文二條,見於《太平御覽》徵引,今據以採録②。二條均敘其外貌。

---

①《法顯傳·毗舍離國》,見章巽《法顯傳校注》,上海古籍出版社1985年,第93—94頁。

②《太平御覽》卷三六六《人事部七·目》引一條,作《趙至自敘》;《太平御覽》卷三六八《人事部九·脣吻》引一條,作《趙志自敘》。

嵇康謂至曰："卿頭小鋭，瞳子白黑分明，覘占停諦，有白起風。"

志長七尺四寸，潔白黑髮，明眉赤唇，髭鬢不多。

又有《傅暢自序》，《隋書・經籍志》等史志書目無著録，文廷式《補晉書藝文志》卷三史部雜傳類補録。傅暢，字世道，北地泥陽人，《晉書》卷四七《傅玄傳》附其傳云："暢，字世道。年五歲，父友見而戲之，解暢衣，取其金環與侍者，暢不之惜，以此賞之。年未弱冠，甚有重名。"《傅暢自序》已佚，其佚文今散見諸書徵引。傅暢有《晉諸公贊》，此《自序》不見於此書，當是單獨成篇之作，今檢諸書徵引，得其佚文二條。敘其五（四）歲與魯叔虎遊戲之事及爲中正之事，較有情致①。

《藝文類聚》卷五五《雜文部一・史傳》有引梁《江淹自序傳》者，考其文，當爲單行之篇，敘述自己在爲吴興令時的悠閑生活，其文甚爲清麗，近於後世的小品文：

淹，字文通，濟陽考成人……爲建安吴興令，地在東南嶠外，閩越之舊境也。爰有碧水丹山，珍木靈草，皆淹平生所至愛，不覺行路之遠矣。山中無事，與道書爲偶。乃悠然獨往，或日夕忘歸。放浪之際，頗著文章自娱……常願幽居築宇，

①《北堂書鈔》卷七三《設官部二十五・中正一百六十四》"掌州鄉之論"，《太平御覽》卷二六五《職官部六十三・中正》、卷六九五《服章部十二・袴褶》引一條，作《傅暢自序》；《太平御覽》卷三八五《人事部二十六・幼智下》引一條，作《傅暢自敘》。

絶棄人事，苑以丹林，池以緑水，左倚郊甸，右帶瀛澤。青春爰謝，則接武平皐；素秋澄景，則獨酌虚室。侍姬三四，趙女數人。不則逍遥經紀，彈琴詠詩，朝露幾閒，忽忘老之將至。淹之學盡此而已矣。①

漢魏六朝時期的自敘，除上述數種外，劉知幾《史通·序傳》言及“至魏文帝、傅玄、陶梅、葛洪之徒”②等的自敘，檢諸書徵引，這一時期的自敘還有《梅陶自敘》《傅咸自敘》《杜預自敘》等，這些自敘多僅存一二片段③。諸家《補晉書藝文志》或有補録，如文廷式《補晉書藝文志》就補録上述諸種自敘④。故略志於此。

在兩晉時期的自敘作品中，“虚構”性的自敘如阮籍《大人

①《藝文類聚》卷五五《雜文部一·史傳》引一條，作《梁江淹自序傳》；《古儷府》卷五《人部》引一條，作《江淹自序》；從《藝文類聚》卷五五引。

② 陶梅，浦起龍云：“恐誤，或當作梅陶。”甚是，《初學記》卷一二、《太平御覽》卷六四九引作梅陶。

③《梅陶自敘》，《初學記》卷一二《御史中丞第七》“奏彈夜警法鞭儲傅”引一條，作《梅陶自序》；《北堂書鈔》卷三七《政術部·公正二十七》“鞭太子傅令”、卷六二《設官部十四·御史中丞八十五》“梅陶奉王憲”，《太平御覽》卷二二六《職官部二十四·御史中丞下》、卷六四九《刑法部十五·論肉刑》各引一條，作《梅陶自敘》；《職官分紀》卷一四《中丞》“以法鞭皇太子傅”引一條，作《梅陶敘》。《傅咸自敘》，《太平御覽》卷一一《天部十一·祈雨》引一條，作《傅咸自敘》。《杜預自敘》，《太平御覽》卷六一四《學部八·好學》引一條，作《杜預自序》；《太平御覽》卷四三一《人事部七十二·勤》引一條，作《杜預自敘》。

④ 文廷式《補晉書藝文志》卷三史部雜傳類除補録《傅咸自敘》《杜預自敘》外，又補録有《袁準自敘》《王彪之自敘》《皇甫謐自敘》等。

先生傳》、陶潛《五柳先生傳》、袁粲《妙德先生傳》值得注意。

阮籍《大人先生傳》，是與東方朔《非有先生論（傳）》相似的作品，也介於傳與論之間，或者説是傳論結合的作品。其題名也與《非有先生論（傳）》相似，《晉書》卷四九《阮籍傳》中作《大人先生傳》，而《世説新語·棲逸》劉注引《竹林七賢論》云“籍歸，遂著《大人先生論》”，其中的“大人先生”，也是一個虛構的人物，他代表的是作者的一種思想傾向，一種超然物外、脱逸現世的思想。所以，日本學者的福光永司稱“應該説這是哲理性的自敘傳”①。

陶潛《五柳先生傳》，川合康三認爲“既是陶淵明現實生活的反映，也是他人生理想的投影，事實還是虛構，無法作簡單的判斷”，或者説它“描寫的只是自己嚮往的人生狀態的一個斷面”②，《五柳先生傳》爲我們展現的是一個隱逸的陶淵明形象：

> 先生不知何許人也，亦不詳其姓字。宅邊有五柳樹，因以爲號焉。閒静少言，不慕榮利。好讀書，不求甚解；每有會意，便欣然亡食。性嗜酒，家貧不能常得，親舊知其如此，或置酒而招之。造飲輒盡，期在必醉；既醉而退，曾不吝情去留。環堵蕭然，不蔽風日。短褐穿結，簞瓢屢空。晏如也。

①［日］福光永司《〈大人賦〉的思想譜系——辭賦文學和老莊哲學》，載《道教思想史研究》，岩波書店 1987 年，據川合康三《中國的自傳文學》第 53 頁所引轉引。

②［日］川合康三著，蔡毅譯《中國的自傳文學》第三章《希望那樣的我》三《陶淵明〈五柳先生傳〉》，中央編譯出版社 1999 年，第 68—69 頁。

常著文章自娱，頗示己志。忘懷得失，以此自終。①

袁粲《妙德先生傳》，《宋書》卷八九《袁粲傳》云："滑孫（袁粲初名）清整有風操，自遇甚厚，常著《妙德先生傳》以續嵇康《高士傳》，以自況。"可見，其《妙德先生傳》也是自傳。《妙德先生傳》在旨趣内容上，仿效嵇康《高士傳》，在體例行文上，仿效陶淵明《五柳先生傳》。當然，袁粲《妙德先生傳》的思想是儒家的，其名號就顯露無遺，而行文不論如何模仿陶淵明，但由於對嘉德懿行的敘寫，都很抽象，"宛然一尊典範的偶像"②，没有《五柳先生傳》具體的場景與行動描寫，故妙德先生的形象也宛若枯骨一樣乾癟，毫無生氣。

三、他敘

漢魏六朝時期的他敘作品，今所見則主要產生於兩晉時期，嵇紹的《趙至敘》及夏侯湛的《夏侯稱、夏侯榮敘》和《羊秉敘》等值得注意。

嵇紹的《趙至敘》是一篇較爲出色的他敘作品。《趙至敘》久佚，其佚文今主要見於《世説新語·言語》第15條劉注引。丁國鈞《補晉書藝文志》卷二史録雜傳類、文廷式《補晉書藝文志》卷三史部雜傳類、秦榮光《補晉書藝文志》卷二史部傳

① 陶淵明著，逯欽立校注《陶淵明集》，中華書局1995年，第175頁。
②［日］川合康三著，蔡毅譯《中國的自傳文學》第三章《希望那樣的"我"》四《袁粲〈妙德先生傳〉》，中央編譯出版社1999年，第72頁。

記類、吴士鑑《補晉書藝文志》卷二史録雜傳類均有補録。丁國鈞《補晉書藝文志》卷二史録雜傳類補録時作“敘趙至”，文廷式、秦榮光《補晉書藝文志》作嵇紹《趙至敘》[①]。吴士鑑《補晉書藝文志》卷二史録雜傳類補録《趙至别傳》，注云：“見《太平御覽》、《世説》言語篇注引嵇紹敘趙至，即此書。”[②] 即視《趙至别傳》即嵇紹《趙至敘》。

《趙志敘》，《世説新語・言語》第15條劉注引一條，題“嵇紹《趙至敘》”，作者嵇紹，嵇康子。《晉書》卷八九《忠義傳》有傳，其云：“嵇紹，字延祖，魏中散大夫康之子也。十歲而孤，事母孝謹。以父得罪，靖居私門。山濤領選，啟武帝曰：‘《康誥》有言：父子罪不相及。嵇紹賢侔郤缺，宜加旌命，請爲祕書郎。’帝謂濤曰：‘如卿所言，乃堪爲丞，何但郎也。’乃發詔徵之，起家爲祕書丞。”嵇紹作此文，余嘉錫推測，是爲其父被殺作辯解，“尋其至實，則干寶説吕安書爲實，何者？嵇康爲吕安事相連，吕安不爲此書言太壯，何爲至死？當死之時，人即稱爲此書而死，嵇紹始成人，惡其父與吕安爲當，故作此説以拒之……”“惟其吕安實嘗徙邊，雖紹亦不敢言無此事，始

① 丁國鈞《補晉書藝文志》卷二史録雜傳類嵇紹“敘趙至”條，開明書店《二十五史補編》第3册，中華書局1998年，第20頁下。文廷式《補晉書藝文志》卷三史部雜傳類“嵇紹《趙至敘》“條，開明書店《二十五史補編》第3册，中華書局1998年，第34頁上。秦榮光《補晉書藝文志》卷二史部傳記類嵇紹“《趙至敘》”條，開明書店《二十五史補編》第3册，中華書局1998年，第19頁上。

② 吴士鑑《補晉書藝文志》“《趙至别傳》”條，開明書店《二十五史補編》第3册，中華書局1998年，第20頁中。

詳敘趙景真之本末，明其嘗至遼東，以證此書之爲景真作也。夫吕安既已徙邊，又追回下獄，與叔夜俱死，則二人之死，不獨因吕巽之誣亦明矣。嵇紹欲爲晉忠臣，不欲其父不忠於晉，使人謂彼爲罪人之子，故有此辯。"①

《趙至敘》全文雖短，雖然其主要目的在於爲其父嵇康的某些行爲進行辯護，但在客觀上卻爲我們描繪出了一個鮮明、生動的趙至形象，嵇紹是善於選用典型事例的，如寫少年趙至，作者用兩件事：一是觀新令到官，與母親的對話；一是蚤聞父叱牛聲，釋書而泣：

> 至，字景真，代郡人。漢末，其祖流宕客緱氏，令新之官，至年十二，與母共道傍看，母曰："汝先世非微賤家也，汝後能如此不？"至曰："可爾耳。"歸便求師誦書，蚤聞父耕叱牛聲，釋書而泣，師問之，答曰："自傷不能致榮華，而使老父不免勤苦。"

這兩件事表現出少年趙至的胸懷大志、成熟和細心。特别是其中對趙至語言的描摹，讀之如聞其聲，如見其形。

《趙至敘》重點敘述的是趙至與嵇康的交往。嵇紹把趙至與嵇康的交往寫得極富傳奇色彩：

① 劉義慶撰，劉孝標注，余嘉錫箋疏，周祖謨等整理《世説新語箋疏》中卷上《雅量第六》第2條箋疏，上海古籍出版社1996年，第345頁、第349頁。

年十四,入太學觀。時先君在學寫石經古文,事訖去。遂隨車問先君姓名,先君曰:“年少何以問我?”至曰:“觀君風器非常,故問耳。”先君具告之。至年十五,陽病,數數狂走五里三里,爲家追得,又炙身體十數處。年十六,遂亡命,徑至洛陽,求索先君不得。至鄴,沛國史仲和是魏領軍史渙孫也,至便依之,遂名翼,字陽和。先君到鄴,至具道太學中事,便逐先君歸山陽經年。

年少的趙至偶入太學，見到了正在學寫石經的嵇康，爲嵇康的風度器宇所吸引，不自覺地隨車而行，追問姓名。回家後，無法忘懷，便假裝生病、炙傷身體，想出種種辦法，離家出走，去尋找嵇康，十六歲，終於“亡命”出走，至洛陽尋找嵇康不得，又奔鄴城，依沛國史仲和，當嵇康至鄴後，“至具道太學中事”，向其述説十四歲在太學與嵇康相遇之事，短短幾字，包含無限往事。

《趙至敘》在描述了趙至與嵇康的傳奇交往後，可以説，趙至的“神”已經描摹了出來，然後，嵇紹又寫其外貌：

至長七尺三寸,潔白黑髮,赤唇明目,鬢鬚不多,閑詳安諦,體若不勝衣。先君嘗謂之曰:“卿頭小而鋭,瞳子白黑分明,視瞻停諦,有白起風。”

先描摹出趙至的外貌，然後引用嵇康的評論，寫其眼睛，“瞳子白黑分明，視瞻停諦，有白起風”，正如繪畫中的畫龍點睛。

最後嵇紹略述了趙至的才幹、仕宦，收束全篇：

> 至論議清辯，有從横才，然亦不以自長也。孟元基辟爲遼東從事，在郡斷九獄，見稱清當。自痛棄親遠遊，母亡不見，吐血發病，服未竟而亡。

夏侯湛有《夏侯稱、夏侯榮敘》和《羊秉敘》兩篇敘作。

夏侯湛《夏侯稱、夏侯榮敘》，《隋書·經籍志》等史志書目未見著録，秦榮光《補晉書藝文志》卷二史部傳記類、吴士鑑《補晉書藝文志》卷二史録雜傳類補録。《三國志》卷九《魏書·夏侯淵傳》裴注引《夏侯稱、夏侯榮敘》云“淵第三子稱，第五子榮，從孫湛爲其序曰”，夏侯湛，《晉書》卷五五有傳，其云：“夏侯湛，字孝若，譙國譙人也。祖威，魏兖州刺史。父莊，淮南太守。湛幼有盛才，文章宏富，善構新詞，而美容觀，與潘岳友善，每行止同輿接茵，京都謂之連璧。”

《夏侯稱、夏侯榮敘》，其文今主要見於《三國志》卷九《魏書·夏侯淵傳》裴注引，文字不多，但首尾完備，當是全篇。又，《太平御覽》卷六〇六《文部二二·刺》有引《夏侯榮傳》者，其文多與《夏侯榮敘》同，或爲其别稱。

夏侯稱、夏侯榮都少年早卒，夏侯稱年十八而卒，夏侯榮年十三而戰死。夏侯湛抓住人物的最突出品行來敘寫二人，敘夏侯稱，是寫其武略，敘中記其少年時“合聚童兒，爲之渠帥”之事、其父夏侯淵與兵書不讀，云“能則爲耳，安能學人”，展現出了人物的豪邁氣概。敘夏侯榮，是寫其有文才，且記憶力驚人，“經目輒識”，敘中記其一事：曾百余人，人一奏刺，夏侯榮一覽而後與衆人談，“不謬一人”。

夏侯湛《羊秉敘》，《隋書·經籍志》等史志書目未見著録，久佚，秦榮光《補晉書藝文志》卷二史部傳記類補録。《世説新語·言語》劉注第65條云：“羊秉爲撫軍參軍，少亡，有令譽，夏侯孝若爲之敘，極相讚悼。”則作者爲夏侯湛。

《羊秉敘》佚文今主要見於《世説新語·言語》第65條劉注引，考其文，亦當是完篇。羊秉三十二而卒，夏侯湛爲之敘，也有歎惋之意。此敘較爲平實，多概述，無精彩之處。

另有傅玄《馬均敘》，《隋書·經籍志》等史志書目無著録，久佚，秦榮光《補晉書藝文志》卷二史部傳記類補録。《三國志》卷二九《魏書·方技傳·杜夔傳》“其好古存正莫及夔”裴注云：“時有扶風馬鈞，巧思絶世，傅玄序之曰。”則《馬鈞序》當爲傅玄所作。傅玄，《晉書》卷四七有傳，其云：“傅玄，字休奕，北地泥陽人也。祖燮，漢漢陽太守。父幹，魏扶風太守。玄少孤貧，博學善屬文，解鍾律。性剛勁亮直，不能容人之短。郡上計吏，再舉孝廉，太尉辟，皆不就。州舉秀才，除郎中。與東海繆施俱以時譽選入著作，撰集《魏書》。後參安東、衛軍軍事，轉温令，再遷弘農太守，領典農校尉。所居稱職。”

《馬均敘》佚文今主要見於《三國志》卷二九《魏書·方技傳·杜夔傳》裴注引，此敘前半部分敘述了馬均作指南車、翻車、木人事，後半部分則主要是作者——傅玄（文中自稱傅子）

與裴秀（文中稱裴子）、曹羲（安鄉侯）辯難之言[①]。

除上述諸敘作以外，漢魏六朝時期的敘作尚有《陶氏序》、嚴尤《三將敘》、華嶠《譜敘》等。

《陶氏序》，《隋書·經籍志》等史志書目無著録，久佚，丁國鈞《補晉書藝文志》卷二史録雜傳類補録。其佚文今主要見於《世説新語·言語》第47條劉注引，述陶侃簡歷。

嚴尤《三將敘》，《隋書·經籍志》等史志書目無著録，《舊唐書·經籍志》子部雜家類著録《三將軍論》一卷，題嚴尤撰，或即《三將敘》。久佚，其佚文今主要見於《世説新語·言語》第15條劉注等徵引[②]。此段文字是平原君與趙孝成王關於白起面相與性格的對話，即所謂嵇康所言趙至有"白起風"的出處。

華嶠《譜敘》，《隋書·經籍志》等史志書目無著録。華嶠，《晉書》卷四四有傳，其云："嶠，字叔駿，才學深博，少有令聞。"終祕書監，追賜少府。華嶠曾撰《後漢書》，《隋書·經籍志》史部正史類著録其《後漢書》十七卷，注云："本九十七卷，今殘缺。"題晉少府卿華嶠撰。

①《三國志》卷二九《魏書·方技傳·杜夔傳》"其好古存正莫及夔"裴注引，云"時有扶風馬鈞巧思絶世傅玄序之曰"。又有《馬先生傳》及《馬鈞别傳》者，《白氏六帖事類集》卷二《綾七十五》"五十絲"引一條，作傅元《烏先生傳》，當作傅玄《馬先生傳》。《太平御覽》卷七五二《工藝部九·巧》引一條，作《馬鈞别傳》。

②《世説新語·言語》第15條劉注、《藝文類聚》卷一七《人部一·頭》各引一條，作嚴尤《三將敘》；《北堂書鈔》卷一一五《武功部三·將帥四》"廉頗勇鷙忍恥"、《太平御覽》卷四三七《人事部七十六·勇五》各引一條，作嚴尤《三將論》。

《譜敘》久佚，其佚文今主要見於《三國志》裴注等徵引[①]。《譜敘》敘事較爲細緻，其文略微可觀，其云：

歆少以高行顯名。避西京之亂，與同志鄭泰等六七人，閑步出武關。道遇一丈夫獨行，願得俱，皆哀欲許之。歆獨曰："不可，今已在危險之中，禍福患害，義猶一也。無故受人，不知其義。既以受之，若有進退，可中棄乎！"衆不忍，卒與俱行。此丈夫中道墮井，皆欲棄之。歆曰："已與俱矣，棄之不義。"相率共還出之，而後別去。衆乃大義之。[②]

通過前後華歆與衆人許與不許、不棄與棄的對比，寫出了華歆的重"義"品格。

從題名上看，《譜敘》與《三將敘》是多人合敘，如同類傳。這説明，敘也有單篇和叢集兩種形式，敘與傳是基本等義的。

---

①《三國志》卷一三《魏書·華歆傳》裴注引五條，此外，《世説新語·方正》第3條劉注、《世説新語·德行》第13條劉注、《蒙求集注》卷上"華歆忤旨陳群蹙容"、《太平御覽》卷二二四《職官部二十二·散騎侍郎》、《職官分紀》卷六《散騎常侍》"與尚書共論"各引一條，作華嶠《譜敘》。

②《三國志》卷一三《魏書·華歆傳》"遂從藍田至南陽"裴注、《世説新語·德行》第13條劉注各引一條，作華嶠《譜敘》，從《三國志》卷一三裴注引。

第四章　南北朝雜傳

從劉裕代晉建立宋朝的永初元年（420）至隋大業十四年（618）隋亡，是本書所謂的南北朝時期，在這近二百年的時間裏，中國大地上南北對峙，朝代更迭頻繁。

這一時期的雜傳，據徐崇《補南北史藝文志》史部雜傳類，卷一《南史》補録有四十六種雜傳，除去其中的志怪十種，實際共三十六種；卷二《北史》補録有十九種，除去志怪三種，實際共十六種，合《南史》《北史》雜傳共五十四種。另外，聶崇岐《補宋書藝文志》史部補録劉宋一代雜傳二十二種（其中包括志怪七種），陳述《補南齊書藝文志》卷二史部補録蕭齊一代雜傳八種，張鵬一《隋書經籍志補》卷二史部補録雜傳十一種（基本爲南北朝時期雜傳），這些補録大多不出徐崇《補南北史藝文志》所補之外[①]。

① 徐崇《補南北史藝文志》、聶崇岐《補宋書藝文志》、陳述《補南齊書藝文志》、張鵬一《隋書經籍志補》，均爲開明書店《二十五史補編》本，中華書局1998年。

第一節　忠孝道德：蕭繹及其雜傳創作

梁元帝蕭繹一生創作或主持編寫、整理了多部雜傳，這些雜傳，多帶有明顯的道德説教目的。無論是《孝德傳》《忠臣傳》《全德志》，還是《丹陽尹傳》《懷舊志》，都緊緊圍繞忠孝道德這個主題。

一、蕭繹生平及著述

梁元帝蕭繹，字世誠，小字七符，梁武帝蕭衍第七子。母親本爲采女，後賜姓，拜爲修容。蕭繹聰悟俊朗，天才英發，五歲時，蕭衍曾問他讀了什麼書，他回答説能誦《曲禮》，於是蕭衍便讓他背誦，蕭繹當即背誦了《曲禮》的上篇，贏得了蕭衍及左右的贊賞。十七歲那年，蕭衍又問他："孫策昔在江東，於時年幾？"他回答説："十七。"蕭衍因而對他説："正是汝年。"並勉勵他勤奮努力。

天監十三年（514），蕭繹被封爲湘東王，在藩時别號金樓子，普通七年（526）至大同五年（539）任荆州刺史，後任江州刺史，不久又改任荆州刺史。侯景之亂，蕭繹按兵坐觀，在大勢已定後，發兵平亂，公元552年，他稱帝於江陵。承聖三年（554），西魏攻陷江陵後，蕭繹被俘，不久被殺，時年四十七歲。

蕭繹好學愛文，《梁書·元帝紀》説他"既長好學，博總群書，下筆成章，出言爲論，才辨敏速，冠絶一時”。不過《南史·梁本紀下》又説他“性好矯飾，多猜忌”。在文學方面，好勝心比其父有過之而無不及。要是他覺得有誰勝出自己，即使是至親骨肉，也必定想方設法加以毀害。蕭繹的姑媽義興昭長公主嫁王彬，他們的兒子王銓兄弟中，八九人都極有文名，他十分嫉妒，便將自己身邊的寵姬王氏的兄長王行改名爲王彬，以此對他們兄弟進行狎辱。南陽的劉之遴，“篤爲明審，博覽群籍”，才學出衆，蕭繹對他也十分忌恨，曾派人下毒謀殺他。如此之類的例子還有很多。

蕭繹好書，在江陵，他收集了衆多的書籍，並讓人對其加以整理，這對保存古籍起了很大的作用，但在承聖三年（554），西魏進攻江陵之際，他意識到江陵不保時，又燒毀了自己收藏的圖書十萬餘卷。這又是中國歷史上重大的文化災難。

蕭繹多著述，由他自撰或主持編寫、整理的著作很多，所著《金樓子》卷五“著書篇”有録存，今所知有三十八部、六百七十七卷之多。包括：

《連山》三十卷、《金樓祕決》二十二卷、《周易義疏》三十卷、《禮雜私記》五十卷、《注前漢書》一百十五卷、《孝德傳》三十卷、《忠臣傳》三十卷、《丹陽尹傳》十卷、《仙異傳》三卷、《黄妳自序》三卷、《全德志》一卷、《懷舊志》一卷、《研神記》一卷、《晉仙傳》五卷、《繁華傳》三卷、《孝子義疏》十卷、《玉韜》十卷、《貢職圖》一卷、《語對》三十卷、《同姓同名録》一卷、《式苑》三卷、《荆南志》二卷、《江州記》三卷、《奇字》二十卷、《長州苑記》三卷、《玉子訣》三卷、《寶帳仙方》三卷、《食要》十卷、《辨林》二十卷、《藥方》十卷、《補闕子》十卷、《譜》十卷、《夢書》十卷、《安成煬王集》十卷、《集》三十卷、《碑集》一百卷、《詩英》十卷、《内典博要》三十卷①。

就雜傳類著作而言，蕭繹自撰或主持編寫、整理的有《孝德傳》《忠臣傳》《丹陽尹傳》《全德志》《懷舊志》等幾部作品。這裏，重點對這些雜傳略加考述。

《孝德傳》，《隋書·經籍志》史部雜傳類、《舊唐志·經籍志》史部雜傳類均有著録《孝德傳》三十卷，題梁元帝撰；《新唐書·藝文志》史部雜傳類著録有梁武帝《孝子傳》三十卷，武帝當是元帝之誤，書名亦誤作《孝子傳》。《梁書·元帝紀》亦稱梁元帝著《孝德傳》三十卷。《金樓子》卷五“著書篇”亦云“《孝德傳》三秩三十卷”，注云：“金樓合衆家孝子傳成此。”可見，此書乃鈔綴諸家孝傳彙編而成。

《孝德傳》今佚，其佚文今散見諸書徵引，《太平御覽經史圖書綱目》列梁元帝《孝德傳》，張溥《漢魏六朝百三家集》卷八四《梁元帝集》、嚴可均《全梁文》卷一七、王仁俊《玉函山房輯佚書續編》之史編總類有輯存。今檢諸書徵引，得《孝德傳》序及皇王篇贊、天性篇贊各一節，又得繆斐、張楷、劉虬、陽雍四人事蹟。從佚文看，蕭繹的《孝德傳》分爲若干篇，其中包括皇王篇、天性篇等，傳文後有贊語。

《忠臣傳》，《隋書·經籍志》史部雜傳類、《舊唐志·經籍

① 以上所録蕭繹著述據王仁俊《玉函山房輯佚書續編》之史編總類所輯。

志》史部雜傳類、《新唐書·藝文志》史部雜傳記類均著録《忠臣傳》三十卷，題梁元帝撰。《梁書·元帝紀》《南史·梁本紀》亦稱著《忠臣傳》三十卷，《金樓子》卷五“著書篇”亦云“《忠臣傳》三秩三十卷”。《南史》卷七六《隱逸傳·阮孝緒傳》云：“湘東王著《忠臣傳》，集釋氏碑銘、《丹陽尹録》、《研神記》，並先簡孝緒而後施行。”《玉海·藝文》卷五八云：“元帝爲湘東王時，常記録忠臣義士及文章之美者，筆有三品，忠孝全者用金管書之，德行精粹者用銀管書之，文章贍逸者以斑竹管書之。”①

《忠臣傳》今佚，《藝文類聚》卷二〇引《忠臣傳·總序》云：“且孝子烈女逸民，咸有别傳，至於忠臣，曾無述製，今將發篋陳書，備加論討。”忠臣傳記“曾無述製”，故此傳當出蕭繹撰制。張溥《漢魏六朝百三家集》卷八四《梁元帝集》、梅鼎祚《梁文紀》卷四有輯録。今檢諸書徵引，得其《總序》《死節篇序》《諫争篇序》及《受托篇贊》《諫争篇贊》《執法篇贊》各一節，僅得劉弘一人事蹟。從其佚文看，《忠臣傳》分爲若干部分，包括死節篇、諫争篇、記托篇、執法篇等，前有總序，每一篇又有小序，傳文後有贊語。其《總序》云：“夫天地之大德曰生，聖人之大寶曰位，因生所以盡孝，因位所以立忠，事君事父，資敬之理寧異，爲臣爲子，率由之道斯一，忠爲令德，竊所景行，且孝子烈女逸民，咸有别傳，至於忠臣，曾無述製，

① 王應麟《玉海》卷五八《藝文》傳類“梁《孝德、忠臣傳》、《全德志》”條，廣陵書社2003年，第1105頁。

今將發篋陳書，備加討論。”[1] 忠臣傳記“曾無述製”，故此傳當出蕭繹撰制。

《丹陽尹傳》，《隋書·經籍志》史部雜傳類、《舊唐志·經籍志》史部雜傳類、《新唐書·藝文志》史部雜傳記類均著録《丹陽尹傳》十卷，題梁元帝撰。《梁書·元帝紀》亦稱元帝撰《丹陽尹傳》十卷。《南史》卷七六《隱逸傳·阮孝緒傳》云："湘東王著《忠臣傳》，集釋氏碑銘、《丹陽尹録》、《研神記》，並先簡孝緒而後施行。"《金樓子》卷五"著書篇"亦録有蕭繹《丹陽尹傳》一秩十卷，注云："金樓爲尹京時自撰。"

《丹陽尹傳》久佚，張溥《漢魏六朝百三家集》卷八四《梁元帝集》、梅鼎祚《梁文紀》卷四、嚴可均《全梁文》卷一七、王仁俊《玉函山房輯佚書續編》之史編總類有輯録。今檢諸書徵引，僅得其序文一節。其中云："傳曰：'大夫受郡。'《漢書》曰：'尹者正也。'及其用人，實難授受。廣漢和顔接下，子高自輔經術。孫寶行嚴霜之誅，袁安留冬日之愛。自二京版蕩，五馬南渡，固乃上燭天文，下應地理。爾其地勢，可得而言，東以赤山爲城皋，南以長淮爲伊洛，北以鍾山爲卓阜，西以大江爲黄河。既變淮海爲神州，亦即丹陽爲京尹。雖得仁之盛，頗愧前賢，而眄遇之深，多用宰輔。皇上受圖負扆，寶歷惟新，制禮以告成功，作樂以彰治定。豈直四三皇，六五帝，孕夏陶周而已哉。若夫位以德敘，德以位成。每念忝莅京河，兹焉四

[1]《初學記》卷一七《人部·忠第三》、《藝文類聚》卷二〇《人部四·忠》各引一條，作梁元帝《忠臣傳》，從《藝文類聚》卷二〇引。

載，以入安石之門，思勤王之政，坐真長之室，想清談之風。求瘼餘晨，頗多夏景。今綴採英賢，爲《丹陽尹傳》。"① 由此知，《丹陽尹傳》蕭繹採摭群書忠臣事蹟撰成。

《全德志》，《隋書·經籍志》史部雜傳類、《舊唐志·經籍志》史部雜傳類、《新唐書·藝文志》史部雜傳記類均著録《全德志》一卷，題梁元帝撰。《梁書·元帝紀》亦稱蕭繹有《全德志》一卷，《金樓子》卷五"著書篇"録有"《全德志》一秩一卷"，注云："金樓自撰。"

《全德志》久佚，張溥《漢魏六朝百三家集》卷八四《梁元帝集》、梅鼎祚《梁文紀》卷四、嚴可均《全梁文》卷一七、王仁俊《玉函山房輯佚書續編》之史編總類有輯録。今檢諸書徵引，僅得其序一節，論一節。

《懷舊志》，《隋書·經籍志》史部雜傳類、《新唐書·藝文志》史部雜傳記類均著録《懷舊志》九卷，題梁元帝撰。《日本國見在書目録》亦著録有梁元帝《懷舊志》九卷，《梁書·元帝紀》亦稱梁元帝有《懷舊志》稱九卷，《南史·梁本紀》稱《懷舊傳》二卷。《金樓子》卷五"著書篇"則稱"《懷舊志》一秩一卷"，注云："金樓撰。"《周書》卷四〇《顔之儀傳》云：之儀父協，"梁元帝爲湘東王，引協爲其府記室參軍，協不得已，乃應命。梁元帝後著《懷舊志》及詩，並稱贊其美。"《顔氏家訓》卷四《文章篇》云："吾家世文章，甚爲典正，不從流俗，梁孝

①《藝文類聚》卷五〇《職官部六·尹》、《職官分紀》卷三八《諸府尹》"孫竇行嚴霜之誅袁安留冬日之愛"各引一條，作梁元帝《丹陽尹傳》，從《藝文類聚》卷五〇引。

元在蕃邸時，撰《西府新文》，紀無一篇見録者，亦以不偶於世，無鄭、衛之音故也。有詩賦銘誄書表啟疏二十卷，吾兄弟始在草土，並未得編次，便遭火蕩盡，竟不傳於世。銜酷茹恨，徹於心髓！操行見於《梁史文士傳》及孝元《懷舊志》。”又曰：“王籍《入若耶溪》詩云：蟬噪林逾静，鳥鳴山更幽。江南以爲文外斷（獨）絶，物無異議，簡文吟詠不能忘之，孝元諷味以爲不可復得，至《懷舊志》載於籍傳。”①

《懷舊志》久佚，張溥《漢魏六朝百三家集》卷八四《梁元帝集》、梅鼎祚《梁文紀》卷四、嚴可均《全梁文》卷一七、王仁俊《玉函山房輯佚書續編》之史編總類有輯録。今檢諸書徵引，僅得其序文一節。

《隋書·經籍志》史部雜傳類又著録梁元帝《顯忠録》二十卷，章宗源、姚振宗均以爲《顯忠録》非梁元帝所撰，此顯系誤題②，甚是。《舊唐書·經籍志》史部雜傳類、《新唐書·藝文志》史部雜傳記類著録《顯忠録》二十卷，題元懌撰，元懌當是此書作者。《魏書·孝五王傳》之《清河獻王傳》云：“清河王懌字宣仁，幼而敏惠，美姿貌……博涉經史，兼綜群言，有文才，善談理……懌以忠而獲謗，乃鳩集昔忠烈之士爲《顯忠録》

① 顔之推《顔氏家訓》卷四《文章篇》第九，鄭堯臣輯《龍谿精舍叢書》刊抱經堂本，中國書店 1991 年，第 46 頁、第 49 頁。

② 分别見：章宗源《隋書經籍志考證》卷一三史部雜傳類梁元帝“《顯忠録》二十卷”條，開明書店《二十五史補編》第 4 册，中華書局 1998 年，第 86 頁上；姚振宗《隋書經籍志考證》卷二〇史部雜傳類“《顯忠録》二十卷梁元帝撰”條，開明書店《二十五史補編》第 4 册，中華書局 1998 年，第 314 頁中。

二十卷，以見意焉。"《魏書》卷六〇《韓子熙傳》云："侍中崔光舉子熙爲清河王懌常侍，遷郎中令……子熙與懌中大夫劉定興、學官令傅靈摽、賓客張子慎伏闕上書曰：'竊維故主太傅清河王，職綜樞衡……搜括史傳，撰《顯忠録》，區目十篇，分卷二十，既欲彰忠心於萬代，豈可爲逆亂於一朝……'"《北史》卷二七《李先傳》云："皎孫義徽。太和中，以儒學博通，有才華，補清河王懌府記室……又爲懌撰《輿地圖》及《顯忠録》。"則韓子熙、李義徽亦參與此書撰寫。故此書當是元懌召集門下文士韓子熙、李義徽等纂集。此書今已不存。元懌，字宣仁，北魏宗室，《魏書》卷二二、《北史》卷一九有傳。他幼而敏惠，博涉經史，兼終群言，有文才，善談理。正光元年（520）被誣見害，年三十四。

《南史》卷七六《隱逸傳·阮孝緒傳》云："湘東王著《忠臣傳》，集釋氏碑銘、《丹陽尹録》、《研神記》，並先簡孝緒而後施行。"則阮孝緒於蕭繹諸書或皆有修正。

二、忠孝道德：蕭繹雜傳的主題

綜觀蕭繹所作雜傳《孝德傳》《忠臣傳》《丹陽尹傳》《全德志》《懷舊志》等幾部作品，都緊緊圍繞忠孝道德這個主題，在這些雜傳的大小序中，他對此進行了反復强調。《忠臣傳·序》説："夫天地之大德曰生，聖人之大寶曰位。因生所以盡孝，因位所以立忠。事君事父，資敬之理寧異；爲臣爲子，率由之道斯一。忠爲令德，竊所景行。且孝子烈女逸民，咸有別傳，至於忠臣，曾無述製。今將發篋陳書，備加論討。”①《全德志·序》也説：“老子言：全德歸厚。莊周云：全德不刑。《吕覽》稱全德之人，故以全德創其名也。此志陸大夫爲首，伊人有學有辯，不夭不貧。寶劍在前，鼓瑟從後。連環炙輠，雍容卒歲。駟馬高車，優遊宴喜。既令公侯踞掌，復使要荒蹶角。入室生光，豈非盛矣。若乃河宗九策，事等神鈎。陽雍雙璧，理歸玄感。南陽樊重，高閣連雲。北海公沙，門人成市。咨此八龍，各傳一藝。夾河兩郡，家有萬石。人生行樂，止足爲先。但使樽酒不空，坐客恒滿。寧與孟嘗問琴，承睫淚下。中山聽息，悲不自禁。同年而語也。”②《孝德傳·序》説：“夫天經地義，聖人不加，原始要終，莫踰孝道……”③《丹陽尹傳·序》亦云：“若夫位以德敘，德以位成。每念忝莅京河，兹焉四載，以入安石之門，思勤王之政，坐真長之室，想清談之風。求瘼餘晨，頗多夏景。今綴採英賢，爲《丹陽尹傳》。”④

除在諸傳之序中反復講論，在諸傳的其他部分，蕭繹也反復言説，如《全德志·論》説：“物我俱忘，無貶廊廟之器；動寂同遣，何累經綸之才。雖坐三槐，不妨家有三徑；接五侯，

①《初學記》卷一七《人部·忠第三》、《藝文類聚》卷二〇《人部四·忠》各引一條，作梁元帝《忠臣傳》，從《藝文類聚》卷二〇引。

②《藝文類聚》卷二一《人部五·德》引一條，作梁元帝《全德志》，據以輯録。

③《藝文類聚》卷二〇《人部四·孝》引一條，作梁元帝《孝德傳》，據以輯録。

④《藝文類聚》卷五〇《職官部六·尹》、《職官分紀》卷三八《諸府尹》“孫寶行嚴霜之誅袁安留冬日之愛”各引一條，作梁元帝《丹陽尹傳》，從《藝文類聚》卷五〇引。

不妨門垂五柳。但使良園廣宅，面水帶山，饒甘菓而足花卉，葆筠篁而玩魚鳥。九月肅霜，時饗田畯，三春捧繭，乍酬蠶妾。酌升酒而歌南山，烹羔豚而擊西缶。或出或處，並以全身爲貴；優之游之，咸以忘懷自逸。若此衆君子，可謂得之矣。”①

梁王筠的《答湘東王示忠臣傳牋》也對蕭繹諸傳的忠、孝主題深有體會，他説：“竊以孝實天經，忠爲令德，百行攸先，一心靡或，昔淮南鴻烈，事無的準，沛王通論，義止儒術，東平獲譽爲片言，臨淄見稱文辭小道，孰若理冠君親，義兼臣子，謹當宣示遐邇，光揚德音。”②而蕭繹《上忠臣傳表》，對其諸傳的忠孝、道德主題追求説得更清楚，他説：“資父事君，寔曰嚴敬，求忠出孝，義兼臣子，是以冬温夏清，盡事君之節，進思將美，懷出奉之義，義軒改物，殷周受命，三能十亂，九棘五臣，靡不夙夜在公，忠爲令德，若使縉雲得姓之子，姬昌魯衛之臣，是知理合君親，忠孝一體，性與率由，因心致極，臣連華霄漢，憑暉日月，三握再吐，夙奉紫庭之慈，春詩秋禮，早蒙丹扆之訓，宣帝褒德，麟閣畫充國之形，顯宗念功，雲台圖仲華之象。”③

爲了突出忠孝道德這個主題，蕭繹諸傳，在事類的選擇與運用上，多不棄傳聞虚誕，甚至認爲，正是因爲道德的高尚，

①《藝文類聚》卷二一《人部五·德》引一條，作梁元帝《全德志》，據以輯録。

② 見《藝文類聚》卷二〇《人部四·忠》引。

③《藝文類聚》卷二〇《人部四·忠》、《初學記》卷一七《人部上·孝第四》引，《藝文類聚》卷二〇《人部四·忠》引較詳，從之。

才産生這些神異的現象。他在《孝德傳·序》中説："夫天經地義，聖人不加，原始要終，莫踰孝道。能使甘泉自涌，鄰火不焚，地出黄金，天降神女，感通之至，良有可稱。"即那些神異不經之事，都是"感通之至"而發生的，是對其完美道德的回報。

不過，遺憾的是，蕭繹諸傳幾乎散佚殆盡，傳文今多不見，唯遺《孝德傳》文三節、《忠臣傳》文一節。《孝德傳》雖是蕭繹"合衆家孝子傳"而成，出於其彙集整理而非創作，但從此是可以見其爲傳態度的，此舉《孝德傳》陽雍事，以見一斑：

> 魏陽雍，河南洛陽人。兄弟六人，以傭賣爲業。公少修孝敬，達於遐邇。父母殁，葬禮畢，長慕追思，不勝心目。乃賣田宅，北徙絶水漿處，大道峻坂下爲居，晨夜輦水，將給行旅，兼補履屩，不受其直。如是累年不懈。天神化爲書生，問曰："何故不種菜以給？"答曰："無種。"乃與之數升，公大喜，種之，其本化爲白璧，餘爲錢。書生復曰："何不求婦？"答曰："年老，無肯者。"書生曰："求名家女，必得之。"有徐氏，右北平著姓，女有名行，多求不許，乃試求之。徐氏笑之，以爲狂僻，然聞其好善，戲答媒曰："得白璧一雙，錢百萬者，與婚。"公即具送，徐氏大愕，遂以妻之。生十男，皆令德俊異，位至卿相。今右北平諸陽，其後也。①

①《太平廣記》卷二九二《神二·陽雍》引一條，云出《孝德傳》，據以輯録。

陽雍事亦見於宛本《説郛》所輯徐廣《孝子傳》和《搜神記》，《孝子傳》文較此簡略，《搜神記》文字與此相類。陽雍以孝感動天神，天神於是化爲書生幫助陽雍獲璧得錢、娶婦，使其門庭興旺。此事顯然出於虚構，然敘事頗具故事性，天神對陽雍的啟發、幫助及陽雍求婚的過程，都很生動。

第二節　佛光流轉：南北朝的僧尼類傳

兩晉時期，出現了一些僧尼的單篇散傳，類傳不多，僅有竺法濟《高逸沙門傳》和郗超《東山僧傳》①，此二書丁國鈞《補晉書藝文志》卷二史録雜傳類亦補録。而今又僅有竺法濟《高逸沙門傳》尚存數節，見於《世説新語》劉注等徵引②。郗超的《東山僧傳》亡佚而不得見。及至南北朝時期，在北方各朝和南方各朝的統治者中，有不少最高統治者，如南朝宋高祖、宋文帝、齊高帝、梁武帝、陳武帝、陳後主，北方的石勒、石虎、苻堅、姚興、姚萇、魏道武帝、魏明元帝、魏獻文帝、魏孝文帝、北齊高歡等都崇信佛教。其中如宋文帝還延請名僧參與朝

① 見於慧皎《高僧傳·序》列舉，《高僧傳合集》本，上海古籍出版社1995年，第3頁。《高僧傳》卷四《竺道潛傳》亦言“竺法濟幼有才藻，作《高逸沙門傳》”。

②《世説新語·言語》第48條劉注、第63條劉注，《世説新語·方正》第45條劉注，《世説新語·文學》第40條劉注、第42條劉注、第43條劉注、第45條劉注，《世説新語·賞譽》第110條劉注，《世説新語·排調》第28條劉注，《世説新語·雅量》第31條劉注，《剡録》卷三《高僧》各引一條，作《高逸沙門傳》。

政，鼓勵朝臣撰文弘揚佛法，希求借佛教鞏固統治，他與何尚之論佛教時説："若使率土之濱皆純此化，則吾坐致太平，夫復何事！"① 齊竟陵王蕭子良自名净住持，曾手鈔佛經七十一卷，並屢次在府邸設齋，大會群僧，親自送飯送水。梁代武帝是南北朝佞佛最深的帝王，認爲只有佛教才是正道，其他都是邪道，"老子、周公、孔子等，雖是如來弟子，而化跡既邪，上是世間之善，不能革凡成聖"②。他把佛教奉爲國教，不但長齋事佛，而且四次捨身佛寺，每次都要由群臣花費億萬金錢將他贖回，在他"反僞就真，舍邪入正"的號召下，王公貴族也紛紛投身佛門。陳武帝雖不及梁武帝，不過，也曾數次駕臨佛寺，舉行法事。由於這些統治者的崇信，佛教廣泛傳播，僧尼人數數量巨大，據唐法琳《辨正論》卷三記載，宋代有僧尼三萬六千人，齊代有三萬二千五百人，梁代有八萬二千七百人，陳代有三萬二千人。實際數量比這還要多③。與佛教的發達相聯繫，僧尼傳記也隨之興起，尤以類傳最爲引人注目，有的且影響頗大，如釋法安《志節沙門傳》、釋法進《江東名德傳》、王巾《法師傳》（亦名《僧史》）、釋寶唱《名僧傳》、釋慧皎《高僧傳》、裴子野《衆僧傳》、明克讓《續名僧傳》、虞孝敬《高僧傳》、釋寶唱《比丘尼傳》、釋僧祐《出三藏記集》、張孝秀《廬山僧傳》、陸

① 僧祐《弘明集》卷一一何尚之《答宋文帝讚揚佛教事》，《四部叢刊初編》據上海涵芬樓影印明汪道昆本，第 4 册，第 111 頁。

② 釋道宣編《廣弘明集》卷四《敘梁武帝捨事道法》，《四部叢刊初編》據上海涵芬樓影印明汪道昆本，第 2 册，第 4 頁。

③ 李延壽《南史》卷七〇《循吏傳·郭祖深傳》載郭祖深奏云："都下佛寺五百餘所……僧尼十餘萬。"

杲《沙門傳》等。這些僧尼類傳有的也散佚不見，這一節將重點介紹慧皎的《高僧傳》和寶唱的《名僧傳》《比丘尼傳》。

一、釋慧皎《高僧傳》

慧皎《高僧傳》，隋沙門法經等撰《衆經目録》卷六著録《高僧傳》十五卷，題釋慧皎撰；費長房《歷代三寶記》卷一一著録《高僧傳》十四卷，道宣《大唐内典録》卷四著録《高僧傳》十四卷并目録，又卷一〇著録梁會稽嘉祥寺沙門釋慧皎撰《高僧傳》一十四卷，《法苑珠林》卷一〇〇傳記篇"《高僧傳》十四卷并目録"，智升《開元釋教録》著録《高僧傳》十四卷，注云："序録一卷，傳十三卷，共十四卷，天監十八年撰。"又《隋書·經籍志》史部雜傳類著録《高僧傳》十四卷，題釋僧祐撰，《舊唐書·經籍志》史部雜傳類著録《高僧傳》十四卷，題釋慧皎撰；《新唐書·藝文志》子部道家釋家類著録《高僧傳》十四卷，題僧慧皎撰。則《隋書·經籍志》史部雜傳類所題"釋僧祐撰"誤，姚振宗云："僧祐當爲慧皎，慧亦通作惠。"又云："案唐《日本書目》亦誤題僧祐撰，考僧祐所撰，《法苑珠林》傳記篇全載其目，無《高僧傳》，《開元釋教録》亦不云僧祐有是書，此實爲惠皎之書，釋藏有本，今《海山仙館叢書》刻之，章氏考證以爲本《志》不著録者，似是而非也。"① 陳垣先

① 姚振宗《隋書經籍志考證》卷二〇史部雜傳類"《高僧傳》四十卷釋僧祐撰"條，開明書店《二十五史補編》第4册，中華書局1998年，第330頁上。

生亦云："此今本《隋志》之誤也，此書蓋即慧皎撰。"並舉四證證之。

慧皎，僧果《高僧傳·跋》云："右此傳是會稽嘉祥寺釋慧皎法師所撰，法師學通内外，精研經律，著《涅盤疏》十卷、《梵網戒》等義疏，並爲世軌。又撰此《高僧傳》及序共十四卷，梁末承聖二年太歲癸酉，避侯瑾難來至溢城，少時講説。甲戌歲二月舍化，春秋五十有八……"[①] 此當是慧皎事蹟的最早記録，費長房《歷代三寶記》及其他書志著録所題，均源自於此。唐道宣《續高僧傳》卷六有《慧皎傳》，其云："釋慧皎，未詳氏族，會稽上虞人，學通内外，博訓經律，住嘉祥寺，春夏弘法，秋冬著述……"[②] 道宣所撰《慧皎傳》，未用僧果所撰《高僧傳·跋》中的記録。

關於慧皎著《高僧傳》的緣起及目的，他在《高僧傳·序》中有説明，其云："自爾西域名僧往往而至，或傳度經法，或教授禪道，或以異跡化人，或以神力拯物。自漢之梁，紀曆彌遠，世踐六代，年將五百，此土桑門舍章秀髮，群英間出，迭有其人。衆家記録，敘載各異，沙門法濟偏敘高逸一門，沙門法安但列志節一行，沙門僧寶止命遊方一科，沙門法進迺通撰論傳而辭事闕略，並皆互有繁簡，出没成異，考之行事，未見其歸宗。臨川康王義慶《宣驗記》及《幽明録》……並傍出諸

① 僧果《高僧傳·跋》，見慧皎《高僧傳》，《高僧傳合集》本，上海古籍出版社 1995 年，第 101 頁。

② 道宣《續高僧傳》卷六《梁會稽嘉祥寺釋慧皎傳》五，《高僧傳合集》本，上海古籍出版社 1995 年，第 151 頁。

僧，敘其風素，而皆是附見，亟多疏闕。齊竟陵文宣王《三寶記》，傳或稱佛史，或號僧録，既三寶共敘，辭旨相關，混濫難求，更爲無味。琅琊王巾所撰《僧史》，意似該綜而文體未足，沙門僧祐撰《三藏記》，止有三十餘僧，所無甚衆，中書郗景興《東山僧傳》、治中張孝季《廬山僧傳》、中書陸明霞《沙門傳》，各競舉一方，不通今古，務存一善，不及餘行，逮於即時，亦繼有作者，然或褒贊之下，過相揄揚，或敘事之中，空引辭費，求之實理，無的可稱，或復嫌以繁廣，删減其事，而抗跡之疇，多所遺削，謂出家之士，處國賓王，不應勵然自遠，高蹈獨絶，辭榮棄愛，本以異俗，爲賢若此而不論，忘何所紀！”

《高僧傳》將其所傳之僧分爲十類，即：譯經、義解、神異、習禪、明律、遺身、誦經、興福、經師、唱導，其所傳人物時間斷限，“始於漢明帝永平十年，終至梁天監十八年，凡四百五十三載二百五十七人，又傍出附見者二百餘人。”①

慧皎撰《高僧傳》，廣摭博採，他在序中説：“嘗以暇日，遇覽群作，輒搜檢雜録數十餘家，及晉、宋、齊、梁春秋書史，秦、趙、燕、涼荒朝僞曆，地理雜篇、孤文片記，並博諮故老，廣訪先達，校其有無，取其同異。”可見其搜聚之富，粗略估計，《高僧傳》所據之書當在八十種以上②。這種情況，是與其主

① 慧皎《高僧傳・序》，見慧皎《高僧傳》，《高僧傳合集》本，上海古籍出版社 1995 年，第 3 頁。

② 湯一介《高僧傳校注・敘論》云：“據《高僧傳》自序及他處所引，可知其所據之書當在八十種以上，而不稱書名，僅言‘記曰’者甚多，均不知其所指如《道安傳》有‘别記’云云，則又多矣。”見《高僧傳校注》，中華書局 1992 年，第 3 頁。

張博覽相關的，他在卷三譯經論中就説："而傾世學徒，唯慕鑽求一典，謂言廣讀多惑，斯蓋墮學之辭，匪曰通方之訓。何者，夫欲考尋理味，決正法門，豈可斷以胸襟，而不博尋衆典。"所以，慧皎《高僧傳》所傳録人物及行事"多爲有據，且較爲可信"①。不過，細讀之，《高僧傳》中亦多虚誕之事，如《法朗傳》中所載：

> 經三日，路絶人蹤，忽見道傍有一故寺，草木没人，中有敗屋兩間，間中各有一人。一人誦經，一人患痢，兩人比房不相料理，屎尿縱横，舉房臭穢，朗謂其屬曰："出家同道，以法爲親，不見則已，豈可見而舍耶？"朗乃停六日，爲洗浣供養，至第七日，見此房中皆是香華，乃悟其神人，因語朗云："比房是我和上，已得無學，可往問訊。"朗往問訊，因語朗云："君等誠契，皆當入道，不須遠遊諸國，於事無益，唯當自力行道，勿令失時。"但朗功業小未純，未得所願，當還真丹國作大法師。於是四人不復西行，仍留此專精道業，唯朗更遊諸國，研尋經論……②

法朗遇神人之事顯然虚誕不經，然慧皎卻將其敘述得細緻逼真，頗具故事性。在《高僧傳》中，此類虚誕不經之事甚多，如卷五義解二中的《竺僧朗傳》中所記竺僧朗之"預見之明"、《竺法曠

① 湯一介《高僧傳校注·敘論》，見《高僧傳校注》，中華書局1992年，第3頁。

② 慧皎《高僧傳》卷四《中山康法郎傳》五，《高僧傳合集》本，上海古籍出版社1995年，第27頁。

傳》中所記竺法曠師竺曇印病癒事、《釋慧虔傳》所記釋慧虔夜夢觀音之事，其他如卷六義解三《釋慧永傳》《釋僧濟傳》《釋法安傳》、卷七義解四《釋僧詮傳》《釋曇諦傳》《釋道温傳》、卷一一習禪《釋慧嵬傳》等亦有虚誕之事，而卷九、卷一〇神異所載諸僧傳則更多虚誕之事。如卷一〇《杯度傳》:

> 杯度者,不知姓名,常乘木杯度水,因而爲目。初見在冀州,不修細行,神力卓越,世莫測其由來。嘗於北方寄宿一家,家有一金像,度竊而將去,家主覺而追之,見度徐行,走馬逐而不及,至孟津河,浮木杯於水,憑之度河,無假風棹輕疾如飛。俄而度岸,達於京師。見時可年四十許,帶索襤褸,殆不蔽身。言語出没,喜怒不均。或嚴冰扣凍而洗浴。或著屐上山,或徒行入市,唯荷一蘆圌子,更無餘物。乍往延賢寺……①

傳中杯度乘木杯度水之事，虚誕不經，但卻想象新奇。後文又多載其神異之事，如其圌中所藏四天王事、死而復生事、蘆圌中變錢帛事等，傳中的這些虚誕故事，與整篇傳文敘事的張弛得當及其輕俏的語言，讀來如同一篇小説。

慧皎《高僧傳·序》云:“故述六代賢異，止爲十三卷，并序録，合十四軸，號曰《高僧傳》，自前代所撰，多曰‘名僧’，

① 慧皎《高僧傳》卷一〇《杯渡》八,《高僧傳合集》本，上海古籍出版社 1995 年，第 69 頁。

然名者，本實之賓也。若實行潛光，則高而不名；寡德適時，則名而不高，名而不高，本非所記；高而不名，則備今録，故省名音，代以高字……”爲僧人作傳，名“高僧傳”遂成定例，模襲之作歷代不斷，如唐釋道宣《續高僧傳》、宋贊寧《宋高僧傳》、明釋如惺《大明高僧傳》、明釋明河《補續高僧傳》、民國喻謙《新續高僧傳四集》等。

二、釋寶唱《名僧傳》《比丘尼傳》

寶唱，姓岑氏，吴郡人，唐釋道宣《續高僧傳》卷一有傳。少懷恢敏，清貞自蓄，讀書寓目，便能强識，文才鋪贍，義理有聞。十歲出家莊嚴寺，投師僧祐。智升《開元釋教録》亦云：“僧祐律師之高足也，博識洽聞，罕有其匹，武帝甚相崇敬。”從顧道曠、吕僧智等習聽經、史、莊、易。入梁，天監四年（505），爲新安寺主，受梁武帝之屬，鈔撰多部經書，如《續法輪論》《法集》《華林佛殿經目》《經律異相》《飯聖僧法》等。《名僧傳》和《比丘尼傳》是寶唱的兩部僧尼傳記作品，爲歷代所重。

《名僧傳》，隋沙門法經等撰《衆經目録》卷六、費長房《歷代三寶記》卷一一、道宣《大唐内典録》卷四、智升《開元釋教録》卷六並著録《名僧傳》三十卷。《法苑珠林》卷一〇〇傳記篇云“《名僧傳》并序目三十一卷”。又，《隋書·經籍志》史部雜傳類、《舊唐書·經籍志》史部雜傳類、《新唐書·藝文志》子部釋家類並著録《名僧傳》三十卷。道宣《續高僧傳·寶唱傳》云：“初，唱天監九年先疾，復動便發二願遍尋經論，使無遺失，搜括列代僧録，創區别之，撰爲部褒，號曰《名僧傳》三十一卷，至十三年始就條列。”①

寶唱在《名僧傳·序》中言：“竊以外典鴻文布在方册，九品六藝，尺寸罔遺。而沙門浄行獨亡紀述，玄宗敏德，名絶終古，擁歎長懷，靡兹永歲。律師僧祐道心貞固，高行超邈，著述諸記，振發宏要，寶唱不敏，預班二落，禮誦餘日，捃拾遺漏文，廣不載……晝則伏懺，夜便纘録。”②可知寶唱是受其師僧祐撰《釋迦譜》及《薩婆多師資傳》的啟發而作《名僧傳》的③。《名僧傳》後佚，宗性從中鈔出一卷，此一卷録於日本《續藏經》中，得以保存下來。宗性鈔《名僧傳》，於其後云：“文曆二年五月晦日（午時），於笠置寺福城院南堂書寫之畢，柳宗性自去十三日參籠當山，《名僧傳》三十卷中令鈔出，彌勒感應之要文之次，其外至要之釋，聊所記置之也。此書世間流布，惟希之間發殷勤大願。鈔彌勒要文之今。雖似交餘事，只爲備後覽也。門跡之輩可哀其志矣。仰願以此處處要文鈔出書寫之功，必結生生常隨彌勒值遇之緣矣。”④

今存《名僧傳》之文，亦多虚誕，如《求那跋陀傳》中所

① 釋道宣《續高僧傳》卷一《梁楊都莊嚴寺金陵沙門釋寶唱傳》，《高僧傳合集》本，上海古籍出版社 1995 年，第 106 頁。

② 釋道宣《續高僧傳》卷一《梁楊都莊嚴寺金陵沙門釋寶唱傳》，《高僧傳合集》本，上海古籍出版社 1995 年，第 107 頁。

③ 姚振宗意指僧祐此二傳，見《隋書經籍志考證》卷二〇史部雜傳類“《名僧傳》三十卷釋寶唱撰”條注語，開明書店《二十五史補編》第 4 册，中華書局 1998 年，第 329 頁中。

④ 宗性《名僧傳鈔·後序》，見日本《續藏經》第一輯第二編《支那撰述》史傳部《名僧傳鈔》，商務印書館 1923 年，第 17 頁。

言跋陀不善漢語，在“愧難”中一夕，夢“有人白服持劍，擎一人首，來至其前曰：‘何故憂邪？’跋陀具以事對，答曰：‘不痛？’豎然便覺，心神喜悦，旦起，言義皆備領漢語”。又記其難中念觀音而一童子助其濟河。其他如《曇翼傳》《竺法義傳》《道韶傳》《竺法純傳》《竺惠慶傳》《惠果傳》《僧業傳》《法惠傳》等都有虚誕之事。

而又有如《納衣傳》，不僅傳録虚誕之事，且敘述有致，充滿傳奇色彩：

> 納衣，本姓史，名宋，不知何許人也，多服納衣，或時麻衣，而寒暑不易，故世以服爲之號，故曰納衣，或曰麻衣。身首瘡癢，不甚洗浴。晉義熙中，常在廣陵白土椂謳唱引蓒，以自欣暢。得直隨以布施。晝遊夜伏，莫知其棲息之處。運力終日，食不加口，靡有知其之所將餌。八方殊聲，莫不必能。時高檀祇爲江都令，聞而怪之，使史攝來應對，機椂稽古，博達辯説，玄儒賦詩一首，曰……檀遺布二十，返而遣之，出城便以乞路人，海行里外，肅然都盡，不以姓名鄉居語人，時世莫有知者。後人海行，於孤洲上遇一沙門，求寄書與史宗，云其在白椂，披著納衣道人是也。仍量書船中，同侶欲取看之，而書著船不肯脱。及至白土，欻然風起，飛書就宗，宗接而將去，人益異之……①

① 寶唱《名僧傳第二十一·納衣傳》，見日本《續藏經》第一輯第二編《支那撰述》史傳部《名僧傳鈔》，商務印書館 1923 年，第 10—11 頁。

《比丘尼傳》，隋費長房《歷代三寶記》卷一一著録，道宣《大唐内典録》卷四著録，《法苑珠林》卷一〇〇傳記篇“《比丘尼傳》四卷”，智升《開元釋教録》卷六、(别本)卷二〇著録，《貞元新定釋教目録》卷九著録，均作四卷。又，《隋書·經籍志》史部雜傳類著録作《尼傳》二卷，《舊唐書·經籍志》史部雜傳類、《新唐書·藝文志》子部釋家類著録，作《比丘尼傳》四卷，《隋書·經籍志》著録時原題“皎法師撰”，姚振宗云：“按皎法師即慧皎，所著唯《高僧傳》一部（見前），别無他書，《開元釋教録》及《法苑珠林》傳記篇所載并同，此實寶唱撰，今釋藏有之，不知何以誤爲皎法師也。”今中華書局點校本已改①，《舊唐書·經籍志》《新唐書·藝文志》題“釋寶唱撰”。唐宋以後書志著録《比丘尼傳》，多同《舊唐書·經籍志》《新唐書·藝文志》，唯《宋史·藝文志》子部釋家類著録作“五卷”，不知所據何本。

寶唱在《比丘尼傳·序》中云：“昔大覺應乎羅衛，佛日顯於閻浮，三界歸依，四生向慕，比丘尼之興，發源於愛道，登地證果，仍世不絶，列之於法藏，如日經天。自拘屍滅影，雙樹匿跡，歲歷蟬聯，陵夷譌紊，於是時澆信謗，人或存亡，微言興而復廢者，不肖亂之也。正法替而復隆者，賢達維之也，像法東流，浄檢爲首，綿載數百，碩德係興，善妙浄珪，窮古

① 分别見：姚振宗《隋書經籍志考證》卷二〇史部雜傳類“《尼傳》二卷皎法師撰”條按語，開明書店《二十五史補編》第4册，中華書局1998年，第331頁下；《隋書·經籍志》史部雜傳類“《尼傳》”條注，中華書局1973年，第979頁。

行之節，法辯僧果，盡禪觀之妙，至若僧端僧基之立志貞固，妙相法令之弘震曠遠，若此之流，往往間出，並淵深岳峙，金聲玉震，實惟菽葉之貞幹，季緒之四依也。夫年代推移，清規稍遠，英風將範於千載，志事未集乎方册，每懷慨歎，其歲久矣。始乃博採碑頌，廣搜記集，或訊之傳聞，或訪之故老，詮序始終，爲之立傳，起晉咸和，訖梁普通，凡六十五人，不尚繁華，務存要實。"① 晁公武《郡齋讀書志》卷九傳記類著録此書時云："起晉升平，訖梁天監，得尼六十五人，爲之傳，以檢浄爲首。"② 年代起訖均與寶唱自序不符，又"檢浄"亦誤，當爲"浄檢"。考《比丘尼傳》，其載有六十五人傳記，又附見五十一人，不分科類。

與《名僧傳》相比，《比丘尼傳》篇制相對較爲短小，對人物的傳寫也主要以一二主要事件來展示，但也往往能寫出人物的精神風貌，如《智賢尼傳》，文長不過二百字，寶唱重點記敘了她反抗杜霸欺淩之事：

> 太守杜霸篤信黄老，憎疾釋種，符下諸寺，剋日簡汰，制格高峻，非凡所行，年少怖懼，皆望風奔駭，惟賢獨無懼，從容興居自若，集城外射堂，皆是耆德，簡試之日，尼衆盛壯，唯賢而已，霸先試賢以格，格皆有餘，賢儀觀清雅，辭吐辯麗。霸

① 寶唱《比丘尼傳·序》，見《比丘尼傳》，《續修四庫全書》第1285册，上海古籍出版社2002年，第649頁上—下。

② 晁公武撰，孫猛校證《郡齋讀書志校證》卷九傳記類"《比丘尼傳》"條，上海古籍出版社1990年，第393頁。

密挾邪心,逼賢獨住,賢識其意,誓不毁戒法,不苟存身命,抗言拒之。霸怒以刀斫賢二十餘瘡,悶絶躃地,霸去乃甦,倍加精進。菜齋苦節,門徒百余人,常如水乳。①

《比丘尼傳》記事雖較近真實，但也孱雜不少虚誕之事，如卷一《康明感尼傳》中所録康明感逃走時迷路，遇斑虎引録之事:“初不識路，晝夜兼涉，逕入一山，見有斑虎，去之數步，初甚恐懼，少卻意定，心願逾至，遂隨虎而行，積日彌旬，得達青州，將入村落，虎便不見。”就虚誕不經。其他如卷二《普照尼傳》《慧木尼傳》《静稱尼傳》、卷四《浄秀尼傳》等都有虚誕之事存在。

三、其他僧尼類傳

除慧皎《高僧傳》、寶唱《名僧傳》《比丘尼傳》之外，南北朝時期的僧尼類傳還有釋法安《志節沙門傳》、釋法進《江東名德傳》、王巾《法師傳》、張孝秀《廬山僧傳》、陸杲《沙門傳》、裴子野《衆僧傳》、明克讓《續名僧傳》、虞孝敬《高僧傳》等。

慧皎《高僧傳·序》云:“衆家記録，敘載各異，沙門法濟偏敘高逸一門，沙門法安但列志節一行，沙門僧寶止命遊方一科，沙門法進迺通撰論傳而辭事闕略……琅琊王巾所撰《僧

① 《比丘尼傳》卷一《司州西寺智賢尼》三,《續修四庫全書》子部宗教類存録本《比丘尼傳》,《續修四庫全書》第1285册，上海古籍出版社2002年，第649—675頁。下引同。

史》，意似該綜而文體未足，沙門僧祐撰《三藏記》，止有三十餘僧，所無甚衆，中書郗景興《東山僧傳》、治中張孝季《廬山僧傳》、中書陸明霞《沙門傳》，各競舉一方，不通今古，務存一善，不及餘行……”[①] 慧皎這裏提及在他之前的僧人傳記，包括法濟的《高逸沙門傳》、法安的《志節沙門傳》、僧寶的《遊方沙門傳》、法進的《江東名德傳》、王巾《法師傳》、郗超《東山僧傳》、張孝季《廬山僧傳》、陸杲《沙門傳》，其中除法濟的《高逸沙門傳》、郗超《東山僧傳》是晉代作品外，其餘均是南北朝作品，這些僧傳，今幾乎已全部亡佚。

裴子野《衆僧傳》，《大唐内典録》卷一〇著録“梁著作中書監裴子野撰《沙門傳》三十卷”，《隋書·經籍志》史部雜傳類著録《衆僧傳》二十卷，子部雜家類又著録《衆僧傳》二十卷，《舊唐書·經籍志》史部雜傳類著録《衆僧傳》十五卷，《新唐書·藝文志》子部釋家類著録作裴子野《名僧録》十五卷，《梁書》卷三〇、《南史》卷三三《裴子野傳》均稱其有《名僧傳》二十卷：“子野少時，《集注喪服》、《續裴氏家傳》各二卷，鈔合《後漢事》四十餘卷，又敕撰《衆僧傳》二十卷，《百官九品》二卷，《附益諡法》一卷，《方國使圖》一卷，文集二十卷，并行於世。又欲撰《齊梁春秋》，始草創，未就而卒。”此書徐崇《補南北史藝文志》卷一《南史》史部雜傳類亦補録，今佚。

明克讓《續名僧傳》，《隋書·經籍志》無著録，《隋書》卷

① 慧皎《高僧傳·序》，《高僧傳合集》本，上海古籍出版社 1995 年，第 3 頁。

五八《明克讓傳》言其撰有此書，徐崇《補南北史藝文志》卷二據此補録，作《續名僧記》①。此書今佚。

《隋書·經籍志》史部雜傳類、子部雜家類著録有虞孝敬《高僧傳》六卷，《舊唐書·經籍志》史部雜傳類、《新唐書·藝文志》子部釋家類亦著録，同《隋書·經籍志》。虞孝敬，《法苑珠林》卷一〇〇傳記篇著録《内典博要》時注云："右此一部四十卷，湘東王記室參軍虞孝敬撰，頗同《皇覽》、《類苑》之流，後得出家，改名惠命。"②又道宣《續高僧傳》卷五《釋法申傳》附傳云："時復有道達、惠命并以勤學顯名……惠命，廣陵人，住安樂寺，開濟篤素，專以成實見知。"③虞孝敬《高僧傳》在《隋書·經籍志》史部雜傳類著録於高士傳類中，故姚振宗云："案《文選》《竟陵王行狀》引虞孝敬《高士傳》曰：'何點常躡草屩、乘柴車'，則此之所謂高僧大抵如何點、何胤、周顒之流之善於佛理者爲多，周氏立空假義爲釋家，稱重是義解類中之尤善者，故亦稱《高士傳》，而本《志》敘次於此，不與後

① 徐崇《補南北史藝文志》卷二《北史》史部雜傳類"《續名僧記》一卷"條，開明書店《二十五史補編》第5册，中華書局1998年，第49頁下。

② 釋道世《法苑珠林》卷一〇〇傳記篇"《内典博要》"條題注，上海古籍出版社1995年，第694頁上。晁公武《郡齋讀書志》史部傳記類著録《高僧傳》六卷，題"蕭梁僧惠敏撰"。見晁公武撰，孫猛校證《郡齋讀書志校證》卷九史部傳記類"《高僧傳》六卷"條，上海古籍出版社1990年，第389頁。姚振宗以爲"惠敏"當是"惠命"之誤，見《隋書經籍志考證》卷二〇"《高僧傳》六卷虞孝敬撰"條，開明書店《二十五史補編》第4册，中華書局1998年，第312頁上。

③ 釋道宣《續高僧傳》卷五《梁楊都安樂寺沙門釋法申傳》一（附道達、惠命），《高僧傳合集》本，上海古籍出版社1995年，第140頁。

名僧傳、高僧傳相類從。”[①] 此乃姚氏推測，虞孝敬《高士傳》與《高僧傳》或不是同一書，虞孝敬作《高士傳》，又或有《高僧傳》，故此存疑。

另外，僧祐的《出三藏記集》一書值得一提。僧祐，本姓俞，彭城下邳人，慧皎《高僧傳》卷一一有傳。他數歲入建初寺禮拜，“踴躍樂道，不肯還家”，因而皈依佛門，先師事僧范和尚，後到鐘山定林寺，師事法達和尚，受具足戒後，又受業於法穎律師，博涉經論，終成一代宗師。天監十七年（518）卒於建初寺，年七十四。

僧祐《出三藏記集》，存，今本十五卷，卷一爲撰緣起，卷二至卷五爲詮名録，卷六至卷一二爲總經序，卷一三至卷一五爲述列傳。僧祐最初之作爲十卷，本書卷一二有僧祐《法集總目録序》，其自云“《出三藏記集》十卷”，可見，其初成爲十卷，後來不斷增益，成現在的十五卷。據蘇晉仁、蕭鍊子在《出三藏記集·點校序言》中説，增補有兩種情況，“一是作者自己所增補”，“另一種是後人所添附”[②]。在流傳過程中，由於分合不同，又有十六卷本，如法經《衆經目録》卷六作“《三藏記集》十六卷”，費長房《歷代三寶記》卷一一作“《三藏記集》十六卷”，道宣《大唐内典録》卷四及卷一〇亦作“《出三藏記

① 姚振宗《隋書經籍志考證》卷二〇“虞孝敬《高僧傳》”條案語，開明書店《二十五史補編》第4册，中華書局1998年，第312頁上。

② 蘇晉仁、蕭鍊子《出三藏記集·序言》，見釋僧祐撰，蘇晉仁、蕭鍊子點校《出三藏記集》，《中國佛教典籍選刊》本，中華書局1995年，第17—18頁。

集》十六卷”。

《出三藏記集》中卷一三至卷一五的列傳部分，共傳録三十二人，附見十二人，雖所録人物不多，影響卻很大，開僧傳之先河，其弟子寶唱的《名僧傳》，即是受其啟發而作的，慧皎撰《高僧傳》，將此中三十餘傳略加改動，録入其中。

僧祐著述甚富，除《出三藏記集》外，又有《釋迦譜》十卷、《薩婆多部傳》五卷、《集諸僧名行記》三十九卷、《弘明集》十四卷、《法苑雜緣原始集》十卷、《世界記》十卷、《衆僧行儀》三十卷、《集諸寺碑文》四十六卷、《諸法集雜記傳銘》七卷。其中屬雜傳的就有《釋迦譜》《薩婆多部傳》《集諸僧名行記》三種，而《薩婆多部傳》《隋書·經籍志》史部雜傳類有著録。

如前所言，南北朝出現如此衆多且卷帙浩繁的僧尼類傳，與這一時期佛教的昌熾密切相關，這些僧尼類傳，反應了這個時代佛光流轉的真實狀況，而其間對那些奇異佛事和得道僧尼奇行異術的描繪和表現，充滿新異的想象力，頗具小説性，這是本書對其加以研究的價值之所在。

第三節　“虛誕”的孝事：諸《孝子傳》與孝感模式

爲孝子立傳，當始於題劉向所著《孝子傳》者，此後的三國兩晉南北朝，産生了多家《孝子傳》，見於史志書目著録及諸書徵引的有：陶潛《五孝傳》，蕭廣濟、王韶之、周景式、師覺授、宋躬、虞槃佐、鄭緝之、徐廣等諸家《孝子傳》。前面提到，梁元帝蕭繹，又合衆家孝子傳成《孝德傳》。諸《孝子傳》中多虛誕之事，這些虛誕之事，雖不符合自然物理，但在孝感模式之下，卻符合孝義的“心理”，符合“至孝”的必然邏輯事理，符合儒家哲學的“天人感應”觀念，以科學之理推之，則是心理與事理的“真實”。

一、諸《孝子傳》的作者、著録及其他

諸家《孝子傳》雖都已散佚，不過，除徐廣《孝子傳》外，如虞盤佐、王韶之、蕭廣濟、師覺授、周景式、鄭輯之、宋躬諸家《孝子傳》及陶潛《五孝傳》、蕭繹《孝德傳》均有佚文散見諸書徵引，可窺大略。

（一）虞槃佐《孝子傳》，《隋書·經籍志》無著録，《舊唐書·藝文志》史部雜傳類、《新唐書·藝文志》史部雜傳記類著録《孝子傳》一卷，題虞盤佐撰。虞槃佐，《經典釋文》作虞槃佑，《經典釋文·序録》云：“虞槃佑，字弘猷，高平人，東晉處士。”黄焯校云：“盧云《隋志》作虞槃佐，吴云佐字是。”①《册府元龜》卷六〇五《學校部·注釋》第一則引作：“虞盤佐，字弘猷，高平人。注《孝經》一卷。”小注云：“史云處士。”當作虞槃佐。“槃佐”又或誤作“盤估”。除《孝子傳》外，虞槃佐見於史

① 陸德明撰，黄焯彙校《經典釋文》卷一《序録》之《次第》，《孝經》下注，中華書局 2006 年，第 25 頁。

志書目著録或諸書徵引的著作還有《高士傳》二卷、《集議孝經》一卷。

虞槃佐《孝子傳》已佚，其佚文今主要見於《太平御覽》等徵引，《太平御覽經史圖書綱目》列盧盤估《孝子傳》，當即虞槃佐《孝子傳》。今檢諸書徵引，得其佚文二節，敘華光、曾子事。

（二）王韶之《孝子傳》，《隋書·經籍志》史部雜傳類著録王昭之《孝子傳贊》三卷，"王昭之"當作"王韶之"。《舊唐書·藝文志》史部雜傳類著録王韶之《孝子傳贊》十五卷，《新唐書·藝文志》史部雜傳記類著録王韶之《孝子傳》十五卷，又著録《贊》三卷。

王韶之，《宋書》卷六〇、《南史》卷二四有傳。《宋書·王韶之傳》云："王韶之，字休泰，琅邪臨沂人也。曾祖廙，晋驃騎將軍。祖羡之，鎮軍掾。父偉之，本國郎中令。韶之家貧，父爲烏程令，因居縣境，好史籍，博涉多聞。"他歷仕晉宋，仕晉爲著作左郎、尚書祠部郎、補通直郎轉中書侍郎，又遷黄門侍郎、領著作郎。仕宋爲驍騎將軍、黄門侍郎，後遷侍中，並兩出爲吴興太守。宋文帝元嘉十二年卒，年五十六。《宋書·王韶之傳》稱他"好史籍，博涉多聞"。著有《晉安帝陽秋》《晉宋雜詔》，並有集一部①。

①《晉安帝陽秋》，此書《隋書·經籍志》史部古史類著録稱作《晉紀》，《舊唐書·經籍志》、《新唐書·藝文志》作《崇安紀》，《世説新語》劉注、《初學記》等徵引又作《晉安帝紀》。章宗源《隋書經籍志考證》云："按《世説》注、《初學記》所引并題韶之《晉安帝紀》，新、（轉下頁）

王韶之《孝子傳》已佚，其佚文今散見諸書徵引，作者或作王韶之、王韶、王歆，《太平御覽經史圖書綱目》列王歆《孝子傳》。題王歆《孝子傳》的有竺彌事，題王韶之《孝子傳》的有周青事，題王韶《孝子傳》者有周青、竺彌、李陶事，《太平御覽》卷四一五《人事部五六・孝女》引一條，述周青事，題王韶之，卷六四六引一條，述周青事，題王韶，二者所述，文字大同，故王韶當即王韶之。呼王韶之爲王韶者，不獨此處，劉勰《文心雕龍・史傳》云："至於晉代之書，繁乎著作，陸機肇始而未備，王韶續末而不終。"這裏，劉勰所指顯然是陸機、王韶之作《晉紀》之事，而王韶也顯然是指王韶之。《藝文類聚》卷二《天部下・雷》引一條，述竺彌事，題王韶，《初學記》卷一《雷第七》引一條，述竺彌事，題王歆，兩者所述竺彌事同，文字亦大同小異，故王韶、王歆爲同一人，韶、歆當爲形近而譌。是王韶之之誤。章宗源、姚振宗亦有相似看法①。

（接上頁）舊《唐書》則稱韶之《崇安記》……他書徵引大抵皆安帝事，故題《晉安帝記》。義熙改元隆安，（當爲安帝改元隆安），《唐志》諱隆，故作崇……"今人周天游《史略校箋》（書目文獻出版社，1987）卷三於王韶之《晉陽秋》下箋曰："《宋書》本傳作《晉安帝陽秋》，此乃略稱，《隋志》載王韶之《晉紀》十卷，疑即此書。又兩《唐志》作《崇安紀》十卷，疑本當作《隆安紀》，韶之避宋文帝諱而改，隆安，晉安帝年號，則三書異名而實同一書也。《世説新語》引作《安帝紀》。"《晉宋雜詔》，八卷，《隋書・經籍志》集部著録，佚，《王韶之集》，《舊唐書・經籍志》著録二十四卷，《新唐書・藝文志》著録二十卷，佚，嚴可均輯得其文數篇，録於《全宋文》卷一八中，馮惟訥輯得其詩六章，録於《詩紀》卷一，卷一一又録其歌辭十五首。

① 分別見：章宗源《隋書經籍志考證》卷一三王韶之"《孝子傳贊》三卷"條，開明書店《二十五史補編》第4册，中華書局1998年，（轉下頁）

茆泮林輯《孝子傳》則以王歆、王韶之爲二人，分别輯王歆《孝子傳》、王韶之《孝子傳》[①]。今檢諸書徵引，得王韶之《孝子傳》佚文，略存竺彌、周青、李陶三人事蹟。

（三）徐廣《孝子傳》，《隋書·經籍志》無著録，《舊唐書·經籍志》史部雜傳類、《新唐書·藝文志》史部雜傳記類著録，並言徐廣撰《孝子傳》三卷。

徐廣，字野民，東莞姑幕人，《晉書》卷八二、《宋書》卷五五、《南史》卷三三皆有傳。歷仕晉、宋，仕晉爲謝玄從事西曹、司馬恬鎮北參軍、秘書郎、祠部郎以及司馬元顯中軍參軍、領軍長史、桓玄大將軍文學祭酒等職；仕宋爲鎮軍諮議參軍、記室、著作郎秘書監、中散大夫，並被封爲樂成縣五等侯，卒於元嘉二年（425）。《宋書·徐廣傳》稱他"家世好學，至廣尤精，百家數術，無不研覽"，一生著述甚富。計有《毛詩背隱義》《禮論答問》《禮議答問》《禮答問》《史記音義》《晉紀》《車服雜注》《孝子傳》《彈棋譜》《晉尚書曹新定儀注》《徐廣集》[②]。

（接上頁）第84頁下；姚振宗《隋書經籍志考證》卷二〇"《孝子傳贊》三卷王昭之撰"條，開明書店《二十五史補編》第4册，中華書局1998年，第312頁下。

① 茆泮林輯《古孝子傳》，《叢書集成初編》本，中華書局1985年，第11頁、第13頁。

②《毛詩背隱義》，《隋書·經籍志》經部著録，二卷，《晉書》《南史》本傳亦載，亡佚不傳。《隋書·經籍志》又載其有"《禮論答問》八卷、《禮議答問》十三卷、《禮答問》二卷，殘缺，梁十一卷"，《舊唐書·經籍志》《新唐書·藝文志》經部并録《禮論答問》九卷，《晉書》《宋書》《南史》本傳均言其作"《答禮問》百餘條，用於今世"，佚，馬國翰有輯本，録於《玉函山房輯佚書》之經編通禮類中。《史記音義》，（轉下頁）

徐廣《孝子傳》，今佚，諸書徵引不見有稱徐廣《孝子傳》者，涵本《説郛》卷七摘引三節，敘原平、華寶、展勤事。宛本《説郛》卷五八輯存稱徐廣《孝子傳》者十三節，敘老萊子、吴恒之、羅威、杜孝、陳遺、郭巨、閔子騫、管甯、文壤、陽公、王靈之、吴猛、鄭展、陳玄、蕭芝、猴母子事。宛本《説郛》所輯不注出處，其所輯十六事見於唐宋諸類書及舊注徵引，或不題撰人，或稱出於其他諸家《孝子傳》，因疑是宛本《説郛》雜抄諸家《孝子傳》或輯録諸書稱引《孝子傳》而不署撰人者，拼湊而成。亦有可能是徐廣《孝子傳》原即徐廣雜抄諸家《孝子傳》或彙集諸家《孝子傳》而成。

（四）陶潛《五孝傳》，史志書目無著録，蕭統所編《陶淵明集》亦無録，北齊陽休之所編《陶淵明集》始載，固後人對其真僞看法不一。歷代以來，多有懷疑其非陶淵明所作者，《四庫全書總目》集部别集類"《陶淵明集》"條云："然昭明太子去潛世近，已不見《五孝傳》、《四八目》，不以入集，陽休之何由續

（接上頁）《隋書·經籍志》史部正史類著録，十二卷，《舊唐書·經籍志》《新唐書·藝文志》著録，十三卷。《晉紀》，《隋書·經籍志》《舊唐書·經籍志》《新唐書·藝文志》著録，四十五卷，《宋書》本傳稱："十二年（義熙），《晉紀》成，凡四十六卷，表上之。"佚，黄奭據《世説》注採得一卷，録於《黄氏佚書考》中。《車服雜注》，《隋書·經籍志》《舊唐書·經籍志》《新唐書·藝文志》著録，一卷，《宋書》本傳亦言"高祖使撰《車服儀注》"，《舊唐書·經籍志》《新唐書·藝文志》又載其有《晉尚書曹新定儀注》四十一卷。《彈棋譜》，《隋書·經籍志》子部著録，一卷。《徐廣集》，《隋書·經籍志》著録其有集十五卷，録一卷，《舊唐書·經籍志》《新唐書·藝文志》著録十五卷，佚，嚴可均輯得其文三十餘節，録於《全晉文》卷一三六中。

得，且《五孝傳》及《四八目》所引《尚書》，自相矛盾，決不出於一手，當必依託之文。休之誤信而增之。”周中孚説：“文格不類晉宋間人，不知何時人所依託。”[①] 逯欽立説：“梁蕭統所編《陶集》，合序、目、誄、傳而爲八卷，詩文實只七卷，是最早最可靠的本子。北齊陽休之加進了《五孝傳》、《四八目》(《聖賢群輔録》）足成十卷。《陶集》羼進僞作自此始……四友、四皓均與《陶集》大相徑庭，所以宋人定《八儒》、《三墨》二條爲‘後人妄加’（宋庠語）是對的。”[②]

不過，王謨在《增訂漢魏叢書》中收録此書，題陶潛《孝傳》，並説：“右陶潛《孝傳》一卷，北齊陽休之本作《五孝傳》，蓋依《孝經》中天子、諸侯、卿大夫、士、庶人章次，分爲五篇，故謂之《五孝傳》，晁氏云靖節先生集有數本，梁蕭統編以序傳、顔延之誄載卷首爲七卷，其十卷則休之益以《五孝傳》、《聖賢群輔録》并序傳誄，釐爲三卷也。隋唐以來，二書俱附入《陶集》，故不另列二志書目。予又竊怪二志所收王韶之、蕭廣濟、鄭緝之、師覺授、宋躬、虞槃、徐廣、周景式諸家《孝子傳》俱不傳而《五孝傳》寥寥數篇以附本集，獨存，何氏因之摭入叢書……”[③]

故本書暫定其爲陶潛作品。

---

① 周中孚《鄭堂讀書記》卷二三史部九傳記類二總録“《孝傳》”條，商務印書館 1959 年，第 471 頁。

② 逯欽立《陶淵明集·例言》，見逯欽立校注《陶淵明集》，中華書局 1995 年，第 7 頁。

③ 王謨輯陶潛《孝傳·序》，見《增訂漢魏叢書》本，乾隆五十六年（1791）金谿王氏刻本。

（五）蕭廣濟《孝子傳》，《隋書·經籍志》史部雜傳類著録《孝子傳》十五卷，題“晉輔國將軍蕭廣濟撰”;《舊唐書·經籍志》史部雜傳類、《新唐書·藝文志》史部雜傳記類著録《孝子傳》十五卷，題蕭廣濟撰。蕭廣濟，始末不詳，《隋書·經籍志》著録其書時稱“晉輔國將軍”，知其爲晉人，曾爲輔國將軍。《太平御覽》卷四一三《人事部五十四·孝中》引蕭廣濟《孝子傳》敘何子平事，言及“宋大明末饑荒”，則其至劉宋大明年間（457—464 年）或尚在世。

蕭廣濟《孝子傳》今佚，其文散見諸書徵引，《太平御覽經史圖書綱目》即列蕭廣濟《孝子傳》。今有茆泮林、黄奭、陶方琦三家輯本，茆氏和陶氏均據諸書徵引採摭，各得數十人事蹟，互有詳略，茆氏所輯録於《十種古逸書》及《龍谿精舍叢書》，黄奭《黄氏逸書考》及《叢書集成初編》均轉録茆本。陶氏所輯録於《漢孳室遺著》中。今檢諸書徵引，得三十四人事蹟，計有：閔損、曾參、杜孝、王祥、隗通、文讓、辛繕、杜牙、王鷩、宿倉舒、嫣皓、伏恭、朱百年、郭世道、桑虞、何子平、施延、陳玄、王脩、郭原平、伍襲、蕭國、蕭芝、申屠勳、鄧展、展勤、殷揮、邢渠、三洲人、魏陽、五郡孝子、李陶、許武、何炯。

（六）師覺授《孝子傳》，《隋書·經籍志》史部雜傳類、《舊唐書·經籍志》史部雜傳類、《新唐書·藝文志》史部雜傳記類均著録師覺授《孝子傳》八卷，《南史》七三《師覺授傳》亦言其有《孝子傳》八卷。

師覺授，字覺授，以字行，《宋書》卷九三、《南史》卷七三有傳。《南史·師覺授傳》云：“師覺授，字覺授，南陽涅陽人也。與外兄宗少文并有素業，以琴書自娛。”《宋書》卷五一《宗室·劉義慶傳》載其元嘉十二年上表亦提及師覺授：“處士南郡師覺……”此事《南史》卷一三《宗室及諸王十二·劉義慶傳》亦載。唐林寶《元和姓纂》“帥”姓南陽涅陽籍下云：“本姓師，避晉景王諱，改爲帥……宋有帥覺授，一云名咼，著《孝子傳》，臨川王義慶辟爲祭酒，不就，入《宋書》孝義傳。”[①] 章宗源説：“師乃帥字之誤，然諸書皆作師。”[②] 故仍作師。師覺授與外兄宗（炳）少文并有素業，以琴書自娛，有孝行。臨川王劉義慶辟爲州祭酒、主簿，並不就，乃表薦之，會其病卒而罷。

師覺授《孝子傳》今佚，其文散見諸書徵引，茆泮林輯此傳，録於《十種古逸書》中。《龍谿精舍叢書》《黄氏逸書考》《叢書集成初編》等轉録茆氏所輯。今檢諸書徵引，尚得王祥、趙狗、仲子崔、老萊子、閔損、程曾、北宮氏女、吴叔和、魏連九人事蹟。

（七）周景式《孝子傳》，《隋書·經籍志》等史志書目並無著録。周景式，生平不詳，《齊民要術》卷四《安石榴第四十一》有引周景式《廬山記》者，則其又著有《廬山記》一書。周景式《孝子傳》佚文，茆泮林有輯，録於《十種古逸書》中，《龍谿精

① 林寶撰，岑仲勉校記，郁賢皓、陶敏整理《元和姓纂》（附四校記）卷一〇，中華書局 1994 年，第 1500 頁。

② 章宗源《隋書經籍志考證》卷一三史部雜傳類師覺授“《孝子傳》八卷”條，開明書店《二十五史補編》第 4 册，中華書局 1998 年，第 85 頁上。

舍叢書》《叢書集成初編》轉録茆氏所輯。

周景式《孝子傳》久佚，其佚文散見諸書徵引，《太平御覽經史圖書綱目》即列周景式《孝子傳》。今檢諸書徵引，得其佚文數條，計有古有兄弟、管寧、猴母子三事。《初學記》卷二九《猴第十五》有引周索氏《孝子傳》者，其文云："猨，寓屬也，或黄黑通臂，輕巢善緣，能於空輪轉，好吟，雌爲人所得，終不徒生。"此條《太平御覽》卷九一〇《獸部二二・猨》引僅作《孝子傳》，不題撰人。從周景式《孝子傳》中有"猴母子"敘動物事看，此條或亦出其書，周索氏或爲周景式之誤。

（八）鄭緝之《孝子傳》，《隋書・經籍志》史部雜傳類著録《孝子傳》十卷，題"宋員外郎鄭緝之撰"；《舊唐書・經籍志》史部雜傳類、《新唐書・藝文志》史部雜傳記類著録鄭緝之《孝子傳贊》十卷。鄭緝之，生平不詳，據《隋書・經籍志》著録時題"宋員外郎"，知其仕宋曾爲員外郎。

鄭緝之《孝子傳》已佚，其文今主要見於《世説新語・德行》第47條劉注、《法苑珠林》卷四九引。茆泮林據《世説新語・德行》採得吴隱之事，録於《十種古逸書》之《古孝子傳》中，《龍谿精舍叢書》《叢書集成初編》轉録茆氏所輯。王仁俊據《法苑珠林》採得丁蘭、吴逵、蕭固三人事蹟，録於《玉函山房輯佚書續編》之史編總類中。今檢諸書徵引，得鄭緝之《孝子傳》佚文，共五人事蹟，即吴隱之、丁蘭、董永、吴逵、蕭固。

（九）宋躬《孝子傳》，《隋書・經籍志》史部雜傳類著録宋躬《孝子傳》二十卷，《舊唐書・經籍志》史部雜傳類著録宗躬《孝子傳》十卷，《新唐書·藝文志》史部雜傳記類著録宗躬《孝子傳》二十卷。《隋書·經籍志》集部著録《宗躬集》十三卷，其姓作“宗”作“宋”，或形近而誤。諸書徵引其《孝子傳》，題署亦或作宋躬，或作宗躬。《南齊書》等中有宋躬，《南齊書》卷四八《孔稚珪傳》載孔稚珪上《律文》《録序》表中亦提到宋躬：“使兼監臣宋躬，兼平臣王植等鈔撰同異，定其去取。”此事《南史》卷四九《孔珪傳》亦言及，但未列人名。而《南史》卷二六《袁彖傳》中言及宗躬，其云：“江陵令宗躬啟州，荆州刺史廬江王求博議。”知其曾爲江陵令。《南齊書》爲梁蕭子顯撰，其所録或較爲可靠，或當作宋躬爲是。且據《南齊書·孔稚珪傳》，則宋躬當大略與孔稚珪同時。《隋書·經籍志》集部著録其集時注云：“齊平西諮議。”可知其又曾官平西諮議。

宋躬《孝子傳》已佚，其文散見諸書徵引，《太平御覽經史圖書綱目》即列宋躬《孝子傳》。今有茆泮林、王仁俊輯其佚文，茆氏據諸書徵引採得十八人事蹟，即郭巨、夏侯訢、韋俊、伍襲、繆斐、紀邁、張亮胤、宗承、吴坦之、桑虞、賈恩、邱傑、陳遺、孫棘、何子平、王靈之、華寶、韓靈珍，録於《十種古逸書》之《古孝子傳》中。王氏據《法苑珠林》採得陳遺、王虚子（王靈之）二人事蹟，録於《玉函山房輯佚書續編》之史編總類中。今檢諸書徵引，得宋躬《孝子傳》佚文若干，計有十八人事蹟，即：陳遺、郭巨、何子平、宗承、丘傑、韓靈珍、夏侯訢、韋俊、伍襲、繆斐、吴坦之、張景胤、華寶、桑虞、王虚之、紀邁、賈恩、孫棘。

（十）《隋書·經籍志》史部雜傳類又著録《孝子傳略》二卷、《孝友傳》八卷。《舊唐書·經籍志》《新唐書·藝文志》著録《雜孝子傳》二卷，《孝友傳》八卷。

《隋書·經籍志》所著録的《孝子傳略》與《舊唐書·經籍志》《新唐書·藝文志》所著録的《雜孝子傳》或即一書，二者均爲二卷，作者無考，諸書徵引《孝子傳》者，其中多有不題撰人的，或出此書，不過，正如章宗源所説："按《初學記》諸書所引《孝子傳》，有不著名者，疑是省文，未必即此二卷之句。"①

《孝友傳》，《隋書·經籍志》著録，無撰人；《舊唐書·經籍志》著録，題"梁元帝撰"；《新唐書·藝文志》著録，題"申秀"撰。《舊唐書·經籍志》題"梁元帝撰"，當是因上下文而寫誤，在《舊唐書·經籍志》著録此書時，前後都是梁元帝作品，考史志及梁元帝《金樓子》，梁元帝無此書。至於《新唐書·藝文志》題申秀者，不知所出，據《晉書》卷一二五載記《馮跋》稱："魏使耿貳至其國，跋遣其黄門郎常陋迎之於道。跋爲不稱臣，怒而不見。及至，跋又遣陋勞之。貳忿而不謝。跋散騎常侍申秀言於跋曰：'陛下接貳以禮，而敢驕蹇若斯，不可容也。'中給事馮懿以傾佞有幸，又盛稱貳之陵慠以激跋。跋曰：'亦各其志也。匹夫尚不可屈，況一方之主乎！'請幽而降之，跋乃留貳不遣。"又《資治通鑒》卷一二一《宋紀》三云：

① 章宗源《隋書經籍志考證》卷一三史部雜傳類"《孝子傳略》二卷"條，開明書店《二十五史補編》第4册，中華書局1998年，第85頁中。

“燕太祖寢疾，召中書監申秀、侍中陽哲於内殿，屬以後事。九月，病甚，輦而臨軒，命太子翼攝國事，勒兵聽政，以備非常。”知申秀曾仕北燕文成帝馮跋，爲散騎常侍、中書監，餘皆不詳。《魏書·韓麒麟傳》又云麒麟子“顯宗撰《馮氏燕志》、《孝友傳》各十卷”。章宗源、姚振宗疑《隋書·經籍志》《舊唐書·經籍志》《新唐書·藝文志》著録的《孝友傳》即韓顯宗此書①。章氏、姚氏也僅是推測而已，此存疑。

（十一）劉虬《孝子傳》，王澄《孝義傳》，《隋書·經籍志》等史志書目無著録。《南史》卷七三《孝義傳上·庾震傳》云：“震字彦文，新野人。喪父母，居貧無以葬，賃書以營事，至手掌穿然後葬事獲濟。南陽劉虬因此爲撰《孝子傳》。”知劉虬嘗撰《孝子傳》，敘庾震孝事。《周書》卷四〇《顔之儀傳》附《樂運傳》云：“時京兆郡丞樂運亦以直言數諫於帝。運字承業，南陽淯陽人，晉尚書令廣之八世孫。祖文素，齊南郡守；父均，梁義陽郡守。運少好學，涉獵經史而不持章句，年十五而江陵滅，運隨例遷長安，其親屬等多被籍，而運積年爲人傭保，皆贖免之。又事母及寡嫂甚謹，由是以孝義聞。梁故都官郎琅邪王澄美之，爲次其行事爲《孝義傳》。”《北史》卷六二《王軌傳》附《樂運傳》亦言王澄撰《孝義傳》，知王澄嘗撰《孝義

① 分别見：章宗源《隋書經籍志考證》卷一三史部雜傳類“《孝友傳》八卷”條，開明書店《二十五史補編》第4册，中華書局1998年，第85頁下。姚振宗《隋書經籍志考證》卷二〇史部雜傳類“《孝友傳》八卷”條，開明書店《二十五史補編》第4册，中華書局1998年，第313頁下。

傳》，敘樂運孝事。劉虬《孝子傳》與王澄《孝義傳》專記一人之孝事，爲單篇散傳，而非集衆多孝子孝事之類傳。

二、“虚誕”的孝事與孝感模式

翻讀諸《孝子傳》，我們不難發現，在這些孝子的傳記中，往往多虚誕之事，虚誕是諸《孝子傳》普遍而顯著的特點。

孝敬父母，是中華民族的傳統美德，孝，在漢代，得到了極大的重視和提倡，其影響觸及社會生活的每個角落，就連人才的選舉任用制度，也與孝義有關，稱爲“舉孝廉”。降及六朝，社會雖處於長期動盪不安之中，然而，孝仍然是社會普遍遵循與提倡的道德規範，這從衆多的《孝子傳》的產生和梁代皇帝蕭繹親自整理撰制《孝德傳》之舉，就可見一斑。

《孝子傳》是社會大力提倡孝義的產物，入於《孝子傳》的人，一般來説，是實有其人的，此人有孝行、以孝聞達，亦當真實，至於《孝子傳》中所載其事，則不一定真實，甚至可以説大多數是出於傳聞的虚誕或虚構之事。

在諸《孝子傳》中，多相同或相類的故事，這種相同或相類的故事的出現，當源於諸《孝子傳》作者對這些故事的因襲沿用。如下面幾則孝子的孝行故事：

> 申屠勳，字君遊，河内汲人。少失父，與母孤貧，傭作供養。夏天多蚊子，卧母床下，以身遮之。①

①《太平御覽》卷四一三《人事部五十四・孝中》引一條，作蕭廣濟《孝子傳》，據以輯録。

鄧展父母在牖下卧，多蚊，展伏床下以自當之。①

展勤少失父，與母居，傭作供養。天多蚊，卧母床下，以身當之。②

吴猛年七歲時，夏日伏於母床下，恐蚊蝱及父母。③

以上是蕭廣濟《孝子傳》和佚名《孝子傳》中所記申徒勳、鄧展、展勤、吴猛四人的四則故事，可以看出，它們幾乎完全相同。

而諸《孝子傳》中不同的孝子而有相類的故事就更多了，如下面幾則故事：

丘傑，字偉跱，吴興烏程人也。遭母喪，以熟菜有味，不嘗於口。病歲餘，忽夢見母曰："死正是分别耳，何事乃爾荼苦。汝噉生菜，遇蝦蟆毒，靈床前有甌，甌中三丸藥，可取服之。"傑驚起，果得甌，甌中有藥，服之，下科斗子數升。丘氏世寶此甌，宋大明七年，灾火焚失之。④

---

①《太平御覽》卷九四五《蟲豸部二·蚊》引一條，作蕭廣濟《孝子傳》，據以輯録。

②《藝文類聚》卷九七《蟲豸部·蚊》引一條，作蕭廣濟《孝子傳》，據以輯録。

③《太平御覽》卷九四五《蟲豸部二·蚊》引一條，作《孝子傳》，據以輯録。

④《太平御覽》卷四一一《人事部五十二·孝感》引一條，作宋躬《孝子傳》，據以輯録。

夏侯訢，字長況，梁國寧陵人也。母疾，屢經危困，訢衣不釋帶二年，母不忍見其辛苦，使出便寢息。訢出便卧，忽夢見其父來曰："汝母病源深痼，天常矜汝至孝，賜藥在屋後桑樹上。"訢乃驚起，如言得藥，而取水和進之，便得痊差。①

王虛之，廬陵西昌人。十三喪母，三十三喪父，二十年鹽醋不入口，病著床，忽有一人來問疾，謂之曰："君尋差。"俄而不見，庭中橘樹隆冬而實，病果尋愈，咸以至孝所感。②

焦華父遺嘗病甚，冬中思瓜。華夢一人黄冠，謂曰："聞子父病思瓜，故送以助養。"華拜受之。及寤在手，馨香非常，父食而病瘉。③

這四個孝子故事，夏侯欣和焦華是父母久病，夢而得藥，食之而病瘉；丘傑和王虛之是自己因孝而病，夢而得藥，食之病瘉，故事情節相類。又如王韶之《孝子傳》中李陶故事、蕭廣濟《孝子傳》中文讓故事和宋躬《孝子傳》中宗承故事，情節也很相似，

①《太平御覽》卷四一一《人事部五十二·孝感》引一條，作宋躬《孝子傳》，據以輯録。

②《藝文類聚》卷八六《菓部上·橘》，《太平御覽》卷四一一《人事部五十二·孝感》、卷九六六《果部三·橘》，《事類賦》卷二七《果部·橘賦》"純孝之感更見於王靈"各引一條，作宋躬《孝子傳》，從《藝文類聚》卷八六引。

③《事類賦》卷二七《果部二·瓜賦》"焦華感黄冠之異"注引一條，作《孝子傳》，據以輯録。

均言父母死後治墓之事，不是群鳥相幫就是土壤自高而墳成。

在諸《孝子傳》中存在如此大量的幾乎完全相同或相類的故事，恐怕不是偶然現象，我們不排除這些孝子的孝行確實有相同或相類的可能性，不過，最大的可能，還是《孝子傳》中的這類孝行多出於傳聞或者虚造，爲傳者因此類事的典型獨特而輾轉沿襲或模仿，以致如此。

諸《孝子傳》中還有一類非常有趣的情節，我們先來看三個故事：

> 祥後母忽欲黄雀炙，祥念難卒致。須臾，有數十黄雀飛入其幕。母之所須，必自奔走，無不得焉。其誠至如此。①

> 王祥少有德行，早失母，後母憎而譖之，祥孝彌謹。盛寒，河水堅冰，網罟不施，母欲得生魚，祥解褐叩冰求之。忽冰少開，有雙鯉出遊，祥垂綸而獲之。於時人謂至孝所致也。②

> 隗通，字君相。母好飲江水，常乘舟檝置之，深浚艱辛。忽有横石特起，直趨江脊，後取水無復勞劇。③

①《世説新語·德行》第14條劉注、《藝文類聚》卷九二《鳥部下·雀》各引一條；作蕭廣濟《孝子傳》，從《世説新語·德行》第14條劉注引。

②《初學記》卷三《歲時部·冬第四》"温席叩冰"、《太平御覽》卷二六《時序部十一·冬上》各引一條，作師覺《孝子傳》，"覺"下當脱"授"字，從《初學記》卷三引。

③《太平御覽》卷四一一《人事部五十二·孝感》引一條，作蕭廣濟《孝子傳》，據以輯録。

這三則故事的情節模式是相同的，那就是，孝子父母欲獲某物，而此時此地，按事物常理是不可能有此物的，在孝子的真誠渴求下，此物違事理而出現。這一情節模式的關鍵内核在於，事物違背常理出現，是因爲孝子出於孝心的真誠渴求，可以説是因孝而心想事成，我們不妨稱爲心想事成的孝感情節模式。

孝感模式，與儒家哲學的天人感應觀念相關，也與爲傳者的刻意追求相關，對爲傳者來説，日常生活中孝子對父母衣食住行無微不至的照顧，似乎還不足以顯示他們的至孝，於是便别出心裁，在常理之外構設情節。所以，這種情節模式，雖不符合自然物理，然而，卻符合儒家的天人感應觀念，符合孝義的“心理”，符合“至孝”的必然事理邏輯，是心理與事理的“真實”。正如梁元帝蕭繹在《孝德傳・序》中説：“原始要終，莫踰孝道。能使甘泉自涌，鄰火不焚，地出黄金，天降神女，感通之至，良有可稱。”[①] 勿容置疑，此種情節模式的虚構性是十分典型和突出的。

諸《孝子傳》中普遍使用了這種心想事成的孝感情節模式，如蕭廣濟《孝子傳》中的杜孝、隗通、三洲人，宋躬《孝子傳》中的韋俊、陳遺、韓靈珍，《孝子傳》中的洛陽公等，都是這種情節模式。

與虚誕的故事和心想事成的孝感情節模式相聯繫，諸《孝子傳》中有許多故事和情節設計表現出獨特、新奇的想象力。

---

①《藝文類聚》卷二〇《人部四・孝》引一條，作梁元帝《孝德傳》，據以輯録。

如蕭廣濟《孝子傳·杜孝》：

> 杜孝，巴郡人也。少失父，與母居，至孝稱。役在成都，母喜食生魚，孝於蜀截大竹筒，盛魚二頭，塞之以草，祝曰："我母必得此。"因投中流。婦出汲，乃見筒横來觸岸，異而取視，有二魚，含笑曰："必我壻所寄。"熟而進之，聞者歎駭。①

以竹筒寄魚，想象實爲獨到，古時交通不發達，路途阻隔，留下許多憾事。杜孝以竹筒寄魚與母的想像，把遺憾變成了美好。在西方，有所謂"漂流瓶"的傳説，此故事與之有異曲同工之妙。中國後世小説如《流紅記》等流水傳紅葉之詩的情節構想，也與此相似。

蕭廣濟《孝子傳·陳玄》及王韶之《孝子傳·周青》故事中"血逆上天"的想象，淒美而奇特，亦十分引人注目：

> 周青，東郡人。母疾積年，青扶持左右，四體羸瘦，村里乃斂錢營助湯藥。母痊，許嫁同郡周少君。少君疾病，未獲成禮，乃求青母見青，囑託其父母，青許之。俄而命終，青供

---

①《初學記》卷一七《人部·孝第四》"杜孝投魚羅威進果"，《藝文類聚》卷九六《鱗介部上·魚》，《太平御覽》卷四一一《人事部五十二·孝感》、卷九三五《鱗介部七·魚上》，《錦繡萬花谷後集》卷一五《母子》"投魚寄母"，《古今合璧事類備要前集》卷二五《親屬門·母子》"投魚遺母"各引一條，作蕭廣濟《孝子傳》；《事類賦》卷二九《鱗介部·魚賦》"復聞杜孝置筒而寄歸"引一條，作蕭廣《孝子傳》，"廣"下當脱"濟"字；從《初學記》卷一七引。

爲務。十餘年中,公姑感之,勸令更嫁,青誓以匪石。後公姑並自殺,女姑告青害殺,縣收拷捶,遂以誣欵。七月刑青於市,青謂監殺曰:"乞樹長竿,擊白幡,青若殺公姑,血入泉;不殺者,血上天。"既斬,血乃緣幡竿上天。①

陳玄,字子元,陳侯太子。七歲喪母,父更娶周氏,有子曰昭。周氏譈玄,侯將殺玄,昭欲先死,玄不聽,引白羊誓曰:"孝者,羊血逆上一丈三尺。"一如誓……②

"血逆上天"的想象,虚誕不經,卻被後世冤獄故事所承用,著名的如元代關漢卿雜劇《竇娥冤》中竇娥被殺時即有此類似情節。

另外,諸《孝子傳》還有一個突出的特點,從修辭學角度言,就是物的人格化。如蕭廣濟《孝子傳·杜牙》中的鹿:"杜牙至孝。母卒,傭力營墳,結苫墓側。牙病,實嘗有一鹿銜哺之,及牙卒,乃掘地埋之。"這裏,鹿也與人一樣,有思想、有感情。蕭廣濟《孝子傳·伍襲》中的鹿,亦是如此,蕭廣濟《孝子傳·陳玄》中的大魚,也具有人性,陳玄投水欲自盡,而

---

①《太平御覽》卷四一五《人事部五十六·孝女》引一條,作王韶之《孝子傳》;《太平御覽》卷六四六《刑部十二·斬》引一條,作王韶《孝子傳》;從《太平御覽》卷四一五引。

②《藝文類聚》卷九六《鱗介部上·魚》,《太平御覽》卷四一六《人事部五十七·友悌》、卷九三五《鱗介部七·魚上》,《天中記》卷一七《繼母》"羊誓",《廣博物志》卷一八《人倫一》各引一條,作蕭廣濟《孝子傳》,從《太平御覽》卷四一六引。

大魚負之，當陳玄説明自己是"罪人"之後，大魚"乃去"①。

第四節　南北朝類傳

南北朝類傳今有文存者不多，除上文已介紹者，還有劉昭《幼童傳》、鍾岏《良吏傳》、劉義慶《江左名士傳》《徐州先賢傳贊》、王瑱之《童子傳》、郭緣生《武昌先賢志》、華隔《廣陵列士傳》、任昉《雜傳》、劉晝《高才不遇傳》、盧思道《知己傳》、蕭子良《止足傳》、范晏《陰德傳》以及佚名的《青州先賢傳》《武陵先賢傳》《廣陵耆老傳》等。這些類傳亦大多散佚，部分作品尚存殘文，如盧思道《知己傳》、蕭子良《止足傳》今則已亡佚不見。

一、劉昭《幼童傳》

劉昭《幼童傳》,《隋書·經籍志》史部雜傳類、《舊唐書·經籍志》史部雜傳類、《新唐書·藝文志》史部雜傳記類均

① 杜牙,《白氏六帖事類集》卷二九《鹿第六十》"哺孝子"引一條，作蕭廣《孝子傳》,"廣"下當脱"濟"字;《淵鑑類函》卷四三〇《獸部二·鹿》"解角銜哺"引一條，作蕭廣濟《孝子傳》; 從《白氏六帖事類集》卷二九引。伍襲,《太平御覽》卷九〇六《獸部十八·鹿》、《天中記》卷五四《鹿》"孝感"各引一條，作蕭廣濟《孝子傳》, 從《太平御覽》卷九〇六引。陳玄,《藝文類聚》卷九六《鱗介部上·魚》,《太平御覽》卷四一六《人事部五十七·友悌》、卷九三五《鱗介部七·魚上》,《天中記》卷一七《繼母》"羊誓",《廣博物志》卷一八《人倫一》各引一條，作蕭廣濟《孝子傳》, 從《太平御覽》卷四一六引。

著録劉昭《幼童傳》十卷，《梁書》卷四九《文學傳·劉昭傳》亦云其著有《幼童傳》十卷，徐崇《補南北史藝文志》卷一《南史》史部雜傳類補録。

劉昭，《梁書》卷四九《文學傳》、《南史》卷七二有傳。《梁書·劉昭傳》云："劉昭，字宣卿，平原高唐人。晉太尉寔九世孫也。祖伯龍，居父憂，以孝聞，宋武帝敕皇太子諸王并往弔慰，官至少府卿。父彪，齊征虜晉安王記室。昭幼清警，七歲通《老》、《莊》義。既長，勤學善屬文，外兄江淹早相稱賞。"劉昭梁天監初年爲奉朝請，後遷征北行參軍、尚書倉部郎、除無錫令。歷宣惠豫章王、中軍臨川王記室，遷通直郎，出爲郯令。《梁書·劉昭傳》又云其有"《集注後漢》一百八十卷、《幼童傳》十卷、文集十卷"①。

劉昭《幼童傳》久佚，其佚文今散見於諸書徵引，《太平御覽經史圖書綱目》即列劉昭《幼童傳》。諸書徵引，或作劉昭《幼童傳》，或作《幼童傳》，亦或有作劉劭《幼童傳》者，"劉劭"當爲"劉昭"之誤。宛本《説郛》卷五八輯存五人事蹟，即任嘏、楊氏（子）、夏侯榮、祖瑩、孫士潛五人，黄奭亦有輯本，録於《漢學堂知足齋叢書》之《子史鉤沈》中。今檢諸書徵引，尚存十一人事蹟，計有：秦舞陽、劉弗陵、蔡琰、楊氏子、曹操、夏侯榮、司馬紹、庾天祐三歲兒、張玄、謝瞻、孫士潛。

從今存《幼童傳》佚文看，《幼童傳》是以幼童爲傳寫對

---

①《劉昭集》，佚，嚴可均據《通典》及劉昭《後漢書》之《志》注採得其文三篇，即《鈔集議祭六宗論》《難晉劉世明論久喪不葬服》《注補續漢書八志序》，録於《全梁文》卷六二中。

象，表現他們的聰明、智慧等各種品質，傳中所記之事，多爲逸聞軼事，充滿睿智之辭與清俊之語，加之作者的敘述有致，因而多生動有趣。如《楊氏子》：

> 楊氏子者，梁國人也。九歲，甚聰慧，孔君平詣其父，父不在，乃呼兒出，爲設果。果有楊梅，指以示兒："此君家果。"兒即答曰："未聞孔雀是夫子家禽。"①

孩童對事理的認識，往往異於成人，充滿成人世界難尋的妙趣，如《司馬紹》：

> 晉明帝諱紹，元帝太子也。初，元帝爲江東都督鎮揚州，時中原喪亂，有人從長安來，元帝問洛下消息，潸然流涕。帝年數歲，問泣故，具以東渡意告之。因問帝："汝意謂長安何如日遠？"答曰："不聞人從日邊來，只聞人從長安來，居然可知。"元帝念之，明日集群臣宴會，設以此問，明帝又以爲日近。元帝動容，問何故異昨日之言。答曰："舉頭不見長安，只見日，以是知近。"帝大悦。②

---

①《初學記》卷一七《人部·聰敏第七》"答果題酪"引一條，作劉劭《幼童傳》，據以輯録。

②《初學記》卷一《天部·日第二》"長安近車輪遠"引一條，作劉劭《幼童傳》;《太平御覽》卷三《天部三·日上》、《事類賦》卷一《天部·日賦》"偉晉明之幼慧"、《天中記》卷一《日》"對日遠近"各引一條，作劉昭《幼童傳》；從《初學記》卷一引。

此事《晉書·明帝紀》亦載，少年晉明帝對同一問題在不同的地方作出不同的回答，這一回答或許出於他不經意的即景之答，然而卻情理具佳，雋永而耐人尋味。

《幼童傳》中也有明顯的虛構不實之事，如《曹操》：

> 魏太祖幼而智勇，年十歲，嘗浴於譙水，有蛟來逼，自水奮擊，蛟乃潛退。於是畢浴而還。弗之言也。後有人見大蛇奔逐太祖，笑之曰："吾爲蛟所擊而未懼，斯畏蛇而恐耶！"衆問乃知，咸驚異焉。①

此事或許就出自曹操自己杜撰，以立威於人，不過，正是此類虛誕故事和那些散落在其他傳中的充滿睿智的意趣、幽默與詼諧，使《幼童傳》表現出十分强烈的小説内質。

二、鍾岏《良吏傳》

鍾岏《良吏傳》,《隋書·經籍志》史部雜傳類、《舊唐書·經籍志》史部雜傳類、《新唐書·藝文志》史部雜傳記類均著録鍾岏《良吏傳》十卷，徐崇《補南北史藝文志》卷一《南史》史部雜傳類補録。

鍾岏，鍾嶸之兄，《梁書》卷四九《文學傳上·鍾嶸傳》云：

① 《太平御覽》卷四三六《人事部七十七·勇四》引一條，作劉昭《幼童傳》;《初學記》卷九《帝王部·總敘帝王》"擊蛟射雉"、《太平御覽》卷九三〇《鱗介部二·蛟》各引一條，作《幼童傳》；從《太平御覽》卷四三六引。

“嶸與兄岏、弟嶼并好學，有思理。”又云：“岏字長岳，官至府參軍、建康平，著《良吏傳》十卷。”又，《元和姓纂》“鍾”姓穎川籍亦云“岏撰《良吏傳》十卷”①。《南齊書·周顒傳》言及何胤言斷食生，猶欲食白魚、䱇脯、糖蟹，以爲非見生物。疑食蚶蠣，使學生議之。鍾岏有論，其云：“䱇之就脯，驟於屈伸；蟹之將糖，躁擾彌甚。仁人用意，深懷如怛。至於車螯蚶蠣，眉目内闕，慚渾沌之奇，礦殼外緘，非金人之慎。不悴不榮，曾草木之不若；無馨無臭，與瓦礫其何算。故宜長充庖廚，永爲口實。”②

《良吏傳》久佚，其佚文今散見諸書徵引，敦煌類書保存最多，王三慶編《敦煌類書》録文篇《不知名類書甲》〔一〕“〔良吏〕”引十三人事，《不知名類書乙》引二人事，《太平御覽》等引十四人事，《太平御覽經史圖書綱目》即列鍾岏《良吏傳》。諸書徵引，“鍾岏”或作“鍾玩”“鍾岐”，蓋因形近而譌。今檢諸書徵引，共得二十八人事蹟，計有：趙廣漢、譚儒、秦彭、邵信臣、李孟元、張綱、寇恂、姚英、沈豐、侯霸、鄭弘、董宣、朱穆、苗蔫、王堂、桓虞、司馬儁、袁彭、鄭純、趙喜、宋均、顔裴、高玩、陳登、倉慈、顔雍、羊祜、吴隱之。

觀《良吏傳》所傳良吏，大多爲善爲政者，治理有方，而深得百姓愛戴。如趙廣漢之“無重税”，使當地百姓“家給人

---

① 林寶撰，岑仲勉校記，鬱賢皓、陶敏整理《元和姓纂》(附四校記)卷一，中華書局1994年，第49頁。

② 蕭子顯《南齊書》卷四一《周顒傳》，中華書局1974年，第732—733頁。

足，百姓富豪”。因而贏得百姓“看廣漢如父母”的敬愛。譚儒“身踐田陌，卹慰耆老”，至於“恩洽吏民，化及禽獸”，一方大治，祥瑞頻出。山陽大旱，秦彭“至郡經營”，使當地百姓“皆得存立”。邵信臣“政甚清美，唯播仁恩”，當地百姓感念，“號爲邵父”。李孟元“務行德化”，以致鄰州百姓，“皆將畜乘，來投孟元之所”。姚英“播德垂仁，息除煩役，養老慜孤”，去官，“百姓號泣，卸脱輪轂”，不願讓其離開。沈豐“罪不歷獄，一斷於口”，百姓信服，深受其惠。侯霸“甚能安慰衆庶”，因而“百姓愛樂，歌謡滿衢”。鄭弘“化洽獸禽，鳩巢入室；順孫孝子，尚守墳陵；衢路遺金，行人不取”。如此等等。

在種種“良吏”善政中，特别值得注意的是敢於懲治豪强無賴者，如：“司馬儁，字元異。補洛陽令，豪右挫氣，京都號曰卧虎。”① 又如董宣：

> 宣，字少平，後漢陳留人也，爲北海太守。時有公孫丹造宅，卜人言：宅成出喪。丹遂掠煞行人，曳屍於舍，望以厭之。宣知，即收丹宗族三十餘人，悉皆煞之。青州奏宣多煞無罪，徵詣廷尉，備出行刑，詔還宥之。②

①《太平御覽》卷二六八《職官部六十六·良令長下》、《古今事文類聚外集》卷一四《縣官部·縣尹》“豪右挫氣”各引一條，作鍾玩《良吏傳》；《職官分紀》卷四二《縣令》“豪右挫氣”、《古今合璧事類備要後集》卷七九《縣官門·知縣》“豪右挫氣”各引一條，作鍾岏《良吏傳》；從《太平御覽》卷二六八引。

②《敦煌類書》録文篇《不知名類書乙》（232—00—01）引一條，云出《良吏傳》，據以輯録。見王三慶《敦煌類書》録文篇《不知名類書乙》（232—00—01）條，麗文文化事業股份有限公司1993年，第279頁。

地方豪强公孫丹以卜言殺無辜，董宣以强力懲治，收殺丹宗族三十餘人。雖不免有“多殺”之嫌疑，但其震懾效果無疑是突出的。而如倉慈及羊祜，則又以善治邊境，造福敵我兩方百姓，爲百姓所敬愛。如倉慈：

> 倉慈，字孝仁，淮南人也。爲敦煌太守。先時，强族欺奪諸胡，爲慈到郡，處平割中，無有阿黨。胡女嫁漢，漢女嫁胡，兩家爲親，更不相奪。去除煩役，但勸廣闢田疇。遠方異産，息入敦煌；鄰國蕃戎，不相征伐。慈染疾，薨於龍沙，胡漢悲悼，如喪考妣，皆以刀劃面，千人負土，築墳於此，家家燒瓦爲廟，仍塑真形，以爲神主。三國時人。①

《良吏傳》今存佚文，敘事多簡略，大多僅記一事，概略而已。在概記事蹟之後，多往往以百姓之態度補充，側面映襯。雖大多近實，其中也有涉及虚誕者，如敘趙喜爲平原相，“青州大蝗，齊平原界，侵境一尺，皆死”；鄭弘爲臨淮太守，“若逢凶旱，祈請，即垂白鹿挾轅，陪公行坐”；沈豐爲零陵太守，“有兩黄龍，出現湘水”；秦彭爲山陽太守，“天垂甘露，地出嘉禾，麒麟入遊，鳳凰來戲”等等，此種撰人方式，爲凸顯人物品性道德，綴以顯然虚構的祥瑞異象，以爲印證，烘托人物形

①《敦煌類書》録文篇《不知名類書甲》〔一〕“〔良吏〕”（231—01—13）引一條，云出《良吏傳》，據以輯録。見王三慶《敦煌類書》録文篇《不知名類書甲》〔一〕“〔良吏〕”（231—01—13）條，麗文文化事業股份有限公司1993年，第262—263頁。

象，值得注意。

三、其他類傳

南北朝類傳，除《幼童傳》、鍾岏《良吏傳》、劉義慶《江左名士傳》《徐州先賢傳贊》、王瑱之《童子傳》、郭緣生《武昌先賢志》、華隔《廣陵列士傳》、任昉《雜傳》、劉書《高才不遇傳》、盧思道《知己傳》、蕭子良《止足傳》、范晏《陰德傳》以及佚名得《青州先賢傳》《武陵先賢傳》《廣陵耆老傳》等則存數節殘文，而如盧思道《知己傳》、蕭子良《止足傳》等則今已難見其文了。

劉義慶《江左名士傳》已見前論。

劉義慶《徐州先賢傳贊》，《隋書·經籍志》史部雜傳類著録《徐州先賢傳》一卷，劉義慶《徐州先賢傳贊》九卷；《舊唐書·經籍志》史部雜傳類著録《徐州先賢傳》一卷、《徐州先賢傳》九卷，均無撰人；《新唐書·藝文志》史部雜傳記類著録王義度《徐州先賢傳》九卷，又一卷；劉義慶《徐州先賢傳贊》八卷。《新唐書·藝文志》題"王義度"者，章宗源云："按《唐志》王義慶乃臨川王劉義慶，誤删臨川劉三字，又譌慶作度，《隋志》、《舊唐志》并脱落撰名。"[1] 劉義慶，《宋書》卷五一、《南史》卷一三有傳，《宋書》卷五一《宗室·劉義慶傳》、《南

① 章宗源《隋書經籍志考證》卷一三史部雜傳類"《徐州先賢傳》一卷"條按語，開明書店《二十五史補編》第4册，中華書局1998年，第80頁中。

史》卷一三《宗室·劉義慶傳》云:“撰《徐州先賢傳》十卷,奏上之。”則《隋書·經籍志》等著録《徐州先賢傳》一卷、劉義慶《徐州先賢傳贊》九卷者,當均爲劉義慶所作,原書有傳有贊,後析爲二書。劉義慶《徐州先賢傳贊》已佚,其佚文今散見諸書徵引,《太平御覽經史圖書綱目》即列《徐州先賢傳》。今檢諸書徵引,僅存范蠡、楚老、徐盛三人事蹟。

王瑱之《童子傳》,《隋書·經籍志》史部雜傳類著録王瑱之《童子傳》二卷,《金樓子》卷二聚書篇云:“隱士王縝之經餉書如《童子傳》之例是也。”“王縝之”當是“王瑱之”之誤。《舊唐書·經籍志》《新唐書·藝文志》無著録,則其或在唐末就已散佚。王瑱之,始末未詳,蕭繹《金樓子》提及其書,則其當生於梁世前後。王瑱之《童子傳》久佚,其佚文今散見諸書徵引。今檢諸書徵引,僅得任嘏、孔林二人事蹟。

郭緣生《武昌先賢志》,《隋書·經籍志》史部雜傳類著録《武昌先賢志》二卷,題“宋天門太守郭緣生撰”;《舊唐書·經籍志》史部雜傳類著録《武昌先賢傳》三卷,題郭延生撰;《新唐書·藝文志》史部雜傳記類著録《武昌先賢傳》三卷,題郭緣生撰。《舊唐書·經籍志》題郭延生撰,當誤。章宗源説:“兩《唐志》皆作‘先賢傳’,《太平御覽·人事部》郭緣生《武昌先賢傳》曰:‘郭翻字長翔,爲人非己耕不食,非妻織不衣。’”[①]郭緣生,始末不詳,《隋書·經籍志》著録《武昌先賢志》時,題

① 章宗源《隋書經籍志考證》卷一三史部雜傳類郭緣生“《武昌先賢志》三卷”條,開明書店《二十五史補編》第4册,中華書局1998年,第82頁下。

“宋天門太守”，知其仕宋，曾爲天門太守，餘皆不詳。郭緣生《武昌先賢志》久佚，其佚文今主要見於《太平御覽》等徵引，僅存郭翻事。

《武陵先賢傳》，《隋書·經籍志》等史志書目無著録，撰人、卷數不詳。《武陵先賢傳》久佚，酈道元《水經注》已見徵引，則《武陵先賢傳》當出此之前無疑。《水經注》之外，《武陵先賢傳》又散見他書徵引，檢諸書徵引，尚得潘京、王坦二人事蹟。

《青州先賢傳》，《隋書·經籍志》等史志書目無著録，撰人、卷數不詳。章宗源《隋書經籍志考證》卷一三雜傳類補録[①]。《藝文類聚》卷二二《人部六·品藻》、《後漢書》卷六四《史弼傳》“陶丘洪曰”李注引一條，作《青州先賢傳》，敘周璆、陶丘洪二人事蹟。

《廣陵耆老傳》，《隋書·經籍志》等史志書目無著録，撰人、卷數不詳。文廷式《補晉書藝文志》卷二史部雜傳類補録《廣陵耆老傳》。《廣陵耆舊傳》久佚，其佚文今散見諸書徵引，今檢諸書徵引，尚得老姥一人事蹟。

《廣陵列士傳》，《隋書·經籍志》無著録，《舊唐書·經籍志》史部雜傳類著録《廣陵列士傳》一卷，《新唐書·藝文志》史部雜傳記類著録《廣陵烈士傳》一卷，均題華隔撰。文廷式《補晉書藝文志》卷二史部雜傳類補録《廣陵烈士傳》。華隔，

① 章宗源《隋書經籍志考證》卷一三史部雜傳類“《青州先賢傳》”條，開明書店《二十五史補編》第4册，中華書局1998年，第82頁中。

生平事蹟不詳。華隔《廣陵列士傳》久佚，其文今主要見於《北堂書鈔》和《太平御覽》等徵引，《太平御覽經史圖書綱目》即列《廣陵列士傳》。今檢諸書徵引，得劉儁、劉瑜、吴武、吴戒四人事蹟。

任昉《雜傳》，《隋書·經籍志》史部雜傳類著録有任昉《雜傳》三十六卷（本一百四十七卷，亡）、賀蹤《雜傳》四十卷（本七十卷，亡）、陸澄《雜傳》十九卷、無撰人《雜傳》十一卷。《舊唐書·藝文志》史部雜傳類著録有“雜傳六十五卷、又九卷、又四十卷”，“雜傳十卷”，均無撰人。《新唐書·藝文志》史部雜傳記類著録“《雜傳》六十九卷、又四十卷、又九卷、任昉《雜傳》一百二十卷”。這幾部《雜傳》多爲聚他人之作而成書的總集，現也多散佚難見。

劉晝《高才不遇傳》，《隋書·經籍志》史部雜傳類、《舊唐書·經籍志》史部雜傳類、《新唐書·藝文志》史部雜傳記類著録同，均作劉晝《高才不遇傳》四卷，徐崇《補南北史藝文志》卷二《北史》史部雜傳類補録。劉晝，字孔昭，渤海阜城人，《北齊書》卷四四《儒林傳》、《北史》卷八一《儒林傳》有傳。《北齊書·劉晝傳》云：“河清初，還冀州，舉秀才入京，考策不第。乃恨不學屬文……晝又撰《高才不遇傳》三篇。”《北史·劉晝傳》亦云：“晝求秀才，十年不得，發奮撰《高才不遇傳》。冀州刺史酈伯偉見之，始舉晝，時年四十八。”

范晏《陰德傳》，《隋書·經籍志》史部雜傳類著録《陰德傳》二卷，題“宋光禄大夫范晏撰”。《舊唐書·經籍志》史部雜傳類著録《陰德傳》二卷，范晏撰；《新唐書·藝文志》史部雜傳記類著録范晏《陰德傳》二卷。《通志·藝文略》史類傳記類著録《陰德傳》二卷，范晏撰。《册府元龜》卷五五五《國史部·採撰》云："范晏撰《陰德傳》二卷。"《太平御覽經史圖書綱目》録范晏《陰德傳》。范晏，范泰第三子。《宋書》卷六〇《范泰傳》云："次晏，侍中、光禄大夫。"《隋書·經籍志》著録題署范晏銜同此。

任昉《雜傳》、劉晝《高才不遇傳》、范晏《陰德傳》略存少量殘文①。

盧思道《知己傳》，《隋書·經籍志》史部雜傳類、《舊唐書·經籍志》史部雜傳類、《新唐書·藝文志》史部雜傳記類著録同，均作盧思道《知己傳》一卷。劉知幾《史通·雜述》云："普天率土，人物弘多，求其行事，罕能周悉。則有獨舉所知，編爲短部。若戴逵《竹林名士》、王粲《漢末英雄》、蕭世誠《懷舊志》、盧子行《知己傳》，此之謂小録者也。"②《册府元龜》卷五五五《國史部·採撰二》云："盧思道爲黄門侍郎，待詔文林館，撰《知己傳》一卷。"此書《宋史·藝文志》不載，明代胡應麟尚見之，大約佚於明後。關於其所載人物，據章宗源説："胡應麟《甲乙剩言》曰：'余從都下得隋盧思道《知己傳》二

① 任昉《雜傳》，《文選》卷四六《王文憲集序》"學初興華夷慕義經師人表允兹望實"李注引一條。劉晝《高才不遇傳》，《後漢書》卷三五《鄭玄傳》"五年春夢孔子告之曰起起今年歲在辰來年歲在巳"李注引一條。范晏《陰德傳》，《太平御覽》卷五五六《禮儀部三十五·葬送四》引一條。

② 劉知幾撰，浦起龍釋《史通通釋》卷一〇《雜述》第三十四，上海古籍出版社 1978 年，第 274 頁。

卷，上自伊尹，下至六代，由君相、父子、妻子、友朋，以及鬼神禽畜涉於知己者，皆録，第諸葛孔明與先主最相知，以爲有君自取之一語，爲大不知己，不録，蓋有激乎其言之也。’案此則是書明時尚存，宋史志不載，自屬闕漏，但應麟謂此書惟《志》有之，自唐以下不復有也亦失考。”① 盧思道，字子行，范陽人，著名詩人，《北齊書》卷四二、《隋書》卷五七、《北史》卷三〇有傳。師事河間邢子才，就魏收借異書，才學兼著。仕北齊、後周、隋，歷散騎侍郎、奏内史侍郎等。

蕭子良《止足傳》，《隋書・經籍志》史部雜傳類著録《止足傳》十卷，無撰人；《舊唐書・經籍志》史部雜傳類著録《止足傳》十卷，題“王子良撰”，姚振宗云：“王上脱竟陵二字。”陳述亦云：“《舊唐志》有《止足傳》十卷，題王子良撰，按時無王子良其人，當爲脱字致誤，即蕭子良是也。”②《新唐書・藝文志》史部雜傳記類著録有兩部《止足傳》，均爲十卷，一爲著録於宗躬《孝子傳》後，云“又《止足傳》十卷”，一爲題“齊竟陵文宣王子良《止足傳》十卷”，對此，姚振宗云：“案諸史有《止足傳》，自魚豢《魏略》始其別爲一書，據《唐藝文》惟宗躬及蕭子良二家。然考宗躬與蕭子良同時，其與王植同修永明

① 章宗源《隋書經籍志考證》卷一三史部雜傳類盧思道“《知己傳》一卷”條，開明書店《二十五史補編》第4册，中華書局1998年，第91頁中—下。

② 分别見：姚振宗《隋書經籍志考證》卷二〇史部雜傳類“《止足傳》十卷”條小注，開明書店《二十五史補編》第4册，中華書局1998年，第312頁上；陳述《補南齊書藝文志》卷二史部雜傳類“《止足傳》十卷”條按語，開明書店《二十五史補編》第3册，中華書局1998年，第11頁上。

律，子良爲監領，似亦嘗爲王府官屬，疑祇是一書，故《舊唐志》無宗躬《止足傳》之目，《新志》似重出也，子良本傳不言有是書，或編入《四部要略》一千卷中，此十卷大抵是子良書，亦即宗躬書也。”①

盧思道《知己傳》、蕭子良《止足傳》今已全佚不存。又有元懌《顯忠録》二十卷，亦不存②。

諸書稱引，又尚有元孚《古今名妃賢后録》四卷、常景《列女傳》《儒林傳》、高叡《要言》、劉善經《酬德傳》三十卷、虞通之《妒記》二卷、宗測《續高士傳》三卷、劉杳《高士傳》二卷、孔道《三吴決録》、崔應祖《海岱志》二十卷、庾仲容《列女傳》、蕭子顯《貴儉傳》三十卷、吴均《錢塘先賢傳》五卷等書③，今亦并不存，而《隋書·經籍志》亦多不載，徐崇

① 姚振宗《隋書經籍志考證》卷二〇史部雜傳類“《止足傳》”條案語，開明書店《二十五史補編》第4册，中華書局1998年，第312頁中。

② 元懌《顯忠録》，本章第一節“蕭繹生平及著述”中已有考述。

③ 元孚《古今名妃賢后録》四卷，見於《魏書》《北史》之《臨淮王譚傳》；常景《列女傳》《儒林傳》，見《魏書》《北史》之《常景傳》；高叡《要言》，見《北史》《北齊書》之《高叡傳》；劉善經《酬德傳》三十卷，見《北史》《隋書》之《劉善經傳》；虞通之《妒記》二卷，《隋書·經籍志》史部雜傳類、《新唐書·藝文志》史部雜傳記類著録，除此而外，《舊唐書·經籍志》史部雜傳類、《新唐書·藝文志》史部雜傳記類又著録虞通之《后妃記》四卷，而《隋書·經籍志》不録，此存疑；宗測《續高士傳》三卷，見《南史》《齊書》之《宗測傳》；孔道《三吴決録》，見《南齊書》之《王秀之傳》、《南史》之《丘巨源傳》；崔應祖《海岱志》二十卷，見《南史》《齊書》之《崔應祖傳》，《隋書·經籍志》史部雜傳類著録，作“二十卷”，《舊唐書·經籍志》《新唐書·藝文志》有著録，作“十卷”；庾仲容《列女傳》，見《南史》《梁書》之《庾仲容傳》；蕭子顯《貴儉傳》三十卷，見《梁書》《南史》之（轉下頁）

《補南北史藝文志》多據本傳補録。

南北朝時期，又有《道學傳》一部較爲著名的道教人物類傳。《道學傳》，《隋書·經籍志》史部雜傳類著録《道學傳》二十卷，不題撰人；《舊唐書·經籍志》史部雜傳類著録《學道傳》二十卷，題馬樞撰；《新唐書·藝文志》子部神仙類著録《學道傳》十二卷，題馬樞。馬樞，《陳書》卷一九、《南史》卷六六《隱逸傳》有傳，《陳書·馬樞傳》云："馬樞，字要理，扶風郿人也。祖靈慶，齊竟陵王録事參軍。樞數歲而父母俱喪，爲其姑所養。六歲，能誦《孝經》、《論語》、《老子》。及長，博極經史，尤善佛經及《周易》、《老子》義。"馬樞曾爲梁邵陵王綸學士，遇侯景之亂，遂隱於茅山，陳太建十三年（581）卒。《陳書·馬樞傳》又云："撰《道覺論》二十卷行於世。"則《道學傳》當即此《道覺論》。而《舊唐書·經籍志》及《新唐書·藝文志》著録作《學道傳》，"學道"二字當乙。《道學傳》久佚，其文今散見諸書徵引，《太平御覽經史圖書綱目》列《道學傳》，諸書徵引亦或作《學道傳》。陳國符據諸書採摭，輯《道學傳》，録於其所著《道藏源流考》一書下册《附録七》中[①]。又有釋僧祐《薩婆多部傳》，傳録歷代薩婆多部高僧

（接上頁）《蕭子顯傳》；劉杳《高士傳》二卷，見《南史》《梁書》之《劉杳傳》；吴均《錢塘先賢傳》五卷，《舊唐書·經籍志》著録，作《吴郡錢塘先賢傳》，《新唐書·藝文志》亦著録，作"《吴都錢塘先賢傳》"，《南史》《梁書》之《吴均傳》亦載。

① 陳國符《道藏源流考》（新修訂版），中華書局 2016 年，第 423—452 頁，題《道學傳集佚》。《道藏源流考》（增訂版），中華書局 1963 年，第 454—504 頁，題《道學傳輯佚》。

大德。今存序文和目録，見於《出三藏記集》卷一二。

四、家傳

《新唐書·柳沖傳》載柳芳《論氏族》云："魏氏立九品，置中正，尊世胄，卑寒士，權歸右姓已，其州大中正、主簿、郡中正、功曹，皆取著姓士族爲之，以定門胄，品藻人物，晉、宋因之，始尚姓已。"在這種風氣下，整個社會門閥觀念甚濃，各世家大族爲維護和鞏固其既有特權和利益，紛紛撰作家傳，於是家傳大量湧現。《隋書·經籍志》史部雜傳類著録有家傳三十部左右，包括《李膺家録》《王朗、王肅家傳》《李氏家傳》《桓氏家傳》《褚氏家傳》《薛常侍家傳》《江氏家傳》《庾氏家傳》《裴氏家傳》《虞氏家記》《曹氏家傳》《范氏家傳》《紀氏家傳》《韋氏家傳》《何顒使君家傳》《明氏家訓》《明氏世録》《陸史》《王氏江左世家傳》《孔氏家傳》《崔氏五門家傳》《暨氏家傳》《周齊王家傳》《尒朱家傳》《周氏家傳》《何氏家傳》《令狐氏家傳》《太原王氏家傳》《漢南庾氏家傳》等，其中《王朗、王肅家傳》《韋氏家傳》前已有介紹。《隋書·經籍志》所著録者，僅是魏晉南北朝家傳的一部分，實際當然不止這些，惜這些家傳大多散佚，這裏重點介紹幾部著名且存佚文較多者①。

《荀氏家傳》，《隋書·經籍志》無著録，《新唐書·藝文志》史部雜傳記類著録有荀伯子所著《荀氏家傳》十卷。《初學記》

①《隋書·經籍志》有著録者，章宗源、姚振宗《隋書經籍志考證》已分别有考證，可參考。

卷一七《孝第四》、卷一八《貴第四》引《荀氏家傳》亦題荀伯子。《荀氏家傳》佚文今散見於《文選》李注、《世説新語》劉注、《太平御覽》等書注引，今檢諸書徵引，得其佚文若干，除序文一節之外，計有荀巨伯、荀爽、荀悦、荀衍、荀諶、荀紹、荀融、荀閎、荀煇、荀彧、荀曇、荀昱、荀顗、荀攸、荀衢、荀祈、荀愔、荀惲、荀俁、荀詵、荀寓、荀顗、荀粲、荀頵、荀崧、荀勖、荀藩、荀組、荀邃、荀闓、荀愷、荀悝、荀隱、荀羨三十四人事蹟。

《褚氏家傳》，《隋書·經籍志》史部雜傳類著録《褚氏家傳》一卷，題褚覬等撰；《舊唐書·經籍志》史部雜譜牒類、《新唐書·藝文志》史部雜傳記類著録《褚氏家傳》一卷，題褚結撰，褚陶注。《隋書·經籍志》著録題褚覬等撰，《舊唐書·經籍志》《新唐書·藝文志》著録題褚結撰，褚陶注，其最初作者當是褚覬等，後經褚結等續補，褚陶作注。《褚氏家傳》久佚，其佚文今主要見於《世説新語》劉注引。今檢諸書徵引，得褚少孫、褚陶二人事蹟。

《邵氏家傳》，《隋書·經籍志》無著録，《舊唐書·經籍志》史部雜譜牒類著録《邵氏家傳》十卷，《新唐書·藝文志》史部雜傳記類著録《邵氏家傳》十卷，無撰人。《邵氏家傳》久佚，其佚文今散見於《三國志》裴注及《太平御覽》等書徵引，《太平御覽經史圖書綱目》列《邵氏家傳》。今檢諸書徵引，得邵弘、邵信臣、邵仲金、邵信、邵貞、邵疇、邵員、邵夫人義姬八人事蹟。

《袁氏世紀》，《隋書·經籍志》等書志無著録，撰人不詳。

《緯略》卷九録《袁氏世紀》。《袁氏世紀》久佚，其佚文今主要見於《三國志》裴注引。又有稱《袁氏家傳》者，見於《世説新語》劉注引，中有袁躭事，言其爲“涣曾孫”，故或爲《袁氏世紀》之異稱。然二者今存之文未有相同者，姑存疑。今檢諸書徵引，得袁涣及其四子袁侃、袁寓、袁奥、袁準事蹟。

《殷氏家傳》，《隋書·經籍志》無著録，《舊唐書·經籍志》史部雜譜牒類著録《殷氏家傳》三卷，題殷敬等撰；《新唐書·藝文志》史部雜傳記類著録有《殷氏家傳》三卷，題殷敬撰。殷敬，生平不詳。《舊唐書·經籍志》著録題殷敬等撰，《新唐書·藝文志》著録題殷敬撰，其或殷敬撰作之後，又有殷氏後人增補之？《殷氏家傳》久佚，其佚文今散見於《初學記》《太平御覽》等書徵引，《太平御覽經史圖書綱目》即列《殷氏家傳》。諸書徵引又有作《殷氏世傳》者，文與《殷氏家傳》多有同者，當爲《殷氏家傳》之異稱。今檢諸書徵引，得殷泰、殷褒、殷亮、殷蓋寬、殷謖、殷勤六人事蹟。

《陶氏家傳》，《隋書·經籍志》等書志無著録，撰人不詳。久佚，其文今見於《北堂書鈔》《太平御覽》等書徵引，《太平御覽經史圖書綱目》列《陶氏家傳》。今檢諸書徵引，得陶敦、陶基、陶濬、陶侃、陶迴、陶猷、陶汪、陶覆之、陶遽九人事蹟。

《虞氏家記》，《隋書·經籍志》史部雜傳類著録《虞氏家記》五卷，題虞覽撰；《舊唐書·經籍志》史部雜譜牒類、《新唐書·藝文志》史部雜傳記類著録《虞氏家傳》五卷，題虞覽撰。虞覽，生平行事不詳。《虞氏家記》久佚，其佚文今散見諸書徵引,《太平御覽經史圖書綱目》即列《虞氏家記》。今檢諸書徵引，僅得虞潭一人事蹟，又另有“吴小城白門”佚文一條。

《裴氏家傳》,《隋書·經籍志》史部雜傳類著録《裴氏家傳》四卷，題裴松之撰;《舊唐書·經籍志》史部雜譜牒類、《新唐書·藝文志》史部雜傳記類著録《裴氏家記》三卷，題裴松之撰。裴松之,《宋書》卷六四有傳，其云:“裴松之，字世期，河東聞喜人也。祖昧，光禄大夫。父珪，正員外郎。松之年八歲，學通《論語》、《毛詩》，博覽墳籍，立身簡素。”注《三國志》，爲歷代所賞。又,《三國志》卷《蜀書十二·孟光傳》裴注又有引傅暢《裴氏家記》者，則傅暢又或有《裴氏家記》。久佚，其文今主要見於《世説新語》劉注引。今檢諸書徵引，得裴榮、裴頠二人事蹟。

家傳多爲家族中人所作，在於張顯家族，表達家族的興旺與家族的榮光，正如《荀氏家傳》所言:“惟我之先，至於有晉，人物盈朝，衮衣暐曄，六世九公，不亦偉乎。磊落環奇，光照六合，已獨步於古今，拊萬姓而駭之矣。”①故家傳多記嘉行懿德，其間不免褒善隱惡，多虚言誇飾。如《江氏家傳》傳江統云:“江統，字應元，時太傅從事中郎虞子嵩以風韻見重，亦並雅敬君德，庾中郎每云:‘當今可以居司徒、充民望者，江生其人也。’”②《荀氏家傳》傳荀顗云:

---

①《初學記》卷一八《人部中·貴第四》、《太平御覽》卷四七〇《人事部一一一·貴盛》引，從《初學記》卷一八引。

②《藝文類聚》卷四七《職官部三·司徒》、《太平御覽》卷二〇八《職官部六·司徒下》引。

荀蕤，字公然，除太原榆次令，爲政以德，人懷之。時有鳳凰集其境内，晉武帝下詔褒美。太始三年卒，吏人如喪親戚，爲之樹碑，其序曰："仰之如日月，敬之如神明，愛之如父母，樂之如時雨。"①

不過，有的家傳，也能在廖寥數語中寫出人物的品性，塑造出鮮明的形象，如《褚氏家傳》中寫褚陶：

陶，字季雅，吴郡錢塘人，褚先生後也。陶聰惠絶倫，年三十，作《鷗鳥》、《水碓》二賦，宛陵嚴仲弼見而奇之曰："褚先生復出矣。"弱不好弄，清談閒默，以《墳》、《典》自娱。語所親曰："聖賢備在黄卷中，舍此何求？"州郡辟不就。吴歸命世祖，補臺郎、建忠校尉。司空張華與陶書曰："二陸龍躍於江、漢，彦先鳳鳴於朝陽，自此以來，常恐南金已盡，而復得之於吾子！故知延州之德不孤，淵、岱之寶不匱。"仕至中尉。②

第五節　南北朝散傳

南北朝的散傳，今存不多。在今存的南北朝散傳中，道教

①《北堂書鈔》卷七八《設官部三十·縣令一百七十六》"鳳凰集境"、《太平御覽》卷二六八《職官部六十六·良令長下》、《職官分紀》卷四二《縣令》"爲政以德"、《古今事文類聚外集》卷一四《縣官部·縣尹》"鳳集其境"、《古今合璧事類備要後集》卷七九《縣官門·知縣》"鳳集其境"各引一條，作《荀氏家傳》，從《太平御覽》卷二六八引。

②《世説新語·賞譽》第19條劉注引一條，作《褚氏家傳》，據以輯録。

人物傳保存較多,《隋書・經籍志》史部雜傳類就著録多部，而其他散傳則相對較少，徐崇《補南北史藝文志》僅補録《昭明太子傳》《裴潛傳》《李士謙傳》三部散傳，其他如聶崇岐《補宋書藝文志》、陳述《補南齊書藝文志》散傳則無一部。

一、道教人物散傳

南北朝多道教人物傳，道教在經過東晉葛洪及南北朝寇謙之、陸修静、陶弘景等人的清整、改造之後，逐漸形成一套完整的理論體系，其中就包括道教神仙系統的建立。與此相適應，道教諸神的傳記也隨之出現,《隋書・經籍志》史部雜傳類所著録的道教人物傳，多産生在東晉後期及南北朝時期，其中東晉時期的道教人物傳已在兩晉部分介紹。南北朝的道教人物傳多爲散傳，故於此專篇論之。其中就有如孔稚珪的《陸先生傳》以及《裴君傳》《正一真人三天法師張君内傳》《仙人馬君陰君内傳》《王喬傳》《嵩高寇天師傳》《關令内傳》《文始内傳》《華陽子自序》《靈人辛玄子自序》等①。

孔稚珪《陸先生傳》,《隋書・經籍志》史部雜傳類著録孔稚珪《陸先生傳》一卷。陸先生指陸修静，南朝道教著名人物，對道教發展作出過巨大貢獻。孔稚珪，字德璋，會稽山陰人，《齊書》卷四八、《南史》卷五九有傳。仕宋齊兩代，官至都官尚書、太子詹事、散騎常侍，永元三年（501）卒。《雲笈七籤》

① 張承宗在《六朝道教人物雜傳述要》一文中對整個六朝時期包括南北朝的道教人物傳有略考，可參看。見《蘇州大學學報》1998 年第 1 期。

卷五有《宋廬山簡寂陸先生傳》，或出孔稚珪此傳。

《裴君傳》，《隋書·經籍志》史部雜傳類著録《清虚真人裴君内傳》一卷，《舊唐書·經籍志》史部雜傳類著録《清虚真君内傳》一卷，題鄭子雲撰，《新唐書·藝文志》道家類著録《清虚真人裴君内傳》，題鄭雲千撰。姚振宗以爲“清虚”當爲“清靈”，他説：“案《雲笈七簽》云：《清靈真人裴君傳》，弟子鄧雲子撰，考《真靈位業圖》諸真稱號絶少重複相同者，此清虚真人因前一條寫誤，鄭子雲、鄭雲千似皆鄧雲子之誤，是傳《雲笈七籤》亦載之。”[①] 姚氏所言是。裴君指裴玄仁，《真誥》云其爲右扶風陽夏人，漢文帝二年（前 178）始生，並云其將入室弟子鄧雲一起登仙。題弟子“鄧雲子撰”，或即是指其弟子鄧雲，但《裴君内傳》陶弘景《真誥》不見徵引，當出梁代以後。陳國符即以爲：“故此書出世，在梁代以後，隋代之前。”[②] 題鄭子雲、鄭雲千或鄧雲子撰者，乃出於僞託。《雲笈七籤》卷一〇五載録《清靈真人裴君傳》，當即《隋書·經籍志》等所言《裴君内傳》。

《嵩高寇天師傳》，《隋書·經籍志》著録《嵩高寇天師傳》一卷，不題撰人。《舊唐書·經籍志》史部雜傳類、《新唐書·藝文志》道家類著録《嵩高少室寇天師傳》三卷，題宋都

① 姚振宗《隋書經籍志考證》卷二〇史部雜傳類“《清虚真人裴君内傳》一卷”條，開明書店《二十五史補編》第 4 册，中華書局 1998 年，第 335 頁中。

② 陳國符《道藏源流考》（新修訂版），中華書局 2016 年，第 10 頁〔《道藏源流考》（增訂版），中華書局 1963 年，第 12 頁〕。

能撰。寇天師即指寇謙之。

《華陽子自序》,《隋書·經籍志》史部雜傳類著録《華陽子自序》一卷，不題撰人;《舊唐書·經籍志》史部雜傳類著録《華陽子自序》，一卷，題茅處玄撰;《新唐書·藝文志》子部神仙家類著録《華陽子自序》一卷，題茅處玄撰。華陽子爲陶弘景號，然此當非其自序，是名茅處玄或名茅處玄者所造。陶弘景爲南朝道教著名人物，屬上清派，隱居茅山，人稱“山中宰相”，影響很大。賈嵩作有《華陽陶隱居内傳》，另外,《雲笈七籤》卷五又有《梁茅山貞白陶先生傳》、卷一〇三有《貞白先生傳》。

《靈人辛玄子自序》,《隋書·經籍志》史部雜傳類、《舊唐書·經籍志》史部雜傳類、《新唐書·藝文志》子部神仙家類均著録《靈人辛玄子自序》一卷。其文今見於陶弘景《真誥·闡幽微第二》引。題辛玄子撰，其文敘述家事，其中云其“七世之孫”辛毗事，文多與《三國志·辛毗傳》同，當是從中攫取。故此當非辛玄子自序，但《真誥》引之，姚振宗云:“案此《自序》不知何時何人從乩筆録存者，陶隱居嘗節取入《真誥》，題記其後，云辛玄子所言説冥中事，亦多矣。今粗書䨱者耳，不復一一具説,案所載元子自敘并詩凡十則。”[①] 故此序當非辛玄子自序，託名耳。

《張君内傳》,《隋書·經籍志》史部雜傳類著録《正一真人

① 姚振宗《隋書經籍志考證》卷二〇史部雜傳類“《靈人辛玄子自序》一卷”條，開明書店《二十五史補編》第4册，中華書局1998年，第337頁上。

三天法師張君内傳》一卷，不題撰人，《舊唐書·經籍志》史部雜傳類、《新唐書·藝文志》子部神仙家著録《三天法師張君内傳》一卷，題王蓑撰。《真靈位業圖》有王長，或即此人，姚振宗亦疑王蓑即王長[①]。張君指張陵。

《仙人馬君陰君内傳》，《隋書·經籍志》史部雜傳類著録《仙人馬君陰君内傳》一卷，不題撰人；《舊唐書·經籍志》史部雜傳類著録《仙人馬君陰君内傳》，題趙昇撰；《新唐書·藝文志》子部神仙家類《仙人馬君陰君内傳》，題趙昇等撰，《宋史·藝文志》亦録《仙人馬君陰君内傳》一卷。題趙昇撰，《真靈位業圖》載其名。馬君指馬明生，陰君指陰長生。今所見諸書徵引，有作《馬明生別傳》《馬明生内傳》者，罕見稱《仙人馬君陰君内傳》者。《雲笈七籤》卷一〇六《傳》有《馬明生真人傳》《陰真君傳》，或其文歟？

《舊唐書·經籍志》史部雜傳類、《新唐書·藝文志》子部神仙家著録《三天法師張君内傳》一卷，題王蓑；著録《仙人馬君陰君内傳》，題趙昇撰（或趙昇等撰）。關於《正一真人三天法師張君内傳》和《仙人馬君陰君内傳》的作者王蓑和趙昇，據《漢天師世家》云，王長、趙昇爲張陵弟子，則其大約與張陵同時[②]。其時，道教初創，神仙體系尚不完善，故此兩傳當

① 姚振宗《隋書經籍志考證》卷二〇史部雜傳類“《正一真人三天法師張君内傳》一卷”條，開明書店《二十五史補編》第 4 册，中華書局 1998 年，第 335 頁下。

② 見《漢天師世家》卷二，《正統道藏》第 34 册，文物出版社、上海書店、天津古籍出版社 1987 年影印上海商務印書館版，第 821 頁。

不是出自張陵弟子王長、趙昇二人之手，據卿希泰《中國道教史》，真人傳記的大量造作，始於上清派興起之時，即約始於華存等作《王君内傳》等[①]。此兩傳又與天師道相關，天師道在漢末及魏晉時期往往與結社及農民武裝起義相聯繫，恐無暇造傳，所以，此兩傳當是寇謙之、陸修静等對天師道的改造之後産生的，亦即或爲南北朝人所作，託名王長、趙昇。爲確妥起見，故系於南北朝。

《王喬傳》，《隋書·經籍志》無著録，《舊唐書·經籍志》史部雜傳類、《新唐書·藝文志》子部神仙家類著録《王喬傳》一卷，無撰人。王喬的時代比張陵還早，劉向《列仙傳》已有録。章宗源、侯康以爲此傳就是蔡邕所撰《王喬碑》[②]，姚振宗則懷疑是"後人取《列仙傳》、《搜神記》、蔡氏碑、范氏傳諸説彙次成編焉"[③]。則此傳當是南北朝人所撰。

《關令内傳》，《隋書·經籍志》史部雜傳類著録《關令内傳》一卷，題鬼谷先生撰；《舊唐書·經籍志》史部雜傳類、《新唐書·藝文志》子部神仙家類著録《關令尹喜傳》一卷，題鬼谷先生撰，四皓注。《關令内傳》之全稱當是《文始先生无上真

---

① 卿希泰主編《中國道教史》第一卷第三章《道教在魏晉時候的分化和發展》，四川人民出版社 1988 年，第 336—346 頁。

② 分别見：章宗源《隋書經籍志考證》卷一三"《王喬傳》一卷"條，開明書店《二十五史補編》第 4 册，中華書局 1998 年，第 92 頁下；侯康《補後漢書藝文志》卷三史部雜傳類"蔡邕《王喬傳》一卷"條，開明書店《二十五史補編》第 2 册，中華書局 1998 年，第 19 頁下。

③ 姚振宗《隋書經籍志考證》卷二〇史部雜傳類"《王喬傳》一卷"條，開明書店《二十五史補編》第 4 册，中華書局 1998 年，第 338 頁下。

人關令内傳》，見於《三洞珠囊》卷九《老子化胡品》引一節，文頗長，題“鬼谷先生撰《文始先生无上真人關令内傳》”，《關令内傳》當是省稱①。諸書稱引，其又或作《文始傳》《文始内傳》《無上真人内傳》《真人關令尹喜傳》《真人關令尹喜内傳》《尹喜傳》《尹喜内傳》。《漢書・藝文志》載道家關尹子“名喜，爲關吏，老子過關，喜去吏而從之”。可知尹喜大約與老子同時。此傳最早見於北周僧勔《十八條難道章》自敘所引，隋費長房《歷代三寶記》著録。尹喜被樓觀道派尊爲祖師，而樓觀道興起於北魏，至北周開始興盛，故此傳當是樓觀道派所造，託名鬼谷子和四皓。此傳當出於南北朝時期②。

另外，《太平御覽》卷七〇九《服用部十一・薦蓆》引《成公興内傳》、《辯正論》卷七“文宣降靈而病愈”引《齊竟陵王内傳》、《雲笈七籤》卷五又有《齊興世館主孫先生傳》等等史志書目無録者，或亦出南北朝，此不一一羅列。

這些道教人物傳，爲鼓吹道教，多載神異之事，又描寫細緻，特别是對神仙、異人的居處、降臨等事，尤細微詳盡，故多頗具小説性，其間對仙道人物身上的某些神異性的描繪，還在後來的神魔小説中得到進一步發展。

---

① 卿希泰先生以爲諸書徵引之《文始内傳》與《關令内傳》非一傳，然相似，屬樓觀道派之人所作，當出於南北朝時期。卿希泰主編《中國道教史》第一卷第四章《道教在南北朝的改造和充實》，四川人民出版社1988年，第438頁。

② 卿希泰主編《中國道教史》亦有此看法。見《中國道教史》第一卷第四章《道教在南北朝的改造和充實》，四川人民出版社1988年，第438頁。另，《文始内傳》，首見於北周甄鸞《孝道論》引。

二、其他散傳

道教人物傳以外的南北朝散傳，除以上所言徐崇《補南北史藝文志》補録的《昭明太子傳》《裴潛傳》《李士謙傳》三部散傳及前文已介紹者如《江淹自序傳》等之外，檢諸書稱引，南北朝散傳尚有《任府君傳》《陶淵明傳》等。

《昭明太子傳》，《隋書·經籍志》等史志書目無著録，徐崇《補南北史藝文志》卷一補南史雜傳類補録，簡文帝蕭綱撰，《梁書》《南史》之《簡文帝紀》均言蕭綱作此傳。

《裴潛傳》，《隋書·經籍志》等史志書目無著録，徐崇《補南北史藝文志》卷二補北史雜傳類補録，裴俠撰，《北史》《周書》之《裴俠傳》言裴俠曾作此傳。

《李士謙傳》，《隋書·經籍志》等史志書目無著録，徐崇《補南北史藝文志》卷二補北史雜傳類補録。崔廓撰，《北史》《隋書》之《崔廓傳》言崔廓曾作此傳。

以上三部爲徐崇所補録，今俱已不存。徐崇《補南北史藝文志》失採的南北朝散傳有：

《太常敬子任府君傳》，王僧孺撰，《隋書·經籍志》等史志書目無著録，張溥《漢魏六朝百三家集》卷九二《王僧孺集》、梅鼎祚《梁文紀》卷一一、嚴可均《全梁文》卷五二採録。王僧孺，《梁書》卷三三、《南史》卷五九有傳，《梁書·王僧孺傳》云："王僧孺，字僧孺，東海郯人。魏衛將軍肅八代孫，曾祖雅，晉左光禄大夫、儀同三司。祖準，宋司徒左長史。"《任府君傳》今主要見於《藝文類聚》等徵引。

《陶淵明傳》，昭明太子蕭統撰，蕭統輯《陶淵明集》作此傳，嚴可均據宋本《陶淵明集》採得此傳，録於《全梁文》卷二〇中，今逯欽立所校注《陶淵明集》無此傳。

《訶梨跋摩傳》，釋玄暢撰。《出三藏記集》卷一一録，題《訶梨跋摩傳》，並云："余尋訶梨跋摩述論明經，樞機義奥，後進所馳，荆州暢公制傳。頗徵事蹟，故復兼録附之序末。雖於類爲乖，而顯證是同焉。"梅鼎祚《釋文紀》卷一九、嚴可均《全齊文》卷二六輯録此文。釋玄暢，贊寧《宋高僧傳》卷一七有傳，其云："釋玄暢，字申之，俗姓陳氏，宣城人也。"

又有江淹《宋建平王太妃周氏行狀》者，《江文通集》卷一〇《行狀》載録，《藝文類聚》卷一五《后妃部·后妃》、《淵鑑類函》卷五八《后妃部二·嬪妃三》各引一條，作梁江淹《宋建平下建太妃周氏行狀》。《漢魏六朝百三家集》卷八五《江淹集》、嚴可均《全梁文》卷三九江淹文據而録之。此《行狀》文麗而多奉諛。江淹又有《袁友人傳》一文，《江淹集》載，亦見録於張溥《漢魏六朝百三家集》卷八五《江淹集》、梅鼎祚《南齊文紀》卷九、嚴可均《全梁文》卷三九。

以上諸傳今尚存佚文者，蕭統的《陶淵明傳》較有特色，蕭統抓住陶淵明的隱逸人格，描繪其個性化的生活畫面，刻畫出陶淵明的生動形象。如下面一節：

> 先是，顔延之爲劉抑後軍功曹，在潯陽與淵明情欵，後爲始安郡，經過潯陽，日造淵明飲焉，每往必酣飲致醉，弘欲邀延之，坐（一作赴坐）彌日不得延之，臨去留二萬錢與淵明，淵

明悉遣送酒家，稍就取酒。嘗九月九日，出宅邊菊叢中坐久之，滿手把菊，忽值弘送酒至，即便就酌，醉而歸。淵明不解音律，而蓄無絃琴（一作無絃素琴）一張，每酒適，輒撫弄以寄其意。貴賤造之者，有酒輒設。淵明若先醉，便語客："我醉欲眠，卿可去。"其真率如此。郡將常候之，值其釀熟，取頭上葛巾漉酒，漉畢，還復著之……①

①《昭明太子集》卷四《傳》類載，據以輯録。

下編　漢魏六朝雜傳品格檢視

第一章　漢魏六朝雜傳的人文觀照

自劉向作《列女》《列士》諸傳以來的漢魏六朝時期，是中國歷史上極爲特殊的一段歷史，除東漢前期（桓帝以前）和西晉兩個相對較爲安定的時期以外，整個華夏大地長期處於動盪與南北分裂狀態，且戰争不斷、政權更迭頻繁。雖然這一段歷史政治黑暗、民生蕭條，到處彌漫著刀光劍影、傾軋殺戮、窮困疾病，然而，就是在這樣的一個時代裏，思想文化活動卻並未因此而低靡不振，反而異常活躍，雜傳創作就是一例。

第一節　時代環境：漢魏六朝雜傳興盛的人文生態

從本書中編對漢魏六朝時期雜傳的具體考察可知，漢魏六朝時期的雜傳創作無疑是相當興盛的，這一興盛局面的形成，不僅是先秦以來雜傳由孕育、萌生而走向成熟的自然結果，即與先秦以來諸如《穆天子傳》《晏子春秋》《燕丹子》等在各方面的經驗積累相關，與劉向所作《列女》諸傳的示範作用以及劉向以來雜傳的創作實踐相關，同時，也還與漢魏六朝時期的時代環境密切相關。如果説雜傳自身的運動是原動力的話，那麽，時代環境則爲之提供了適宜的人文氛圍。

一、數量、存佚和再分類：漢魏六朝雜傳的文本生態

《隋書·經籍志》史部雜傳類中共著録有雜傳“二百一十七部，一千二百八十六卷，通計亡書，合二百一十九部，一千五百三卷”。《隋書·經籍志》雜傳類所著録，基本上都是漢魏六朝時期的作品。這已是相當大的一個數字。但清人姚振宗在其《隋書經籍志考證》一書中統計，漢隋之際的雜傳共有四百七十種，這比《隋書·經籍志》著録的多出一倍多。其實，姚氏的統計還有遺漏，實際上，漢魏六朝時期出現的雜傳遠不止這些。

劉向以來的兩漢時期和整個魏晉南北朝時期，雜傳創作異常興盛和繁榮。經過本書中編的分析，竊以爲是可以得出這樣的結論的。同時，很多學者也都注意到了這一點，《隋書·經籍志》雜傳類序在説明爲何要立雜傳一門時，其理由之一就是“相繼而作者甚衆”。劉勰也説：“及魏代三雄，記傳互出……至於晉代之書，繁乎著作……”①描繪了魏晉南北朝時期雜傳創作的繁榮局面，章學誠也説：“魏、晉以來，著作紛紛，前無師承，後無從學。且其爲文也，體既濫漫，絶無古人筆削謹嚴之義，旨復淺近。亦無古人隱微難喻之故，自可隨其詣力，孤行於世耳……”②章學誠的這段話是針對各種歷史著述中的引注之書而

① 劉勰撰，范文瀾注《文心雕龍》卷四《史傳》第十六，人民文學出版社1998年，第285頁。

② 章學誠撰，葉瑛校注《文史通義校注》卷三《史注》，中華書局1985年，第237頁。

發的，我們知道，唐前的很多史著，都有補注、疏解，在這些補注、疏解中，有大量的雜傳，所謂的“著作紛紛”，當然也包括雜傳創作。

由於種種原因，除少數較爲完整地保存至今外，漢魏六朝雜傳的絶大多數都已散佚了，今天，我們只能從一些類書和古注中看到它們。在這些類書或古注中，有相當一批雜傳還被保存得十分完整，其基本面貌大致可見。

另外，除少數外，漢魏六朝雜傳還多佚作者姓名，其中原因之一，是漢魏六朝雜傳多爲“方聞之士”①或“幽人處士”②所作，這些人或不願留下姓名，或其姓名在流傳中湮失。不過從現存那些留有作者姓名的雜傳看，漢魏六朝雜傳的作者和傳主多爲同時代或相距不遠的稍後時代之人。

對漢魏六朝雜傳的清理作出重大貢獻的是清代的章宗源和姚振宗，章宗源著《隋書經籍志考證》一書，對《隋書·經籍志》史部雜傳類著録的雜傳作了考索，特别是有關歷代著録和佚文見存情況，可以説，章氏於此功莫大焉。其後又有姚振宗著《隋書經籍志考證》一書，書中雜傳部分，在章宗源考訂的基礎上，又取得了新的進展。章、姚二人的研究成果，爲我們今天的研究工作提供了許多方便。

前文提到，從文本存在形式來看，漢魏六朝雜傳大致可分

---

①《宋三朝藝文志》史部雜傳序，見馬端臨《文獻通考·經籍考》雜史各門總雜傳類序引，華東師範大學出版社 1985 年，第 537 頁。

② 焦竑《國史經籍志》卷三傳記類序，《續修四庫全書》第 916 册，上海古籍出版社 2002 年，第 346 頁下。

爲兩類，一爲單篇形式的散傳，如《王廙別傳》《王威別傳》《山濤別傳》《諸葛恪別傳》《邴原別傳》《趙至自敘》等等。一爲叢集形式的類傳，如《益部耆舊傳》《高士傳》《海内先賢傳》《會稽先賢傳》《名士傳》等等。由於本書要探尋漢魏六朝雜傳的小説品格及其與唐人傳奇的關係，爲了研究的方便，所以，從文體學的角度，根據漢魏六朝雜傳的文體特徵，特别是其中所具有的小説性内蘊和史傳性内蘊的多少或强弱，我們把漢魏六朝雜傳又分爲小説性雜傳、亞小説性雜傳和史傳性雜傳。

小説性雜傳是指具有相當程度的小説性内蘊，基本具備小説品格的雜傳。小説品格可以從人物傳寫、敘事建構和風格取向等體制方面的特徵去考察，那些具有個性化的人物傳寫，具有故事性、情節性的敘事建構，具有藻飾化、諧謔化的風格取向的雜傳，就是小説性雜傳，如《趙飛燕外傳》《漢武内傳》《東方朔傳》《曹瞞傳》《吴質别傳》《王彬别傳》、諸《孝子傳》等等。

史傳性雜傳是指基本不具備小説品格，具有較强的史傳性質，其體制在總體上接近正史列傳的雜傳。此類雜傳如嵇喜爲《嵇康傳》、江淹《袁友人傳》等以及一些類傳中的部分作品。如果説這樣的定義不够直觀的話，我們不妨來讀一讀《嵇康傳》:

> 家世儒學，少有儁才，曠邁不群，高亮任性，不脩名譽，寬簡有大量。學不師授，博洽多聞。長而好老、莊之業，恬静無欲。性好服食，嘗採御上藥。善屬文，論彈琴詠詩，自足於懷抱之中，以爲神仙者。稟之自然，非積學所致，至於導養得理，以盡

> 性命，若安期生、彭祖之倫，可以善求而得也。著《養生篇》。知自厚者，所以喪其所生，其求益者必失其性，超然獨達，遂放世事，縱意於塵埃之表。撰録上古以來聖賢、隱逸、遁心、遺名者，集爲傳贊，自混沌至於管寧，凡百一十有九人，蓋求之於宇宙之内，而發之乎千載之外者矣。故世人莫得而名焉。①

毫無疑問，從整體而言，《嵇康傳》的史傳性是明顯和突出的，其文基本没有著意於嵇康的性格塑造，僅作賬簿式的羅列而已。整篇傳文也都以概述的方式建構敘事，其行文完全是塵埃落定之後冷静的述評。既没有細節描寫，亦不見戲劇性的場景設置，風格沉穩莊重，整個體制與正統史傳文是十分接近的。

亞小説性雜傳是指介於小説性雜傳和史傳性雜傳之間，具有一定的小説性内藴但卻不甚明顯的雜傳，如《曹操别傳》、陳壽《益部耆舊傳》、傅暢《晉諸公贊》中的部分傳贊等。

漢魏六朝雜傳的這三種類型，正如李劍國先生所言，“反映著史傳在虚化和文學化過程——或者説在向小説靠近和轉化的過程——中所出現的三種狀態”②，在這三種類型中，小説性雜傳和亞小説性雜傳是大多數，居於主流地位。特别是小説性和亞小説性的雜傳，如《趙飛燕外傳》《漢武内傳》《曹瞞傳》《神女

① 《三國志》卷二一《王粲傳》“時又有譙郡嵇康文辭壯麗好言老莊而尚奇任俠至景元中坐事誅”裴注引一條，作“喜爲康傳”；《文選》卷五三《論中·養生論》李注引一條，作“嵇喜爲康傳”，從《三國志》卷二一裴注引。

② 李劍國《〈神女傳〉、〈杜蘭香傳〉、〈曹著傳〉考論》，《明清小説研究》1998年第4期。

傳》《杜蘭香傳》等等，尤爲“傳奇之首”。正是它們在各方面的實踐，爲唐人傳奇的興起提供了不可或缺的經驗，唐人傳奇正是在此基礎上孕育並發展起來，我們關注和討論的重點，也主要是這兩類雜傳。故本編所云漢魏六朝雜傳，若無特别説明，即主要指此兩類。

二、時代環境：漢魏六朝雜傳興盛的人文生態

漢魏六朝時期雜傳創作繁榮局面的形成，首先是先秦以來雜傳由孕育、萌生而走向成熟的自然結果，同時，這一繁榮局面的形成，還與漢魏六朝時期的時代環境密切相關，概括起來，有如下三個方面：個性意識的覺醒與對個人價值的關注，人物品評之風氣，撰史之風與正史之不足。

（一）個性意識的覺醒與對個人價值的關注是造成漢魏六朝雜傳創作繁榮局面的人文因素之一。

漢武帝時期，定儒術於一尊，在思想文化領域確立起了正統與權威。在這個大一統政權的穩定時代，儒學被抬高甚至神話，成爲意識形態領域籠罩一切的權力話語，居於獨尊，人們的思想，正如葛兆光所言，“所有的知識、思想和信仰都無以逃遁‘一’的籠罩”，而與之保持一致。即在行爲上親近政權，在思想上認同儒學教義，並視之爲真理。“而對這一真理的認同，恰恰就意味著對話語權力的臣服，而且是心悦誠服地臣服”①，人

① 葛兆光《中國思想史》第二卷《導言》，復旦大學出版社 2000 年，第 13 頁、第 14 頁。

們没有，也無法産生自己的個性思想。完完全全按照儒學所訂立的標準行事處事、立世做人。班固有一段奏記描繪了一群臣服於儒學思想下的人：

竊見故司空掾桓梁，宿儒盛名，冠德州里，七十從心，行不逾矩，蓋清廟之光暉，當世之俊彦也。京兆祭酒晉馮，結髮修身，白首無爲，好古樂道，玄默自守，古人之美行，時俗所莫及。扶風掾李育，經明行著，教授百人，客居杜陵，茅室土階……廉清修潔，行能純備，雖前世名儒，國家所器，韋、平、孔、翟，無以加焉……①

這就是儒學一尊下的人，可以説他們是一群由儒學之繩牽引着的木偶，是儒學的具象化，毫無個性和自我意識可言。

但是，隨著東漢中後期宦官、外戚的交替專權，大一統政權的逐漸崩散，儒學在思想文化領域的正統與權威地位也隨之動摇，在思想上"一"的籠罩和束縛被疏解和剥離，曾被儒學壓抑了的諸子思想，又重新活躍起來，人們的思想、行爲也開始離經叛道了，如崔寔在《政論》中的一些主張，就與經術不符。而仲長統的《昌言》，不僅有老、莊自然觀，還有名、法思想。儒家思想一統局面破碎，諸子思想復蘇，人們的思想又變得開闊了，對於此種情況，曹丕曾有描述：

① 范曄撰，李賢注《後漢書》卷四〇《班固傳》，中華書局 1965 年，第 1331—1332 頁。

> 桓、靈之際，閹寺專命於上，布衣橫議於下，干禄者殫貨以奉貴，要命者傾身以事勢，位成乎私門，名定乎橫巷。由是户異議，人殊論，論無常檢，事無定價，長愛惡，興朋黨。①

與儒家價值觀念的疏離，加之思想境界的開闊，漢末以來，人們的個性意識開始覺醒。當時的著名人物如曹操、曹丕、曹植父子，孔融、禰衡、劉楨等都任意流露自己的感情、表現自己的個性，展示真實的自我。

與個性意識相伴而來的是對個人價值的關注。人們普遍尋求個人價值的實現，最突出的表現就是對"不朽"的追求。楊修就説："若乃不忘經國之大美（業），流千載之英聲，銘功景鍾，書名竹帛，斯自雅量，素所蓄也，豈與文章相妨害哉！"② 曹丕更是直接説："生有七尺之形，死唯一棺之土，唯立德揚名，可以不朽，其次莫如著篇籍……"③

西漢末以來的這一變化，羅宗强先生有一個精闢的總結，他説："經學一統的僵化的局面是打破了，統一的思想規範失去了權威，士人從聖人崇拜轉向名士崇拜，轉向自我體認。人性和人生，受到了極大的重視。可以説，定儒學於一尊時士人的那個理性的心靈世界，已經讓位於一個以自我爲中心的感情的

① 曹丕《典論》，見嚴可均《全三國文》卷八，中華書局 1995 年，第 1094 頁。

② 楊修《答臨淄侯箋》，見嚴可均《全後漢文》卷五一，中華書局 1995 年，第 758 頁。

③ 曹丕《與王朗書》，見嚴可均《全三國文》卷七，中華書局 1995 年，第 1090 頁。

世界了。”[①] 正是由於人們對“名士的崇拜”，對自我的體認，記録那些有卓行異質的所謂高士逸士、先賢耆舊、列士列女乃至身懷異術的方術之士或潛心於佛道的僧尼道士行跡逸事的雜傳就大量地湧現出來了。雜傳成爲這個時代人們表達理想追求、展示個性精神的一種特殊載體。

（二）人物品評風氣的流行是形成漢魏六朝雜傳創作繁榮局面的另一人文因素。

人物品評的風氣，可以追溯到清議，衆所周知，兩漢選官是實行的薦舉制度，清議的由來，與此相關，顧炎武曾對此作過分析，他説：

> 兩漢以來，猶循此制。鄉舉里選，必先考其生平，一玷清議，終身不齒。君子有懷刑之懼，小人存恥格之風。教存於下而上不嚴，論定於鄉而民不犯。降及魏、晉，而九品中正之設，雖多失實，遺意未亡。凡被糾彈付清議者，即廢棄終身，同之禁錮。至宋武帝篡位，乃詔：“有犯鄉論清議，贓汙淫盜，一皆蕩滌洗除，與之更始。”自後凡遇非常之恩，赦文並有此語。[②]

可見，清議本是鄉里對士人的品評，常用作選舉人才的參

---

① 羅宗强《玄學與魏晉士人心態》第一章《玄學産生前夕的士人心態》第三節《任情放縱——士人生活情趣、生活風貌的變化》，浙江人民出版社 1991 年，第 51 頁。

② 顧炎武撰，黄汝成集釋，欒保群、吕宗力校點《日知録集釋》卷一三“清議”條，上海古籍出版社 2010 年，第 764 頁。

考。而到了東漢後期，黨人則把清議作爲與宦官、外戚集團作鬥争的手段，利用清議之名評論時事，但隨著士人對朝廷、皇權的失望和與政權的疏離，評論的内容發生了變化，由政治關懷而轉向對當世名士的品題。《後漢書·黨錮列傳序》説：

> 自是正直廢放，邪枉熾結，海内希風之流，遂共相標榜，指天下名士，爲之稱號。上曰“三君”，次曰“八俊”，次曰“八顧”，次曰“八及”，次曰“八厨”，猶古之“八元”、“八凱”也。竇武、劉淑、陳蕃爲“三君”。君者，言一世之所宗也。李膺、荀翌、杜密、王暢、劉祐、魏朗、趙典、朱宇爲“八俊”。俊者，言人之英也。郭林宗、宗慈、巴肅、夏馥、范滂、尹勳、蔡衍、羊陟爲“八顧”。顧者，言能以德行引人者也。張儉、岑晊、劉表、陳翔、孔昱、苑康、檀敷、翟超爲“八及”。及者，言其能導人追宗者也。度尚、張邈、王考、劉儒、胡母班、秦周、蕃嚮、王章爲“八厨”。厨者，言能以財救人者也。

此風一開，人物品題遂成燎原之勢，以致有“月旦評”之説，據《後漢書·許劭傳》載：“初，劭與靖俱有高名，好共覈論鄉黨人物，每月輒更其品題，故汝南俗有‘月旦評’焉。”

及三國時期，曹操建立九品中正的選官制度，《三國志·陳群傳》云：“及即王位，封群昌武亭侯，徙爲尚書。制九品官人之法，群所建也。”① 其制於州置大中正，郡置小中正，平騭人

① 陳壽撰，裴松之注《三國志》卷二二《魏書·陳群傳》，中華書局 2000 年，第 635 頁。

物，分爲九品，朝廷據此選用。此制一定，兩晉南北朝相沿不廢。這種選官制度，亦重視對人物的品題。於是品評人物之風自漢末以來，綿延不絶，持續於整個魏晉南北朝時期。而在此風之下，要想獲得清議之盛名，就須有獨特之舉，於是士人不同尋常的奇行逸事就多起來了，並藉此而致高名，如趙壹、郭林宗等。這些人的經歷不論是對士人還是普通民衆，都是有吸引力的，於是，傳録這些人逸聞逸事、奇行卓跡的雜傳就興盛起來了，如《郭林宗别傳》《孟宗别傳》等等，恐怕都與此有關。同時，爲人作傳，本身也成爲品評人物的方式之一。

（三）撰史之風的盛熾和這一時期所修正史多有不足是促成漢魏六朝雜傳創作興盛局面的重要人文背景。

中國有著深厚的史官文化傳統，先秦以來，撰史之風盛熾，特别是自司馬遷撰成《史記》，班固又作《漢書》之後，造成了巨大的社會影響，他們所取得的成就有目共睹，爲撰述歷史樹立了榜樣，更爲著史事業赢得了崇高地位，這就極大地激發了士人撰史的興趣和熱情。東漢後期以來及其魏晉南北朝時期，雖然社會動盪不安、百業凋敝，然而撰史之風卻特别盛熾，梁啟超就説："兩晉六朝，百學蕪穢，而治史者獨盛。"①這是與《史記》和《漢書》的影響分不開的。這一時期相繼出現了一大批史著，據《隋書·經籍志》記載，史部書存亡合計達八百六十七種，一萬六千五百五十八卷。有時，敘寫一代的史

① 梁啟超《中國歷史研究法》第二章《過去中國之史界》，見劉夢溪主編《中國現代學術經典·梁啟超卷》，河北教育出版社 1996 年，第 236 頁。

書就有數十家，如這一時期編寫的後漢史就有十二家，三國史二十餘家，十六國史三十家，南北朝史十九家，晉史二十三家。單就晉史而言，今天還有佚文保存下來的就有九家，如臧榮緒、王隱的《晉書》，何法盛的《晉中興書》、孫盛的《晉陽秋》等等。在這些史著中，其中被後世奉爲正史的就有陳壽的《三國志》、范曄的《後漢書》、沈約的《宋書》、蕭子顯的《齊書》、魏收的《魏書》等數家。

這些大型史書，特别是被稱爲正史的著作如《三國志》《宋書》等，雖有機會利用官方史料，能掌握的史料較全面，但由於受官方對史傳寫作的嚴格控制，導致撰史者獨立意志的喪失，往往受官方觀念的束縛，記事論人常以統治階級的是非爲是非，很難做到客觀公正，有時不得不隱惡溢美，甚至故意諱言，這就使得這些史書留下許多遺憾，而有許多不能盡如人意的地方。比如《三國志》，就多方回護，清代的趙翼指出：

> 然其體例則已開後世國史記載之法。蓋壽修書在晉時，故於魏、晉革易之處，不得不多所迴護。而魏之承漢，與晉之承魏，一也，既欲爲晉迴護，不得不先爲魏迴護。如《魏紀》書天子以公領冀州牧，爲丞相，爲魏公，爲魏王之類，一似皆出於漢帝之酬庸讓德，而非曹氏之攘之者。此例一定，則齊王芳之進司馬懿爲丞相，高貴鄉公之加司馬師黄鉞，加司馬昭衮冕赤舄，八命九錫，封晉公，位相國，陳留王之封昭爲晉王，冕十二旒，建天子旌旗，以及禪位於司馬炎等事，自可一

例敘述,不煩另改書法,此陳壽創例之本意也。[①]

然後又在“《三國志》多回護”一條裏列舉了多個例證加以補充，並言及其造成的不良影響:“以後宋、齊、梁、陳諸書，悉奉爲成式。”正因爲這種回護，造成《三國志》多有不實，褒貶不當。如高貴鄉公之死的記載（見《三國志·魏書·三少帝紀》）就不是歷史的真實，唐修《晉書》時，就不從其所記，而依據《漢晉春秋》。又如對司馬氏集團和曹爽集團的態度，就明顯站在司馬氏集團一邊，對其集團中人多加褒揚，如對孫資、劉放等人的評價就明顯過譽，而對曹爽集團人物則多加貶抑。

另外，這些正史記事常概括簡約，由於資鑒目的，正史所録人物和所用資材都是經過嚴格篩選的，而且其所選用畢竟有限，有許多當時值得一寫的人物没有被寫進正史中，即使被寫進正史的人物，由於篇幅的限制，也還有許多行事未被記録。而許多民間史料更是無法收集利用，也使得它們在史料方面仍有開拓的餘地。

在撰史之風下，有見於正史的這種種不足，那些不能參與撰寫正史或對正史有這樣那樣不滿，而對撰史又有著濃厚興趣的“方聞之士”和“幽人處士”們，就寫起野史雜傳來，正如焦竑所言:“自秦漢罷黜封建，獨天子之史存，然或屈而阿世，與貪而曲筆，虚美隱惡，失其常守者有之，於是巗處奇士，偏

① 趙翼撰，王樹民校證《廿二史劄記校證》(訂補本）卷六“《三國志》書法”條，中華書局2005年，第121頁。

部短記，隨時有作，冀以信己志而矯史官之失者多矣……”① “至於流風遺跡，故老所傳，史不及書，則傳記興焉。”② 他們傳録的，多是“史筆之所不及者”③，其目的就在於補正史之缺和其他種種不足。

第二節　趣尚與價值：漢魏六朝雜傳的人文特性

細讀漢魏六朝的雜傳，可以發現，這些雜傳並不僅僅著眼於對傳主生平行事的記載，其間，還有較爲豐富的意藴，它往往投射出作者自我的影子，寄寓着作者自我的人格與人生理想，表達着作者自我對生命的體認，或者暗藏着其他種種目的。漢魏六朝雜傳有着獨特的品格，它所藴藏的知識資源是豐富的，因而價值也是多方面的④。

一、趣尚：漢魏六朝雜傳的人文品味

作爲史之一類的雜傳，它首先是史，是“出於正史之外”

① 焦竑《國史經籍志》卷三雜史類序，《續修四庫全書》第 916 册，上海古籍出版社 2002 年，第 336 頁上。

② 焦竑《國史經籍志》卷三雜傳類序，《續修四庫全書》第 916 册，上海古籍出版社 2002 年，第 346 頁下。

③《宋三朝藝文志》傳記類序，見《文獻通考・經籍考》雜史各門總雜傳類序引，華東師範大學出版社 1985 年，第 537 頁。

④ 漢魏六朝雜傳的人文特性，拙文《漢魏六朝雜傳興盛的人文觀照及其品格檢視》（載《遼寧大學學報》2009 年第 3 期）有略論，可參看。

的"野史之流"[①],作者們創作時的歷史目的是主要和重要的,特別是其中的史傳性雜傳更是如此。但雜傳又是"史官之末事",是幽人處士的"率爾而作"[②],故除歷史目的之外,雜傳又有其獨特的趣尚，概而言之，主要有以下五個方面：

（一）投射自我

在漢魏六朝雜傳中，有大量的人物别傳和隱逸、高士傳，如《曹瞞傳》《嵇康别傳》、嵇康《高士傳》、皇甫謐《高士傳》等。這些人物傳記，爲傳主立傳，只是作者的目的之一，在這一目的之外，借傳述歷史人物來投射自我，是它們的另一重要目的。

雜傳之作，多有表達一己之見的目的。如前所述，正史中的人物傳，由於受到官方的控制，作者對史事的去取、對人物的評價，都無法充分地表達作者自己的觀點和態度。如《三國志》的《武帝本紀》對曹操的傳寫，當然就多回避與隱諱，而《曹瞞傳》則自由地表達了作者對曹操的看法與態度。又如嵇紹《趙至敍》，嵇紹作《趙至敍》，不僅在於敍趙至生平事蹟，還有另一個目的，那就是借此爲其父辯説。《世説新語·雅量》第2條敍嵇康臨刑言"《廣陵散》於今絶矣"之事，劉孝標引注多部史著言其被殺之因，余嘉錫引《文選集注》八十五《趙景真與嵇茂齊書》注引干寶《晉紀》與《嵇紹集》中嵇紹所言不符，即嵇紹以爲此書爲趙景真與其父書，而干寶以爲此書是吕安與

① 馬端臨《文獻通考·經籍考》雜史各門總雜傳類序按語，華東師範大學出版社1985年，第538頁。

② 魏徵等《隋書·經籍志》史部雜傳類序，中華書局1973年，第982頁。

其父書。余嘉錫在此辨析，言及嵇紹作《趙至敘》的目的，嵇紹自敘其作《趙至敘》是因爲“此書趙景真與從兄嵇茂齊書，時人誤以爲吕仲悌與先君書，故具列其本末”。余嘉錫的分析則道出了嵇紹的真實企圖：“尋其至實，則干寶説吕安書爲實，何者？嵇康爲吕安事相連，吕安不爲此書言太壯，何爲至死？當死之時，人即稱爲此書而死，嵇紹始成人，惡其父與吕安爲當，故作此説以拒之……”[①] 余嘉錫所言是有道理的。可見嵇紹《趙至敘》表達一己之見的目的是清楚的。漢魏六朝雜傳，或鮮明或隱晦，都如《曹瞞傳》《趙至敘》一樣，有表達一己之見的目的。

雜傳之作，也常寄託作者的生命理念與人生理想、志趣和情懷，這突出地體現在那些隱逸、高士傳中。這一點從本書前面對嵇康《聖賢高士傳贊》和皇甫謐諸傳如《高士傳》《逸士傳》《列女傳》的分析是不難理解的，嵇康的《聖賢高士傳贊》，滲透着他對生命理念與人生意義的態度，與他自己“越名教而任自然”，“非湯武而薄周孔”的思想相呼應。其《聖賢高士傳贊》借傳寫他心中的歷代“聖賢高士”，以抒己懷，寄託着自己的人生趣尚。正如徐公持針對其《井丹傳贊》所言：“井丹‘不慕榮貴’，‘不交非類’的高潔品格，顯然被嵇康引爲同志而予讚美。”[②] 皇甫謐的雜傳也與嵇康的雜傳有着相似的特點，也無處不躍動着皇甫謐自己的生命理念與人生感受。其他如《名士傳》

① 劉義慶撰，劉孝標注，余嘉錫箋疏，周祖謨等整理《世説新語箋疏》中卷上《雅量第六》第 2 條箋疏，上海古籍出版社 1996 年，第 345—346 頁。

② 徐公持《魏晉文學史》第九章《嵇康》，人民文學出版社 1999 年，第 211 頁。

《文士傳》等類傳以及如《管寧別傳》《鄭玄别傳》等很多散傳，在字裏行間也都强烈地表現出作者的理想、志趣和情懷。而劉知幾認爲："别傳者，不出胸臆，非由機杼，徒以博採前史，聚而成書。其有足以新言加之别説者，蓋不過十一而已。"① 則爲失察之言。

投射自我，是雜傳區别於正統史傳的一個重要特徵，這一特徵的形成，與雜傳多爲一己之作，不受官方影響有很大關係。雜傳創作，基本可以説是一種較爲個人性的創作，也正因爲如此，才有了雜傳與史傳傳統的疏離而與小説接近。

（二）搜奇記逸

在漢魏六朝雜傳中，往往多載傳聞虚誕之事，如前所言諸《孝子傳》，各種僧道、術士傳就是最突出的例子，在這些雜傳中，傳聞虚誕之事比比皆是。於此之外的其他雜傳中，傳聞虚誕之事也很多，這些本書在前面的分析中多有提及，如《鍾離意别傳》中修孔子宅之事、《諸葛恪别傳》中恪死之日其家異兆之事、《陸機别傳》中陸機遇害前夜夢兆之事等等，而如《神女傳》等則徑直憑空虚造了。即使如劉向、皇甫謐這樣的學者、高士，也競爲虚誕，如劉向，劉知幾就批評其書云："及自造《洪範》、《五行》，及《新序》、《説苑》、《列女》、《神仙》諸傳，而皆廣陳虚事，多構僞辭。"② 皇甫謐《玄晏春秋》乃自傳，其中

① 劉知幾撰，浦起龍釋《史通通釋》卷一〇《雜述》第三十四，上海古籍出版社 1978 年，第 276 頁。

② 劉知幾撰，浦起龍釋《史通通釋》卷一八《雜説下》第九，上海古籍出版社 1978 年，第 516 頁。

也傳録虛誕，如其記曹爽被誅之事云："十二月乙丑夕，夢至京師，自廟出，見車騎甚衆，以物呈廟，云誅大將軍曹爽。寤以告梁柳，柳曰：'君欲曹人之夢乎？朝無公孫疆。'予曰：'爽無叔振之請，苟失天機，則離矣，何待於疆。'"①

漢魏六朝雜傳中這種多記傳聞、競爲虛誕的現象，表明其搜奇記逸的趣尚，這一點，劉勰、劉知幾都有清晰的認識，劉勰云："然俗皆愛奇，莫顧實理，傳聞而欲偉其事，録遠而欲詳其跡，於是棄同即異，穿鑿傍説，舊史所無，我書則傳……"②劉知幾亦云："而百家諸子，私存撰録，寸有所長，實廣聞見。其失之者，則有苟出異端，虛益新事……而嵇康《高士傳》，好聚七國寓言，玄晏《帝王紀》，多採《六經》圖讖……"又云："而後來穿鑿，喜出異同，不憑國史，别訊流俗。及其記事也，則有師曠將軒轅并世，公明與方朔同時；堯有八眉，夔唯一足；烏白馬角，救燕丹而勉禍；犬吠雞鳴，逐劉安以高蹈。"③《隋書·經籍志》即云："相繼而作者甚衆，名目轉廣，而又雜以虛誕怪妄之説。"《宋三朝藝文志》云："事多異聞，言或過實"，《宋兩朝藝文志》云："根據膚淺，好尚偏駁。"④漢魏六朝雜傳的

①《太平御覽》卷四〇〇《人事部四十一·凶夢》、《天中記》卷二三《夢》"曹人之夢"各引一條，作《玄晏春秋》，從《太平御覽》卷四〇〇引。

② 劉勰撰，范文瀾注《文心雕龍注》卷四《史傳》第十六，人民文學出版社 1998 年，第 287 頁。

③ 劉知幾撰，浦起龍釋《史通通釋》卷五《採撰》第十五，上海古籍出版社 1978 年，第 115—116 頁、第 117—118 頁。

④《宋三朝藝文志》雜史類序、《宋兩朝藝文志》傳記類序，見馬端臨《文獻通考·經籍考》雜史各門總雜史類序、雜傳類序引，華東師範大學出版社 1985 年，第 537 頁。

這種搜奇記逸趣尚的進一步發展，則是憑空虛造了。憑空虛造，在劉向雜傳中就已存在，其後如嵇康、皇甫謐等人的雜傳創作，也有此現象存在，大家尚且如此，其他“幽人處士”和“方聞之士”就更是如此了。

漢魏六朝雜傳的搜奇記逸趣尚，使其逐漸遠離史傳，在傳聞虛誕、憑空虛造之事的傳寫中走向了小説。

（三）道德勸誡

在漢魏六朝雜傳中，如諸《孝子傳》《良吏傳》《忠臣傳》《列女傳》等都具有明顯的道德勸誡目的，雜傳，雖不像正史那樣承擔“記功司過，彰善癉惡”的道德責任，但中國傳統的爲文之道中“文以載道”的觀念，成爲人們爲文的無意識的自覺。同時，漢魏六朝，社會動盪，道德淪喪，寡廉鮮恥者大有人在，朝秦暮楚者比比皆是，與世浮沉，遊戲人生成爲社會的惡源。在這種情況下，社會道德的恢復與重建成爲普遍關注的焦點，雜傳中的道德勸誡主題也與此密切相關。在雜傳一門中，孝友、忠烈、列女三門的勸孝、勸忠、勸貞是不言自明的，而如梁元帝的雜傳創作，其道德勸誡的目的性就更爲突出了，這從其雜傳之名和各序、贊中鮮明地反應出來，如《孝德傳·序》云：“夫天經地義，聖人不加，原始要終，莫踰孝道。”① 把孝提升爲天經地義與世間“莫逾”的最高之“道”的層面上，亦可見其爲傳的目的所在。在其他雜傳中，以孝顯、忠顯的人物傳，亦明顯出於勸孝、勸忠、勸貞的目的。所以，道德勸誡也是漢

①《藝文類聚》卷二〇《人部四·孝》引一條，作梁元帝《孝德傳》，據以輯録。

魏六朝雜傳的旨趣之一。

如《先賢行狀》所載王烈事，道德勸誡便是其主要旨趣，其云："烈通識達道，秉義不回。以潁川陳太丘爲師，二子爲友。時潁川荀慈明、賈偉節、李元禮、韓元長皆就陳君學，見烈器業過人，歎服所履，亦與相親，由是英名著於海内。道成德立，還歸舊廬，遂遭父喪，泣淚三年。遇歲饑饉，路有餓殍，烈乃分釜庾之儲，以救邑里之命。是以宗族稱孝，鄉黨歸仁。以典籍娱心，育人爲務。遂建學校，敦崇庠序。其誘人也，皆不因其性氣，誨之以道，使之從善遠惡。益者不自覺，而大化隆行，皆成寶器。門人出入，容止可觀，時在市井，行步有異，人皆別之。州閭成風，咸競爲善。"① 其後又以一典型事例來説明其德化人心。在漢魏六朝雜傳中，特別是那些耆舊、先賢傳中，這種以道德見稱的先賢、耆舊佔有很大一部分，這一現象，不能不説是由於漢魏六朝雜傳對道德勸誡目的主動追求所致。

（四）顯揚家統郡望

漢魏六朝出現了大量的家傳和"郡國之書"② 即地方人物傳，

---

①《三國志》卷一一《魏書·管寧傳附王烈傳》"王烈者字彦方……卒於海表"裴注，《北堂書鈔》卷一二二《武功部十·劍三十四》"失劍於路至暮守之"，《藝文類聚》卷八五《布帛部·布》，《白氏六帖事類集》卷八《德第二十七》"王烈誘人"，《太平御覽》卷三四三《兵部七十四·劍中》、卷四九九《撰人事部一百四十·盜竊》、卷八二〇《布帛部七·布》、卷八二九《資産部九·擔》、卷九〇〇《獸部十二·牛下》，《事類賦》卷一三《服用部·劍賦》"守路德彌臧"，《天中記》卷五〇《布》"盜牛遺布"各引一條，作《先賢行狀》，從《三國志》卷一一裴注引。

② 魏徵等《隋書·經籍志》雜傳類序，中華書局 1973 年。郡國之書主要指地方人物傳，如《益部耆舊傳》等。

這些家傳和郡國之書的出現，一方面與中國的傳統有關，中國人有追遠述先的傳統，屈原《離騷》即是以追述先祖開篇的："帝高陽之苗裔兮，朕皇考曰伯庸。"另一方面也與魏晉南北朝時期的門閥制度有關，《新唐書·柳沖傳》載柳芳《論氏族》云："魏氏立九品，置中正，尊世胄，卑寒士，權歸右姓已。其州大中正、主簿、郡中正、功曹，皆取著姓士族爲之，以定門胄，品藻人物，晉、宋因之，始尚姓已。"柳芳之論説明曹魏實行的九品中正制度中，門第對於被選起着相當大的作用。曹魏實行的這一制度，影響是深遠的，在此制度下逐漸形成的門閥制度，貫穿於整個魏晉南北朝，家傳及郡國之書正是這一制度的產物。另外，據程章燦言，家傳與地方人物傳的興盛，還跟"六朝世族追遠述先的宗親倫理感情有密切關係"①。不論原因何在，總之，漢魏六朝時期，出現了大量的家傳和地方人物傳，可以説，幾乎所有的世家大族都有家傳，不少的地方都有郡國之書。

漢魏六朝出現了大批家傳，著名的如《桓氏家傳》《王朗、王肅家傳》《太原王氏家傳》《琅琊王氏家傳》《庾氏家傳》《江氏家傳》《崔氏家傳》《邵氏家傳》《褚氏家傳》等等，這些家傳，有的是子孫所作，如《褚氏家傳》爲褚結所作，《殷氏家傳》爲殷敬所作；有的是請當時名人代作，如《韋氏家傳》就是皇甫謐代作，《介朱榮家傳》就是王劭所作。

地方人物傳如《兗州先賢傳》《徐州先賢傳贊》《交州先賢

① 程章燦《世族與六朝文學》第一章《世族宗親倫理對六朝文學題材的影響》之四《緬懷傳統：家傳家譜及其變形》，黑龍江教育出版社 1998 年，第 14 頁。

傳》《益部耆舊傳》《魯國先賢傳》《汝南先賢傳》《陳留耆舊傳》《襄陽耆舊記》《會稽先賢傳》等等。這些郡國之書的編撰者，多是這一地區的地方長官或縉紳名流，如《陳留耆舊傳》的作者袁湯就曾爲陳留太守；《交州人物志》的作者士燮曾爲交趾太守；《廣州先賢傳》的作者陸胤曾爲交州刺史；《東萊耆舊傳》的作者王基就是青州縉紳，青州刺史王濬特表請爲别駕；常璩《華陽國志·序志》還列舉了多位撰作地方人物傳的地方官吏和縉紳[①]。

撰作家傳和郡國之書的目的，多是爲了顯揚其輝煌的家族歷史和家族中的傑出人物，顯揚當地的地方文化傳統和誇耀當地的人傑地靈，並以此來教育子弟，肅正民風。謝靈運云："家傳以申世模。"[②] 陸機云："詠世德之駿烈，誦先人之清芬。"[③] 劉知幾説："汝穎奇士，江漢英靈，人物所生，載光郡國，故鄉人學者，編而記之。"又説："高門華胄，奕世載德，才子承家，思顯父母，由是紀其先烈，貽厥後來。"[④] 又説："夫郡國之記，譜牒之書，務欲矜其州里，誇其氏族。"又説："郡書者，矜其鄉賢，美其邦族。"[⑤] 這些家傳和地方人物傳，在顯揚家統郡望的同時，當然也是爲了給自己貼上顯眼的標簽。吕思勉先生又認爲，

---

① 常璩《華陽國志》卷一二《序志》，《龍谿精舍叢書》刊顧千里校本，中國書店 1991 年，第 656—658 頁。

② 沈約《宋書·謝靈運傳》引其《山居賦》，中華書局 1974 年，第 1770 頁。

③ 陸機《文賦》，見嚴可均《全晉文》卷九七，中華書局 1995 年，第 2013 頁。

④ 劉知幾撰，浦起龍釋《史通通釋》之卷五《採撰》第十五，上海古籍出版社 1978 年，第 274 頁。

⑤ 劉知幾撰，浦起龍釋《史通通釋》之卷一〇《雜述》第三十四，上海古籍出版社 1978 年，第 117 頁、第 275 頁。

這些郡國之書的出現，除了門閥制度下分辨士庶這一主要原因外，還與漢末以來的社會動盪，導致人口遷移、漢胡相雜有關，他説："東漢季世，九域分崩，如蜩如螗，如沸如羹，士流播遷，皆失其所。凡在一地方習爲人所尊敬者，易一地焉則人莫之知，乃不得不高標郡望，以自矜異。亦會其時，五胡雲擾，異族紛紛，入據中國，神明之裔，恥胤胄之淆雜，而欲明其所自出者，亦或有之。"① 吕思勉所言，其實也有以家傳和郡國之書爲標簽之意。

基於顯揚家統郡望的目的，家傳或郡國之書，往往對所傳寫的人物大加褒揚，極力稱頌他們的品行、道德和功業。我們不妨來看兩則郡書所記：

> 王業，字子春，爲荆州刺史，有德政。卒於支江，有三白虎，低頭曳尾，宿衛其側。及喪去，踰州境，忽然不見。民共立碑文，號曰支江白虎。②

又如：

> 杜真，字孟宗，廣漢綿竹人也。少有孝行，習《易》、《春

① 吕思勉《兩晉南北朝史》第十八章《晉南北朝社會等級》第一節《門閥之制上》，上海古籍出版社 1983 年，第 969 頁。

②《北堂書鈔》卷一〇二《藝文部八・碑三十五》"民共立碑"、《太平御覽》卷八九二《獸部四・虎下》、《事類賦》卷二〇《獸部・虎賦》"或送王業之喪"、《廣博物志》卷四六《鳥獸第一》各引一條，作《陳留耆舊傳》，從《太平御覽》卷八九二引。

秋》,誦百萬言,兄事同郡翟酺。酺後被繫獄,真上檄章救酺,繫獄,笞六百,竟免酺難,京師莫不壯之。①

可以説，家傳和郡國之書，幾乎都是一律地褒揚而無貶抑，所以，劉知幾疾其不實，但這也是可以理解的，今人張舜徽就説:“爲耆舊、先賢傳者，意在矜其州里；爲家傳者，意在誇其氏族。揚善隱惡，有褒無貶，所書不實，固事之常。”②

（五）崇道弘佛

佛教何時傳入中國，有諸種説法③，學術界一般認爲佛教傳入是在兩漢之際，即認爲《三國志》裴松之注引《魏略・西戎傳》所言西漢哀帝元壽元年（前2）大月氏使臣向西漢博士弟子口授《浮屠經》之事和《魏書・釋老志》及《四十二章經》所記漢明帝感夢求法之説較爲可信。

佛教初傳，始與黄老之學結合，其主要精神，也與黄老所謂“清虛無爲”相似，並主要在上層人士中流傳。在民間傳播開來是在漢末和三國前期的這段時間裏，《三國志・劉繇傳》載:

①《後漢書》卷四八《翟酺傳》“及杜真等上書訟之事得明釋卒於家”李注、《太平御覽》卷六四九《刑法部十五・笞》、《蜀中廣記》卷九一《著作記第一・經部・石本九經》“援神鉤命解誥十二篇”各引一條，作《益部耆舊傳》，從《後漢書》卷四八李注引。

② 張舜徽《史學三書平議》之《史通平議》卷三《採撰》第十五，中華書局1983年，第57頁。

③ 關於佛教何時傳入中國，有諸種説法，湯用彤《漢魏兩晉南北朝佛教史》（上）（任繼愈《中國佛教史》第一卷）都有詳細解説，方廣錩《佛教志》（《中華文化通志》本）在《佛教初傳》一節中列舉了八種説法，都可供參考。

“笮融者……謙使督廣陵、彭城運漕，遂放縱擅殺，坐斷三郡委輸以自入。乃大起浮屠祠，以銅爲人，黄金塗身，衣以錦采，垂銅槃九重，下爲重樓閣道，可容三千餘人，悉課讀佛經，令界内及旁郡人有好佛者聽受道，復其他役以招致之，由此遠近前後至者五千餘人户。每浴佛，多設酒飯，布席於路，經數十里，民人來觀及就食且萬人，費以巨億計。”①此後，佛教在北方以洛陽爲中心和在南方以建業爲中心傳播開來。

道教是中國土生的宗教，據胡孚琛等人所著《道教志》，道教是在將黄老之學、神仙家、陰陽家、術數家、方技家等雜糅融合的基礎上，演化爲祭祀黄帝、老子的黄老道，在東漢末年，逐漸形成的②。據傅勤家《中國道教史》，“道士”之名是在東漢時固定下來的，道士最初“以清潔爲標幟”③。

東漢末，道教初興，出現了兩個比較大的道教教派，其一爲青州、徐州等東方一帶張角宣揚的太平道，其二爲漢中張陵、張修等創立的五斗米道。太平道以傳習《太平清領書》(《太平經》）而得名，以符水療疾吸引信徒。五斗米道因張陵傳道，從受道者出五斗米而得名，其組織嚴密，張陵之孫張魯據此盤踞漢中，“雄據巴、漢垂三十年”④。這兩個道教教派隨着農民起義

① 陳壽撰，裴松之注《三國志》卷四九《吴書·劉繇傳》，中華書局2000年，第1185頁。

② 胡孚琛等《道教志》之《導言》,《中華文化通志》本，上海人民出版社1998年，第3—6頁。

③ 傅勤家《中國道教史》第六章《道教之形成》，商務印書館1998年，第54頁。

④ 陳壽撰，裴松之注《三國志》卷八《魏書·張魯傳》，中華書局2000年，第263頁。

的失敗而衰落。但道教並没有消亡，而仍在民間流傳，經過葛洪、寇謙之等人的努力，道教在經過清整改造後重新流行，並趨於成熟而逐漸爲上層統治者所接受。

佛教和道教在魏晉南北朝時期都很流行，其原因是很複雜和多方面的，比如社會的動盪、個人意識覺醒後人們普遍對生死等人生問題的關注、統治階級的崇信等等。隨着佛、道的流播，傳寫僧尼道士的雜傳也大量出現了，散傳如《法顯傳》《浮屠澄别傳》《裴君傳》《茅真君傳》《王君内傳》等，類傳如《法師傳》《高僧傳》《名僧傳》《比丘尼傳》等。

這些僧尼道士傳，一方面是佛教、道教爲了紀念其傑出人物，一方面也是通過爲他們立傳來宣揚佛教和道教。所以，在傳寫僧尼和道士生平行事之時，常將他們與佛教、道教中的佛主、菩薩、神仙及其世界聯繫起來，向人們展示佛、道的理想世界和神奇、美好境界，或乾脆將這些僧尼道士神異化，讓他們成佛、成仙，吸引人們對佛教、道教的關注，從而擴大佛教、道教的影響。

也正因爲如此，僧尼道士傳，往往多述神奇怪異、虚誕不經之事，充滿想象的絢爛異彩。

二、價值：漢魏六朝雜傳的知識遺存

漢魏六朝雜傳具有多方面的獨特價值，具體表現爲以下幾個方面：

（一）思想價值

對人的個性的張揚。漢魏六朝雜傳之傳寫人物，往往脱離歷史價值的評判，關注個體、關注個性，在傳寫時，抓住人物的典型性格，描繪出了一個個特殊的人、獨立的人，即使是帝王將相、先聖哲人，也多擺脱了歷史的功過評價，把他們作爲普通的個體來加以傳寫，如《曹瞞傳》中的曹操、《鄭玄别傳》中的鄭玄。同時，在爲人物立傳之時，作者的自我觀點常充溢其中，寄寓着作者自我的人生感喟，體現着作者自我對人性的深沉思考。與魏晉南北朝時期個體意識覺醒，普遍追求個性的時代氛圍相一致，且是其難得的文獻資料，但遺憾的是，很少有人注意並利用它。

對高潔人格的稱頌。在漢魏六朝雜傳之前，還從没有哪一種文獻樣式像漢魏六朝雜傳這樣如此廣泛地涉及社會的各階層，特别是社會的下層和另類，漢魏六朝雜傳中的人物，上至帝王將相，下至工匠藝人以及社會的特殊階層如僧侣道尼等，值得一提的是漢魏六朝雜傳對作爲社會另類的隱逸高尚之士的關注。在漢魏六朝雜傳中，有大量傳寫高尚隱逸之士的作品，如嵇康、皇甫謐的《高士傳》、袁淑的《真隱傳》、阮孝緒的《高隱傳》以及各種《耆舊傳》《先賢傳》等。這些作品記録了那些不與時同流、堅持自己人生追求和高潔人格的歷代人物。我們知道，漢末至魏晉南北朝時期，社會動盪，朝秦暮楚、隨時漂流、與世沉浮的奔競之士大有人在，雜傳對遁世歸隱、標榜無爲的高潔之士立傳，體現了對高潔人格的稱頌，也反映了社會對高潔人格的呼喚和追求。

對人倫道德的宣導。漢末至魏晉南北朝時期，社會長期處於動盪之中，人倫道德有淪喪的危機，漢魏六朝雜傳擔負起了充當社會良知的責任，不遺餘力地宣揚人倫道德，大量的《孝子傳》或《孝友傳》《列女傳》以及《耆舊傳》《先賢傳》中對孝子、貞女和道德之士的傳寫，就是最好的説明。如《先賢行狀》中所載王烈勸人向善之事，就是極好的例子。

（二）文獻價值

漢魏六朝雜傳具有不可忽視的文獻價值，從思想史的角度而言，如前所述，漢魏六朝雜傳的作者基本上與其所傳之人同時，而且，由於他們多是“方聞之士”①或“幽人處士”②所作，不受官方思想的束縛，較爲真實地反映了作者的思想，對探索當時社會一般思想和普遍精神有着特殊的意義。同時，對考察當時的社會風俗等方面的情況也是難得的可信資料。

從史料學的角度看，漢魏六朝雜傳提供了正史以外的許多資料，可以與其他史籍相互參證。即所謂“質正疑謬，補緝闕遺”③。焦竑在《國史經籍志》傳記類序中説：“至於流風遺跡，故老所傳，史不及書，則傳記興焉……然或具一時之所得，或發史官之所諱，旁摻互證，未必無一得焉，列之於篇以廣異聞。”④吴納

①《宋三朝藝文志》傳記類序，見馬端臨《文獻通考·經籍考》雜史各門總雜傳類序引，華東師範大學出版社1985年，第537頁。

②焦竑《國史經籍志》卷三傳記類序，《續修四庫全書》第916册，上海古籍出版社2002年，第346頁下。

③《宋三朝藝文志》雜史類序，見馬端臨《文獻通考·經籍考》雜史各門總雜史類序引，華東師範大學出版社1985年，第535頁。

④焦竑《國史經籍志》卷三雜傳類序，《續修四庫全書》第916册，上海古籍出版社2002年，第346頁下—347頁上。

《文章辨體序説・傳》也説，雜傳是“厥後世之學士大夫，或值忠孝才德之事，慮其湮没弗白，或事蹟雖微而卓然可爲法戒者，因立爲傳，以垂於世”。徐師曾在《文體明辨序説・傳》也説雜傳是因爲“嗣是山林里巷，或有隱德而弗彰，或有細人而可法，則皆爲之作傳以傳其事，寓其意……”[①]所以，雜傳所載，常是正史中没有的，爲我們今天的研究工作提供了許多有用的資料。

在漢魏六朝雜傳中，有大量的氏譜家傳，如《庾氏譜》《謝氏譜》《顧氏譜》《王朗家傳》《邵氏家傳》《崔氏家傳》等等。我們知道，魏晉南北朝，是家族勢力極盛的時期，這些氏譜家傳，保存了漢魏六朝世家大族的許多重要資料，爲我們研究漢魏六朝時期氏族狀況及其影響提供了方便，在中國家族史的研究中也佔有重要地位。

漢魏六朝雜傳中還有大量的僧尼道士傳，如《衆僧傳》《高僧傳》《比丘尼傳》《名僧傳》《道人善道開傳》《法師傳》等，這些雜傳，也是研究漢魏六朝時期佛道情況的重要資料。另外，漢魏六朝雜傳中的各種耆舊傳、先賢傳多是地方人物的合傳，如《益部耆舊傳》記四川地方人物，《楚國先賢傳》記湖南地方人物，這些雜傳，可以作爲地方史研究的參考。

（三）小説史意義

正史之外的漢魏六朝雜傳，由於與史的疏離狀態，較少受到撰史規範的制約，在創作上逐步形成了很多新的特點，如大

① 吴訥撰，于北山校點《文章辨體序説》；徐師曾撰，羅根澤校點《文體明辨序説》，人民文學出版社 1998 年，第 49 頁、第 153 頁。

量雜傳的小説性内蘊，就是最爲突出的一點。也正因爲這一新的品格，才使漢魏六朝雜傳在不自覺中趨近了小説，孕育了傳奇的胚胎。在此意義上，可以説，漢魏六朝雜傳是唐人傳奇的重要源頭，是唐人傳奇的直接宗祖。

唐人傳奇承繼漢魏六朝雜傳而來，這種承繼關係，鮮明地體現在文體方面。傳奇文體，不論是外在的文字模式，還是内在的敘事模式，都直接淵源於漢魏六朝雜傳文體，帶着雜傳文體的深刻印跡。

因此，在小説史中，也應該有漢魏六朝雜傳的一席之地，本章對漢魏六朝雜傳的研究，正是向這一方向努力的嘗試。而本編的後兩章，也將重點對這一問題作進一步的分析和闡釋。

第二章　漢魏六朝雜傳的小説化傾向

因出自“幽人處士”或“方聞之士”的“率爾而作”，漢魏六朝雜傳表現出對於自身史傳身份的背叛和否定，呈現出普遍的小説化傾向，小説品格顯著。這在人物傳寫、敘事建構、風格取向三個方面體現得尤爲清晰。也正是在漢魏六朝雜傳的小説化傾向中，孕育了傳奇的胚胎，唐人傳奇在此基礎上萌生並發展起來，形成了中國古代文言小説創作的一個高峰。

第一節　表現之一：人物傳寫的小説化傾向

漢魏六朝雜傳，拋棄正統史傳對人物的歷史化定位，關注個體生命本身，描寫日常生活，人物傳寫趨向生活化。同時，也擺脱了史傳對政治資鑒和道德勸誡目的的追求，關注人物性格，注重對人物的性格刻畫，人物傳寫趨向個性化。並在此基礎上運用細節描寫等手法，對人物進行從外貌到性格品行的傳神寫照，刻畫出一個個充滿個性的人物形象。無論是從人物傳寫的取向與重心，還是就人物形象本身而言，漢魏六朝雜傳的人物傳寫都體現出明顯的小説化傾向①。

一、外貌描寫：形貌與精神

人類對自身形體美的發現並在文學中加以表現，在《詩經》時代就開始了，而最初則主要是女性，《詩經·衛風·碩人》描寫莊姜是其濫觴："手如柔荑，膚如凝脂，領如蝤蠐，齒如瓠犀，螓首蛾眉，巧笑倩兮，美目盼兮。"用比擬的手法描寫其手、肌膚、頸項、牙齒、眉毛等，如果説前面是静態的話，末二句則是動態。在辭賦中對人體美的描寫則始於宋玉的《神女賦》和《登徒子好色賦》，其《神女賦》是這樣描寫神女的美貌："茂矣美矣，諸好備矣；盛矣麗矣，難測究矣。上古既無，世所未見，瑰姿瑋態，不可勝贊。其始來也，耀乎若白日初出照屋梁；其少進也，皎若明月舒其光，須臾之間，美貌横生。燁兮如花，温乎如瑩，五色并馳，不可殫形；詳而視之，奪人目精。其盛飾也，則羅紈綺繢盛文章，極服妙彩照萬方。振秀衣，被袿裳，襛不短，纖不長。步裔裔兮曜殿堂，忽兮改容，婉若遊龍乘雲翔。女隋被服，侻薄裝，沐蘭澤，含若芳。性和適，宜侍旁，順序卑，調心腸……"《登徒子好色賦》："增一分則太長，減一分則太短，著粉則太白，施朱則太赤。眉如翠羽，肌如白雪，腰如束素，齒如含貝。"也是用比喻的手法，描摹人物美貌投射在觀察者眼中的形象。

---

① 關於漢魏六朝雜傳人物傳寫的小説化傾向，拙文《論漢魏六朝雜傳人物傳寫的小説化傾向》（載《瀋陽師範大學學報》2003 年第 2 期）有略論，可參看。

比喻的手法不是人物的真實描繪，而是觀察者的感覺。這種寫人（主要是美人）的方法，爲以後的詩歌和辭賦創作所承繼，在中國的辭賦和詩歌中逐漸形成一種傳統，而曹植對這一方法的把握是最爲精道的，他的詩作《美女篇》和賦作《洛神賦》，把實寫和虛寫、正面描寫和側面描寫巧妙而完美地結合起來，是這一手法運用的集大成和最佳典範。《美女篇》云："攘袖見素手，皓腕約金環。頭上金爵釵，腰佩翠琅玕。明珠交玉體，珊瑚間木難。羅衣何飄飄，輕裾隨風還。顧盼遺光彩，長嘯氣若蘭。"這裏除手、腕是正面直接描寫外，其餘都是以描寫飾物來從側面烘托，末二句又以比喻寫之。其《洛神賦》云："其形也，翩若驚鴻，婉若遊龍，榮耀秋菊，華茂春松。髣髴兮若輕雲之蔽日，飄颻兮若流風之回雪。遠而望之，皎若太陽升朝霞；迫而察之，灼若芙蓉出淥波……延頸秀項，皓質呈露，芳澤無加，鉛華不御，雲髻峨峨，修眉聯娟，丹脣外朗，皓齒内鮮。明眸善睞，靨輔承權。瓌姿豔逸，儀静體閑。柔情綽態，媚於語言。奇服曠世，骨像應圖。披羅衣之璀粲兮，珥瑶碧之華琚。戴金翠之首飾，綴明珠以耀軀。踐遠遊之文履，曳霧綃之輕裾。"

至漢末以來的魏晉南北朝，人們對自身形體美的認識又有了新的進步，魏晉時代，人體美的鑒賞成爲一種風氣，對美的形體，不論是自己還是旁人，都無不爲之傾倒而真誠歎賞。如何晏，"動静粉帛不去手，行步顧影"①；潘岳與夏侯湛并有優美

① 劉義慶撰，劉孝標注，余嘉錫箋疏，周祖謨等整理《世説新語箋疏》下卷上《容止第十四》第2條劉注引《魏略》，上海古籍出版社1996年，第606頁。

儀容，又喜同行，時人謂之“連璧”①；裴楷有儁美儀容，“脱冠冕，粗服亂頭皆好”，時人稱之爲“玉人”②。形美者，人見人愛，如潘岳，“少時挾彈出洛陽道，婦人遇者，莫不聯手共縈之”；如衛玠，“髫齔時，乘白羊車於洛陽市上，咸曰：‘誰家璧人？’於是家門州黨號爲‘璧人’”③。而形陋者，有的自慚形穢，如曹操，將見匈奴使者，而“自以形陋，不足雄遠國，使崔季珪代”④；而形陋又不自知者，如左思“絶醜”，出遊時，竟至“群嫗齊共亂唾之，委頓而還”；或謂張孟陽“至醜”，以致“每行，小兒以瓦石投之”⑤。在這個重形貌的時代，美風姿儀容者，不論是在仕途還是在人際交往中，都佔有很大的優勢，如庾亮，與陶侃不諧，就因爲庾亮頗有“風姿神貌”，而使“陶一見便改觀，談宴竟日，愛重頓至”⑥。此雖傳聞，或有不實，然於此可見

① 劉義慶撰，劉孝標注，余嘉錫箋疏，周祖謨等整理《世説新語箋疏》下卷上《容止第十四》第 9 條，上海古籍出版社 1996 年，第 609 頁。

② 劉義慶撰，劉孝標注，余嘉錫箋疏，周祖謨等整理《世説新語箋疏》下卷上《容止第十四》第 12 條，上海古籍出版社 1996 年，第 611 頁。

③ 劉義慶撰，劉孝標注，余嘉錫箋疏，周祖謨等整理《世説新語箋疏》下卷上《容止第十四》第 19 條劉注，上海古籍出版社 1996 年，第 613 頁。

④ 劉義慶撰，劉孝標注，余嘉錫箋疏，周祖謨等整理《世説新語箋疏》下卷上《容止第十四》第 1 條，上海古籍出版社 1996 年，第 605 頁。

⑤ 以上二條，見劉義慶撰，劉孝標注，余嘉錫箋疏，周祖謨等整理《世説新語箋疏》下卷上《容止第十四》第 7 條及劉注，上海古籍出版社 1996 年，第 608 頁。

⑥ 事見劉義慶撰，劉孝標注，余嘉錫箋疏，周祖謨等整理《世説新語箋疏》下卷上《容止第十四》第 23 條及劉注，上海古籍出版社 1996 年，第 615 頁。

風氣之一斑。

漢末魏晉以來對形體美的認識，不僅着眼於形體本身，而且更加看重從形體之中透露出來的精神，劉劭就説："物生有形，形有神精，能知精神，則窮理盡性。"①魏晉以來的人物品評也體現了這一取向，在人物品評中多用"神氣""神色""神情""神姿""神清""風神""風韻""神穎"等詞，如王戎云："太尉神姿高徹，如瑶林瓊樹，自然是風塵外物。"②庾公目中郎："神氣融散，差如得上。"③"時人欲題目高坐而未能，桓廷尉以問周侯，周侯曰：'可謂卓朗。'桓公曰：'精神淵著。'"④"武王姿貌短小，而神明英發。"⑤而最能體現和展露人物精神的，莫過於眼睛，劉劭云："夫色見於貌，所謂徵神，徵神見貌，則情發於目。"⑥故當時對人物精神的感知，多通過其眼睛。如王夷甫感知裴楷："裴令公有儁容姿，一旦有疾至困，惠帝使王夷甫往看，裴方向壁卧，聞王使至，强回視之。王出語人曰：'雙目閃閃，

① 劉劭撰，王玫評注《人物志》卷上《九征》第一，紅旗出版社 1997 年，第 24 頁。

② 劉義慶撰，劉孝標注，余嘉錫箋疏，周祖謨等整理《世説新語箋疏》中卷下《賞譽第八》第 16 條，上海古籍出版社 1996 年，第 428 頁。

③ 劉義慶撰，劉孝標注，余嘉錫箋疏，周祖謨等整理《世説新語箋疏》中卷下《賞譽第八》第 42 條，上海古籍出版社 1996 年，第 444 頁。

④ 劉義慶撰，劉孝標注，余嘉錫箋疏，周祖謨等整理《世説新語箋疏》中卷下《賞譽第八》第 48 條，上海古籍出版社 1996 年，第 448 頁。

⑤ 劉義慶撰，劉孝標注，余嘉錫箋疏，周祖謨等整理《世説新語箋疏》下卷上《容止第十四》第 1 條劉注引《魏氏春秋》，上海古籍出版社 1996 年，第 605 頁。

⑥ 劉劭撰，王玫評注《人物志》卷上《九征》第一，紅旗出版社 1997 年，第 23 頁。

若岩下電，精神挺動，體中故小惡。'"①王右軍感知杜弘治："王右軍見杜弘治，歎曰：'面如凝脂，眼如點漆，此神仙中人。'"②謝安感知支道林："見林公雙眼黯黯明黑。"③在藝術創作中，亦重視眼睛的傳神作用。《世説新語》記顧長康畫人不點睛一事是最好的一例："顧長康畫人，或數年不點目精。人問其故，顧曰：'四體妍蚩，本無關於妙處，傳神寫照，正在阿堵中。'"④"傳神寫照，正在阿堵中"可謂窮理之語。

當然，神是通過形表現和傳達出來的，故劉劭言："故其剛柔、明暢、貞固之徵，著乎形容，見乎聲色，發乎情味，各如其象。""苟有形質，猶可即而求之。"⑤即外在的儀、容、聲、色與内在的心質、心氣，有着表裏相依的關係，可以從形貌而窺知精神。所以，魏晉以來，無論是品題人物還是在藝術中的表現，這二者都是相互結合的。

這種對人類形體美的認識，自然也在漢魏六朝雜傳的人物傳寫中體現出來。

漢魏六朝雜傳的人物外貌描寫，承繼先秦以來詩歌和辭賦

① 劉義慶撰，劉孝標注，余嘉錫箋疏，周祖謨等整理《世説新語箋疏》下卷上《容止第十四》第 10 條，上海古籍出版社 1996 年，第 610 頁。
② 劉義慶撰，劉孝標注，余嘉錫箋疏，周祖謨等整理《世説新語箋疏》下卷上《容止第十四》第 26 條，上海古籍出版社 1996 年，第 619 頁。
③ 劉義慶撰，劉孝標注，余嘉錫箋疏，周祖謨等整理《世説新語箋疏》下卷上《容止第十四》第 37 條，上海古籍出版社 1996 年，第 624 頁。
④ 劉義慶撰，劉孝標注，余嘉錫箋疏，周祖謨等整理《世説新語箋疏》下卷上《巧藝第二十一》第 13 條，上海古籍出版社 1996 年，第 721 頁。
⑤ 劉劭撰，王玫評注《人物志》卷上《九征》第一，紅旗出版社 1997 年，第 22 頁、第 19 頁。

傳統，並充分借鑒漢末魏晉以來人物品題的方法，既重形貌，亦重精神，注意通過形貌，展示人物内在的精神氣質。

漢魏六朝雜傳中的外貌描寫，有的是對人物外貌的正面實寫，如《郭林宗别傳》寫郭泰："林宗儀貌魁梧，身長八尺，音聲如鍾，當時以爲準的。"①《王湛别傳》寫王湛："王處冲身長八尺，龍頞大鼻。"②《鄭玄别傳》寫鄭玄："玄秀眉明目。"③有的即如先秦以來詩歌和辭賦中外貌描寫的手法，把正面的實寫和側面的虚寫結合起來，並主要是展現人物的内在精神氣質，如《郭子别傳》寫郭泰："林宗秀立高跱，儋然淵渟。"④《趙雲别傳》寫趙雲："趙雲，字子龍，身長八尺，姿顔雄偉。"⑤《潘岳别傳》寫潘岳："岳姿容甚美，風儀閒暢。"⑥還有的則如人物品題，只寫人物的風神氣度，如《王長史别傳》寫王蒙："蒙神氣清韶。"⑦《王

①《太平御覽》卷三八八《人事部二十九·聲》引一條，作《郭林宗别傳》，據以輯録。

②《太平御覽》卷三六七《人事部八·鼻》引一條，作《王湛别傳》，據以輯録。

③《藝文類聚》卷一七《人部一·目》、《太平御覽》卷三六六《人事部七·目》各引一條，作《鄭玄别傳》，四庫本《太平御覽》卷三六六引作《鄭元别傳》，從《藝文類聚》卷一七引。

④《太平御覽》卷三八八《人事部二九·色》、《記纂淵海》卷七四《性行部·無愧》各引一條，作《郭子别傳》，從《太平御覽》卷三八八引。

⑤《三國志》卷三六《蜀書·趙雲傳》"雲遂隨從爲先主主騎"裴注引一節，作《趙雲别傳》，據以輯録。

⑥《世説新語·容止》第7條劉注引一條，作《潘岳别傳》，據以輯録。

⑦《世説新語·言語》第66條劉注引一條，作《王長史别傳》，據以輯録。

澄别傳》寫王澄："澄風韻邁達，志氣不群。"①《裴楷别傳》寫裴楷："裴楷少知名，而風情朗悟。"②有的既正面實寫，又側面虚寫，不僅寫其形貌，也寫其内在的精神氣質，如《何晏别傳》寫何晏："至七八歲，惠心天悟，形貌絶美。出遊行，觀者盈路，咸謂神仙之類。"③又如《嵇康别傳》寫嵇康："康長七尺八寸，美音氣，偉容色。土木形骸，不加飾厲，而龍章鳳姿，天質自然。正爾在群形之中，便自知非常之器。"④《衛玠别傳》對衛玠的外貌描寫，也如《何晏别傳》《嵇康别傳》，不過更是通過其祖、其舅以及其他人的評價和乘羊車過市觀者盈道等事反復渲染，層層映襯，寫出其"璧人"之姿、"異人之望"。漢魏六朝雜傳的人物外貌描寫，也重視對眉眼的描繪，如《管寧别傳》寫管寧，就突出其眉眼："寧身長八尺，龍顔秀眉。"⑤《趙至

①《世説新語·賞譽》第 31 條劉注引一條，作《王澄别傳》，據以輯録。

②《北堂書鈔》卷八五《禮儀部六·弔十四》"裴楷獨哭而返"、《太平御覽》卷五六一《禮儀部四十·弔》各引一條，作《裴楷别傳》，從《太平御覽》卷五六一引。

③《初學記》卷一九《人部下·美丈夫第一》"班伯甚麗何晏絶美"，《太平御覽》卷三八〇《人事部二十一·美丈夫下》、卷三九三《人事部三十四·坐》，《記纂淵海》卷四一《性行部五·穎悟》，《記纂淵海》卷一一一《人倫部十·異姓》各引一條，作《何晏别傳》，從《太平御覽》卷三八〇引。

④《世説新語·容止》第 5 條劉注引一條，作《康别傳》;《文選》卷二一《詠史·嵇中散》"鸞翮有時鎩龍性誰能馴"李注、《初學記》卷一九《人部下·美丈夫第一》"龍章鳳姿凝脂點漆"、《錦繡萬花谷續集》卷五《美丈夫》"龍章鳳姿"各引一條，作《嵇康别傳》，從《世説新語·容止》第 5 條劉注引。

⑤《太平御覽》卷三八七《人事部二十八·洟淚》、《太平御覽》卷三六三《人事部四·形體》各引一條，題《管寧别傳》，從《太平御覽》卷三六三引。

敘》寫趙至:“至長七尺三寸，潔白黑髮，赤脣明目，鬢鬚不多，閒詳安諦，體若不勝衣。”又引嵇康的評論:“卿頭小而鋭，瞳子白黑分明，視瞻停諦，有白起風。”① 通過對眼睛的描繪，寫出了趙至獨特的精神氣質。

當然，對人物的傳寫，特别是對人物内在精神的展示，不能僅僅依靠外貌描寫，漢魏六朝雜傳更是通過生活化和個性化的描寫，通過細節描寫及其他手法，繪形攝神，對人物進行傳神的傳寫。

二、人物傳寫:生活化

記録歷史事實，並以此鑒往知來、懲惡勸善是正統史傳的主要目的。所以，正統史傳選擇傳録的人物，是有一定的標準的，劉知幾在其《史通・人物》中總結了正統史傳人物去取的標準，即所謂“其惡可以誡世，其善可以示後”者，所謂“善”者，劉知幾認爲應如司馬遷所言“明主、賢君、忠臣、死義之士”，所謂“惡”者，劉知幾認爲“至如四凶列於《尚書》，三叛見於《春秋》，西漢之紀江充、石顯，東京之載梁冀、董卓”等，“此皆干紀亂常，存滅興亡所繫，既有關時政，故不可闕書”。至於那些“不才之子，群小之徒，或陰情醜行，或素餐尸禄，其惡不足以曝揚，其罪不足以懲戒”者，“或才非拔萃，或行不逸群，徒以片善取知，微功見識”者，則不當入於

①《世説新語・言語》第15條劉注引一條，作嵇紹《趙至敘》，據以輯録。

史傳[①]。故正統史傳所傳人物，或是歷史舞臺上舉足輕重、各種重大政治軍事事件的核心人物，或是善惡可爲世範、世戒者。與此相聯繫，對他們的傳寫，也必然是以此爲基礎。可以説史傳傳寫人物，是醉翁之意不在酒，而在於歷史事實，在於人物身上那些具有政治資鑒或道德勸誡意義的歷史事實，即首先是將人物視爲承載着具有政治資鑒或道德勸誡意義的歷史事實的人來加以傳寫。

漢魏六朝雜傳則與之不同，就人物的去取而言，往往是"史筆之所不及者"[②]，"史不及書"[③]者，故並不十分在意人物其惡是否可以誡世，其善是否可以示後。不僅選擇標準有了很大不同，而且對人物的關注，也主要不是其歷史事實了，而是人物自身。程千帆言："史傳之作，乃以史實整體爲對象，故以傳傳人，亦着眼史實所關，而定其去取。若《史記·留侯世家》謂留侯'所與上從容言天下事甚衆，非天下所以存亡，故不著'，是其義也。而雜傳之作，則專以傳主一人爲對象，雖所取資亦有存汰，然要與史傳標準有異。"[④]程先生指出了正統史傳與雜傳取資標準的差異，而未細言這種差異到底是什麽，其實，

---

① 以上一段引文均見劉知幾撰，浦起龍釋《史通通釋》卷八《人物》第三十，上海古籍出版社 1978 年，第 237—247 頁。

②《宋三朝藝文志》傳記序，見馬端臨《文獻通考·經籍考》雜史各門總雜傳類序引，華東師範大學出版社 1985 年，第 537 頁。

③ 焦竑《國史經籍志》卷三傳記類序，《續修四庫全書》第 916 册，上海古籍出版社 2002 年，第 346 頁下。

④ 程千帆《閑堂文藪》第二輯《漢魏六朝文學散論》之二《史傳文學與傳記之發展》，齊魯書社 1984 年，第 162 頁。

這種差異，如果説正統史傳對人物的定位是歷史化的，那麼，漢魏六朝雜傳對人物的定位則可以説是趨向於生活化了。

所謂生活化，首先是不論其歷史地位、歷史影響如何，也不論其行事是否具有值得書寫的政治資鑒或道德勸誡意義，而是將人物視爲生命個體，是芸芸衆生中之一員，描摹人物在日常生活中的言行舉動、思想行事，即人物本身及其性格成爲關注的重心。如《曹瞞傳》不是把曹操如《三國志·武帝紀》一樣作爲一個時代的風雲人物來爲他立傳，而是從個體的人的角度的來對他進行傳寫的，描繪的是一個活在日常生活中的曹操，即使涉及重大政治軍事活動，也主要是把筆墨用在其間的細微之處。又如《費禕别傳》，費禕乃蜀漢重臣，而《費禕别傳》並未展示其在政治、外交、軍事等方面的帷幄之狀，而是描摹其在日常生活中的言語行跡：酒醉後條答所問而無遺事，受孫權賜寶刀之言，諫喻魏延、楊儀之争，處理公文、事務之速等。又如《趙飛燕外傳》，所寫都是漢成帝與趙飛燕姐妹後宫日常的瑣碎生活細事，這就是生活化的人物傳寫。

當然，生活化並不僅限於此，它也指對人物的傳寫應寫出一個活生生的人，即給人物以情感，表現其喜怒哀樂，而不僅僅是將其視爲歷史行跡冷冰冰的操作者或執行者，如《陶侃别傳》，寫及陶侃飲酒有限和得外國獻氍毹事：

> 母湛氏，賢明有法訓。侃在武昌，與佐吏從容飲燕，常有飲限。或勸猶可少進，侃悽然良久曰："昔年少，曾有酒失，二親見約，故不敢踰限。"

外國獻氍毹，公舉之曰："我還國，當與牙共眠。"牙名剡之，字處静，是公庶孫，小而被知，以爲後嗣。①

陶侃乃東晉著名政治人物，這裏寫其懷親之情，愛孫之態，這就是生活化的人。

漢魏六朝雜傳人物傳寫的生活化是普遍的，即使是那些神仙及僧道術士傳，在一方面對他們進行神異化的同時，也表現他們的人間情懷。如《吴猛别傳》寫其尋找丢失的九歲妹之事：

猛性至孝，入山採薪還，忽失其九歲妹，乃尋逐十三日，踰難險絶，無飲食，於大石岩下息，因得眠，夢見一老公語之曰："君妹當已還。"驚覺歸，妹果在家。②

"尋逐十三日，踰難險絶，無飲食"，如此艱難與執著的尋找，充分表現了他對親人的真摯感情。又如《桂陽先賢畫贊》寫蘇耽隨仙而去之前，爲母種藥，安排好供養之事："耽告母曰：'人招耽去，已種藥著後園梅樹下，可治百病，一葉愈一人，賣此藥過，

① 第一條：《世説新語·賢媛》第20條劉注引、《太平御覽》卷九一六《羽族部三·鶴》、《事類賦》卷一八《禽部·鶴賦》"陶侃之墓頭弔客"各引一條，作《陶侃别傳》，從《世説新語·賢媛》第20條劉注引。第二條：《太平御覽》卷七〇八《服用部十·氍毹》引一條，作《陶侃别傳》，據以輯録。

②《北堂書鈔》卷一六〇《地部四·石篇十六》引一條，作《吴猛别傳》，據以輯録。

足供養矣。'" ① 然後才"便隨賓去",亦充滿人間母子的脈脈温情。又如《神女傳》中的神女智瓊、《杜蘭香傳》中的杜蘭香、《曹著傳》中的廬山神之女徐婉等,她們對人間男歡女愛的向慕與追求,以及其他種種人間情懷,也無不體現了此類雜傳的生活化人物傳寫。

三、人物傳寫:個性化

史傳之作,自《春秋》始,就以"微言大義"的方式寄寓明確的政治資鑒和道德勸誡目的,"《左氏》釋經"亦繼承其意,敘事處處遵循"微而顯,志而晦,婉而成章,盡而不汙,懲惡而勸善"的範則 ②。其後,政治資鑒和道德勸誡目的就在歷代正統史傳中形成一以貫之的傳統,其只是在話語的表達上或略有不同而已。太史公司馬遷將其歸結爲:"善善惡惡,賢賢賤不屑" ③ 的警句。班固將其總結爲"實録"精神:"辨而不華,質而不俚,其文直,其事核,不虚美,不隱惡,故謂之實録。" ④ 劉知

①《太平御覽》卷九八四《藥部一·藥》引一條,作《桂陽先賢畫贊》;《藝文類聚》卷六五《産業部·園》引一條,作《桂陽先賢記》;《太平御覽》卷九七〇《果部七·梅》、《事類賦》卷二六《果部·梅賦》"抑亦蘇躭園裏療病而功深"、《天中記》卷五二《梅》"梅下種樂"各引一條,作《桂陽先賢傳》;從《太平御覽》卷九八四引。

② 劉熙載撰,王氣中箋注《藝概箋注》之《文概》五,貴州人民出版社1986年,第3頁。

③ 司馬遷撰,裴駰集解,司馬貞索隱,張守節正義《史記》卷一三〇《太史公自序》,中華書局1982年,第3297頁。

④ 班固撰,顔師古注《漢書》卷六二《司馬遷傳》,中華書局1962年,第2738頁。

幾又將其概括爲:“記功司過，彰善癉惡。”[①]“申以勸誡，樹之風聲。”[②]薛居正等亦繼承劉知幾説，稱史書“夫彰善癉惡，麟史之爲義；瑜不掩瑕，虹玉之爲德也”，應做到“善者既書之，其不善者亦書之”，從而“使後之君子見善如不及，見惡如探湯”[③]。歐陽修又將這種政治資鑒和道德勸誡目的稱之爲“道”，司馬光則歸結爲“資治”。章學誠又將其概括爲“經世致用”，他説:“此則所謂史家之書，非徒紀事，亦以明道也。”[④]又説:“史學所以經世，固非空言著述也。”[⑤]又説:“君子苟有志於學，則必求當代典章，以切於人倫日用；必求官司掌故，而通於經術精微；則學爲實事而文非空言，所謂有體必有用也。不知當代而言好古，不通掌故而言經術，則鞶帨之文，射覆之學，雖極精能，其無當於實用也審矣。”[⑥]著述如斯，而人們評判、閲讀史著，其所關注的重心，也是其中的政治資鑒和道德勸誡意義，如張輔云:“良史述事，善足以獎勸，惡足以鑒戒。”[⑦]殷侑説:“三史爲

① 劉知幾撰，浦起龍釋《史通通釋》卷七《曲筆》第二十五，上海古籍出版社 1978 年，第 199 頁。

② 劉知幾撰，浦起龍釋《史通通釋》卷七《直書》第二十四，上海古籍出版社 1978 年，第 192 頁。

③ 薛居正等《舊五代史》卷九六《晉書》列傳一一“史臣曰”，中華書局 1976 年，第 1282 頁。

④ 章學誠撰，葉瑛校注《文史通義校注》卷七外篇二《永清縣志前志列傳序例》，中華書局 1985 年，第 781 頁。

⑤ 章學誠撰，葉瑛校注《文史通義校注》卷五内篇五《浙東學術》，中華書局 1985 年，第 524 頁。

⑥ 章學誠撰，葉瑛校注《文史通義校注》卷三内篇三《史釋》，中華書局 1985 年，第 231 頁。

⑦ 高似孫撰，周天遊校箋《史略校箋》，書目文獻出版社 1987 年，第 11 頁。

書，勸善懲惡，亞於《六經》。”① 唐太宗説：“朕讀前代史書，彰善癉惡，足爲將來之誡。”② 漢魏六朝時期産生的幾部被後世列爲正史的史傳作品，不論是《史記》《漢書》，還是《三國志》《後漢書》《宋書》《魏書》等，這種政治資鑒和道德勸誡目的都是十分明顯和突出的。

正因爲如此，負載着强烈的政治資鑒與道德勸誡目的的正統史傳，對人物的傳寫，也是以其所具有的資鑒和勸誡意義爲出發點的，其關注的重心也主要是人物所蘊含的政治資鑒和道德勸誡功能，敘寫其生平大略和參與的重要歷史事件，視人物爲歷史鏈條的組成分子、政治資鑒和道德勸誡功能的承載者，亦即把人物看作是政治資鑒和道德勸誡的模型符號，較少注意人物的性格刻畫。漢魏六朝雜傳則與之不同，對人物的傳寫，有的雖仍不免或有這樣那樣的目的，但卻常把重心集中在了歷史上的生命個體本身，以及生命個體獨特的性格特徵。亦即通過個性化的人物傳寫，展現一個個性格鮮明的人物形象。正如程千帆所言：“史家自司馬遷以次，多本《春秋》之旨以著書，故多微婉志晦之衷，懲惡勸善之筆，而史傳人物，遂亦以此而成定型。雜傳則如《隋志》所云：‘率爾而作，不在正史’，褒貶之例，不甚謹嚴，雖其中不免雜以虚妄之説，恩怨之情，然傳主個性，反或近真。”③ 而李祥年不僅指出“魏晉南北朝雜傳創

① 高似孫撰，周天遊校箋《史略校箋》，書目文獻出版社 1987 年，第 17 頁。
② 高似孫撰，周天遊校箋《史略校箋》，書目文獻出版社 1987 年，第 20 頁。
③ 程千帆《閑堂文藪》第二輯《漢魏六朝文學散論》之二《史傳文學與傳記之發展》，齊魯書社 1984 年，第 162 頁。

作把塑造人物形象與刻畫人物性格放在了最重要的位置上”，並稱“這種以人爲本的傳記意識”是中國古代傳記文學發展史上的“一大飛躍”①。

《三國志·武帝紀》和《曹瞞傳》是最好的例子。《武帝紀》對曹操的傳寫，條列曹操一生所歷之政治、軍事大事，幾乎不及其個性。而《曹瞞傳》，可以説主要是性格刻畫，如前文所言，《曹瞞傳》在把曹操作爲個體的人進行關注的情況下，突出的是曹操的個性品格，整個傳文都是圍繞着他“酷虐變詐”“峻刻”“輕佻無威重”和不畏權貴、多謀善斷、臨危坦然、樂觀豁達的品性來寫的。

又如《三國志》之傳邴原和《邴原别傳》之傳邴原，也鮮明地體現出二者之取向的不同。《三國志·邴原傳》對邴原的傳寫，述其生平大略，文字簡略，僅四百字左右，意在表達其“秉德純懿，志行忠方，清静足以厲俗，貞固足以幹事”②，堪爲士范，其道德目的顯而易見，而對邴原的性格則少有涉及。《邴原别傳》則不同，其關注的重心，主要是在其性格，現存佚文就長達三千多字，以生動詳盡的敘述，通過一件件生平細事，表現邴原的早慧、辭辯、正直、勇略和持常的個性品格，刻畫出一個性格鮮明的邴原形象。

雜傳以人物性格刻畫爲重心，最典型的例子當是《趙飛燕

① 李祥年《漢魏六朝傳記文學史稿》第九章《魏晉南北朝新傳記的崛起》（下），復旦大學出版社 1995 年，第 184 頁。

② 陳壽撰，裴松之注《三國志》卷一一《魏書·邴原傳》，中華書局 2000 年，第 351 頁。

外傳》，此傳的最成功之處就是對人物性格的刻畫和表現。作品最重要的人物是趙飛燕姊妹和漢成帝三人，圍繞三人的關係編織故事情節，構成一帝二妃的三角關係，其基本内容都集中在物欲和情欲方面，通過人物之間在欲望驅動之下互相依附又互相衝突的關係，生動展現出人物性格，凸顯出鮮明的人物形象。二趙形象的共同特徵是淫蕩和争寵，對此，作品有豐富的情節描寫。但二趙又明顯有别，其行爲方式和情感脾性顯示出各自鮮明的獨特性。對她們的性格的不同之處，前文已有分析，此不贅述。可以説，人物性格的刻畫和表現是《趙飛燕外傳》的中心所在。

漢魏六朝雜傳，多如《曹瞞傳》《邴原别傳》《趙飛燕外傳》，注重人物性格的刻畫。它們在全面刻畫人物性格的同時，常重點對人物某一方面的性格加以特别關注。如《曹瞞傳》展現了曹操“酷虐變詐”“峻刻”“輕佻無威重”和不畏權貴、多謀善斷、臨危坦然、樂觀豁達等多方面的品性，而重點描繪的是他“酷虐變詐”“峻刻”“輕佻無威重”這一方面的個性特徵。又如《司馬徽别傳》，現存不多的佚文，寫及其“智而能愚”和“婉約遜遁”的品性，而對其“婉約遜遁”用力尤多。又如《何晏别傳》，在對何晏進行全面傳寫的同時，突出了其清談之妙。

在漢魏六朝雜傳中，有些雜傳似乎並不着意刻畫人物的性格，而重在描繪人物的一種氣質與風度。如《衛玠别傳》，從今存佚文看，其反復渲染的是他的俊美與名士風度，不管是記其祖衛瓘的“此兒神爽聰令，與衆大異，恐吾年老，不及見之”；其舅王濟“昨日吾與外生共坐，若明珠之在側，朗然來照人”之語；還是敘述王平子爲其“三絶倒”之事、市人争睹之事，甚至記其咸和中改葬之事和永和中劉真長、謝仁祖共商略中朝人之事，都是寫其俊美的儀容與名士的風度。又如《孟嘉别傳》，也主要是表現孟嘉的名士風度，不論是褚裒於衆人中識孟嘉之事，還是庾亮問風俗得失而不知之事，遊龍山失帽之事，都是在表現其脱塵超俗的名士風度。還有些雜傳，特别是那些僧道術士傳，則主要表現的是人物的奇技異行，如《蒲元别傳》，描寫蒲元爲諸葛亮鑄刀之事，展現的是蒲元的奇思巧技，其他如《華佗别傳》記敘了華佗的神奇醫術，《樊英别傳》描寫的是樊英的種種奇行，《佛圖澄别傳》傳録的是佛圖澄的種種異跡，《葛仙翁别傳》表現的是葛仙翁的仙術奇技。這兩類雜傳顯然不是以刻畫人物性格爲出發點，但這些雜傳通過對人物氣質風度、奇技異行的描寫，展現出來的人物形象，也表現出與衆不同的個體性，具有獨特、鮮明的形象特徵，就此而言，這些雜傳對人物的傳寫，亦與我們所言漢魏六朝雜傳人物傳寫普遍的個性化趨勢相一致。

當然，這裏説的正統史傳與漢魏六朝雜傳對人物性格的關注是相對而言的。在正統史傳中，有許多人物列傳也寫出了鮮明的人物個性，特别是《史記》中的人物列傳更是如此，塑造出許多個性各異的人物形象，對此，日本學者齋藤正謙有精彩的論述，他説：“子長同敘智者，子房有子房風姿，陳平有陳平風姿；同敘勇者，廉頗有廉頗面目，樊噲有樊噲面目；同敘刺客，豫讓之與專諸，聶政之與荆軻，才出一語，乃覺口氣各不同。《高祖本紀》見寬仁之氣動於紙上，《項羽本紀》覺喑噁叱咤來薄人。讀一部《史記》，如直接當時人，親睹其事，親聞其語，使人乍喜乍愕，乍懼乍泣，不能自止。"①不僅如此，《史記》傳人，還寫出人物性格的多面性和複雜性，錢鍾書先生評其寫項羽云："'言語嘔嘔'與'喑噁叱咤'，'恭敬慈愛'與'慓悍滑賊'，'愛人禮士'與'妒賢嫉能'，'婦人之仁'與'屠阬殘滅'，'分食推飲'與'玩印不予'，皆若相反相違，而既具在羽一人之身，有似兩手分書，一喉異曲，則又莫不同條共貫。科以心學性理，犁然有當。《史記》寫人物性格，無複綜如此者。談士每以'虞兮'之歌，謂項羽風雲之氣而兼兒女之情，尚粗淺乎言之也。"②而在漢魏六朝雜傳中，也有重歷史事實和歷史功能而不甚關注人物性格的，如《獻帝傳》等史傳性雜傳就是如此。

四、繪形攝神：細節的運用及其他

漢魏六朝雜傳，與正統史傳關注歷史事實、重視政治資鑒、道德勸誡目的不同，而是關注歷史上的生命個體本身、重視人物的性格，人物傳寫趨向於生活化和個性化，即注重在生活細事中對人物進行繪形攝神的描寫，刻畫出充滿個性特徵的人物形象。

---

①［日］瀧川資言考證，［日］水澤利忠校補《〈史記〉會注考證（附校補）》之《總論》引齋滕正謙《拙堂文話》語，上海古籍出版社1986年，第2112頁。

②錢鍾書《管錐編》第1册，《〈史記〉會注考證》之五《項羽本紀》，中華書局1999年，第275頁。

細節描寫是對人物繪形攝神的重要方法，細節描寫之於刻畫人物，一如繪畫中的畫龍點睛之筆，能鮮明地凸顯出人物的性格特徵。漢魏六朝雜傳刻畫人物，善用這一方法，故在漢魏六朝雜傳中，有許多精彩的細節描寫。如《司馬徽别傳》刻畫司馬徽婉約遜遁的品性，傳中寫了曾有人妄認其豬，他不加争辯，便推豬與之。後來此人尋得自己的豬後，叩頭來還，他又“厚辭謝之”之事；寫了有人臨蠶求簇箔者，他“自棄其蠶而與之”之事；寫了劉表子劉琮的隨從詬罵他之後，他不僅不怪，當劉琮責備隨從時，他還爲其開脱之事，如此種種，都充分表現出了司馬徽的婉約遜遁，對他人如此，對自己親人亦如此，《司馬徽别傳》也寫及其妻勸諫之事：

> 有以人物問徽者，初不辨其高下，每輒言佳。其婦諫曰：“人質所疑，君宜辨論，而一皆言佳，豈人所以咨君之意乎？”徽曰：“如君所言，亦復佳。”其婉約遜遁如此。①

此一段描寫，可以説是畫龍點睛之筆，寫活了司馬徽之婉約遜遁的品性，在外韜光養晦，其情其理可通，而面對自己的妻子依然如此，足見其自守之深固。

---

①《世説新語·言語》第9條劉注，《山谷内集詩注》卷一三《次韻任道食荔枝有感三首》“一錢不直程衛尉，萬事稱好司馬公”任淵注、《太平御覽》卷三八二《人事部二十三·醜丈夫》、卷八二五《資産部五·蠶》，《天中記》卷二六《雅量》“鋤園”各引一條，作《司馬徽别傳》；從《世説新語·言語》第9條劉注引。

又如《邴原别傳》中描寫邴原回答太子問的細節，不僅寫出了邴原的守道持常的品性，也寫出了他性格中的另一面，使其形象更加豐滿細膩。其他如《孟宗别傳》中孟宗吐麥飯的細節、《桓階别傳》中桓階“俸盡食醬酻”的細節、《禰衡别傳》中識記蔡邕所作碑的細節等，都與《司馬徽别傳》《邴原别傳》中的細節相似，它們就刻畫人物性格而言，就如顧長康畫裴叔則所益頰上之“三毛”①，是點睛傳神之筆。

漢魏六朝雜傳刻畫人物，也大量使用了諸如語言、對比映襯等其他手法。

人物語言，是展示人物心理、表現人物思想的最有效途徑之一，在人物的自言自語和人物間的對話中，人物的内在心理、思想就暴露在了讀者面前，其品性特徵也自然地顯露了出來。漢魏六朝雜傳嫻熟而廣泛地運用了這一方法，並收到了良好的表現效果。如《曹瞞傳》中的人物語言，就對刻畫曹操的品性發揮了重要作用。又如《鍾會母張氏傳》，大量記録了母親的言語，讓人感覺母夫人似乎就在面前，並未離開，還在耳邊輕輕地對兒子叮嚀、誨教，寫活了人物，同時也傳達出作者對母親的懷念——母親的音容笑貌已銘刻在了兒子的心中。又如《司馬徽别傳》寫有人臨司馬徽蠶而求其簇箔，司馬徽自棄其蠶而

① 事具《世説新語・巧藝》第 9 條，其云：顧長康畫裴叔則，頰上益三毛。人問其故，顧曰：“裴楷俊朗有識具，正此是其識具。”看畫者尋之，定覺益三毛如有神明，殊勝未安時。見劉義慶撰，劉孝標注，余嘉錫箋疏，周祖謨等整理《世説新語箋疏》下卷上《巧藝第二十一》第 9 條，上海古籍出版社 1996 年，第 719 頁。

與之後，寫了司馬徽與旁人的一段對話：

> 或曰："凡人損己以贍人者，謂彼急我緩也。今彼此正等，何爲與人？"徽曰："人未嘗求己，求之不與將慚。何有以財物令人慚者！"①

這段對話就道出了司馬徽自棄其蠶而與求簇箔者的内心真實想法，從而生動而充滿説服力地展示出司馬徽設身處地爲人着想的品性。

再如《孟嘉別傳》中的一段：

> 嘉喜酣暢，愈多不亂。温問："酒有何好而卿嗜之？"嘉曰："明公未得酒中趣爾。"又問："聽伎，絲不如竹，竹不如肉，何也？"答曰："漸近自然。"②

---

①《世説新語・言語》第9條劉注，《山谷内集詩注》卷一三《次韻任道食荔枝有感三首》"一錢不直程衛尉，萬事稱好司馬公"任淵注，《太平御覽》卷三八二《人事部二十三・醜丈夫》、卷八二五《資産部五・蠶》，《天中記》卷二六《雅量》"鋤園"各引一條，作《司馬徽別傳》；從《世説新語・言語》第9條劉注引。

②《世説新語・識鑒》第16條劉注引一節，《孟嘉別傳》；《北堂書鈔》卷三四《政術部八・任賢十九》"拔孟嘉爲勸學"、卷一五五《歲時部三・九月九日二十》"參僚畢集"，《太平御覽》卷二六五《職官部六十三・從事》、卷三九三《人事部三十四・坐》、卷四四四《人事部八十五・知人下》、卷五七〇《樂部八・歌一》、卷六八七《服章部四・帽》，《事類賦》卷一一《樂部・歌賦》"孟嘉之答桓温"，《記纂淵海》卷一九五《閫儀部之七・歌舞》，《天中記》卷四三《歌》"絲不如竹"各引一條，作《孟嘉別傳》；《北堂書鈔》卷七三《設官部二十五・從事一百六十四》"尚德之舉"、《藝文類聚》卷四《歲時部中・九月九日》、《白氏六帖事類集》卷一《九月九日五十》"龍山落帽"各引一條，作《孟嘉傳》；《初學記》卷四《九月九日第十一》"遊龍山戲馬臺"引一條，作《孟嘉列傳》；從《世説新語・識鑒》第16條劉注引。

這是一段在敘述完孟嘉生平後的追敘，描寫了孟嘉與桓温關於酒和聽伎的對話，意在以孟嘉簡潔而充滿深意與自得、別致的回答，表現了孟嘉不同流俗的意趣與識度，强化了孟嘉的名士風度。又如《許遜别傳》中許遜與老母的對話，不僅充滿意趣，而且其中“笑應母”的細節，也表現出一個七歲孩童的天真與頑皮：

> 遜年七歲，無父，躬耕負薪以養母，盡孝敬之道。與寡嫂共田桑，推讓好者，自取其荒。不營榮利，母常譴之：“如此，當乞食無處居。”笑應母曰：“但願老母壽耳。”①

對比映襯也是漢魏六朝雜傳人物性格刻畫中的常用方法。如《曹瞞傳》中“與馬超戰”一段中就將曹操與其手下諸將的表現作了對比，以諸將的慌亂、憂懼爲襯托，突出了曹操臨危不懼、樂觀豁達的性格特徵。又如《趙飛燕别傳》，此篇對比映襯的運用最爲突出，全篇把趙飛燕與其妹趙合德置於相互對比與映襯之中，不僅展現出她們不同的性格特徵，而且使她們各自的性格在對比映襯中顯得更加突出和鮮明。又如《任嘏别傳》亦在對比映襯中寫任嘏：

> 遂遇荒亂，家貧賣魚，會官税魚，魚貴數倍，嘏取直如常。又與人共買生口，各雇八匹。後生口家來贖，時價直六十匹。共買

①《藝文類聚》卷二一《人部五·讓》、《太平御覽》卷四二四《人事部六十五·讓下》各引一條，作《許遜别傳》，從《藝文類聚》卷二一引。

者欲隨時價取贖，嘏自取本價八匹。共買者慙，亦還取本價。①

通過“官稅魚，魚貴數倍”與任嘏“取直如常”的對比、共買者“欲隨時取價”與任嘏“自取本價”的對比，突出了任嘏的“純粹”品性。又如《費禕别傳》中就將費禕與董允處理公務作了對比：

> 禕代蔣琬爲尚書令，於時軍國多事，公務煩猥，禕識悟過人，每省讀書記，舉目暫視，已究其意旨，其速數倍於人，終亦不忘。常以朝晡聽事，其間接納賓客，飲食嬉戲，加之博弈，每盡人之歡，事亦不廢。董允代禕爲尚書令，欲斆禕之所行，旬日之中，事多愆滯。允乃歎曰："人才力相縣若此甚遠，此非吾之所及也。聽事終日，猶有不暇爾。"②

這裏先寫費禕處理煩重公務的輕鬆自如、得心應手，然後又通過董允欲學費禕之所行而事務多衍滯和董允自歎不如，襯托出了費禕識悟和才力的卓絶過人。

以上分析，是簡單、粗略和十分有限的，漢魏六朝雜傳人

①《三國志》卷二七《魏書・王昶傳》“樂安任昭先……願兒子遵之”裴注引一條，作《任嘏别傳》，據以輯録。

②《三國志》卷四四《蜀書・費禕傳》“頃之代蔣琬爲尚書令”裴注、《北堂書鈔》卷五九《設官部十一・尚書令七十二》“費禕識悟”、《藝文類聚》卷四八《職官部四・尚書令》、《太平御覽》卷四三二《人事部七十三・聰敏》各引一條，作《費禕别傳》，從《三國志》卷四四裴注引。

物傳寫所使用的方法是多種多樣的，在本書中編的具體分析中，已多有涉及，故此不贅述。這些方法，通過漢魏六朝雜傳的大量實踐，爲後世小説特别是唐人傳奇的人物形象塑造積累了有益的經驗。同時，也正因爲這些方法的運用，才使漢魏六朝雜傳所傳寫的人物，多栩栩如生、生動傳神。

五、漢魏六朝雜傳人物傳寫的小説化傾向

塑造個性鮮明生動的人物形象是小説的主要藝術追求，故馬振方在其《小説藝術論》中説："在種類繁多的優秀小説中，除了爲數甚少的純寓意之作把人物作爲意念的單純載體之外，其他各類，包括數量最多的擬實小説和形形色色的寫意小説，都把創造人物形象作爲重要的藝術使命。因此，看一部小説成功與否，首先是看人物寫得怎麽樣。"① 這一論述對小説而言是有普遍意義的。

漢魏六朝雜傳，不僅拋棄正統史傳對人物的歷史化定位，關注個體生命，描寫日常生活，人物傳寫趨向生活化。而且擺脱了史傳對政治資鑒和道德勸誡目的的追求，關注人物性格，注重對人物的性格刻畫，人物傳寫趨向個性化。並運用細節描寫等手法，對人物進行從外貌到性格品行的傳神寫照，刻畫出一個個充滿個性的人物形象。通過前文的分析，可以看出，在漢魏六朝雜傳的人物傳寫中，人物本身及其性格成爲真正的焦

① 馬振方《小説藝術論》第三章《小説的人物創造》，北京大學出版社1999年，第53頁。

點，故就人物傳寫的取向與重心而言，漢魏六朝雜傳的人物傳寫是小説化的。而就漢魏六朝雜傳中的人物形象本身來看，亦體現出明顯的小説化傾向。

漢魏六朝雜傳的人物形象，烙有深刻的作者的印跡，這突出表現在兩個方面，一是作者個性的表露，一是作者對形象的創造。

漢魏六朝雜傳中的人物形象，往往表現出作者清晰的主觀評判，作者的愛憎情仇暴露於字裏行間，不僅如此，而且其中還多蘊涵有作者濃郁的主觀意趣，即借歷史人物來投射自我。如在前文的分析中特别提及的《曹瞞傳》中的曹操形象、嵇康、劉向、皇甫謐等人筆下的列士、列女、高士等，以及《文士傳》《名士傳》、諸《孝子傳》等中的文人、名士、孝子等人物形象，作者的主觀評判、主觀意趣顯然可見，有的人物形象甚至就是作者生命理念與人生感受的具體表現，呈現出濃重的作者自己的影子，經過前文的分析，這一點當無需再論。所以，漢魏六朝雜傳中的人物形象，無疑在某種程度上具有了表現作者個性的特點。而這一點又顯然與正統史傳人物傳寫的要求不符。史傳傳寫人物，是反對任情褒貶的，要求作者必須置身史外，摒除自我，不挾個人好惡，屬辭比事客觀而不動聲色，章學誠對此有精彩的論述，他説："文士撰文唯恐不自己出，史家之文唯恐出之於己。"又説，"記事之法，有損無增，一字之增，是造僞也。"① 即

① 章學誠《與陳觀民工部論史學》，見《章氏遺書》卷一四，劉氏嘉業堂刊本。

使要表達意見，也應“寓論斷於敘事”之中，有具體的“書法”形式，或者於篇末假以論贊。故程千帆言：“而班陳以次，屬辭比事，多趨客觀，作者個性，亦漸就澌滅。”①

漢魏六朝雜傳所傳録的人物，基本上都是歷史上的真實人物，但明顯不是如正統史傳一樣對歷史人物原封不動、一模一樣的“實録”。通過漢魏六朝雜傳的傳録所展現出來的人物形象，與歷史上的與之相對應的真實人物原型往往相互出入，就其原因，概而言之，乃源於作者對人物原型的有意改造。這種改造，或多或少，或强或弱，有程度上的差别。有的是部分和局部的，人物形象呈現出半真半假的特徵，這些人物形象，當是在歷史真實人物的基礎上，其個性品格的某一方面或部分被改造了。如《東方朔傳》中的東方朔，其滑稽、淵博、辭辯顯然被强化和突出了；又如《郭林宗别傳》等郭泰諸别傳中的郭林宗，其人倫識鑒的品性被誇大，范曄爲其作傳時説：“其獎拔士人，皆如所鑒。後之好事，或附益增張，故多華辭不經，又類卜相之書。”② 當即指郭泰諸别傳對其人倫識鑒品性的過於誇

① 程千帆把史傳中作者的主觀意趣稱爲作者個性，並認爲司馬遷之《史記》當除外，他説：“故於史事敘次之外，其本人個性實滲透於全部著作之中，主觀之見解與感興，隨時流露。如葛洪《抱樸子》謂其‘以伯夷居列傳之首，以其善而無報也，爲《項羽本紀》，以據高位者非關有德也。’固不得目爲意，必之言焉。而班陳以次，屬辭比事，多趨客觀，作者個性，亦漸就澌滅。其文具存，可以復按。此則作者個性，由顯而隱。”（見《閑堂文藪》第二輯《漢魏六朝文學散論》之二《史傳文學與傳記文學之發展》，齊魯書社 1984 年，第 156 頁）

② 范曄撰，李賢注《後漢書》卷六八《郭太傳》，中華書局 1965 年，第 2227 頁。

張，以致這些别傳有如卜相之書一般。其他如《鍾離意别傳》中的鍾離意、《李部别傳》中的李郃、《佛圖澄别傳》中的佛圖澄等也與《東方朔傳》中的東方朔、《郭林宗别傳》中的郭林宗一樣，有着相似的特點。有的改造則是全面的，這類雜傳中的人物形象，幾乎可以説是虚構的了。如《漢武故事》《洞冥記》《漢武内傳》中的漢武帝、《高僧傳》中的杯度、《葛仙翁别傳》中的葛仙翁、《神女傳》中的成公智瓊、《杜蘭香傳》中的杜蘭香等，這些人物形象，或是在歷史真實人物基礎上的虚構，或者完全出於虚構，如成公智瓊、杜蘭香等人物形象，其人其事僅是得之於縹緲無依的傳聞，可以説是完全出於虚構。所以，漢魏六朝雜傳中的人物形象，在一定程度上是基於作者的創造。

漢魏六朝雜傳中作者個性的表露和作者對人物原型的創造性改造、加工，都導致了雜傳展現出來的人物形象與歷史真實人物之間的相互分離，具有了個人主觀意趣的虚構形象的特徵，而與小説的人物形象塑造相通了。或者説，漢魏六朝雜傳在人物傳寫方面的這些實踐，爲唐人傳奇塑造虚構的人物形象提供了資取的經驗。

第二節　表現之二：敘事建構的小説化傾向

漢魏六朝雜傳的敘事建構，雖然承正統史傳而來，但已明顯與之有了很大的差異，即呈現出鮮明的小説化傾向。具體表現在：由敘事事類的傳聞、虚誕、移植、虚構等特徵而帶來的敘事的虚構性，由敘事的詳贍化、細節化、場景化、戲劇化而導致的形象性和其中的生活及事理意義上的真實感，由其各種敘事結構技巧的運用而産生的强烈的敘事效果以及由以上種種因素所形成的敘事建構整體上的故事性、情節性等諸方面①。

一、敘事事類：選擇與運用策略

中華民族善於從歷史中獲取經驗教訓，早在《尚書·召誥》中就有“我不可不鑒於有夏，亦不可不鑒於有殷”的借鑒歷史經驗的記載。《詩·大雅·蕩》中也有“殷鑒不遠，在夏后之世”以歷史對現世的提醒和警示。這種以史爲鑒的思想，在賦予史著“申以勸誡、樹之風聲”②與“記功司過、彰善癉惡”③重大責任的同時，也要求入於史著的歷史事件、歷史人物必須蘊涵“經世之大略”“得失之樞機”④。所以，不是任何歷史事件、歷史人物都能入史，正統史傳對事類的選擇是有一個嚴格標準的，這個標準就是司馬光所説“關國家盛衰，繫生民休戚，善

① 關於漢魏六朝雜傳敘事建構與正統史傳的聯繫與差異以及其小説化傾向，拙文《六朝雜傳對史傳敘事傳統的突破與超越》（載《遼寧大學學報》2000年第6期）與《論六朝雜傳敘事建構的小説化傾向》（載《古籍研究》2003年第2期）有略論，可參看。

② 劉知幾撰，浦起龍釋《史通通釋》卷七《直書》第二十四，上海古籍出版社1978年，第192頁。

③ 劉知幾撰，浦起龍釋《史通通釋》卷七《曲筆》第二十五，上海古籍出版社1978年，第199頁。

④ 王夫之《讀通鑒論》卷六《光武》一〇，中華書局1975年，第156—157頁。其云：“所貴乎史者，述往以爲來者師也。爲史者，記載徒繁，而經世之大略不著，後人欲得其得失之樞機以效法之無由也，則惡用史爲？”

可爲法，惡可爲戒者”[①]。司馬光之語似乎太過簡括，不過，荀悦、干寶、劉知幾卻説得相當具體。荀悦説：“立典有五志焉：一曰達道義，二曰彰法式，三曰通古今，四曰著功勳，五曰表賢能。”干寶對此解釋説：“體國經野之言則書之，用兵征伐之權則書之，忠臣烈士孝子貞婦之節則書之，文誥專對之辭則書之，才力技藝殊異則書之。”劉知幾在此基礎上又增加了“三科”，即所謂敘沿革、明罪惡、旌怪異，也就是“禮儀用舍、節文升降則書之；君臣邪僻、國家喪亂則書之；幽明感應、禍福萌兆則書之”。劉知幾認爲“以此三科，參諸五志，則史氏所載，庶幾無闕”[②]。考察“三科”“五志”不難看出，史傳關注的焦點是具有政治資鑒與道德勸誡意義的歷史人物和事件。

與史傳秉筆者或總領其事者常爲統治集團的重要成員不同，漢魏六朝雜傳多爲“幽人處士”[③]或“方聞之士”[④]的“率爾而作”，因而也就没有“欽定”的官方思想的束縛，雖然不少雜傳如先賢、孝子、耆舊傳等仍然藴涵一定的道德勸誡目的，但很多雜傳，特别是單篇散傳，已基本不承載史的責任了。即使是先賢、孝子、耆舊傳一類的雜傳，其史的責任意識也已明顯淡化，其

① 司馬光《進書表》，見司馬光撰，胡三省注《資治通鑒》卷末附，中華書局 1976 年，第 9607 頁。

② 荀悦、干寶、劉知幾之語均見劉知幾撰，浦起龍釋《史通通釋》卷八《書事》第二十九。

③ 焦竑《國史經籍志》卷三傳記類序，《續修四庫全書》第 916 册，上海古籍出版社 2002 年，第 346 頁下。

④《宋三朝藝文志》傳記類序，見馬端臨《文獻通考・經籍考》雜史各門總雜傳類序引，華東師範大學出版社 1985 年，第 537 頁。

關注的重心，已多不是“經事之大略”“得失之樞機”，如前所言，而是歷史上的生命個體本身及其性格。這種目標指向上的偏移，使雜傳不再看重事類的重大與否，而在於事類是否反映了生命個體的品性和精神。所以，其所傳人物、所用的事類，多爲“流風遺跡，故老所傳，史不及書”[①]，或“史筆所不及者”，即正統史傳所摒棄不書的。這些事類，與“關國家盛衰，繫生民休戚，善可爲法，惡可爲戒者”相比，是瑣細和庸常的。

如《曹瞞傳》所載的有關曹操之事，像“陽敗面喎口”“假裝中風”以騙叔父之事，與許攸論糧草時虛誇之事等，與《三國志》中所載的重大政治軍事事件相比，無疑是瑣細、庸常的。又如《趙飛燕外傳》，盡録宫闈瑣碎細事，再如《郭林宗别傳》記孟敏買甑之事：

> 鉅鹿孟敏，字叔達，敦樸質直。客居太原，雜處凡俗，未有所名。嘗至市買甑，荷儋墮地壞之，徑去不顧。適遇林宗，見而異之，因問曰："壞甑可惜，何以不顧？"客曰："甑既已破，視之何益？"林宗賞其介決，因以知其德性，謂必爲美士，勸令讀書。遊學十年，遂知名，三府并辟，不就。東夏以爲美賢。[②]

---

① 焦竑《國史經籍志》卷三傳記類序，《續修四庫全書》第 916 册，上海古籍出版社 2002 年，第 346 頁下。

②《世説新語·黜免》第 6 條劉注、《太平御覽》卷七五七《器物部二·甑》各引一條，作《郭林宗别傳》，從《世説新語·黜免》第 6 條劉注引。

摔破一甑，實在是日常生活中小得不能再小的事了，雜傳採而録之，且敘述纖毫不遺，足見雜傳在事類選擇與運用上對於史傳範則的突破。這些日常小事，雖然不關“經世之大略”“得失之樞機”，然則它們卻能顯露出人物的性格、“德性”，透露出人物的風神。

除了必須“重大”而外，史傳在事類的選擇與運用上，還要求確鑿無疑，“按實而書”，“蓋文疑則闕，貴信史也”①。即如果有疑問，應“疑則傳疑”②或“著其明，疑者闕之”③。是絶對排斥訛言、傳聞和虚誕之説的。司馬遷作《史記》時，選擇資材，講求信實，面對傳聞、虚誕之説和不確之事就特别小心謹慎，作《大宛列傳》時，針對《禹本紀》和《山海經》所録傳説時説：“《禹本紀》言：‘河出崑崙，崑崙其高二千五百餘里，日月所相避隱爲光明也。其上有醴泉、瑶池。’今自張騫使大夏之後也，窮河源，惡睹《本紀》所謂崑崙者乎？故言九州山川，《尚書》近之矣。至於《禹本紀》、《山海經》所有怪物，余不敢言之也。”④作《五帝本紀》時，針對有關五帝的傳説時又説：“學者多稱五帝，尚矣。然《尚書》獨載堯以來；而百家言黄

① 劉勰撰，范文瀾注《文心雕龍注》卷四《史傳》第十六，人民文學出版社 1998 年，第 286 頁、第 287 頁。

② 司馬遷撰，裴駰集解，司馬貞索隱，張守節正義《史記》卷一三《三代世表》，中華書局 1965 年，第 487 頁。

③ 司馬遷撰，裴駰集解，司馬貞索隱，張守節正義《史記》卷一八《高祖功臣侯者年表》，中華書局 1965 年，第 878 頁。

④ 司馬遷撰，裴駰集解，司馬貞索隱，張守節正義《史記》卷一二三《大宛列傳》，中華書局 1965 年，第 3179 頁。

帝，其文不雅馴，薦紳先生難言之。孔子所傳《宰予問五帝德》及《帝繫姓》，儒者或不傳……至長老皆各往往稱黄帝、堯、舜之處，風教固殊焉，總之不離古文者近是，予觀《春秋》、《國語》，其發明《五帝德》、《帝繫姓》，章矣，顧弟弗深考，其所表見皆不虚。《書》缺有間矣。其軼乃時時見於他説。"[①]作《三代世表》時針對不確之事又説："五帝、三代之記，尚矣。自殷以前，諸侯不可得而譜，周以來乃頗可著。孔子因史文次《春秋》、紀元年，正時日月，蓋其詳哉。至於序《尚書》則略，無年月；或頗有，然多闕，不可録。"[②]不難看出，司馬遷對於傳聞、傳説之説和不確之事的審慎態度，爲了證實傳聞、傳説是否真實，他不僅遍覽群書，還作實地考察，"西至空桐，北過涿鹿，東漸於海，南浮江淮"[③]，又"適豐沛，問其遺老，觀故蕭、曹、樊噲、滕公之家，及其素，異哉所聞"[④]。然後"擇其言猶雅者"[⑤]，著之於《史記》，對於那些"其文不雅馴"者，則不用。

事類的真實確鑿是史傳的生命，而漢魏六朝雜傳卻背叛了這一基本範則，在事類的選擇與運用上不求確鑿無疑，所載之

① 司馬遷撰，裴駰集解，司馬貞索隱，張守節正義《史記》卷一《五帝本紀》，中華書局 1965 年，第 46 頁。

② 司馬遷撰，裴駰集解，司馬貞索隱，張守節正義《史記》卷一三《三代世表》，中華書局 1965 年，第 487 頁。

③ 司馬遷撰，裴駰集解，司馬貞索隱，張守節正義《史記》卷一《五帝本紀》，中華書局 1965 年，第 46 頁。

④ 司馬遷撰，裴駰集解，司馬貞索隱，張守節正義《史記》卷九五《樊酈滕灌傳》，中華書局 1965 年，第 2673 頁。

⑤ 司馬遷撰，裴駰集解，司馬貞索隱，張守節正義《史記》卷一《五帝本紀》，中華書局 1965 年，第 46 頁。

事常“根據膚淺”[①]，並“雜以虚誕怪妄之説”，或“鬼神怪妄之説往往不廢”。劉知幾在《史通·採撰》中就批評了嵇康的《高士傳》“好聚七國寓言”。漢魏六朝雜傳在事類選擇與運用上的不棄傳聞、虚誕是比較普遍的，如《陶侃别傳》載一事：

> 及侃丁母憂，在墓下，忽有二客來弔，不哭而退，儀服鮮異，知非常人。遣隨視之，但見雙鶴沖天而去。[②]

又如《葛仙公别傳》載：

> 仙公與客對食，客曰：“食畢，當請先生作一奇戲。”食未竟，仙公曰：“諸君得無邑邑，欲見乎？”即吐口中飯，盡成飛蜂，滿屋，或集客身，莫不震肅，但自不螫人耳。良久，仙公乃張口，見蜂皆飛還入口中，成飯食之。[③]

①《宋兩朝藝文志》傳記類序，見馬端臨《文獻通考》史部總序引，華東師範大學出版社 1985 年，第 537 頁。

②《世説新語·賢媛》第 20 條劉注引、《太平御覽》卷九一六《羽族部三·鶴》、《事類賦》卷一八《禽部·鶴賦》“陶侃之墓頭弔客”各引一條，作《陶侃别傳》，從《世説新語·賢媛》第 20 條劉注引。

③《藝文類聚》卷九七《蟲豸部·蜂》、《古今事文類聚後集》卷四八《蟲豸類·蜜蜂》“仙翁吐蜂”各引一條，作《葛仙翁别傳》；《事類賦》卷三〇《蟲部·蜂賦》“吐口中而爲戲仙客何神”引一條，作《葛仙公别傳》；《北堂書鈔》卷一四四《酒食部三·飯篇二》“吐飲成蜂”引一條，作《葛仙翁列傳》，四庫本《北堂書鈔》卷一四四引作《葛仙翁傳》；《太平御覽》卷九五〇《蟲豸部七·蜂》引一條，作《葛仙公列傳》，四庫本《太平御覽》卷九五〇引作《葛仙公别傳》；《太平御覽》卷八五〇《飲食部八·飯》引一條，作《葛仙公傳》，四庫本《太平御覽》卷八五〇引作《葛仙翁傳》；從《藝文類聚》卷九七引。

飯化蜂從口中飛出之事，虛構荒誕自不待言，出於表現葛仙翁奇技和神通的目的，作者生造此事，並對其進行了栩栩如生、宛若真實的描寫。

漢魏六朝雜傳在事類的選擇與運用上不僅不棄傳聞、虛誕之事，而且還往往從他人身上移植，甚至乾脆憑空虛構典型事例。這突出地表現在某事常常被輾轉沿用，導致某事系於多人現象的大量存在，此點前文已多有涉及，此再舉以口漱酒滅火之事爲例，略作説明。

以口漱酒滅火一事，見於六人傳中：

《樊英別傳》云：

> 英隱於壺山，常有黑風從西方起。英謂學者曰："成都市火甚盛。"因含水西向漱之，乃令記其日。後有從蜀來者，云："是日大火，黑雲平旦從東起，須臾大雨，火遂得滅。"

又云：

> 樊英既見陳畢，西南向唾。天子問其故，對曰："成都今日失火。"後蜀太守上火災，言："時雲雨從東北來，故火不爲害。"①

① 第一節：《藝文類聚》卷八〇《火部·火》、《事類賦》卷八《地部三·火賦》"樊英之神寧測"、《太平御覽》卷八六八《火部一·火上》各引一條，作《樊英別傳》，從《藝文類聚》卷八〇引。第二節：《太平御覽》卷三八七《人事部二十八·唾》引一條，作《樊英別傳》，據以校録。

《楚國先賢傳·樊英》云：

樊英隱於壺山，嘗有暴風從西南起，英謂學者曰："成都市火甚盛。"因含水西向潄之，乃令記其時日。後有從蜀郡來者，云是日大火，有雲從東起，須臾大雨，火遂滅。①

《汝南先賢傳·郭憲》云：

郭憲，字子横。遷光禄勳，從駕南郊，憲含酒東北三潠，執法奏不敬，詔問何故？憲對曰："齊國失火，噀酒已厭之。"後齊果失火，燒數千家。②

《桂陽列仙傳·成武丁》云：

成武丁正旦大會，以酒沃廷中，有司問其故，對曰："臨武

①《編珠》卷一《天地部》"樊英雨蓟子雲"、《北堂書鈔》卷一五〇《天部一·雲七》"含水雲起"、《藝文類聚》卷二《天部下·雨》、《初學記》卷二《天部·雨第一》"含水嗽酒"各引一條，作《楚國先賢傳》，從《編珠》卷一引。

②《北堂書鈔》卷一四八《酒食部七·酒六十》"齊國失火噀酒厭之"、《藝文類聚》卷八〇《火部·火》、《太平御覽》卷八六八《火部一·火上》、《事類賦》卷八《地部·火賦》"郭憲嘗聞於噀齊"、《古今合璧事類備要外集》卷五五《燈火門·火》"含酒厭火"、《古今事文類聚續集》卷一八《燈火部·火》"噀酒救火"各引一條，作《汝南先賢傳》，從《北堂書鈔》卷一四八引。

縣失火，以酒救之。”遣騎果然。①

《晉書·佛圖澄傳》云：

澄嘗與季龍升中臺，澄忽驚曰：“變，變，幽州當火災。”乃取酒噀之，久而笑曰：“救已得矣。”季龍遣驗，幽州云：“爾日火從四門起，西南有黑雲來，驟雨滅之，雨亦頗有酒氣。”②

《邵氏家傳·邵信臣》云：

邵信臣爲少府，南陽遭火燒數萬人，信臣時在丞相匡衡坐，心動，含酒東向漱之。遭火處見雲西北來，冥晦大雨以滅火，雨中酒香。③

《神仙傳·欒巴》云：

欒巴爲尚書，正旦大會，巴獨後到，又飲酒西南噀之。有司奏巴不敬。有詔問巴，巴頓首謝曰：“臣本縣成都市失火，臣故因酒爲雨以滅火。臣不敢不敬。”詔即以驛書問成都，成都答言：“正旦大失火，食時有雨從東北來，火乃息，雨皆

---

①《太平御覽》卷七三六《方術部一七·術》引一條，作《桂陽列仙傳》。

② 房玄齡等《晉書》卷九五《藝術·浮圖澄傳》，中華書局1974年，第2489頁。

③《太平御覽》卷七三六《方術部一七·術》引一條，作《邵氏家傳》。

酒臭。"①

以酒滅火之事，今已無法確知最初出現在何傳中，樊英以酒滅火之事，《後漢書·樊英傳》《楚國先賢傳·樊英》《樊英別傳》同載之，而《樊英別傳》同存兩説，略有差異，可見此事的傳聞性質。郭憲以酒滅火事，《後漢書·郭憲傳》《汝南先賢傳·郭憲》同載之。佛圖澄以酒滅火事，今存《佛圖澄別傳》佚文中無此事，但《晉書·佛圖澄傳》既載此事，《佛圖澄別傳》必載無疑，因唐修《晉書》，多採各類野史雜傳小説等書。此點，劉知幾有言："晉世雜書，諒非一族，若《語林》、《世説》、《幽明録》、《搜神記》之徒，其所載或詼諧小辯，或神鬼怪物。其事非聖，揚雄所不觀；其言亂神，宣尼所不語。皇朝新撰《晉史》，多採以爲書。"② 以酒滅火一事先後發生在樊英、郭憲、邵信臣、欒巴、成武丁、佛圖澄身上，如裴松之言"以爲理無二人具有此事"之理，何況六人具有此事③！

通過以上的分析，可知漢魏六朝雜傳在事類的選擇與運用上的策略，表現出三個特點，即：趨向於瑣細和庸常，不棄傳

---

①《後漢書》卷五七《欒巴傳》"所在有績徵拜尚書"李注，《太平御覽》卷七三六《方術部一七·術》、卷八六八《火部一·火上》各引一條，作《神仙傳》，從《後漢書》卷五七《欒巴傳》李注引。

② 劉知幾撰，浦起龍釋《史通通釋》卷五《採撰》第十五，上海古籍出版社 1978 年，第 116—117 頁。

③ 裴松之之言是針對《列異傳》載華歆借宿事與《晉陽秋》載魏舒借宿事相同而發此言的（見《三國志》卷一三《魏書·華歆傳》裴松之按語，中華書局 2000 年，第 405 頁）。

聞和虛誕，移植、虛構故事。

二、敘事方式：詳贍化與細節化的演繹

所謂敘事方式，羅鋼解釋説："一種是敘述者（無論是人物化還是非人物化的），另一種是反映者，所謂敘事方式，就是由這二者以及居於二者之間的各種可能的變化構成的。"①在現代敘事理論中，敘事方式有兩種，即"講述"或"概述"（telling），"展示"或"呈現"（showing）②。在漢魏六朝雜傳中，這兩種敘事方式的運用，都有着不同於正統史傳的顯著特點。這裏，我們首先要來分析的是漢魏六朝雜傳中講述式的敘事方式的特點。

古人有以是否簡要爲標準來判定史之優劣者，如干寶（令升）"歷詆諸家，而獨歸美《左傳》"，他在《史議》中説："丘明能以三十卷之約，括囊二百四十年之事，靡有孑遺，斯蓋立言之高標，著作之良模也。"張輔（世偉）亦以是否簡略評斷班馬優劣，他在《班馬優劣論》中説："遷敘三千年事，五十萬言；固敘二百四十年事，八十萬言。是班不如馬也。"③這種方法雖過於武斷和簡單，但這反映了一個事實，那就是——簡要是史傳

① 羅鋼《敘事學導論》第五章《敘事情境》第一節《敘事角度與敘事情境》，雲南人民出版社 1995 年，第 164 頁。

② 關於兩種敘事方式的區别與聯繫，羅鋼在其《敘事學導論》第五章《敘事情境》第四節《敘事方式》中有介紹，可參看。見《敘事學導論》，雲南人民出版社 1995 年，第 189—196 頁。

③ 以上一段干寶《史議》、張輔《班馬優劣論》文，見劉知幾撰，浦起龍釋《史通通釋》卷九《煩省》第三十三引，上海古籍出版社 1978 年，第 263 頁。

寫作和優劣評判的重要標準。

因此，簡要是史傳敘事的基本要求之一，《四庫全書總目》史部總序就説："史之爲道，撰述欲其簡，考證欲其詳。"①早在唐代，劉知幾就從理論上詳盡地闡釋了史傳簡要的必要和方法，他在《史通·敘事》中説："夫國史之美者，以敘事爲工，而敘事之工者，以簡要爲主，簡之義大矣哉！歷觀自古，作者權輿，《尚書》發蹤，所載務於寡事；《春秋》變體，其言貴於省文。"在此基礎上，他提出了簡要的標準——文約事豐，他説："文約而事豐，此述作之尤美者也。"要求以簡練的文字寫出豐富的内容。他批評了那些冗句煩詞之作："始自兩漢，迄乎三國，國史之父，日傷煩富。逮晉已降，流宕逾遠。尋其冗句，摘其煩詞，一行之間，必謬增數字；尺紙之内，恒虚廢數行。"那麼，怎樣才能做到"文約而事豐"呢？他認爲要做到"文約"，就要儘量地"省字""省句""務卻浮詞"。要做到"事豐"，他提出了"用晦"之法，即"省字約文，事溢於句外"。史傳如此敘事，就能獲得"言雖簡略，理皆要害，故能疏而不遺，儉而無闕""一言而巨細咸該，片語而洪纖靡漏""言近而旨遠，辭淺而義深，雖發語已殫，而含意未盡。使讀者望表而知裹，捫毛而辨骨，睹一事於句中，反三隅於字外"的文約而事豐的效果②。繼劉知幾之後，大史學家章學誠也同樣要求史傳文的簡要，他曾説：

① 永瑢等《四庫全書總目》卷四五史部總序，中華書局 1995 年，第 397 頁上。

② 以上一段引文見劉知幾撰，浦起龍釋《史通通釋》卷六《敘事》第二十二，上海古籍出版社 1978 年，第 165—184 頁。

史傳“必欲適如其言、其事，而不可增損”，如果要有增損的話，也應該是“有損無增，一字之增，是造僞也”①。與尚簡相聯繫，正統史傳的敘事一般使用簡略的講述方式②。

在漢魏六朝雜傳中，也使用講述的方式，但是，如前所説，漢魏六朝雜傳主要在於展示傳主的個體精神，其所用事類，又多爲正史所摒棄不書者，或爲日常生活細事，或爲傳聞，或爲軼事，或出虛造，正如劉知幾所言“訛言難信，傳聞多失”③，爲了能够凸顯人物的品性、精神，也爲了符合事理邏輯，符合生活的真實，以取信於人，就要求對這些瑣碎細事，特别是那些“難信”的訛言、“多失”的傳聞和虛造之事進行宛若真實的敘述，做到“事之所無，理之必然”④，顯然，史傳簡略的敘事方法是不能達到這一目的的。再者，漢魏六朝雜傳的趣尚之一就是搜奇記逸，對這些不見於正統史傳中的生活細事、傳聞軼事，他們當然要詳加敘述。所以，雜傳作者就在自覺或不自覺中背離了簡要的敘事範則，走上了“傳聞而欲偉其事，録遠而欲詳其跡”⑤、

① 章學誠《與陳觀民工部論史學》，見《章氏遺書》卷一四，劉氏嘉業堂刊本。

② 劉知幾在《史通》卷六《敘事》第二十二中把史傳的敘事之體歸納爲四，其中三體屬於講述的方式（後有詳解），可見概述方式在史傳敘事中的主導地位。

③ 劉知幾撰，浦起龍釋《史通通釋》卷五《採撰》第十五，上海古籍出版社 1978 年，第 117 頁。

④ 脂硯齋評《紅樓夢》（甲戌本）第二回眉批。

⑤ 劉勰撰，范文瀾注《文心雕龍注》卷四《史傳》第十六，人民文學出版社 1998 年，第 287 頁。

“穿鑿傍説”[①]、“苟出異端、虚益新事”[②]、“虚益散辭、廣加閑説”[③],“收摭益細”[④]的敘事道路,即敘事趨向於詳贍化、細節化的演繹式敘事方式。

這裏所謂詳贍化、細節化的演繹方式，是指對事件作詳盡的鋪陳和描述，依據現代敘事理論，它當屬其中所謂的“講述”或“概述”的敘事方式。但在詳贍化、細節化的演繹式的敘事中，卻顯然不是梗概式的概述，而是對事件進行詳盡、細緻入微的描述。

如《華佗别傳》中對其治療河内太守劉勳女左腳膝裹上之瘡的敘述，如《葛仙公别傳》中對葛仙翁吐火爲爐之事的敘述，《杜蘭香傳》中杜蘭香與張碩對食、贈袴衫、與署豫子、誡告等等的敘述,《神女傳》中對神女的衣著服飾、輜車婢女、器物酒食的敘述,《逸人傳・丁蘭》所載丁蘭刻木爲人、髣佛親形之事的敘述，等等，都細緻入微，就屬詳贍化、細節化的演繹方式。又如《鍾離意别傳》中敘述其修孔子廟得白璧之事：

意爲魯相。到官,出私錢萬三千文,付户曹孔訢,修夫子

① 劉勰撰，范文瀾注《文心雕龍注》卷四《史傳》第十六，人民文學出版社 1998 年，第 287 頁。
② 劉知幾撰，浦起龍釋《史通通釋》卷五《採撰》第十五，上海古籍出版社 1978 年，第 116 頁。
③ 劉知幾撰，浦起龍釋《史通通釋》卷六《敘事》第二十二，上海古籍出版社 1978 年，第 170 頁。
④《宋兩朝藝文志》傳記類序，見《文獻通考・經籍考》雜史各門總雜傳類序引，華東師範大學出版社 1985 年，第 537 頁。

車，身入廟，拭几席劍履。男子張伯除堂下草，土中得玉璧七枚，伯懷其一，以六枚白意，意令主簿安置几前。孔子教授堂下床首有懸甕，意召孔訢問："此何甕也？"對曰："夫子甕也，背有丹書，人莫敢發也。"意曰："夫子，聖人，所以遺甕，欲以懸示後賢。"因發之，中得素書，文曰："後世修吾書，董仲舒；護吾車、拭吾履、發吾笥，會稽鍾離意；璧有七，張伯藏其一。"意即召問伯："璧有七，何藏一耶？"伯叩頭出之。①

孔子廟中發現"素書"之類孔子遺物，或是真實，但"素書"言數百年後事如此神奇，連鍾離意拭其履，張伯得璧懷一之事都預見在先，當純出傳聞或虛構，但《鍾離意别傳》卻把此事演繹得相當詳盡和細緻，一如真有其事。

漢魏六朝雜傳敘事的詳贍化、細節化演繹的敘事方式，不僅運用於對虚誕、虚造之事敘述上，亦運用在對所有事類的敘述上，即這一方式的運用是普遍而廣泛的。如上文所引皇甫謐《列女傳・龐子夏妻娥親傳》中敘龐娥親殺李壽一段，又如《邴原别傳》敘少年邴原過書舍一事：

①《後漢書》卷四一《鍾離意傳》"出爲魯相"李注、《後漢書・志第二十・郡國二・豫州・魯國》"有鐵有闕里孔子所居"劉昭注，四庫本《北堂書鈔》卷一三九《車部・車總篇一》"夫子車"，《藝文類聚》卷三八《禮部上・宗廟》、卷八四《寶玉部下・璧》，《太平御覽》卷五三五《禮儀部十四・釋奠立廟附》、卷七五八《器物部三・甕》、卷八〇六《珎寶部五・璧》，《事類賦》卷九《寶貨部・玉賦》"張伯懷之而見欺"各引一條，作《鍾離意别傳》，從《後漢書》卷四一李注引。

原字根矩，東莞朱虛人。原十一而喪父，家貧，早孤。鄰有書舍，原過其旁而泣。師問曰："童子何悲？"原曰："孤者易傷，貧者易感。夫書者，必皆具有父兄者，一則羨其不孤，二則羨其得學，心中惻然而爲涕零也。"師亦哀原之言而爲之泣，曰："欲書可耳！"答曰："無錢資。"師曰："童子苟有志，我徒相教，不求資也。"於是遂就書。一冬之間，誦《孝經》、《論語》。自在童亂之中，嶷然有異。①

此段文字敘述了少年邴原求學之事，實爲體現其過人之處，作者抓住邴原過書舍而泣這一細節，詳細摹擬了邴原與塾師的對話，真可謂細緻深入，如在目前。再如《文士傳·禰衡》中一節：

後至八月朝會，大閱試鼓節，作三重閣，列坐賓客。以帛絹製衣，作一岑牟、一單絞及小幝。鼓史度者，皆當脱其故衣，著此新衣。次傳衡，衡擊鼓爲漁陽摻檛，蹋地來前，躡馺腳足，容態不常，鼓聲甚悲，音節殊妙。坐客莫不忼慨，知必衡也。既度，不肯易衣。吏呵之曰："鼓吏何獨不易服？"衡便止。當武帝前，先脱幝，次脱餘衣，裸身而立。徐徐乃著岑

①《三國志》卷一一《魏書·邴原傳》"太祖征吴原從行卒"裴注，《世説新語·賞譽》第4條劉注，《北堂書鈔》卷九八《藝文部四·誦書十五》"一冬誦論語"、《太平御覽》卷三八五《人事部二十六·幼智下》、卷四八五《人事部一百二十六·貧下》、卷六一一《學部五·勤學》、卷七四七《工藝部四·書上》各引一條，作《邴原别傳》，從《三國志》卷一一裴注引。

牟，次著單絞，後乃著幝。畢，復擊鼓摻槌而去，顔色無怍。①

這是一段典型的詳贍化、細節化的演繹式的講述敘事方式，敘述禰衡擊鼓，從頭至尾，描摹入微，其中細節如禰衡“鼓爲漁陽槮檛，踏地來前，躡馺卻足，容態不常”以及他於曹操前脱衣穿衣的描寫，使一個逸才飄舉的禰衡活脱脱地呈現在我們眼前。

三、敘事方式：場景化和戲劇化的呈現

如前所述，與尚簡相聯繫，正統史傳敘事一般以敘述人（史傳作者）的概述爲主，較少使用場景化、戲劇化的呈現式的敘事方式。劉知幾把史傳的敘事之體歸納爲四種，他説：“蓋敘事之體，其别有四：有直紀其才行者，有唯書其事迹者，有因言語而可知者，有假贊論而自見者。”並加以解釋，所謂直紀其才行者，他説：“至如《古文尚書》稱帝堯之德，標以‘允公克讓’，《春秋左傳》言子太叔之狀，目以‘美秀而文’。所稱如此，更無他説。”所謂唯書其事蹟者，是“如《左傳》載申生爲驪姬所譖，自縊而亡，班史稱紀信爲項籍所圍，代君而死。此不言其節操，而忠孝自彰”。所謂因言語而知者，即是如“《尚書》稱武王之罪紂也，其誓曰‘焚炙忠良，刳剔孕婦’。《左傳》紀隨會之論楚也，其詞曰‘篳輅藍縷，以啟山林’。此則才行事蹟，莫不闕如，而言有關涉，事便顯露”。所謂假論贊而

①《世説新語·言語》第8條劉注引一條，作《文士傳》，據以輯録。

自見者，是如“《史記·衛青傳》後，太史公曰‘蘇建嘗責大將軍不薦賢待士’。《漢書·孝文紀》末，其贊曰‘吴王詐病不朝，賜以几杖’。此則傳之與紀，並所不書，而史臣發言，別出其事”[①]。從劉知幾的解釋可知，在四體之中，除“言語”體（記人物語言）而外，其他三體都可以看作是概述的敘事方式，於此可見概述方式在史傳敘事中的主導地位。當然，史傳中也有場景化、戲劇化的呈現式的敘事，如《史記》中著名的“鴻門宴”一章，但這在史傳中只是少數，不是普遍的存在。可以說，出於簡要的考慮，史傳基本上是排斥展示式的敘事的[②]。至少它不是主要的敘事方式，我們知道《史記》中有不少是呈現式的敘事，這正是《史記》被後世稱爲“無韻之離騷”的原因之一，但《史記》的這種敘事卻遭到後世史家的批評，並爲後世史著所不容，《漢書》有許多内容鈔自《史記》，如“鴻門宴”一章，但呈現式的敘事卻被删除了，如删除了劉邦與張良謀劃的經過，删除了宴會前場景佈置的介紹，删去了項莊舞劍、項伯身護劉邦、張良唤樊噲等，取而代之的是對故事梗概的簡要概述。

由於漢魏六朝雜傳較少承載史的責任，主要目的在於展現人物的風神，因此它不需要對人物一生經歷或所有事件的完整記録，也没有史傳所載“庶幾無闕”的壓力，這就爲其使用場

① 劉知幾撰，浦起龍釋《史通通釋》卷六《敘事》第二十二，上海古籍出版社 1978 年，第 168—170 頁。

② 董乃斌把史傳的這種尚簡的敘事稱爲“政事紀要式”的敘事方式，值得參考。見《中國古典小説的文體獨立》第五章《唐傳奇與小説文體的獨立》，中國社會科學出版社 1994 年。

景化、戲劇化的呈現式敘事提供了充足的空間。而場景化、戲劇化的呈現式敘事的表現能力，特别是凸顯人物個性的能力，也使漢魏六朝雜傳大量地使用業已在史傳中存在、但卻没有被充分利用的這一方式。

所謂場景化、戲劇化的敘事，簡單地説，就是將（故）事敘述得如同正在舞臺上演出的一幕戲劇，是現代敘事理論中的“展示”“呈現”的方式。在場景化、戲劇化的呈現式的敘事中，作者通過文字將人物置於精心設計的場景中，讓他們通過語言、動作等自我展示或者通過人物之間的相互衝突等展示各自的性格品行。

如《曹瞞傳》中曹操與許攸論糧草一事、上文所引嵇康《聖賢高士傳贊·狂接輿傳贊》，都是場景化、戲劇化的呈現式敘事。又如《吴質别傳》中的一段：

帝嘗召質及曹休歡會，命郭后出見質等。帝曰：“卿仰諦視之。”其至親如此。質黄初五年朝京師，詔上將軍及特進以下皆會質所，大官給供具。酒酣，質欲盡歡。時上將軍曹真性肥，中領軍朱鑠性瘦，質召優，使説肥瘦。真負貴，恥見戲，怒謂質曰：“卿欲以部曲將遇我邪？”驃騎將軍曹洪、輕車將軍王忠言：“將軍必欲使上將軍服肥，即自宜爲瘦。”真愈恚，拔刀瞋目，言：“俳敢輕脱，吾斬爾。”遂駡坐。質案劍曰：“曹子丹，汝非屠几上肉，吴質吞爾不摇喉，咀爾不摇牙，何敢恃勢驕邪？”鑠因起曰：“陛下使吾等來樂卿耳，乃至此邪！”質顧叱之曰：“朱鑠，敢壞坐！”諸將軍皆還坐。鑠性急，愈恚，還拔劍斬地。遂便罷也。①

這是一段十分成熟的場景化、戲劇化的敘事，在這一段敘事中，作者把吴質與“上將軍及特進以下”的諸多人物置於一場宴會中，通過他們各自的語言、動作和相互之間的衝突，栩栩如生地展示出他們各自的性格品行：吴質的恃寵而盛氣淩人；曹真的恃貴頂撞而又有所畏懼，無可奈何而把怒氣撒向優伶；朱鑠的敢怒不敢言而拔劍斬地；以及曹洪、王忠的火上澆油之態，無不躍然紙上。再如《王彬别傳》：

彬，字世儒，琅邪人。祖覽，父正，并有名德。彬爽氣出儕類，有雅正之韻。與元帝姨兄弟，佐佑皇業，累遷侍中。從兄敦下石頭，害周伯仁，彬與顗素善，往哭其屍，甚慟。既而見敦，敦怪其有慘容而問之。答曰："向哭周伯仁，情不能已。"敦曰："伯仁自致刑戮，汝復何爲者哉！"彬曰："伯仁，清譽之士，有何罪？"因數敦曰："抗旌犯上，殺戮忠良！"音辭忼慨，與淚俱下。敦怒甚，丞相在坐，代爲之解，命彬曰："拜謝。"彬曰："有足疾，比來見天子尚不能拜，何跪之有？"敦曰："脚疾何如頸疾。"以親故不害之。累遷江州刺史、左僕

①《三國志》卷二一《魏書·劉楨傳附吴質傳》“吴質濟陰人……封列侯”裴注、《太平御覽》卷三七八《人事部一九·肥》、《太平御覽》卷四六六《人事部·罵詈》、《天中記》卷二一《肥》“服肥”引一條，作《吴質别傳》，從《三國志》卷二一裴注引。

射，贈衛將軍。①

這裏，《王彬别傳》爲王彬與王敦等人設置了一個相會的場面，其背景就是王彬與周顗“素善”，王敦“下石頭”殺周顗，然後描摹王彬與王敦相見時各自的表現和相互間的衝突，從而展示出二人的不同性格特徵。

需要注意的是，我們説漢魏六朝雜傳敘事方式的詳贍化、細節化的演繹，主要是指漢魏六朝雜傳中概述方式運用的特點，而場景化、戲劇化的呈現，主要是指漢魏六朝雜傳中呈現方式運用的特點。不過，任何敘事，都是概述和呈現兩種方式組合構成的。如前文所舉，如果説《文士傳》中《禰衡傳》是較爲單一的詳贍化、細節化的演繹式的講述的方式的話，那麼在《鍾離意别傳》一段敘事中，則在主要運用詳贍化、細節化演繹式的講述方式的同時，又包含有展示方式的因素，其中鍾離意和孔訢關於懸甕的討論即是。而在《吴質别傳》的一段敘事中，則又是在主要運用場景化、戲劇化呈現式的敘事方式的同時，又包含有講述的方式，前面的一段介紹性文字：“質黄初五年朝京師，詔上將軍及特進以下皆會質所，大官給供具。酒酣，質欲盡歡，時上將軍曹真性肥，中領軍朱鑠性瘦，質召優，使説肥瘦。”就是講述的敘事，而如《邴原别傳》，則是兼而有之，兩種敘事方式都很突出。另外，我們説漢魏六朝雜傳敘事的詳贍化、細節化演繹，場景化、戲劇化呈現，也是就其中的主流

①《世説新語·識鑒》第15條劉注引一條，作《王彬别傳》，據以輯録。

傾向而言。

四、敘事結構：繼承中的新變

關於敘事文學的結構，蒲安迪以小説爲例，解釋説："簡而言之，小説家們在寫作的時候，一定要在人類經驗的大流上套上一個外形（shape），這個'外形'就是我們所謂的最廣義的結構。"然後，他又對"外形"作了解釋："所謂'外形'，指的是任何一個故事、一段話或者一個情節，無論'單元'大小，都有一個開始和結尾。換句話説，在某一段特定的敘事文的第一句話和最後一句話之間，存在着一種内在的形式規則和美學特徵，也就是它的特定的'外形'。"① 敘事結構對於敘事而言是很重要的，正如大衛·洛奇説："敘事結構就像是支撑一座現代高層建築的主梁結構：你看不到它，但它卻決定了你構思作品的輪廓和特點。"②

一般來説，敘事結構包括敘事人稱、敘事視角（或者稱敘事聚焦）、敘事時空等諸種要素，在現代敘事學中，敘事結構常是討論的重點③。

---

①［美］蒲安迪《中國敘事學》，北京大學出版社 1996 年，第 55 頁。

②［英］大衛·洛奇著，王峻岩等譯《小説的藝術》之《敘事結構》，作家出版社 1998 年，第 240 頁。

③ 敘事結構是現代敘事學討論的重點，在衆多的敘事學著作中，敘事結構的要素分類較爲紛繁，討論的重點又常有側重，如荷蘭學者米克·巴爾《敘述學：敘事理論導論》（譚君强譯，中國社會科學出版社 1995 年）、羅鋼《敘事學導論》（見前引）、楊義《中國敘事學》（人民出版社 1997 年）等，可參看。由於本書並不是主要討論敘事學，故略而不論。

正統史傳的敘事結構，總體來説，其敘事人稱一般爲第三人稱，視角爲全知視角，依照人物自身生命過程的時空行進推移安排，或者説依據歷史事件本身的先後順序組織形成的，即縱向順序①。其間時或輔以插敘、補敘等結構方式，用以介紹事件因由及其相關事件，且格式都比較固定，使用專門的詞句，如插敘一般使用“先是”“嘗”“初”等詞句，啟導插入部分；而補敘一般置於所敘事件之末或篇末以補充相關内容。總之，正統史傳的敘事結構是比較單一的。

漢魏六朝雜傳的敘事結構，在沿襲史傳一貫的結構方式的同時，有了許多突破和新變。

首先，注重敘事綫索，在時空綫索之外，使用敘事聯結的新方法。如前所述，正統史傳一般依照時間、空間的先後推移，組織敘事，故其敘事綫索多爲單綫，即以時空的前後來作爲敘事單元之間聯結的自然手段。漢魏六朝雜傳，由於其敘事事類選擇與運用上的瑣細、庸常，傳聞、虛誕，移植、虛構的特點，敘事單元之間的聯結，除了時空綫索之外，往往又隱含著另一條綫索。我們不妨舉例説明。如《東方朔傳》，其所述多如解釋鐘無故自鳴之事、諷武帝處置殺上林苑鹿者之事、諷武帝求神仙之事、釋武帝幸甘泉遇怪哉之事、釋後殿雀立姿式之事等等，這些事類之間，從表面上看，只是簡單的疊加累積，事類之間似乎不存在相互聯繫。但仔細考察，其實，在這些簡單的

① 董乃斌論及史傳的敘事方法結構特點。見董乃斌《中國古典小説的文體獨立》第五章《唐傳奇與小説文體的獨立》第三節《敘事方式和結構的新變》，中國社會科學出版社 1994 年，第 198—199 頁。

疊加背後，隱含着一條聯繫的綫索。《漢書・東方朔傳》班固贊云："朔之詼諧，逢占射覆，其事浮淺，行於衆庶，童兒牧豎莫不炫耀，而後世好事者，因取奇言怪語附著之朔……"班固之語點明《東方朔傳》的敘事的隱含綫索，即"朔之詼諧，逢占射覆"。正是這條綫索，把這些看似毫不相關的事類聯結在了一起，成爲一個有機的整體。漢魏六朝雜傳中這類雜傳很多，如《鍾離意别傳》《郭林宗别傳》《司馬徽别傳》等等，都存在著兩條結構綫索，一條明綫，一條暗綫。

在漢魏六朝雜傳中，也有以物爲綫索的，如《雷煥别傳》，整篇傳文就是以干將、莫耶寶劍爲綫索，傳文從寶劍出現的徵兆起筆，收於寶劍的再次消失，寶劍成爲貫穿傳文的重要綫索。也有以事爲綫索的，如皇甫謐《列女傳・龐子夏妻娥親傳》，就是以龐娥親的復仇之事爲綫索，傳文敘事，始終圍繞着復仇進行。

另外，在漢魏六朝雜傳中，也往往設置次要人物來作爲主要人物和敘事連接的支點。如《趙飛燕外傳》中的樊嫕——和趙家姊妹有親屬關係的後宫女官。從敘事結構上來説這是個關鍵人物，她的活動推動着許多事件的發生和發展，如合德的進宫、二趙的分館而居等等，借助她的參與也使分散的事件獲得整體性。同時，如此傳開頭所言，傳中所記，都得之於此人，她也是作爲宫幃祕聞的知情者和傳播者出現的。是整個敘事的支點。再如《漢武故事》中的東方朔，東方朔不僅在人物關係上起着溝通武帝和王母的中介作用，在整個《漢武故事》的敘事建構中，他也起着連接支點的作用。首先，西王母降武帝的傳説實際是以東方朔傳説爲中介，東方朔是天上木星精，因偷王母桃被謫人間爲武帝之臣，這樣一來便引出王母七月七日降武帝的故事，從而實現了武帝傳説和西王母傳説的合流。其次，《漢武故事》中敘事的展開也是以東方朔爲起承轉合的支點。王母降臨的消息，就是通過東方朔識東郡短人引出；及至王母降臨，通過“上問東方朔”，藉以再次引出東方朔，通過“非世中人”東方朔的博識再引出王母之降；最後，又通過東方朔的死，截斷漢武帝與王母的聯繫，敘事也就此終結。不難看出，東方朔在《漢武故事》的敘事結構中起着連貫組織的作用。

其次，懸念的引入。關於漢魏六朝雜傳敘事中的懸念運用，前文已有涉及，如陳壽《益部耆舊傳·王忳》敘王忳義葬金彦一事，在結構安排上就多次使用懸念的方法，隨着敘事的進行，層層揭開因由，展示事件的全過程，而只有當我們讀完全篇時，才能理清整個事件的經過。無疑，這種敘事結構，在正統史傳中是難得一見的。又如《先賢行狀·王烈》的敘事結構，也使用了懸念的方法：

時國中有盜牛者，牛主得之。盜者曰："我邂逅迷惑，從今已後將爲改過。子既以赦宥，幸無使王烈聞之。"人有以告烈者，烈以布一端遺之。或問："此人既爲盜，畏君聞之，反與之布，何也？"烈曰："昔秦穆公，人盜其駿馬食之，乃賜之酒。盜者不愛其死，以救穆公之難。今此盜人能悔其過，懼吾聞之，是知耻惡。知耻惡，則善心將生，故與布勸爲善也。"間年之中，行路老父擔重，人代擔行數十里，欲至家，置而去，問姓名，不以告。頃之，老父復行，失劍於路。有人行而遇之，欲置而去，懼後人得之，劍主於是永失，欲取而購募，或恐差錯，遂守之。至暮，劍主還見之，前者代擔人也。老父擘其袂，問曰："子前者代吾擔，不得姓名，今子復守吾劍於路，未有若子之仁，請子告吾姓名，吾將以告王烈。"乃語之而去。老父以告烈，烈曰："世有仁人，吾未之見。"遂使人推之，乃昔時盗牛人也……①

此段先敘述了盗牛者被牛主人當場抓獲後求主人不要將此事告訴王烈，後有人告訴王烈，王烈即以布一端"遺之"。然後此事就此停頓轉入敘述一年後之事，這兩者之間似乎没有聯繫，敘事結構出現斷裂。然後敘述有人代老父擔，不留姓名，留下懸念；後老父又失劍，有人爲其守劍於路，是前之代擔人，老父讓其留下姓名，但傳文卻未明言，又留下一個懸念；老父將此人之事告訴王烈，王烈亦不知此人，又是一個懸念；使人"推之"，才知是盗牛人，至此，三個懸念才完全揭開，同時，盗牛之事與後文之間在讀者心中曾經存在的敘事結構上的斷裂狀態，也由此得以縫合與敷平，使人豁然開朗。懸念的設置，

①《三國志》卷一一《魏書·管寧傳附王烈傳》"王烈者字彦方……卒於海表"裴注，《北堂書鈔》卷一二二《武功部十·劍三十四》"失劍於路至暮守之"，《藝文類聚》卷八五《布帛部·布》，《白氏六帖事類集》卷八《德第二十七》"王烈誘人"，《太平御覽》卷三四三《兵部七十四·劍中》、卷四九九《撰人事部一百四十·盗竊》、卷八二〇《布帛部七·布》、卷八二九《資産部九·擔》、卷九〇〇《獸部十二·牛下》，《事類賦》卷一三《服用部·劍賦》"守路德彌臧"，《天中記》卷五〇《布》"盗牛遺布"各引一條，作《先賢行狀》，從《三國志》卷一一裴注引。

無疑使這段敘事更具故事性和可讀性。同時，這段敘事也相當生動形象，其中守劍一事中，還寫及人物作出守劍決定的心理活動。

再次，注意敘事結構的前後呼應。在漢魏六朝雜傳中，亦注意敘事結構上的相互呼應，如前文所引《雷煥别傳》，開頭的星氣預兆及張華所言相者之語，與雷煥的掘地得劍相呼應；張華得劍後所言："此干將也，莫邪已復不至，然天生神物，終當合耳。"與後來雷煥子爽帶劍經延平津，而劍無故墮水，兩劍再合，化龍而去之事相呼應。又如《漢武故事》，行文更是前後多次呼應，東方朔出場時巨靈指東方朔偷王母仙桃之事，就與相會一段中王母出桃的描述對話以及東方朔的"偷"看相呼應；王母向武帝介紹東方朔的神仙身份以及"尋當得還"的預言，就與結尾處王母、武帝之間的絶交和東方朔的突然死去相呼應等等。

漢魏六朝雜傳在敘事結構方面的新嘗試當然不止上述幾方面，還表現在諸多方面。總之，漢魏六朝雜傳敘事中重視綫索、引入懸念、注意前後呼應等，都是對史傳平直敘事結構的突破和改進，當然是走向更加精密、完善敘事結構的重要一步。

五、漢魏六朝雜傳敘事建構的小説化傾向

漢魏六朝雜傳的敘事建構，依據其目標指向的轉移，即從對歷史事實及其政治資鑒和道德勸誡意義的關注轉向了對歷史上的生命個體本身及其性格的關注，放棄了正統史傳"關國家

盛衰，繫生民休戚，善可爲法，惡可爲戒者”的事類去取標準，不再看重事類的重大、真實與否，而在於事類是否反映了生命個體的品性和精神，在事類的選擇與運用上，傾向於瑣細化、庸常化，並不棄傳聞、虛誕，甚至移植虛構故事；同時，在敘事方式上，也背離了正統史傳敘事尚簡的基本範則，以詳贍化、細節化的演繹方式和場景化、戲劇化的呈現方式取代了正統史傳由敘述者——史家——概述的敘事方式；並且在繼承史傳敘事結構的基礎上，重視綫索、引入懸念、注意前後呼應，敘事結構也有了許多突破和新變。

敘事事類的選擇運用、敘事方式、敘事結構上的這些變化，使漢魏六朝雜傳的敘事建構，雖然承正統史傳而來，但已明顯與之有了很大的差異。總而言之，由於敘事事類的傳聞、虛誕、移植、虛構等特徵使其具有了虛構性，由於敘事的詳贍化、細節化、場景化、戲劇化而使其具有了形象性，也使其中的虛構具有了生活及事理意義上的真實感，由於其各種敘事結構技巧的運用而産生了强烈的敘事效果等，都無疑使漢魏六朝雜傳的敘事建構具有了小説敘事的特點，或者説呈現出明顯的小説化傾向。

漢魏六朝雜傳敘事建構的小説化傾向不僅表現在其敘事建構的虛構性、形象性、真實感等方面，也體現在其敘事建構的故事性、情節性上，故事性、情節性體現在敘事建構的整體之中，故於此再對漢魏六朝雜傳敘事建構的故事性、情節性略作説明。

故事和情節都是小説的基本要素。所謂故事，佛斯特説：

“就是對一些按時間順序排列的事件的敘述。”情節又與故事相聯繫，他説：“我們曾給故事下過這樣的定義：它是按照時間順序來敘述事件的。情節同樣要敘述事件，只不過特别强調因果關係了。如‘國王死了，不久王后也死去’，便是故事。而‘國王死了，不久王后也因傷心而死’，則是情節。”[①]很顯然，故事和情節是小説敘事建構中相互聯繫的兩個概念。馬振方説：“充分藝術的小説情節一般具備三種特性：真實性、生動性和典型性。”在生動性中又分爲戲劇性、故事性等方面[②]。則情節又與敘事事類、敘事方式、敘事結構等相關聯。

漢魏六朝雜傳敘事建構的故事性，首先體現在其所載之事自身的故事性上。漢魏六朝雜傳所載之事，如前所言，多出自“流風遺跡,故老所傳”[③]、“事多異聞,言或過實”[④]。不論是瑣碎的日常細事，還是傳聞、虚誕、移植、虚造之事，多爲奇聞逸事，這些事類不僅具有虚誕、虚構特徵，自身亦具有很强的故事性。這一點，前文已多有涉及，當無需冗長的敘述和舉證。漢魏六朝雜傳敘事建構的故事性更體現在其敘述的方式上。如何敘述，决定着故事性的强弱。“同一情節，寫法不同，故事性的强弱大不一樣。以敘述爲

① [英] E.M. 佛斯特著，蘇炳文譯《小説面面觀》第二章《故事》、第五章《情節》，花城出版社 1984 年，第 24 頁、第 75 頁。

② 馬振方《小説藝術論》第四章《小説的情節藝術》，北京大學出版社 1999 年，第 110 頁。

③ 焦竑《國史經籍志》卷三傳記類序，《續修四庫全書》第 916 册，上海古籍出版社 2002 年，第 346 頁下。

④《宋三朝藝文志》雜史類序，見馬端臨《文獻通考·經籍考》雜史各門總雜史類序引，華東師範大學出版社 1985 年，第 535 頁。

主，將情景的描寫融於事體的敘述，故事性就强；以描寫爲主，將事體的發展融於情景的描寫，故事性就弱。多些人物語言、行動，故事性就强；多作静止的人物解剖，故事性就弱……”① 如前所言，漢魏六朝雜傳的敘事方式主要是場景化、戲劇化的呈現式敘事，正如馬振方所説“戲劇性也是一種故事性，是同一場面的故事性”②。所以，場景化、戲劇化的呈現的敘事方式無疑又具有並增强了敘事的故事性。

而漢魏六朝雜傳敘事建構的情節性也主要體現在其敘事方式上。佛斯特説：“究竟情節是由什麽構成的？大部分文學作品都包含兩個因素，一是上次我們討論的人物，二是我們姑且稱之爲技巧的東西。”③ 如佛斯特言，他指的“技巧”，當然包括敘事方式、結構等敘事建構的諸方面，也就是説如何敘述，直接影響敘事建構的情節性，通過巧妙安排、形成了内在聯繫的故事，就構成了情節，而敘事方式無疑是其中的主要方面，起着關鍵作用。簡略的概述顯然無法構成生動的情節，别士在其《小説原理》一文中説過這樣一段話：

> 史亦與小説同體，所以覺其不若小説可愛者，因實有之事常平淡，誑設之事常穠豔，人心去平淡而即穠豔，亦其公

① 馬振方《小説藝術論》第四章《小説的情節藝術》第二節《小説情節的生動性》，北京大學出版社 1999 年，第 133 頁。

② 馬振方《小説藝術論》第四章《小説的情節藝術》第二節《小説情節的生動性》，北京大學出版社 1999 年，第 133 頁。

③［英］E.M. 佛斯特著，蘇炳文譯《小説面面觀》第五章《情節》，花城出版社 1984 年，第 74 頁。

> 理，此史之處於不能不負者也。且史文簡素，萬難詳盡，必讀者設身處地，以意歷之，始得其狀，尤費心思。如《水滸》武大郎一傳，敘西門慶、潘金蓮等事，初非有奇事心理，不過就尋常日用瑣屑敘來，與人人胸中之情理相印合。故自來言文章者推爲絶作。若以武大入《唐書》、《宋史》列傳中敘之，只有"妻潘通於西門慶，同謀殺大"二句耳，觀者之孰樂孰不樂可知也。①

别士所言《水滸》敘武大一傳，之所以"歷來推爲絶作"、讀者"樂之"者，不僅"就尋常日用瑣屑敘來"，與人心相合，還在於其把這些事敘述得細緻、生動，即富於情節性，如果如别士所言，僅云"妻潘通於西門慶，同謀殺大"二句，當然是不會被推爲絶作、爲人所樂讀了。漢魏六朝雜傳對故事詳贍化、細節化的演繹式敘述和場景化、戲劇化的呈現式敘述，特别是後者，形成了其敘事建構的顯著情節性。如前文所引《邴原别傳》中邴原過書舍而泣之事、《文士傳·禰衡》敘八月朝會大閱試鼓節之事、《吴質别傳》中敘吴質宴會上招優説肥瘦之事、《王彬别傳》中敘王彬與王敦因殺周顗引發的衝突之事等，通過詳贍化、細節化的演繹式敘述和場景化、戲劇化的呈現式敘述，就非常具有情節性。

① 别士《小説原理》，見黄霖、韓同文選注《中國歷代小説論著選》(修訂本)下，江西人民出版社 2000 年，第 110 頁。

第三節　表現之三：風格取向的小説化傾向

漢魏六朝雜傳從正統史傳儒雅素樸、沉穩莊重的單一風格中擺脱出來，風格趨向多樣化，而在多樣化的風格中，有兩個顯著的特徵，即藻飾化和諧謔化。漢魏六朝雜傳風格的普遍藻飾化與諧謔化，正是其風格取向小説化的具體體現。

一、風格取向的多樣化

作品的風格一方面與作者的個性、好尚、時風等有着密切的聯繫，另一方面，也與文體和内容相關聯。如劉勰所云："夫情致異區，文變殊術，莫不因情立體，即體成勢也。勢者，乘利而爲制也。如機發矢直，澗曲湍回，自然之趣也。圓者規體，其勢也自轉；方者矩形，其勢也自安。文章體勢，如斯而已。"①劉勰指出各種文體猶如弩機所發之矢，曲澗之湍流、圓規方矩畫出之圓形方形，有各自不同的態勢。風格亦如此，各種不同的文體有其各自相互區别的一定的風格定勢。劉勰在此基礎上歸納出了二十餘種文體各自的一般風格特徵："是以括囊雜體，功在詮别，宫商朱紫，隨勢各配。章表奏議，則準的乎典雅；賦頌歌詩，則羽儀乎清麗；符檄書移，則楷式於明斷；史論序注，則師範於覈要；箴銘碑誄，則體制於弘深；連珠七辭，則

① 劉勰撰，范文瀾注《文心雕龍注》卷六《定勢》第三十，人民文學出版社 1998 年，第 529 頁。

從事於巧豔；此循體而成勢，隨變而立功者也。”①

這裏，劉勰特别提到了“史論序注”的風格是“師範於覈要”，“覈”有查驗、核實、深刻之義，“要”有簡要、精當之義。即史傳的風格是以信實、深刻、簡要、精當爲主要特徵，劉勰的總結道出了史傳風格的核心特點。繼劉勰之後，劉知幾在其《史通》中也論及史傳的風格，其有關史傳風格的論述，散見於《論贊》《言語》《浮詞》《敘事》《煩省》等各篇之中，並主要是從側面或反面的比較和批判中體現出來的。總而論之，史傳，從其總體的體制風格到行文用語、遣詞造句、文辭修飾，表現出儒雅素樸、莊重沉穩的風格取向②。

正統史傳儒雅素樸、莊重沉穩的風格取向，是與其所承載的政治資鑒和道德勸誡目的這一嚴肅的主題相聯繫的。漢魏六朝雜傳，相對而言，由於較少承載史的責任，特别是政治資鑒意義，以投射自我、搜奇記逸等等爲其主要趣尚，故在風格取向上，表現出多樣性的特徵。

劉熙載曾言：“文有仰視、有俯視、有平視。仰視者，其言恭；俯視者，其言慈；平視者，其言直。”③故從作者對人物的

① 劉勰撰，范文瀾注《文心雕龍注》卷六《定勢》第三十，人民文學出版社 1998 年，第 530 頁。

② 董乃斌將史傳的風格（他稱之爲語調）概括爲“冷静、客觀、平實、力戒誇飾、寓褒貶愛憎於看似平淡的鋪敘之中等等”特徵，亦可供參考（見《中國古典小説的文體獨立》第五章《唐傳奇與小説文體的獨立》第四節《語調的多樣和諧謔化》，中國社會科學出版社 1994 年，第 217 頁）。

③ 劉熙載撰，王氣中箋注《藝概箋注》之《文概》三三二，貴州人民出版社 1986 年，第 135 頁。

審視態度而言，正統史傳由於要求客觀、公正、不羼雜個人好惡，其審視態度一般來説是劉熙載所説的平視；而漢魏六朝雜傳並不着意於爲史，加之其趣尚、目的等的千差萬别，作者對傳主的審視態度相互之間也有很大的差異，不僅有平視，也有仰視、有俯視。作者審視態度的不同，當然也會導致其傳文風格的不同。

漢魏六朝雜傳的風格較爲多樣。如《獻帝傳》《趙雲别傳》《曹瞞傳》《夏仲御别傳》《樊英别傳》《陳寔别傳》《劉根别傳》《董卓别傳》《郭林宗别傳》《鄭玄别傳》《孫資别傳》《孔融别傳》《司馬徽别傳》《諸葛恪别傳》《管寧别傳》、嵇喜《嵇康傳》、鍾會《鍾會母張氏傳》、江淹《自序傳》等都呈現出不同的風格特徵。這種缺乏聯繫的列舉和比較或許不甚直觀和清晰，但是，傳寫同一人物的雜傳的比較當是直觀和清晰的。最明顯的例子是曹操别傳三種，即《曹瞞傳》《曹操别傳》《魏武别傳》，前文已有介紹，從題目上看就可見其風格的不同，按照劉熙載的説法，《曹瞞傳》作者對人物的審視態度當屬“俯視”一類，《曹操别傳》則屬“平視”一類，而《魏武别傳》則當屬“仰視”一類，從其實際看，三傳的風格也顯然不同。

漢魏六朝雜傳的風格雖然呈現出多樣化的特徵，不過，在多樣化之中，卻有一種共同的取向，即普遍有一種藻飾化、諧謔化的傾向。

二、風格取向的特徵之一：藻飾化

正統史傳由於擔負着承載“經世之大略”“得失之樞機”這

樣重大而嚴肅的歷史責任，所以，其屬辭比事總體而言就傾向於儒雅素樸，即班固所説“辨而不華，質而不俚”①。雖然“史之爲務，必藉於文”，但從總體上説是排斥“蕪音累句，雲蒸泉湧”，“或虚加練飾，輕事雕彩，或體兼賦頌，詞類俳優”的②。要求所書，“識事詳審，措辭精密”，“要翦截浮詞，撮其機要”，“貴乎博録而已”③。陳壽的《三國志》卷二〇《魏書·鄭哀王傳》裴注引《魏書》，對曹沖有“容貌姿美，有殊於衆，故特見寵異”這樣簡略的描寫，竟也爲史傳所不容，引來後人詬病。裴松之注特於其後加案語批評説：“以容貌姿美一類之言，而分以爲三，亦敘屬之一病也。”

漢魏六朝雜傳乃“幽人處士”或“方聞之士”的“率爾而作”，並已“不在正史”，遊離於正統史傳之外，有自炫其才的用意，所以，用語常鏤金雕彩，行文雲蒸泉湧而體兼賦頌，敘事風格雖也繼承了正統史傳的儒雅素樸，但從總體上説卻有普遍的風流藻飾傾向，“其爲文也，大抵編字不隻，捶句皆雙，修短取均，奇偶相配”④，行文用語、遣詞造句“溺於煩富”⑤。

① 班固撰，顔師古注《漢書》卷六二《司馬遷傳》，中華書局1962年，第2738頁。

② 劉知幾撰，浦起龍釋《史通通釋》卷六《敘事》第二十二，上海古籍出版社1978年，第180頁、第174頁、第180頁。

③ 劉知幾撰，浦起龍釋《史通通釋》，卷五《因習》第十八，卷六《浮詞》第二十一，上海古籍出版社1978年，第139頁、第161頁、第158頁。

④ 劉知幾撰，浦起龍釋《史通通釋》卷六《敘事》第二十二，上海古籍出版社1978年，第174頁。

⑤ 劉知幾撰，浦起龍釋《史通通釋》卷六《浮詞》第二十一，上海古籍出版社1978年，第158頁。

正如劉知幾所謂“史臣撰録，亦同彼文章”[①]，將雜傳創作等同於文章而不是史傳的趨勢，或者説文章化傾向。如《王廙别傳》：

> 廙，字世將。祖覽，父正。廙高朗豪率。廙常旦發潯陽，暮至都。王導、庾亮遊於石頭，會廙至，爾日迅風飛颿，廙倚船樓長嘯，神氣甚逸。導謂亮曰：“世將爲復識事。”亮曰：“正足舒其逸耳。”[②]

作者描摹了王廙“倚樓而長嘯”之態，又襯之以“迅風飛颿”，構成一個生動的人物剪影，數行文字，一個卓爾不群的名士，飄然而出，文句之飄逸，亦如文中之形象，兩者諧和同於天然。

又如《夏仲御别傳》中的一段：

> 仲御詣洛，到三月三日，洛中公王以下，莫不方軌連軫，並至南浮橋邊禊。男則朱服耀路，女則錦綺粲爛。仲御時在船中曝所市藥，雖見此輩，穩坐不摇。賈公望見之，深奇其節，顧相與語。此人有心膽，有似冀缺，走問：“船中安坐者爲

---

① 劉知幾撰，浦起龍釋《史通通釋》卷六《敘事》第二十二，上海古籍出版社1978年，第178頁。

②《世説新語·仇隙》第3條劉注、《北堂書鈔》卷一三八《舟部·舫七》“王廙倚舫長嘯”、《藝文類聚》卷一九《人部三·嘯》、《太平御覽》卷三九二《人事部三十三·嘯》各引一條，作《王廙别傳》，從《世説新語·仇隙》第3條劉注引。

誰？”仲御不應，重問，徐乃答曰：“會稽北海閒民夏仲御。”①

文中對洛中衆人及夏仲御行爲舉止的描繪，極盡鋪陳，且文辭華贍，語帶駢偶，這種敘事風格在史傳中是很難見到的，但在傳奇文中卻是普遍的存在。

又如《孫登别傳》：

> 孫登，字公和，汲郡共縣人。清静無爲，其情志悄如也。好讀《易》彈琴，頽然自得，觀其風神，若遊六合之外者。當魏末，居北山中，以石窟爲宇，編草自覆。阮嗣宗見登，被髮端坐巖下，遥見鼓琴，嗣宗自下趨進，莫得與言。嗣宗乃嘐嘈長嘯，與琴音諧和雍雍然。登乃逌爾而笑，因嘯和之，妙響動林壑。②

再如《漢武内傳》，行文採用漢賦式的鋪張手段，大量運用排偶筆法，具有强烈的形式美。又吸收東漢興起的五言詩形式，夾詩於文，洋洋萬言，文辭華美縟麗，竭盡渲染誇飾之能。錢

①《藝文類聚》卷四《歲時部中・三月三日》、《初學記》卷四《歲時部下・三月三日第六》“南浮橋東流水”、《太平御覽》卷三〇《時序部十五・三月三日》各引一條，作《夏仲御别傳》，從《藝文類聚》卷四引。

②《北堂書鈔》卷一〇九《樂部九・琴十》“讀易彈琴”、《藝文類聚》卷四四《樂部四・琴》、《太平御覽》卷五七九《樂部十七・琴下》各引一條，作《孫登别傳》；《太平御覽》卷三九二《人事部三十三・嘯》引一條，作《孫登列傳》，四庫本作《孫登别傳》，“列”當作“别”；從《藝文類聚》卷四四引。

熙祚稱其“文采絢爛，辭章家承用不廢”[①]。其中對王母出場的描寫，筆墨就十分繁富，但又有條不紊。先寫白雲之起、簫鼓之聲、人馬之響，聲色并茂；再寫群從仙官，用七個或字句排比從官坐騎，用筆張揚；再寫王母車駕近侍。這一方面描寫出王母出行的排場、場面的宏麗，同時也表現出出行隊伍由遠到近的過程和視覺上由近到遠的律動。當王母露面後，並未急於對王母展開描寫，而是先描寫二侍女，最後才描寫王母。對侍女和王母的肖像描寫筆法相似，都描寫年齡、服飾、氣度神情，但描寫侍女只用了五句，以“真美人也”作結，描寫王母用了十三句，描寫愈加細緻，文辭愈加華美，最後以“真靈人也”作結。其他如《神女傳》《杜蘭香傳》等也與此有類似的特點。

三、風格取向的特徵之二：諧謔化

與嚴肅的主題相適應，史傳的敘事也較爲莊重沉穩，籠罩着一層濃重的廟堂之氣。而漢魏六朝雜傳，卻普遍存在着諧謔化的傾向，帶有一種或輕松或幽默的味道。如《曹瞞傳》，此傳以曹操這樣歷史上顯赫一時的人物的小名爲傳名，就自然使整篇傳文立即染上了一層輕鬆詼諧的色彩。文中所記之事，如“陽敗面喎口”之事，“歡悦大笑，至以頭没杯案中，肴膳皆沾污巾幘”之事，也是極具詼諧意味的。又如《諸葛恪别傳》：

---

① 錢熙祚《漢武帝内傳・校勘記》，見《漢武内傳》，《叢書集成初編》本，中華書局1985年，第37頁。

> 權嘗饗蜀使費禕,先逆敕群臣:“使至,伏食勿起。”禕至,權爲輟食,而群下不起。禕啁之曰:“鳳凰來翔,騏驎吐哺,驢騾無知,伏食如故。”恪答曰:“爰植梧桐,以待鳳凰,有何燕雀,自稱來翔?何不彈射,使還故鄉!”禕停食餅,索筆作麥賦,恪亦請筆作磨賦,咸稱善焉。權嘗問恪:“頃何以自娱,而更肥澤?”恪對曰:“臣聞富潤屋,德潤身,臣非敢自娱,修己而已。”又問:“卿何如滕胤?”恪答曰:“登階躡履,臣不如胤;迴籌轉策,胤不如臣。”恪嘗獻權馬,先𨨗其耳。范慎時在坐,嘲恪曰:“馬雖大畜,稟氣於天,今殘其耳,豈不傷仁?”恪答曰:“母之於女,恩愛至矣,穿耳附珠,何傷於仁?”太子嘗嘲恪:“諸葛元遜可食馬矢。”恪曰:“願太子食鷄卵。”權曰:“人令卿食馬矢,卿使人食鷄卵何也?”恪曰:“所出同耳。”權大笑。①

以上是今存《諸葛恪别傳》之文，共記諸葛恪在朝中的四件事，這四件事都充滿諧謔、幽默味道，而作者對這四件事的敘述，又使用的是場景化、戲劇化的呈現方式，主要通過人物語言來表現，收到了極佳的效果。《諸葛恪别傳》的諧謔、幽默主要是通過其所載事類，即人物本身的諧謔、幽默體現出來，在漢魏六朝雜傳中，與《諸葛恪别傳》相似的雜傳爲數不少，如《東方朔傳》《孫放别傳》《管輅别傳》等。又如《文士傳・劉楨》也主要是通過曹操的

①《三國志》卷六四《吴書・諸葛恪傳》“恪之才捷皆此類也”裴注引一條，作《恪别傳》，據以輯録。

問話與劉楨的的回答本身的諧謔、幽默浸染了傳文：

> 文帝之在東宫也,宴諸文學。酒酣,命甄后出拜,坐者咸伏,惟劉楨平視之。武帝使人觀之,見楨大怒,命收之。主者案楨大不恭,應死,減一等,輸作部,使磨石。後太祖乘步牽車乘城,降閱簿作,諸徒咸敬,而楨摳坐,磨石不動。太祖曰:"此非劉楨也?石如何性?"楨因得喻己自理,楨曰:"石出荆山玄巖之下,外炳五色之章,内秉堅貞之志,雕之不增文,磨之不加瑩,稟氣貞正,稟性自然。顧理枉屈紆繞獨不得申。"太祖曰:"名豈虚哉!"復爲文學。①

曹操的問話與劉楨答語都輕鬆幽默而不乏思致。

又如《漢武故事》，其間的諧謔與幽默亦頗引人注意，故事開頭出現的東郡短人，東方朔呼其爲巨靈，名實構成反諷效果，在不動聲色中流露出滑稽感。其後文中又有東方朔從窗户偷看王母的情節，與開頭巨靈所言東方朔偷王母仙桃事相呼應，亦充滿喜劇色彩。

---

①《水經注》卷一六《谷水》"又東過河南縣北東南入於洛"，《世説新語・言語》第10條劉注，《藝文類聚》卷八三《寶玉部上・玉》，《太平御覽》卷五一《地部十六・石上》、卷四六四《人事部・辯下》、卷八〇五《珎寶部四・玉下》，《事類賦》卷七《地部二・石賦》"問公幹而其摽彌厲"，《天中記》卷八《石》"磨石"各引一條，作《文士傳》；《北堂書鈔》卷一六〇《地理部四・石篇十六》引一條，作張隱《文士傳》；《記纂淵海》卷一〇《論議部・不待增益》、卷三七《性行部・天姿自然》各引一條，作魏《文士傳》；從《水經注》卷一六引。

當然，漢魏六朝雜傳的諧謔、幽默意味並不都如《諸葛恪別傳》一類的雜傳那樣顯著而濃鬱，有的是較爲淺淡和隱晦的。但無論深濃或淺淡，漢魏六朝雜傳多具諧謔、幽默色彩，即使是面對莊重、嚴肅的主題，如《桓階别傳》，本敘桓階俸盡食醬酢之事，表現其廉而清儉，卻轉而敘寫魏文帝對此的嘲戲之言，在莊重嚴肅之中插入此語，可謂莊中寓諧。

四、漢魏六朝雜傳風格取向的小説化傾向

漢魏六朝雜傳從正統史傳儒雅素樸、沉穩莊重的單一風格中擺脱出來，風格趨向多樣化，而在多樣化的風格中，有兩個顯著的特徵，即藻飾化和諧謔化。藻飾化無疑使漢魏六朝雜傳避免了正統史傳行文的枯燥和乏味，具有了文章化傾向，敘事也因此變得生動和形象，給漢魏六朝雜傳帶來了顯著的文學愉悦特性；諧謔化使漢魏六朝雜傳從正統史傳的聖壇上走了下來，史傳的莊重嚴肅色彩減弱，而具有了輕松的以文爲戲、遊心寓目的性質；我們説漢魏六朝雜傳風格取向的小説化傾向，正是從其藻飾化、諧謔化所帶來愉悦、娱樂性質而言的。

這裏，有必要對漢魏六朝雜傳中的愉悦、娱樂性質略作説明。任何文字形式，都存在所謂受衆——即讀者的問題，作品的愉悦、娱樂性質，是從作品本身而言，而這種性質，顯然必須由受衆來評判。所以，從受衆的角度而言，即作品首先産生了愉悦、娱樂功能和效果。漢魏六朝雜傳在客觀上是有愉悦、娱樂功能和效果的。前文提到，漢魏六朝雜傳較少承載史的責

任，其間傳録，多逸聞軼事，多傳聞虚誕之事。同時，作者對這些事類的傳述，又主要是詳贍化、細節化的演繹方式和場景化、戲劇化的呈現方式，從受衆的角度而言，漢魏六朝雜傳因此又具有了愉悦、娱樂的客觀功能和效果。不妨舉例説明。如《東方朔傳》《諸葛恪别傳》，從今存佚文看，其所録之事，多具幽默、諧謔色彩，而傳文大量傳録這些事例，從文學接受學的角度審視，受衆對這些雜傳的閲讀，首先注意和感受到的恐怕就是其中所藴含的幽默、智慧等所帶來的心理愉悦，也就是説受衆首先接受的是其中愉悦人心的藴含。在此之後，才會是對人物性格和形象的理解。當然，《東方朔傳》《諸葛恪别傳》等大量傳述幽默、智慧之事，這一方面與東方朔、諸葛恪本人性格、生平行事等相關，不過，也跟雜傳作者對此的濃厚興趣有很大關係，如前文言，漢魏六朝雜傳的趣尚之一就是搜奇記逸，所以，在漢魏六朝雜傳中，存在着大量的逸聞軼事、傳聞虚誕之事，這些事又往往多具幽默、諧謔内質，從而構成漢魏六朝雜傳愉悦、娱樂功能和效果的基礎。又如《孔融别傳》：

> 融四歲，與兄食梨，輒引小者。人問其故，答曰："小兒，法當取小者。"年十歲，隨父詣京師。河南尹李膺有重名，融欲觀其爲人，遂造之。膺問："高明父祖，嘗與僕周旋乎？"融曰："然。先君孔子與君先人李老君，同德比義，而相師友。則融與君累世通家也。"衆坐莫不歎息，僉曰："異童子也！"太中大夫陳韙後至，同坐以告。韙曰："人小時了了者，長大未必能奇。"融應聲曰："即如所言，君之幼時，豈實慧乎？"

膺大笑,顧謂融曰:"長大必爲偉器。"①

孔融是一代文人，可圈可點之事無疑是很多的，但《孔融别傳》卻對其少時分梨取小之事和拜訪李膺之事，詳加傳録，甚至可以説是津津樂道和大肆渲染，讀者閱讀此傳，首先注意和感受到的無疑是其中所具有的幽默、智慧内藴，是這些幽默、智慧所帶來的愉悦。所以，客觀而言，其傳録這些事，除了表現孔融的早慧等品性之外，在客觀上又具有了遊心寓目的功能和效果，也即是具有了愉悦、娱樂性質。

漢魏六朝雜傳的愉悦、娱樂性質不僅體現在對這些具有明顯幽默、智慧之事的傳述上，也體現在漢魏六朝雜傳的許多不經意的細微行文之中。如《郭林宗别傳》，就其風格而言，總體上是傾向於"其言恭"的，不過，在這種恭敬的敘述之中，也有幽默流露。其中有記郭林宗遇茅容之事，寫及郭林宗見茅容殺雞時的心理和反應:

茅容,字季偉,陳留人,年四十餘。耕於野,時與等輩避雨樹下,衆皆夷踞相對,容獨危坐愈恭。惟林宗見而奇異,與共言,因請寓宿。旦日,容殺雞爲饌,林宗謂爲己設,既而以供其母,自以菜蔬與客同飯。林宗起,拜之曰:"卿賢乎哉!"

①《世説新語・言語》第3條劉注、《記纂淵海》卷一一一《人倫部十・世契》各引一條，四庫本《太平御覽》卷二八七《兵部十八・機略六》引二條，作《孔融别傳》，從《世説新語・言語》第3條劉注引。

因勸令學，卒以成德。①

這段敘寫從表面看是簡單的，但細讀之，此段語雖不多，其實寫出了郭林宗心理的變化過程和對茅容的認識過程，一句“謂爲己設”對郭林宗心理的揣測，和一句“卿賢乎哉”郭林宗對茅容的評論，把郭林宗的心理寫得十分精彩，讓讀者覺得，原來郭林宗也有渺小、自以爲是的一面。其中的幽默意味讓人會心一笑。而在這一笑之中，其愉悦、娱樂性質也自然地表現了出來。

另外，愉悦、娱樂的功能與效果的産生不止是來自事類本身的幽默、智慧，它可以來自許多方面，如語言的文采、敘事的巧妙安排等都可以愉悦、娱樂人心。前文對漢魏六朝雜傳愉悦、娱樂功能與效果的分析只是舉例説明，它還體現在許多方面。

①《藝文類聚》卷二〇《人部四·孝》、《太平御覽》卷四一四《人事部五十五·孝下》各引一條，作《郭林宗别傳》;《天中記》卷一七《父母》“鷄供”引一條，作《郭林宗傳》; 從《太平御覽》卷四一四引。

第三章　雜傳文體與傳奇文體

漢魏六朝雜傳的小説化，實質是向唐人傳奇的趨近或轉化，唐人傳奇正是在此基礎上孕育、發展起來。正史之外的漢魏六朝雜傳，由於與史的疏離狀態，較少受到正統史傳撰寫規範的束縛和制約，從而在不自覺中走向了小説，孕育了傳奇的胚胎。這鮮明地體現在文體方面，傳奇文體就是直接承繼雜傳文體而來。

從文體上看，傳奇文體無疑是一種以傳記體爲基礎的新文體，由於傳記體始創於司馬遷《史記》，司馬遷的《史記》列傳確立了傳記體的基本體制模式和傳寫規範，漢魏六朝雜傳又是承《史記》等正史列傳而來，只是因其已"不在正史"，而名其曰雜傳，雖然内在的敘事模式有着明顯的相異之處，但就外在的體制模式而言，還是大略相近，故追尋傳奇文體的淵源，一般就外在的體制模式總而論之，歸之爲史傳，這種做法當然是粗疏和不甚確妥的。唐人傳奇的興起與漢魏六朝雜傳的小説化傾向有着密切的聯繫，是漢魏六朝雜傳小説化傾向發展的必然結果。傳奇文體直接承繼漢魏六朝雜傳文體而來，這一點可以從它們外在體制模式和内在敘事模式的深刻聯繫中找到答案。

第一節　外在標志：體制模式

傳奇文體承繼雜傳文體而來，在體制模式上，有一些顯著的外在標志，具體體現在以下幾個方面：文本存在形式的沿襲、行文方式的承繼、有意的實録標榜。這一節，就對這幾個方面分别加以説明。

一、文本存在形式的沿襲

唐人傳奇小説在它産生之後相當長的一段時間内，人們並不把它叫作傳奇，而是將其與志怪、雜傳等一併稱之爲"傳記""記傳"或"雜傳記"，即雜傳。如趙璘《因話録》卷五説："有人傳集怪異記傳，云：'玄宗令道士葉静能書符，不見國史。'不知葉静能中宗朝坐妖妄伏法……"①趙璘所稱"葉静能書符"，即戴孚《廣異記·葉静能》（見《太平廣記》卷三〇〇引），是傳奇作品。又如韋絢《劉賓客嘉話録》説："傳記所傳：漢宣帝以皂蓋車一乘賜大將軍霍光，悉以金較具，至夜，車鎋上金鳳皇輒亡去，莫知所之，至曉乃還……（指《續齊諧記》中漢宣

---

① 趙璘撰，曹中孚校點《因話録》卷五《徵部》，見《唐五代筆記小説大觀》，上海古籍出版社2000年，第865頁。案：點校者將此句點爲："有人撰《集怪異記傳》，云：……"即將"集怪異記傳"視作書名，這是欠妥的，考此時前後，無有書名《集怪異記傳》者，此句當點爲："有人撰集怪異記傳，云：……""怪異記傳"當是泛指。

帝故事。)"[①] 辛文房在《唐才子傳》卷一〇中説:"雜傳記中多録鬼神靈怪之詞，哀調深情，不異疇昔，然影響所托，理亦荒唐，故不能一一盡之。"[②] 又如《國史補·序》云:"昔劉餗集小説，涉南北朝至開元，著爲傳記。予自開元至長慶撰《國史補》，慮史氏或闕則補之意,續傳記而有不爲。"[③]《唐闕史》云:"巢偷汙踞宫闕，與安、朱之亂不侔、其間尤異者，各爲好事傳記。"[④] 他們所説的"傳記"或"雜傳記"都是指的傳奇或志怪作品。《太平廣記》卷四八四至四九二收録傳奇十三篇，題曰"雜傳記"。即使是在多以唐人傳奇之名指稱唐代小説以後[⑤]，仍有人繼續把它稱爲傳記，如湯顯祖就説:"《虞初》一書，羅唐人傳記百十家，中略引梁沈約十數則……"[⑥] 書目著録也仍有沿襲前代，把傳奇録於雜傳一類中，如《百川書志》傳記類著録的作品，就多系唐人傳奇作品。

而且，翻開目録學著作，我們還會發現一個奇怪的現象:

---

① 韋絢撰，陽羨生校點《劉賓客嘉話録》，見《唐五代筆記小説大觀》，上海古籍出版社 2000 年，第 802 頁。

② 辛文房撰，舒寶璋校注《唐才子傳》卷一〇，281《鬼》，中州古籍出版社 1987 年，第 465 頁。

③ 李肇《唐國史補·序》，李肇撰，曹中孚校點《唐國史補》，《唐五代筆記小説大觀》，上海古籍出版社 2000 年，第 158 頁。

④ 高彦休撰，陽羨生校點《唐闕史》卷下"虎食伊璠"條，見《唐五代筆記小説大觀》，上海古籍出版社 2000 年，第 1365 頁。

⑤ 關於以"傳奇"一詞呼唐代新體小説，或者説"傳奇"一詞作爲唐代新體小説的專名的發展過程，李劍國先生有詳解，可參看。見《唐五代志怪傳奇敘録》(增訂本)，中華書局 2017 年，第 8—12 頁。

⑥ 湯顯祖《點校虞初志序》，見丁錫根編《中國歷代小説序跋集》，人民文學出版社 1996 年，第 1804 頁。

歷代史志書目在著録唐人傳奇時，也大多把它系於史部雜傳一類之下，宋代史志書目著作中，《新唐書·藝文志》就將郭湜的《高士外傳》等録於雜傳類中，其他目録著作如《郡齋讀書志》將《楊貴妃外傳》《趙飛燕外傳》等，《讀書後志》將《周秦紀行》等，《直齋書録解題》將《飛燕外傳》《楊妃外傳》等，《遂初堂書目》將《梅妃傳》《趙飛燕外傳》等也録於雜傳類中。宋代以後直到清代，這種情況並没有改變，如《文獻通考》就將《次柳氏舊聞》《飛燕外傳》《緑珠傳》系於雜傳類中，《百川書志》將《趙飛燕外傳》《次柳氏舊聞》《楊太真外傳》《虯髯客傳》《周秦行紀》《高力士外傳》《鶯鶯傳》《任氏傳》《謝小娥傳》等，《絳雲樓書目》將《趙飛燕外傳》等，《讀書敏求記》將《虯髯客傳》等録於雜傳類中。

書目著録中這種把傳奇歸入雜傳一類的作法，當然不是書目作者的隨意之舉，它反映了一個基本事實，那就是傳奇與雜傳存在著某種親緣關係。可以説，正是由於唐人傳奇對雜傳文體的承繼，導致兩者在文本存在形式的相似，才使人們將其稱爲雜傳，並在書目著録中將它們歸爲一類。

唐人傳奇與漢魏六朝雜傳的文本存在形式極爲相似，幾乎毫無區别。

從文本存在的類型看，漢魏六朝雜傳有兩種存在類型：一是單篇，一是叢集。單篇雜傳或稱爲散傳，一般爲個人傳記，如《孫登别傳》《何晏别傳》《費禕别傳》等。叢集一般爲多人的合傳，大多以類相從，如《名士傳》《高士傳》《益部耆舊傳》等。唐人傳奇的文本存在類型與雜傳相同，也有單篇和叢集兩種形式。單篇傳奇如《補江總白猿傳》《離魂記》《任氏傳》等。叢集如裴鉶的《傳奇》、牛肅《紀聞》等。

從篇名上看，雜傳常稱“某某傳”“某某别傳、内傳或外傳”，如《曹瞞傳》《孟宗别傳》《王君内傳》《關令内傳》，或有稱“記”者，如《毌丘儉記》。《四庫全書總目》傳記類案語云：“傳記者，總名也，類而别之，則敘一人之始末者爲傳之屬，敘一事之始末者爲記之屬……”① 在漢魏六朝雜傳中，特别是單篇散傳中，以傳爲名者，寫人爲主，以記爲名者，敘事爲主。當然，漢魏六朝雜傳也並不是全都以“傳”“記”名，還有以“録”“志”等爲名的，如《會稽典録》《豫章舊志》等即是。唐人傳奇的篇名與雜傳相類，也多以“傳”“記”名，如《李章武傳》《柳氏傳》《古鏡記》《鏡龍圖記》等，爲“傳”、爲“記”的區别，也大致如漢魏六朝雜傳，晚清别士云：“小説始見於《漢書·藝文志》，書雖散佚，以魏、晉之小説例之，想亦收拾遺文，隱喻托諷，不指一人一事言之，皆子史之流也。唐人《霍小玉傳》《劉無雙傳》《步飛煙傳》等篇，始就一人一事，紆徐委備，詳其始末。”② 李宗爲在《唐人傳奇》一書中説：“取名爲‘記’（包括‘志’、‘録’等）的，相對來説比較側重於故事情節的奇幻怪誕，對人物形象注意較少，較多地保留了志怪小説的形式並大多薈萃成集；取名爲‘傳’的，則更注意於人物形象的刻

① 永瑢等《四庫全書總目》卷五八史部傳記類末案語，中華書局 1995 年，第 531 頁上。

② 别士《小説原理》，黄霖、韓同文選注《中國歷代小説論著選》（修訂本）下，江西人民出版社 2000 年，第 111—112 頁。

畫，對主要人物的敘述比較完整……”① 石昌渝也説：“從體例上看，唐代傳奇小説單篇作品多以傳和記爲篇名。傳和記在記敘物件上略有不同，傳以人物爲主，以傳主的生平爲綫索，記其卓而不群的事蹟；記以事物爲主，以事物的變動變化爲綫索，記其奇幻曲折的經歷……”② 李宗爲等所言，揭示了在傳奇作品中，“傳”類也主要是以寫人爲主，“記”類也主要是以記事爲主，與雜傳一致③。除主要以“傳”“記”爲名以外，唐人傳奇也與漢魏六朝雜傳一樣，還以“録”“志”等爲篇名，如《昭義軍别録》《宣室志》《湘中怨解》等。

唐人傳奇與漢魏六朝雜傳文本存在形式的相似，顯然是傳奇文體沿襲漢魏六朝雜傳文本存在形式的結果。

二、行文方式的承繼

如前所述，雜傳是正史的“列傳之屬”，因其已“不在正史”，故爲雜傳。和列傳一樣，雜傳行文時，一般來説，有頭有尾，始末必具。

---

① 李宗爲《唐人傳奇》第二章《唐人傳奇發展初期》，中華書局 1985 年，第 32 頁。

② 石昌渝《中國小説源流論》第四章《傳奇小説》第二節《概述和場景——史傳敘事方式的繼承和發展》，三聯書店 1994 年，第 153 頁。

③ 李劍國先生又以爲，“傳者淵乎人物列傳、外傳、别傳、内傳，記者淵乎志人、志怪、雜記——記也有叫傳的——是各有歷史淵源的”，即認爲傳奇中的記類，在雜傳之外，還有志人、志怪、雜記的淵源，是深思、周備之見〔見《唐五代志怪傳奇敘録》（增訂本），中華書局 2017 年，第 40 頁〕。由於本書討論的是漢魏六朝雜傳，不涉志人、志怪，故略之。

雜傳開頭總是先交代人物姓名、字號、籍貫、先世父祖以及時代和故事發生的時間等，是史傳慣常的陳述式句式。如鍾會爲其母傳開頭就説："夫人張氏，字昌蒲，太原兹氏人，太傅定陵成侯之命婦也。"① 又如《陸玩别傳》："玩，字士瑶，吴郡吴人。祖瑁，父英，仕郡有譽。"② 又如《孟嘉别傳》："嘉，字萬年，江夏鄳人。曾祖父宗，吴司空。祖父揖，晉廬陵太守。宗葬武昌陽新縣，子孫家焉。"③ 又如《郗鑒别傳》："鑒，字道徽，高平金鄉人，漢御史大夫郗慮後也……"④

唐人傳奇之行文，大多亦如此，如《任氏傳》開頭云："任氏，女妖也。"⑤《謝小娥傳》開頭云："小娥，姓謝氏，豫章人，

---

①《三國志》卷二八《魏書·鍾會傳》"鍾會字士季……少敏惠夙成"裴注引一條，云"鍾會爲其母傳曰"，據以輯録。

②《世説新語·政事》第 13 條劉注引一條，作《陸玩别傳》，據以輯録。

③《世説新語·識鑒》第 16 條劉注引一節，《孟嘉别傳》；《北堂書鈔》卷三四《政術部八·任賢十九》"拔孟嘉爲勸學"、卷一五五《歲時部三·九月九日二十》"參僚畢集"，《太平御覽》卷二六五《職官部六十三·從事》、卷三九三《人事部三十四·坐》、卷四四四《人事部八十五·知人下》、卷五七〇《樂部八·歌一》、卷六八七《服章部四·帽》，《事類賦》卷一一《樂部·歌賦》"孟嘉之答桓温"，《記纂淵海》卷一九五《閫儀部之七·歌舞》，《天中記》卷四三《歌》"絲不如竹"各引一條，作《孟嘉别傳》；《北堂書鈔》卷七三《設官部二十五·從事一百六十四》"尚德之舉"，《藝文類聚》卷四《歲時部中·九月九日》，《白氏六帖事類集》卷一《九月九日五十》"龍山落帽"各引一條，作《孟嘉傳》；《初學記》卷四《九月九日第十一》"遊龍山戲馬臺"引一條，作《孟嘉列傳》；從《世説新語·識鑒》第 16 條劉注引。

④《世説新語·德行》第 24 條劉注引一條，作《郗鑒别傳》，據以輯録。

⑤ 李劍國輯校《唐五代傳奇集》第二編卷九《任氏傳》，中華書局 2015 年，第 436 頁。

估客女也。”① 又如《枕中記》云：“開元七年，道士有吕翁者，得神仙術，行邯鄲道中，息邸舍。攝帽弛帶，隱囊而坐。俄見邑中少年，乃盧生也……”② 雜傳在人物簡介之後，接着就進入正文，傳述人物生平，細寫重要事件，凸顯主旨。

雜傳的結尾，常交代人物的歸宿，甚至述及他們的子孫。如夏侯湛《憲英傳》：“憲英年至七十有九，泰始五年卒。”③ 又如《吴質别傳》：“質其年夏卒。質先以怙威肆行，謚曰醜侯。質子應仍上書論枉，至正元中乃改謚威侯。應字温舒，晉尚書。應子康，字子仲，知名於時，亦至大位。”④ 時或略加點評。如皇甫謐《列女傳·龐子夏妻娥親傳》結尾處，皇甫謐就評論説：“玄晏先生以爲父母之讎，不與共天地，蓋男子之所爲也。而娥親以女弱之微，念父辱之酷痛，感讎黨之凶言，奮劍仇頸，人馬俱摧，塞亡父之怨魂，雪三弟之永恨，近古已來，未之有也。《詩》云：‘脩我戈矛，與子同仇。’娥親之謂也。”⑤

① 李劍國輯校《唐五代傳奇集》第二編卷九《謝小娥傳》，中華書局 2015 年，第 714 頁。

② 李劍國輯校《唐五代傳奇集》第二編卷一《枕中記》，中華書局 2015 年，第 450 頁。

③《三國志》卷二五《魏書·辛毗傳》“還爲衛尉薨謚曰肅侯子敞嗣咸熙中爲河内太守”裴注引一節，作“外孫夏侯湛爲其傳”，據以輯録。

④《三國志》卷二一《魏書·劉楨傳附吴質傳》“吴質濟陰人……封列侯”裴注、《太平御覽》卷三七八《人事部一九·肥》、《太平御覽》卷四六六《人事部·罵詈》、《天中記》卷二一《肥》“服肥”各引一條，作《吴質别傳》，從《三國志》卷二一裴注引。

⑤《三國志》卷一八《魏書·龐淯傳》“娥不肯去遂彊載還家會赦得免州郡歎貴刊石表閭”裴注、《北堂書鈔》卷一二三《武功部十一·刀三十五》“市刀都亭”引一條，作皇甫謐《烈女傳》，四庫本《北堂書鈔》卷一二三引作《列女傳》，從《三國志》卷一八裴注引。

唐人傳奇也是如此。如《任氏傳》結尾就介紹了鄭六的歸宿："其後鄭子爲總監使，家甚富，有櫪馬十餘匹，年六十五卒。"並附韋崟之終。又論云："嗟呼，異物之情也，有人道焉！遇暴不失節，徇人以至死，雖今婦人，有不如者矣……"① 又如《洞庭靈姻傳》結尾在述及柳毅開元中成仙："洎開元中，上方屬意於神仙之事，精索道術，毅不得安，遂相與歸洞庭。凡十餘歲，莫知其跡。"傳文寫至此處已基本完整，但作者並未就此擱筆，而是繼續寫道：

> 至開元末，毅之表弟薛嘏爲京畿令，謫官東南。經洞庭，晴晝長望，俄見碧山出於遠波。舟人皆側立……見毅立於宫室之中……歡宴畢，嘏乃辭行，自是以後，遂絶影響。嘏嘗以是事告於人世。殆四紀，嘏亦不知所在。隴西李朝威敘而歎曰：五蟲之長，必以靈者，别斯見矣。人，裸也，移信鱗蟲。洞庭含納大直，錢塘迅疾磊落，宜有承焉。嘏泳而不載，獨可鄰其境，愚義之，爲斯文。②

又如《謝小娥傳》結尾云：

> 君子曰："誓志不捨，復父夫之仇，節也；傭保雜處，不知

① 李劍國輯校《唐五代傳奇集》第二編卷一《任氏傳》，中華書局 2015 年，第 442 頁、第 443 頁。

② 李劍國輯校《唐五代傳奇集》第二編卷八《洞庭靈姻傳》，中華書局 2015 年，第 657—658 頁。

> 女人，貞也。女子之行，唯貞與節，能終始全之而已。如小娥，足以儆天下逆道亂常之心，足以觀天下貞夫孝婦之節。”余備詳前事，發明隱文，暗與冥會，符於人心。知善不録，非《春秋》之義也。故作傳以旌美之。①

這種結尾對人物未來的交代及作者對人物、事件的評論，不論是語氣，還是稱謂，都與史傳如出一轍，它是傳奇脱胎於雜傳的最爲明顯的遺傳特徵，中國古代小説一直拖着這條尾巴，到了清代，在蒲松齡的《聊齋志異》裏，我們仍能發現它的存在。

需要説明的是，這裏我們説的是“一般情况”，正如李劍國先生所説，唐人傳奇的開頭結尾“也有些新的變化”②，此不贅述。

三、有意的實録標榜

唐人傳奇多是爲了顯露才藻、抒情敘志而作，是有意識的創作，這一點，明代的胡應麟已有先見，他在《少室山房筆叢》卷三六己部《二酉綴遺中》云：“至唐人乃作意好奇，假小説以寄筆端。”③ 魯迅先生也説唐人傳奇“是意識之創造”④。有意而爲

---

① 李劍國輯校《唐五代傳奇集》第二編卷九《謝小娥傳》，中華書局 2015 年，第 717 頁。

② 李劍國《唐稗思考録》，見《唐五代志怪傳奇敘録》（增訂本），中華書局 2017 年，第 110 頁。

③ 胡應麟《少室山房筆叢》卷三六己部《二酉綴遺中》，中華書局 1958 年，第 486 頁。

④ 魯迅《中國小説史略》第八篇《唐之傳奇文》（上），東方出版社 1996 年，第 51 頁。

的唐人傳奇，虛構是它的重要特徵，魯迅先生在答文學社問時説："唐代傳奇……而且作者往往故意顯示着這事蹟的虛構，以見他想像的才能了。"① 雖然唐人傳奇的虛構性明顯而突出，但有趣的是，唐人傳奇在故意虛構的同時，卻又不遺餘力地標榜實録。作者甚至不惜直接介入，走到讀者前面，親自解説，如在《離魂記》的結尾，陳玄佑就對讀者説："玄佑少常聞此説，而多異同，或謂其虛。大曆末，遇萊蕪縣令張仲規，因備述其本末。鎰則仲規堂叔，而説極備悉，故記之。"②明明虛構無疑，而他卻欲擒故縱，自言"或謂其虛"，然後説明此事得之於其中人物張鎰的堂侄，而證明其真實可靠。諸如此類的做法在唐人傳奇中比比皆是。如《任氏傳》《南柯太守傳》《李娃傳》《廬江馮媪傳》《鶯鶯傳》等。

唐人傳奇對實録的有意標榜，最常見的做法就是作者的介入，這種介入，一般是在結尾，如上引諸篇均是。又如《廬江馮媪傳》結尾云：

> 元和六年夏五月，江淮從事李公佐使至京，回次漢南，與渤海高鉞、天水趙儹、河南宇文鼎會於傳舍。宵話徵異，各盡見聞。鉞具道其事，公佐因爲之傳。③

---

① 魯迅《且介亭雜文二集·六朝小説和唐代傳奇文有怎樣的區别》，見《魯迅全集》第六卷，人民文學出版社 2005 年，第 335 頁。

② 李劍國輯校《唐五代傳奇集》第二編卷一《離魂記》，中華書局 2015 年，第 432 頁。

③ 李劍國輯校《唐五代傳奇集》第二編卷九《廬江馮媪傳》，中華書局 2015 年，第 705 頁。

也有在開頭介入的，如《東陽夜怪録》開頭云：

> 前進士王洙，字學源，其先琅琊人。元和十三年春擢第。嘗居鄒魯間名山習業。洙自云，前四年時，因隨籍入貢，暮次滎陽逆旅。值彭城客秀才成自虚者，以家事不得就舉，言旋故里。遇洙，因話辛勤往復之意。自虚字致本，語及人間目覩之異。①

此故事出自“成自虚”，其名就暴露了它的虚構性，然而，這段前序的目的卻在於説明下文所記之事是成自虚的親生經歷，真實可信。又如《李娃傳》開頭云：“汧國夫人李娃，長安之娼女也。節行瓌奇，有足稱者，故監察御史白行簡爲傳述。”

有時，作者在故事的中間插入，如《謝小娥傳》作者就兩次插入：

其一云：

> 至元和八年春，余罷江西從事，扁舟東下，淹泊建業，登瓦官寺閣。有僧齊物者，重賢好學，與余善，因告余曰：“有孀婦名小娥者，每來寺中，示我十二字謎語，某不能辨。”②

其一云：

① 李劍國輯校《唐五代傳奇集》第二編卷十五《東陽夜怪録》，中華書局2015年，第877頁。

② 李劍國輯校《唐五代傳奇集》第二編卷九《謝小娥傳》，中華書局2015年，第714頁。

> 其年夏五月，余始歸長安，途經泗濱，過善義寺，謁大德尼令操，見新戒者數十，浄發鮮帔，威儀雍容，列侍師之左右。中有一尼問師曰："此官豈非洪州李判官二十三郎者乎？"師曰："然。"曰："使我獲報家仇，得雪冤恥，是判官恩德也。"顧余悲泣。余不之識，尋訪其由。娥對曰："某名小娥，頃乞食孀婦也……"余曰："初不相記，今即悟也。"娥因泣，具寫記申蘭申春，復父夫之仇，志願粗畢，經營終始艱苦之狀……①

作者在傳中的兩次親自出現，一方面是出於情節發展的需要，另一方面，也是爲了標榜所記謝小娥事的真實和無可懷疑。不管作者在何處介入，其主旨大多是介紹所寫故事的來源、顯示其爲作者的親見親聞，確鑿無疑。

除了作者親自解説之外，爲了使其虚構之事如同真實，在唐人傳奇中，往往對人物的生平交遊、籍貫爵里作詳盡的交代，其中人名、地名也多真實可靠。而且還常以真實的人物作主人公，如《補江總白猿傳》中的歐陽詢，《柳氏傳》中的韓翊，《霍小玉傳》中的李益，牛肅《紀聞・吴保安》中的吴保安，李公佐《謝小娥傳》中的謝小娥等等。

唐人傳奇的這種既顯示虚構又故意標榜實録的矛盾而奇怪的做法，源自於傳奇文體對漢魏六朝雜傳體制模式的承繼和套用。這種承繼和套用，也體現在唐人傳奇中時間的具體和

① 李劍國輯校《唐五代傳奇集》第二編卷九《謝小娥傳》，中華書局2015年，第716頁。

精確上，如《長恨歌傳》，時間交代就十分清楚，提及“開元中”“天寶末”“元和元年冬十二月”。與此相比，《東城老父傳》則有過之而無不及。其開頭介紹老父賈昌：“開元元年癸丑生，元和庚寅歲，九十八矣。”又云“開元十三年，籠雞三百，從封東嶽”“十四年三月，衣鬥雞服”“二十三年，玄宗爲娶……”“大曆元年”“建中三年”“元和中”，如此具體精確的時間，顯然是對雜傳的刻意仿效。在爲史時，人物、地點、時間的準確是最基本的要求，漢魏六朝雜傳雖雜虛誕怪妄、傳聞不經之言，但在這一點上卻不例外，唐人傳奇在這方面的做法，與此相關。

第二節　特殊聯繫：文備衆體

從總體上説，唐人傳奇與漢魏六朝雜傳一樣，主要是以散體行文，即整體上的散文體制，上一節，我們就此方面理清了它們之間的承繼關係。當然，唐人傳奇並不是只有散體，在局部的分析中，正如人們通常説的那樣，唐人傳奇是“文備衆體”，在主要以散體行文的體制之中，雜有駢體文、詩歌、議論。通過以上粗淺的論説，傳奇文體，就體制模式觀之顯是承繼漢魏六朝雜傳而來，應無異議，那麼，這種“文備衆體”是否與漢魏六朝雜傳有聯繫呢？

答案是肯定的。

唐人傳奇文備衆體的形成，趙彦衛推其原因説：“唐之舉人，先借當世顯人，以姓名達之主司，然後以所業投獻，逾數日又投，謂之‘温卷’，如《幽怪録》、《傳奇》等皆是也。蓋此等文備衆體，可以見史才、詩筆、議論。”① 趙氏所論，可疑之處甚多，不過，通過創作傳奇來表現作者多方面的才華，當有一定道理。文備衆體是唐人傳奇的顯著特徵，治唐稗者多認爲這是傳奇文體的獨特特徵。然而，事實並非如此，傳奇文體源於漢魏六朝雜傳，它的文備衆體，其實，也與漢魏六朝雜傳有着一定的聯繫。“議論”與漢魏六朝雜傳的關係不言自明，至於“史才”，將在下節專門討論，此處重點就其“詩筆”與漢魏六朝雜傳的關係略作説明。而“詩筆”又可以分爲兩個方面：一是賦體的運用，一是詩歌的插入。

一、賦體的運用

傳奇中的駢體文，即所謂“以對語説時景”②，一般認爲是直接受辭賦的影響，其實，在漢魏六朝雜傳中，以駢儷之句來描寫景物、狀物抒情的情況就已經存在，且較爲常見。如《夏仲御別傳》之行文：

> 仲御詣洛，到三月三日，洛中公王以下，莫不方軌連軫，並至南浮橋邊禊。男則朱服耀路，女則錦綺粲爛。仲御時在船中曝所市藥，雖見此輩，穩坐不摇。賈公望見之，深奇其

① 趙彦衛撰，傅根清點校《雲麓漫鈔》卷八，中華書局 1998 年，第 135 頁。
② 陳師道《後山詩話》，何文焕輯《歷代詩話》上，中華書局 1981 年，第 310 頁。

節，願相與語。此人有心膽，有似冀缺，走問："船中安坐者爲誰？"仲御不應，重問，徐乃答曰："會稽北海閒民夏仲御。"

仲御從父家女巫章丹、陳珠二人，妍姿冶媚，清歌妙舞，狀若飛仙。

仲御當正會，宗弟承問，御曰："黄帳之裏，西施之孫，鄭袖之子，膚如凝脂，顔如桃李，徘徊容與，載進載止。彈琴而奏，清角翔風，至而玄雲起。若乃攜手交舞，流盼頡頏，足蹁鞞鼓，口銜笙簧。丹裙赫以四序，素耀焕以揚光，赴急絃而折倒，應緩節以相佯。遠望而雲，近視而雪，舒紅顔而微笑，啓朱唇而揚聲。"

激南楚，吹胡笳，風雲爲之摇動，星辰爲之變度。①

不難看出《夏仲御别傳》行文駢散夾雜，其中"仲御當正會"一段，明顯是問答之語，而全用駢體，鏤金錯彩，文采粲

① 第一節：《藝文類聚》卷四《歲時部中・三月三日》、《初學記》卷四《歲時部下・三月三日第六》"南浮橋東流水"、《太平御覽》卷三〇《時序部十五・三月三日》各引一條，作《夏仲御别傳》，從《藝文類聚》卷四引。第二節：《太平御覽》卷五六八《樂部六・女樂》引一條，作《夏仲御别傳》，據以輯録。第三節：《太平御覽》卷五六八《樂部六・女樂》引一條，作《夏仲御别傳》，據以輯録。第四節：《初學記》卷一五《樂部上・雅樂第一》"致鱗羽動風雲"、《太平御覽》卷五八一《樂部十九・笳》各引一條，作《夏仲御别傳》，文同，據以輯録。

然可觀。又如《嵇康别傳》:

康性含垢藏瑕,愛惡不争於懷,喜怒不寄於顔。所知王濬沖在襄城,面數百,未嘗見其疾聲朱顔。此亦方中之美範,人倫之勝業也。①

又如《衛玠别傳》寫衛玠:"玠有虚令之秀,清勝之氣,在群伍之中,有異人之望。祖太保見玠五歲曰:"此兒神爽聰令,與衆大異,恐吾年老,不及見爾。"② 漢末以來特别是六朝時期,爲文的駢儷化是普遍傾向。雜傳也不例外,漢魏六朝雜傳之行文,都有或多或少的駢儷傾向。所以,唐人傳奇中的以"對語説時景",是與漢魏六朝雜傳有一定關係的。

賦體的運用,增强了漢魏六朝雜傳叙事的感染力,當然,這也造成了漢魏六朝的風格趨向於藻飾化,使雜傳創作具有了文章化傾向。

二、詩歌的插入

散體中插入詩歌,也並非爲傳奇文體的獨創,在漢魏六朝雜傳中,也有插入詩歌的現象,如《蔡琰别傳》:

琰,字文姬,先適河東衛仲道,夫亡無子,歸寧於家。漢

①《世説新語・德行》第16條劉注引一條,作《康别傳》,據以輯録。
②《世説新語・識鑒》第8條劉注引一條,作《衛玠别傳》,據以輯録。

末大亂，爲胡騎所獲，在左賢王部伍中。春月登胡殿，感笳之音，作詩言志曰："胡笳動兮邊馬鳴，孤鴈歸兮聲嚶嚶。"

琰在胡中十三年，有二男，捨之而歸。作詩云："家既迎兮當歸寧，兒呼母兮啼失聲，我掩耳兮不忍聽。"①

又如《神女傳》也插入了神女成公智瓊所作之詩："飄颻浮勃逢，敖曹雲石滋。芝英不須潤，至德與時期。神仙豈虛降，應運來相之。納我榮五族，逆我致禍災。"並云："此其詩之大較，其文二百餘言，不能悉録。"《杜蘭香傳》中亦插入杜蘭香所作詩歌："縱轡代摩奴，須臾就尹喜。"《曹著傳》插入徐婉撫琴所歌："登廬山兮鬱嵯峨，晞陽風兮拂紫霞。招若人兮濯靈波，欣良運兮暢雲柯。彈鳴琴兮樂莫過，雲龍會兮樂太和。"漢魏六朝雜傳中的這些詩歌，多爲傳中人物所作，綜合分析，這些詩歌的插入，多與傳文敘事内容相配合，與表現人物相關聯，並不是隨意之舉。如上文所引《蔡琰别傳》中插入的蔡琰詩歌，就與傳文内容聯繫緊密：第一首詩歌，烘托了氣氛，突出了蔡琰的飄零之感、身世之感；第二首詩歌則渲染出濃重的離别氣

① 第一節：《北堂書鈔》卷一一一《樂部·笳二十三》"懷凱風之思"、《藝文類聚》卷四四《樂部四·笳》、《太平御覽》卷五八一《樂部十九·笳》、《記纂淵海》卷一九一《閫儀部三·文學》、《古今合璧事類備要前集》卷二八《親屬門·寡婦》"感笳作詩"、《格致鏡原》卷四七《樂器類三·笳》各引一條，作《蔡琰别傳》，從《藝文類聚》卷四四引。第二節：《太平御覽》卷四八八《人事部一百二十九·啼》引一條，作《蔡琰别傳》，據以輯録。

氛，突出了母子分別的刻骨之痛。

除詩歌而外，漢魏六朝雜傳還在敘述中插入諺語謡歌，漢魏六朝雜傳中的諺語謡歌，與詩歌相比，更是隨處可見，比比皆是。如《曹瞞傳》之“人中有吕布，馬中有赤兔”。又如《益部耆舊傳》中《張霸傳》：“童謡曰：棄若戟、棄若矛，盜賊盡，吏皆休。”又如《祖逖别傳》：“又童謡曰：幸哉！遺民免豹虎，三辰既朗遇慈父，玄酒清醪甘瓠脯，亦何報恩歌且無。”又如《羊祜别傳》：“先時，吴童謡云：‘阿童復阿童，銜刀浮渡江。不畏岸上虎，但畏水中龍。’”等等。諺語謡歌也是詩歌形式的一種，漢魏六朝雜傳中的大量諺語謡歌，亦與詩歌有着相似的作用。

唐人傳奇中的詩歌，主要用於言志抒情、繪景狀物以及男女之間傳情達意[①]，從上引漢魏六朝雜傳中的詩歌看，其用意也大抵如此。

---

① 石昌渝先生將傳奇中詩歌的作用歸納爲五個方面：一、男女之間傳情達意，二、人物言志抒情，三、繪景狀物，四、暗示情節的某種結局，五、評論（《中國小説源流論》第四章《傳奇小説》第三節《詩賦的插入》，三聯書店 1994 年，第 167 頁）。李劍國先生亦將傳奇中詩歌的作用和地位歸納爲五個方面：一是以詩歌代替人物對話，二是録入作者或他人題詠作品中人物事件的詩歌，一般同情節發展没有多大關係，三是鬼魅以詩自寓，四是根據情節需要爲人物撰作詩歌，五是根據規定情景通過人物自題自吟或贈答酬對，抒寫人物的情緒，或有意識創造抒情氛圍乃至意境〔《唐五代志怪傳奇敘録》（增訂本），中華書局 2017 年，第 102—103 頁〕，可參看。當然，客觀地説，漢魏六朝雜傳插入詩歌的現象並不普遍，其作用也很有限，這是需要説明的。

三、議論、史筆及其他

至於議論，它本身就是傳記體的一部分，唐人傳奇的議論與史傳的議論極爲相似，如《李娃傳》篇末的議論："嗟呼！倡蕩之姬，節行如是，雖古先烈女，不能踰也。焉得不爲之歎息哉！"又如《鶯鶯傳》結尾的議論："時人多許張爲善補過者，予嘗於朋會之中，往往及此意者。夫使知者不爲，爲之者不惑。"這些議論，與史傳一樣，表明作者的觀點、態度，點明其中的政治、道德意義。而如《鶯鶯傳》，其後的議論與正文所傳，頗不協調，但作者卻非要加上如此議論，如果不是刻意模仿史傳和標榜自己的傳記之體，恐怕别無他由。

另外，在唐人傳奇中，也有以詩歌諺謡的形式進行評論的，如《長恨歌傳》，在敘及楊氏一門因楊貴妃得寵而皆貴，"而恩澤勢力，則又過之，出入禁門不問，京師長吏，爲之側目"，就引當時的兩首民謡加以評論："生女勿悲酸，生男勿喜歡。"又云："男不封侯女作妃，看女卻爲門上楣。"又如《東城老父傳》中針對一小兒藉鬥雞本領而迅速富貴，"金帛之賜，日至其家"，甚至其"父忠死太山下，得子禮奉屍歸葬雍州。縣官爲葬器喪車，乘傳洛陽道"。天下號爲"神雞童"，於是引用當時民謡："生兒不用識文字，鬥雞走馬勝讀書，賈家小兒年十三，富貴榮華代不如。能令金距期勝負，白羅繡衫隨軟輿。父死長安千里外，差夫持道輓喪車。"婉曲地加以評論。如果説唐人傳奇結尾的議論還只能籠統地説源自史傳的話，那麽，這種引用諺謡進行評論的形式，當是直接源自漢魏六朝雜傳。漢魏六朝雜傳常用諺語謡歌的形式對人物進行評論。如上文所引《曹瞞傳》《祖逖别傳》《羊祜别傳》及《益部耆舊傳·張霸》中的諺謡，其中就有評論性質，作者借民謡表達自己的觀點和看法。又如《荀氏家傳·荀爽》就有民謡："荀氏八龍，慈明無雙。"其實就是借此來稱贊荀勖的卓異。又如《殷氏世傳·殷亮》引民謡："石里之勇殷子華，暴虎見之合爪牙。"是借民謡讚揚殷亮的勇猛，評論性質甚明。

關於"史才"，程毅中認爲是"用史家寫傳記的筆法來寫小説"[①]，陳平原在引述了李肇《國史補》之《韓沈良史才》的一段話"沈既濟撰《枕中記》，莊生寓言之類，韓愈撰《毛穎傳》，其文尤高，不下史遷，二篇真良史才也"之後，説："既屬'寓言'，必然不是'實録'，何以仍能譽爲'良史'？並非李肇不辨源流，這裏的'真良史才'，指的是敘事能力，而非實録精神。"[②]陳平原把"史才"歸結爲"敘事能力"，是很有見地的。也就是説，傳奇之敘事建構方式，也源自於雜傳。此點，將在

① 程毅中《文備衆體的唐代傳奇》，《神怪情俠的藝術世界》，中共中央黨校出版社1994年，第80頁。

② 陳平原《散文小説志》，《中華文化通志》本，上海人民出版社1998年，第252頁。另外，劉立雲在《唐傳奇的文本特徵》（《四川師範大學學報》2000年第6期）一文中也認爲史才是"指小説的敘事性"。當然，正如李劍國先生所言："史才不是個很明確的概念。"對"史才"的理解，由於審視角度的不同會有側重點不同的結論，李劍國先生就以爲"史才"是小説家的"歷史意識"的體現，但"小説家的史才比歷史家的史才應有更爲深廣的内容"，其中也有"敘事的嚴謹有章法"的含義，可以説也是有指敘事建構方面的意義的。見李劍國《唐五代志怪傳奇敘録》（增訂本），中華書局2017年，第94—95頁。

下節專門加以討論，故此從略。

在唐人傳奇中，除詩歌的插入、賦體的運用之外，作者還往往通過各種方式插入多種文體，如書信、狀、表等，如《古岳瀆經》後半部分就插入了虛擬的《岳瀆經》,《集異記·徐玄之》中又插入狀、疏、表各一篇,《飛煙傳》中就插入有人物書信，又如《湘中怨解》的正文前有序，正文末又有附識。在漢魏六朝雜傳中，也多有在行文中插入章奏、書簡等的情況，如《虞翻别傳》就插入有虞翻給孫權的兩封上書,《荀彧别傳》就插有曹操的表奏、與荀彧的書信。當然，漢魏六朝雜傳插入此類文體與唐人傳奇插入此類文體，在目的、功用等方面是有區别的。唐人傳奇中這些書信、狀、表等的插入，正如李劍國先生所言，唐人傳奇常“以小説見其文才、藻思”①，多出於作者自我表現的需要，有意識地在一篇傳奇中使用多種文體。而漢魏六朝雜傳插入的書信、章奏等則多與傳主相關，多出自傳主之手，多出於作者的引用。

所以，在局部的析分上，唐人傳奇的文備衆體，即以散體爲主、在散體中雜以詩賦、議論或其他文體等，實際上也與在漢魏六朝雜傳有關，是在漢魏六朝雜傳已有實踐的基礎上形成的。只是唐人傳奇出於逞露文才、藻思的需要，將其顯著化，對它們的利用更加自覺，使它們之間的結合更加緊密罷了。

需要説明的是，本書説唐人傳奇的文備衆體與漢魏六朝雜

① 李劍國《唐稗思考録》,《唐五代志怪傳奇敘録》（增訂本），中華書局2017年，第113頁。

傳有關，當然不是絶對化的，並不否認駢文、詩歌、辭賦等其他文體對唐人傳奇的直接影響，並不否認唐人傳奇的文備衆體對諸如駢文、詩歌、辭賦等文體的直接引入和借鑒。唐人傳奇文備衆體的形成，一方面與漢魏六朝雜傳的啟發、對雜傳文體的承繼有關，另一方面，也與傳奇作者的逞才、自顯，有意識地引入和使用各種文體有關，其形成原因是複雜和多面的，本書只是就其與漢魏六朝雜傳的關係而言，並不否認或者輕視其他方面因素的存在和影響。

第三節　内在傳承：敘事模式

傳奇文體對雜傳文體的承繼，不僅體現在外在的體制模式上，在更深的層次上，亦體現在内在的敘事模式上，唐人傳奇的敘事模式亦與漢魏六朝雜傳的敘事模式有着深刻的聯繫。在這一節中，我們將從人物、事類的選擇，敘事方式兩個方面加以説明。

一、人物及事類的選擇

作爲小説，唐人傳奇是以娱己娱人爲目的、以塑造人物形象爲旨歸，它關注的焦點是藝術的審美創造。因此，它對人物和事類的選擇與正統史傳迥然不同，而顯然是在漢魏六朝雜傳人物及事類選擇趨向上的進一步發展。

就人物而言，入於唐人傳奇的人物，可以説包括了各個階層，上至皇帝貴妃、公卿名將，下及士子舉人、販夫走卒、娼妓優伶、俠客豪民、樵夫漁父、僧道仙客，甚至鬼魅狐妖。並且，從總體而言，唐人傳奇所傳主要還是那些芸芸衆生中俯拾皆是的、在情仇愛恨中浮沉的凡夫俗子、愚夫愚婦。同時，需要特別提到的是，在唐人傳奇中，不僅有真實世界的人物，也有虛設的人物，甚至將各種異類變成人。這些虛設的人物，卻又莫不具有“人的欲念、人的習性、人的情感、人的生活狀態、人的價值觀念”，即李劍國先生所言對“非人形象的人情化”描寫①，是真實性與典型性相結合的人物形象。與正統史傳僅僅傳録真實人物和多記與重大歷史事件相關、具有政治資鑒和道德勸誡意義的帝王將相、公卿名將相比，顯然是背道而馳，但卻與漢魏六朝雜傳人物傳寫的趨勢相一致。

漢魏六朝雜傳所傳人物，雖很多還是歷史上的著名人物，但如前文所言，漢魏六朝雜傳對他們的傳寫，已經抛棄了正統史傳對人物的歷史化定位和對政治資鑒與道德勸誡意義的關注，趨向於生活化、個性化，唐人傳奇人物形象塑造的“人情化、典型化、個性化、詩意化、形式化”②，其實是繼續或承繼了漢魏六朝雜傳的這一趨勢。

就事類而言，唐人傳奇敘寫的常常是日常生活中的瑣碎之事，即使是以帝王將相爲主人公的作品，也往往回避他們的重

---

① 李劍國《唐稗思考録》，見《唐五代志怪傳奇敘録》（增訂本），中華書局 2017 年，第 96 頁、第 97 頁。

② 李劍國《唐稗思考録》，見《唐五代志怪傳奇敘録》（增訂本），中華書局 2017 年，第 95 頁。

大政治活動，而是拓開筆觸，把目光轉向他們瑣碎的日常生活和情感經歷，偶爾涉及重大的社會政治事件，也常只是作爲背景略加點染而已。如《長恨歌傳》是以唐玄宗李隆基及其寵妃楊玉環爲主人公，文中所寫主要是他們的婚姻愛情以及生死相戀的始末。濃墨重彩描繪的是他們的日常細事以及個人生活中的情感、心理，而對他們愛情産生重大影響的安史之亂，在文中只是作爲遥遠的背景。同時，在唐人傳奇中，作者出於塑造人物或表現主題的需要，常常虚構故事，臆造情節，虚構、臆造已經不是個别而是普遍的現象了。這些故事或情節，雖然不是真實的，但作者卻根據自己的生活經驗或“現實自然所提供的材料”①，並按照事理邏輯，把它們編織成一個嚴密的、自足的、宛如真實生活的世界。即李劍國先生所言“幻相社會的實相化”②，也就是説，它雖出於虚構，卻合情合理，我們就把它稱爲事理的真實、藝術的真實。如《枕中記》《南柯太守傳》等，是在夢的框架下虚構的故事，然而，作者所述，卻又無不源自生活，符合現實生活的邏輯。

前文提到，漢魏六朝雜傳在敘事事類的選擇與運用上，趨向瑣細、庸常、傳聞、虚誕，甚至移植、虚構，唐人傳奇的事類選擇，在漢魏六朝雜傳瑣細、庸常化，傳聞、虚誕化的基礎上進一步走向對日常生活細節的描寫，走向虚構。特别是虚

① 康德《判斷力批判》，轉引自朱光潛《西方美學史》下，人民文學出版社1964年，第51頁。

② 李劍國《唐稗思考録》，見《唐五代志怪傳奇敘録》（增訂本），中華書局2017年，第97頁。

構，已成爲唐人傳奇事類的主要來源。所以，唐人傳奇的事類選擇，也是在漢魏六朝雜傳事類選擇與運用趨向上的繼續和進一步擴大[①]。

二、敘事方式的承繼

如前文言，任何敘事都包含兩種方式，講述和呈現，唐人傳奇的敘事方式，多用呈現的方式，這一點，是學術界的共識。比如石昌渝先生就分析了《任氏傳》的呈現式敘事方式，指出了《任氏傳》是由若干“場景”構成，即主要是以呈現式的方式建構起了整個敘事[②]，頗爲周詳。

又如《洞庭靈姻傳》，全篇也主要運用的是呈現式的敘事方式，開篇柳毅遇龍女一段即是：

> 見有婦人，牧羊於道畔。毅怪而視之，乃殊色也。然而蛾臉不舒，巾袖無光，凝聽翔立，若有所伺。毅詰之曰："子何苦而自辱如是？"婦始楚而謝，終泣而對曰："賤妾不幸，今日見辱問於長者。然而恨貫肌骨，亦何能媿避，幸一聞焉。妾，洞庭龍君小女也。父母配嫁涇川次子，而夫婿樂逸，爲婢僕

① 此點李劍國〔《唐五代志怪傳奇敘録》（增訂本），中華書局 2017 年，第 24 頁〕及董乃斌（《中國古代小説的文體獨立》第五章《唐傳奇與小説文體的獨立》上第一節《政事紀要式向生活細節化的轉化》，中國社會科學出版社 1994 年，第 172 頁）都有論述，可參看。

② 石昌渝《中國小説源流論》，第四章《傳奇小説》第二節《概述和場景——史傳敘事方式的繼承和發展》，三聯書店 1994 年，第 157—159 頁。

所惑，日以厭薄。既而將訴於舅姑，舅姑愛其子，不能禦。迨訴頻切，又得罪舅姑。舅姑毁黜以致此。”言訖，歔欷流涕，悲不自勝。又曰：“洞庭於兹，相遠不知其幾多也？長天茫茫，信耗莫通。心目斷盡，無所知哀。聞君將還鄉，密邇洞庭。或以尺書寄託侍者，未卜將以爲可乎？”毅曰：“吾義夫也。聞子之説，氣血俱動，恨無毛羽，不能奮飛。是何可否之謂乎！然而洞庭，深水也，吾行塵間，寧可致意邪？唯恐道塗顯晦，不相通達，致負誠託，又乖懇願。子有何術，可導我邪？”女悲泣且謝，曰：“負載珍重，不復言矣。脱獲回耗，雖死必謝。君不許，何敢言。既許而問，則洞庭之與京邑，不足爲異也。”毅請聞之。女曰：“洞庭之陰，有大橘樹焉，鄉人謂之社橘。君當解去兹帶，束以他物。然後扣樹三發，當有應者。因而隨之，無有礙矣。幸君子書敘之外，悉以心誠之話倚託，千萬無渝。”毅曰：“敬聞命矣。”①

不難看出，《洞庭靈姻傳》開篇的這一段，設置了柳毅和龍女於道畔相遇的場景，然後在這個場景中，通過人物的各種行動和相互之間的對話戲劇性地展示出人物形象和故事内容。又如《虬鬚客傳》寫及李靖、紅拂妓初遇虬髯客一段：

將歸太原，行次靈石旅舍，既設床，爐中烹肉且熟。張氏

① 李劍國輯校《唐五代傳奇集》第二編卷八《洞庭靈姻傳》，中華書局2015年，第649—650頁。

> 以髮長委地，立梳床前。公方刷馬，忽有一人，中形，赤鬚如虬，乘蹇驢而來。投革囊於爐前，取枕攲臥，看張梳頭。公怒甚，未決，猶親刷馬，張氏熟視其面，一手握髮，一手映身搖示公，令勿怒。急急梳頭畢，斂衽前問其姓。臥客答曰："姓張。"對曰："妾亦姓張，合是妹。"遽拜之。問第幾。曰："第三。"因問："妹第幾？"曰："最長。"遂喜曰："今多幸逢一妹。"張氏遥呼："李郎，且來拜三兄！"公驟拜之。遂環坐，客曰："煮者何肉？"曰："羊肉，計已熟矣。"客曰："饑。"①

唐人傳奇的呈現式敘事，多如此類，是場景化、戲劇化的。

石昌渝先生説："唐代傳奇小説的敘事方式同於史傳，但同中有異。史傳場景描寫簡略，人物行動和對話都很簡略，這與史傳的寫作原則有關，它始終要堅持實録的原則……唐代傳奇小説的的場景描寫就要豐富和細膩得多，想像的成分和感情的成分，可以説都是不加掩飾的……"②可見，唐人傳奇的呈現式敘事與正統史傳的呈現式敘事是有差别的。前文有論，正統史傳雖然存在着呈現式的敘事，但出於簡要的考慮，是很少使用這一敘事方式的，即使偶爾運用，也如石先生所言，是"簡略"的。所以，如果把唐人傳奇的呈現式敘事説成是源自正統史傳，則略顯牽强。其實，結合前文對漢魏六朝雜傳呈現式敘事方式

① 李劍國輯校《唐五代傳奇集》第三編卷四十三《虬鬚客傳》，中華書局2015年，第2454—2455頁。

② 石昌渝《中國小説源流論》第四章《傳奇小説》第二節《概述和場景——史傳敘事方式的繼承和發展》，三聯書店1994年，第160頁。

的分析，把唐人傳奇的呈現式敘事方式與正統史傳的呈現式敘事、漢魏六朝雜傳的場景化、戲劇化的呈現式敘事方式略加比較，就可以發現，唐人傳奇的呈現式敘事，與漢魏六朝雜傳的場景化、戲劇化呈現式敘事更爲接近。也就是説，唐人傳奇的“豐富”“細膩”的呈現式敘事，如果要尋找淵源的話，漢魏六朝雜傳當與它有着直接的血緣關係，而與正統史傳的關係則應當是間接的了。

不僅呈現式的敘事方式如此，講述式的敘事也是如此。唐人傳奇的講述方式的運用，也是直接承繼漢魏六朝雜傳的詳贍化、細節化的演繹方式而來，其“講述”，也是詳贍和細緻的演繹、鋪寫，而不僅僅是簡略的概述，如前引《洞庭靈姻傳》之文，即“見有婦人，牧羊於道畔。毅怪視之，乃殊色也。然而蛾臉不舒，巾袖無光，凝聽翔立，若有所伺”一段，《虬鬚客傳》之文：“行次靈石旅舍，既設床，爐中烹肉且熟。張氏以髮長委地，立梳床前。公方刷馬，忽有一人，中形，赤鬚如虬，乘蹇驢而來。投革囊於爐前，取枕欹臥，看張梳頭。公怒甚，未決，猶親刷馬，張氏熟視其面，一手握髮，一手映身摇示公，令勿怒。急急梳頭畢，斂衽前問其姓。”據敘事理論，當屬講述的敘事方式，然而，很明顯，它們都是十分生動和細緻的鋪寫。特别是《虬鬚客傳》中的一段，將李靖、紅拂妓、虬髯客三人的情狀都寫得細緻入微，栩栩如生。又如《霍小玉傳》中的一節：

生自以愆期負約，又知玉疾候沈綿，慚恥忍割，終不肯往。晨出暮歸，欲以迴避。玉日夜涕泣，都忘寢食，期一相見，竟無因由。冤憤益深，委頓床枕。自是長安中稍有知者。風流之士，共感玉之多情；豪俠之倫，皆怒生之薄行。時已三月，人多春遊。生與同輩五六人，詣崇敬寺翫牡丹花，步於西廊，遞吟詩句。有京兆韋夏卿者，生之密友，時亦同行。謂生曰："風光甚麗，草木榮華。傷哉鄭卿，銜冤空室！足下終能棄置，實是忍人。丈夫之心，不宜如此。足下宜爲思之！"歎讓之際，忽有一豪士，衣輕黄紵衫，挾朱彈，丰神雋美，衣服輕華，唯有一剪頭胡雛從後，潛行而聽之。俄而前揖生曰……①

這段"講述"，顯然是詳贍、細緻的，與史傳的概述不類而與漢魏六朝雜傳詳贍化、細節化的演繹敘事相類。

三、雜傳文體與傳奇文體

文體，是一個既古老而又年輕的術語。其内涵也有廣狹之分。狹義的文體，是指文學的體裁、體制或樣式，其所包括，如褚斌傑所言，是"作者在從事創作時，爲達到既定的效用，必須採取與之相適應的語言形式和篇幅、組織結構等"。褚斌傑又注云："古代文論中稱'文體'，除指文學體裁外，亦兼指文章或文學的文風、風格。"② 褚斌傑把不包括風格在内的文體概念

① 李劍國輯校《唐五代傳奇集》第二編卷十八《霍小玉傳》，中華書局2015年，第1011頁。

② 褚斌傑《中國古代文體概論》之《緒論》，北京大學出版社1997年，第1頁。

稱爲狹義概念，把包括風格在内的稱爲廣義概念。其實，他所指的包括風格在内的“廣義”，亦是“狹義”的。廣義的文體，“應當是這樣一種特殊的語言存在體：它是按照特定的語言——思維程式營構的，受着總體語言規範的制約，但它同時肩負對它來説是本真的使命——激活整體語言活動，使其具有特殊的詩性智慧的韌性，爲此它不惜有意破壞語言規範，在與整體語言活動保持强勁張力關係的齟齬中完成此項使命”。“簡單説來，文學文體就是文學作品的語言存在體”①。也就是説，廣義的文體概念不僅包括文本的體裁、體制或樣式、文風、風格等外在表現，還包括構成文本的所有内在基質。但這還不是最廣義的文體概念，僅是指文學文體，更廣泛意義上的文體，又不僅指文學文體，還“包括口語體、書面體等在内的各類文體”②。在西方，與文體相對應的詞是“genre”或“style”。genre 可譯作文類，指狹義文體；style 可譯作文體，指廣義的文體③。

不難看出，本書對雜傳文體與傳奇文體的使用是廣義層面上的文學文體概念，其基本内涵既包括文本的體裁、體制或樣式、文風、風格等外在表現，還包括構成文本的所有内在基質。

傳奇文體無疑是在傳記體基礎上形成的一種新文體，由於

---

① 張毅《文學文體概説》第一章《文學文體學的一般》，中國人民大學出版社 1993 年，第 15 頁、第 13 頁。

② 張毅《文學文體概説》第一章《文學文體學的一般》，中國人民大學出版社 1993 年，第 13 頁。

③ 關於文體概念在中國和西方的演變，張毅在《文學文體概説》（中國人民大學出版社 1993 年）一書，蔣原倫、潘凱雄在《歷史描述與邏輯演繹》（雲南人民出版社 1999 年）一書中都有簡介，可參看。

傳記體始創於司馬遷《史記》，司馬遷的《史記》列傳確立了傳記體的基本體制模式和傳寫規範，漢魏六朝雜傳又是承《史記》等正史列傳體制而來，只是因其已“不在正史”，而名其曰雜傳，在外在的體制模式上雖有相異之處，但大略相近，故追尋傳奇文體的淵源，一般總而論之，歸之爲史傳，這種做法當然是粗疏和不甚確妥的。

通過上文對傳奇文體在體制模式、文備衆體和敘事模式幾個方面與雜傳文體的比較分析，傳奇文體與雜傳文體之間的血緣聯繫是清晰和明瞭的。應該可以説，傳奇文體是直接承繼漢魏六朝雜傳文體而來，而與以史記爲代表的正統史傳的關係，則只是間接的。如果兩者在外在體制模式和文備衆體兩個方面的聯繫，還不足以説明傳奇文體是直接承繼漢魏六朝雜傳文體而來的話，那麼，通過内在的深層的敘事模式的比較分析，即通過對唐人傳奇與漢魏六朝雜傳在人物及事類的選擇和敘事方式之間聯繫的梳理，這一結論應該是没有疑異的了。

在對雜傳文體與傳奇文體敘事模式之間關係的考察中，我們之所以選擇敘事模式中的人物及敘事事類的選擇和敘事方式來重點加以分析討論，是因爲這兩個方面不僅是敘事模式的重要方面，也是因爲在這兩個方面，雜傳文體與傳奇文體之間的傳承關係表現得較爲顯著。當然，唐人傳奇敘事模式的其他方面，也與漢魏六朝雜傳有着千絲萬縷的聯繫，比如唐人傳奇完善的敘事結構安排與多樣化的結構方式，也是在漢魏六朝雜傳敘事結構安排方面所積累的經驗的基礎上形成的，如前文所言，與正統史傳相比，漢魏六朝的敘事結構已有了許多“新變”，如綫索的引入、懸念的設置、結構安排的前後呼應等等，這些實踐，無疑爲唐人傳奇完善敘事結構的形成和結構方式的多樣化提供了有益的參考經驗。其他如敘事人稱、敘事聚焦等方面，也與此有相似之處。另外，就漢魏六朝雜傳與唐人傳奇的其他文體内質而言，如與人物形象塑造有關的各種内質、與風格形成有關的各種内質等等，也都表現出種種傳承的痕跡，這些本書在中編對漢魏六朝雜傳的個案分析中以及在本編《漢魏六朝雜傳的小説化傾向》一章對漢魏六朝雜傳的整體審視中已多有涉及，其實，我們對漢魏六朝的考察，不論是個案還是整體，都是圍繞着文體進行的，基於雜傳文體與傳奇文體都是敘事文體的考慮，本章選取最能代表雜傳文體與傳奇文體主要特徵的體制模式和敘事模式來對二者進行比較研究，揭示它們之間的傳承關係。

新興的唐人傳奇，選擇並繼承了雜傳文體，這當然有多方面的原因，比如傳奇作家多爲史家就是原因之一。《古鏡記》的作者王度就是一個歷史學家，曾奉詔撰周史[①]，“大業之末欲撰《隋書》，俄逢喪亂，未及終畢”[②]；《梁四公記》的作者張説，曾任國史監修，與唐穎共撰史著《今上實録》；《靈怪記》的作者張薦，大曆中曾任史館修撰，撰有史著《宰輔傳略》；《任氏傳》的

①《古鏡記》云：“其年（大業八年）冬，（度）兼著作郎，奉詔撰國史。欲爲蘇綽立傳。”作“國史”，誤，當爲周史。李劍國先生在《國史周史辨——古鏡記的一處校勘》（載《書品》2001年第5期）一文中有詳考，可參看。

② 董誥等《全唐文》卷一三一王績《與陳叔達重借隋紀書》，中華書局1983年，第1320頁。

作者沈既濟亦爲史家，曾任史館修撰，著有《建中實録》《選舉志》各十卷;《長恨歌傳》的作者陳鴻也長於史傳，撰有《大統紀》三十卷,自序云“少學乎史氏,志在編年”①。其他又如《周秦紀行》的作者韋瓘，元和十五年（820）曾出任史館修撰;《遊仙記》的作者顧況，貞元三年（787）曾爲著作郎，也都有史家身份。

然而，最重要的原因當歸之爲漢魏六朝雜傳的小説化傾向，漢魏六朝雜傳的小説化實質上是向唐人傳奇的趨近或轉化，其中的小説性雜傳和亞小説性雜傳，在量的積累基礎上，在適宜的人文環境中，蜕變爲傳奇。唐人傳奇對雜傳文體的繼承，是漢魏六朝雜傳小説化的必然結果。

---

① 關於傳奇作家出身史家，孫遜、潘建國在《唐傳奇文體考辨》(《文學遺産》1999 年第 6 期）一文中有列舉，拙文《六朝雜傳與傳奇體制》(《武漢大學學報》2001 年第 5 期）一文中亦有略解，俞鋼在其《唐代文言小説與科舉制度》中以專章考析了唐代文言小説的作者身份。見俞鋼《唐代文言小説與科舉制度》，上海古籍出版社 2004 年，第 240 頁。

餘　論

本書分爲三編：

上編《雜傳與雜傳的興起》，從梳理雜傳的淵源流變出發，探討了漢魏六朝雜傳興起與繁榮的過程及其人文生態。漢魏六朝雜傳時期雜傳創作的繁榮局面，不僅是先秦以來雜傳由孕育、萌生而走向成熟的自然結果，即與先秦以來諸如《穆天子傳》《晏子春秋》《燕丹子》等在各方面的經驗積累相關，與劉向所作《列女》諸傳的示範作用以及劉向以來雜傳的創作實踐相關，同時，也還與漢魏六朝時期的時代環境密切相關。

中編《漢魏六朝雜傳概論》，通過對漢魏六朝時期三百多種雜傳文本的考訂與分析，不僅釐清了兩漢時期、三國時期、兩晉時期、南北朝時期尚有佚文存世的三百多種雜傳的文本存佚、史志書目著録及補録情況，也明晰了每一種雜傳的撰者、傳主生平及創作背景。更重要的是，在細讀文本的基礎上，分析並揭示了這些雜傳各自獨特的文體特徵，將它們置於史傳與小説建立的坐標中，研究它們在文體等方面與史傳及小説的區别與聯繫，揭示它們的小説品格之所在。

下編《漢魏六朝雜傳品格檢視》，從宏觀的角度對漢魏六朝雜傳進行整體審視，分析並總結出漢魏六朝雜傳的人文特性，揭示並確認了漢魏六朝雜傳普遍存在的小説品格，並由此梳理與明晰了漢魏六朝雜傳與唐人傳奇之間的源流關係，特别是文體上的傳承關係，從而顯示出這一研究的小説史意義。

就漢魏六朝雜傳研究的小説史意義而言，這裏，有三點需要特别强調：

首先，普遍的小説化傾向，使漢魏六朝雜傳具有了鮮明的小説品格。

雜傳是史之一體，從正史列傳中分化而來，劉向將司馬遷紀傳史體中的列傳取出單行，作《列女》《列士》諸傳，雜傳文體最終形成，成爲史之一體。不能否認，雜傳與正統史傳顯然有着千絲萬縷的聯繫，但它畢竟又已不在正史，《隋書·經籍志》對它的定位是："蓋亦史官之末事也。"① 既然是史官之末事，對於史的傳統與規範，對於史的責任與義務，對於史的追求與理想，它都可以置之不顧。它可以"根據膚淺、好尚偏駁"②，它可以"雜以虚誕怪妄之説"③，它可以多録"鬼神怪妄之説"④，它可以"穿鑿傍説"⑤、移植改造，甚至虚構故事；它還可以"莫顧

① 魏徵等《隋書·經籍志》雜傳類序，中華書局 1973 年，第 982 頁。

②《宋兩朝藝文志》傳記類序，見馬端臨《文獻通考·經籍考》雜史各門總雜傳類序引，華東師範大學出版社 1985 年，第 537 頁。

③ 魏徵等《隋書·經籍志》雜傳類序，中華書局 1973 年，第 982 頁。

④ 焦竑《國史經籍志》卷三傳記類序，《續修四庫全書》第 916 册，上海古籍出版社 2002 年，第 346 頁下。

⑤ 劉勰撰，范文瀾注《文心雕龍注》卷四《史傳》第十六，人民文學出版社 1998 年，第 287 頁。

實理”，“偉其事”“詳其跡”①，按照自己的意願敘寫與述説；它還可以“或虚加練飾、輕事雕彩、或體兼賦頌、詞類俳優”地遣詞造句；它還可以“輕弄筆端、肆情高下”②，對人物進行獨立的評判和傳寫。如此，造成了漢魏六朝雜傳的邊緣化，更確切地説，是居於史傳與小説之間：史的身份，卻又多具小説品格，“通之於小説”③，即劉知幾所謂：“文非文，史非史，譬夫烏孫造室，雜以漢儀，而刻鵠不成，反類於鶩者也。”④

漢魏六朝雜傳的小説化傾向，突出地表現在諸如人物傳寫、敘事建構、風格取向等方面。

在人物傳寫方面：漢魏六朝雜傳，不僅拋棄正統史傳對人物的歷史化定位，關注個體生命，描寫日常生活，人物傳寫趨向生活化，而且擺脱了史傳對政治資鑒和道德勸誡目的的追求，關注人物性格，注重對人物的性格刻畫，人物傳寫趨向個性化。並運用細節描寫等手法，對人物進行從外貌到性格品行的傳神寫照，刻畫出一個個充滿個性的人物形象；可以説，在漢魏六朝雜傳的人物傳寫中，人物本身及其性格成爲真正的焦點。同時，漢魏六朝雜傳中作者個性的表露和作者對人物原型的創造

---

① 劉勰撰，范文瀾注《文心雕龍注》卷四《史傳》第十六，人民文學出版社 1998 年，第 287 頁。

② 劉知幾撰，浦起龍釋《史通通釋》卷六《浮詞》第二十一，上海古籍出版社 1978 年，第 180 頁、第 161 頁。

③《宋兩朝藝文志》傳記類序，見馬端臨《文獻通考・經籍考》雜史各門總雜傳類序引，華東師範大學出版社 1985 年，第 537 頁。

④ 劉知幾撰，浦起龍釋《史通通釋》卷六《敘事》第二十二，上海古籍出版社 1978 年，第 181 頁。

性改造、加工，都導致了雜傳展現出來的人物形象與歷史真實人物之間的相互分離，具有了個人主觀意趣的虛構形象的特徵，故就人物傳寫的取向與重心以及人物形象本身的特徵而言，漢魏六朝雜傳的人物傳寫是有小説化傾向的。

在敘事建構方面：漢魏六朝雜傳的敘事建構，依據其目標指向的轉移，即從對歷史事實及其政治資鑒和道德勸誡意義的關注轉向了對歷史上的生命個體本身及其性格的關注，放棄了正統史傳“關國家盛衰，繫生民休戚，善可爲法，惡可爲戒者”的事類去取標準，不再看重事類的重大、真實與否，而在於事類是否反映了生命個體的品性和精神，在事類的選擇與運用上，傾向於瑣細化、庸常化，並不棄傳聞、虛誕，甚至移植、虛構故事；同時，在敘事方式上，也背離了正統史傳敘事尚簡的基本範則，以詳贍化、細節化的演繹方式和場景化、戲劇化的呈現方式取代了正統史傳主要由敘述者——史家——概述的敘事方式。並且在繼承史傳敘事結構的基礎上，重視綫索、引入懸念，注意前後呼應，敘事結構也有了許多突破和新變。敘事事類的選擇運用，敘事方式、敘事結構上的這些變化，使漢魏六朝雜傳的敘事建構，雖然承正統史傳而來，但已明顯與之有了很大的差異。總而言之，由於敘事事類的傳聞、虛誕、移植、虛構等特徵使其具有了虛構性，由於敘事的詳贍化、細節化、場景化、戲劇化而使其具有了形象性，也使其中的虛構具有了生活及事理意義上的真實感，由於其各種敘事結構技巧的運用而産生了强烈的敘事效果等，特别是敘事建構在總體上所表現出來的故事性、情節性，無疑使漢魏六朝雜傳的敘事建構具有了小説敘事的特點，或者説呈現出明顯的小説化傾向。

在風格取向方面：漢魏六朝雜傳從正統史傳儒雅素樸、沉穩莊重的單一風格中擺脱出來，風格趨向多樣化，而在多樣化的風格中，有兩個顯著的特徵，即藻飾化和諧謔化。藻飾化無疑使漢魏六朝雜傳避免了正統史傳行文的枯燥和乏味，敘事也因此變得生動和形象，給漢魏六朝雜傳帶來了顯著的文學愉悦特性；諧謔化使漢魏六朝雜傳從正統史傳的聖壇上走了下來，史傳的莊重嚴肅色彩減弱，而具有了輕鬆的以文爲戲、遊心寓目的性質；從其藻飾化、諧謔化所帶來愉悦、娱樂性質而言，漢魏六朝雜傳風格取向亦可以説具有顯著的小説化傾向。

本書認爲普遍的小説化傾向，使漢魏六朝雜傳多具有了顯著的小説品格，但也不否認漢魏六朝雜傳中有一些雜傳不具小説品格，這一點從本書對漢魏六朝雜傳的再分類中可以看出，本書把漢魏六朝雜傳分爲史傳性雜傳、小説性雜傳和亞小説性雜傳，其中的史傳性雜傳，就基本不具小説品格，這一類雜傳在本書中編的分析中也多有涉及，只是由於本書的終極目的，對此類雜傳的討論相對較略，但並不是有意回避。如果作簡單的量化，史傳性雜傳大約占總數的四分之一，很顯然，史傳性雜傳並不是漢魏六朝雜傳的主流，小説性雜傳與亞小説性雜傳才是漢魏六朝雜傳的主流，這從本書大量而少重複的舉例即可得到證明。本書所謂漢魏六朝雜傳具有普遍的小説化傾向即是就主流——大量的小説性雜傳和亞小説性雜傳——而言。

同時，本書認爲漢魏六朝雜傳具有小説化傾向，而這種小説化傾向，也並不是一個在時間流程上顯示出來的漸進過程。

也就是説，漢魏六朝雜傳的小説化不是按歷史時間順序——由兩漢到三國、由三國到兩晉、由兩晉到南北朝——由隱而顯、由少而多、由弱而强的過程。而是在總體上呈現出來的一種傾向、一種趨勢，不具有時間性。在漢魏六朝雜傳中，小説品格並不是隨着時間的推移而增强，小説性雜傳和亞小説性雜傳並不是隨着時間的推移而增多。兩漢雜傳、三國雜傳、兩晉雜傳、南北朝雜傳的分期，有時間順序上的前後階段性，但並不代表雜傳發展的階段性。早期的許多雜傳如《東方朔傳》《趙飛燕外傳》《漢武故事》《洞冥記》《漢武内傳》《曹瞞傳》等就表現出强烈的小説品格，而如《趙飛燕外傳》甚至被視爲“傳奇之首”。而南北朝時期的許多雜傳，小説性内藴卻不甚鮮明。因此，本書是將漢魏六朝雜傳作爲一個整體來討論其小説化傾向，討論其對唐人傳奇的孕育和啟導作用。

其次，漢魏六朝雜傳是唐人傳奇的重要源頭，漢魏六朝雜傳的小説化，實質是向唐人傳奇的趨近或轉化，唐人傳奇的興起是漢魏六朝雜傳小説化的必然結果。

正史之外的漢魏六朝雜傳，由於其處境的邊緣化，遠離甚至可以説擺脱了正統史傳寫作規範的束縛和制約，在創作上進行了很多新的嘗試，逐漸形成了很多新的特點，從而在不自覺中孕育了傳奇的胚胎①。經過本書的分析，漢魏六朝雜傳無疑是

① 于興漢在《唐傳奇——模仿的藝術》（載《山西師範大學學報》1997 年第 4 期）一文中，“如果從創作主體的接受角度看，與其説傳記文學影響了唐傳奇，倒不如説唐傳奇主動模仿了傳記文學更爲恰當”立論，認爲“唐傳奇是模仿傳記文學而創作的一種小説藝術”，從反方向上説明了傳記與傳奇之間源流的關係，逆向審視，亦不失爲一種思考視角，只是他的“傳記”概念還有待進一步明晰。

唐人傳奇的重要源頭。這樣，我們基本可以梳理出如下一條傳奇的宗祖譜系圖式：

正統史傳——漢魏六朝雜傳——唐人傳奇。

需要説明的是，本書所謂雜傳，如在《雜傳的界定》一節中所作定義，它不包括今之所謂的志怪小説，然而，正如學術界所公認，志怪無疑也是唐人傳奇的重要源頭之一。本書將其排除在外，並不是要有意否認這一點。而是因爲此點既然已成爲共識，就没有必要再加重複。其實，依據唐人的雜傳概念，即《隋書・經籍志》雜傳類和《舊唐書・經籍志》雜傳類的雜傳内涵，雜傳實際上是一個有着相當廣泛内涵的概念，它既包括本書所謂雜傳，也包括今之所謂志怪，我們不妨稱之爲泛雜傳。就歷史的真實論之，在唐人的觀念中，本書所謂雜傳與志怪，都在唐人的泛雜傳概念中，所以，更加確切地説，唐人傳奇原本也是接受的是泛雜傳的影響，唐人傳奇是在泛雜傳的基礎上孕育與發展起來的。漢魏六朝雜傳和漢魏六朝志怪，都是唐人傳奇的源頭。

如此，上文唐人傳奇的宗祖源流圖式，應當修改爲：

正統史傳——泛雜傳（漢魏六朝雜傳、漢魏六朝志怪）——唐人傳奇。

這樣當更近於歷史的真實與實際。

從漢魏六朝志怪到唐人傳奇，正如李劍國先生所言，是志怪小説的内部“變革性的美學因素”的出現和發生作用的結果，具體而言就是志怪中“人情化、情緒化、詩意化、興趣化的出現和强調”，“當志怪以這些美學標準來重新設計自己，並講究作品的精緻化、文章化時，它就變成了傳奇”[①]。從漢魏六朝雜傳到唐人傳奇的本質性轉變，亦是如此，是雜傳内部變革性美學因素的出現和發生作用的必然結果。通過本書分析，不言而喻，促使雜傳向傳奇發生本質性轉化的美學因素，就是雜傳中的小説品格，具體表現爲形象性、興趣性、虛構性、故事性、情節性、詩意性。如本書所言，漢魏六朝雜傳的人物傳寫具有了生活化、個性化傾向，作者的主觀意趣亦多有體現，並具有一定的形象性；敘事建構中時常雜以虛誕怪妄之説，甚至移植、虛構故事，具有虛構性特徵，並有相當程度的故事性、情節性；風格取向傾向於藻飾化、諧謔化，表現出一定的“詩筆”特徵，或者説文章化傾向。當雜傳中存在的這些小説品格在累積中成爲普遍自覺的追求和操作範則時，雜傳也就變成了傳奇。

一方面是志怪的精緻化、文章化，一方面是雜傳的小説化，它們相互交織着，比肩雁行，走向了傳奇。

當然，本書認爲唐人傳奇是在泛雜傳的基礎上孕育、發展起來，是志怪文章化、精緻化的必然結果，是雜傳小説化的必然結果，也並不否認其他社會人文因素對唐人傳奇影響的存在。畢竟，從志怪到傳奇，從雜傳到傳奇，都是質的變化與飛躍，這種本質變化的發生，無疑是社會人文等多種綜合因素的結果，正如從猿到人一樣，不僅僅有了猿就能變成人，有了猿，這只是一個必不可少的重要條件。對於促進從志怪到傳奇、從雜傳

① 李劍國《唐稗思考録》，見《唐五代志怪傳奇敘録》（增訂本），中華書局 2017 年，第 22 頁。

到傳奇質變的其他種種社會人文因素，學術界已多有討論[①]，基於本書立論重心，實難對此作深入細緻的研究，只有留下遺憾了。

第三，漢魏六朝雜傳爲唐人傳奇提供了基本的文體範型，傳奇文體正是在雜傳文體的基礎上形成的。

泛雜傳是唐人傳奇的淵源所在，如本書在《敘論》中所言，雜傳和志怪對唐人傳奇的啟導領域又略有差異，拋開次要的枝節，總而言之，志怪主要在題材方面爲唐人傳奇提供了開拓方向，而雜傳，則主要是在文體方面爲唐人傳奇提供了基本範型。

唐人傳奇的興起與漢魏六朝雜傳的小説化傾向有着密切的聯繫，是漢魏六朝雜傳小説化傾向發展的必然結果。傳奇文體對雜傳文體的繼承，也正是這一必然結果的突出體現，甚至可以説是顯著標志。傳奇文體直接承繼漢魏六朝時期的雜傳文體而來，這種承繼關係體現在傳奇文體的各個方面，傳奇文體無處不烙有雜傳文體的印記，如它們相似的外在體制模式、相似的內在敘事模式。就外在的體制模式言，具體表現在唐人傳奇對雜傳文本存在形式和行文方式的沿襲和摹仿等方面。就內在

① 如石昌渝先生在《中國小説源流論》（三聯書店 1994 年）中就有精彩的論述，至於撰文論述者，則夥矣，如：王慶菽的《小説至唐始達成立時期之原因》（載 1947 年 10 月 6 日《中央日報·文史周刊》第 62 期）、安小蘭的《中唐傳奇小説繁榮原因初探》（載《安徽教育學院學報》1995 年第 4 期）、唐晉元的《淺談唐代小説》（載《徐州教育學院學報》1999 年第 1 期）、韓雲波的《劉知幾〈史通〉與“小説”觀念的系統化》（載《西南師範大學學報》2001 年第 2 期）、李潤强的《唐代舉子是用傳奇行卷的嗎？》（載《西北師範大學學報》2001 年第 5 期）等等，他們都從各自特定的角度進行了分析研究。

的敘事模式言，具體表現在唐人傳奇對雜傳敘事方式以及選材運材方式等的繼承和發展方面。另外，唐人傳奇的“文備衆體”也與雜傳有着密切的聯繫。

不過，這是就總體而論，如果作分類考察，雜傳文體與傳奇文體之間的這種傳承關係，在散傳與單篇傳奇文之間體現得尤爲顯著。

漢魏六朝雜傳中有大量的散傳，如《趙飛燕外傳》《漢武内傳》《曹瞞傳》《鄭玄别傳》《衛玠别傳》《杜蘭香傳》《神女傳》《曹著傳》等。這些散傳，如前文言，主要是承繼先秦、秦漢以來諸如《穆天子傳》《燕丹子》等而來，在文體以及其他諸方面都深受它們的影響。漢魏六朝散傳往往取材於歷史，以歷史上真實的人物爲傳寫物件，但又不拘泥於歷史，常常加以增益虛構，並通過詳盡的敘述，構建宛若真實的故事和情節，展現細微的生活，塑造出性格鮮明的人物形象。從體制上看，這類散傳一般篇幅較長，敘事細膩，講究章法結構，傳記體制完善而顯著。單篇傳奇，魯迅先生稱爲傳奇文，如《鶯鶯傳》《李娃傳》《霍小玉傳》《謝小娥傳》《長恨歌傳》《東城老父傳》《任氏傳》《洞庭靈姻傳》《秦夢記》等。這些傳奇文，拋開題材内容，單就文體而論，如魯迅先生所說，“文章很長，並能寫得曲折”①，且“敘述婉轉，文辭華豔”②，亦以傳記體爲基本的體制模

---

① 魯迅《中國小説的歷史的變遷》第三講《唐之傳奇文》，見《魯迅全集》第九卷，人民文學出版社 2005 年，第 323 頁。

② 魯迅《中國小説史略》第八篇《唐之傳奇文》（上），東方出版社 1996 年，第 51 頁。

式，它們與漢魏六朝雜傳中的散傳極爲一致，單篇傳奇文無疑是在此類散傳的基礎上發展而來，胡應麟所謂“《飛燕》，傳奇之首也”① 的論斷，恐怕就是對此而發。而且，就作品的實際而言，上文所舉的散傳如《趙飛燕別傳》《杜蘭香傳》等，其實已與傳奇文相當類似了，今之學術界就有人將它們視爲傳奇小説。也就是説，從先秦、秦漢以來的《穆天子傳》《燕丹子》等到漢魏六朝散傳，從漢魏六朝散傳到傳奇文，在文體上有着清晰的傳承之跡。

必須指出，本書説志怪主要在題材方面爲唐人傳奇提供了開拓方向，雜傳主要是在文體方面爲唐人傳奇提供了基本範型。這種區分無疑是有意解析的結果，有生硬與牽强之嫌，不過這種解析卻是在追本溯源中釐清流變的不得已的辦法。同時，本書説散傳與單篇傳奇文之間的聯繫也主要是就文體而言而忽略其他方面，單篇傳奇文，就文體觀之，可以説直接淵源於漢魏六朝散傳，但如果就題材、内容考察，在傳奇文中表現現實的一類，也可以説直接來源於漢魏六朝雜傳，不過，除了現實題材一類之外，也還有非現實的神怪狐妖的一類，如《古鏡記》《東陽夜怪録》，甚至上文所舉《洞庭靈姻傳》等，這類單篇傳奇文，從題材方面説則主要源於漢魏六朝的志怪小説，即也可以説是志怪精緻化、文章化的産物。另外，如泛雜傳中的《列仙傳》《神仙傳》《拾遺記》一類作品，它們的體制屬於傳記體，

① 胡應麟《少室山房筆叢》卷二九丙部《九流緒論下》，中華書局 1958 年，第 375 頁。

而它們的題材卻是志怪的，這類作品，可以説是雜傳與志怪的結合體，則更是難於對它們進行分割解析。也就是説，既然在唐人的觀念中，雜傳與志怪同屬一類，他們在接受泛雜傳的影響，或者在從中攫取所需的時候，是没有這樣明晰地“分類”式地進行操作的。而且，這種影響也無疑是如春雨潤物般在潛移默化中發生，並經過了一個漫長的歷史過程。

正如本書《敘論》所言，揭示漢魏六朝雜傳的小説品格以及漢魏六朝研究的小説史意義，是本書的主要目標和任務。當然，這並不是漢魏六朝雜傳研究的唯一角度。數量巨大的漢魏六朝雜傳，是一座有着豐富蘊涵的寶藏，存在着許多有待發掘的特殊人文價值。

比如，漢魏六朝雜傳在反映與揭示漢魏六朝士風方面就有着特殊意義。我們知道，正史中的人物傳記，由於受到官方的控制，作者對史事的去取、對人物的評價，都無法充分地表達作者自己的觀點和態度。雜傳的作者則與此不同，由於他們多是“方聞之士”或“幽人處士”，不受官方思想的束縛，故在思想上便没有了限定和束縛，在傳寫取向上明顯異於正統史傳，特别是在對待史事的態度上，由正統史傳對人物的歷史化定位和對歷史資鑒和道德勸誡意義的重視轉向對人物性格的關注和表現，人物傳寫傾向生活化、個性化。而且，漢魏六朝雜傳的作者基本上與其所傳之人同時，因而真切反映了其時士林之風尚。所以，漢魏六朝雜傳在探索當時士林一般思想和普遍精神方面無疑有着獨特的價值。

又比如，漢魏六朝雜傳在傳記文學研究方面也有着特殊意義。從傳記文學的角度看，漢魏六朝是傳記文學發展中的一個重要時期，而雜傳之體也是傳記文學發展進程中的重要一體。司馬遷的《史記》列傳，奠定了人物傳記寫作的基本模式、寫作規範，而漢魏六朝雜傳在選材運材方式、人物傳寫、敘事建構、風格取向等各方面，都與以《史記》爲代表的正統史傳中的人物傳記有了很大的不同，如前所論。這對後世傳記文學的發展有着巨大影響，唐代韓愈、柳宗元等的“傳記文”，正是淵源於漢魏六朝雜傳，所以，漢魏六朝雜傳在傳記文學史上也無疑有着不可忽視的價值。

因此，有必要繼續深化在不同視域下的漢魏六朝雜傳研究。

參考文獻

《尚書正義》,［漢］孔安國傳,［唐］孔穎達疏,《十三經注疏》本,中華書局,1996。

《尚書今古文注疏》,［清］孫星衍注疏,陳抗、盛冬鈴點校,中華書局,1986。

《今古文尚書全譯》,江灝、錢宗武譯注,周秉鈞審校,貴州人民出版社,1990。

《尚書》,朱新華校點,遼寧教育出版社,1998。

《毛詩正義》,［漢］毛亨傳,［漢］鄭玄箋,［唐］孔穎達疏,《十三經注疏》本,中華書局,1996。

《毛詩傳箋通釋》,［清］馬瑞辰撰,陳金生點校,《十三經清人注疏》本,中華書局,1989。

《詩經譯注》,程俊英譯注,上海古籍出版社,1985。

《詩經新注》,雒三桂、李山注釋,齊魯書社,2000。

《儀禮注疏》,［漢］鄭玄注,［唐］賈公彥疏,《十三經注疏》本,中華書局,1996。

《春秋左傳正義》,［戰國］左丘明傳,［晉］杜預注,［唐］孔穎達疏,《十三經注疏》本,中華書局,1996。

《春秋左傳集釋》,［戰國］左丘明傳,［晉］杜預集釋,上海古籍出版社，1997。

《春秋公羊傳注疏》，［漢］何休注，［唐］徐彦疏，《十三經注疏》本，中華書局，1996。

《論語正義》，劉寶楠正義，《諸子集成》本，上海書店，1986。

《論語注疏》，［三國·魏］何晏集解，［宋］邢昺疏，《十三經注疏》本，中華書局，1996。

《爾雅郭注義疏》，［晉］郭璞注，［清］郝懿行疏，《清疏四種合刊》本，上海古籍出版社，1989。

《廣雅疏證》，［清］王念孫疏證，《清疏四種合刊》本，上海古籍出版社，1989。

《經典釋文》，［唐］陸德明撰，《四部叢刊初編》本。

《經典釋文彙校》，［唐］陸德明撰，黄焯彙校，中華書局，2006。

《釋名疏證補》，［漢］劉熙撰，［清］王先謙疏證補，《清疏四種合刊》本，上海古籍出版社，1989。

《史記》，［漢］司馬遷撰，［宋］裴駰集解，［唐］司馬貞索隱，［唐］張守節正義，中華書局，1982。

《〈史記〉會注考證附校補》，［日］瀧川資言考證，［日］水澤利忠校補，上海古籍出版社，1986。

《漢書》，［漢］班固撰，［唐］顔師古注，中華書局，1962。

《漢書補注》，［清］王先謙《漢書補注》，中華書局，1983。

《漢書注校補》，［清］周壽昌撰，張舜徽主編《二十五史三編》本，岳麓書社，1995。

《三國志》，［晉］陳壽撰，［宋］裴松之注，中華書局，2000。

《三國志旁證》，［清］梁章鉅撰，張舜徽主編《二十五史三編》本，岳麓書社，1995。

《三國志集解》，［清］盧弼撰，中華書局影印1957年古籍社本，1982。

《後漢書》，［南朝·宋］范曄撰，［唐］李賢注，中華書局，1965。

《晉書》，［唐］房玄齡等撰，中華書局，1974。

《宋書》，［南朝·梁］沈約撰，中華書局，1974。

《南齊書》，［南朝·梁］蕭子顯撰，中華書局，1972。

《梁書》，［唐］姚思廉撰，中華書局，1973。

《陳書》，［唐］姚思廉撰，中華書局，1972。

《魏書》，［北齊］魏收撰，中華書局，1974。

《周書》，［唐］令狐德棻等撰，中華書局，1971。

《北齊書》，［唐］李百藥撰，中華書局，1972。

《隋書》，［唐］魏徵等撰，中華書局，1973。

《南史》，［唐］李延壽撰，中華書局，1975。

《北史》，［唐］李延壽撰，中華書局，1974。

《舊唐書》，［五代·後晉］劉昫等撰，中華書局，1975。

《新唐書》，［宋］歐陽修、宋祁撰，中華書局，1975。

《舊五代史》，［宋］薛居正等撰，中華書局，1976。

《新五代史》，［宋］歐陽修撰，［宋］徐無黨注，中華書局，1974。

《宋史》，［元］脱脱等撰，中華書局，1977。

《十七史商榷》，［清］王鳴盛撰，黄曙輝點校，上海書店出版社，2005。

《廿二史劄記校證》(訂補本),[清]趙翼撰,王樹民校證,中華書局,2005。

《廿二史考異》,[清]錢大昕著,方詩銘、周殿傑校點,上海古籍出版社,2006。

《九家舊晉書》,[清]湯球輯,《叢書集成初編》本,中華書局,1985。

《華陽國志》,[晉]常璩撰,《四部叢刊初編》本。

《華陽國志》,[晉]常璩撰,劉琳校注,巴蜀書社,1984。

《建康實録》,[唐]許嵩撰,張忱石點校,中華書局,1986。

《資治通鑒》,[宋]司馬光撰,[元]胡三省注,中華書局,1976。

《讀通鑒論》,[清]王夫之撰,中華書局,1975。

《水經注》,[北魏]酈道元撰,陳橋驛點校,上海古籍出版社,1990。

《洛陽伽藍記校釋》,[北魏]楊玄之著,周祖謨校釋,上海書店出版社,2000。

《元和姓纂》(附四校記),[唐]林寶撰,岑仲勉校記,鬱賢皓、陶敏整理,中華書局,1994。

《元和郡縣圖志》,[唐]李吉甫撰,賀次君點校,《中國古代地理總志叢刊》本,中華書局,1983。

《太平寰宇記》,[宋]樂史撰,洪亮吉校,文海出版社,1970。

《六朝墓志檢要》,王壯弘、馬成名著,上海書畫出版社,1985。

《通志·藝文略》,[宋]鄭樵撰,上海古籍出版社影印明陳宗夔校刻本，1990。

《文獻通考·經籍考》，［元］馬端臨撰，華東師範大學出版社，1985。

《文獻通考·經籍考》，［元］馬端臨撰，《十通》本，浙江古籍出版社影，1988。

《續文獻通考·經籍考》，［明］王圻撰，文海出版社影明萬曆刊本。

《續文獻通考·經籍考》，［清］高宗敕撰，王雲五主編《萬有文庫》本，商務印書館，民國二十五年（1936）（《十通》本，浙江古籍出版社影，1988）。

《清朝文獻通考·經籍考》，清高宗敕撰，王雲五主編《萬有文庫》本，商務印書館，民國二十五年（1936）（《十通》本，浙江古籍出版社影，1988）。

《清朝續文獻通考·經籍考》，劉錦藻撰，王雲五主編《萬有文庫》本，商務印書館，民國二十五年（1936）（《十通》本，浙江古籍出版社影，1988）。

《七略别録佚文》，［漢］劉向撰，［清］姚振宗輯，《續修四庫全書》本，上海古籍出版社，2002。

《七略佚文》，［漢］劉向撰，［清］姚振宗輯，《續修四庫全書》本，上海古籍出版社，2002。

《衆經目録》，［隋］法經等撰，《中華大藏經》本。

《歷代三寶記》，［隋］費長房撰，《中華大藏經》本。

《大唐内典録》，［唐］道宣撰，《中華大藏經》本。

《開元釋教録》，［唐］智升撰，《中華大藏經》本。

《貞元新定釋教目録》，［唐］圜照撰，《中華大藏經》本。

《崇文總目》，［宋］王堯臣等撰，［清］錢東垣等輯，《叢書集成初編》本，1985。

《郡齋讀書志校證》，［宋］晁公武撰，孫猛校證，上海古籍出版社，1990。

《直齋書録解題》，［宋］陳振孫撰，徐小蠻、顧美華點校，上海古籍出版社，2006。

《子略》，［宋］高似孫撰，《續修四庫全書》本，上海古籍出版社，2002。

《遂初堂書目》，［宋］尤袤撰，文淵閣《四庫全書》本。

《國史經籍志》，［明］焦竑撰，《續修四庫全書》本，上海古籍出版社，2002。

《百川書志》，［明］高儒撰，《續修四庫全書》本，上海古籍出版社，2002。

《晁氏寶文堂書目》，［明］晁瑮撰，《續修四庫全書》本，上海古籍出版社，2002。

《徐氏家藏書目》，［明］徐𤊹撰，《續修四庫全書》本，上海古籍出版社，2002。

《世善堂藏書目録》，［明］陳第撰，《續修四庫全書》本，上海古籍出版社，2002。

《澹生堂藏書目》，［明］祁承㸁撰，《續修四庫全書》本，上海古籍出版社，2002。

《菉竹堂書目》，［明］葉盛編，《叢書集成初編》本，中華書局，1985。

《汲古閣珍藏祕本書目》，［明］毛扆撰，《叢書集成初編》本，中華書局，1985。

《四庫全書總目》，［清］永瑢等撰，中華書局，1995。

《八千卷樓書目》，［清］丁仁撰，《續修四庫全書》本，上海古籍出版社，2002。

《絳雲樓書目》，［清］錢謙益撰，《續修四庫全書》本，上海古籍出版社，2002。

《錢遵王述古堂藏書目録》，［清］錢曾撰，《續修四庫全書》本，上海古籍出版社，2002。

《述古堂藏書目》，［清］錢曾撰，《叢書集成初編》本，中華書局，1985。

《稽瑞樓書目》，［清］陳揆撰，《叢書集成初編》本，中華書局，1985。

《季滄葦藏書目》，［清］季振宜撰，《叢書集成初編》本，中華書局，1985。

《文瑞樓書目》，［清］金星軺撰，《叢書集成初編》本，中華書局，1985。

《皕宋樓藏書志》，［清］陸心源撰，《續修四庫全書》本，上海古籍出版社，2002。

《傳是樓書目》，［清］徐乾學撰，《續修四庫全書》本，上海古籍出版社，2002。

《千頃堂書目》，［清］黄虞稷撰，文淵閣《四庫全書》本。

《孫氏祠堂書目》，［清］孫星衍撰，《叢書集成初編》本，中華書局，1985。

《愛日精廬藏書志》，[清]張金吾撰，《續修四庫全書》本，上海古籍出版社，2002。

《鐵琴銅劍樓藏書目録》，[清]瞿鏞撰，《續修四庫全書》本，上海古籍出版社，2002。

《書目答問》，[清]張之洞撰，《續修四庫全書》本，上海古籍出版社，2002。

《讀書敏求記》，[清]錢曾撰，《續修四庫全書》本，上海古籍出版社，2002。

《士禮居藏書題跋記》，[清]黄丕烈撰，《叢書集成初編》本，中華書局，1985。

《鄭堂讀書記》，[清]周中孚撰，商務印書館，1959。

《越縵堂讀書記》，[清]李慈銘撰，中華書局，2006。

《日本國見在書目録》，[日]藤原佐世撰，《古逸叢書》影舊鈔本。

《漢藝文志考證》，[宋]王應麟撰，開明書店《二十五史補編》本，中華書局，1998。

《隋書經籍志考證》，[清]章宗源撰，開明書店《二十五史補編》本，中華書局，1998。

《隋書經籍志考證》，[清]姚振宗撰，《續修四庫全書》本，上海古籍出版社，2002。

《漢書藝文志條理》，[清]姚振宗撰，開明書店《二十五史補編》本，中華書局，1998。

《漢書藝文志拾補》，[清]姚振宗撰，開明書店《二十五史補編》本，中華書局，1998。

《補後漢書藝文志》，[清]侯康撰，開明書店《二十五史補編》本，中華書局，1998。

《後漢藝文志》，[清]姚振宗撰，開明書店《二十五史補編》本，中華書局，1998。

《補後漢書藝文志》，[清]顧櫰三撰，開明書店《二十五史補編》本，中華書局，1998。

《補後漢書藝文志并考》，[清]曾樸撰，開明書店《二十五史補編》本，中華書局，1998。

《三國藝文志》，[清]姚振宗撰，開明書店《二十五史補編》本，中華書局，1998。

《補三國藝文志》，[清]侯康撰，開明書店《二十五史補編》本，中華書局，1998。

《補晉書藝文志》，[清]丁國鈞撰，開明書店《二十五史補編》本，中華書局，1998。

《補晉書藝文志》，[清]文廷式撰，開明書店《二十五史補編》本，中華書局，1998。

《補晉書藝文志》，[清]秦榮光撰，開明書店《二十五史補編》本，中華書局，1998。

《補晉書經籍志》，[清]吴士鑑撰，開明書店《二十五史補編》本，中華書局，1998。

《補晉書藝文志》，[清]黄逢元撰，開明書店《二十五史補編》本，中華書局，1998。

《補宋書藝文志》，聶崇岐撰，開明書店《二十五史補編》本，中華書局，1998。

《補南齊書藝文志》，陳述撰，開明書店《二十五史補編》本，中華書局，1998。

《隋書經籍志補》，張鵬一撰，開明書店《二十五史補編》本，中華書局，1998。

《四庫提要辨證》，余嘉錫撰，（香港）中華書局，1974。

《四庫全書總目提要補正》，胡玉縉撰，王欣夫輯，中華書局，1964。

《四庫提要訂誤》，李裕民撰，書目文獻出版社，1990。

《四庫提要補正》，崔富章撰，杭州大學出版社，1990。

《古佚書輯本目録》，孫啟治、陳建華撰，中華書局，1997。

《漢魏叢書》，［明］程榮輯，民國十四年（1925）上海商務據明萬曆中新安程氏刊本印。

《廣漢魏叢書》，［明］何允中輯，明萬曆二十年（1592）刊本。

《祕册彙函》，［明］沈士龍、胡震亨輯，明萬曆中刊本。

《津逮祕書》，［明］毛晉輯，民國十一年（1922）上海博古齋據明汲古閣本印。

《增訂漢魏叢書》，［清］王謨輯，清乾隆五十六年（1791）金谿王氏刊本。

《重訂漢唐地理書鈔》，［清］王謨輯，清嘉慶中金谿王氏刊本。

《玉函山房輯佚書》，［清］馬國翰輯，上海古籍出版社影印本，1990。

《玉函山房輯佚書續編》，［清］王仁俊輯，《玉函山房輯佚書續編三種》本，上海古籍出版社，1989。

《玉函山房輯佚書補編》，［清］王仁俊輯，《玉函山房輯佚書續編三種》本，上海古籍出版社，1989。

《經籍佚文》，［清］王仁俊輯，《玉函山房輯佚書續編三種》本，上海古籍出版社，1989。

《祕書廿一種》，［清］汪士漢輯，清康熙七年（1668）新安汪氏據古今逸史刊版重編印本。

《龍威祕書》，［清］馬俊良輯，清乾隆五十九年（1794）石門馬氏大酉山房刊本。

《心齋十種》，［清］任兆麟撰，清乾隆中震澤任氏忠敏家塾刊本。

《群書拾補》，［清］盧文弨輯，《叢書集成初編》本，中華書局，1985。

《龍谿精舍叢書》，［清］鄭堯臣輯，中國書店影印本，1991。

《學津討原》，［清］張海鵬輯，江蘇廣陵古籍刻印社，1990。

《黄氏逸書考》，［清］黄奭輯，民國二十三年（1934）江都朱氏刊本。

《漢學堂知足齋叢書》，［清］黄奭輯，清道光中甘泉黄氏刊本。

《平津館叢書》，［清］孫星衍輯，清光緒十一年（1885）吴縣朱氏槐廬家塾刊本。

《指海》，［清］錢熙祚、錢培讓輯，錢培傑續輯，清道光中金山錢氏據借月山房彙鈔刊版重編增刊本。

《守山閣叢書》，［清］錢熙祚輯，民國十一年（1922）上海博古齋據清錢氏本影印。

《問經堂叢書》，［清］孫馮翼輯，清嘉慶中承德孫氏刊本。

《經典集林》，［清］洪頤宣輯，民國十五年（1926）陳氏慎初堂據清嘉慶間問經堂叢書本影印。

《浮谿精舍叢書》，［清］宋翔鳳撰，清嘉慶二十五年（1820）刊本。

《二酉堂叢書》，［清］張澍輯，清道光元年（1821）武威張氏二酉堂刊本。

《十種古逸書》，［清］茆泮林輯，清道光十四年（1834）梅瑞軒刊本。

《曼陀羅華閣叢書》，［清］杜文瀾輯，清咸豐同治間秀水杜氏刊、光緒十八年（1892）上海掃葉山房修補印本。

《古逸叢書》，［清］黎庶昌輯，江蘇廣陵古籍刻印社，1990。

《心矩齋叢書》，［清］蔣鳳藻輯，清光緒中長洲蔣氏刊，民國十四年（1925）文學山房重印本。

《十萬卷樓叢書》，［清］陸心源輯，清光緒中歸安陸氏刊本。

《月河精舍叢鈔》，［清］丁寶書輯，清光緒六年（1880）苕溪丁氏刊本。

《半厂叢書》，［清］譚獻輯，清光緒中仁和譚氏刊本。

《傅氏家書》，［清］傅以禮輯，清光緒二年（1876）手稿本。

《士禮居黄氏叢書》，［清］黄丕烈輯，清光緒十三年（1887）上海蜚英館據清黄氏刊本影。

《麓山精舍叢書》，［清］陳運溶輯，清光緒宣統間湘西陳氏刊本。

《雪堂叢刻》，羅振玉輯，民國四年（1915）上虞羅氏排印本。

《嘉業堂叢書》，劉承幹輯，民國七年（1918）吴興劉氏序刊本。

《關隴叢書》，張鵬一輯，民國十一年（1922）排印本。

《怡蘭堂叢書》，唐泓學輯，民國十一年（1922）大關唐氏成都刊本。

《續古逸叢書》，張元濟等輯，1922—1957年上海商務印書館本。

《叢書集成初編》，中華書局，1985。

《杜氏編珠》，［隋］杜公瞻撰，［清］高士奇校，（日本）文政十二年（1829）刊本。

《北堂書鈔》，［唐］虞世南編，中國書店影南海孔氏十有三萬卷堂本，1989。

《藝文類聚》，［唐］歐陽詢編，汪紹楹校，上海古籍出版社，1999。

《初學記》，［唐］徐堅編，中華書局，1980。

《白氏六帖事類集》，［唐］白居易編，文物出版社，1987。

《白孔六帖》，［唐］白居易原本，［宋］孔傳續，上海古籍出版社，1992。

《蒙求集注》，［唐］李瀚編，徐子光注，《四庫類書叢刊》本。

《太平廣記》，［宋］李昉等編，中華書局，1981。

《太平御覽》，［宋］李昉等編，中華書局影宋本，1985。

《册府元龜》，［宋］王欽若等編，中華書局影印本，1982。

《事類賦》，［宋］吴淑編，《北京圖書館古籍珍本叢刊》本，書目文獻出版社影宋紹興十六年（1146）刻本，1988。

《事類賦注》，［宋］吴淑編，冀勤、王秀梅、馬蓉校點，中華書局，1989。

《玉海》，［宋］王應麟撰，廣陵書社，2003。

《職官分紀》，［宋］孫逢吉撰，文淵閣《四庫全書》本。

《海録碎事》，［宋］葉廷珪撰，李之亮校點，中華書局，2002。
《記纂淵海》，［宋］潘自牧撰，《北京圖書館古籍珍本叢刊》本，書目文獻出版社影宋本，1988。
《古今事文類聚》，［宋］祝穆撰，文淵閣《四庫全書》本。
《古今合璧事類備要》，［宋］謝維新撰，文淵閣《四庫全書》本。
《事物紀原》，［宋］高承撰，明正統九年（1444）序刊本。
《六朝事迹編類》，［宋］張敦頤撰，張忱石點校，上海古籍出版社，1995。
《錦繡萬花谷》，［宋］闕名，明嘉靖十五年（1536）序錫山秦汴銹石書堂後。
《翰苑新書》，［宋］闕名，文淵閣《四庫全書》本。
《群書考索》，［宋］章如愚撰，正德十三年（1518）建陽劉氏慎獨書齋刊本。
《古今事文類聚新集》，［元］富大用撰，文淵閣《四庫全書》本。
《韻府群玉》，［元］陰勁絃、陰復春編，文淵閣《四庫全書》本。
《群書類編》，［明］王罃輯，江蘇廣陵古籍刻印社，1990。
《天中記》，［明］陳耀文撰，清光緒四年（1876）聽雨山房重刻本。
《廣博物志》，［明］董斯張撰，明萬歷高暉堂刻本。
《蜀中廣記》，［明］曹學佺撰，文淵閣《四庫全書》本。
《駢志》，［明］陳禹謨撰，文淵閣《四庫全書》本。
《御定淵鑑類函》，［清］張英、王士禎、王惔等撰，文淵閣《四庫全書》本。

《御定佩文韻府》，［清］張玉書等編，文淵閣《四庫全書》本。
《御定佩文韻府》，［清］張玉書等編，上海古籍出版社，1983。
《格致鏡原》，［清］陳元龍撰，文淵閣《四庫全書》本。

《法苑珠林》，［唐］釋道世編，上海古籍出版社，1995。
《法苑珠林》，［唐］釋道世編，周叔迦、蘇晉仁校注，《中國佛教典籍選刊》本，中華書局，2003。
《上清道類事相》，［唐］王懸河撰，明《正統道藏》本。
《仙苑編珠》，［唐］王松年撰，明《正統道藏》本。
《三洞珠囊》，［唐］王懸河撰，明《正統道藏》本。
《雲笈七簽》，［宋］張君房編，書目文獻出版社，1995。
《雲笈七籤》，［宋］張君房編，李永晟點校，《道教典籍選刊》本，中華書局，2003。
《三洞群仙録》，［宋］陳葆光撰，明《正統道藏》本。

《文心雕龍注》，［南朝·梁］劉勰撰，范文瀾注，人民文學出版社，1998。
《詩品集注》，［南朝·梁］鍾嶸撰，曹旭集注，上海古籍出版社，1994。
《文章緣起注》，［南朝·梁］任昉撰，［明］陳懋仁注，《叢書集成初編》本，中華書局，1985。
《文録》，［宋］唐庚撰，《叢書集成初編》本，中華書局，1985。
《文則》，［宋］陳騤撰，人民文學出版社，1998。
《文章精義》，［宋］李塗撰，王利器校點，人民文學出版社，

1998。
《續文章緣起》,［明］陳懋仁撰,［清］曹溶輯，陶樾增訂,《學海類編》本，江蘇廣陵古籍刻印社，1994。
《文章辨體序説》,［明］吴訥撰，于北山點校，人民文學出版社，1998。
《文體明辨序説》,［明］徐師曾撰，羅根澤點校，人民文學出版社，1998。
《文原》,［明］宋濂撰,［清］曹溶輯，陶樾增訂,《學海類編》本，江蘇廣陵古籍刻印社，1994。
《文脈》,［明］王文禄撰,［清］曹溶輯，陶樾增訂,《學海類編》本，江蘇廣陵古籍刻印社，1994。
《文評》,［明］王世貞撰,［清］曹溶輯，陶樾增訂,《學海類編》本，江蘇廣陵古籍刻印社，1994。
《藝概箋注》,［清］劉熙載撰，王氣中箋注，貴州人民出版社，1986。

《史通通釋》,［唐］劉知幾撰，浦起龍釋，上海古籍出版社，1978。
《史略校箋》,［宋］高似孫撰，周天游校箋，書目文獻出版社，1987。
《史見》,［清］陳遇夫撰,《叢書集成初編》本，中華書局，1985。
《文史通義校注》,［清］章學誠撰，葉瑛校注，中華書局，1985。

《穆天子傳》,［清］洪頤煊校,《叢書集成初編》本，中華書局，

1985。
《晏子春秋校注》，張純一校注，《諸子集成》本，上海書店，1986。
《晏子春秋集釋》，吴則虞集釋，《新編諸子集成》本，中華書局，1982。
《晏子春秋校釋》，駢宇騫校釋，書目文獻出版社，1988。
《晏子春秋譯注》，陳濤譯注，天津古籍出版社，1996。
《燕丹子》，程毅中點校，《古小説叢刊》本，中華書局，1985。
《漢武帝内傳》，《叢書集成初編》本，中華書局，1985。
《古列女傳》《續列女傳》，［漢］劉向等撰，《叢書集成初編》本，中華書局，1985。
《漢武别國洞冥記》，《叢書集成初編》本，中華書局，1985。
《博物志》，［晉］張華撰，［清］鄭堯臣輯，《龍谿精舍叢書》刊黄氏士禮居清嘉慶八年（1803）本，中國書店影印本，1991。
《晉諸公别傳輯本》，［清］湯球輯，《叢書集成初編》本，中華書局，1985。
《古孝子傳》，［清］茆泮林輯，《叢書集成初編》本，中華書局，1985。
《校補襄陽耆舊記》，［晉］習鑿齒撰，黄惠賢校補，中州古籍出版社，1987。
《法顯傳校注》，［晉］法顯撰，章巽校注，上海古籍出版社，1985。
《世説新語箋疏》，［南朝・宋］劉義慶撰，［南朝・梁］劉孝標注，余嘉錫箋疏，周祖謨等整理，上海古籍出版社，1996。

《出三藏記集》,［南朝·梁］僧祐撰，蘇晉仁、蕭鍊子點校，《中國佛教典籍選刊》本，中華書局，1995。

《高僧傳》,［南朝·梁］慧皎撰,《高僧傳合集》本，上海古籍出版社，1995。

《高僧傳校注》,［南朝·梁］慧皎撰，湯一介校注，中華書局，1992。

《名僧傳鈔》,［南朝·梁］寶唱撰，日本《續藏經》本。

《比丘尼傳》,［南朝·梁］寶唱撰,《續修四庫全書》本。

《續高僧傳》,［唐］道宣撰,《高僧傳合集》本，上海古籍出版社，1995。

《唐五代筆記小説大觀》，丁如明、李宗爲、李學穎等校點，上海古籍出版社編，上海古籍出版社，2000。

《因話録》,［唐］趙璘撰，上海古籍出版社，1979。

《劉賓客嘉話録》,［唐］韋絢撰，上海古籍出版社，1985。

《國史補》,［唐］李肇撰，上海古籍出版社，1979。

《唐闕史》,［唐］高彦休撰,《叢書集成初編》本，中華書局，1985。

《雲麓漫鈔》,［宋］趙彦衛撰，傅根清點校,《歷代史料筆記叢刊》本，中華書局，1998。

《東觀餘論》,［宋］黄伯思撰，中華書局影宋本《宋本東觀餘論》，1988。

《續談助》,［宋］晁載之撰，清光緒十三年（1887）序刻本。

《唐才子傳》,［元］辛文房撰，舒寶璋校注，中州古籍出版社，1987。

《唐才子傳校箋》,［元］辛文房撰，傅璇琮主編，中華書局，

2002。

《説郛》，［元］陶宗儀編，涵芬樓本，《説郛三種》本，上海古籍出版社，1988。

《説郛》，［明］陶珽重輯，宛委山堂本，《説郛三種》本，上海古籍出版社，1988。

《顧氏文房小説》，［明］顧元慶輯，民國十四年（1925）上海商務印書館據明本影印。

《繹史》，［清］馬驌撰，江蘇廣陵古籍刻印社，1990。

《閱微草堂筆記》，［清］紀昀撰，上海古籍出版社，1980。

《五朝小説大觀》，上海文藝出版社影印本，1991。

《舊小説》，吴曾祺編，上海書店影印本，1985。

《古神話選釋》，袁珂選釋，人民文學出版社，1979。

《唐前志怪小説輯釋》（修訂本），李劍國輯釋，上海古籍出版社，2011。

《漢魏六朝小説選注》，徐震堮選注，上海古典文學出版社，1955。

《漢魏六朝筆記小説大觀》，王根林、黄益元、曹光甫校點，上海古籍出版社編，上海古籍出版社，1999。

《唐人小説》，汪辟疆校録，上海古籍出版社，1983。

《中國歷代小説論著選》（修訂本），黄霖、韓同文選注，江西人民出版社，2000。

《中國歷代小説序跋集》，丁錫根編著，人民文學出版社，1996。

《中國古典傳記》，喬象鍾、徐公持、吕薇芬選編，上海文藝出版社，1982。

《中國古典散文基礎文庫》之《史傳卷》，付念齊、馬赫編譯，廣西師範大學出版社，1999。

《中華野史》先秦至隋朝卷，孫家洲主編，車吉心總主編，泰山出版社，2000。

《中華野史》唐朝卷，金鋒主編，車吉心總主編，泰山出版社，2000。

《中華野史》宋朝卷，王育濟、李肇翔主編，車吉心總主編，泰山出版社，2000。

《墨子校注》，吴毓江校注，孫啟治點校，中華書局，1993。

《莊子譯詁》，楊柳橋撰，上海古籍出版社，1991。

《論衡校釋》，［漢］王充撰，黄暉校釋，《新編諸子集成》本，中華書局，1990。

《孔叢子》，［漢］孔鮒撰，上海古籍出版社影杭州葉氏藏明翻宋本，1990。

《風俗通義校釋》，［漢］應劭撰，吴樹平校釋，天津人民出版社，1980。

《人物志》，［北魏］劉邵撰，王玫評注，紅旗出版社，1997。

《抱樸子内篇校釋》，［晉］葛洪撰，王明校釋，《新編諸子集成》本，中華書局，1985。

《弘明集》，［南朝·梁］僧祐撰，《四部叢刊初編》本。

《廣弘明集》，［唐］道宣編，《四部叢刊初編》本。

《真誥》，［南朝·梁］陶弘景撰，胡道静等選輯，《道藏要籍選刊》本，上海古籍出版社，1989。

《真靈位業圖》，［南朝・梁］陶弘景撰，明《正統道藏》本。
《顔氏家訓》，［北齊］顔之推撰，［清］鄭堯臣輯，《龍谿精舍叢書》本，中國書店影印，1991。
《齊民要術》，［北魏］賈思勰撰，《叢書集成初編》本，中華書局，1985。
《南村輟耕録》，［元］陶宗儀撰，《歷代史料筆記叢刊》本，中華書局，1997。
《少室山房筆叢》，［明］胡應麟撰，中華書局，1958。
《日知録集釋》，［清］顧炎武撰，黄汝成集釋，欒保群、吕宗力校點，上海古籍出版社，2010。
《晉宋書故》，［清］郝懿行撰，《郝氏遺書》本，清嘉慶二十一年（1816）刊。
《讀書脞録》，［清］孫志祖撰，《續修四庫全書》本，上海古籍出版社，2002。
《劄迻》，［清］孫詒讓撰，清光緒二十年（1894）刻本。

《文選》，［南朝・梁］蕭統編，［唐］李善注，中華書局影清嘉慶十四年（1809）胡克家本，1981。
《文選》，［南朝・梁］蕭統編，［唐］李善注，高步瀛義疏，曹道衡、沈玉成點校，中華書局，1985。

《陶淵明集》，［晉］陶潛撰，逯欽立校注，中華書局，1995。
《柳河東集》，［唐］柳宗元撰，中國書店影印世界書局1935年本，1991。

《陸游集》,［宋］陸遊撰，中華書局，1976。

《文憲集》,［明］宋濂，文淵閣《四庫全書》本。

《所學集》,［明］張宗泰撰，民國二十年（1931）河南張紡模憲堂重刊本。

《少室山房類稿》,［明］胡應麟撰,《續金華叢書》本。

《第六弦溪文鈔》,［清］黄廷鑒撰，清道光二十年（1840）刻本。

《問字堂集》,［清］孫星衍撰，清光緒十年（1884）刻本。

《初月樓文鈔》,［清］吴德旋撰，清光緒十年（1884）刻本。

《因寄軒文初集》,［清］管同撰，清光緒五年（1879）刊本。

《鐵橋漫稿》,［清］嚴可均撰，清光緒乙酉（1886）長洲蔣氏重刊心矩齋校本。

《青學齋集》,［清］汪之昌撰，民國二十年（1931）家刊本。

《詩紀》,［明］馮惟訥輯，明泰州知府李宋刻本。

《漢魏六朝百三名家集》,［明］張溥輯，民國六年（1917）上海掃葉山房石印本。

《漢魏六朝百三家集》,［明］張溥輯，文淵閣《四庫全書》本。

《全漢三國晉南北朝詩》,［清］丁福保輯，中華書局，1959。

《全上古三代秦漢三國六朝文》,［清］嚴可均輯，中華書局，1995。

《全唐文》,［清］董誥等編，中華書局，1983。

《先秦漢魏晉南北朝詩》，逯欽立輯，中華書局，1983。

《魯迅輯録古籍叢編》，魯迅輯，人民文學出版社，1999。

《古今僞書考》，［清］姚際恒著，《叢書集成初編》本，中華書局，1985。

《先秦經籍考》，江俠庵編譯，商務印書館，1931。

《僞書通考》，張心澂著，商務印書館，1957。

《古今僞書考補證》，黄雲眉著，山東人民出版社，1959。

《先秦經籍考》，吕思勉著，上海古籍出版社，1982。

《續僞書通考》，鄭良樹著，學生書局，1984。

《中國僞書綜考》，鄧瑞全、王冠英著，黄山書社，1998。

《中國現代學術經典》之《章太炎卷》，劉夢溪主編，河北教育出版社，1996。

《余嘉錫文史論集》，余嘉錫著，岳麓書社，1997。

《金明館叢稿初編》，陳寅恪著，上海古籍出版社，1980。

《寒柳堂集》，陳寅恪著，上海古籍出版社，1980。

《管錐編》，錢鍾書著，中華書局，1999。

《漢魏六朝文學論集》，逯欽立著，陝西人民出版社，1984。

《中古文學繫年》，陸侃如著，人民文學出版社，1985。

《汪辟疆文集》，程千帆編，上海古籍出版社，1988。

《閑堂文藪》，程千帆著，齊魯書社，1984。

《程千帆選集》，莫礪鋒編，遼寧古籍出版社，1996。

《中古文學史論》，王瑶著，北京大學出版社，1998。

《魏晉南北朝文學論叢》，周勳初著，江蘇古籍出版社，1999。

《飲冰室合集》，梁啟超著，林志均編，（上海）中華書局，1941。

《魯迅選集》，魯迅著，四川人民出版社，1983。
《且介亭雜文二集》，魯迅著，《魯迅全集》，人民文學出版社，2005。
《郁達夫全集》，郁達夫著，浙江大學出版社，2007。
《古稗斗筲録》，李劍國著，南開大學出版社，2004。
《無涯集》，浦江清著，百花文藝出版社，2005。

《尚書源流及傳本考》，劉起釪著，遼寧大學出版社，1997。
《春秋左傳研究》，童書業著，上海人民出版社，1980。
《古史辨》，顧頡剛等編，上海古籍出版社，1982。
《史記新論》，白壽彝著，求實出版社，1981。
《魏晉南北朝史論叢》，唐長孺著，三聯書店，1955。
《魏晉南北朝史論叢續編》，唐長孺著，三聯書店，1959。
《魏晉南北朝史論集》，周一良著，中華書局，1963。
《兩晉南北朝史》，吕思勉著，上海古籍出版社，1983。
《魏晉南北朝史論拾遺》，唐長孺著，中華書局，1983。
《魏晉南北朝史劄記》，周一良著，中華書局，1983。
《六朝史》，張承宗、田澤濱、何榮昌主編，江蘇古籍出版社，1991。
《中國小説史略》，魯迅著，東方出版社，1996。
《中國小説的歷史的變遷》，魯迅著，見《魯迅全集》第九卷，人民文學出版社，2005。
《魏晉南北朝小説》，劉葉秋著，上海古籍出版社，1978。
《唐前志怪小説史》，李劍國著，人民文學出版社，2011。
《唐人傳奇》，吴志達著，上海古籍出版社，1981。

《唐人傳奇》，李宗爲著，中華書局，1985。
《唐代小説史話》，程毅中著，文化藝術出版社，1990。
《隋唐五代小説史》，侯忠義著，浙江古籍出版社，1997。
《唐五代志怪傳奇敘録》，李劍國著，南開大學出版社，1998。
《唐五代志怪傳奇敘録》（增訂本），李劍國著，中華書局，2017。
《神怪情俠的藝術世界》，程毅中編，中共中央黨校出版社，1994。
《古代小説藝術教程》，張稔穰著，山東教育出版社，1991。
《中國文言小説史》，吴志達著，齊魯書社，1994。
《中國小説源流論》，石昌渝著，三聯書店，1994。
《中國古典小説的文體獨立》，董乃斌著，中國社會科學出版社，1994。
《中國古典小説史論》，楊義著，中國社會科學出版社，1995。
《中國小説發展史論》，王恒展著，山東教育出版社，1996。
《中國神怪小説通史》，歐陽健著，江蘇教育出版社，1997。
《宋代志怪傳奇敘録》，李劍國著，南開大學出版社，1997。
《中國小説史漫稿》，李悔吾著，湖北教育出版社，1998。
《中國古代小説通論綜解》，王增斌、田同旭著，中國文聯出版公司，1999。
《中國小説研究》，胡懷琛著，中國書籍出版社，2006。
《中國小説通史》，李劍國、陳洪主編，高等教育出版社，2007。
《漢魏六朝傳記文學史稿》，李祥年著，復旦大學出版社，1995。
《魏晉時期别傳研究》，李興寧著，潘美月、杜潔祥主編《古典文獻研究輯刊五編》，花木蘭文化出版社，2006。

《史傳文學》，郭丹著，廣西師範大學出版社，1999。

《中國傳記文學發展史》，陳蘭村主編，語文出版社，1999。

《中國的自傳文學》，[日]川合康三著，蔡毅譯，中央編譯出版社，1999。

《散文小説志》，陳平原著，《中華文化通志》，上海人民出版社，1998。

《中國詩史》，馮沅君著，山東大學出版社，1996。

《中國文學史》，章培恒、駱玉明主編，復旦大學出版社，1996。

《魏晉文學史》，徐公持著，人民文學出版社，1999。

《南北朝文學史》，曹道衡、沈玉成著，人民文學出版社，1998。

《中國佛教史》，黄懺華著，上海文藝出版社影印商務印書館1940年版，1990。

《中國道教史》，卿希泰主編，四川人民出版社，1988。

《中國道教史》，傅勤家著，商務印書館，1998。

《道教志》，胡孚琛等著，《中華文化通志》，上海人民出版社，1998。

《佛教志》，方廣錩著，《中華文化通志》，上海人民出版社，1998。

《道藏源流考》(增訂版)，陳國符著，中華書局，1963。

《道藏源流考》(新修訂版)，陳國符著，中華書局，2016。

《中國古代史學史簡編》，倉修良、魏得良編，黑龍江人民出版社，1983。

《中國哲學史通論》，范壽康著，三聯書店，1983。

《中國文獻學史》，孫欽善著，中華書局，1994。

《中國目録學思想史》，余慶蓉、王晉卿著，湖南教育出版社，1998。

《兩漢思想史》，祝瑞開著，上海古籍出版社，1989。

《中國思想史》，葛兆光著，復旦大學出版社，2000。

《魏晉南北朝社會生活史》，朱大渭等著，中國社會科學出版社，1998。

《中國社會通史·秦漢魏晉南北朝卷》，龔書驛主編，曹文柱總主編，陝西教育出版社，1996。

《〈穆天子傳〉今考》，衛挺生著，中華學術院，1970。

《説郛考》，昌彼得著，文史哲出版社，1979。

《魏晉南北朝志怪小説研究》，王國良著，文史哲出版社，1984。

《六朝隋唐仙道類小説研究》，李豐楙著，學生書局，1986。

《漢武洞冥記研究》，王國良著，文史哲出版社，1989。

《古小説研究論》，歐陽健著，巴蜀書社，1997。

《世説新語研究》，范子燁著，黑龍江教育出版社，1998。

《中國小説世界》，[日]内田道夫編，上海古籍出版社，1992。

《中國的神話傳説與古小説》，[日]小南一郎著，孫昌武譯，中華書局，2006。

《唐五代仙道傳奇研究》，段莉芬著，潘美月、杜潔祥主編《古典文獻研究輯刊五編》，花木蘭文化出版社，2007年。

《魏晉玄學和文學》，孔繁著，中國社會科學出版社，1987。

《玄學與魏晉士人心態》，羅宗强著，浙江人民出版社，1991。

《南朝文學與北朝文學研究》，曹道衡著，江蘇古籍出版社，1998。

《魏晉文學與魏晉人格》，李建中著，湖北教育出版社，1998。

《世族與六朝文學》，程章燦著，黑龍江教育出版社，1998。
《魏晉新文化運動：自然思潮》，李玲珠著，文津出版社，2004。
《魏晉處事思想之研究》，蔡忠道著，文津出版社，2007。
《漢魏六朝的思想和文學》，［日］岡村繁著，《岡村繁全集》第三卷，上海古籍出版社，2009。

《中國歷代作家小傳》，湖南師院中文系編，湖南人民出版社，1979。
《中國歷代著名文學家評傳》續編一，吕慧娟等編，山東教育出版社，1988。
《中國著名目録學家傳略》，李萬健著，書目文獻出版社，1993。
《中國古代文獻學家研究》，張家璠、閻崇東著，廣西師範大學出版社，1996。
《張居正大傳》，朱東潤著，百花文藝出版社，2000。

《中國歷史研究法》，梁啟超著，見劉夢溪主編《中國現代學術經典·梁啟超卷》，河北教育出版社，1996。
《史學三書平議》，張舜徽著，中華書局，1983。
《古代散文文體概論》，陳必祥著，河南人民出版社，1986。
《小説形態學》，徐岱著，杭州大學出版社，1992。
《文學文體概説》，張毅著，中國人民大學出版社，1993。
《傳記通論》，朱文華著，復旦大學出版社，1993。
《散文》，謝楚發著，《中國古代文體叢書》，人民文學出版社，1994。
《敘事學導論》，羅鋼著，雲南人民出版社，1995。

《中國古代文體概論》，褚斌傑著，北京大學出版社，1997。

《中國敘事學》，楊義著，人民出版社，1997。

《小説藝術論》，馬振方著，北京大學出版社，1999。

《六朝美學》，袁濟喜著，北京大學出版社，1999。

《文言小説審美發展史》，陳文新著，武漢大學出版社，2002。

《中國小説敘事模式的轉變》，陳平原著，北京大學出版社，2003。

《中國小説美學史》，韓進廉著，河北大學出版社，2004。

《傳統小説與小説傳統》，陳文新著，武漢大學出版社，2005。

《中國古典小説理論史》，方正曜著，華東師範大學出版社，2005。

《中國古典小説的文學敘事》，吴士餘著，上海古籍出版社，2007。

《漢唐小説觀念論稿》，羅寧著，巴蜀書社，2009。

《小説面面觀》，［英］E.M. 佛斯特著，蘇炳文譯，花城出版社，1984。

《小説修辭學》，［美］W・C・布斯著，華明、胡克曉、周憲譯，北京大學出版社，1989。

《史傳通説》，［美］汪榮祖著，中華書局，1989。

《小説技巧》，［英］珀西・盧伯克著，方士人譯，《小説美學經典三種》本，上海文藝出版社，1990。

《小説結構》，［英］愛・繆爾著，羅婉華譯，《小説美學經典三種》本，上海文藝出版社，1990。

《當代敘事學》,［美］華萊士・馬丁著，伍曉明譯，北京大學出版社，1990。

《小説的興起》,［美］伊恩・P・瓦特著，高原、董紅鈞譯，三聯書店，1992。

《敘述學：敘事理論導論》,［荷］米克・巴爾著，譚君强譯，中國社會科學出版社，1995。

《中國敘事學》,［美］蒲安迪著，北京大學出版社，1996。

《20 世紀的文學批評》,［法］讓－伊夫・塔迪埃著，史忠義譯，百花文藝出版社，1998。

《小説的藝術》,［英］大衛・洛奇著，王峻岩等譯，作家出版社，1998。

《知識考古學》,［法］福柯著，三聯書店，1998。

後記

一九九八年，余負笈津門，投李劍國先生門下，研習中國古代小説史，始治漢魏六朝雜傳，迄今十有四年矣。初以探尋唐人小説淵源爲旨歸，完成博士學位論文《雜傳與小説：漢魏六朝雜傳研究》。乃知漢魏六朝雜傳之盛，而仍需討究者尚夥。故自斯以來，雖或旁騖，攻玉他山，然於漢魏六朝雜傳，仍孜索不輟，勤求慎勘，更皆原始要終，追本溯流，期在周備。二〇〇七年，以《漢魏六朝雜傳輯校與研究》爲題之研究計劃，幸獲國家社科基金資助，得以終遂我志，成斯一帙。結項鑒定，得“優秀”之等，又出望外矣。

余性駑鈍，而爲學也晚，幸劍國師不棄，得立雪李門，啓聵發矇，指窺學術門徑。南開園三載，多淺愚之問，先生殷殷不倦。後别先生北還，執教於瀋水之陽，亦常煩以惑疑，先生仍絮絮爲解。師之道，先生盡彰矣。此帙既成，先生又校批勘閲，復親爲之序，教掖之恩，永銘於心。

初遊津門，余尚未及而立，於今不惑矣。每燈下困怠，舉目暫望，寂然長夜，月隱矮墻，常生落落之思。昔青春年少，未嘗自量而高自期許，頗有功業之想。然盛世繁華，河海濟濟，乃知庸常方是今生之宿命。心遂稍安，陶陶然於小知小解。余本出蜀山，顧己之性，外既不炳五色之章，内又不秉卞氏之珍。然雖不敢附皇甫玄晏“書淫”之號，亦不敢比杜元凱《左傳》之癖，竊尚矜貪愛典籍，耽於小説傳記。而累年沉醉，得成此帙，竟不知可否聊解蹉跎之譏，惕慄悚懼，以待方家之正焉。

喜面窗而坐，静望窗外，迢迢過往，時或縈現。悲欣一笑，得失兩頷。甚喜昔之嘉陵江畔依依羞桃、南開園中田田青荷、雷尼爾山下戀戀霞櫻，鮮活依然，於寂寥枯瘁間憑添幾多悦怡。而堂下之半窗煙霞，亦可呼龍而耕，植蘭樹蕙，或得馨香幾縷，留待他日存念。人生儵忽，驚鴻一瞥，幾處指爪？但得驛路有一二低迴流連之處，可堪懷想，足矣。

壬辰歲末熊明識於耕煙堂

修訂後記

一年四季，春時花發花謝，尤難爲懷。

春分才過三日，梅花還没有凋盡，在幽僻的角落，不時還有暗香散出。玉蘭花已在醞釀，枝頭上綴滿一個一個青緑的花苞。玉蘭花的花型巨大如鍾，向上，滿樹花開，特别盛大、壯觀，她的凋落也最讓人心驚。記得戊戌春駐訪浙江大學高研院，住在浙大玉泉校區的公寓，去西湖極方便，玉泉路的行道樹，就是高大的玉蘭。那年春天，玉蘭花開得極好。一天雨後，自之江反玉泉，在西湖的曲院風荷下車步行，經過玉泉路。玉蘭花正在凋謝，偶爾一陣風過，片片落下，她們觸地時，我能聽見玲瓏的嘆息。白色的玉蘭花瓣散落在緑色的草地，或者雨水泛泛的青石板行道上，讓人不忍下脚。在陰鬱的雨後，緑草青石，凋落的玉蘭花瓣依然潤澤飽滿，半彎如月，彷彿月光的碎片。如今所居的青島，也能經常見到玉蘭，青島的香港東路是東西走向的，其南側面海，有許多條南北走向小街，都通向海邊，海寧路是其中的一條，兩旁也是玉蘭樹。去年春天偶然過此，得見玉蘭花開，不能舍，於是多次來此流連。小街總是很安静，少行人，一路向下，在任何一處南望，滿眼的玉蘭花，而背景就是不遠處湛藍的大海。暮春時節，玉蘭凋零，鋪滿行道，或艷白，或冷紫，或青黄，在黄昏或雨天，最動情衷。

春天里，櫻花的開落最是撩亂人心。櫻花開得也早，但在青島，櫻花的盛開是在玉蘭花後的，此時玉蘭已漸次開放，而櫻花還没有消息。海大嶗山校區的櫻花路兩旁的櫻花，要等到陽曆四月農曆三月清明谷雨之間才會開放。一夜春雨，突然滿樹都開出花來，樹樹相連，沿五子頂西一路宛轉。櫻花一邊盛開，一邊凋落，一絲絲微風，或者你經過時，即使小心翼翼地一舉手一投足，或者只是看她一眼，花瓣就簌簌飄落，緩緩地，仿佛禁不住哪怕一眼輕瞥。青島的櫻花，花期很長。浮山校區居所的東側坡地，就有一排櫻花樹，庚子春四月，從盛京歸來，整個春天禁足生活，靠近我南窗的三株櫻花樹，一直滿樹繁花。只要我一望向她們，她們就紛紛揚揚地落下些花瓣，就像是專門爲我落下的櫻花雨。樹下的草地，無人踏行，輕輕薄薄的一層花瓣，仿佛舊時光的殘片，泛着粼粼的美麗憂傷。每夜來月色晶瑩，銀輝如幔，輕籠花樹，隔窗相對，仿佛如夢。那年嶗山校區的櫻花盛開，因爲防疫封校，無人欣賞。值守校園的同事，隨手拍了一張雨後櫻花路上滿地落英的照片，寂寞的美麗，讓人心生無限的憐惜。

有時想，學問一如捃拾落花。往聖先賢，遺花滿地，我之捃拾，或僅得一二而已。如何藉一花而審其芳華，誠難矣哉！舊稿前作之修訂，正因緣於此。旋有所得，旋即修正，蓋無止境。本書之初稿，乃余二〇〇二年完成之博士學位論文《雜傳與小説：漢魏六朝雜傳研究》，二〇〇四年，整理完善，首次在遼海出版社出版。二〇一四年，余輯《漢魏六朝雜傳集》成，遂因之修改訂補，易名《漢魏六朝雜傳研究》，在中華書局出版。今藉國家社科基金重大項目“中國古代雜傳敘録、整理與研究”之開展，修訂《漢魏六朝雜傳集》既畢，又新成《漢魏六朝雜傳敘録》，乃乘便循其舊製，益缺補漏，鈎脱挽失，復稍事修葺，俾其約略可觀，再呈諸博雅。然或目力卑弱，仍有未盡，故亦期有識之見教焉。

壬寅孟春熊明識於耕煙堂